JN289445

収穫祭

NishizawaYasuhiko
西澤保彦

幻冬舎

収穫祭

収穫祭＊目次

装画　ジュゼッペ・アルチンボルド
「夏　1563年」
Ｂｒｉｄｇｅｍａｎ／ＰＰＳ
装幀　鈴木成一デザイン室

首尾木《しおき》村北西区　略図

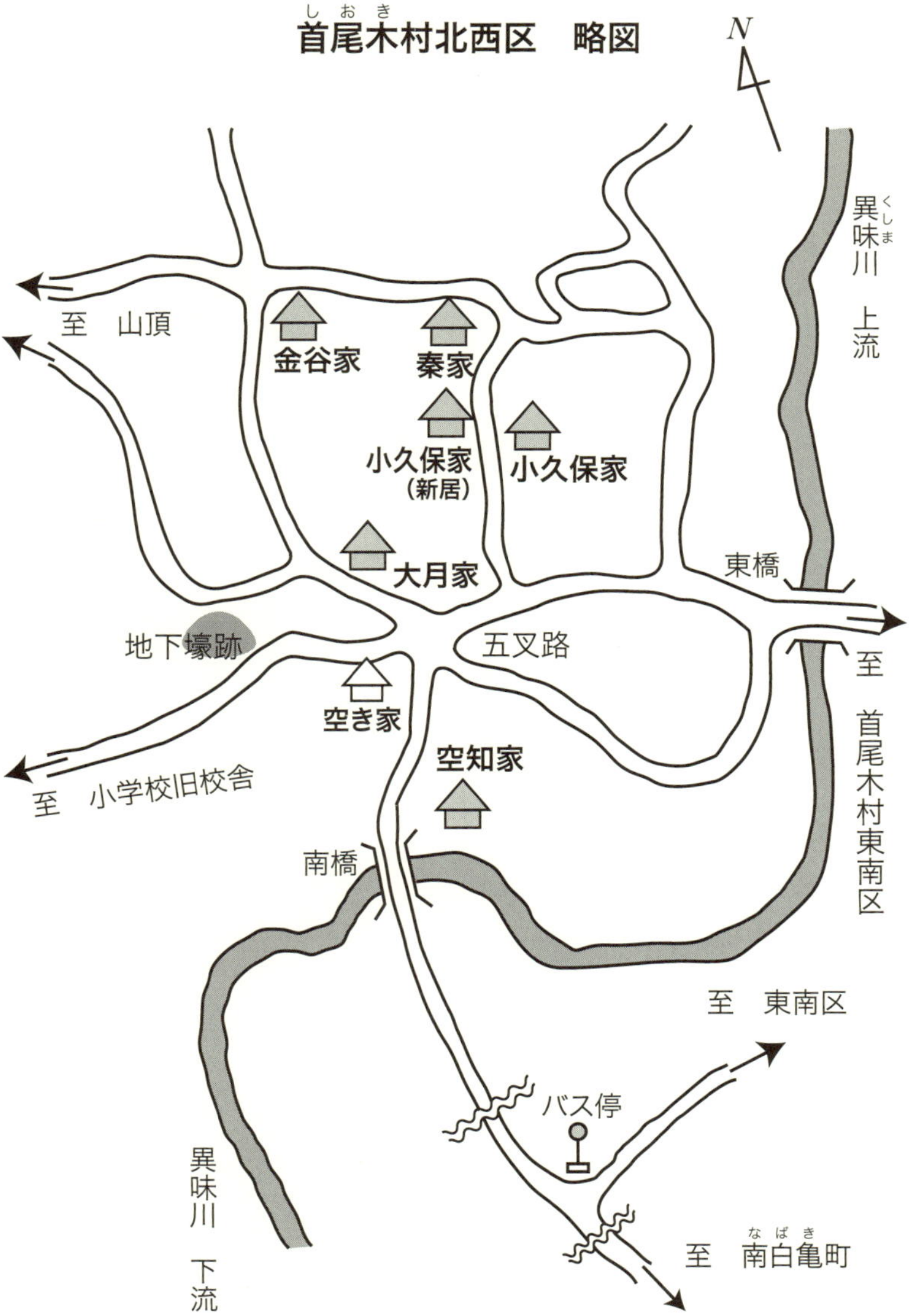

第一部　一九八二年　八月十七日

1

朝、九時。ぼくは自宅の車庫から、自転車を出そうとしていた。

車庫といっても、名ばかりで、畑の隅っこのスペースを、薄っぺらなトタンと木材で囲んであるだけ。足もとは雑草が生え放題。野菜運搬用の軽トラックを突っ込むと、内部はほぼ満杯状態で、一応納屋《なや》も兼用しているのだが、農作業具を整頓《せいとん》するのも難儀なありさま。それでも、いつもむりやりここに自転車を格納しているのは、我が家には他に適当な場所がなく、雨ざらしにするのは嫌だからだ。

その車庫から自転車を押し、出てきたところへ、ふいに母が現れた。

「どこ、行くん」

無造作に輪ゴムで束ねた髪には、まだかろうじて三十代とは思えないほど、たくさん白いものが混ざっている。年じゅう同じ作業衣姿で、浮いた頬骨《ほおぼね》のあたりが赤銅色《しゃくどういろ》に陽焼けした顔は、化粧もしていない。眼に入るものすべてが鬱陶《うっとう》しいといわんばかりに、いつも半眼で、唇を憎々しげに歪《ゆが》めている。

ぼくがもの心ついたときからずっと、母はこんな感じだ。その昔、お町の露店市一の看板娘で、それを見そめた父が足繁《あししげ》くナスを買いに通っていたという、かつての愛らしさは微塵《みじん》もない。アルバムの写真を何度見ても、とても同一人物とは思えない。

「ちょっとな、お町へ」

ここ、首尾木《しおき》村の人間が言う「お町」とは、南白亀《なばき》町のことを指す。

「こんな天気やに？」

母は呆《あき》れたように舌打ちした。二重顎《あご》の弛《たる》みが、土塀に走った罅割《ひび》れのようだ。

この日、八月十七日。かなり大型の台風が接近しているところだった。夜から翌日の未明にかけて県中部に上陸の恐れ、とテレビの予報は言っている。このとき、まだ雨は降っていなかったが、風はかなり強くなってきていた。

「ややこしいことせんと、日ぃ、替え」

「いかんて。約束してんだから」

「誰と」

「友だちと。映画、観にいくんや」

母の前ではつい畏縮《いしゅく》してしまうせいか、要《い》らぬ嘘《うそ》をついてしまった。映画を観にゆこうとしているのはほんとうだが、友だちと約束してはいない。ひとりで行くつもりだった。

「どうせ小遣いでも、せびりにいくがや」

映画は単なる口実で、ほんとうは父に会いにいくつもりなんだろうと当てこすられ、嫌あな気分になる。実際こちらは、時間が許せばそうするのもいいかと算段していたのだから、なおさらだ。

「ちがうて」

「ま、いっぱい貰いとき。あのひと、お金だけはあるんやから。もてあまして変な女に注《つ》ぎ込むより、あんたにくれたほうが、ずっとええわい」

「だから、ちがう」

「そのかわり、徒遣《むだづか》いせんと、貯金しぃ。あんたが高校生になったら、ものいりなんやから」

この世のものすべて、自分が取り仕切ってやらないと、なにひとつまともな結果が出ないとでもいわんばかりの独善的で、押しつけがましい口ぶり。いつものこととはいえ、ほんとうに、いらいらさせられる。

「そんなん、ちがうて、言うてるやろ」

「はいはい」

「だいたい、こんな天気でもないと、ろくにお町にも遊びにいかしてもらえんやんか」

中学校が夏休みに入ってからというもの、畑仕事を手伝わされっぱなしなのだ。

昨日も一日じゅう、大型台風に備えて、うちの畑のナスが被害に遭わぬよう、支柱に一本ずつ括《く》りつけておく作業に明け暮れた。

我が家に限らず、この村の農家はたいていナスを主力商品にしている。地物は夏が旬だが、いまはハウス栽培で一年じゅう出荷しているところも多い。うちは一家の長である祖母がビニールハウスを毛嫌いしているので、いまが書き入れどきだ。

他にダイコンやネギ、ニンジン、イモ、ピーマンなどを県下各地の地物野菜専門店に卸したり、定期的に軽トラックでお町へ出て、家族総出で露店市に参加したりする。

今朝は今朝で、まだ暗いうちから叩《たた》き起こされ、心配性の祖母に命じられるまま、ナスの支柱の補強を、いくら大型台風だからってここまでやる必要があるのかようんざりするくらい、ぎりぎりまでやらされていたのだ。

少しは遊びにいったって、罰は当たるまい。少々の風くらい、なんだ、という気持ちだった——このときは、まだ。

そんなこんなの日頃の恨《うら》みも込め、睨《にら》んでやったが、母は小馬鹿にしたように耳をほじくり、垢《あか》をわざわざ風に乗せてこちらへ飛ばしてやろうとしているみたいに、掌《てのひら》をひらひら。

「晩ご飯までには帰ってくるんやね？　はいはい。さ、行って行って。はよ、戻ってき。本格的に台風が来んうちに」

そんな母の横を、祖母がわざとらしく肩や腰を揉《も》んでみせ、車庫へ入っていった。そんな必要もないはずなのに、ガソリンの備蓄用タンクをがたがた、整理したりしている。

「あー疲れた。あああ疲れたぁ」

聞こえよがしに何度も何度も、溜息《ためいき》をつく。まるで、この世のなかで勤勉なのは自分ひとりだけで、他人はみんな愚かしい怠け者どもだとでもいわんばかりの大仰《おおぎょう》な口ぶり。頭巾《ずきん》の下の頭髪が染められて不自然に黒々している点を除けば、母とクローン人間みたいにそっくりだ。

「こんな年寄りが、朝から晩まで働かないかんとはまあ、難儀な世のなかじゃ。のう。ありゃ。朝っぱから、どっか行くがか、うちのぼんぼんは？　近頃の若い者《もん》は、ほんま、仕事の手はたらたら、たらたらしとるに、遊びにゆくときだけは、雷さまみたいに足が速いのう」

祖母の厭味《いやみ》なんか聞こえないふりをしてやる。忌《い》ましい気分で、ぼくはふたりに背を向け、自転車の籠《かご》にショルダーバッグを入れた。この母娘がまとめて死んでくれたら、どんなにせいせいするだろうと、そんな幼稚な、どす黒い妄想と戯れながら、自転車を押し、自宅の敷地から出る。

村の風景が眼前に拡がる。見渡す限り、畑、また畑だ。今日は悪天候のせいで一段と、どんより灰色に淀《よど》んでいる。

おもしろいものなんて、なんにもありゃしない。来年無事に県立南白亀高校に入れたら、バス通学じゃなく、お町に住みたい。父の家にやっかいになることは母が反対するだろうけれど、寮なら多分許可がおりるだろうし。ともかくこんな辺鄙《へんぴ》な農村、一刻も早く、おさらばしてえ。

でもそれにはまだ、七カ月も我慢しなきゃならんわけで。あーあ、今日帰ってきたら、母ちゃんと祖母《ばあ》ちゃん、病気かなにかで、ことっと死んでてくれねえかな。そしたらもう、畑仕事も手伝わなくてすむし、手っとりばやくて、いいのによう。

自転車のサドルに、またがった。ペダルを踏み込む力が充分ではなかったのか、横殴りの突風に煽《あお》られ、危うく転びそうになった。誰かに見られているわけでもないのに、恥をかいたような気分に陥り、むきになって強く漕《こ》ぐ。

首尾木村の、通称北西区のほぼ中央に位置する、五叉《ごさ》路《ろ》へとやってくる。南橋《みなみばし》へ通じる道へ渡ろうとした、そのとき。進行方向から、ぞろぞろ、見慣れた顔の集団が近づいてきた。

老若男女、全部で七人。みんなここの村人だ。正確に言えば、首尾木村北西区の住民で、ぼくの家より北側に住んでいるひとたち。

先頭を歩いているのは、小久保《こくぼ》さん夫妻だ。ふたりの長女である繭子《まゆこ》、通称マユちゃんが南白亀中学校首尾木分校でぼくと同じ中学三年生のクラスなので、おじさんとおばさんのこともよく知っている。というか、なにしろただでさえ小さい村のなかの、さらに小さな共同体の仲間同士なのだから、小久保のおじさん、おばさんに限らず、この区の住民はお互いみんな家族のようなものだ。

小久保のおじさんは、がっしりしたプロレスラーのような筋肉質なのに加え、濃い顎鬚《ひげ》をたくわえていて、一見強面《こわもて》だが、男にしては身長が低く、ずんぐりした体格が幸いし、ひとなつっこそうな印象が先立つ。眉《まゆ》が太く、なかなか男前なのに、本人は五十前後でもう頭がつるつるなのを気にしているらしく、いつも某在阪人気球団のロゴマーク入り野球帽をかぶっている。

旦那《だんな》さんとは対照的に、小久保のおばさんは百七十センチ近い長身だ。農作業に携わる女性らしく化粧っけがなく、男顔負けに陽焼けしていて逞《たくま》しいのはうちの母と同じだが、まだしもおばさんのほうが言動に愛敬や婀娜《あだ》っぽさがあって、女の現役を捨てていないと感じるのは、ぼくが身内ではないせいで評価が甘くなるからか。

小久保のおばさん、脚のかたちがくっきり浮き出る黒のスパッツを穿《は》いている。上がもっさりした作業衣なのがアンバランスだが、そういう恰好《かっこう》をするとおばさんの手足の長い、外国人モデルのようなスタイルが強調され、ちょっと眼の遣《や》り場に困る。これでもうちょっと若くて、そしてもうちょっと顔がきれいだったら、オナニーのお伴に最適なんだけどな、惜しいよなあ。年がら年じゅう頭のなかでエッチな妄想が渦巻くお歳頃《とし》なのに、近所に書店がないためエロ本を入手するにも苦労しているぼくは、小久保のおばさんを見るたび、そんなふうに妙に中途半端な、もやもやした気分に陥る。

典型的な蚤《のみ》の夫婦の小久保夫妻だが、子供たちは両方ともおばさんの遺伝子を受け継いでいて、長男の憲明《のりあき》さん、長女のマユちゃん、ともに長身だ。憲明さんは多分百八十を超えているだろうし、マユちゃんも、この当時まだ百六十台だったぼくより、少し上背がある。

いま憲明さん、小久保のおじさんとおばさんに左右を挟まれるような恰好で、こちらへ歩いてくる。その態度がいつになく悄然《しょうぜん》としている。十代の頃はお町の暴走族の一員として鳴らし、家業を手伝うため地元に引っ込んだいまも、まだまだやんちゃ盛りな武勇伝に事欠かない憲明さんだが、こんなに元気のない姿を見るのは初めてだ。眼を伏せ、唇を嚙《か》んでいて、まるで歯痛をこらえているみたいに顔が歪んでいる。

なにかあったのかな？　尋常ならざる雰囲気を感じ、ぼくは五叉路の手前で自転車を停めた。

憲明さんの肩越しに、おかっぱ頭のマユちゃんも見えるが、しきりにお兄さんの背中をちらちら窺《うかが》っていて、やはり表情が硬い。それほど離れていないのに、ぼくの視線に気づく様子もない。

さらにマユちゃんの背後から歩いてきているのは金谷《かなや》さん夫妻、そして秦《はた》さんというお爺《じい》さんだ。三人とも七十過ぎのご老体だが、農作業は現役で、ぼくなんかよりよほど体力がある。

その元気な面々が、いま一様に、歯痛かなにかをもてあましているみたいに、不景気な顰《しか》め顔をさらしている。

「あら」

五叉路の中心を挟んで七人組と対面する恰好になっているぼくに最初に気づいたのは、小久保のおばさんだった。

「省路《しょうじ》くん、おはよ」

強張《こわば》っていた顔を慌てて和らげようとしたせいだろうか、唇がやや引き攣《つ》ってみえた。

ちなみにこの界隈《かいわい》の年長者はたいてい、ぼくのことを下の名前で呼ぶ。約十年前、お町へ嫁いでいた母がひとり息子といっしょに村へ出戻ってきた当初は「大月《おおつき》の」とか「大月んとこの」と祖母の苗字で呼ばれていたが、ほどなく両親が未だ離婚しておらず、ぼくの苗字も伊吹《いぶき》のままだということが知れ渡ってから、なんとなくこうなった。

「こんちは。どうかしたんですか？　みなさん、こんな朝から、おそろいで」

「いや、なに」奥さんに目配せされ、小久保のおじさん、ことさらに陽気な声を上げた。「ほれ、台風が心配での。畑がどんな様子か、みんなでちょっくら、見て回ってきたがじゃ」

はあ、そうだったんですか、と一応頷《うなず》いてみせたものの、その言い訳は明らかにおかしい。だって七人組が歩いてきたのは南橋へと通じる道からだった。小久保家も、金谷家も、それから秦家も、どこも田畑は区の北側の土地にあるのに。

その不自然さを、当の小久保のおじさんも自覚しているようだったが、それ以上、言い繕《つくろ》うのはめんどくさそうだ。他のひとたちもみんな、できれば口をききたくなさそうな顔をしている。

そんななか、小久保のおばさんが「省路くん、こんな天気やに、おつかい？　気をつけてね」と一方的に決めつけたのが合図みたいになり、そそくさと散会の巻となった。小久保親子四人、秦さんは東の道へ、金谷夫婦は西北の道へと別れ、立ち去ってゆく。それぞれの自宅がある方角だから当然といえば当然なんだけれど、どうにもよそよそしい雰囲気は拭《ぬぐ》えない。

学校指定の赤いジャージィの上下姿のマユちゃんも、ぼくの前を横切る際、そっと目礼を寄越《よこ》しただけで、なにも言葉を発しない。ぼくがなにか問いかけてくるのを恐れているみたいに、唇を強く引き結んでいる。

うちの中学校は生徒数が少ないため、バスケットボール部は男女混成クラブなのだが、マユちゃんはそこで男子部員たちをさしおいてキャプテンをつとめている。そんな、何事につけ男勝《おとこまさ》りで活発そのものの彼女らしくない、どんより沈んだ態度に、いやでも好奇心を刺戟《しげき》されてしまう。どうもこれは、よほど深刻な出来事があったようだ、と。いったいなんだろう。そう考えていて。

まてよ。ふとぼくは、あることに思い当たった。小久保家、金谷家、秦家と、三軒の隣人同士が総出だったが、ひとりだけ、不在だった人物がいる。憲明さんのお嫁さん、亜紀子《あきこ》さんだ。

憲明さんは昨年、十九歳で結婚した。相手の亜紀子さんは四つ上で、初陽の出ツーリングくらいしか主な活動のない田舎チームとはいえ暴走族に足を突っ込んだりする不肖の息子が早々と身をかためてくれたのが、おじさんもおばさんも嬉《うれ》しかったのだろう。小久保家は木造の平屋だが、息子夫婦のために、道を挟んで自宅のすぐ隣りに新居を建てた。地元の慣習に則《のっと》り、披露宴は近しい村民を集めその二階建ての新居で行われ、ぼくも招待されたのだが、この地域ではめずらしい鉄筋の洋館の立派さに度肝を抜かれたものだ。

父親譲りの甘いマスクと母親譲りの長身で小さい頃からもてまくり、美人のお嫁さんをもらった上、お洒落《しゃれ》な新築の家に住める憲明さんのことが、羨《うらや》ましくて羨ましくて仕方がなかった。農家としての収入は小久保家とうちとでさほど差はないだろうと、それまでなんとなく決めつけていたものだから、目から鱗《うろこ》が落ちた面もある。父に費用を負担してもらって我が家も建て直そうよと、母と祖母に提案してみたが、軽蔑《けいべつ》したように鼻の先で嗤《わら》われただけだった。父から金を搾《しぼ》りとれる口実なら喜んで飛びつくだろうと思っていたのに、ふたりとも自分たちの古い家になにかプライドかこだわりでも抱いているのか、当てが外れてしまった恰好。

それはともかく。亜紀子さんがいっしょじゃなかったことと、先刻の異様なムードとのあいだに、なにか関係はあるのだろうか。小久保親子をはじめ、腫《は》れ物にさわるようなみんなの態度からして、どうやら、ことの中心人物は憲明さんのようだから、なにか若夫婦間の揉め事の類《たぐ》いかもしれない。そんなふうに考えているうちに、別のことを憶《おも》い出した。ん。もしかして、あれかな？

小久保家の新居に絡んで、ちょっとしたトラブルが発生しているらしい、先日そう小耳に挟んだ。小久保家、金谷家、秦家はお互いご近所なのだが、憲明さん夫婦の新居の建物が、金谷家だったか、秦家だったか忘れたが、どちらかが所有する土地の境界線をはみ出している疑いが持ち上がったという。といっても、金谷さん夫妻も秦さんも、当人たちは至って呑気《のんき》で、なんら問題視していない。なのにそれぞれの子供や孫たち、すなわち土地をいずれ相続する予定の連中が、めくじらを立てているのだ。歳老いた親や祖父母を放ったらかしにして、とっくの昔に余所《よそ》で独立し、農業を継ぐ意思もないくせに、なんであんなにでしゃばってくるがや、だいたい立地的にも資産価値なんかないのにねえと、うちの母や祖母も揶《や》揄《ゆ》しまくっていたが、ひょっとしてその問題が、さらにこじれているとか？

ま、いいか。いずれにしろ、ぼくには関係ない話だろうし。気をとりなおしてペダルを漕ぎ、南橋へと通じる道に入った。

と、そのとき。たったいま五叉路を横切ったぼくの背後を、東の方角から現れた白いセダンが、びゅん、と勢いよく通過していった。

見覚えのある車種とナンバーだったが、とっさには持ち主の名前に思い当たらない。東橋の方角からやってきたのだから、当然、東南区の住民の誰かだとは思うが。

……おや？

砂利を撥《は》ね上げ、疾走してゆく白のセダン。運転手の顔は見そこねたが、それがそのまま西の道へ入ってゆくのを見て、ぼくは思わず自転車を停め、肩越しに背後へ捩《ね》じっている首を、さらに傾《かし》げてしまった。

いったい、どこへ行くのだろう？　あっちの方角には空き家が数軒、あるばかりだ。道の突き当たりには首尾木小学校の旧校舎があるが、すでに廃校になっている。いずれにしろ、わざわざ車で出向いても、なにもない。田舎の道に似合わぬスピードを出していたのも気になった。が。

ま、別にいいか。このときはそれ以上、深く考えず、ぼくは再び自転車を漕ぎ始めた。

廃屋《はいおく》になっている小学校の旧校舎を、遠く右手に眺めながら、畑の畦道《あぜみち》を進んでゆくと、やがて同級生の空知《そらち》貫太《かんた》の家が見えてくる。

まてよ、映画は空知貫太といっしょに行くんだと言い訳しとけばよかったかもなと、ちらっと思ったが、村は狭い世界だ。そんな嘘、すぐばれるに決まってる。母と祖母に厭味の材料を提供してやることあない。

と、キイ、キイッ、キイイッ、と耳障りな金属音が背後から迫ってくると同時に、「よぉ、ブキ」と陽気な声がかかった。

ブキとは伊吹という苗字にひっかけた、ぼくの渾名《あだな》だ。なにか失敗でもしようものなら「あー、ブキっちょ」なんて、からかわれたりするので、正直あまり好きじゃないが、学校ではすっかり定着していて、どうしようもない。

振り向かなくても判る。ゲンキだ。南白亀中学校首尾木分校の三年生で、ぼくやマユちゃんと同じクラスにいる。といっても、生徒数が少ないので、どのみち一学年あたり一クラスしかないのだが。

名前は元木《もとき》雅文《まさふみ》。ちょこまかと落ち着きのない、やたら乗りのよい、元気潑剌《はつらつ》とした性格なのを皮肉って、ゲンキというニックネームを冠せられている。フットワークが軽いわりに、学校に相撲部があったら絶対に入部させられていたであろう体格は、ぬいぐるみのようにころころしていて愛敬《あいきょう》たっぷりで、村じゅうの人気者だ。

「ゲンキ、おまえ、その自転車。ええ加減、買い替えるか、油さすか、せえよ」

　ぼくは一旦停まり、浮かせたほうの足で、ゲンキの乗っている自転車を蹴《け》る真似《まね》をした。

　ペダルか、それともチェーンなのか、はたしてどの部分なのかは不明だが、ゲンキの愛車は思い切り錆《さ》びついているらしく、他の者が漕ごうとしても、容易には動かせない。それをおれは漕げるんだぞという脚力を自慢でもしたいのか、誰がいくら忠告してもゲンキのやつ、手入れをほったらかしだ。本人はそれで満足なのだろうが、ギコギコ、キィキィ、しょっちゅう耳障りな音を聞かせられる周囲の者の身になってもらいたい。

「大丈夫、このままで。大丈夫だいじょうぶ。らくしょう楽勝」

「あほ。大丈夫やあるか。見てみぃ。おまえの体重に耐えかねて、ほれ。火花、散って。火ぃ噴いてるぞ」

　火を噴いているというのはさすがに誇張だが、ゲンキの自転車が、部品同士の摩擦《まさつ》熱ゆえか、車輪の下あたりで火花を散らしながら走行しているのは、何度も見たことがある。

「燃える男やからのう、わし」

「いっぺん、ほんまに燃えてみぃ」

「それより、どこか行くんか、ブキ」

「お町。映画、観てこ、思て」

「おいおい。台風やぞ、今日」

「台風やから、出かけられるんやろが」

「ま、そか。そうよな」

「ゲンキは、なにしとん」

「カンチとこに」前方に見えている空知貫太の家を顎でしゃくった。「泊まらせてもらう」

　カンチとは空知貫太の渾名だ。小学生の頃、茶目っけ盛りの同級生たちに、苗字の「空知」の「知」と下の名前の「貫太」の「貫」をくっつけて「ちかん」と呼ばれ、からかわれたことがあって、いくらなんでもそれはひどすぎると両親が抗議したら、いつの間にかひっくり返して「カンチ」に変化した。そういう由来だ。

　そのカンチ、勉強用個室と称して、自宅の敷地内にプレハブの離れを建ててもらっている。子供同士で気兼ねなく夜通し遊べるので、普段から友人たちの溜まり場になっていた。

「わざわざこんな日に、お泊まりかい。台風やぞ、おい」

「だから、来れたんやんか」

ちがいない。ゲンキも、それからカンチにしても通常の日は、それぞれの自宅で畑仕事を手伝わされている事情に変わりはないわけだから。

「にしても、ちょっと早すぎるん、ちがうか。まだ十時にもなってないのに」

「時間がもったいないもん」

ゲンキは親指とひとさし指、中指を突き出し、くねらせてみせた。このところ彼は、将棋に凝っているのだ。もともとは数学が得意なカンチの趣味で、駒《こま》の動かし方を習っているうちに、すっかり嵌《は》まってしまったらしい。寸暇を惜しんで、打倒カンチに燃えている。今日も丸一日、対局してやろうというのだろう。

「昼間はいいけど、夜、停電したら、どうする。将棋どころやないぞ」

「そのときは蠟燭《ろうそく》の火で、しぶく決めるわ。そうそう。早いといや、あれ、なにしとったんやろ」

「なんの話や」

「さっき、シバコウの車、見た」

「あ、そか」

先刻の白のセダン。ようやく憶い出した。ぼくたちの中学校で社会科を教えている、川嶋浩一郎《かわしまこういちろう》先生の車だ。三十前後の男性で、昨年の春に異動で南白亀中学校首尾木分校へ赴任してきたばかり。

シバコウという渾名は最初、名前にちなんで「シマコウ」だったのが、いつの間にか「シバコウ」に変わった。もともと県庁所在地の豊仁《ゆたひと》市にある某有名公立校で教鞭《きょうべん》をとっていたのが、生徒への体罰事件を起こし、こんな僻地《へきち》へ左遷《させん》されてきたとの、もっぱらの噂《うわさ》だ。真偽のほどは不明だが、生徒を「しばく」先生だから、シバコウというわけ。うちの生徒が殴られたという話はまだ聞かないが、眼つきの鋭い風貌《ふうぼう》は神経質そうで、普段の授業ぶりが寡黙《かもく》な分、怒らせたら怖そうだな、という印象を個人的には抱いている。

「東橋、渡っとったら、追い抜かれた。急いでたらしくて、後ろから鼓膜が破れそうなくらいクラクション、鳴らされたわ。いきなりやったから、びびって、川へ落ちるか、思た」

「おれも見たみた。なんか知らんけど、小学校の旧校舎のほうへ飛ばしていきよった」

「なにしにいったんや、あんなところへ。夏休みやっていうのに、朝っぱらから」

「さあな。先生はおれらみたく休みやなくて、なんか仕事があるん、ちがうか」

「なんもない、誰もおらん、からっぽの旧校舎で、いったいなんの仕事があるんじゃ。あ。そうそう。ブキは今日、何時頃、帰ってくる？」

「さあ。多分、夕方」

「帰ってきたら、そのままカンチとこ、来いや。いっしょに泊まろぜ」

「おまえら、徹夜で対戦するんやろが。おれが行っても、邪魔やん」

「観客がおったほうが燃えるわ。おれがカンチに勝つとこ、しっかり見届けて、証人になってくれ。二学期になったら、学校で自慢する」

百回さしても、そのうちカンチに勝てるのはせいぜい一回か二回。嵌まっているといっても、ゲンキの実力はまだまだその程度らしい。

「証人なら他のやつに頼め。おれ、将棋、判らん。見てても絶対、寝てまうわ、退屈で」

「そんなら、ブキが来たら勝負は切り上げて、トランプでもしよ。ともかく、はよ帰ってこい。はよ帰ってこんと、カンチのお母さんがつくってくれるご飯、全部おれが喰うぜ」

お調子者のゲンキだが、裏表がないせいか、年長者の受けがいい。カンチの離れに限らず、平気でよその家に上がり込み、家族同然に食事したり、テレビを観たり、極端な場合、昼寝していったりすることもしょっちゅう。小学生ならともかく、他の中学生には真似できない技だ。

「そか。そんなら、はよ帰ってこんと、な」

「差し入れ、よろしく」

「おいおい。なんでおれが差し入れするんな」

「お町へ行くんやろが。なんか、めずらしいお菓子でも買ってきてちょうだい。カップ麺《めん》でもええわ。な。そしたら、後で」

ゲンキはさっさと自転車を漕いで、カンチの家の敷地へ入ってゆく。石ころにでも当たったのか、金属がなにかを嚙み込む、ギュワッという耳障りな音が響いて、一瞬だったが、ほんとうに路上に火花が散った。なのにゲンキ本人は、どこ吹く風。あんな不快な音、どうして平気なのかね。

と呆れていたら、プレハブの離れの陰に消えたばかりのゲンキが再び、ひょっこり顔を出した。どこかに停めてきたらしく、自転車には乗っていない。両手をメガホンにして「今晩ブキも泊まること、おばさんに言うといたからな」と大声で告げるや、こちらの反応も待たず、さっさと離れの陰に消えた。せわしないやつだ。

やれやれ。ぼくがペダルを踏み込もうとしたら、ゲンキと入れ替わりに中年女性が現れた。カンチのお母さんだ。

小柄で、ふっくらした童顔。華やかなレモンイエローのブラウスとグレイのスラックス姿に加え、髪にはくるくるウェーブをかけ、お化粧もしている。農作業中のみならずほぼ一日じゅう作業衣か割烹着《かっぽうぎ》姿、ノーメイクで通す女性が多い村のなかでは、けっこう異色の存在だ。

もちろんうちの母や小久保のおばさんだって特別な行事でもあればそれなりにお洒落もするが、空知のおばさんはなにがなくても、農作業の合間に少しでも時間を見つけると、こざっぱりした服装に着替え、まめに化粧もなおす。良妻賢母タイプで、いいひとなのだが、妙に気どってるわよねえと陰口を叩かれやすい所以《ゆえん》である。うちの母なんか、普段は空知のおばさんといちばん仲良く井戸端会議に興じているくせに、どうかすると「ああいう女は存外、曲者なんよ。貞淑《ていしゅく》そうな顔をしていて、なにかあったら、けらけら笑いながら旦那を見殺しにするタイプやね」なんて手前の息子の耳もはばからず、悪《あ》しざまに評したりする。

「どうも」とぼくは自転車から降りて、お辞儀をした。

「今晩、お世話になります」

空知のおばさん、どこか上の空で頷き、ぼくがやってきた方角をしきりに窺う。

「どうかしたんですか？」

「小久保さんち、なにかあったん？」

おばさんがひそひそ囁《ささや》くので、ついこちらも小声になった。「……さあ。そういえばさっき、家族みんなで、ぞろぞろ歩いてたけど」

「そうなんよ。さっき、うちの家の前でな、なんや知らんけど、お兄ちゃんの怒鳴るような声が聞こえてきてね」

お兄ちゃんというのは、憲明さんのことだ。

「なにごとかなあ、思て。覗《のぞ》いてみたら、金谷さんや秦さんたちもいっしょで。なんか、みんなしてお兄ちゃんのこと、なだめてるようだったけど。なにか揉め事なんかな？」

怒鳴るような声というのも不穏だが、区の北側の住民総出で、こんな南の、川の近くまでぞろぞろ出てきていた点も大いに気になる。

「五叉路のところですれちがったけど、どういうことなのかまでは聞きませんでした。でも、それぞれ家へ引き上げたみたいだから、よう判らんけど、一応解決したことはしたんじゃないですか」

「うーん」こっちの説明を聞いているのかいないのか、おばさん、五叉路のほうに視線を据えたまま、首を何度も傾げる。「頭、冷やせ、今日のところはなんもせんと、おとなしく待っとれ——みたいなこと、小久保さんの旦那さん、言うてたけど。いったい、なんのことかねえ」

「母ちゃん。ええ加減にしぃ」

プレハブの離れの陰から、カンチこと空知貫太が顔を覗かせた。破れた傘を骨組みだけ大きくひろげたみたいに、ひょろりと細長い四肢がTシャツと短パンから伸びている。前髪を眉どころか眼が隠れそうなほど垂らしている。

夏休みだけではなく年じゅう、こんな髪形。男子生徒の長髪は校則違反だが、先生たちがおおらかなのか、それともカンチが優等生ゆえ、おめこぼしをもらっているのか。学校の指導方針はともかく、髪を伸ばし放題伸ばしても、両親からなにも注意されないカンチの家庭環境が、ぼくには羨ましい。

ぼくはといえば、単に母が「髪の長い男は嫌い」というただそれだけの理由で、いつも頭を五分刈りにさせられているのだ。祖母は祖母で「髪を洗てもドライヤーが必要ないから、手間がかからん。便利でええやん」などと恩着せがましいボケをかますものだから、よけい頭にくる。わざわざ手間をかけてそのドライヤーを使いたいのが、この歳頃の男の子ってもんじゃないか。

自由にお洒落さえできれば、おれにだって彼女ができるかもしんないのに、と。ぼくは常日頃から、そんな鬱《うっ》屈《くっ》した恨みをかかえていた。実際には、髪を伸ばしたからといって女の子の受けがよくなるわけでもなんでもないのだが、なまじカンチという具体例が身近なところにあるものだから、そんな僻《ひが》んだ思い込みからなかなか脱却できない。

さきほどのマユちゃんこと小久保繭子と、カンチは付き合っているのだ。恋人というと大袈裟《おおげさ》かもしれないが、特定の女の子と親しくしているというだけで、ぼくにとっては眼も眩《くら》むような、すごいことだった。別世界のお伽話《とぎ》さながらに。

　その別世界へ渡航するための切符こそ、自由な髪形に象徴されるお洒落全般だったのだ。好きなだけ髪を伸ばしても誰にもなんも言われんのやもん、そらガールフレンドのひとりもできるわなあ、と。そんなふうに、ぼくはひそかにカンチをやっかんでいた。

　子供っぽい勘違いと言ってしまえばそれまでだけれど、実際カンチを羨むべき点は実にたくさんあった。自宅の敷地内に個室として与えられているプレハブの離れだってそうだ。家庭では常に母と祖母の眼や耳をはばかり、息苦しい束縛感をもてあましているぼくにとって、プライヴェートな時間と空間を確保することは最優先の夢だった。だから、お町に住みたい。早く高校生になりたい。

　それにしてもカンチのやつ、どうしてこんなに恵まれてんのかな。やっぱり頭がいい分、周囲から期待されてるってこと？　ただ、それだけ嫉妬《しっと》しながらもカンチのことを徹底的に嫌悪せずにすんでいるのは、彼のガールフレンドがマユちゃんだという、微妙さにある。

　マユちゃんは、うーん、小久保のおばさんに似てスタイルはいいんだけど、顔がね、いまいち、みたいな。いかにも田舎っぺの、野暮ったい娘って感じで。おれが彼女にするなら、もっと都会的でハイセンスな美少女じゃないと、みたいな。

「他人《ひと》さまの噂話なんて、みっともない」

　おとなびた口調でカンチは母親をたしなめた。

　いまは奥の母屋《おもや》に引っ込んでいるであろうカンチのお父さんは、いつもにこにこしてタバコを咥《くわ》え、周囲の騒音にも我関せず黙々と仕事に打ち込むタイプだ。だいぶ歳の離れた奥さんを甘やかし、小言を垂れたりすることもないんだろうな、と思わせる。そんな空知のおじさんに、理知的な風貌のカンチはあまり似ていない。

　ではおばさんに似ているかというと、これがそうでもない。空知のおばさんは、譬《たと》えて言うなら若さだけが取り柄のアイドル歌手がそのまま老け込んだ感じで、いくつになっても舌足らずな可愛らしさを武器に周囲を自分のペースに巻き込もうとするタイプだ。両親にはないカンチの年齢不相応なクールさは、突然変異ってやつかもしれない。

「へえへえ」おばさん、おどけて肩を竦《すく》め、無口な夫よりよほど口やかましい息子に、あっかんべと舌を出す。「それじゃ、省路くん、後でね」と笑ってぼくに言い置き、プレハブのさらに奥の母屋へ引っ込んだ。

「よぉ、カンチ。おれも今晩、世話んなるぞ」

「さっきゲンキから聞いた。たすかるわ」

「なんや、たすかる、て」

「誰か他の者がおらんと。ふたりだけやったら、あいつ、徹夜で将棋、さしかねん」

「ええやん、別に。おまえのほうが強いんやろ。めためたにしたれ」

「どれだけめためたにしてやったって、どっと疲れるがは、こっちや」

「なんで」

「あいつの手筋、死ぬほど単純なんじゃ。負けても負けても懲りんと、同じパターンで攻めてくる。もうちょっと頭、使え言うても、あ、また同じところでまちがえた、とか笑ろてるし。そらそうや。駒の進め方、いっつも同じやもん」

「そらまたゲンキらしい粘り腰で」

「そんな上等なもん、ちがう。初手から詰めまで、何百回も何百回も同じ手、くり返されてみ。本人は楽しいかしらんけど、付き合わされるほうは、たまらんぜ」

「そらそやの」

「ところで、映画、観にゆくんやって？」

「うん。おまえがこの前、マユちゃんといっしょに観にいっとったっていう」

「ん。えと。ああ、あのＳＦ？」

「そう。あれあれ」

「台風やのに、わざわざ、か」

「だって、今日、観とかんと、いつ観られるか、判らんから」

「まだ夏休み、二週間あるぞ」

「その二週間、一日も欠かさず、母ちゃんと祖母ちゃんに、こきつかわれるに決まっとる。一昨日も、お町での露店市、手伝わされたばっかりや。たまらんわ、朝から晩まで一日じゅう」

「そか。ま、じゃあ、待っとるわ。後で」

「おう」

「なるべく、はよ戻ってきてくれ。な」

よほどゲンキとの対戦を早めに切り上げたいらしい。その切実な口ぶりに思わず笑ってしまった。

カンチと別れ、ぼくは自転車を漕いだ。すぐに異味川《くしまがわ》だ。

山間部では既に天候が大きく崩れているのか、川の水が濁っていた。風に捲《めく》られる魚の鱗《うろこ》の大群のように波打っている。それを見て、なにも今日わざわざお町へ出かけてゆかなくてもいいかなと、少し後悔した。が、母の憫笑《びんしょう》や祖母の厭味が脳裡《のうり》をよぎると、ええいくそ、なにがなんでも行ったるわいと、むきになる。

　ペダルを漕ぎ、橋を渡った。五十メートルほどの距離だが、慣れていない余所者は、これを渡るのがけっこう怖いらしい。まあ無理もない。古ぼけた木造なのに加え、路面に埋めてある土にはところどころ穴が開いていて、川面が覗けたりする。こんな危なっかしい橋を地元の者たちは、いつも軽トラックでびゅんびゅん往復していると言うと、外部のひとは、えっと吃驚仰天《びっくりぎょうてん》するわけだ。

　軽トラックどころじゃない、前述の小久保家の新居が建設された際は、重い資材を積み込んだトラックが、ときにはいっぺんに数台、老朽化した橋桁《はしげた》をがたがた揺らしながら頻繁に往復していたのだ。それでも大丈夫だったのだから、地元の人間も含め、行政が橋の安全性に関して危機意識を鈍らせていた事実は否《いな》めない。

　首尾木村は、この異味川を挟んで、山間部寄りの北西区と、ややお町寄りの東南区に分かれている。ぼくが住んでいるのは北西区のほうだ。

　こう説明すると、村がちょうど半分半分に二分割されているように聞こえるかもしれないが、実は全然ちがう。首尾木村の人口は約二百人。離島などを別として、多分全国最少だと思うが、そのほとんどが東南区の住民なのだ。ぼくが通っている南白亀中学校首尾木分校の校舎をはじめ、簡易郵便局、公民館、役場、駐在所など、主な公共施設もすべてこの東南区に在る。

　かたや北西区ときたら空知家、金谷家、秦家、小久保家、そしてぼくの住む大月家とたった五世帯。小久保家を二世帯として計算しても、六世帯。総人口、わずか十四人。深刻なばかりの過疎化である。小学校が存続していた頃はその恩恵で、まだしもひとの往き来が賑《にぎ》やかだったのが、少子化の影響で廃校になって以来、さびれる一方だ。生活拠点を東南区やお町へ移す住民も多く、特に小学校の旧校舎周辺は空き家だらけになっている。

　いまぼくが渡った橋は、東南区へと通じる橋と区別するため、南橋と呼ばれる。東南区へと通じるほうは東橋。ゲンキはその東南区のほうの住民で、さっきは自宅からその東橋を渡って、こちら側へやってきたというわけだ。

　南橋を渡ると、ひたすら畦道を漕ぐ。十分ほどすると、やっとバスの停留所が見えてきた。

　木造で、かたちばかりの雨避《よ》けの下に、自転車を突っ込み、停めた。いつものように鍵は掛けない。こんな僻地へ、しかもボロ自転車を、わざわざ盗みにくる泥棒なんているわけないもんな。

南白亀町行のバスは、午後に二本あるが、午前中は一本しかない。乗り遅れると厄介だ。特に今日は天候が天候だし、出発が午後にずれ込むようなら、お町へ行くのはほんとうに断念したほうがいいかもしれない。

案じていると、バスがやってきた。ホッとしたような、これで後戻りできなくなってしまったかのような複雑な気分をかかえ、乗り込んだ。

乗客は誰もいなかった。

「よう」と髭の剃《そ》り痕《あと》が青々とした中年男性の運転手が、声をかけてきた。小さい頃からの顔馴染《なじ》みだが、いまだに名前を知らない。

「どこ行くがや、坊主《ぼうず》」

運転手さんは髪形のことではなくて、子供とか若い衆というほどの意味で「坊主」と呼んでいるのだろうが、いまのぼくにとっては最大の屈辱だ。ちくしょお。高校に入ったら、母の支配圏内から少しは遠ざかれる。来年の春からは、もう思い切り髪を伸ばしてやるぞ、と改めて心に誓った。

「お町」

「台風やぞおい」

みんな判で捺《お》したみたいに同じことを言うなあ。可笑《おか》しいような、うんざりするような。

「そう言うけど、こんな日でもねえと、遊びにいかしてもらえんもん。夏休みだからって、毎日毎日、畑仕事やらなにやら、手伝わされるしよ」

運転席の横に『危険ですので、走行中、運転手に話しかけないでください』と記されたプレートが掛けられているが、お互い、無頓着《むとんちゃく》なものだ。

「お町で泊まりか？」

「ううん。なんで？」

「気ぃつけんと、今晩、帰ってこられんようになるぜ。午後、もしかしたら、バス、運行してねえかもしんねえし」

「え。そうなの？　予報じゃ、雨風が激しくなるのは暗くなってから、とか言ってたけど」

「全便運行休止ってこた、ないかもな。でも山間部方面行は、まちがいなく危ねえぞ」

一時間近くバスに揺られているあいだ、他に誰も乗ってこなかった。やはりこんな日に、自家用車を利用するならともかく、わざわざバスで出かけようなんて酔狂者はいないらしい。

　途中、雨粒が窓を叩き始める。最初はぽつりぽつりだったのが、あっという間に大雨になり、ガラスの表面を横縞《よこしま》の水滴が走り始めた。

　風も一段と激しくなる。ぼくは舌打ちして、ショルダーバッグのなかから雨合羽《あまがっぱ》を取り出した。折り畳み傘も一応持ってきているが、この風の勢いでは役に立ちそうにない。

　終点の南白亀駅前に到着した。雨合羽を着込み、下車。ここから映画館へは徒歩だ。雨と風を突っ切って車輛《しゃりょう》が往来する国道沿いの歩道を、てくてくと東のほうへ進む。

　南白亀町は、人口約一万六千人。市内の公共交通機関は、路面電車で県庁所在地である豊仁市と繋《つな》いでいた私鉄が財政難から撤退したばかりで、いまは路線バス、それも二時間に一本のみ。新たに鉄道が第三セクターで開通するという話もあって、高架橋梁がぽつぽつ建てられてはいるが、自治体との連携がうまくいかないとかで、工事は現在中断。古い駅舎も路線バスの停留所としてしか機能していない。お町といっても、全国的に見ればど田舎もいいところなのだが、人口二百人の村の者にとっては立派な都会だ。なにしろ映画館がある。書店がある。レコード店もある。喫茶店やパチンコ店がある。

　そして英会話教室なんてものまであるのだ。〈エンゼルハート学院〉という看板を掲げた、煉瓦《れんが》造《づく》りの二階建ての建物を、ぼくは見上げた。『外国人講師といっしょに、アットホームなレッスンを』とある。なんとなく憧れてしまう。

　中学生になって英語は学校で習い始めていたが、なにしろ英文というと未だに「じすいずぁぺん」とか「あいあむぁぼぉい」程度しか頭に浮かばない。加えて、生まれてから十五年、ぼくは本物の外国人を見たことがまだ一度もなかった。雑誌や映画に登場するような、流れるような金髪、鮮やかな碧眼《へきがん》、手足の長い、美しい白人女性が、この建物のなかにいるのだろうか。もしいるとしたら、ぼくのような者でもそんな女性と個人的に親しくなれたりするかもしれない。お町に住みさえすれば、そんな夢のようなチャンスだってあるんじゃなかろうか。〈エンゼルハート学院〉の建物を見るたびに、くらくら妄想めいた憧憬《しょうけい》が脳裡に渦巻《うずま》く。

「ん？」ふと扉のガラス戸に貼り紙がしてあるのに気づいた。『――お知らせ。マイケル・ウッドワーズ先生のクラスを受講されているみなさま、本日は先生急用のため、レッスンはお休みです。悪しからずご了承くださいませ』とある。

てことは、悪天候にもめげず、他の講師たちは今日もレッスンを敢行するということだろうか。それとも外国人講師というのは、実はこのマイケル某《ぼう》ひとりしかおらず、本日は実質休校という意味なのだろうか。もしも後者だとしたら、マイケルとはおそらく男だろうから、ぼくが常々夢想しているブロンド美女は存在しないことになる。前者のほうの想像が当たっていることを切に祈ろう。

これはずっと後になって思い当たることだが、こんな田舎町で英会話教室の需要なんて、そうそうあるわけがなかった。もちろん学習意欲を抱く者だって皆無ではないだろうけれど、それに見合うだけの経済的・時間的余裕のある層が町民の主流だったはずはない。わざわざ外国人講師を雇って採算がとれるとは考えにくい。事実この翌年〈エンゼルハート学院〉は資金繰りに窮し、閉鎖されてしまうのである。正式な資格や経験のない者たちでも、ただ外国人というだけでむりやり講師に仕立てたりしていたらしいが、肝心の生徒が充分に集まらなければ、どうしようもない。

ともかく、そんなうらぶれた裏事情は、すべておとなになってみて判ることだ。思春期の頃、お町はぼくにとって都会であり、映画館や英会話教室に限らず、未知のときめきに満ちていた。なにかとても楽しいことが待ってくれている気がしたし、いつも新しい出会いへの期待に打ち震えていた。

新しい出会い、とはもちろん、女の子とのだ。南白亀町には村よりも遥《はる》かにたくさんの中学生、高校生がいる。南白亀中学の本校は、分校の何倍も生徒がいるし、県立南白亀高校は町外からの通学者が多数、学校の寮住まいをしている。

当然、同年輩の女の子がたくさんいるわけだ。ぼくもそのうちのひとりといずれ、映画やマンガのワンシーンみたいに電撃的にお互いに恋に落ちたりするかもしれない。大真面目《おおまじめ》にそう夢想していた。この自分にだってきっとそんなドラマが起こり得る、いや、こうして生まれてきた以上、約束されているはずだと信じて疑わなかったこの頃。

だからお町へ遊びにくる際は、五分刈りの坊主頭は坊主頭なりに、自分が持っている範囲内の私服で精一杯めかし込むのが常だったが、今日は悪天候に備えて無骨なゴム長靴を履いていたため、どうにもさまにならない。そうしておいて正解だったことになりそうな雲行きだけれど。

普段と比べるとお町も、ひと通りがまばらだ。悪天候で客足が遠のくと見切ってか、開店したばかりの店が早々とシャッターを下ろしたりしている。せっかく無理して出てきたのに、村に負けず劣らず、どんより灰色に淀んだ風景。

十分ほど歩き、映画館に着いた。〈銀河座〉という大仰な名前らしからぬ、小さい場末の小屋だが、映画館にはちがいない。

上映予定表を見ると、目当てのSF映画『怪奇壮絶フラクタル星人の侵略』はすでに始まっていた。途中から観るのは抵抗があったが、仕方ない。贅沢《ぜいたく》を言える日ではない。

料金を払い、なかへ入った。支払窓口と売店が内部で繋がっていて、同じお婆さんが売り子をやっている。腹《はら》の虫癒《むしいや》しに、冷めたホットドッグを、ひとつ買った。

ソフトドリンクやお菓子にも心惹《ひ》かれたが、ふところ具合が寂しかったので、ぐっと我慢する。こんなに天候の先行きが不安でなければ、真っ先に父のところへ行き、軍資金を調達しておいてからお町へ繰り出していたのに。季節柄、やむを得ないとはいえ、台風のやつが恨めしい。

館内ホールには「近日上映」と記された成人映画のスチール写真がべたべた貼ってある。『燃えるアバンチュール、人妻は三度失神する』だの『危ないナース、患者喰《く》い日記』といった、いかにもベタで煽情的《せんじようてき》なタイトルが躍っている。なにしろお町に一軒しかない映画館だ、児童向けのなんとかマンガ祭りからポルノ映画まで、すべて平気で同じ小屋にかかるという、都会の常識では考えられない、ある意味、笑える事態が罷《まか》り通る。しかもだいたい通常の公開時期から半年、ないし一年遅れで。

これからぼくが観るやつもそうだ。いかにもチープな海外SF映画で、明らかに七〇年代テイスト。一年遅れどころの騒ぎじゃない。それをさもリバイバルに非ず新作公開でございい、みたいな顔をして堂々と上映するあたり、厚かましいと言うべきか、それとも長閑《のどか》と言うべきなのか。当然、パンフレットなんか売っていない。

ホットドッグにまぶされた、あまり酸味や辛味のない、やたらに甘いトマトケチャップとマスタードの味を噛みしめながら、ぼくは大画面に観入った。こんな内容だ。謎の宇宙人が、どこか外国の田舎町へ飛来する。どろどろ、ぐちゃぐちゃとした気味の悪い外見の怪物たちは無《む》辜《こ》の住民を次々に襲い、殺戮《さつりく》の限りを尽くす。保安官がライフルで反撃するが全然効かない。軍隊が出動しても、あえなく返り討ち。町は殲滅《せんめつ》され、気がつけば生き残っているのは可愛いブロンドの女子高生、ひとりだけ。家族やボーイフレンドを殺され、絶望に沈む彼女は、やがて自分以外の生き残りに遭遇。ところがこれが勉強しか能のない、いかにもひ弱そうな同級生の男の子。はっきり言ってヒロインの大嫌いなタイプだが、生き延びるためには、不本意ながら彼に頼らざるを得ない。ふたりは力を合わせて困難に立ち向かってゆく――とかそういう。

　他愛ないというか、はっきり言って、ばかばかしい物語だった。途中から観ても誤解しようのない単純なストーリーだし、無敵かと思われたフラクタル星人は実は砂糖が弱点で、それに気づいた主人公ふたりの奮闘によりあっけなく地球から撃退されるという、ギャグマンガそこのけのオチ。宇宙怪物の造形や軍隊が繰り出す兵器のしょぼさは予算の都合だろうからまあ目を瞑《つむ》るとして、砂糖に気づいたというだけで、なよっちくて、なんの取り柄もないガリ勉の男の子がいきなりヒーローに格上げとは、いかがなもんだろう。ティーンエイジャーの成長譚《たん》にするなら、もう少し脚本を工夫してくれないと、感情移入もなにもあったもんじゃない。それまで彼を小馬鹿にし、ときには「あたしに近寄らないで、気持ち悪い」と害虫並みの扱いをしていたはずのヒロインが、あなたってすてき、最高よと掌かえしたみたいに瞳をきらきらさせても、なんだかなあ、と鼻白むばかり。

　などとあれこれ文句をつけながらも、ぼくはけっこう真剣だった。居眠りもせず、じっとスクリーンの世界に没頭する。なにしろ普段から娯楽、特に映像の楽しみに飢えている身だ。

　浦島太郎みたく世間の流行から取り残されがちな首尾木村でも、この頃は家庭用ビデオデッキを揃《そろ》える家がちらほら現れていたが、ビデオレンタル店なんてまだお町にも見当たらず、ソフトが不足していた。ものめずらしさに惹かれて知人の家にビデオを観せてもらいにゆくと、生まれて初めてホームビデオカメラで撮影したという、親戚《しんせき》の結婚披露宴の一幕に延々と付き合わされたりしたものである。それでも失笑を洩《も》らしたり馬鹿にしたりせず、ありがたく腰を落ち着けて観賞していたのだから、のんびりしたものだった。

　こうした環境下、劇場へ映画を観にゆくというのは、特に子供にとって、娯楽の王道だったのだ。内容の出来、不出来の問題ではない。ただお町へ行って映画を観てきた、その事実だけで大きな満足感があったし、学校でも話題にできた。

とはいうものの、カンチのやつ、こんなジャンク映画を観るためにわざわざマユちゃんを連れてきたのかよ。気が知れねえ。劇場大画面の世界に浸ったこと自体にはそれなりの充実感があったものの、やはり心のどこかでばかばかしさがわだかまる。けっこうおもしろかったぞ、とカンチが言ってたから、ぼくもその気になったのに。

おもしろいのか、これ？　それとも内容自体はあまり真面目に捉《とら》えず、この脱力しそうな、しょーもなさを笑って楽しむべきなのかしら。いずれにしても、ひとりで観るならともかく、せっかくの彼女とのデートには、もうちょっと作品を選ぶべきだと思うが。

エンドクレジットが終わり、幕が閉まると、場内は明るくなった。観客は他に誰もいない。途中から入ったので、もう一回、最初から観なおしておくべきか。本編にそんな価値はない。迷わずそう断じたが、問題は予告編だ。休憩時間を挟み、予告編が上映されるのだ。ひょっとして、ホールにスチール写真が貼《は》ってあった、ポルノ映画の分かな。「近日上映」というからには、そうかもしれない。いや、きっとそうにちがいないぞ。こうしちゃいられない。一気に興奮したぼくは慌ててトイレで用を足し、もとの席へ戻った。

これまた都会の常識では考えられないことだが、なにしろ一軒しかない映画館だから、作品ジャンルにかまわず小屋にかかる順番で予告編を流す。お爺ちゃんが孫娘を連れて児童向け野生動物ドキュメンタリを観にきたら、いきなり大画面に女の裸がどーんとアップになってぶっ魂消《たまげ》た、なんて逸話もありがち。成人映画の実際の上映日には十八歳未満は入場禁止になるので、中学生の男の子たちは予告編を目当てに、事前に上映順序を調べておいて、全然別の作品をわざわざ観にゆくという裏技を駆使したりするってわけ。

いつでもお伴に使えるように、しっかり眼に焼き付けておかなくちゃと、どきどきして待つ。幕が開き、場内が暗くなると興奮は最高潮に達したが、始まったのはまたもや『怪奇壮絶フラクタル星人の侵略』本編だった。三度失神する人妻でもなければ、患者を喰うナースでもない。予告編は、なんにもなし。

どうなってんの？　後から知ったことだが、学校や町からのクレームを受け、未成年の眼にふれる恐れのある場合は成人映画の予告編を自粛すると〈銀河座〉側が決めたばかりだったらしい。しかもちょうど、この年の夏休みから。

　ちきしょー。待ってて損した。誰に笑われるわけでもないのに、ものすごく恥をかいたような気分になる。おまけに、すぐには席を立てない。いま出ていったら売り子のお婆さんに、予告編を期待して座ってたことがばれるんじゃなかろうかと気を回したのである。自意識過剰もいいところだが、中学生の男の子とはそうしたものなのだ。仕方なく『怪奇壮絶フラクタル星人の侵略』の未見部分をチェックすべく、改めて腰を落ち着けた。

　すると先刻のヒロインよりも、ずっとぼく好みの女優が登場してきて、お、と身を乗り出す。主人公たちが通う高校の女教師役だ。これが、冴《さ》えない主役の男の子と同じ人類とは思えないほどハンサムでスポーツマンタイプの男子生徒をロッカールームで誘惑しているところを、肌もあらわな恰好のままフクラタル星人に襲われて身体をばらばらにされ、早々と退場。なんとまあ、もったいない。しかし、いくら舞台のお国柄が開放的そうだとはいえ、こんな凶悪なほど色っぽくてエッチな先生なんて、ほんとにいるの？

　単にきれいな先生なら、ぼくらの学校にもいる。花房《はなぶさ》朱美《あけみ》という二十代くらいの英語教師で、掃《は》き溜《だ》めに鶴というのか、首尾木村なんかに住んでいるのがもったいないくらいの華やかな美人である。

　が、住民たちの評判は必ずしもよろしくない。いや、最悪と言っていいだろう。派手でうわついた雰囲気が女性たちの反感を買うのは当然として、でれでれ鼻の下を伸ばしてもおかしくない男性陣さえ彼女のことを化粧が濃すぎるだの、胸を強調しすぎだの、スカートが短すぎるだの、相手が有力者か否かで接する態度があからさまにちがいすぎるだのと、さんざん。

　ぼくの母も、ご多分に洩れず毛嫌いしていて「なにあれ。まるでキャバレーの女やん。若いうちは僻地へ遣るのが教育委員会の慣例か知らんけど、あんな女、はよ異動になってもらわんと困るわ。子供の教育に悪い。もともと豊仁のひとやろ？　本人やて甲斐《かい》がないわな、せっかく色気ふりまいても、こんなイモみたいな男しかおらんような村じゃ」と糞味噌《くそみそ》。しかも母親の勘は侮《あなど》れないというか、ぼくが、花房先生ていいよな、あんな色っぽい女のひととエッチできたら最高だろうなあと妄想しているときを狙《ねら》いすましたみたいに、ちくりとやるのである。息子が彼女をオナニーのお伴にしていることをテレパシーかなにかで察知しているんではなかろうか。ときおり真剣に怖くなる。

この映画みたいに、花房先生、おれのこと誘惑してくれんかな……そんな妄想に耽《ふけ》っていて、ふと一昨日、彼女を偶然目撃した一件を憶い出した。露店市をひらく祖母と母の手伝いでお町へやってきていたぼくは、店番を交替し、弁当と飲み物を買いにゆかされた。その際、街角の電話ボックスのなかに花房先生の顔を見つけたのである。

暑いせいか、二の腕も太腿《ふともも》もむちむち剝《む》き出し。町なかでこんな恰好の女に出くわしたら、たしかに学校の先生とは思えんよなあ。肌の露出度の高い彼女の装いに幻惑されるまま近寄ってみると、花房先生は受話器を耳にあて、なにかメモしていた。ぼくに見られていることに気づいた様子もなく、通話を終え、電話ボックスから出てくると、そのまま南白亀駅の方角へ消えていった。

その彼女の後で、どうして電話ボックスに入ってみる気になったのか、自分でもよく判らない。少なくとも電話するつもりでなかったのはたしかだ。ドアを開けると、花房先生の残り香だろう、頭がくらくらするほど甘ったるい匂《にお》いが充満していて、ズボンの前がテントみたいに三角に突っ張る。

痛みに身をよじると自然に、台座に載っている電話帳へ眼が行った。表紙にメモの跡があり、転写された電話番号らしきものが、はっきり読み取れた。市外局番が豊仁市のものだ。これをさっき先生、メモしてたのか？

ぼくは無意識にその番号を暗記していた。それをどうするつもりとかの意図などなかったにもかかわらず、なんとなく、というか、強迫観念にかられるかのように、しっかり憶えてしまったのである。この当時、ストーカーという言葉はまだそれほど世間に流布していなかったと思うが、後から己れの行動を反芻《はんすう》してみるに、執着対象の遺留品がなにかないかと血眼で探し回る、変質者のような心理が働いていたのかもしれない。

見覚えのある映画のシーンまで辿《たど》り着いたところで、ふと天候の具合が心配になり、ぼくは慌てて席を立った。が、ときすでに遅し。館内ホールまで響いてくる激しい風と雨の音に、一気に現実へ引き戻される。

「あちゃ」と思わず声が出た。出入口の軒下へ出てみると、先刻とは比べものにならない。まともに歩くのも難儀しそうな勢いになっている。

強風に捲れそうになる雨合羽を押さえ〈銀河座〉を後にした。南白亀駅へ向かう。旧駅舎のなかの待合所の窓口で訊《き》くと、はたして、山間部方面へのバスは全便運行休止になったという。

あららら。まいったな、こりゃ。

仕方ない。どうせ時間があったら父に、小遣い目当てに会うつもりだったんだし。南白亀の中心街へ足を向ける。

〈銀河座〉よりも少し南寄りの、繁華街の一角。二階建てすらめずらしいこの町で、ひと際めだつ四階建ての雑居ビルだが、建物はかなり年季が入って古ぼけている。一階は喫茶店、二階は設計事務所、三階は税理士事務所。そして最上階に〈伊吹内科クリニック〉の看板が出ている。

階段を上がればいいものを、普段滅多に利用する機会がないのでわざわざエレベータで上がった。顔見知りの受付兼薬剤師の女性に事情を告げておいてから、待合室のソファに座る。

どうやらすぐに奥の診察室にいる父に話が伝わったらしい、ナース姿の若い娘がやってきて、そっとメモを手渡してくれる。階下で待っていろ、とあった。階下とはこの場合、喫茶店を指す。

一旦ビルの外へ出て、一階の喫茶店〈あまちゃ〉に入りなおした。客は、どういう職種なのか、こんな日にジャンパー姿で夕バコをふかしながらスポーツ新聞をひろげる中年男がひとり。

田舎にしては凝ったコーヒーを飲ませるので便宜《べんぎ》的に喫茶店と呼ばれているが、人気メニューはお好み焼きという変わり種。客が自分で焼ける鉄板テーブルも置かれていて、いつもなら中学生や高校生たちでいっぱいだ。ちょっと心惹かれるものの、そんな時間的余裕はあるまいと判断し、今日は普通のテーブルに荷物を置いた。

顔見知りの女性店主が、おしぼりとおひやを持ってきてくれる。なにを言わずとも父との待ち合わせだと了解している笑顔で、オーダーもとらず、さっさと奥へ引っ込んだ。

ぼくは立って、カウンター席の横のピンク色の電話に硬貨を入れた。ダイヤル式だ。自宅の電話番号を回す。たまたま近くにいたらしく、すぐ母が出た。

『ん。どしたん。いまどこ』

「まだお町。あのね、これから帰るけど、夕飯、要らんから」

『え。なんで。ひょっとして、いま、あのひとといっしょ？』

あのひと、というのはもちろん、父のことだ。

「ううん」めんどくさいのでそちらの説明は省き、要件だけ伝える。「今夜は、カンチとこに泊めてもらうわ」

『じゃ、帰ってこんの、うちへは』

「こんな天気やし。何度も往き来するのも、めんどいから。このまま直接、カンチとこへ行こか、思てるけど」

『夕食もご馳走になるつもり？』

「途中でたまたまおばさんにも会《お》うたから、そうしようかな、思てるけど。だめ？」

『まあええわ。澄江《すみえ》さんによろしゅう言うといて。あんまり迷惑かけたらいかんで』

もっといろいろ難癖つけられるかと覚悟していたわりにはあっさり解放され、ホッとする。

ま、村は狭い世界だ。註釈なしにカンチと渾名で話題にしても空知澄江の息子のことだと解するくらい、母とおばさんは親しい。まちがえても、こんなすぐにばれる嘘をついてまで、例えばぼくがお町の父の家に泊まったりする度胸なぞあるまい、と安心しているのだろう。


トイレをすませ、待っていると、ほどなく父が現れた。私服姿だ。時計を見ると、まだ三時過ぎ。診療時間は午後六時までのはずだが。

「仕事、もういいの？」

「予約が全然入っていない」

さきほどの女性店主が、さっと、おしぼりとおひやを父の前に置いてゆく。

「ま、無理もない。こんな天気じゃ、飛び込みもなかろうし。ナースもみんな、帰した。で、どうしたんだ、今日は」

「映画、観にきた」

「台風の日にわざわざ、か」

父もまたお定まりの反応。

「こんなに急に激しくなるとは思わなくて」

オーダーもとっていないのに、女性店主は至極当然の如《ごと》く、父の前にアイスコーヒーを置いた。

父もまたあたりまえのように、ミルクとシロップを大量に注ぎ、ストローに口をつける。常連客との阿吽《あうん》の呼吸なのかもしれないが、ものごころついたときから母に子守歌がわりに、父の女癖の悪さをいやというほど吹き込まれた身としては、まさかこの女性店主ともいい仲になっているのではと、つい邪推《じゃすい》してしまう。

それにしても不思議だ。息子の眼から見て、父は決して魅力的な男性ではない。白髪混じりの天然パーマは鳥の巣みたいだし、ぼくの記憶する限り、十年一日の如く同じフレームの泥臭いメガネを掛けている。お洒落からはほど遠い。

はっきり言って、ただのむさ苦しい中年男にすぎない。本人が好色なのはいいとして、女癖が悪いというからには、相手にしてくれる女性が存在しなければならないはずだが。好きこのんで、こんな脂ぎったおっさんをかまってくれる女性が、ほんとうにそんなにたくさんいるものなのか。それがぼくの素朴な疑問なのだ。

母に言わせれば、女は金の匂いを嗅《か》げば、どこへでもすり寄ってゆく、ということになる。たしかに仕事が好調な父は裕福だし、金が人心に対して大きな魔力を発揮するのも理解できる。しかし、いくらお金のためとはいえ、こんな中年男に身体《からだ》をあずけることが、生理的にそう簡単に可能になるものなのか。それが判らない。

こんなことを考えるのは、ぼくがまだ子供だったからなのか。それとも心のどこかで、父にもいくばくかの人間的魅力が具わっているはずだと信じたい気持ちがあったからなのか。

「なにも頼んでないのか」

「うん。えと」

ぼくはメニューを見た。多分そんなことはあるまいとは思うが、カンチのお母さんが用意してくれる食事を、ぼくが行く前に全部ゲンキがたいらげてしまう事態も想定しておいたほうがいいかも。

「なにか食べていい？」

「大丈夫か、中途半端な時間だが」

「かるめにする」

サンドイッチを注文し、黙々とつまむ。食べているあいだ、父と息子の会話は、はずまない。

「――さて、どうする」

「もう帰る」

「バスはあるのか」

「止まってる。送ってもらえない？」

父は露骨に嫌そうな顔をした。

「別にかまわんが、それより、うちに泊まったらどうだ。そのほうが簡単だし」

それはまずい。絶対にまずい。父の家に泊まってきたなんてことがばれたら、大揉め必至。台風だから不可抗力だった、なんて寛恕《かんじょ》してくれるような母ではない。

　ほとんど泣き落としで、ようやく父の車で首尾木村まで送ってもらえることになったものの、なんで自分がこんな気苦労を強いられなければいけないのかと、不条理な私憤が渦巻く。

「あ。その前に、買物してかなきゃ」

「なにか要るのか」

「今夜、カンチとこに泊まるんだ。それで」

「カンチ？　誰のことだ」

　つい母に報告するのと同じように、渾名で言ってしまったが、当然のことながら、父に通じるわけはない。自分が父親と別居しているんだなあと実感するのは、こんなときだ。

「空知ってやつ。同級生。で、ゲン、じゃなくて、元木ってのもいっしょに」

「先方の家は大丈夫なのか。そんなに何人もで泊まりにいったりして」

「平気だよ。離れがあるもん」

「子供ばかりだからって、浮かれて変なこと、するんじゃないぞ」

「なに、変なことって？」

「タバコとか、酒とか、お定まりの」

「そこまでするなら、わざわざお菓子なんか買ってかないよ。可愛いもんでしょ。たまには夏休みらしい息抜き、させてよって。来る日も来る日も、ナスばっか相手にして」

「まさかおまえ」と父は急に怖い顔になった。「畑仕事ばっかりさせられて、勉強する時間がないんじゃないだろうな？」

　失言だったかもしれない。父の本音としては、できれば母と正式に離婚し、ついでにぼくの親権も手に入れたいと虎視眈々《こしたんたん》、狙っているわけだ。妻が息子の学業の妨害をしているというのなら、絶好の批難材料になる。別に母を擁護するつもりはないけれど、めんどくさい展開は願い下げだ。

「とんでもない。むしろ普段はその逆だよ。勉強、勉強って、ふたことめには。特に休みになると、うるさいくらい」

「そうか。なら、いいんだが」

〈あまちゃ〉を出ると、父はそのまま建物の裏の駐車場へ走った。車のなかで待っているから、早く買物をすませてこい、と言って、ついでにたっぷりお小遣いをくれる。

どこかお菓子を買える店を探すが、なかなか見つからない。この当時コンビニエンスストアなんて、多分もう日本にはあったと思うんだけれど、ぼくは見たことがなかった。村にはもちろん、お町にもない。県庁所在地の豊仁市にも、確認したわけではないが、多分なかったのではなかろうか。

うろうろしていると、〈白水《しろうず》カメラ〉という看板が眼に入った。ちょうど初老の男性が店から出てきたところだ。今日は商売は無理と見切ってか、シャッターを下ろし始める。

村にはカメラ店がなく、たまに現像が必要なときはわざわざお町へ出てこなければならないが、うちが利用しているのは別の店なので、その店主とおぼしき男性を見たのは、これが初めてだった。

しかし〈白水カメラ〉という名前には聞き覚えがあった。カンチの親戚なんだそうだ。澄江おばさんのほうの血縁らしい。それがどういう事情か、いまはまったく疎遠になっていて、空知家は写真の現像を頼むときですら、南白亀町にある別のカメラ店を利用するのだという。

そういう情報が先入観として働くのだろうか、シャッターの向こう側に消えた初老の男性の、なんとなく世を拗《す》ねた、偏屈者のような印象の先立つ仏頂面が、残像として網膜に焼きついた。

おっと。そんなことよりも。お菓子に全然関係ない業種とはいえ、眼の前でシャッターを下ろされると、焦る。個人商店は諦《あきら》め、ちょっと遠いが、以前に買物をしたことのある小さなスーパーマーケットへ急いだ。

幸い、悪天候にもめげず営業していたが、台風に備えて買い出しにきているひとが多いのか、レジにはけっこう長い行列ができている。

思いのほか時間がかかってしまい、父の車で帰路についたのは、午後五時近くだった。

車中、そんな話になった。

「——来年は受験だな」

「うん」

「どうするんだ。やっぱり県立か」

首尾木村に高校はない。進学するつもりなら、南白亀高校しかないだろう。もちろん入試をクリアできれば、の話だが。「多分」

「受かったら、うちに住むか？」

父としては当然そうして欲しいのだろうが。悩ましいところだ。

　母は進学そのものには賛成で、むしろ大学まで行かせたいくらいなのだが、ぼくを父のところに住まわせるのには抵抗があるらしい。学費はどうせ父が負担することになるのだから、変に拘泥《こうでい》しても意味ないと思うのだが、おとなの心理はむずかしい。多分、学校の寮住まいに落ち着くだろう。

　が、はっきりそう言ってしまうと、なにやらごちゃごちゃ鬱陶しい話の流れになりそうなので、「さあ。それもありなのかも」と適当にごまかす。

「ところで、おまえの同級生に、小久保という子がいないか」

「小久保って。小久保繭子のこと？　さっき言った空知貫太ってやつの彼女だよ」

「そうか。やはり」

「マユちゃんが、どうしたの」

「その娘じゃなくて、お姉さんがいるだろ」

「きょうだいはひとりいるけど、お姉さんじゃなくて、お兄さ。え。もしかして、そのお兄さんの、お嫁さんのこと？」

「ああそうだそうだ」父はハンドルを操りながら妙に、はしゃいだ声を上げた。「亜紀子さんていうんだよな？　あんな辺鄙な場所で、くすぶっているのはもったいないような、美人じゃないか。もとミス豊仁だって？」

　なんだかカチンとくる。他ならぬ息子が住んでいるところを「あんな辺鄙な場所」はないだろ。普段はそれこそ母や祖母、そして村と、まとめて縁を切りたいと切望しているぼくだが、自分以外の者に貶《けな》されると反発したくなる。

　が、いまは別のことが気になった。

「父さんが、どうしてマユちゃんのお義姉《ねえ》さんのこと、知ってんの」

「最近、うちへ来ていてな」

「クリニックへ？　え。なにか病気？」

「不眠に悩んでいるとかで、な。もう何回か通ってきてる」

「眠れないって、どうして？」

「農家の生活が合わないんじゃないか。旦那とも、どうもぎくしゃくしてる様子で。本人が認めたわけじゃないし、こちらも睡眠薬を処方してやることくらいしかできんが、ま、もうちょっと都会に住んだほうがいいな。あんな田舎で、舅《しゅうと》と姑《しゅうとめ》と同居させられるわ、農家の仕事を手伝わされるわじゃ、そりゃストレスも溜まる」

亜紀子さんもたしかに首尾木村なんかに住むのはもったいない美人かもしれないけれど、前掲の花房先生とは決定的な相違がある。それは村の住民たちの評判が、とても良いということだ。派手な装いをせず、畑仕事も真面目だからだろう。

花房先生の、問答無用の地方公務員の人事異動とはちがい、亜紀子さんは本人が憲明さんとの人生を望んで村へやってきたわけで、てっきり幸せな新婚生活を送っているものとばかり、これまで思い込んでいたのだが。

「いちばん簡単な解決法は、親が気をきかせて、もっと賑やかなところに、息子夫婦の新居をつくってやることだな」

「もう無理だよそんな。とっくに首尾木村に立派なお宅を建ててるんだもん」

「もう一軒、建てりゃいい」

「むちゃくちゃ言うなあ」

「そんなことはない。親は、あんな田舎に引っ込んでいるわりに、なかなか金持ちらしいぞ。昔、所有する山を売って、ごっそりもうけたそうだ」

金持ち？　小久保のおじさんとおばさんが？　そうか。もしも、そうだとしたら——ふと思いついたことがある。

例の憲明さん夫婦の新居をめぐる、小久保家と隣人たちとのあいだの、土地の境界線問題だ。金谷家と秦家の親族が、本人たちをさしおいてうるさく言ってきているのはもしかして、うまくやれば小久保のおじさんから賠償金をせしめられる、と踏んだからでは？　たかが田舎の農家とかろんじていたら、意外に裕福だということを知り、なんとか甘い汁を吸いとれないものかと調べているうちに、土地の境界線問題に目をつけた——というのは、いかにもありそうな気がする。

ということは、ひょっとして亜紀子さんが辺鄙な田舎にわざわざお嫁にきたのも、憲明さんへの愛情ゆえではなく、小久保家の財産めあてだった可能性もあるわけか？

豊仁女子短大を卒業し、ミス豊仁に選ばれた亜紀子さんは、地元テレビで特産野菜キャンペーン番組のパーソナリティをつとめた際、ナスの取材で首尾木村へやってきた。そこで憲明さんにひとめ惚《ぼ》れされたのが、ふたりのなれそめと聞いている。あっさり結婚にまで漕ぎ着けたのだから、互いによほど惹かれ合ったのだろうと、これまで信じて疑っていなかったが、現実はそれほど情熱的な経緯《いきさつ》ではなかったのかもしれない。

いろいろ考えていたら、どうも想像が下世話なほうへ、下世話なほうへ流れ、気が滅入る。

ぼくの自転車を停めてあるバス停留所へ着いたのは、午後六時過ぎだった。父は一応、家まで送っていこうかと提案してきたが、断った。

「そうか」と露骨にホッとしているのが可笑しい。南橋を車で渡るのが怖いのだろう。そういう意味でも、父は村にとって、完全に余所者なのだ。

「ところで、省路」

車を降りようとするぼくを呼び留めた。

「さっきの話だが。進学するつもりがあるなら、いっそ豊仁義塾という手もあるぞ」

「ゆたひ……え。ええっ？」

不覚にも爆笑してしまった。

豊仁義塾とは、豊仁市にある中高一貫教育の有名私立校である。県下では唯一、東大京大クラスにコンスタントに多数合格者を出している。

そんな進学校に、え、このおれが？　な、なんの冗談ですか。

「おい」

ひいひい腹をかかえていたら父に睨まれたが、こんな駄法螺《だぼら》、笑うなというほうが無理だ。

「省路。真面目に聞け」

「んなこと言ったって、無茶だよ。父さん、おれの通知表、ちゃんと見てるでしょ？」

「何事も決めつけはよくないな」

「決めつけるもなにも、県立が精一杯だよ、おれの頭じゃ」

「だから、そんなふうに最初から諦めてしまうことはない、と言ってるんだ」

このときのぼくの耳には、ただ親の欲目で息子に無理な背伸びを勧めているとしか聞こえなかった。入学の合否とは、純粋に試験の点数だけで決定されると信じて疑っていなかったからだ。

「香代子《かよこ》だって、教育熱心な点は同じなんだから、反対はするまい」

香代子というのは母の名前だ。少し前まで父は、母のことを話題にするとき「ママは」という呼び方をしていたが、最近「香代子」と名前を呼ぶようになった。それだけ心理的に距離が開いたということか。それはともかく。

そりゃあ受験料から始まって、入学金、授業料など、私立の高額な経費はすべて父が負担するわけだから、その点、母だって反対はするまい。入学できるとしての話だが。

「仮に、びっくりするような特大のまぐれ当たりで合格したとしても、どうすんの。おれ、豊仁でひとり暮らしするわけ？」

仮に母の許可がおり、父の家に住めることになったとしても、南白亀町から豊仁市まで、路面電車が通っていたときは一時間半くらいで行けたけれど、いまは旧道ルートの路線バスしかない。二時間はかかるだろう。決して通えない距離ではないけれど、いかにも不経済だし、そんな環境では、ただでさえ頭が悪いのに、学業が覚束《おぼつか》なくなる。

「いや」と父は声を落とした。「……実はな、これはまだ内緒にしておいて欲しいんだが。近く豊仁へ引っ越すことになっているんだ」

「え。父さんが？」

どこか悪戯《いたずら》っぽい、というか、底意地の悪そうな笑みを洩らし、父は頷いた。

「え。え。え。じゃ、仕事、どうすんの。豊仁から毎日、車で通ってくるわけ？」

「いや。南白亀の診療所は閉める」

驚く、というより、呆れてしまった。聞きまちがえたかと思ったほどだ。

「豊仁に新しいクリニックを開設するんだ。もう新築ビルのなかにオフィスも押さえていて、準備はほとんど整っている」

「ほんと……なの？」

なんだか父が、とてつもなく遠いところへ行ってしまったような気がした。

「もちろん、ほんとうだとも」

「……ずいぶん、あっさりしてるんだね」

「ん？」

「いまの診療所、あの部屋を借りるとき、ずいぶん苦労したって話だったのに」

「だってあそこはもう、なぁ」と、なにやら意味ありげに憫笑したが、すぐに眼を細め、威嚇《いかく》するみたいに声を低めた。「それより、このことはまだ内緒だぞ。特に、香代子には言うなよ」

「そんなこと言ったって、いつまでも秘密にはしておけないよ」

「そりゃそうだが、変な刺戟をすることはない。いまの段階ではまだ、な」

意味がよく判らなかったが、おとな同士、いろいろかけひきがある、ということか。

「ただ、おまえの進路には豊仁義塾という選択肢もあるんだ、ということだけは、はっきり香代子に言っておくんだぞ。いいな」

その口調からして、父がぼくに、県立高校よりも有名私立校への進学を望んでいることが、はっきり感じとれた。いや、希望というより、これはもはや命令かもしれない。

しかしさあ、そんなこと言ったって。無理なもんは無理だよ、おれの頭じゃ。絶対。豊仁義塾なんて受かりっこないって。我が子に期待するのは人情だとしても、度をすぎた親バカはみっともないよ。そう胸中、舌を出して嗤っていた——のだが。このときは、まだ。

父の車が走り去った後、荷物を籠に入れた。雨風が激しくて、とてもペダルを、まっすぐ漕ぐ自信がない。

こけたりしたら面倒だ。まだるっこくても、自転車を押して、歩いてゆこう。雨合羽を叩く雨の音を聞きながら、ゆっくり南橋へ向かった。

南橋のたもとへ着く頃には、あたりが暗くなっていた。七時前。季節柄、普段ならまだまだ明るいはずの時間帯だ。

橋のたもとから川面を覗き込み、思わず「うわ」と声が出た。濁流が轟々《ごうごう》と、橋の底に迫る高さで流れている。いまにも河川堤防が決壊せんばかりの勢いだ。

こうなると、橋が保《も》ってくれるかどうか、めちゃくちゃ心配だ。激しい水流に橋脚が押し流されやしないだろうか？

この南橋だけではない。東橋のほうだって、ボロさ加減ではいい勝負なのだ。もしも両方の橋が流されたりしたら、北西区は孤立してしまう。

南橋および東橋の老朽化による不安が指摘され、補強なり改築工事なりの必要性が声高に叫ばれて久しい。にもかかわらず、いっこうに具体案が進展しないのは、北西区の急速な過疎化が原因であることは明らかだ。早い話、橋がふたつとも崩落しても、困るのは北西区住民、たった十四人だけなのだ。東南区、すなわち首尾木村のほとんどの住民は、なんら影響を受けない。工事の話が進まないのもある意味、当然ではある。

おそるおそる自転車を押して、橋に乗った。渡り慣れているつもりが、水流が激しいせいで、かなり揺れる。さすがに怖い。

一刻も早く渡り切ろうとして、ふと、ぼくは足を止めた。

「ん？」

変な臭《にお》いがする。激しい雨と風にも負けず、鼻をつんと刺戟してくる、揮《き》発性《はっせい》の。

……これは。

「ガソリン……？」

まさかと思って、眼を凝らし、地面を見てみた。薄暗いなか、仄《ほの》かに虹色の光が認められる。

商売柄、北西区の住民はどこも野菜運搬用に軽トラックを所有している。誰かが油洩《も》れに気づかないまま、橋の上を走らせたのだろうか。

「……あぶねーの」

油ですべったりしないよう、気をつけながら、進もうとした、そのとき。

橋の反対側からこちらへ向かってくる人影に気がついた。その異様な姿に、ぎょっとなる。

この悪天候のなか、傘もさしていなければ、雨合羽も着ていない。髪も服もずぶ濡《ぬ》れにして、ふらふらと、まるで酔っぱらったような、うっかりすると川へ転落してしまうんじゃないかと危ぶむほど覚束ない足どりで、こちらへ歩いてくる。

男だ。まだ若い。見覚えがあったが、とっさには誰か憶い出せない。妙に畏怖《いふ》を覚えて、頭がうまく働かない。それほど、その男の様子は尋常ではなかった。いくら豪雨で視界が悪いとはいえ、ぼくの姿に気づいていないはずはないのに、会釈をするわけでもなく、ただ虚《うつ》ろな眼つきのまま、横を通り抜けようとした。

パシャッ。泥を撥ね上げる音がして、足もとを見ると、地面になにか光るものが落ちていた。自転車が傾かないよう気をつけながら身を屈《かが》め、拾い上げてみる。

腕時計だった。リストバンドがメタルで、いかにも高級品のようだ。少なくとも、ぼくなんかが嵌めている安物とは明らかにちがう、神々しい黄金色の輝きを放っている。

リストバンドがきっちり嵌まっていなかったかどうかして、男の腕から抜け、落としたらしい。そう察して「あの」と声をかけたが、彼はふらふらした足どりのまま、ついに一度も振り返ることなく、南橋を渡り切り、やがて闇《やみ》に消えた。

なんなんだろう……まるで幽霊にでも遭遇したかのような奇妙な心地だったが、あれは生身の人間にちがいない。首を傾げるしかなかったが、この暴風雨のなか、追いかけるのもめんどくさい。たしか村の人間のはずだから、返すのはいつでもできるだろう。ぼくはそうかるく考え、黄金色の腕時計をズボンのポケットに仕舞った。

橋を渡り切る頃、ぼくはさっきの男が誰だったか憶い出した。そうか。鷲尾《わしお》さんだ。

鷲尾嘉孝《よしたか》。ぼくらと同じ、南白亀中学校首尾木村分校の卒業生で、たしか学年は、ふたつ上。いまは県立南白亀高校に通っている。男子寮に入っていると聞いているが、自宅は村の東南区にあるので、夏休みのいま、この辺にいること自体はさほどおかしくない。

おかしいのは、なぜ南橋を渡っていたか、だ。仮に北西区になにか用事があってこちらへやってきていたにしろ、自宅へ帰るには東橋のほうが断然、近道のはずなのに？

それに、なんだろう。あのふらふらと、夢遊病にでもかかったかのような、異様な振る舞いは？

ぼくはもぞもぞポケットを探り、さっきの黄金色の腕時計を取り出した。しげしげと眺める。なにも変わったところはなさそうだが……ん。

ふいに光が眼に入った。

ぼくと同じく雨合羽を着て、歩き回っている、ふたり組。両方とも懐中電灯を持っていて、手もとから刀のような光が伸びている。

よく見ると、ゲンキとカンチだ。ひょろりと痩《や》せて長身のカンチと並ぶと、ころころ丸いゲンキの体格がよけい、強調される。

「おう」

向こうも気づいたらしい。ゲンキが懐中電灯を振り回しながら、近寄ってきた。

「ブキ、早かったな。晩飯に間に合うた」

「って。おまえら、まだ食べてないの？」

「朝と昼の兼用、みたいなのは喰った」と、カンチのほうへ懐中電灯の長い光を振る。「今朝ブキと別れた後、空知のおじさんが離れへ持ってきてくれたから、それを喰いつつも、ずっと」

離れに籠《こ》もって、将棋をさしてたわけか。

え。なにかは知らないけど、食事をカンチのお父さんが持ってきてくれた？　それはめずらしい。ぼくらが空知家の離れへ集まるとき、おやつや飲みものを持ってきてくれるのは決まって澄江おばさんのほうだ。というか、空知のおじさんは息子の友人たちと顔を合わせるのが照れくさいらしく、普段はまず絶対と言っていいほど、自ら離れへやってきたりしない。それが今日はまたわざわざ、どういう気まぐれで？

そう思ったものの、このときはまだ、さほど深くは詮《せん》索《さく》しなかった。

「そか。対局を中断して、わざわざおれを出迎えにきてくれたがか。すまんの」

「あほ」

「んなワケ、あるかいや」

「なにさまじゃ。ぼけ」

ふたりで競い合うようなブーイング。

「そんなら、どしたんや。ふたり揃て、外へ出てきたりして。なにを」

「いや。どうも家の外で、変な音がして」とゲンキはカンチと顔を見合わせた。「な」

「変な音？」

「水音が」

「そら水音もするわ。こんな雨で」

「そんなんとちがう。なんかこう、ぴしゃぴしゃ、ぴしゃぴしゃ、まるで家の周りで、魚かなにかが跳ね回ってる、みたいな」

ふとゲンキ、好奇心丸出しに、ぼくの手もとを覗き込んできた。

「おう。えらい、洒落た時計やんか。どした。親父に買うてもろたがか」

「ちがうわ。さっきそこの橋の上で――」

ぼくは最後まで答えられなかった。

途《と》轍《てつ》もない悲鳴が響きわたったのだ。ゲンキもカンチも驚いて、そちらのほうを振り返った。

女の子が立っていた。雨合羽のフードで額の部分が隠れていたが、誰なのかは、すぐに判った。マユちゃんこと、小久保繭子だ。雨合羽の下が、今朝見かけたときと同じ赤いジャージィのズボンで、いまはゴム長靴を履いてる。

「ど、どうした、マユちゃん？」

彼女は眼を瞠《みは》り、固まっている。いや、よく見ると、全身が小刻みに震えている。

マユちゃんは、ぼくを見た。すぐにカンチに視線を移したかと思うや、今度はゲンキを見た。しばらくそうやって、縋《すが》るような眼差《まなざ》しを三人、交互に向けてくる。まるで、誰に対して言葉を発したものか決めかねているかのように。

懐中電灯の光のせいなのか、彼女の表情は、気味が悪いほどつっぱって見えた。と、ふいにその顔がくしゃくしゃに崩れるや、彼女は再び、布を切り裂くような甲高い悲鳴を上げた。

「どうした、どうしたんや」

カンチが慌てて彼女に駈《か》け寄る。それが合図だったかのように、マユちゃんは、わっと堰《せき》を切ったみたいに泣きじゃくり始めた。

「どうしたんや、どうしたっていうんや」

おろおろなだめるカンチを尻目に、マユちゃんはただひたすら、わあわあ声を上げ、号泣した。雨と風をはじき返しそうな勢いで、あとからあとから、涙が溢《あふ》れてくる。

「う……う……う……」

泣きながら、なんとか喋《しゃべ》ろうとしているようなのだが、なかなかまともな声が出ない。

「う、ううう、うちで……うちで」

「どうした。マユちゃんのうちで？　なにかあったんか。おい」

「う、うちで、お兄ちゃんが……」

わあああっと悲鳴が割れ、しばらく言葉にならない。

「お、お父ちゃんも……お母ちゃんも……」

ようやくそう続けるに至り、これは只事《ただごと》ではないらしいと、ぼくたちは察した。

「お兄さんたちが、どうしたんや？　なあ、いったい、どうしたんや」

カンチがいくら問い質《ただ》しても、マユちゃんはそれ以上、まともに喋れそうにない。

「お兄さんたち、家なんやな？　お父さんもお母さんも、家にいるんやな？　様子を見——」

カンチが腕を引っ張ろうとすると、マユちゃんは火がついたように喚《わめ》き、抵抗した。ぶんぶん頭を振りたくっているうちに勢いあまって、泥のなかに尻餅《しりもち》をつくが、それにもかまわず、彼女はただひたすら、泣き喚き続けた。それも、ぎゃあああっと、人間のものとは思えぬ、獣めいた、すさまじい声だ。少なくとも普段の彼女からは想像もできない。思わず背筋が凍りつきそうだった。

いったい何事だ……同じように不気味な思いにかられたのだろう、いつもとはちがう、真剣な表情のゲンキと眼が合った。

「カンチ、おまえ、マユちゃんといっしょに、ここにおれ」

埒《らち》があかないと見てか、ゲンキがそう命じた。

　ぼくも拾った腕時計をズボンのポケットに放り込んで、頷いた。

「うん。ゲンキとおれとで、マユちゃんの家、見てくるわ。な」

「判った。頼む」

　自転車に乗ろうかと思ったが、ゲンキといっしょだし、走ったほうが効率がいいだろう。道端に停めようとしたが、風に煽られ、どうしても安定しないので、仕方なく籠からショルダーバッグを出し、車体を横倒しにしておく。

「行こ」

　懐中電灯を持ったゲンキのあとに、ぼくも小走りで続いた。

「なんなんやろな、いったい」

　かるく笑い飛ばそうとしたのかもしれないが、ゲンキの声には不安が滲《にじ》んでいた。

「あんなに慌ててる、いうことは……ひょっとして小久保のおじさんたち、急病か？」

「なんの」

「知らん。コレラとかそういう、怖い」

　ゲンキは、なんとか普段の調子で軽口を叩こうとしているようだが、うまくいかない。

「それとも、サソリかなにか、毒を持ったやつにやられた、とか」

「サソリがこんなところに、おるか。ムカデとかヘビならともかく」

「ムカデやヘビくらいで、マユちゃんがあんなに取り乱すかや」

　ごもっとも。なにしろこんな環境だ。ふと気がつくと足の甲を赤ん坊の腕ほどもあるムカデが這《は》っていたりするのも日常茶飯事。そんなことでいちいち顔色を変えたり悲鳴を上げたりするほど、地元の女の子たちはやわではない。特にマユちゃんは、軟弱なぼくなんかより、よほど肝が据わっている。

　その彼女が、あんなに錯乱するとは……いやでも不安が募っていった。

　カンチの家の前を通りすぎ、道を進んでゆくと、やがて五叉路へ来た。

　左手に平屋の建物があるが、ここはいまは空き家になっている。台風だというのに、窓や壁の補強をすることもなく、ただ雨と風に、なぶられるままになっている。

　と……その空き家のはずの雨戸の隙間《すきま》が一瞬、オレンジ系の暖色に揺らいだように見えた。まるで屋内で小さな照明が灯っているかのように。

まさか。この家は電気も水道も止まって久しい。誰かが引っ越してきた、なんて話も聞かない。そんなことがあったら、狭い村だ、ぼくだって知っているはず。

足を止め、建物を見なおしたが、オレンジ色の揺らぎなど、ない。見る角度の関係なのか、それとも単なる眼の錯覚だったのか。

あまり深く追及している余裕はない。

「なにしてんのや、ブキ」と促すゲンキの声に、慌ててショルダーバッグを肩にかけなおした。

時計回りで二番目の道へ入ると、ぼくの家へ行くことになるが、いまはそちらへ向かう余裕はない。三番目の道に入る。

しばらく進むと、さらに道がふたつに分かれている。右手へ行くと、東南区へと通じる東橋へと出るが、マユちゃんの家へは左の道だ。

蛇行した道を早足に進んでゆく。嵐の下、ふたりのゴム長靴が、ばしゃばしゃ泥水を跳ね上げる音が黙々と続く。

オレンジ色の明かりが、ぽつんと見えた。明かりはふたつ。小久保家は、道を挟んで二棟。右がマユちゃんがご両親と住んでいる平屋で、左はお兄さん夫婦が住んでいる二階建ての新居だ。将来、子供がたくさん生まれるのを期待してか、この近辺では破格の広さである。

嫌な予感がした。けれど、ここで引き返しておこうと思いなおすには至らず、ぼくはゲンキといっしょに右側の棟の玄関へ入る。

事態は、ぼくの予感を遥かに上回っていた。

＊

家屋の屋根が落っこちてきそうな、とてつもない絶叫が轟《とどろ》いた。

それはゲンキの悲鳴だったか、それともぼくの悲鳴だったか。ふたり揃ってのものだったか、すべては混沌《こんとん》のなかに叩き込まれる。

酸鼻《さんび》を極める惨状に、ぼくたちは腰を抜かし、這うようにして、家の外へまろび出た。

ゲンキは懐中電灯を取り落としたが、それを拾う余裕すら、ない。

悪夢。

まさに悪夢のような光景だった。

ゲンキは外へ出るや、うっと呻《うめ》き、背中を丸めて嘔吐《おうと》した。多分、昼間食べたのだろう。カレーのものとおぼしきスパイスの香りが酸味を伴い、雨と風のなかを漂ってくる。

ぼくも吐いた。さっき〈あまちゃ〉で父とつまんだサンドイッチ。ハムの脂《あぶら》とキュウリのえぐみがマヨネーズの匂いをまとい、べしゃべしゃ泥の水溜まりへ落ちてゆく。

唇を拭う暇もあらばこそ、ぼくとゲンキは、もと来た道を走り出した。

大変だ。

た、大変だ。大変だ。

しかしほんとうに大変なのはこの後だった。

悪夢はまだ始まったばかりだと、このときは、まだ知る由《よし》もない。

2

息せき切って走ってきたゲンキとぼくに、空知家の前の道でカンチが地団駄《じだんだ》踏まんばかりにして、大声を上げた。

「どうした。おい。なにがあったがや？　なあ。なにがあったっていうんや」

暴風雨のなか、仕方なく声を張り上げているというより、ひどくいらだっている様子で、懐中電灯の光をこちらへ向けてくる仕種《しぐさ》も心なしか、ぞんざいだ。

「ちゃんと見てきたがか。え？　こら。おまえら、なんとか言え」

マユちゃんはといえば、うずくまり、ひたすら嗚咽《おえつ》をこらえている。どうやら、まだカンチに事実を告げるには至っていないらしい。

そりゃそうだ。無理だ。こんなこと、絶対。マユちゃんが口にできるわけがない。こんな、おぞましいこと。

「どうした、ゲンキ、ブキ。小久保のおじさんとおばさん、どうしたがや？」

答えようとして口を開けたものの、ぼくは息が詰まり、咳《せ》き込んでしまった。ゲンキも、ぜえぜえ荒い息をととのえるのに必死で、ふたりとも、まともに喋れない。

「どうなっとるがや、まったく」そんな不甲斐ないぼくらに、カンチは忍耐が切れたらしい。「自分で見てきたほうがはやいわ」

「や、やめろっ」

ゲンキが叫んだ。ぶんぶん、頭を振って。

血を吐くような声、なんてものがあるとしたら、このときのゲンキの絶叫がまさにそれだった。驚いたのだろう、カンチは、ぎくりと棒を呑んだように足を止めた。眼を剝いている。

「やめろ」ようやくぼくも、首を絞められている鶏みたいな悲鳴を搾り出した。「カ、カンチ、やめとけ。見たらいかん。み、み、みみみみ、見たらいかん。絶対、見たらいかん」

雨で顔じゅう、ずぶ濡れのせいで、まったく自覚していなかったが、ふと気がつくと、ぼくはマユちゃんに負けず劣らず、べそべそ、べそべそ泣きじゃくっているのだった。

ゲンキとぼくの尋常ならざる恐慌状態に、カンチは途方に暮れたように立ち竦む。

「な、なんながや、いったい」

「カンチ。小久保のおじさんとおばさん、な……おじさんと、お、おばさんは、な」

いまにも窒息しそうなほど苦しそうに、はあはあ喘《あえ》ぐゲンキは、一語発するたびに身をよじる。それでも、躊《ちゅう》躇《ちょ》するみたいにマユちゃんを一瞥《いちべつ》するあたり、いくらか自分を取り戻してもいるらしい。

「……死んでる」

「なんやって」

「亡くなってる……亡くなってるがやって、ふたりとも」

ゲンキの言葉に、ぼくは打ちのめされた。やっぱりあれは夢ではなかったのだ、と改めて現実を突きつけられた恰好で。脳裡に、たったいま目撃したばかりの惨劇が、まざまざと浮かんでくる。

嗚咽をこらえていたマユちゃんの呻き声が、再び甲高くなった。

「ど、どういうことや」カンチは、めずらしく怯《ひる》んだように語尾を掠《かす》れさせた。「ふたりとも亡くなってる、って……病気か」

「ちがう、あれは」

ゲンキは助け船を乞うみたいに、ぼくのほうを見た。

がくがく顎が震え、かちかち歯が鳴るたびに、鼻の奥に酸っぱいものが込み上げてくるのを、ぼくは必死でこらえた。

「あれは病気なんかやない。ちがう。あのな、おじさんとおばさん、ここ、こ、こ、殺されてる、みたいながや」

「な」危うく爆笑してしまいそうになったのを、かろうじて思い留まったみたいに、カンチは跳び上がった。「な、なにを言いゆうがや、おまえら。なんの冗談じゃそれは」

「ほんまなんや。ほんまに殺されてるがやって」顔面を涙と洟《はな》でぐしゃぐしゃにしながら、ゲンキは怒鳴った。「げ、玄関から入って、台所へ行ったら、テ……テーブルの」

あの光景が鮮明に甦《よみがえ》ったにちがいない、ゲンキは声を詰まらせ、げっと掌で口を覆った。

玄関から小久保家の台所に上がり込んだぼくの眼に、まず飛び込んできたのは、いやに生っちろい色合いの禿《とく》頭《とう》だった。

最初、それが人間の頭部に見えなかったのは、テーブルの脚の傍らで板張りの床に無造作に、ごろりと転がっていたからだ。そして球体が横から、なにか赤黒い粘《ねん》稠《ちゅう》性のものを放射状にぶちまけているそのさまは、表面が割れ、果肉が飛び出た西瓜《すいか》さながらだった。

信じられないものを目撃したとき、人間の認識能力は正常に機能しなくなる。その生っちろい西瓜のような球体に、眼や鼻、口、そしてなによりもめだつはずの濃い顎鬚がついていることを、ぼくはしばらく視認できなかった。視認できたのは、頭部の生っちろさに比べて、顔面が赤銅色に陽焼けしていると気づいてからだ。

そうか、なるほど。途端に認識能力が正常に働き始める。脳天がこんなに生っちろいのは、小久保のおじさん、まだ五十前後なのに頭のつるつるを気にして、農作業のときに限らず、いつも野球帽をかぶっているからだ、と。そう思い当たった途端。

網膜《もうまく》に人間の死体の画像が、くっきり結ばれた。そこに仰向けに倒れているのは、喉《のど》をぱっくり、無惨に掻《か》き切られ、絶命している小久保のおじさんだったのだ。

台所の板張りの床は、血の海だった。赤黒く糊《のり》のように凝固していたが、それはまさしく、海としか形容しようがなかった。

台所と続きになった、畳敷きの部屋がある。あいだの障子が半分開いていて、そこから、黒いスパッツに包まれた女の下半身が、これもまた艶々《つやつや》と黒光りする巨大なナスかなにかのように転がっているのが見えた。

どうしてそんな恐ろしい真似ができたのか、自分でも理解できない。が、ぼくは小久保のおじさんの遺体を迂《う》回《かい》して、畳敷きの部屋を覗き込んだ。

恐怖も混乱も、まだ自分のなかにはなかった。きっと精神の均衡が一時的に崩れていたのだろう。その証拠に、他人の家に上がり込むのに、ゴム長靴はさすがに脱いだとはいえ、ぼたぼた水滴をしたたらせる雨合羽は着たまま。

ゲンキも雨合羽を脱ごうとする様子はなかった。どうやらぼくと似たような譫《せん》妄《もう》状態らしく、無言でついてくる。

小久保のおばさんが横向きに倒れていた。着替えちゅうだったのか、今朝出くわしたときの作業衣は脱ぎ捨てられていて、上半身はベージュのブラジャーだけという半《はん》裸《ら》姿で。

おじさんと同じく、おばさんも喉を掻き切られている。頭部がほとんど胴体から切り離されそうなほど、ざっくりと。畳は一面、血を吸い、ごわごわペースト状態になっていた。そしてそこに。

そこに鎌《かま》が落ちていた。赤黒く汚れている点を除けば、草刈りなどに使う、よくある鎌だ。この村のどの家にも複数常備されていておかしくないような、いたって平凡な……これが凶器？

血まみれの鎌を見た刹《せつ》那《な》、精神の均衡を崩していたぼくは正気に戻った。ゲンキも一気に我に返ったのだろう。驚《きょう》愕《がく》と恐怖にまみれた奇声が交錯し、ふたりは我勝ちに、平屋の外へまろび出た。そういう経緯だったのだ。

「ほ……ほんとうなの」

それまで、ただ悲鳴を上げ、泣きじゃくるばかりだったマユちゃんが、途切れがちながら、ようやくまともに喋り始めた。己れを奮い立たせようとしてか、うずくまっていたのが、よろけながらも、立ち上がる。

「貫太くん、ほんとうながよ。ほ、ほんとに、お父ちゃんとお母ちゃん、ち、血まみれになって、うちで倒れ……」

そこが限界だったようだ。マユちゃん、水道管に異物が詰まったみたいな音を喉から発し、両手で顔を覆った。笛のような咽《むせ》び泣きが、指のあいだから延々と洩れる。

びゅうびゅう、風と雨に叩かれながら、しばらく茫《ぼう》然《ぜん》と三人の同級生を見比べていたカンチだが、やがて首をひと振りした。

「ここにおってくれ。行って、見てくる」

「やめとけ、カンチ。やめとけって」

「言うこと、聞け」ぼくは駄々っ子のような泣き声を上げた。「言うこと、聞けって。見たらいかん。絶対、いかん」

「ちょっと待て。ゲンキ、ブキ。マユちゃんのお父さんとお母さん、平屋のほうにおるがやな？」ぼくたちが頷くのを待たずに続ける。「さっきマユちゃん、お兄さんのこともどうとか言うとったけど、そっちのほうは？」

意表を衝《つ》かれる思いだった。そういえば、憲明さん夫婦のことをすっかり忘れていた。

「判らん……」ゲンキも同じだったらしい、虚脱した表情で、首を横に振った。「判らん。とにかくおれら、驚いてもうて」

「憲明さんの家、見てくる余裕、なかった」

そこでようやく、自分の足もとを見下ろす余裕ができた。ぼくは裸足《はだし》だった。厳密に言うと靴下だけで、水をたっぷり吸い、ズボンの膝《ひざ》から下ごと、泥まみれになっている。ゴム長靴は、小久保家の玄関で上がる際に脱いだきり。履きなおす余裕なんか、なかった。

気がついてみると、肩にさげていたはずのショルダーバッグもない。いつ、どこで落としたのか、まったく覚えがない。

見るとゲンキも、はたして裸足だ。こちらは靴下も穿いていない。短パン姿の膝から下が、やはり撥ね上げた泥にまみれている。

そんなぼくらの様子を見て、カンチも、とにかく悪趣味な冗談などではないと判断せざるを得ないようだった。一段とけわしい顔になる。

「マユちゃん、お兄さんは……」

とカンチは問いかけたが、マユちゃん、咽び泣きが止まらず、再び説明不能状態に陥っている。ゲンキとぼくに向きなおった。

「憲明さん夫婦のほうは、見てないがやな？」

「全然見てない」

「平屋のほうには、おらんかったがやな？」

「さあ。だと思うけど」

ふと違和感を覚えた。なにかがおかしい。不自然だという気がしたが、それがなにか、判らない。なにしろ、たったいま目撃した惨劇の強烈さに、思考力がまともに働かない。

おかしいといえば、マユちゃんのお父さんとお母さんが殺害されていたこと自体、いちばんおかしいわけだ。

いったい誰が？　あんな善良そのものの夫婦を、どういう理由で？

「とにかく電話じゃ」

「え。なんで？」

やはり頭がまだ正常に動いていないのだろう、そんなまぬけな反応をするぼくを、カンチは叱り飛ばした。

「あほ。小久保のおじさんとおばさん、ほんとに殺されてるがやったら、殺人事件や。はよう駐在所に電話して、おまわりさんに来てもらわな」

「あ。あ。そ、そうよな」

「ゲンキ、電話するよう、うちの母ちゃんに言うてくれ」

「え。カンチ、おまえ、どうするつも――」

カンチは答えなかった。ぼくたち三人を残し、小走りで、ひとり闇のなかへ消えてゆく。揺れていた懐中電灯の光も、すぐに見えなくなった。

「おい、カンチ。おおい、カンチぃ」

何度も呼んだが、返答はなく、ゲンキは肩を落とした。

「どうするつもりじゃ、あいつ」

「さあ……」

と答えたものの、小久保家の惨状を自分の眼で確認しにいったのは明らかだ。併せて、憲明さん夫婦の様子も見てくるつもりかもしれない。

人間の心理って妙なものだ。マユちゃんも、ゲンキも、そしてぼくも現場を見ている。あるいはカンチにしてみれば、自分だけそれを目の当たりにしていないのが、なんだか仲間外れみたいで居心地が悪いのかもしれない。

絶対に後悔すると忠告しても、無駄なのだ。

「電話。ともかく。電話や、ゲンキ」

「やけんど。マユちゃん本人が、空知のおばさんに説明したほうがええん、ちがうか」

「判らん……」

雨に叩かれる雨合羽のフードの縁から、髪をなびかせながら、マユちゃん、息苦しそうに肩を上下させている。

「……判らん、あたし、判らん。とても、まともに喋れん、思う」

「そやな。おれが言。て、ブキ」

「なんや」

「駐在所って、何番」

「知らん。てか、おいおい。一一〇番したらええんちがうかや」

「そ、そか」

「だいたい、おばさん、判っとるやろそんなこと。任せたらええがや」

「そやの。そやの。いかん。マジ、あほになっとるわ、わし」と踵《きびす》を返しかけて、振り向いた。「ブキもマユちゃんも、そこに突っ立っとらんで。カンチとこで休ませてもらおぜ」

「そやな。それがいい」

頷きながらも足がなかなか動かない様子のマユちゃんに、ぼくは手を貸した。ふらつく彼女の背中に腕を回して支えてやりながら、ゲンキのあとについてゆく。

雨合羽越しにマユちゃんの身体の厚みが伝わってきた。が、よこしまな気持ちは全然なかった。このときは、まだ。

空知家の母屋の玄関は、川沿いの道のほうに面している。そのため、南橋に通じる道から敷地に入ると、まずカンチの勉強部屋であるプレハブの離れへと辿り着く。

このとき、ぼくの鼻孔を揮発性の臭気が衝いた。ガソリンの臭いだと、ぼんやり察したものの、さして深く考えなかった。後で憶い出すにつけ、どうしてなのか自分でも理解に苦しむが、あるいは、例の南橋の上で臭ったガソリンのことが頭にあったからかもしれない。

ガソリン洩れをしていたのはカンチの家の軽トラックだったのか、と。それがいま車庫に格納されていて、その臭いが暴風に乗ってここまで届いてきているのか、と。頭の隅っこで勝手に話をそんなふうに繋げて、納得していたふしがある。

ぼくに関してはそう説明がつくとして、ゲンキとマユちゃんも、ガソリンの臭いを詮索しなかったのはなぜだろう。混乱していてまったく気づかなかったのか。それとも、気づいていたけれど、やはり空知家の車庫の備蓄用がたまたま臭ってきているだけとか、かるく考えたのか。

いずれにしろ、このとき、もしもぼくがガソリンの臭いを指摘し、不審を表明していたら、みんなの未来は、またちがったものになっていた……のだろうか。判らない。

カンチとゲンキが将棋の対局を中断して出てきたためだろう、プレハブの離れの窓には煌々《こうこう》と明かりが灯っている。

「あれ？」

ゲンキが頓狂《とんきょう》な声を上げて指さすほうに眼を向けると、空知家の母屋は暗闇に包まれている。

「おじさんとおばさん、もう寝たがかな」

「まさか。まだ八時前やぜ」

「けど真っ暗や。停電か？」

ぼやきつつ、プレハブの離れのほうを再度振り返ったゲンキは、こちらは明かりが灯ったままなのを改めて確認し、首を傾げた。

「留守かもしれんな」

「こんな天気に、どこへ出かけるがや」

「畑の様子、心配で、見にいってるのかも」

「あ、そうか。そよな。こんなに風が激しくなっとるし。場合によっては、ナスの支柱の補強、せないかん」

たとえそうだとしても、わざわざ電灯をすべて消してゆくのは変ではないか……と思い当たるのは、ずっと後になってからだ。

「でも、困ったな」

「ゲンキ、電話のあるとこ、知っとるがやろ？　こんなときや、とりあえず借りたら」

「真っ暗闇のなか、よう探さんわ」

ゲンキだけでなく、ぼくもそうだが、プレハブの離れには年じゅう入り浸っているものの、空知家の母屋にお邪魔することは滅多にない。

「電灯のスイッチは」

「知らんて。しゃあない」

一旦は母屋へ向けていた足を止め、ゲンキはプレハブのほうを顎でしゃくった。

「どうするがや」

「とりあえずカンチが戻ってくるの、待と。それにだいいち、ブキもおれも、この足、どうにかせんと家に上がられんやんか」

それもそうだ。

ゲンキは、勝手知ったるカンチの勉強部屋のドアを開けた。沓《くつ》脱ぎがあって、六畳ほどの板張りの部屋だ。風呂はないが、横にトイレと小さい洗面所もついている。

何度来ても、田舎の中学三年生にとっては贅沢な個室だとの実感を新たにするぼくである。こんな非常事態下でさえ。

雨合羽のフードを叩く雨音が遠のくと、ホッとするような、逆に不安になるような、微妙な静けさが忍び寄ってくる。

部屋のまんなかあたりに、対局中の将棋盤が、そのまま置かれていた。

香辛料の匂いが、ほのかに漂っている。カンチの勉強机の上に盆が置かれていて、空の皿とスプーンが、ふた組。おたまを突っ込んだ鍋《なべ》、そして炊飯器もあった。カレーで腹ごしらえをしながら、ずっと将棋をさしていたのだろう。鍋と炊飯器ごと持ってきてあるのは、ゲンキがおやつがわりにおかわりするからにちがいない。

ぼくとゲンキは雨合羽を脱ぐと、沓脱ぎに両足を放り出す姿勢で、上がり口に座り込んだ。ぐしょぐしょになった靴下を脱ぎ、ゲンキが洗面所から持ってきた雑巾で、汚れた足を拭う。水をたっぷり吸ったズボンの裾《すそ》をできる限り絞り、膝のあたりまで捲り上げた。

マユちゃんは、どこを見ているか判らない虚ろな眼つきで、沓脱ぎに立ち竦んでいる。

ぼくは断りもせず、マユちゃんの雨合羽に手をかけた。手をかけてから己れの大胆さに戸惑ったが、彼女がなにも言わず、されるがままだったので、雨合羽を脱がせてやる。

下から現れたのは、今朝出くわしたときに着ていた赤いジャージィの上着ではなく、白い夏用の半袖の体操服だった。やはり学校指定のもので、襟《えり》ぐりには赤い縁どりといっしょに「市立南白亀中学校」と刺繡《ししゅう》されている。

ゴム長靴も脱ぐよう促し、マユちゃんを部屋に上がらせた。

額に貼りついた髪から水滴をしたたらせながら、彼女は虚ろな眼つきのまま、黙って将棋盤の傍らに腰を下ろした。長い脚をM字形に折り畳み、尻餅をつくかのように、べったりと。

「長靴を」せわしなく顔面の水滴を拭いながら、ゲンキは溜息をついた。「どうせカンチがあっちへ行くなら、ついでに持ってきてくれ、って頼んどけばよかったかな」

マユちゃんの手前、聞きようによっては不謹慎な科白《せりふ》だが、本音ではぼくも同感だった。ゴム長靴だけでなく、ショルダーバッグも屋内のどこかに落としてきたかもしれないとはいえ、小久保家へもう一度赴く気には到底なれない。

「あ。ちょっと待っとって」

なにを思ったか、ゲンキは沓脱ぎにあった予備のサンダルをつっかけるや、再び雨合羽を着て、外へ出ていった。

ドアが閉まり、雨風の音が遠のく。マユちゃんとふたりきりになり、ぼくは急に気まずくなった。両親と、それからもしかしてお兄さんも、家族をいっぺんに失ったばかりの彼女の前で、ひょっとしてなにか無神経なことを口走っていたのではないかと、不安になる。

そっと盗み見ると、マユちゃんは長い手脚をもてあましているみたいに、床にべったり座り込んだまま、ただ放心している。さっきまでのゲンキとぼくとのやりとりも、もしかしたら耳を素通りしているかもしれない。

ふとマユちゃんの胸もとに眼が吸い寄せられた。白い体操服の生地が、丸い乳房のかたちにくっきり盛り上がっている。おまけにブラジャーをつけていないのか、乳首がぽつりと浮いているのが、はっきり見てとれた。

いつの間にか白い体操服の生地が、彼女の鼻梁《びりょう》を伝って胸もとにしたたり落ちる水滴を吸い、透けた下から、うっすら肌色が滲み出ている。いつもそうする習慣なのか、それとも今日たまたまなのか、体操服を素肌に直《じか》に着込んでいるらしい。

マユちゃんから眼を離せなくなったぼくは、急激に、もやもやした気分に陥った。田舎臭いおかっぱ頭で、泥臭い少女――のはずが、その肉体の重みが生々しく迫ってくる。ひょっとして彼女、案外きれいなんじゃないか、そう思えてくる。

なにをばかなことを考えているんだ、おれは……こんなときだというのに、マユちゃんに対して激しい欲望を覚えている自分が、なんだか滑稽《こっけい》であり、怖くもあった。

しかし逆に、こんなときだからこそ、だったのかもしれない。

身近な隣人たちの、惨殺された遺体を目の当たりにするという、異常きわまる体験にさらされ、現実から逃避したがっていたのかもしれない。なんでもいいから他に、意識を集中する対象が必要だったのかもしれない。

なにかに操られるようにして、ぼくはマユちゃんに、にじり寄った。

「……大丈夫？」

そう訊いた。この状況下、不自然な問いかけではないはずだったが、眼前の肉の塊りに、なんとか触れられる口実を得ようと、血眼になって出てきた言葉だったような気もする。

マユちゃんは相変わらず虚脱状態で、なんの反応もない。無理もない。なにしろ家族を、いっぺんに失ったのだ。普段のように、まともな受け答えを期待するほうが酷というものだ。

にもかかわらず、ぼくはこのとき、彼女に無視されたかのような、理不尽な怒りを覚えた。あとひと押しで、容器いっぱいになった水が溢れる、危険水域に欲望が達していた。

さきほどの小久保のおばさんの遺体、その下半身が網膜に焼きついている。スパッツに包み込まれたお尻が、はち切れそうな黒光りの艶を放っている。もったいない、と思った。

あのお尻に思うさま顔を埋めてみたい。そんな衝動にかられるぼくの頭に浮かんだのは、昼間観た映画『怪奇壮絶フラクタル星人の侵略』だ。宇宙人でもなんでもいい、天変地異が起こって、この世から人類がみんないなくなってしまえばいいのに、と。そしたら誰の眼もはばかることなく、あのお尻にかぶりつき、股間《こかん》をこすりたて、あんなことやこんなことも。ああもったいない、と。

小久保のおばさんが、どうせ死んでしまうことがあらかじめ判ってさえいれば、後で叱られる心配もない、遠慮せず、やりたいことを全部、やっていたのに。もったいない。もったいないもったいないもったいないもったいない。

いや、まだ望みはある。あの黒光りする巨大なナスのような肉の塊りの代わりが、眼の前にちゃんとあるじゃないか。赤いジャージィのズボンに包み込まれた、むっちりした下半身。あの小久保のおばさんの遺伝子を受け継いだ、立派な相似形だ。それ。むしゃぶりつけ。跳びかかれ。とびかかれとびかかれ、いますぐ……なにかが耳鳴りのように、そう囁きかけてくる。白い体操服から盛り上がっている大きな乳房をわしづかみにして。そして。そしてそして。いつもやりたいと、やりたくてたまらないと思っていることを、この際、全部、思う存分、やってしまえ、と。

ゲンキもカンチも、もう戻ってこない、なぜかそんなご都合主義的な妄想すら湧《わ》いた。おまえと彼女の、ふたりきりだ。心配ない、好きなようにやれ、と。欲望は沸点に達していたが、ぼくの身体は硬直していて、動けない。かろうじて理性が残っていたのだろうが、逆に言えば、なにかひとつ、きっかけさえあれば、ぼくはいまにもマユちゃんに、むしゃぶりつきかねない状態だった。

じっと彼女を、ぼくは凝視する。そのきっかけを探っていたのだろう。なにかないか、と。なにかないか、なにかないかなにかないかなにかないか。きっと眼を血走らせていたにちがいない。なんでもいい、つけいる隙はないのか、と。

俯《うつむ》き加減で、自分の膝に両手を置いている彼女の指に、ふと眼が吸い寄せられた。厳密に言うと、マユちゃんの右手。なか指と、くすり指の、あいだの付け根の部分。

そこに三つ、小さな黒い点が、互いに線で結んだら三角形ができる配置で並んでいる。これまでまったく気がつかなかったが、黒子《ほくろ》だろうか？　だとしたら、けっこうめずらしいもののような気が。あ。そうか。そうだ。これだ。

ねえねえ、これって黒子なの？　ちょっと見せてもらってもいい？――そんなふうに、さりげなく彼女の手をとる。とるんだ取るんだ。一旦触れてしまえば、あとは簡単。そのまま彼女に抱きつき、押し倒して。そして。そしてそしてそして。

「うおーい」

ゲンキの声がして、ぼくは我に返った。ドアが開いて、雨風の音がなだれ込んでくる。

憑《つ》きものが落ちた瞬間だった。あれほど滾《たぎ》っていた醜い欲望が、一瞬にして、ぼくのなかから消滅する。もしも誰かがぼくの心理状態を逐一《ちくいち》観察できたとしたら、その臆面もなく、きれいさっぱりとした切り換えぶりに、唖然《あぜん》となっただろう。

ゲンキが離れに戻ってきた。手に二足、黒いゴム長靴を、逆さにして持っている。

「あれ。どうしたがや、それ」

「納屋に、な」ゲンキはサンダルを脱ぎ、再び濡れた足を雑巾で拭った。「作業用の軍手とか、長靴の予備があったこと、憶い出して」

納屋とはもちろん、空知家のそれだろう。口ぶりからして、おじさんの了解を得てはいないようだ。勝手に持ち出してきていいのかとも思ったが、いまは非常事態だから、まあ仕方ない。

「じゃ、行こか。外で待っとらんと、戻ってきたカンチが戸惑うやしれん」

「やな」

「マユちゃんは、ここで休んでて――」

ゲンキの指示に、それまで伏し眼がちだったマユちゃん、はっと我に返ったように顔を上げた。瞳に生気が宿っている。

「待って」泣き出しそうに顔を歪めた。「待って。置いていかんとって。あたしも行く」

「けど、大丈夫？」

「いや。いやって。ひとりにせんといて。怖い。怖いいいい」

彼女の懇願に、はっとなった。

まてよ。よくよく考えてみれば、小久保のおじさんとおばさんを惨殺した犯人が、どこかにいるはずなのだ。ひょっとして、まだこの周辺をうろついているかもしれないではないか。

それに……ぼくはいまさらながら、とんでもないことに思い当たった。小柄とはいえ、あのプロレスラー並みに筋肉質で逞しい小久保のおじさんを、犯人はあっさり仕留めているのである。仮におじさん側に油断があったかもしれないにせよ、相当凶暴なやつにちがいない。

ゲンキも同じことに思い当たったのだろう。しきりに顔面を拭いながら、歯茎を剝き出しにして、唇を歪めた。

「しもた……しもうた」

「カンチをひとりで行かしたの、まずかった」

「おれ、見てくる」

「待て。待てって。途中、今度はゲンキがひとりになってまうやんか。なんもならん」

「やけんど、おまえ」

「とにかく、みんなでいっしょに行動する。絶対ひとりにならんこと。ええな?」

「やな。そうしよ。そうしよ」

替えの靴下はないので、素足のまま、ぼくはゴム長靴を履いた。

「あれ? ど、どうしたがじゃ、おれ」

ゲンキの自信なさそうな呟《つぶや》きと手つきからして、自分が懐中電灯を持っていないことに、ようやく気づいたらしい。

「どうしよ。明かりがない」

「それでよう長靴、持ってこられたな」

「納屋には裸電球があるもん。どうする」

「しゃあないわ。歩いているうちに、みんな慣れるやろ、眼が」

「かの」

プレハブの離れを出た。

再び雨合羽のフードを叩く雨音、そしてこちらの身体を薙《な》ぎ倒さんばかりの風が、これまでにも増して不穏な雰囲気を醸し出す。マユちゃんをあいだに挟み、三人、横並びに歩いた。

いくらも進まないうちに、北の方角からこちらへ迫ってくる懐中電灯の光と遭遇した。カンチだ。手になにか、さげている。

ぼくのショルダーバッグだ。ゲンキが落としてきた懐中電灯も持っている。

「長靴のほうは、なにしろふたり分や、よう持ってこんかった——が」

　とカンチは、ぼくとゲンキの足もとを見た。納屋から予備の長靴を持ってきたのだろうと、説明せずとも察したようだ。

「ど……」懐中電灯を受け取りながら、ゲンキは喉もとを、ひくつかせた。「どやった？」

「まず、なかへ入ろ。外で突っ立って話すこた、ない」

たったいま出てきたばかりのプレハブの離れへ、みんなでぞろぞろ舞い戻ることになった。

　カンチから受け取ったショルダーバッグは、当然のことながらずぶ濡れになっていたので、簡単に泥だけ拭い落としておいてから、部屋には上げず、沓脱ぎに置く。

　四人も部屋に入ると、さすがに手狭だ。

「憲明さんの新居のほうも、見てきた」

　報告するカンチは、顔色が少し蒼白《あおじろ》いものの、いたって冷静だった。あるいはマユちゃんの手前、虚勢を張っていたのかもしれないが、それでもたいしたものだ。

「お兄さんも、自宅の一階で、やられてた。お父さんとお母さんと、まったく同じように」

　カンチにしてみれば、気を遣って詳しい描写を控えたつもりなのだろうが、それでもこちらの衝撃は大きい。さきほどの平屋の惨状を憶い出し、喉に苦いものが、えずき上げてくる。ゲンキも顔を引き攣らせた。

「あのな、マユちゃん。辛《つら》いやろけど、おまわりさんが来たら、詳しい事情、説明せないかん」

　マユちゃん、ぴくりと顔を上げた。怯《おび》えたように唇を震わせながらも、こくこく頷く。

「いったい、どういうことやったが？　それと、お義姉さん、どうしたの。亜紀子さんだけ、どこにも姿が見えんようやったけど」

　そうだ。そういえばマユちゃんが断片的ながら言及したのはご両親とお兄さんのことだけで、亜紀子さんに関してはなにも触れられていない。

「お義姉さん、今日、高校のときの同窓会がある、いうて、朝、はようから出かけてる」

「同窓会？　お町でか」

　亜紀子さんは県立南白亀高校の出身だから、カンチがこう訊くのは当然なのだが。

「ううん。豊仁市で」

　参加者の半数近くが現在、豊仁に居をかまえているという事情ゆえ、らしい。

「そらまた遠い」

「遠いし、こんな天気や。けど、前から決まってたらしくて、変更もできん。他の参加者の都合とかもあるろしね」

「朝、はようから、て、何時頃？」

「七時くらい、かな」

ここから豊仁市へ行くには、今朝ぼくがそうしたように南白亀町までバスに乗り、そこからさらに旧道ルートの路線バスを乗り継がなければならない。乗り換えのための待ち時間を除いても三時間はかかるので、なるべく早めに出発するのは当然として、朝の七時に南白亀町行の便はまだないはずだが——と、みんな疑問に思ったのを察したのだろう、マユちゃん、こう付け加えた。

「女子短大でもいっしょやった友だちが、自動車で迎えにくる、て。南橋をよう渡らんから、お義姉さんがバスの停留所まで行って、そこで待ち合わせする、て言うてたけど」

「なるほど」

「ま、たまのことやし、どうせやったらゆっくり羽根のばしてきたらええ、いう話になって。豊仁のホテルにその友だちといっしょに部屋、とって。今夜は泊まってくるがやって」

「そりゃあ……お義姉さん、運がよかったな」

なんの気なしにそう呟いたのだろうが、ひょっとしたら不謹慎な言い方だったかもしれないと悔やんでいるみたいに、カンチは自分の口もとを、ぐるりと拭った。

マユちゃんは妙に複雑そうに眉をひそめている。というてもカンチの言葉に気を悪くしたというのではなく、彼女は彼女で、なにかを悔やんでいるみたいな感じだった。このときはまだ、その表情の意味は判らなかったのだが。

「それはそれとして。マユちゃん、みんなが襲われたとき、どういう状況やったがや」

「知らん」

「し、知らん、て」

場違いなくらいそっけない彼女の口ぶりに、思わず男の子たち三人の声が揃った。

「どういうこと。マユちゃん、犯人を見たりとか、してないの？」

「見てない。全然。あのね、あたし、お兄ちゃんの家におったが。お義姉さんが留守やから、テレビ、観せてもらいに」

「テレビなら、マユちゃんちにもあるやん」

「やのうて、ビデオに録画したドラマ」

　複数のアイドルとカルト的俳優の共演という話題性でこの当時、女性たちに圧倒的人気を誇っていた連続テレビドラマのタイトルをマユちゃんは口にした。質実剛健というとオーバーかもしれないが、どちらかと言えば硬派なイメージの強い彼女も、あんな甘ったるい恋愛ものに興味があるのかと、ぼくにとってはけっこう意外である。

「この前、最終回やったでしょ。放送中も観てたけど、この際、全部まとめて、と思て。それはお兄ちゃんのとこへ行かんと、観られんから」

　憲明さん夫婦は、村でもまだ少数派のビデオデッキ購入組だ。連続ドラマを全話録画しているとは、彼らもファンなのだろうか。

「憲明さんも、いっしょに観よった？」

「ううん。お兄ちゃん、おれはそれ、亜紀子に付き合わされて何度も何度も観て、もう飽きたわ、言うて。二階へ引っ込んでた。なにしてたかは、よう知らん。あたし、ドラマに夢中で」

「誰かが家に入ってきたとか、そういうことにも気づかんかったが？」

「全然。いきなりドタンって激しい音がして。あたしはリビングでビデオを観よったがやけど、わりとすぐ近くから、聞こえた。あ、階段の上がり口あたりからや、思て。聞いたことないような大きな音やったから、さすがにびっくりして。ひょっとしてお兄ちゃん、階段から足、すべらせて、転んだがとちがうか、思て」

　自分の目撃してきた場面と照応しているのか、カンチはいちいち頷いてみせる。

「慌てて見にいったがよ。そしたら……」

　憲明さんの遺体を発見したときのことを憶い出したのだろう、マユちゃん、うっと口を覆った。

　眼尻から涙がひと筋、垂れたが、それ以上は溢れさせまいとこらえているのか、眼をじっと閉じる。こめかみに浮いた筋が落ち着くまで、しばらくかかった。カンチも、ゲンキもぼくもなにも言わず、ただ彼女が再び口をきくのを待った。

「そしたら」マユちゃん、眼を開けた。「階段の上がり口のところにお兄ちゃん、仰向けになって倒れてて。あたし一瞬、あ、あほじゃ、ほんまに階段から転げ落ちたがか、思て。うっかり笑いそうになったが。そしたら、お兄ちゃんの喉から胸が……真っ赤……で……首から鎌の柄《え》が生えてて」

「え。ちょっと待て」カンチが慌てたように、マユちゃんを遮《さえぎ》った。「鎌が？　お兄さんに鎌、刺さったままやったがか？」

「う、うん。たしか」カンチの勢いにマユちゃん、うろたえる。「ままやった……思うけど」

「そ、そう。続けて」

「あたし、わけ判らんようになって……慌てて自分ちへ走った」

「何度もごめん。マユちゃん、そのとき、憲明さんの家に、他に誰か、おらんかった？　倒れている憲明さんのそば、とかに？」

「さあ。判らん。おらんかった、思う……けど、あたしが気がつかんかっただけ、かも」

「まわりを見てみたり、せんかった？」

「した。したけど、床が一面、真っ赤で……思わず眼ぇ逸《そ》らしたから」

「そしたら、もしもそのとき誰かが、例えばキッチンのほうに隠れていたとしたら、マユちゃん、気がつかんかった？」

「やろね。多分。自信ないけど」

ずいぶん根掘り葉掘り訊くんだなあ、どうでもいいのにと、このときぼくは、ショック状態のマユちゃんに対してカンチがいささか無神経なような気がして、いらいらした。

「それから？」

「自分ちへ走っていった。そしたら、お父ちゃんとお母ちゃんも……同じように……もう、なにがなんだか、パニックになってもうて」

「それで、こっちへ逃げてきた、と」

「とにかく貫太くんとこ、行かなと。それだけ思いながら必死で走っていったら、元木くんと伊吹くんもおった、いうわけ」

「ほんまに何度もすまんけど、もう一回、確認するで。マユちゃん、ご両親とお兄さんを襲った犯人の姿、見てないがやな、全然？」

「影もかたちも」

「マユちゃんがお兄さんのことに気づいたとき、犯人はもう家から逃げ出しとったがか」

そうまとめたゲンキを、しかし「いや、ちがう」とカンチが一蹴したものだから、みんな、きょとんと顔を見合わせた。

「ど、どういうこと?」

「マユちゃん、憲明さんちの一階のリビングでビデオ、観とったがやろ、ずっと」

「うん」

「てことは、誰か怪しいやつがそこへ入り込んできたりしたら、気づかんわけ、ない」

「なに言うてんのや、おまえ」呆れたようにゲンキは口を挟んだ。「マユちゃんの話、聞いてなかったがか?　だから、大きな音がして見にいったら、もうお兄さんが倒れてた、そこで初めて事件に気がついた、て、さっき——」

「あのな、みんな、聞いてくれ」

まるで内緒話をするかのように、カンチが声を低めた。ものすごく真剣だ。その迫力に、みんな固唾《かたず》を吞む。

「よう聞いてくれ。これはおおごとや。ほんまに、おおごとながや。小久保のおじさんたちを殺した犯人、まだ近くにおる。ひょっとしたら、他の家も襲うつもりかしれん」

「な……」

ゲンキは笑おうとしたようだったが、唇をひん曲げたまま、表情が凍りつく。突拍子もない話だが、カンチがふざけているわけではないことは痛いほど伝わってくる。それだけに困惑した。

「なんでや。カンチ、な、なんでそんなこと、おまえに判る?」

「電話のコードが切られてた。憲明さんちも、それからマユちゃんちも、両方」

ぼくとゲンキは、まるで示し合わせたみたいに、マユちゃんのほうを向いた。彼女は彼女で、恐怖に眼を剝いている。

「え……ほ、ほんま、それ?　貫太くん、それ、ほんま?」

「母ちゃんがもう通報しとるやろけど、念のため、おれもしとこ、思て、憲明さんちの電話、借りようとした。電話機、リビングのソファの横の台座に載っとるやろ?　そしたら、受話器をとっても、うんともすんとも言わん。よう見たら、コードが切断されてるやんか。明らかに、なにか刃物でも使うて、やったみたいに」

声が出なかった。誰も。

「まさか思て、平屋のほうへ行ってみた。こちらも同じやった。板張りの台所のテーブルの横にある電話機のコード、切られてた。いいか、ここでもう一回、マユちゃんが言うたこと、じっくり考えてみてくれ」

　ゲンキとマユちゃんはどうだか知らないが、ぼくは考えがまとまらなかった。というか、へたにまとまったりして、決定的な結論に思い当たるのが怖かった。

「憲明さんの遺体にマユちゃんが気づいたとき、まだリビングの電話は無事だったはずや。そやろ？　マユちゃん、ずっとそこでドラマに釘づけやったがやもん。いくら夢中でも、すぐ眼と鼻の先にある電話機に、もしも怪しい人物が近寄ったりしたら、いくらなんでも気づくはず」

　マユちゃん、おずおずと頷いた。

「ということはや、ということは、やぞ」カンチはぼくたちを睨むように見回した。「マユちゃんが憲明さんの姿に驚いて外へ飛び出したとき、犯人はまだ家のなかのどこかにおって、隠れてた」

　ゲンキは恐怖に潤んだ眼でぼくを一瞥しておいてから、カンチを見た。「……まさか」

「そうとしか、考えられん。さっきマユちゃん、言うたやろ。憲明さんが殺されたとき、凶器はまだ遺体に刺さったまま残ってた、と」


「それがどうした」

「けど、おれが見たとき、鎌はなかった」

「ほ、ほんまか」

「つまり、マユちゃんが飛び出した後、そいつは憲明さんのところへ、こっそり戻ってきて、凶器を抜いていった——いうことや」

「抜いていった……鎌を……て……そんな」ゲンキの声はどんどん、しぼんでゆく。「そんな……なんのため……」

「ひとつは、さっきも言うたように、電話機のコード、切るため」

「で」

「その証拠に、コードの切断された周辺、血痕《けっこん》で汚れてた。あれは明らかに、同じ凶器でやってる。そして、鎌は憲明さんちの、どこにもなかった。現場から持ち去ったからや」

　ということは、犯人はまず憲明さんを殺害してから、小久保のおじさんとおばさんを襲ったのかと、ぼくは咄《とっ》嗟《さ》にそう整理した——のだが。

「な、なんでや。なんで鎌を、わざわざ持ち去るような真似を……」

口をつぐんで、ぼくを窺うその表情からして、どうやらゲンキも、小久保のおばさんの遺体の傍らにあった鎌のことに思い当たったようだ。では、やっぱり――いや。

いや、まてよ。これって矛盾してないか？　ぼくはそう思い当たった。

仮に犯人が、ドラマに夢中になっているマユちゃんに気づかれぬよう、いちばん最初に憲明さんを殺したとする。憲明さんは転倒し、その音で異状に気づいたマユちゃんは、慌てふためき、平屋のほうへ走る。この時点で。

この時点で、小久保のおじさんとおばさんは、まだ生きていたことになるわけだ。当然、マユちゃんが両親の遺体に遭遇する道理はない。つまり順番としては、憲明さんのほうが後で殺害されたと見て、まちがいない。

となると、凶器である鎌がおばさんの傍らに残されていたのは、矛盾ではないか？　それでは憲明さんの家へ赴く犯人は丸腰になってしまって、殺せない――と悩みかけたぼくは、あっさり自分の勘違いに気がついた。

犯人はまず小久保のおじさんとおばさんを殺す。その凶器を持って新居へ乗り込み、憲明さんを殺害する。驚いて飛び出してゆくマユちゃんをやり過ごしておいてから、犯人は鎌を憲明さんの遺体から引き抜き、電話機のコードを切断。両親の遺体に仰天して空知家へたすけを求めにゆくマユちゃんを再びやり過ごしておいてから、犯人は平屋に戻り、こちらの電話機のコードも切断しておく――こういう順序なら、辻褄《つじつま》が合う。

細かいことを言えば、電話機のコードを切った後で、なぜ鎌を台所ではなく、小久保のおばさんの遺体の傍ら、つまり畳敷きの部屋のほうに放置していったか、という疑問は残るわけだが、少なくとも犯行順序についての矛盾は解消される。

いや、もっとシンプルにすべての説明がつく。そもそもこの矛盾は、三人を殺害するのに使った凶器が同じものだという前提に立つからこそ、生じる。犯人は複数の鎌を使い分けているだけかもしれないではないか。この周辺の家のどこの納屋にも、鎌はいくらでも転がっている。うちの納屋もそうだが、どこもたいてい扉は開け放しで、鍵など掛けられていない。新しい凶器を次々に調達するのは、いたって容易だ
つまり犯人は、まず小久保夫妻を殺害した際、ついでに平屋の電話機のコードも切っておいたかもしれない。そして憲明さん夫婦の新居へ赴く前に、納屋で新しい鎌を拝借し、次の犯行に及んだ――そういう順番もあり得

るわけだ。

人体組織を次々に嚙み裂くことを思えば、鎌だって刃こぼれしよう。犯人としてはその都度、新しい凶器を調達したほうがやりやすい、とも言える。

凶器の数にからめた犯行の順番の可能性について思いついたことを、ぼくはざっと説明した。「――てわけや。で、実際に、どっちやったかは判らんけど、ひとつだけ動かせん事実がある。それは、たとえどちらの順番であっても、犯人が憲明さんを殺すのに使った鎌を現場から持ち去っているらしい、てこと」

「そうや。ブキ、まさにそういうことなんじゃ。ということは――」

「け、けど、まてや、ふたりとも。電話のコード、切ったりするのは、なんで？　なんで、そんなややこしいこと、せないかん」

「誰かが遺体を発見しても、警察に通報できんようにするため。それしかない」

「通報できんように、て。そんなことしても、意味ないわ。だって、村に電話があるのはマユちゃんちだけやない。どの家にも――」

ゲンキの喉が、痰《たん》を切ったみたいに鳴った。

「お、おい、まさか……」

「そのまさかやないかと、おれは心配してる。犯人は、小久保のおじさんたちだけやない、他の家も襲うつもり、ちがうか。小久保さんち、平屋も新居のほうも、洗面所な、血を洗うた跡があった」

「血……って」

「赤黒う濡れたタオルを放り出してあった。流しも赤う汚れてた。平屋のほうには、血で汚れた軍手も脱ぎ捨ててあった」

そんなことまで、確認してきたのか。ぼくはむしろカンチの冷静さのほうが怖かった。

「犯人が、その都度、自分の身体についた返り血を拭《ふ》いたがやろ。それと、憲明さんを殺した凶器を持ち去ったことと併せて考えたら、犯人はこれからまだ犯行を続けるつもりやないか、と」

「た、大変や」ゲンキは立ち上がった。「はよう駐在所に電話せんと……」

「なに？」驚いたように眼を剝いたカンチは、怒気もあらわに大声を上げた。「まさか、おまえら、まだ言うてなかったがかやっ。母ちゃんに通報するよう、言うてないがか？」

「いや、そ、それがな」ぼくはつい、言い訳がましい口調になった。「それが、母屋のほう、電気がついてのうて、真……」

空気が凍結する。

みんな息を呑み、強張った顔を見合わせた。明らかに同じ想像が全員の脳裡をよぎっている。

まさか……まさか、空知のおじさんと、おばさんは、もう？

ぼくたちが凝固するなか、カンチはひとり、離れを飛び出した。雨合羽を着る余裕もない。

開け放したままのドアから、無情な雨音がびゅうぴゅう、びゅうびゅう、入り込んでくる。

ぼくは、変な話だが、カンチがすぐに雨合羽をとりに戻ってくるさ、みたいにぼんやり考えていた。きっとゲンキもマユちゃんも、似たような状態だったのではないか。

みんなしばらく木偶《でく》のように、その場に固まっていた。ドアを閉めにゆくでもなく。

しかし、カンチは戻ってこない。

と。開け放たれたドアから、風に乗って、風船が破裂したみたいな音が、かすかに聞こえてきた。それがカンチの発した悲鳴であると、だいぶ遅れて察する。

ぼくよりもさきに、そうと察したらしいゲンキ、呪縛が解けたかのように素早く雨合羽を羽織ると、嵐のなかへ飛び出していった。

「いまの……」

立ち上がろうとしていたぼくは、マユちゃんのそのひとことで、再び硬直した。

「いまの……貫太くん？」

「わ、判らん。おれも、見てく――」

「いやっ」

いきなりマユちゃん、ぼくに抱きついてきた。腰を浮かしかけていたため、あっけなくバランスを崩したぼくは、ほとんど彼女に押し倒される恰好だった。背中に乳房の感触が重かったが、とても浮かれた気持ちにはなれない。

「いや、いやっ、伊吹くん、ひ、ひとりにせんとって、ひとりにせんとって」

長身に下敷きにされ、息が詰まりそうになる。撥ね除けようとしたら、マユちゃん、気が動転していたのだろう、ぼくを逃がすまいと、がっちり羽交《はが》い締《じ》めにしてきた。

「っつ。痛。いたい痛い。いたい、て」

「いやいや。もういや」わあわあ錯乱したように泣きじゃくりながら、マユちゃん、ますます体重を乗せてくる。「もういや。こんなの、もういやや。いやや、いやや。なんとかして。お願いだから、な、なんとかしてええっ」

「落ち着け。お。おち。マユちゃん、ちょ、ちょっと、落ち着いて」

ふりほどこうとするが、さすがスポーツ選手、力が半端ではない。むりやり彼女の身体の下から這い出ようとしたら、ぼくを押さえつけるマユちゃんの手の位置が徐々にさがってきて、ズボンが脱げそうになった。

「い、痛い、マユちゃん」際どい箇所をわしづかみにされ、さすがにぼくは声を荒らげた。「痛い。痛い、て」

「あ……」

ようやく正気を取り戻したのか、マユちゃん、ぱっとぼくから離れた。

横座りの姿勢でしばらく、ぽかんとしていたが、やがて自分の振る舞いが恥ずかしくなったのか、頬を赤らめ、そっぽを向いた。己れを掻き抱くように背中を丸めて。

その態度が、ぼくの怒りに火を点けた。

彼女の、いからせた肩、震える背中が、まるでぼくにいかがわしい行為をされたと批難し、軽蔑しているように見えたのだ。実際にはなにもしていないのに、あたかもこちらが彼女に手を出そうとして拒絶された、みたいな。そんな錯覚に襲われ、不条理な屈辱が燃え上がる。

あっけなく理性が消し飛んだ。カンチとゲンキの存在もまったく頭になかった。いや、仮にふたりが在室だったとしてもかまわず、ぼくは同じ行為に及んでいたかもしれない。それほどの狂乱状態に、瞬時にして陥っていた。

ものも言わず、マユちゃんに跳びかかった。膝が将棋盤に当たり、駒がばらばら、床に散乱する。

彼女の肩を押さえ、仰向けに引きずり倒したぼくは、白い体操服の裾をずり上げた。

乳首の桜色の残像を曳《ひ》き、ふたつの乳房が、まろび出た。鳥肌がたち、ふるふる揺れるその動きが、まるでぼくから逃げようとしているみたいに見え、荒々しく両手でわしづかみにする。

頭が空白になった。動きが止まる。ぼくだけではなく、マユちゃんも、微動だにしない。

ふたつの乳房を押さえつけて、さてそこから、どうしたらいいのか、まったく判らなかった。マユちゃんが抵抗してくれたら、とりあえずそれを封じることに専念すればいいわけだが、彼女はこちらを押し返そうともしないどころか、指一本、動かす気配がない。

掌のなかの乳房から、おそるおそる視線を上げたぼくと、マユちゃんの眼が合った。

そのときの彼女の謎めいた表情。あれほど燃え盛っていた欲望はすっかり冷め、ぼくはただ怯んで、彼女から身体を離した。

ぼくを見上げるマユちゃんの口もとに浮かんでいたのは、奇妙な微笑だった。いや、厳密に言って笑みなのかどうかも、よく判らない。

愚かな男に対する嘲《あざけ》りや憐《あわ》れみの類いではなかった。たしかに眼はぼくを見ているものの、その問題の表情自体は、マユちゃん自身の内面に向けられているようでもあったからだ。

引きずり倒されたとき、自分の臀部《でんぶ》の下敷きになった右手も、まだそのままにして、仰向けになっている彼女。最初から最後まで抵抗の意思はまったくなかったらしい。かといってそこにあるのは、どうにでも好きなようにすればいいとか、そんな自棄《やけ》っぱちな諦念《ていねん》でもなかった。

結局なんだったのだろう、マユちゃんのあの不可解な微笑は？　あるいは、極限状況がもたらす、瞬間的な狂気の発露だったのだろうか？

ぼくが離れると、マユちゃんは天井に眼を向けたまま、だらりと四肢《しし》を放り出していたが、やがて何事もなかったかのように、こう言った。

「……ごめん、伊吹くん。ちょっと向こう、むいててもらえる？」

一も二もなく、その言葉に従った。

マユちゃんが身体を起こし、服をなおしている気配を背中で聞きながら、じわじわ悔恨の念が湧いてきた。なんてことをしてしまったんだろう……寸前で思い留まったとはいえ、この愚挙は一生、とりかえしがつかない。

頭をかかえていると、開けっぱなしの離れのドアの向こうから、エンジン音が響いてきて、びくっとした。なんだ？

自動車ではなく、オートバイだったような気がするが、確認しにゆく気力はない。空耳だったかもしれないし。

そんなこと、どうでもいい。いまは。

マユちゃんに謝らなければ、きちんと謝らなければ……いたずらに焦るばかりで、声が出ない。自己嫌悪のあまり死にたい気持ちで言葉を探しているうちに、どれくらい時間が経《た》ったのだろう。

ふと我に返ると、離れの戸口にゲンキの姿があった。慌てて、マユちゃんを振り返る。ちゃんと体操服を着ていて、ホッとした。

だが、ホッとしてばかりは、いられない。ゲンキの背後から、カンチが現れた。

カンチは、あえてひとことで言えば、悄然としていた。もちろんそれで表し切れるものではない。普段の彼からは想像できないほど、白茶けた無表情で硬直している。

ゲンキは無言のまま、カンチを促し、部屋に上がらせた。ドアを閉めると嵐の音が遠ざかる。

カンチが床にへたり込んだ。

沈黙が落ちる。実際には数秒程度のその空白が、まるで永遠に続くかのような気がして、いたたまれなくなる。

床に散らばっている将棋の駒のことを、ふたりが変に思わないだろうか……そんな自己中心的な心配をしている己れに気づいた。

「貫太くん」

マユちゃんの悲痛きわまる呼びかけに、ぼくはぎくりと緊張した。さきほどの己れの恥知らずな行為をこの場で彼女に告発され、糾弾されるのではないかと、びくびくしていたのだから、我ながら呆れるしかない。

「貫太くん……」

そう反復したものの、そこからどう続けていいものか判らないらしく、マユちゃんはただいたずらに口をぱくぱくさせるだけ。

さっき雨合羽も着ずに外へ飛び出したため、カンチの髪はすっかり濡れ、額に張り付いている。あるいは涙もそこに混じっているのだろうか、水滴だらけの顔面を拭いもせず、ただまっすぐに正面を向くその様子は、なんとも凄絶《せいぜつ》だった。

「……いかんかった」

ようやくカンチはそう呟いた。語尾がやや掠れていたが、それは彼が突きつけられた現実の過酷さを思えば、驚くほどしっかりしている。

「マユちゃんとこと、同じや。多分、同じやつに。電話もやられてる」

「お、おばさんも？」さきほどの愚行も忘れ、ぼくは叫んだ。「おじさんもか？」

「いや……それが」

無表情だったカンチの瞳に、苛烈《かれつ》と言っていいほどの戸惑いの色が浮かんだ。

「父ちゃんが、な」

「おじさんが……？」

「やられとった、父ちゃんが」

「お、同じように、か」

たったいまカンチがそう言ったばかりなのに、ぼくはついそう訊いてしまう。

カンチの代わりに、ゲンキが頷いて寄越した。

「え。じゃあ、おばさんは？　無事ながか？　そうか。無事ながやな？」

一瞬、希望を抱いたが、カンチの答えはそっけなかった。

「判らん」

短パンのポケットからハンカチを取り出し、顔面を拭うカンチのまぶたが痙攣《けいれん》していた。

「な、なんや、判らん、て？」

「家のなか、どこにもおらん」

「え。え？　じゃあ、おばさん、犯人に驚いて、どっか逃げたがか？」

「判らん。ともかく、おらん」

「それとも、畑を見にいってるのかも」

「普段よう履いてる靴が見当たらんかったから、そうかもしれんが。判らん」

腕と頭髪の水滴を拭い落とすと、カンチはマユちゃんとぼくを交互に見た。

「すまんけど、母屋へは入らんとって。な」

変わり果てたお父さんの姿を見せたくない、ということか。その気持ちが痛いほど伝わってくる。そして、こんなときにも己れの意思をはっきり友人たちに伝えられるカンチの精神力の強さに、ぼくは胸を打たれた。

「もちろん、おれが言うまでもなく、そんな気にはならんやろけど……ともかく、ここでのんびりしてる場合やないよな」

かなり無理をしているのだろうが、カンチの声には普段の張りが戻っている。

「ブキの家、行こ。とにかく通報じゃ」

立ち上がって、雨合羽を羽織った。

「おまえ、大丈夫か」ゲンキは怒ったような声で、ゴム長靴を履いているカンチをたしなめた。「むりせんと。ここで休んでたほうが――」

「こうしてるあいだにも、頭のおかしな殺人鬼がそこらあたり、うろついとるがや。哀しんでる場合、ちがう」

必死で自分にそう言い聞かせているのかもしれない。

そう思うと痛々しい。

「かもしれんけど、おばさんが戻ってくるかもしれんやんか。電話ならおれとブキでしてくるから、おまえはマユちゃんと、ここにおれ」

「そうはいかん。ひとりも危ないが、きっと、ふたりでも危ない」

そうだ。その通りだと改めて痛感した。マユちゃんの両親とお兄さん、そしてカンチのお父さん。この犯人はもう四人も殺している。

ぼくらみたいな子供が、ふたりがかりくらいで対抗しても、かないそうにない。四人いっしょなら大丈夫という保証もないが、できる限り大勢で行動しなければ。

「けど、それならなおさら、おばさんが心配や。ひとりじゃ危ない。誰か、ここで待っとってあげたほうが、ようないか？」

「父ちゃんが襲われるのを見て、逃げたがやとしたら、母ちゃん、ブキのお母さんところへ、たすけを求めにいっとるがと、ちがうかな」

なるほど。それはあり得る。普段の付き合いからしても、互いの家の位置関係からしても、いちばん自然な流れだろう。

ゴム長靴を履く際、ぼくは無意識に、沓脱ぎに置いてあったショルダーバッグを肩にかけた。

このまま自宅へ帰る——という気持ちが、そうさせたのだと思う。換言すれば、我が家は無事なはずだと、なんの根拠もなく決めつけていたわけだ。今夜はもうカンチのところに泊まらせてもらうのは無理だろう、と。

「行くぞ」

過酷な現実を敢《あ》えて真正面から見据えようという決意の顕《あらわ》れか、カンチは懐中電灯を持ち、先頭に立った。

マユちゃん、ぼくが続き、やはり懐中電灯を持ったゲンキが最後尾につく。

嵐が吹き荒れる暗闇のなか、一歩踏み出したぼくは、ふと違和感に囚《とら》われた。

なんだ？　この変な感じ。なんだか自分の歩き方がおかしい……そんなふうに思えてならない。しかしこの奇妙な感覚が、なにに拠《よ》るものなのか、いくら考えても判然としない。

譬えて言えば、下半身の重心の位置が変わってしまったかのような、居心地の悪さ。ズボンがずれているのだろうか？　そう首をひねっていたぼくは、ひとつの可能性に思い当たり、冷や汗をかいてしまった。

さっきマユちゃんを押し倒したときのことだ。興奮のあまり、ぼくは知らないうちに自分の下着を汚してしまったのではないだろうか。それで股間の部分がつっぱった皺《しわ》寄せで、全体が妙にすかすかした感じに——いや。

いや、ちがう。すぐにそう思いなおした。いくら下着に意識を集中させても、そんな痕跡はない。だいたい、あのときのぼくは性的に興奮するというより、むしろ彼女に怒っていたわけで。

すると、なんだろう。この奇妙な感覚？　だが、いつまでもそんな曖昧《あいまい》な違和感に悩んでいる暇はなかった。

歩いているうちに、とんでもないことに思い当たったのだ。もしもカンチの推測通り、すでに四人も殺害している犯人が、まだ犯行を続けるつもりだとしたら、うちだって危ないのでは？

自宅にいる母や祖母だって、この殺人鬼に襲われるかもしれないわけだ。遅ればせながらそう不安になる反面、あまり切迫感がない。むしろ犯人のほうが、男勝りの母や粗暴な祖母に返り討ちに遭うのではないかと、極端な想像すらしてしまう。

うん、そうそう。あの荒っぽい母ちゃんや祖母ちゃんが簡単にやられるわけ、ないわな。犯人が鎌で襲ってきたら、逆に鍬《くわ》かなにかでそいつを叩き殺してしまったりして。犯人もさぞ泡を喰うだろう。たかが女と油断してたら、あんなゴリラみたいな、おばはんに、ばあさんなんだから。

母と祖母が、正体不明の怪物みたいな殺人鬼を退治しているイメージは、マンガっぽかったが、ぼくにしてみれば充分リアルな空想で、思わず笑いそうになるほどだった。後から思えば、戯画的な想像を巡らせることで現実から眼を逸らそうとしていただけなのだが。

五叉路へやってきた、そのとき。

「お、おいっ、あれは？」

背後からゲンキの声が上がった。

見ると五叉路の、向かって左側の道から飛び出してきて、右の道へと疾走するひと影があった。妙に白っぽく浮かび上がるその身体つきからして、成人男性のようだ。

「なんや、あいつ？　あんなにこそこそ、慌てて。おい。ひょっとして」

ゲンキが言い終えないうちに、カンチは走り出していた。

「こら、待てっ」

影はぴくんと立ち止まり、振り向いた。

カンチが無遠慮に向けた懐中電灯の光のなかに、四十代くらいだろうか、のっぺりした男の風貌が浮かび上がった。懐中電灯の光が水滴に反射して、ざんばら髪が、きらっと輝く。

激しい雨のなか、傘もさしていなければ、雨合羽も着ていない。白いランニングシャツ姿で、驚いたことに、下半身はブリーフいっちょう。靴も靴下もない、裸足だった。

驚愕のあまり一瞬、ぼくの足が止まった。男が変質者みたいな恰好だったから、ではない。見覚えのある顔だったからである。

どうして？　どうして彼が、こんなところに……困惑のあまりか、知っているはずの男の名前がなかなか憶い出せない。が、いまは詮索している余裕はない。

男は、カンチの勢いに恐れをなしたように、のけぞる。泥を蹴散らし、再び走り出した。

「まてや、こら」

カンチが追う。

だいぶ大柄に見えたが、互いに接近してみると、男はカンチと同じくらいの体格だ。

「待たんか」

一旦は男の肩に手をかけたカンチ、乱暴に振り払われて、少しよろける。

体勢を立てなおし、再び追いかけた。

「待て、言うがや。こら、おまえ」

つられたのか、ゲンキも走り出した。ぼくとマユちゃんのあいだをすり抜けるや、あっという間にカンチの、すぐうしろまで追いつく。相撲部屋にスカウトされてもおかしくない体格ながら、実はゲンキは意外に足が速い。

連鎖反応みたいに、マユちゃんも走り出した。こちらも駿足《しゅんそく》だ。なにしろバスケットボール部のキャプテンである。コンパスも長い。あっという間にゲンキを追い抜き、カンチに並んだ。

先刻のマユちゃんの科白ではないが、ひとりにされるのはいやなので、ぼくも追跡を始めた。が、ショルダーバッグというハンデを割り引いても、あいにく四人のなかではいちばん足が遅い身のこと、ゲンキにすら追いつけそうにない。

息を切らして、ぼくはよたよた、ゲンキのあとからついていった。少なくとも身体を動かしているあいだは、知人たちの無惨な遺体とか、よけいなことを考えなくてすむ。

逃げる男の背中で、懐中電灯の光が、ゆらゆら、ゆらゆら、揺れる。雨が無数の針のように輪舞し、きらめく。

男はけっこう足が速いようだ。あるいは雨合羽を着ていない分、ぼくたちよりも俊敏に動けるのかもしれない。どたどた踏み込みの安定しないゴム長靴など履かず、裸足なのも有利だったろう。カンチを追い抜き先頭に立ったマユちゃんでさえ、なかなか男との距離を縮められないでいる。

やがて川沿いまでやってきた。

東橋だ。

「おおい」ゲンキが走りながら大声を上げた。「カンチい、マユちゃん、待て。待つんや。止まれ。止まれ、て。危ない、て」

何事かと眼を凝らしてみると、東橋がぐらぐら、ぐらぐら、ローリングする船舶みたいに揺れているではないか。川の濁流の勢いに、いまにも橋脚が折れそうになっているらしい。

「こら、おまえ。おまえも止まれ。止まれ、て。危ない。止まれえええっ」

ゲンキの怒声に男は振り返りもしない。躊躇のかけらもなく、揺れている橋へ飛び乗った。

ぐらぐら、うねる路面にもかまわず一気に駈け抜けようと、男が一歩、また一歩、踏み込むたびに橋全体が、ぎしぎし、ぎしぎし軋《きし》むのが、遠眼にもよく判った。

木材がぎいぎい鳴る音が、まるで巨大な怪獣の苦悶《くもん》の呻きのようだ。身悶《みもだ》えるその背中へ、鼠《ねずみ》のように駈け上がる人間が、ひとり。

ときどき男の足の下で、土の路面が、ぼこっと陥没する。よろけて川へ転落しそうになるのも頓着せず、男は走り続けた。

「止まれ」ぼくも怒鳴った。「カンチ、止まれ。マユちゃん、止まれ。危ない」

マユちゃんは東橋の手前で、足を止めた。

「くそ。待てって」

はあはあ喘いで膝を折る彼女の横をすり抜け、カンチはそのまま橋へ飛び乗ろうとした。

「危ない」

ゲンキが間一髪、カンチを背後から抱き止めた。むりやり引きずり戻す。

「なに、するがな、ゲンキ。離せ。離せ。あいつが逃げてまうやんか。離せ。はな――」

川沿いでみんなと合流したそのとき、揮発性の臭気がぼくの鼻孔を刺戟した。橋のほうから漂ってくる。え……これは、もしかしてガソリン？　南橋だけでなく、ここにも？　なんで？

マユちゃんも臭いに気づいたらしい。もの問いたげな彼女と顔を見合わせた。が、そのことを口にしかけたまさにそのとき。

バキッ。雨と風を鋭くつんざく、雷鳴のようなものが轟いた。

老朽化した東橋の橋脚が、濁流の勢いに、ついに負けた瞬間だった。続けて、増水して道路まで溢れてきそうだった泥水が、爆撃を受けたかのように空中高く、噴き上がった。

津波のように泥水が、ぼくたちの頭上へ降り注いでくる。わあっと、みんな口々に叫び声を上げ、逃げ惑った。

轟音とともに傾いた橋の本体が、みるみるうちに濁流に呑み込まれてゆく。いっこうに勢いの衰えない川の流れは、折れた木材を、まるで紙細工みたいに、上へ下へと翻弄《ほんろう》する。

驚くほど呆気《あっけ》なく、橋の残骸《ざんがい》は下流へ、下流へと押し流されていった。

逃げていた男は、際どいところで向こう岸に到着している。かろうじて輪郭が認められるシルエットが、ちらっとこちらを窺ったようだったが、すぐに身体を翻し、暗闇へと消えていった。

「くそ。ざまあ見たことか」カンチは、いつになく口汚く罵《ののし》った。「ボロ橋が。だから、はよ、なおしとけ言うたがじゃ」

「どうする」

「どうするもこうするも、ない。警察に任せるしかないわ」

「けど、橋が流れてもうた」

「まだ南橋がある」

「東南区の駐在所から来るには、あっちからやと、だいぶ遠回りになるぜ」

「てことは、あいつもそう簡単には、こっちへ戻ってこられん、ゆうことじゃ」

「そうか」ゲンキはホッとしたようだ。「それもそやな。にしても、なんじゃあいつ？　下着のシャツとパンツいっちょうで、こんな天気のなか、ふらふらと。頭、おかしいがか？」

「あいつが犯人やから、に決まっとる」

「え？　どういうこと」

「返り血、浴びすぎて、拭いても洗うても、どうにもならんなったから、服を脱いだがや」

ゲンキは絶句した。

その畏怖の表情は、自分が殺人鬼かもしれない人物と追いかけっこしていた無謀さに思い当たってのものなのか、それとも、あくまでも冷静に状況を分析するカンチに対するものなのか。

「と、とりあえず危険は去ったわけか」

「気ぃはやすぎや。安心するのは、通報して、あいつが逮捕されたのを確認してから——」

ふとカンチは口をつぐんだ。ぼくの顔を見る。そして五叉路のある方角へ視線を移した。

「……まてよ。あいつ、ブキの家のほうから来たような感じやなかったか?」

言われてみれば、そうだ。カンチのその指摘で、ぼくはようやく男の名前を憶い出した。

「気になることがある」

少し迷ったものの、みんなに伝えておいたほうがいいだろうと判断した。

「なんや」

「さっきの男、おれ、知ってる」

「え」

三人とも驚いたようだ。眼の前で東橋が落ちたショックですっかり消沈していたのが、にわかに瞳に好奇心という名の正気が宿る。

「まて。まてよ。そういえば」ゲンキはせわしなく首を傾げた。「そういや、見たことがあるような気もする。ひょっとして、東南区の?」

「に、昔、住んでたらしいけど。あのな、あいつ、うちのお母ちゃんの従兄弟《いとこ》で、多胡《たご》っていう」

「多胡……」

話しながら、ぼくたちは、もときた道を引き返し始めた。

「祖母ちゃんの姉の子供、らしい。下の名前が、えと、昭夫《あきお》、やったかな」

一路、我が家を目指しながら、自分の知っている範囲で説明を続けた。

「さっき言うたように、昔、東南区で、弟といっしょに暮らしよった、ていう話や。ふたつか三つちがいの弟が、昭典《あきのり》で。いや、逆やったっけ? 兄貴のほうが昭典で、弟が昭夫やったかな。まあそら、どうでもええわ」

いつになく、ぼくは早口だった。憶い出すはしから、すべて言葉にしないと気がすまないような、わけの判らぬもどかしさにかられて。

「兄弟揃うて、農業が性に合わんとかで。母親、つまり祖母ちゃんの姉さんが亡くなったのを機に、東南区の家を処分して、ふたりとも豊仁市へ引っ越した。最初はペットショップかなにか、堅気の商売をするつもりやったらしいけど、兄弟揃うて、飲む打つ買うの三拍子。ちっとも仕事が身に入らんかったらしい」

「へえ」

「たまにバイトみたいな感じで、飲み屋とか雀荘で働いたりもしたそうやけど、どれも長続きせん。そのうち、やばいことに手ぇ出して、おまわりさんの世話になったりもしたらしい」

「なんじゃ、やばいこと、て?」

おそらく饒舌《じょうぜつ》になることで現状の不安をごまかしたかったのだろう。それにいちいち反応してくれるのはゲンキだけで、カンチとマユちゃんは黙々と歩いている。

「賭博とか。あと興信所とか」

「興信所? 興信所て、探偵のことやろ。なんでそれが、やばいことながや」

「依頼人が、例えば夫が浮気してないか調べてくれと、やってくるとする。で、その証拠を押さえるけど、依頼人の奥さんには、旦那は浮気してませんでした、て報告するわけ」

「なんじゃそら。なんもならんやんか」

「たとえ浮気していなかったという報告でも、調査料はちゃんと奥さんから、もらえる。そのうえで、こっそり旦那のほうを強請《ゆす》るわけや。浮気の証拠を使《つこ》うて」

「うわ。あくど」

「そうやって、いろいろせこせこやっとったけど、あるとき、やくざに目ぇつけられて、にっちもさっちもいかんなったて」

「やーさんに目ぇつけられる、て。なんや。穏やかやないな。なんぞしたがか」

「ブルーフィルムに手を出した……て」

口にした途端、頭がカッと熱くなった。饒舌が裏目に出た。地雷を踏んだようなものだ。

そっとマユちゃんの様子を窺った。斜め前を歩いている彼女は、ぼくたちの会話が聞こえているのかいないのか、振り返りもしない。

「なんじゃそれ? ぶるう、なんとかって」

「その、つまり……エッチな映画、のこと。普通の映画館にはかけられん、違法の」

　そっと囁くと、ゲンキも共犯者意識丸出しに、こそこそ頷いた。

「ははあ。なーる」

　ブルーフィルムなんて、世間的にはすでに死語だったと思うが、ぼくにとっては妖《あや》しくて、洗練されたような響きがあった。この当時、アダルトビデオや、いわゆる裏ビデオがすでに登場していたかどうかは知らない。少なくともぼくはまだ、そんな代物の存在すら把握していなかった。

「興信所で浮気調査を売りものにするだけあって、ふたりともカメラが得意ながやて。それで女のひとの裸の写真とか撮影して、マニアにせこせこ売ったりしてたらしいけど。本番ものの映画のほうがもっともうかる、と。ブルーフィルムを自分たちでつくって売りさばこうと思いついた。けど、フィルムの売買ルートを巡って、やくざと揉めた、ゆう話や。だいぶ話がこじれて、詫《わ》びをいれるだけじゃもうすまん、そのまま豊仁におったら殺されそうな騒ぎになった、て」

「なかなか波瀾《はらん》万丈やの」

「で、にっちもさっちもならんなって、首尾木村へ舞い戻ってきたがや。けど、東南区にはもう家がない。仕方ないから、きちんと更生するゆう約束で、うちの祖母ちゃんが面倒みようとしたがや。ちょうどおれが、親父と別居するお母ちゃんといっしょに村へ引っ越してきたときで、小学校に上がる前後やったけど、ぼんやり憶えてる」

「けど、それもうまくいかんかったがか」

「ちっとも仕事せんからの、なにしろ。かたちばかり畑仕事を手伝うけど、祖母ちゃんの眼ぇ盗んで、サボることばっかり考えてんのやも。兄弟揃うて。お町の露店市へ行っても、店番を抜け出してパチンコ、麻雀ざんまい。それでも、おれが小学校三年生の頃までは、おったかな。家、狭いから、軽トラを入れてる納屋で、むさ苦しい男がふたり、寝泊まりしとった。祖母ちゃんも男手が欲しいから、ずいぶん我慢しよったみたいやけど、結局、あまりの怠けぶりに堪忍袋《かんにんぶくろ》の緒《お》が切れて、ふたりとも追い出してしもた」

「その後、どうしよったがや」

「全然知らん。さっき顔、見たとき、すぐに名前が出てこんかったくらい」

「にしては、ブキ、いろいろよう憶えてるやんか。やーさんに殺されそうになった話とか」

「ふたりが追い出された後も、なにかといや、祖母ちゃんが引き合いに出して、おれに厭味を言うがじゃ。仕事、ちゃんとやっとらんと、あんなろくでなしになるぞ、て。賭け事やったり、女の裸の写真、撮ったりした挙げ句、やくざに足、コンクリートで固められて、海に沈められるぞ、て」

「おい、ブキ、ゲンキ」マユちゃんの隣りを歩きながら、カンチがうっそり振り向いた。「たらたらお喋りもええが、もうちっと、はよ歩け。頭、おかしなっとるやつがまぎれ込んだら、東南区の住民も危ない。はよう通報せんと」

そう言うカンチ自身、あまり歩調を速める様子はない。やはり当面の危機は去ったという思いが、緊張を緩めているのだろう。

「あんなパンツいっちょうの男がふらふらしよったら、すぐおまわりさんが飛んでくるわ」ゲンキは肩を竦めた。「にしても、いつものことながら、きついのう、ブキの祖母ちゃんは。小学校三年生の頃までおったいうことは、おれもブキの家で、さっきの多胡て男、会うたことあるかも」

「そら、あるやろ。きっと。弟のほうも、な」

「でも」ゲンキは首を傾げた。「こっちで、やないけど、あいつの顔、もっと最近、見かけたことがあるような気もする。なんでかな?」

「もしかしたら、また東南区のほうへ舞い戻ってきていて、昔の知り合いのやっかいにでもなってるのかもな。こっちへは近寄れんかったがやろ。祖母ちゃんが怖《こ》おて」

「なるほど。けど、よう判らんのは——」

ゲンキは口をつぐんだ。その多胡がどうしてこんな凄惨な殺戮をくりひろげているのか、とでも続けようとしたのだろう。それを思い留まったのは、一応身内のぼくに遠慮したからか、それとも、多胡が犯人だという確証はまだないと、冷静に判断したからか。

ぼくは自宅のある方角を見た。そろそろ明かりが見えてもいい距離だ。と思ったまさにそのとき、淡いオレンジ色の光が見え、ぼくはホッとした……のだが。

大月家——自宅の前に辿り着いた。

「あれ?」

こんな天候だというのに、玄関の扉が開け放たれていた。

そのうえ、軒下に、見覚えのないカブが停まっていた。郵便配達車輛みたいに後部座席に大きな籠が据えつけられ、そこに重そうな雨合羽の上下が、無造作に突っ込まれている。

「なんじゃこれ」

ゲンキもしげしげ、それを眺める。「さっきの、多胡ってやつのがかな？」

そういえば……さきほど空知家の母屋へカンチとゲンキが様子を見にゆき、ぼくとマユちゃんが離れで、ふたりきりになったときのことだ。開けっぱなしのドアの向こうで、オートバイのものとおぼしきエンジン音が響いた。あのときは空耳だろうと、深く追及しなかったのだが。

いまにして思えば、南からやってきて、北の方角へ向かっていたような気もする。もしかして、このカブの音だったのか？

「……かもな」胸に急激に不安が渦巻く。「少なくとも、うちのやないし」

「おい、ブキ」

と、カンチが手招きした。家屋の横。縁側のあるほうを指さしている。

「見てみ」

言われるまま覗き込んで、驚いた。縁側のすぐ横に、軽自動車が一台、停まっているのだ。

かなり古い型で、バンパーがへこんでいる。初めて見る車だ。ナンバーにも覚えはない。少なくとも今朝、ぼくが出かけようとしていたとき、こんなものは影もかたちもなかった。

「なんや……」雨に叩かれている、お世辞にもきれいとは言えない小豆《あずき》色の車体が、不気味に迫ってくる。「な、なんや、これ」

「こっちが多胡の車かな」

「判らん……」

「ひょっとして、あいつ以外に――」

カンチは口をつぐんだ。ひょっとして、さっきの多胡以外に誰か不審人物がいるのか、と言おうとしたのは明らかだった。

「なんや……千客万来じゃの」

緊張を緩和するためだろう、ゲンキの軽口が、しかしひどく禍々《まがまが》しく聞こえた。

縁側に出るガラス戸が、ほんの少し開いていて、カーテンの端っこが風になぶられている。

そこは母の部屋なのだ。

3

母の死という現実に直面したぼくは、複雑な感情に揺さぶられていた。

哀しみは、なかった。全然なかったとも思えないが——というか、思いたくないが——少なくともあまり感じなかった。

それよりも今朝の別れ際、帰宅してみたら母が死んでたりしないものかと胸中ひそかに戯れていた空想が、こうして現実化したことのほうが、遥かにショックだった。それが罪悪感ゆえなのかどうか、はっきりしない。むしろ微妙にちがうような気がする。例えば、自分に願望を達成する超能力があることに気づき、その脅威のパワーに恐れおののいている、みたいな感じで。ばかげた妄想と言えばそれまでだが、しかしそんな錯覚に陥るほど、ぼくが大きく揺れ動いていたことはたしかだ。

「……おい」

衝撃からたちなおれず、魂の脱け殻になっていたにちがいない。ゲンキがさっきから心配そうに、互いの額同士が激突しそうな距離で、ぼくの顔を覗き込んでくる。

「大丈夫か、ブキ？　おい」

「ん」と屁みたいに腑《ふ》抜《ぬ》けな声を発しただけで、ぼくは虚脱状態のままだったようだ。一時的に失神していたのかもしれない。

「おいったら。ブキ。聞こえてるか？　ブキよ。おい。しっかりせえ」

だいぶ遅れて、やっと頷いてみせたものの、それ以上、身体に力が入らない。

我に返ってみると、ぼくは自宅の、玄関からすぐ上がったところの板張りの間で尻餅をつくようにして、へたり込んでいる。雨合羽もゴム長靴も脱いでいるし、ずぶ濡れのショルダーバッグも放り出してあるが、いつ自分がそうしたのか、まったく記憶がない。

沓脱ぎには、雨合羽と長靴を着けたまま、ゲンキとカンチ、そしてマユちゃんが佇んでいる。三人とも、じっとぼくを凝視している。

開け放たれた玄関の扉の外は、相変わらず台風の真っただなかだ。ということは、まだ八月十七日なんだな、と。いつの間にか日付が変わったりしてはいないんだな、と。ぼくはそんな感慨に茫洋と耽ったりした。意識がブラックアウトしているあいだに、すでに一両日くらい経過していても、ちっともおかしくないのに、と。

「ブキ、な。ど、どうしたがや。お母さんとお祖母さん、どうした？　な？」

ゲンキのその言葉で、ぼくは自分がたったいま、ひとりで自宅のなかを調べてきたばかりであることを、ぼんやり憶い出した。

母の凄惨な遺体が脳裡に浮かんでくる。

と同時に、祖母の姿がどこにも見当たらなかったことにも思い当たった。

なんで祖母ちゃん、いないんだ。こんな日に、どこかへ出かけているのだろうか？　一瞬、母の死よりも、そちらのほうがひどく気になったりした。それこそ畑のナスが心配で、しつこく支柱の補強を続けている、とか。

まさか、そんなはずは。だいいち、母ちゃんのあの状態を考えたら……「わ、判らん」

何度もゲンキに肩を揺すられ、ようやくぼくはつっかえ、つっかえ、呟いた。喋り方を忘れてしまったような気がした。

「判らん」を何度かくり返してから、ようやくまともに答えを続けることができた。

「判らん。けど、お母ちゃん、倒れてた。喉から胸が、真っ赤やった。けど、死んでるか生きてるか、よう判らん」

誰もなにも言わない。ただ六個の眼球が、ぼくの正気を疑うように、濁っている。

「判らん。誰か……」

ほんとうは判っていた。マユちゃんのお父さんとお母さんと、まったく同じ惨状だったのだ。

脈をとってみたわけではないが、首から鎌の柄を生えさせ、血の海に沈み、ぴくりとも動かない様子を見れば、母が死亡しているのは明らかだった。生きているわけがない。

「おれ、判らんから」

にもかかわらず、ふと気がつくと、ぼくはこんなことを口走っていた。

「誰か……誰か、ちょっと奥へ行って、見てきてくれんか。お母ちゃんが、生きてるか、それとも死んでるか、を」

後で思い返すたびに理解に苦しむ。いったいぼくはなんのつもりで、こんなことを頼んだりしたのだろう？

ひょっとして。

ひょっとして母の死を、この場にいる友人たちに確実に知らしめたかった、とか？

死んだ。あの母が死んだことを、近しい者たちの了解事項にしなければならない。母の死にざまを、自分だけではなく、みんなにも見ておいてもらわなければならない、と。そんな強迫観念に囚われていたような気がする。

先刻のカンチの心情とはまったく逆だ。カンチは——すでにゲンキは見ていたと思われるが——お父さんの遺体を見ないで欲しいという意味のことを、マユちゃんとぼくに頼んだ。あのとき、その痛ましい気持ちがよく理解できた。もしも自分が彼の立場だったら、同じように振る舞うだろうと共感さえした。が、いざその同じ立場になってみると、まるで正反対の衝動が湧いてくるのだ。

みんな、お母ちゃんの死体、見てくれ、と。死んどるがや、と。男勝りに、口うるそう畑仕事してる姿ばかりやのうて、お母ちゃんが艶《あで》やかに死んでるとこ、ちゃんと見てやってくれ、と。

「判らん、なんも判らん。お母ちゃんが、いまどうなっとるか、全然」

三人が微動だにせず、なんの反応も示さないにもかかわらず、ぼくは言い募った。

「ただ普段とは、ちょっとちがうなあ、いう気はする。うん。なにかちがう。なにがちがうんかな。ぱっと見て、どこかいつもとちがうなあ、思たことはたしかながや。けど。なにがちがうんかなあ。ああそや。お母ちゃん、下着姿やった。それもフツーのやのうて。黒うて、ひらひら、すけすけの。外国人モデルがエッチな雑誌で着てるようなやつ。お母ちゃん、あんな色っぽい下着、つけるがやなあ。色気もなんもない、おばはんでも、あんな恰好するがやなあ。どこで買《こ》うたがやろ。おれ、初めて見たわ。なんや、おかし。そやな。お母ちゃんが普段とちがうところて、それだけかなあ……」

「ブキ、おい、ブキッ」

ぱん、と頬の鳴る音で我に返った。

「しっかりせえっ」

ゲンキに頬桁を張られたのだ、と数秒遅れて認識する。あまり自覚はなかったが、よほど言動がおかしかったらしい。

カンチとマユちゃんも、どこか怯んだような、本心では眼を逸らしたいのに、できないでいる、みたいな面持ちで、ぼくを見ている。

「しっかりせえ、ブキ」

なにか答えようとしたが、喉が詰まり、声にならない。ぐっと嘔吐のような痙攣が胃からせり上がってくるや、涙が溢れた。

こんなに無防備に泣きじゃくったのは何年ぶりだろう。ぼくは号泣した。しかし、これが哀しいかというと、やはり微妙にちがうような気がする。事態をどう解釈していいか判らず、まるで迷い児になったかのように途方に暮れている。そんな涙だったかもしれない。

どれくらい泣いていただろう、ようやく腰に力が入り、ぼくは立ち上がろうとした。が、痺れがきれていて、足がふらつく。仕方なく、あぐらを組みなおすに留めた。

「大変じゃ。おかしい……」

「なんや。どうした、ブキ」

「祖母ちゃん、おらん」

「なに？」

急に現実に引き戻されたような惑乱とともに、三人は顔を見合わせた。

「なんやって？」

「祖母ちゃん、おらんがや」

「おらんが、て。家のなかの、どこにも？」

「風呂とトイレは見てないけど、どっちも明かりがついてないみたいやし。どこにもおらんがや。それから――」

「それから？」

「お母ちゃんだけやのうて。お母ちゃんだけやのうて、な。死体がもうひとつ、ある」

カンチが息を呑んだ。顔面蒼白《そうはく》になる。

彼の反応の過剰さが一瞬、ぼくは理解できなかったが、よく考えてみれば、空知のおばさんがここへたすけを求めにきているかもしれないという話を、さっきしたばかりだった。

自分の母親もここで殺害されているのか――とカンチは早合点したのだろう。

「あ。ちがう。ちがうちがう」

そう首を横に振るぼくの声は、我ながら不謹慎なくらい間延びしていた。泣いた後で鼻が詰まっていたとはいえ、へらへらするなと叱り飛ばされても文句は言えないほど。

「おばさんやない。男や」

「え。男？　男て、誰じゃいったい」

「多胡や、思う」

「は？」

「おいおい。多胡、て」ぼくの説明がもどかしくなったのか、ゲンキはゴム長靴を脱ぎ、室内へ上がってきた。「まさか、さっき逃げていったあいつや、なんて……」

「なんともすさまじい形相やから、いまいち自信ないけど、多分。弟のほうや、思う」

「弟？　さっきのやつの弟？」

「そう。昭夫か、昭典か、知らんけど」

「それが殺されてるがか、ここで？」

「お母ちゃんの横で、倒れてる。素っ裸で」

自身の言葉に誘発され、さきほど目撃したばかりの情景が、鮮明に浮かび上がる。

いまゲンキとぼくがいるのは、上がり口と続きの板張りの間だ。四畳半ほどの広さで、本来はダイニングに、もしくは簡易椅子などを置いて接客に使うスペースだが、現在ぼくの部屋としてあてがわれている。

玄関から入ったら、いきなりぼくの部屋なのだ。つまり母も祖母も、家に出入りするには必ずぼくの部屋を通らざるを得ないわけで、これではプライバシーもなにもあったものではない。多感な男子中学生にとって決して恵まれた環境とは言えず、カンチの独立したプレハブの離れを、羨ましがっても羨ましがっても羨ましがり足りない。厳密には、祖母と母の部屋には縁側があるので、そちらのガラス戸から出入りしようと思えばできないことはないのに、素行に常に眼を光らせているぞという威嚇なのか、ふたりとも必ずぼくの部屋を通る。

奥へ進むとキッチン兼ダイニング。本来はキッチンにしか使えないスペースだが、ダイニングテーブルなどを置くための板張りの間がぼくの部屋になっているため、この狭いところで調理も食事もむりやりする。テーブルは小さなものしか置けないので、家族の食事は交替制が常だ。

そのさらに奥に、風呂。風呂の向かいがトイレ。この風呂とトイレのあいだに小さい勝手口があり、ここから家に出入りしようと思えばできるが、母と祖母があくまでも玄関の通行に拘泥していることは言うまでもない。

風呂は、ほんの数年前まで五右衛門風呂だったのが、最近やっとシャワー付きに改装した。が、トイレはいまだに汲《く》み取り式のまま。

ちなみにカンチのプレハブの離れや、憲明さんの新居にあるトイレは一応、水洗式である。一応、というのは、首尾木村ではまだトイレ用の下水道が完備していないため、専用貯水槽に溜め、定期的に業者に回収してもらわなければならない仕組みだからだ。それにしたって我が家の、ぼっとん便所とはえらいちがいで、その点についてもぼくはカンチが羨ましいわけである。

我が家を俯瞰《ふかん》すると、長方形がほぼ均等に四分割された感じ。右下に、玄関とぼくの部屋。右上が、キッチンと風呂。

左上が、トイレと祖母の部屋。そして左下が、母の部屋。だいたい、そういう間取りだ。基本的に家屋の向かって右側が板張り、左側のふた部屋は畳敷きである。

各部屋を仕切っているのは障子や襖《ふすま》で、右下のぼくの部屋と左下の母の部屋は本来、互いに往き来ができる造りなのだが、狭いスペースに本棚や机をむりやり置くため、あいだの襖は塞《ふさ》がれている。そのため、ぼくの部屋から母の部屋へ行くには、まずキッチンを抜け、祖母の部屋を経由するという、大回りをしなければならない。

もちろん前掲の縁側のガラス戸からなら直接出入りできるが、母も祖母もそんなことはしないし、ぼくがやると、こっぴどく叱る。平素より縁側からの出入りという発想が湧かぬよう調教されていたぼくは、開け放たれたままの玄関の扉から、さきほど、ひとりで家に入ってみたのだった。

と、沓脱ぎに、見慣れぬサンダルが二足あった。泥が撥ね、濡れていた。気になったが、とりあえず後回しにする。

板張りの間には明かりがついている。雨合羽を脱いで、自分の部屋に上がった。

キッチンは真っ暗だ。風呂やトイレの扉の隙間からも、明かりは洩れてきていない。

激しい雨と風を受け、勝手口が、がたがた、がたがた鳴っていた。まるで猛獣が屋内に飛び込んでこようと、扉に何度も何度も突進してきているみたいで、原始的な不安と胸騒ぎに襲われる。

キッチンの隣り、祖母の部屋には明かりが灯っていた。そこへ踏み込みかけたぼくの足が一瞬、止まる。戸惑った。

我が家でテレビがあるのは、この祖母の部屋だけだ。なにか観たい番組があったら、その都度ここへ入る許可を祖母から得なければならない。鬱陶しいことこのうえない。中古でいいからもう一台テレビを買ってくれと訴えても、聞く耳を持つ祖母ではない。おまけに、テレビ観たさに互いの部屋を往き来せざるを得なくすることで家族のコミュニケーションが絶えぬようつとめておるのだ、とかなんとか、得意気にお題目をとなえられる始末。嘘つけ。それに意味、判って言ってんのかよ、と思う。

我が家で唯一押入れのある部屋でもあるが、いろいろがらくたでいっぱいなため、祖母の使う布団が畳の隅っこに積み上げてある。型落ちした小さいテレビといい布団といい、いたって見慣れた風景……のはずが、部屋の中央で異端のものが、主役づらして、鎮座していた。

カメラなのだ。大振りのフラッシュをつけ、三脚で固定してある。

あいにくぼくはカメラにはまるで疎いが、よくある家庭用の簡略化された機種ではない。一眼レフとかなんとか、よく知らないけれど、とにかくそういう本格的なプロ仕様のようだ。三脚の傍らに、交換用レンズなどの機材運搬用のものとおぼしき黒いバッグもあった。

布団のそばに服が散乱している。祖母のものかと思いきや、ちがう。派手なアロハシャツや、ベルトが付いたままのズボンなど、明らかに男ものだ。ぼくの服ではない。

カメラといい、脱ぎ捨てられたとおぼしき服一式といい、見慣れぬものたちに出迎えられ、困惑するばかりだ。まちがえて他人の家にまぎれ込んだかのような、奇妙な心地にかられる。

畳の上で三脚に固定されたカメラというのも、どこか不釣り合いな眺めだ。そのレンズが据えられた方向に眼をやると、母の部屋。

あいだの襖が、ほんの少し開いている。電灯は点いていないが、こちらの部屋の明かりで、そこになにかあるのが見える。

それが人間の身体、素っ裸の男の腹部である、と視認するまで、しばらくかかった。

黒光りするソーセージのようなものが、ごろりと弓なりに反って、その腹に載っている。グロテスクな男性器の根もとに、女のものとおぼしき手が添えられている。

男と、そして女の身体であると察した途端、ひとつの構図が浮かび上がった。あられもない姿の男女が布団に横たわり、互いに抱き合い、静かにまどろんでいる——ようにも見える。

ぼくは襖に近寄った。隙間に鼻面を突っ込み、室内を覗き込んだ。

仰向けになっている男、そして女の顔から爪先まで、全身を見渡せるようになった。

男は四十代ぐらいだろうか。全裸だった。なにも身につけていない。

女が、その裸体にすがりつくようにして、横向きに倒れている。

母だった。

ぼくは襖に手をかけ、そろそろ、広く開ける。照明の注がれる面積が拡がるにつれ、見たこともない母の姿があらわになってゆく。

さきほどのカメラや男ものの服一式とは比べものにならない。他ならぬ母こそが、ぼくを出迎えたなかで最大の、異端のものだった。

母のほうは全裸ではなく、黒い下着姿だ。ブラジャーもパンティも、ひらひらフリルがついていて、シースルー。乳首や肌が透けている。シーム入りの黒いストッキングを、ピンク色の靴下留めで穿いていた。

すぐに回れ右して逃げたかったが、足はそうは動いてくれない。なにかに操られるようにして、ぼくはふらふら、母の部屋に入った。

男は、かっと瞠った双眸《そうぼう》を天井に向けている。喉笛が掻き切られ、まるで首に赤黒いマフラーを何重にも巻きつけているかのようだ。驚愕と苦悶に満ちた形相ながら、あっさりその顔は見分けがついた。多胡兄弟の弟のほうだ。

多胡の弟に腕枕をしてもらっているみたいな恰好で、母もこと切れていた。こちらは首に、凶器の鎌が突き刺さったまま。柄がそそり立っていて、まるで潜水用シュノーケルのようだ。犯人が、憲明さんの家から持ち去ったものなのか、それとも我が家の納屋から新たに調達したものなのか。

枕もとに、血で黒ずんだ軍手が無造作に放り出されている。そういえば小久保のおじさんの家にも軍手が脱ぎ捨てられていたと、さっきカンチが言っていた。どうやら犯人は、鎌ばかりでなく、軍手もその都度、どこかの納屋から奪ってきて、使い捨てにしているらしい。

布団は大量の血を吸い、見るからに重量をずっしり増やしている。畳にも点々と血痕が続いている。それを眼で追ってゆくと、縁側へ出るガラス戸に行き着いた。

ガラス戸は、さきほど外から見たとおり、細く開いている。雨が少し吹き込み、カーテンが暴風にあおられている。その近くの畳に、血でスタンプされたとおぼしき靴跡があった。爪先が屋外のほうを向いている。

それがどうやらゴム長靴の足跡らしいと気づいたもの

の、このときはさして疑問を抱かなかった。ただ、犯人はここから出入りしたらしいな、と思っただけで。

布団のほうを向きなおった。屈んで、母の死に顔をじっと覗き込む。

細く開けたガラス戸では換気が充分でなかったらしく、室内の空気は生臭く籠もっていた。血の臭いだと悟り、気分が悪くなる。にもかかわらず、生まれて初めて、母のことをきれいだと思った。少なくとも普段の粗暴なイメージは、まるでない。そこには昔、父が見そめてナスを買うために足繁く通ったという、露店市の看板娘の愛らしさ、艶やかさの片鱗《へんりん》が香っている。

色っぽい下着姿のせいもあったろう。ストッキングをガーターで吊るのではなく、靴下留で穿いているのも、この当時でさえ妙に時代がかった、泥臭さと紙一重の色《いろ》香《か》が漂っていたし、色鮮やかなピンクのゴムが太腿に喰い込んでいるさまも、これまで想像もしなかった生々しい——死んでいるとはいえ、だ——女の肉体の発見だった。あられもない姿で男にすがりつく恰好も、女っぽさを感じる要因か。それらを割り引いて見てもなお、血にまみれた母は普段の何倍も美しかった。

我知らず手が、母の身体に伸びた。おそらく脈をとるためとか、もっともらしい言い訳を自分のなかでしながら。なにをしても叱られる心配のないこの機会に、母の乳房に触れてみたい、パンティをおろしてその奥を思うさま覗き込んでみたい。さまざまな欲望が衝きあげてくる。

だが結局、ぼくはいずれの衝動も実行には移さなかった。ついにその身体に触れなかったのは、相手が母親という近親ゆえの禁忌《きんき》でもなければ、人間の死体の尊厳に対する配慮からでもなかった。

憶い出したのだ。ついさっき、カンチの離れでマユちゃんを押し倒し、その乳房をわしづかみにしたことを。掌に、いまさらながらあの、たわわな感触が甦る。鮮烈に。

血まみれになった母の首から上が、マユちゃんの顔にすげ替えられるイメージが、電流のように脊髄を走り抜けた。危うく失禁しそうになり、よろよろ身を起こす。腰の奥が痺《しび》れていた。ズボンの前が硬く突っ張り、まともに歩けない。

カメラの三脚に足をひっかけそうになったりしながら、ぼくはかろうじて自分の部屋へ戻った。その刹那、沓脱ぎのところで、雨合羽を着たまま佇んでいるマユちゃんと眼が合った。

彼女の体臭、乳房の感触、そして母の下着姿。それらのイメージが渾然一体《こんぜんいったい》となってぼくのなかで爆発する。そのまま腰が砕け、尻餅をついた。

下着を汚したものがズボンまで染み出したりしたらどうしようと、頭の隅っこで不安が渦巻いたが、完全に脱力し、立ち上がれない。

さいわいマユちゃんを含め、三人とも、そんなぼくの様子を、惨劇を目撃したためのショック状態と解釈してくれたようだったが。

「お母さんの横で、男が素っ裸で倒れてる、て。それって、つまり——」

そのまま詳細を続けていいものかと迷っているのだろう、ゲンキは口をつぐんだ。

「ふたりとも死んでる。布団のなかで。小久保のおじさんたちと同じように」

「電話は？」カンチがそう割って入った。「ブキ、電話は？　無事か」

「ごめん。判らん」電話はキッチンの小さいテーブルの上に載っているはずだが。「そっちを見る暇、なかった」

「すまんが、ブキ」カンチは、雨合羽とゴム長靴を脱いだ。「上がらしてもらうぞ」

「うん。頼む。電話、みてきてくれ」

さきに部屋に上がっていたゲンキを尻目に、カンチはキッチンに入った。躊躇《ためら》っていたゲンキも、キッチンの電灯が点いたのをきっかけに、あとに続く。

ふたりは祖母の部屋へ消え、マユちゃんとぼくが残された。

「さっきのひと……よね、絶対」

マユちゃんがそう囁いた。まるでカンチとゲンキの耳をはばかっているみたいに、低く。

なにを言っているのかすぐには判らず、ちょっと考え込んだ。どうやら、さきほど逃げていった多胡の兄が一連の惨劇の犯人だと言いたいらしい、と見当をつける。

「……そやな、どうやら」

多胡兄弟の兄が、母を、そして自分の弟も殺したのだろう。そして逃走する際、五叉路のところで偶然ぼくたちと遭遇した。それは判る。そこまでは判るのだが、しかし、なぜ？

「伊吹くんのご両親て、離婚してないがやろ？　まだ正式には」

唐突にそんなことを訊くマユちゃんは、顔が蒼白で、まるで死人のようだ。好奇心からの質問というより、ともかくなにか喋っていないと、この極限状況下、とても正気が保てないと危機感を抱いているようでもある。

「うん。別居してるだけ。お父ちゃんがなあ、しょっちゅう若い女のひとと浮気するもんやから。お母ちゃん、怒ってな。こっちへ戻ってきてしもた。おれ、小学校へ上がる前の話や。子供心にも、お町におりたかったけど、問答無用で連れてこられた。お父ちゃんがなぁ、変な気ぃさえ起こさんとってくれたら、おれもいま頃、お町に住めてたのになぁ。そしたら、畑仕事も手伝わんでよかったし、こんな悲惨なことにもならんかったかもしれんのになぁ。お父ちゃんがなぁ。お父ちゃんさえ、しっかりしてくれたら……」

「それはもう何度も聞いたこと、ある。そんなことは、ええからっ」

ぶつぶつ譫言《うわごと》のように際限なく続けるぼくを、マユちゃん、罵声で遮った。その迫力に、こちらはびっくり。やっぱり普通じゃない。いつもの彼女じゃない、そう痛感した。

考えてみれば、まともじゃないからこそマユちゃんは、いまこうしてぼくと対峙《たいじ》できるのだ。普段なら、あんなふうに乱暴に押し倒され、胸をわしづかみにされた後では、ぼくと言葉を交わすどころか、顔すらまともに見てくれないにちがいない。とっくに絶交されている。それはもう、恐ろしいばかりに確実だ。

なのに、すべてを忘却したかのように、何事もなかったかのように、ぼくを見据えてくる。いや、むしろそうやって、大仰な身振り手振りをまじえて喋ることで、すべてを忘れてしまいたいのかもしれない。なにもなかったことにしてしまいたい、のかもしれない。

そうなのだ。いまは普通じゃないのだ。

マユちゃんだけではなく、誰も彼もが。なにもかもが。尋常じゃない。

「ちょうど話に出たから言うわけやないけど、伊吹くんのお母さん、その殺されてる男と浮気しよったわけよね」

「へ?」その意外な発言に、ぼくは、ぽかんとなった。

「浮気……って、お母ちゃんが?」

いや、意外もくそもない。あの部屋の状況からして一目瞭然ではないか。他にあり得ない。なのにぼくは、マユちゃんに指摘されるまで、まったくそのことに思い至らなかった。というより、いまでも信じるのはむずかしい。

あの母が浮気、だって？　父以外の男と？　なんの冗談だそりゃ。

「さっき伊吹くん、言うたやん。お母さん、色っぽい下着姿やった、て」

「うん。なんか知らんけど、すごく、やぁらしい感じの」

「で、男のひとがお母さんの横におる。しかも素っ裸なんでしょ？」

「あれはあんまり、見とうなかったわ」

「そして、お祖母さんが留守なんでしょ？」

「それが変なんや。どこにもおらん」

「どこかはともかく、出かけとるがでしょ。もしかして、伊吹くんも今夜、留守にする予定やったがとちがうの？」

「ゲンキといっしょに、カンチとこで泊まることになっとった」

「お母さんもそれ、知ってたのよね？」

「うん。お町から電話、した」

「つまり、今夜、伊吹くんのお母さん、ひとりで留守番だったわけよね。だから安心して、死んでいる男のひとをここへ呼んだんだ、きっと」

「呼んだ？　なんで」

「だから、逢い引きするため」

「けど、そんなこと、あるんかなあ」

ぼくは失笑した。自分でも不愉快になるほど皮肉っぽい、嫌な笑い方だった。

気をとりなおすため、立ち上がる。

その際、さりげなくズボンの股間の部分を見た。はたして染みができていたが、これなら雨に濡れたのだと、ごまかせる許容範囲だろう。

「だいたいあいつ、従兄弟やで、お母ちゃんの。なんでそんなやつと」

「なに言うてんの。従兄妹同士やったら、結婚もできるやん。そういう仲になっても、ちっともおかしないよ」

「そうかなあ。あんな、おっさんみたいに不細工なおばちゃんが、男と逢い引き、なんて」

ああ見えて、母も現役の女だ、と理屈では判っているが、どうしても実感が湧いてこない。

もちろん、あれほど父の女遊びを責め、嫌がる息子を連れてむりやり田舎に引っ込んだくせに、協議離婚が成立していない段階で自分が浮気して、どうするんだ、と批判する気持ちもなくはない。が、それは大した問題ではない。貞操観念《ていそうかんねん》を云々《うんぬん》するつもりもない。

要は、母がひと並みにセックスをするというイメージが滑稽なだけだ。いや、もしかしたらグロテスクなのだろうか。

どちらにしても、おかしな話だ。たったいまぼく自身、その母のあられもない姿に強烈なエロティシズムを感じ、興奮したばかりのくせに。

矛盾している。が、どんなに矛盾していようと、このとき哄笑《こうしょう》の衝動を抑えかねるぼくだった。後で考えてみれば単純な話で、要するに、母なんかの姿に興奮し、挙げ句に射精までしてしまった現実を、なんとか否定しよう、否定しようと、躍起になっていたにすぎない。

「考えられんわ。男のほうもものずきゆうか、どんな趣味しとるがや。なあ」

「そんなこと、本人たちが納得してたらええ話でしょ。ともかくお母さんは、あの男をここへ呼んだ。そして犯人は、それに嫉妬したがかも」

「え。どういうこと」

「さっき逃げてった男。あいつも伊吹くんのお母さんのこと、好きやったがやないかな。で、今夜はお母さんがひとりでおると知って——」

「そんなこと、どうやって知ったがや」

「揚げ足、とらんといてよ。とにかく知ったの。そして、お母さん、ひとりやからチャンスや、思た。いさんで家に忍び込んできたら、なんと、先客がおる。おまけに、それが自分の弟やったから、逆上した。嫉妬にかられるまま、ふたりまとめて殺してしもうた、と」

「なんや、ドラマみたいやの。サスペンス、なんとかっていう」

「まぜっかえさんといて。そんなふうに考えられる状況やんか。けど。判らんのは、伊吹くんのお母さんとその男はともかく、なんで、あたしや貫太くんの家族まで——」

「ブキ」ゲンキが戻ってきた。「お祖母さん、おらんわ、どこにも。一応、風呂とトイレも覗いてみたけど」

「電話も、やられてる」苦々しげにカンチは溜息をついた。「コードが、ちょんぎられてた」

「やっぱりいかんかった……か」

「周囲に血痕はなかったから、お母さんとあの男、殺害する前に切断したがやろ」

さっきは暗くて気づかなかったが、キッチンの床が泥で汚れているという。どうやら犯人の靴跡で、勝手口とのあいだを往復しているらしい。

ということは犯人は、まず勝手口から侵入し、電話機のコードを切断した後、一旦、外へ出る。勝手口から縁側へ回り、ガラス戸から改めて侵入したのは、そのほうが住人の隙を衝きやすいと判断したからだろうか。だとしたら、我が家の内情にかなり通じたやつかもしれない。そして、和室で睦《むつ》み合っていた母と多胡の弟に襲いかかった。犯行後、縁側から逃走した、と。

凶器は母に突き刺さったままだし、ガラス戸の近くにあった血染めの足跡が縁側を向いていた以上、ざっとそういう手順だったと判断して、まちがいあるまい。

祖母と母の部屋のガラス戸は最近、サッシに取り替えたばかりだった。昔の木枠の戸なら、こんな天候だ、しっかり雨戸を閉めていただろう。むろん、仮に雨戸を閉めていたとしても、犯人は結局どこからか侵入しただろうが。

「いっしょに死んでた男、おれも昔、ブキんちの畑で働いてるの、見たことあるような気がする。さっきの多胡っていうやつの弟ながか」

「ったく。なんでなんやろうなあ」

マユちゃんの主張についに説得されてか、ぼくは無意識に、多胡の兄が犯人であるという前提に立ってしまった。

「うちのお母ちゃんと自分の弟はともかく、なんであいつ、マユちゃんの両親やお兄さん、カンチのお父さんまで……」

「そんなこと、考えたって判らんわ」ゲンキは怒声でぼくを遮った。「頭のおかしいやつのやるこた、判らん」

「そやの。そういうことやの」

「それより警察じゃ。どうする?」

「他に、どうしようもない」カンチは雨合羽を羽織って、ゴム長靴を履いた。「どこかで電話、借りるしかない」

マユちゃん、ゲンキがそれに続く。

ぼくも雨合羽を着て、みんなについていった。もう二度と、ここへは戻ってきたくない。そう思いながら。

実際、そのとおりになった。

この首尾木村の自宅——大月家に、ぼくが足を踏み入れたのは、このときが正真正銘、最後となるのである。

ふと気がつくと、ぼくはまだ乾いていないショルダーバッグをさげていた。無意識に手にとっていたらしい。

いまとなっては邪魔くさいが、かといって家に置きに戻るのも、わずらわしい。持ってゆくことにした。

道を北へ進む。今朝たまたま会った、金谷さん夫婦の住む家がある。もちろん本人たちとは日頃から親しいものの、家のなかまでお邪魔したことはあまりないので、勝手をよく知らない。

まあ電話機くらい、すぐに判るようなところに置いてあるだろうけど……そんなふうに算段している自分に気づき、ぞっとなった。これでは、家の主が不在だと決めつけているようなものではないか。いけない、いけない。ぼくは頭を振り、不穏な想像を追い払った。

ゲンキは、懐中電灯を持ち、自ら先頭に立っている。後から考えてみれば、このとき彼の立場はなかなか複雑だったろう。なにしろ自分以外の三人の友人たちはみんな、家族を惨殺されたばかりなのだ。性格の好いやつだから、精神的に負担のかるい自分が気をしっかり持って、みんなを引っ張ってやらなければ、とか。そんな使命感に、かられていたかもしれない。

金谷家が見えてきた。

玄関の引き戸。その中央の木枠に嵌め込まれた曇りガラス越しに、明かりが灯っているのが窺える。ぼうっと、なにかの影が映っている。

横殴りの風を受け、引き戸が、がしゃがしゃ、がしゃがしゃ。いまにも曇りガラスが木枠ごと外れ、砕けてしまいそうなほど、耳障りな音をたて、揺れている。

こんな強い台風なのに、玄関の雨戸も閉めず、補強もしていないのか……再び不穏な予感が、頭をよぎった。

ゲンキが、こんばんは、と声を掛け、引き戸を開けた。

その途端。

「うわっ」

悲鳴を上げるなり、ゲンキはのけぞった。危うくそのまま、転倒しそうになる。

「ど」

どうした、と訊ける者は誰もいない。

見てはいけないという確信があったが、嫌でも視線がそこに吸い寄せられる。

金谷のお爺さんが、上がり口で仰向けに倒れていた。顔面を逆さにし、こちらへ向けて。

沓脱ぎに、いまにもころがり落ちそうな頭部。喉が真っ赤で、ぱっくりと、まるで貝が開いたみたいに、大きく切断面が覗いている。

滝のように血が溢れ、沓脱ぎに、だんだらの縞模様を刻んでいる。

　虚ろな眼球。口から突き出した、紫色の舌。そして、玄関に吹き込む風になぶられる、綿埃《わたぼこり》のような灰色の髪の毛。

　金谷のお爺さんは、ぴくりとも動かない。

　ぎゃあああああっと悲鳴が上がった。嵐の音を掻き消してしまうほど鋭く、激しい。

　マユちゃんだ。マユちゃんは首を振りたくり、あーっ、あーっ、あーっと、意味をなさない絶叫を、ふりしぼる。ぴょん、ぴょん、まるで制御《せいぎょ》を失ってしまったバネ仕掛けの玩具《おもちゃ》みたいに、そこらじゅうを跳ね回る。

　普段より不安定とはいえ、先刻ぼくとまともに会話ができるほど落ち着いてきていたのに、またもや新しい死体と遭遇し、恐慌状態に逆戻りしたのだろう。家族が惨殺されるという過酷な現実を改めて突きつけられたにちがいない。見開いた瞳に、明らかな狂気が宿っていた。

「マユちゃん、マ、マユちゃん」カンチが必死で、彼女を抱き留めた。「落ち着け。大丈夫や。落ち着くんや」

　あーっ、あーっ、あーっと、雨も風も天空まで跳ね返しそうなマユちゃんの絶叫は、しばらくおさまらなかった。聞いているこちらの気が遠くなるような、悪夢めいた音楽そこのけに、いつまでもいつまでも響きわたる。

「お、おまえら、外におれ」

　そう命じるなり、ゲンキは果敢にも金谷家のなかに飛び込んでいった。ぴしゃり、と乱暴に引き戸を閉める。嵌め込んである曇りガラスが割れそうな勢いだった。

　死体が視界から消えたせいか、マユちゃんは少しおとなしくなった。

　しかし、ひゅう、ひゅう、笛のような嗚咽がまだ洩れ続けている。気絶しそうなのを必死でこらえているのか、カンチにしがみつく。

「も、もういや……」

　そんな啜《すす》り泣きが洩れてくる。

「もういや……も、もういやや……なんとか……なんとかして……なんとかしてえ……いやや、いやや……いややあ……ああああ」

　為《な》す術《すべ》もなく、雨と風にさらされ、どれくらい時間が経っただろう。

　曇りガラス越しに影が迫ってきた、と思うや、ゲンキが外へ飛び出してくる。

　ぼくらに金谷のお爺さんの遺体を見せまいとしたのだろう、再び乱暴に引き戸を閉めた。

もともと罅でも入っていたのか、その衝撃で曇りガラスが、ぱりん、と割れた。

「いかん」

ガラスの破片が落ちる間隙《かんげき》を縫うようにして、ゲンキが放った、そのひとこと。半ば予想していた、そのひとこと。

「いかんかった」

誰も反応しない。

「やられてる。金谷のお爺ちゃんだけやない。お婆ちゃんも。それから……電話も」

「なんでだよ」

それまで、なんとか平静を保とうとしていたカンチも、ついに耐えきれなくなったのだろう、顔をくしゃくしゃに歪め、絶叫した。

「なんでなんだよ、なんで、こんなことするんだよう。なんで、こんな、ひどいことを。な、なな、なんで。なんでっ」

カンチの激情が伝染したのか、少しおとなしくなっていたマユちゃんもいっしょになって、声を上げ始めた。ふたりはしばらく互いを抱きしめ合い、号泣する。

ふたりを痛ましげに一瞥し、ゲンキはそっとぼくに近寄ってきた。

「あとは……」生唾《なまつば》を呑んで一拍置き、唸《うな》るような声を搾り出した。「あとは秦さんの家だけや。けど……けど、まさか」

独り暮らしをしている秦さんの家も、このすぐ近くにある。が。まさか。

「まさか……な。考えとうないが」

事態がここまでくると、誰だって最悪の予感を抱いてしまう。

「おれ、行ってくる」

「いかん」ぼくは慌ててゲンキを止めた。「ひとりで行くな。危ない」

「え？　危ないこと、あるか」ゲンキは唇を尖らせた。

「犯人は、もう向こう岸やが」

「いや……」

「それとも、南橋へ回ってまで、こっちに戻ってこようとするか？　ないない。あいつやって、そんなに暇やなかろうぜ」

「いや、あのな」

とっさにうまく考えがまとまらず、混乱したが、急速に膨らんできた疑念を口にせずにはいられなかった。

「なあ、ゲンキ。おれ、思うがやけど、あいつ、ほんまに犯人なんか？」

「いまさら、なに言うがや、ブキ。そうに決まっとる。おまえも見たやろが」

「おれが見たのは、多胡の兄が、ランニングとパンツ姿で、五叉路から東橋のほうへ走ってゆくところだけ、や」

「犯人でないなら、あんなおかしな恰好で、慌てふためいて走って逃げる必要、ないわ。あれがなによりの証拠じゃ」

「そうかもしれん。けどな、あのな、一応身内やから庇うわけやないけど、多胡がお母ちゃんと自分の弟を殺した、ゆうんなら話は判る。例えば、さっきマユちゃんも言うてたことやけど、自分をさしおいて弟がお母ちゃんといい仲になってるのがゆるせんかった、とかな。そういうのもあり得るやろ。あり得るけど。でも、なんでこんなに、何人も何人も、村じゅうのひとを……」

　村じゅう、というのはもちろん厳密に言えば北西区だけ。首尾木村全体の人口からすれば微々たるものだ。しかしぼくの実感としては、まさしく村じゅうのひとたち、だったのだ。

「だから、頭がおかしくなっとるがや。もうええから。ブキ、ここにおれ。これ以上、ひどいもの、わざわざ見る必要なんか、ない」

　秦さんもすでに殺害されているという前提でゲンキはものを言っているが、それをたしなめる気力もない。

「おい、ゲンキ。ゲンキ、よ。まて。ちょっと。まてって。聞いてくれ」

　そう呼び止めてみたが、無駄だった。踵を返すや、振り返りもせず、ゲンキは小走りで進んでゆく。

　追いかけるべきか否か迷っているうちに、闇に揺れる懐中電灯の光も見えなくなった。

「……なあ、カンチ」

　返事をしてくれるか、心もとなかったが、少し間があって、うっそりと声が上がった。

「……なんじゃ」

「おれら、はよ、こっから逃げたほうがええがと、ちがうか」

　カンチはすぐには答えず、しきりに洟を啜り上げている。

　そんな彼の肩に顔を埋め、マユちゃんは嗚咽をこらえている。

震える彼女の背中をさすってやっているカンチの動作が、ふと妙に、おとなびて見えた。おとなびている、というか、慣れている、というか。

ひょっとして、このふたり、もうできてる、とか……またしても不謹慎な、むらむら妄想めいた思いにとり憑かれる。

さっきは少し度を失ったものの、いつも年齢不相応なくらい沈着冷静なカンチ。それは、もしかしたら、すでに男女の性を経験済みという自信に裏打ちされているから、ではあるまいか。ぼくはそんな考えに囚われた。

もしそうだとしたら、相手はマユちゃんなのだろう。少なくとも、いま他に心当たりはない。

決して単なる邪推ではないような気がした。さっきカンチの離れで、ぼくがマユちゃんを押し倒し、乳房をわしづかみにしたとき。

マユちゃんは慌てなかったではないか。それどころか不自然なくらい落ち着いていた。まるで、ぼくが畏縮して結局なにもできないだろうと見越していたかのようだ。中学三年生の男の子なんて、気持ちは暴走しても、具体的にどうやるかなんてなにも知らないんだから、という。あれこそまさに経験者の余裕というやつだったのではあるまいか。

抱き合っているふたりを見ているうちに、激しい後悔の念が湧いてきた。しまった。失敗した。どうせマユちゃんが抵抗しないのなら、もっと淫《みだ》らな行為をしておけばよかった、と。せめてジャージィのズボンを脱がせ、その奥をしっかり眼に焼きつけておけばよかった、と。

もちろん、いつゲンキとカンチが離れに戻ってくるかもしれない状況に鑑《かんが》みれば、寸前で思い留まっていて正解なのだが、ぼくは幼児っぽい口惜《くちお》しさを抑えられなかった。

それは嫉妬だったのか、それとも現実逃避だったのか。ぼくはこのとき、カンチの手からマユちゃんを奪い去りたくてたまらなかった。

彼女の身体を抱きすくめる、あの立場に自分がとってかわりたい。いや、とってかわらなければならない。とってかわる権利がおれにはあるはず……そんな、どす黒い強迫観念に囚われる。

どんな手段を使ってでもあの肉体を奪い去り、我がものにするんだ、と。くるおしい欲望が全身を焼き、出口を求め、暴れ回る。

「——こっから逃げる、て?」

そんなカンチの声で、やっと我に返った。

　悪夢からなかなか覚めないような、もやもやした気分を、慌てて打ち消した。己れの醜い欲望を恥じ入るだけの理性は、さすがに残っていた。

だが、まさにこの瞬間から始まったのだ。ぼくのマユちゃんに対する執着が。

　垢抜けない、田舎っぺの女の子だったはずの彼女は、このときから、ぼくにとって病的な妄執の標的と化した。そしてマユちゃんへの固執が、このさき一生、ぼくをさいなむことになる。

　それだけではない。すべての悲劇の引き金となってしまうのだ。

「いや、だから」咳払いして、ぼくは気をとりなおした。「北西区から出て、な。東南区のほうへ行ったほうがええがと、ちがうか」

「というとブキはやっぱり、多胡は犯人やない、思てるがか。真犯人が他におる、まだ近くに、北西区のほうにおる、と」

「いや。判らん。そんなこと、おれ、全然判らん。そういう意味やのうて。あの。つまりや、このままやと、おれら今夜、ひと晩じゅう、外で突っ立ってないといかん、てことに、ならんか」

　カンチは答えず、虚空に視線をさまよわせていたが、ぼくがなにを言いたいのかは察したようだ。

　とてもじゃないが、ひとりではこの夜を乗り切れそうにない。それはぼくだけじゃないだろう。カンチもマユちゃんも、いっぺんに家族を失ってしまった。全員で身を寄せ合っていなければならないが、なにしろ北西区はどの家も死体だらけなのだ。そんなところで救援を待って夜を明かせるほど、ぼくたちは精神的にタフではない。

「おれんとこの離れがある」

「……ええがか、おまえ、それで」

「仕方ない。ただ、問題は——」

　懐中電灯の光に、カンチは眼を細めた。

　ぼくもそちらのほうを向く。ばしゃばしゃ、泥を撥ね上げる足音とともに、ゲンキが小走りで戻ってきた。

「……いかん」

　そのひとことで、ぼくたち三人のあいだに棒を呑んだような緊張が走った。すでに極限まで精神的にダメージを受けているなか、これ以上どうやって緊張できたのか、我ながら不思議だったが。

「秦さんも、やられとる」

「……電話も？」

「ああ。まったく同じや。それと」少し口籠もり、ゲンキはぼくを見た。「それと、ブキのお祖母さんがいっしょに、おった」

「え。お祖母ちゃんが？」予想もしていなかった。驚くというより、きょとんとなる。「は、秦さんとこに、か？」

「うん。いっしょに座ってた」

「な、なんでやろ……それで、その」

祖母もやはり殺されているのだろうか？　無言の問いかけが伝わったらしい、ゲンキも黙って、頷いて寄越した。

「……すまんけど、みんな」ぼくは手振りでゲンキに、懐中電灯を貸してくれるよう、頼んだ。「ちょっとおれ、見てくる、秦さんとこ」

「まて、ブキ。いっしょに行こ」カンチが自分の懐中電灯の光で、ぼくを制した。「いや、というてもおれらは、なかまでは入らん。家の前まで、な。いっしょに行こ。さっきうっかりゲンキをひとりで行かせてもうたが、やっぱり、あんまり単独行動せんほうがええ」

まだ殺人鬼の脅威は去っていない……カンチもまた、そんなふうに考えているのだろうか。

ともかく、ぼくらは全員で、ぞろぞろ秦さんの家へ向かう。ずっと無言で、緊張しているのか、弛緩しているのか、よく判らない道程だった。

秦家のなかへは、ぼくひとりで入った。

我ながら理解に苦しむ。祖母は死んでいる。ゲンキはそう口にしたわけではないが、仮に生存していたとしたら、はっきり報告してくれただろう。もはや疑う余地はない。ぼくのなかで、祖母の死とは確定した事実だった。なのになぜ、こうして秦さんの家に入ってゆくのだろう。自分の眼でたしかめておかなければ、などと思うのは、なぜだろう。どうしてそんな気持ちの悪い真似をわざわざしたいのか。

あるいは、人間の死体を立て続けに見たせいで、感覚が麻痺《まひ》してしまったのか。そうかもしれない。その証拠に、秦さんの遺体と向かい合わせでテーブルに突っ伏し、死んでいる祖母を認めても、ぼくはなんらショックを受けなかった。

顔を伏せた祖母の下で、テーブルは血の池になっている。倒れた湯呑みや、お茶請けの小皿が、まるで遭難した小舟のようだ。

秦さんとお茶を飲みながらお喋りに興じている最中、踏み込んできた犯人に襲われた、という感じ。祖母の傷口は本人の下に隠れているが、半分あぐらをかいた姿勢で硬直したまま横倒しになった秦さんの首は、ぱっくり裂けている。

凶器の鎌は、畳のうえに放り出されていた。部屋のあちこちにべたべたスタンプされた、犯人のものとおぼしき赤黒い靴跡を眼で追いつつ、祖母に近づこうとして、血まみれのその柄を、うっかり素足で踏んでしまった。それでもなにも感じず、平気だったのだから、ぼくの感覚は、たしかに麻痺していたのだろう。

祖母の背後に立ち、遺体を見た。うつ伏せになった背中を。じっと。

なぜ、こんなことをしているのか。判らない。それでいて眼を離せない。

すごく軽そうだなあ……そんなふうに考えている自分がいた。祖母は決して小柄な体格ではない。むしろ体重もあるほうだったが、死んだいま、彼女の背中はひどく軽そうに見えた。魂が抜けていったからだろうか。そんな埒もないことを思い、ただひたすら凝視する。

それにしても意外である。秦さんは、小久保家と同じで、どちらかといえばハウス栽培に熱心なほうだった。ハウス栽培を毛嫌いし、旬《しゅん》の地物野菜づくりにこだわる祖母としては、そんな秦さんと、折り合いが悪いとまではいかずとも、さほど積極的な親交はないだろうと、これまでなんとなく、そう決めつけていた。もちろん表立って反目し合うような場面を目撃したことがあるわけではないが、こんなふうに嵐の夜、わざわざ祖母のほうからやってきて、いっしょにお茶を飲み、お喋りに興ずるような仲には、まったく見えなかったのに。

それとも……ぼくは考えた。祖母は、母に気をきかせて、ここを訪れただけ、とか？

母の相手が多胡の弟だと知っていたら、あの兄弟を蛇《だ》蝎《かつ》の如く嫌っていた祖母だ、黙ってはいなかったろう。が、母が男の素性を伏せ、いいひとと一夜を過ごしたいからと頼んだら、あるいは祖母も便宜をはかって外出してやったりしたかも——いや。いやいや。どうもイメージにそぐわない。

今夜は外泊すると、さきに言い出したのは祖母のほうだったのではないか。そんな気がする。そして了承した母は、ぼくも不在なのをさいわい、こっそり多胡の弟を自宅へ呼び寄せた——こういう順番だったと考えたほうが、少なくともぼくは、すっきりする。訪問先が秦さんというのは想定外だが、我が家においてはなによりも、祖母の意思が優先するはずだからだ。

　いずれにしろ祖母は生前、あまりおおっぴらにはしなかったが、秦さんとかなり親密な仲だったことになる。そんな隠れた一面を知ったせいだろうか、祖母はひどく弱々しく見えた。死んでいるから、ではない。男勝りで他者の庇護を必要としない強面《こわもて》の女傑というイメージが、あっさり覆ってしまったからだ。大月家の主として権力をふるう、支配者の威光もない。ただ、しなびただけの、ひとりの老婆がそこにいるだけ。

　ずいぶん長いこと、ぼくは祖母の背中を見下ろしていた。見つめても見つめても飽き足りない、という感じで。

　不可解だったが、冷静に分析してみると、このときぼくは、祖母に対して歪んだ優越感の類いを抱いていたのかもしれない。

　ひとつだけ、たしかなことがある。これでもう、口やかましく農作業の手伝いを強制される心配はない。そう思うと正直、ホッとした。

　あまりにも心の底からホッとしたものだから、そんな自分が冷酷な人間のように思え、慌ててふたりの遺体に
向かい頭《こうべ》を垂れ、合掌《がっしょう》した。

　するとごく自然に、機械的に涙がこぼれた。本音では、哀しくもなんともないのに。

　手の甲で頬を拭いながら、秦家の外に出る。近くにいたカンチと眼が合った。

「……変な話やんか、なあ」我知らず、そんな言い訳が口から出た。「おれ、祖母ちゃんのこと、大嫌いやったのに」

「なにを言う。それが当然や」

　どうやらカンチは、ぼくの涙の意味を誤解してくれているようだ。

「ひとのこと、こき使うくせに、厭味ばっかり言うて。いやな婆あや、思てた。今朝なんか、帰ってきたら祖母ちゃん、急病かなにかで死んでたりせんかなあ、なんて罰当たりなことまで考えてたのに。いざ、そうなってみたら……なんでや」

「あまり深《ふこ》う考えるな」

「にしても、知らんかったわ。祖母ちゃんが、こんな天気の日にわざわざ、男のひとの家、訪ねてくるような、意外な面があ――」

　ふと変な気がした。

祖母が秦さんの家へ来たのは、今日の何時頃なのだろう？　天候が荒れ始める前だろうと、なんとなく思い込んでいた。が。しかし。

しかし、それは変ではないか。

秦さんに限らず、如何《いか》なる男性関係をもこれまで疑いもしなかったくらいだ。当然ぼくにとって、祖母が外泊することがあるなどとは、まるで想像の埒外だった。

仮に祖母が、これまでにも何度も秦さんの家に通っていたとしよう。だとすればそれは、ぼくが留守の日ばかりを狙ってのこと――そんな可能性が浮上する。

ぼくがひと晩じゅう大月家を留守にする機会というのは、だいたい決まっている。小学校六年生と中学校二年生の修学旅行を例外とすれば、たいていはカンチの離れに泊まりにゆく日だ。

自宅の環境が環境だから、ぼくは常に自由を求めている。ことあるごとにカンチの家へ遊びにゆこうとする。できれば夜を徹して大月家から逃げていたいが、外泊するためには、もちろん祖母と母の許可が要る。

滅多におりない外泊の許可が確実におりるのは、学校の定期考査のときだ。カンチは学校の成績がいいので、しっかり教えてもらってこいと、むしろ積極的に送り出してくれる恰好になる。

カンチがあのプレハブの離れを建ててもらったのが小学校を卒業する前後だった。以来、試験勉強のためという口実で、ぼくは何回くらい泊まりにいっただろう。中学校の定期考査は一学期と二学期が中間と期末の二回ずつで、三学期が学年末の一回。一学年につき五回だから、これまで十二回は泊まりにいっているわけだ。何泊するかはその都度変わるので、延べ日数は判らないが、平均二泊とすれば、それだけで、ひと月近くカンチの離れで過ごしている計算になる。

文化祭や運動会など、学校行事の打ち上げという名目も高打率で有効だ。あと冬休みや夏休みなど、長期休暇は決まって畑仕事の手伝いを延々とさせられるので、そのご褒美《ほうび》に連泊を許可されることもある。いろいろ合わせると年間、ぼくはけっこうな日数、カンチの離れに入り浸っている。祖母と母の干渉による日常の閉塞感《へいそくかん》が強いため、あまり認識していなかったが、こうして改めて考えてみると、ぼくが大月家をひと晩じゅう留守にする頻度はそれほど低いとは言えない。むしろ高いかもしれない。カンチの離れという、絶好の逃避場所が確保されているとはいえ、だ。

そのたびごとに祖母が秦さんの家を訪れていたかどうかは、もちろん判らない。しかし、ぼくがこれまで、祖母が男性宅を訪れたりすることをまったく知らないどころか、発想すらしなかった以上、孫の不在を狙っていたのではないかという疑念は、あながち考えすぎではなかろう。

問題は今夜のことだ。ぼくがカンチのところに泊めてもらうことになったのは、祖母にとっても母にとっても、予定外だったはず。お町の〈あまちゃ〉から自宅に電話を入れたのが、午後三時少し前。それまで祖母は、今夜、秦さんの家で過ごすつもりはまったくなかった——そう考えて、ほぼまちがいあるまい。

ぼくの外泊予定を知り、急遽《きゅうきょ》、出かけることにした。その段階で、すでにお町に限らず、村もかなり天候が悪化していたはずなのである。それをものともせず秦さんの家へ赴いたというあたりに、祖母の情熱みたいなものが感じられはしまいか。つまり、それほど深い仲だったのだ、と。

ただ不思議なのは、なぜそこまでして秦さんとの関係を孫から隠そうとしたのか、だ。秦さんも祖母も、ぼくが生まれるより前にそれぞれの伴侶《はんりょ》を病気で失い、ずっと独身だと聞いている。そのふたりが深い関係になったとして、いったいなんの差し障りがあるのだろう。孫に示しがつかないとか、そんな心配をする道理もない。

単に照れくさいから、とか？　いや。あり得ないとまでは断言できないが、そんな牧歌的な理由には納得できないぼくの想像は、そこから思い切り飛躍することになる。

祖母は、自分が秦さんの家で泊まるとき、母が自宅に男を連れ込んでいることを、はたして承知していたか、それとも、していなかったか。多分、知っていただろう。ただ相手の男の素性までは頓着しなかった——みたいに、さっきはなんとなく、そう決めつけていたのだが。

祖母は、母の相手が多胡の弟だと、ちゃんと知っていたのではあるまいか。なんだかそんな気がしてきた。かつてあれほど毛嫌いし、家から追い出した不肖の甥《おい》っ子が、自分の娘と深い関係になっていながら、それを傍観するのはたしかにおかしいが、歳月を経れば人間は変わる。嫌いといえば祖母はぼくの父親のほうをもっと嫌っているはずだから、それよりはましだと判断したのかもしれない。いずれにしろ、もしも母と多胡の弟の関係が昨日今日に始まったものではないとすれば、祖母がそのことをまったく知らないというのは、逆に不自然である。あるいは母の相手はその都度ちがい、今夜はたまたま多胡の弟だったという極端な可能性もあるが、たとえそうだとしても、あの支配欲の強い祖母のことだ、娘の男の素性をまったく詮索しなかったとは到底考えられない。

似た者同士の母と娘は、互いの男性関係についても正しく把握していた、と見るべきだろう。そのこと自体は別にいい——もしもぼくには、まったく関係ない話なのであれば、だが。

仮にこれらの想像が当たっているとしよう。だとすれば、ぼくが友人の家に外泊するのは祖母と母にとって憂患の種ではなく、むしろ歓迎すべき、好都合だった——という理屈になりはしまいか？

祖母と母があれほど束縛、干渉してきたのは、ぼくが辟易《へきえき》して、できるなら毎日でもカンチの離れへ泊まりにゆきたいと思うよう、仕向けるための策略だったのではないか……そんな疑念が湧き上がってきた。

この二年半のあいだ、ぼくは祖母と母によって、いいように操られていたのではないか。そんな気がしてきた。

「それよりも、な。ブキよ」

被害妄想が悪いほうへ、さらに悪いほうへころがってゆくなか、そんな声で我に返った。

カンチの表情はけわしかったが、だいぶ落ち着いて、普段の冷静さを取り戻しているようだ。

「さっきの、多胡って男のことや。いまゲンキとも話したけど、あいつ、ひょっとしたら犯人やないのかもしれん」

「え。どうして？」

「ゲンキが憶い出したがや」

自分で説明しろ、という合図だろうか、カンチが顎をしゃくってみせ、ゲンキが頷く。

「あのな、ブキのお母さんと、それから多胡の弟のほうが、いっしょに亡くなってたやろ」

「ああ」

「あの部屋の鏡台の上に、男もんのアロハシャツとズボンが放り出されてた。乱雑に。な」

「えと。そう……やったっけ」

ぼくはそんなものに全然気づいていなかった。母の下着姿に幻惑されたせいだろうか。

「それがどうした。弟が脱いだがやろ」

「テレビを置いてある部屋にも、もう一式、アロハシャツとズボンがあった。隅っこで畳んだ布団のところに。

つまり、ふたり分」

「そういえば……あ。そうか。見慣れんサンダルも二足、あったな」

「そう。サンダルとアロハシャツ。兄弟揃て、似たような恰好をしてきとったわけや。どっちが兄貴ので、どっちが弟のかは、どうでもええ。問題は、どっちのアロハシャツもズボンも全然、汚れてなかった、いうことや」

「そうやったかな。あんまり気ぃつけて見てなかったけど。それがどうかしたがか」

「カンチが言うたこと、憶い出してみ。あの男、兄のほうやけど、なんでランニングにパンツなんて恰好でおったがか。それは返り血がべったりついて、どもならんかったからやろ、て」

「あ」

「けどな。どちらのアロハシャツとズボンにも、血痕なんてなかった。清潔かどうかは知らんけど、きれいなもんやった。逃げてるときのランニングとパンツも同じ。懐中電灯の光で見た限りでは、染みひとつなかったから、まず服を脱いでおいてから犯行に及んだ、てわけでもない」

「そしたら……えと、そしたら、どういうことになるがや。そしたらなんで、多胡の兄貴は、あんな変質者みたいな恰好で、暴風雨のなか、走り回っとったがや」

「それはつまりな、さっきマユちゃんちへ行ったときの、おれとブキといっしょやったがやろな」

「なんじゃそれ」

「小久保のおじさんたちの様子に、おれら慌てて、家を飛び出してきたやろ。たまたま雨合羽は着たままやったけど、ゴム長靴、履きなおす余裕もなかった。な?」

「たしかに」なんでそんな単純な可能性に思い当たらなかったのだろう。「たしかに、あいつも裸足やった……けど」

「つまり、あの多胡の兄は、ブキのお母さんと弟の遺体に気づいて、仰天し、家の外へ飛び出してきただけやったんやないか、と」

「そら、そ、そうかもしれんけど。だったら上着やズボンもつけてなかったのは、なんで? 裸足なのはまだ判るけど、なんでランニングとパンツだけ、なんて変な恰好やったがや」

「そこで訊きたいことがある」カンチがゲンキのあとを引き継いだ。「ブキが、最初にお母さんの部屋へ入ったとき、襖、あんなに開いてたか?」

「えと……」記憶を探ってみる。「いや。おれ、入るとき、広うに開けた。最初は、細い隙間があるだけやったから」

「その隙間から最初、お母さんと男の姿は、まったく見えんかったか？」

「見えた。いや、顔とかは判らんかったけど。腹のあたりというか、ほんの一部が、な」

「そうか」

「それがどうかしたか？」

「あのな、変な話やけど、こういうことやったんやないか。さきにブキの家へ来たんは、弟のほう。車でか、カブでかは判らんけど。要するに兄弟は時間差で、それぞれ別々にやってきた、と」

「やろな。で？」

「あんまりおおっぴらに話してええようなことやないと思うけど、こんなときや、かんべんせえ。ブキの家へやってきた弟は早速、服を脱いで、お母さんと始めた」

どうでもいいことだが、こんなとき「始めた」という表現を、さらっと下品にならずに言ってのけるカンチが、ぼくはちょっと憎たらしい。もしもぼくが同じことを口にしたらきっとものすごく、さもしい響きになるにちがいないのだ。マユちゃんがすぐそばにいるものだから、よけいにそう思う。

「行為に夢中になっているところへ、犯人が侵入してくる。隙を衝かれ、ふたりとも殺された」

「そんな感じやったがやろな。ざっと現場を見た限りでは」

「ということは、多胡の兄貴がやってきたがは、犯人が家から立ち去った後や」

「そしたら、あいつは犯人やないがか？」

「そう仮定すると、いろいろすっきりする。多胡の兄は、テレビを置いてある部屋に入った。そこからお母さんの部屋のなかの様子を、そっと窺う。この段階で兄は、ふたりが殺害されていることには、まだ気がつかん」

「なんで」

「さっきブキ、自分で言うたぞ。襖が、ほんの少ししか開いてなかった、と」

「……そういえば」

憶い出した。最初、祖母の部屋から母と男の姿を認めたとき、ふたりが互いに寄り添い、まどろんでいるだけのようにも見えたことを。

「たしかに……たしかに、言われてみれば、おれもすぐには判らんかったが」

「多胡の兄も、よもや隣りの部屋で惨劇が起こってるとは夢にも思わんかったわけや。弟とブキのお母さんが早速よろしくやってるな、て思い込んで、黙々と自分の作業にとりかかる」

「え？　自分の作業、て、なんや」

「あったやろが、テレビを置いてある部屋に。三脚に固定されたカメラが」

「カメラ……」

たしかにあったが、するとあれは、多胡の兄がセットしたものだったのか？　なんのために——と困惑しかけて、答えはひとつしかないではないか、と思い当たる。

口があんぐり。呆気にとられてしまった。

「す、すると、なにか？　あいつ、弟がお母ちゃんとやってるとこ、隠し撮りするつもりで、あんなぎょうさんなもの、持ち込——」

「ちがう」

「て、ち、ちがうて、なんじゃ」

「隠し撮りなわけ、ない」

「だって……」

「あんなに堂々と、眼と鼻のさきで機材を設置されて、お母さん、気づかんわけ、なかろうが。おまけに、ブキも見たやろ、カメラにとりつけられた、あの大きなフラッシュ」

「……あ」

たしかにそうだ。あんな至近距離でばしゃばしゃフラッシュを焚《た》かれて、撮影されていることに気づかないなんて、あり得ない。すると。

「明らかに、隠し撮りなんかやない。むしろ、撮影会みたいな感じや」

「すると……」母の下着姿を目の当たりにしたときよりも、もっと非現実的な眩暈《めまい》に襲われる。「すると、お母ちゃん、納得ずく……で？」

「多分。こう考えると、逃げてゆくときの多胡の兄が、ランニングとパンツ姿やったわけも判る」

「て。判らんわ。全然。どういうこと」

「自分もまざろうとした。というか、いっしょにやろうとしたがやろ。裸になって」

まざろうとした……つまり多胡は、弟と母の行為に割り込もうとした、というのだろうか。自分も参加しようとした、というのだろうか。

それはこの当時のぼくの理解を完全に超越していた。

中学三年生のセックス観とは、男女がふたりきりになって密室に籠もり、秘めごとを行うという、いたってシンプルな聖域だったのだ。行為の当事者たちが第三者の介入を許すなんて、ましてや望むなんて、プライバシーの侵害であり、あってはならない暴挙だった。

　そんなふうに、わけが判らず混乱するいっぽう、アブノーマルな臭いに刺戟されてか、汚れた下着の内側でぼくは再び興奮していた。

　ズボンの前が突っ張って痛いのをごまかすため、自分でもどうでもいいと思えるようなことを、わざわざ訊く。

「で、でも、自分もまざってしもたら、撮影は誰がするがや」

「ブキ、言うてたやないか。兄弟ともカメラが得意やて。多分、シャッター役は交替するつもりやったがやろ」

「な……なるほど」

「あるいは自動にしておいて、三人で」

　三人で……という言葉がスイッチになった。それまで脳裡で淫らがましくうねっていた女の身体、その首から上が、母のそれからマユちゃんへ、きれいにすげ替えられる。

　母がつけていた黒い下着をまとい、ふたりの男の手、また手で、グロテスクな陰茎《いんけい》、また陰茎で、あえなく翻弄され、穢《けが》されるまま汗に溶けてゆくマユちゃんのイメージが、次から次に湧いてくる。貧血になりそうだ。淫《いん》靡《び》きわまるその妄想は、しかし蜜《みつ》の如く甘く、やめようと思ってもやめられない。麻薬のようだった。

「ところが兄は、カメラをセットし、服を脱いでいる途中で、どうも隣りの部屋の様子がおかしいことに気がついた。ふたりでよろしくやっているわりには、声がせん。気配もない。はて、どうなってるがや思て。改めて襖の隙間から、ようよう覗き込んでみた。すると」

「弟とお母ちゃんが血まみれになってて。ぴくりとも動かんかった、と。やもんで——」

「慌てふためいて、家から飛び出した。服もカメラも、ほっぽり出して」

「さぞ驚いたがやろ」

「警察に通報せないかんと思たかどうか知らんが、どっちみちブキんちの家の電話は使えん。かといって、北西区にはたすけを求められるほど親しい者もおらん。さっきゲンキが、多胡の兄の姿を最近、東南区のほうで見かけたことがあるて言うてたことを考えると、あっちのほうに知り合いがおるがやないかな」

「そうか。それで五叉路のところで、おれらに遭遇した、と」

「ざっと、そんなことやったがやないか、と」

ということは――ぼくなりに整理してみた。

大月家の軒下に停まっているカブに乗ってきたのは、多胡の兄のほうだろう。カンチの離れでぼくが聞いたエンジン音がそのときのものだったと考えれば、時間的にも辻褄が合いそうだ。

ただ、もしそうだとすると、多胡の兄は南橋のほうからやってきたことになる。彼が最近、東南区に出没しているらしいというゲンキの証言と矛盾してしまうが、これは説明がつけられないこともない。例えば、首尾木村にはカメラ店がないので、撮影用フィルムを急遽お町まで調達しにいっていたとか、そんな事情だったのかもしれない。お町からやってくる場合、大月家へ行くには南橋のほうが、遥かに近道だ。

「じゃ、あいつは犯人やない、と？」

「いちばん決定的なのは、お母さんの部屋にあった足跡が、裸足やなかったこと。どう見ても犯人はゴム長靴かなにかを履いて、逃げてる」

「あ」つい声が出た。

その足跡なら、ぼくも気がついていたのに。そこまで思い当たらなかったのだ。

「な？」ゲンキは肩を竦めた。「たしかに、言われてみれば、いちいちもっともじゃ。裸足で逃げていったあいつが犯人とは思えん」

「なら、どういうことになるがや」

「つまり、犯人はまだこっち側、北西区におるかもしれん、いうことや」

「それからな、ブキ」

カンチが懐中電灯を持ちなおした。

身振りで彼に促されるまま、ぼくたちは歩き出した。南橋へ向かって。

「さっきおまえも言うてたことやけど、どちらにしろ、おれら、北西区から出ていったほうがええ。どこで台風をしのぐかという問題もあるけど、どの家の電話も使えん以上、直接、駐在所へ行くしかないわけやし」

「そやの」

「橋だけでも、はよ、渡っといたほうがええ」

南橋を渡る以上、一旦村から出ることになる。今朝ぼくが使ったバス停留所まで行き、そこから再び村へ入りなおすかたちになるので当然、かなり遠回りになる。少なくとも二時間は歩かなくてはならないが、この際、やむを得ない。

「そや。そうや。東橋が呆気のう、流されてもうたし。南橋のほうも、いつだめになるか、知れたもんやないぞ」

「それに、南橋のほうが下流やからな。だいぶ距離があるとはいえ、東橋の残骸が流れてきて、橋桁に当たったりしたら、やっかいや」

そんな細かい可能性まで配慮するカンチに、ぼくはただただ感心。やっぱりこれくらいおとなでないと男女のことは経験できないのかも——などと、くだらない僻みに浸っている場合ではない。

ぐずぐずしては、いられない。最初はてくてくと歩いていたのが、話しているうちにみんな、小走りになった。

南橋へ向かいながら、ぼくはさっきから心にひっかかっていることを考え続ける。問題のカメラによる撮影会についてだ。

正真正銘のポルノグラフィ製作。それが多胡兄弟の、単なる趣味だったとは考えにくい。昔とった杵柄《きねづか》、実益を兼ねていたはず。

なるほど。母の過激な恰好のわけが、やっと判った。あんなセクシィな下着姿だったのは、ただの気まぐれではない。商品にするための写真だったからにちがいない。

できた写真をマニアにこっそり売り捌《さば》く。当然、母もそれを承知のうえで協力していたのだろう。仮に胡多兄弟が、私的な鑑賞用に撮影しているだけだなどと言い張ったとしても、素直に信じるわけがないからだ。

おそらくこのような撮影会は、今夜が初めてではない。かなり以前から、ぼくの留守を狙って、やっていたのだろう。その傍証もある。他でもない、母の部屋の縁側のガラス戸。あれにロックが掛けられておらず、殺人鬼の侵入をゆるしてしまったという事実だ。

たしかに村の気風はおおらかで、どこの家庭でも日頃から、それほど神経質に玄関や窓に鍵を掛けたりはしない。しかし、いかがわしい撮影会となると話は別である。普段ならどこの窓もロックせずに就寝したりしてもおかしくないが、万が一誰かに目撃されたらもう村にはいられなくなるような恰好をするのだ。撮影現場は厳重に戸締りしておかないといられないのが人情というものだろう。玄関は、遅れてくる多胡の兄のために開けておいてやったかもしれないとはいえ。

にもかかわらず、殺人鬼はあっさり縁側から出入りしていった。母も多胡の弟も、ガラス戸をロックせずに、始めてしまったからだ。そんな油断、気の緩みが生じたのは、これまでにも同じような撮影会を何回も経験していたからだろう。あるいは、こんな天候だ、住民はひとり残らず、それぞれの自宅に閉じ籠もっているはずだという思い込みもあったのかもしれない。

仮にこれらの想像が、すべて当たっているとしよう。母はどういう意図で、多胡兄弟の裏商売に協力していたのか。常識的に判断すれば、なにがしかの報酬が発生していたからと見るべきだろう。いくらビジネスだからとはいえ、そんなことができるのは嗜《し》好性《こうせい》の問題、つまり、それこそ単なる趣味だったという可能性もあるが。

そこで問題になるのは、はたして祖母は、その母の副業について関知していたか、それとも、いなかったか、だ。

しっかりと関知していたのではないか……そんな気がしてならない。

というのも、祖母の性格からして、仮に母が多胡兄弟のどちらかと普通の男女関係に陥ったら、それを実力行使で阻止するはずだからだ。なのに、そうはしていない。むしろ自分は秦さんの家へ引っ込んで時間をつぶすことで、積極的に協力していたふしすらある。それは母が、多胡兄弟のどちらも恋愛の対象とはしておらず、己れの肉体の代償として金をもらう相手と割り切っていると、祖母が充分に承知していたからだ。

そう解釈して初めて、ひどくすんなり納得できるのである。あのふたりの女の身内として。

仮に母がやっていたことが単なる売春だったとしたら、祖母は決してゆるしはしなかっただろう。そこでポイントとなるのは、写真という商品に他ならない。

祖母がハウス栽培を毛嫌いしていたのは、それなりの理由がある。ハウス野菜は年じゅう出荷できるので不特定多数を相手に商売する分にはいい。しかしそれでは結局、どこの店で野菜を買っても同じだという考え方の消費者しか生まず、品質を求める固定客がつかない——これが祖母の揺るぎなき、哲学だった。

母が多胡兄弟相手に、単なる肉体関係に陥るのは論外として、では金をもらえる売春ならいいかといえば、ちがう。ろくでなしの甥っ子たちが、そうそう確実に金を持っているわけがない。娘を抱き逃げされるのがおちだ。

加えて祖母は自分の娘の、女としての商品価値すら、シビアに査定していたにちがいないのだ。年齢的に母の身体は、不特定多数の客を相手にできるほどの品質を具えていない、くらいの評価はしただろう。あの祖母ならば。

その点、写真なら、出来さえよければ、その手の好事家という固定客が見込める。祖母はそう判断した。だからこそ母が多胡兄弟の裏商売に協力することを黙認したのだ。商品の品質は自分の眼で確認しないと気がすまない祖母のこと、ろくでなしの甥っ子兄弟もカメラの腕とポルノグラフィのセンスはたしかだと、信頼していたのだろう。利害の一致を見て、決裂していた甥っ子たちとの関係を、ひそかに回復させていたわけだ。

だとすると、先刻のぼくの想像は、その構図をまるっきり反転させてしまう可能性が出てくる。孫が友人の家に外泊すると知るや、悪天候も厭わず、秦さんの家までわざわざ出かけてゆく祖母。それはよほどの情熱ゆえ、よほど深い絆ゆえと、美談めいた解釈をしていたが……そんな甘ったるい話ではないのかもしれない。

母の副業という目的がまずあり、祖母はそれに合わせて、どこかで時間つぶしをする必要に迫られただけなのかもしれない。いくら金のためなら多少の無茶は割り切れるとはいえ、自分の娘が男たちに玩具にされていると

ころをのんびり見物できるほど祖母も豪胆ではないだろう。どこかで夜明かししないといけない。そのために、とりあえず選ばれたのが秦さんだった……とすると。

空知家の敷地へやってきたとき、ゲンキが「そうか。そうや」と明るい声を上げた。

そのよく通る声のお蔭で、ぼくは正気に戻ることができた。

いまやぼくは、母の死も祖母の死も、まったく哀しくなかった。ただ、秦さんのことが気の毒で仕方がない。祖母がたまに秦さんの家を訪れ、ときおり泊まってゆく、そのほんとうの理由を告げていたとはまず考えられない。秦さんは当然、それを祖母の純粋な好意であると信じて疑わなかったはずだ。

なんと罪つくりな老婆だろう。秦さんがなにも知らずに死んだのが、せめてもの救いかもしれないとはいえ。

それはそれとして、いくらなんでも、母と祖母が死んでよかった、なんて、ひとりの人間として思いたくない。が、どうやらパンドラの箱は開いてしまったようだ。己れの邪悪な心から、ぼくは必死で眼を逸らす。

「そうか。そうや。歩くこと、ないわ。おれ、自転車で来とったがや」

自転車なら、ぼくのもある。だが雨と風はますます激しくなっている。とてもじゃないが、ペダルをまっすぐ漕げる自信はない。

「おいおい、大丈夫か？」

道を外れ、空知家の敷地に入ってゆこうとするゲンキの腕を、カンチは慌ててつかんだ。

「こんな天気のなか、自転車なんて」

「まかしとけ。おれならこんな嵐に負けんわ。ひと足さきに行って、駐在所に連絡する。誰か、車を持ってるひと探して、みんなを迎えにきてもらうよう、頼んでくるわ」

なにしろ状況が状況だ。ゲンキに単独行動をさせるのは躊躇われ、ぼくたち三人は顔を見合わせた。しかし結果的に、反対の声は上がらなかった。やはり、みんな身心ともに疲れていたのが大きい。できるだけ歩かないですむのなら、それに越したことはない、と思ったのだ。

空知家の母屋の前に停めてあった愛車を、ゲンキは引っ張り出してきた。

「よっしゃ。みんな、迎えがくるまで、カンチの離れで休んで、待ってろや」

「そうはいかん。橋が流れてしもたら、終わりや。渡るだけでも渡っとかんと」

「あ。そうか。そらそうやけど、渡った後、どうするがや。休めそうなとこなんか、ないぞ。こんな雨と風のなか、突っ立ってるつもりか」

「てくてく歩いていくわ。いきちがいになったらいかんから、バスの停留所のところで待ち合わせすることにしよ」

たしかにあそこには雨避けがあるが、三人いっしょに入れるかどうかは微妙だ。なにもないよりはましだろうが。

「そうか。判った。ほんなら、な」

ゲンキは、持っていた懐中電灯をひょいとぼくに手渡すと、力強くペダルを踏み込んだ。

キィッ、ギィッと、錆びた部品がこすれ合う、いつもの耳障りな金属質の音が、嵐のなかでも、よく響きわたる。

ぼくはふと、嫌な予感を覚えた。

なにかを忘れている。しかも、とてつもなく重要なことを……そんな気がした。自分はなにか、とんでもないことを失念している、と。

そんな不安がどんどん膨らんでゆく。やがて確信にまで至ったのに、それがいったいなんなのか、どうしても憶い出せない。

そうだ。ゲンキを。

すぐにゲンキを止めなければ……止めなければいけない。そう焦るのだが、その根拠がどうしても判らず、声にならない。

そうしているあいだにも、ゲンキはどんどん、どんどん、橋のほうへ進んでゆく。

パチッ。

自転車の車輪の下で火花が散るのが見えた。禍々しいばかりに青白い。

ゲンキはそのまま橋へ乗った。

あっと声が出た、その刹那。

南橋に火が走り。

たちまち橋全体が、紅蓮《ぐれん》の炎に包まれた。

4

それは何十万分の一、いや何千万分の一の確率だったにちがいない。

たしかに南橋にはガソリンが洩れていた。が、なにしろこの雨と風だ。自転車が発する小さな火花程度で引火なんて、まずあり得ない。あり得るはずがない。橋のほうへ走りながら、いったい何度そう不条理を呪《のろ》っただろう。しかし現実には、そのあり得ないことが起こってしまった。

みるみるうちに自転車が炎に包まれる。

なにか喚くと、ゲンキは体格に似合わぬ身軽さを発揮し、ジャンプ。自転車を蹴り放した。

「ゲンキッ」

燃えながら無人で数メートル走った自転車は、橋の上で横倒しになった。

「元木くんっ」

もんどりうって倒れたゲンキの周囲で、炎の柱が次々に立ち上がる。

「おおい、ゲンキいい」

またたく間に炎は橋全体を包み込んだ。上部だけでなく、寿司に海苔を巻くみたいに、いまにも水面に触れそうな底部まで回り込んでゆく。

丸っこい体格のゲンキのシルエットが、赤い火のなかに埋もれた。と思うや、その輪郭に黒く覆いかぶさるようにして、ひと際、激しい炎が、まるで爆発するみたいに噴き上がった。

うわあっと絶叫がはじけた。最初ゲンキの声かと思いきや、ふと気がついてみると、それはぼくの口からほとばしっている。

「ゲンキいいいっ」

わんわん、脳味噌が爆《は》ぜ返りそうなほど悲鳴を頭蓋骨《ずがいこつ》の内側で反響させながら、ぼくは橋へ飛び乗ろうとした。

「いかんっ」

カンチに羽交い締めにされた。反射的にふりほどこうとした拍子に、懐中電灯を取り落とす。

マユちゃんが、慌ててそれを拾おうとした、その瞬間。さながら真紅の怪物が、いきなり頭をもたげ、こちらへ跳びかかってきたかのようだった。橋から噴き上がった炎が一気に、川沿いの道にいるぼくたちに襲いかかってくる。

マユちゃんの金切り声に、炎が空気を貫いてゆく擦過《さっか》音《おん》が交錯した。

赤い火が、ころがる懐中電灯を呑み込み、そのまま空知家の敷地の前の道を走り抜けた。

すさまじい熱風に煽られ、ぼくとカンチは仰向けに転倒した。互いに重なり合って、ころがりながら、迫ってくる炎から必死で逃れる。

ぼくのショルダーバッグに火がついた。投げ捨てればいいものを、パニックになっているせいでそうと思いつかない。必死で叩き、火を消した。

「か、貫太くんっ」

マユちゃんも、倒れ込んできた。三人、団子状態になり、這い回る。泥だらけになって、空知家の母屋のほうへ、ただひたすら逃げた。

いまや橋から天空高くそびえたつ炎で、あたりは昼間のように明るい。

照り返しできらめく雨粒を無数のスパンコールのように周囲にまとわりつかせ、強風にあおられながら、そびえ立つそのさまは、まるで朱色の巨大生物が身悶えているようだ。

と、炎のなかから、黒い塊りが飛び出してきた。ゲンキだ。腕を振り回し、燃えている雨合羽を脱ぎ捨てた。

身体のあちこちを叩き、火を振り払いながら橋を駈け抜ける。橋のたもとへ向かってこようとした、そのとき。

がくん、と朱色の巨大生物が大きく、上下に揺れ動いた。その拍子にゲンキの身体が沈み込み、ころんでしまった。

　老朽化に加え、増水した川の濁流に翻弄され、ついに限界がきたのか、それとも、ここまで流れ着いた東橋の残骸が激突したのか。南橋は軋みながら、ぐらりと傾いた。

　横倒しになって燃えていた自転車が、ざぶん。巨大な舌のような泥水にからめ捕られるや、川に呑み込まれてゆく。

　ゲンキは、と見ると、一旦は頭まで泥水に浸《つ》かったものの、上向いた橋の側面に、かろうじて、しがみついていた。

　ぼくは橋のほうへ走ろうとして、カンチとマユちゃんに止められた。が、止められるまでもない。炎に阻まれ、一歩も動けない。

「ゲンキ、はよこい」両手をメガホンにして、ありったけの声をふりしぼった。「はよう戻ってこい。はよおおおっ」

　濁流に呑み込まれ、勢いを削《そ》がれる炎のなか、ゲンキが橋の側面に這い上がってきたのが、はっきり見えた。

　やった、これでたすかった——そう思った。

「はよこい。は……」

　と——平均台でバランスをとるようにして、こちらへ進んできていたはずのゲンキの姿が、あっけなく消えてしまっていた。

　ゲンキだけではない。橋そのものが、すっぽり川に呑み込まれている。

　がこん。がこん。洗濯機のなかの洗いもののように濁流に掻き回され、互いにぶつかり合う材木の音が、足もとから響いてくる。

「ゲンキっ」

　炎の回っていないところから川へ飛び込むことを一瞬考えたが、川沿いの道を削りとってしまいそうな泥水の勢いに、ただ怯むばかり。

「あ……上がって……上がってこい。上がってこおおい、ゲンキ」

　何度そう叫びかけても、ゲンキの姿が見えることは、二度となかった。

　泥水に翻弄されながら、橋の残骸そのものが、あっという間に下流へ持ってゆかれる。

　川面の波に乗って揺れていた残り火も、やがて闇に吸い込まれてゆく。

「ゲ……ゲンキ」

茫然自失し、ただ顔面を雨と風に叩かれるしか為す術はなかった。

「ゲンキ……」

泣き声も出てこない。ただ落涙《らくるい》した。

母と祖母の死など、どうでもいい。このとき、本気でそう思った。くそでも喰らえだ、と。

「ブキ」

「伊吹くん、しっかり」

両側から肩を揺すられているのに、しばらく気がつかなかった。身体に力が入らない。

「お……おれのせいや」

「なに言うてるの、伊吹くん」

「ほんまや。おれのせいながや。おれがゲンキを、殺してしもうた」

「おい、ブキ、しっかりせえ」

「ほんまながや。おれ、橋の上にガソリンが洩れてるの、気がついてたのに。ゲンキに注意すること、すっかり忘れ……」

「なんやって」いきなりカンチが胸ぐらをつかんできた。「ガソリン？　なんや、ガソリンて。なんの話じゃ、ブキ」

「だ、だから……」カンチの形相に鼻白み、少し頭が冷えた。「さっき、ほら、お町から帰ってきたとき。おまえとゲンキに会うたやろ？　ちょうど、ここらへんで」

「それが？」

「あのときや。あのとき、橋を渡ってたら、ガソリンが臭ってて。な。誰の軽トラか知らんけど、燃料洩れかい、危ないなあ、と」

「い……いかんっ」

「え」

ぼくから手を離すや、カンチは一目散に走り出した。

「お、おい、カンチ？」

何事かと戸惑ったのも束の間、茫然としているマユちゃんの視線を追ったぼくは、腰が抜けそうになった。

空知家の母屋の向こう側から火が上がり、夜空を赤々と染めているではないか。

「カ、カンチ」

母屋の建物を回り込むマユちゃんを、慌てて追いかけた。

カンチが茫然と立ち竦んでいる。揺らめく炎で、その背中が逆光になっていた。

「……しもうた」

プレハブの離れだ。炎上している。

「やられた……」

「ど、どういうことや？」

「さっきゲンキといっしょに、おまえと会うたときや。おれら、家の前の道、調べてたやろ」

「えと。そ、そういや、なにか魚でも撥ねてるみたいな水音がしてる、ゆうて……」

ぼくの喉が嫌な音をたてた。

「ま……まさか」

「そのまさかや。あのとき、誰かがプレハブの裏でガソリン、撒いてたにちがいない」

たしかに炎は離れの裏手から上がっている。その勢いは止まらない。風雨をものともせず、建物の前へ回り込んでゆく。

「おれら、前の道ばかり調べてたから、気がつかんかった」

いや、そういえばさっき、小久保家の様子を見てきた後、ゲンキとマユちゃんといっしょに休憩するために離れへ入ろうとしたとき、ガソリンが臭っていたっけ……そう思い当たったが、怖くてとても口にできない。

「に……」こう訊くのは卑怯な責任逃れみたいな気もして、カンチの顔をまともに見られない。「臭いもせんかったか」

カンチは答えず、ただ口惜しそうに唇を嚙む。

ぼくも一応気がついていたくらいだ、全然臭わなかったというのは解せないが、風の方向、泥や水の臭気とか要因はいろいろあるだろう。あるいはぼくがそうだったように、軽トラックの備蓄用が臭っているだけ、と思い込んだのかもしれない。

「おれんとこか、他の家かは知らんが、納屋から盗んできたのかもな」

調べてみないと判らないが、ぼくの家から盗まれた可能性もあるわけだ。

「じゃあ、橋が燃えたのも？」

「洩れたんやのうて、誰かが撒いておいたがと、ちがうか。橋を落とすつもりで」

「橋を……落とす、て？」

「さっき、多胡の兄を追いかけて東橋のほうへ行ったとき、ガソリンが臭うた」

カンチも、あちらの臭いには気がついていたらしい。東橋のこともその場で指摘しそこねていたぼくと、マユちゃんの眼が合った。彼女も少し、うしろめたそうなのは、気のせいか。

「なんでこんなところで、思たけど。それこそ、誰かの軽トラがガソリン洩れしたがかと。あのときは深《ふこ》う考えんかった」

「ちょ、ちょっと待てや、カンチ。ということは、誰か知らんけど、そいつ、東橋も南橋も両方、燃やして落とすつもりやったがか？」

「やろ。東橋のほうは燃える前に、偶然、流されてしもたけど。南橋のほうも、ほんとは犯人が自分で火を放つつもりが、たまたまゲンキの自転車の火花で引火した」

「いったい誰がそんな」

「みんなを殺し回ってるのと同じやつやろ」

「なんでや、なんでそんなこと、するがや」

「知らん。知らんけど、その犯人、おれらを皆殺しにするつもりやぞ」

「皆殺し……」ひゅっとマユちゃん、掠れた悲鳴を上げ、ヒステリックに両腕を振り回した。「や、やめて。そんな。怖い。貫太くん。そんな、怖いこと言うの、やめて」

「落ち着け」カンチは厳しく叱責した。「現実を見据えんといかん。やないと、おれらもほんまに、殺されてしまう」

「しかし、なんで……なんで皆殺し、なんて、そんな……おれらがなにした、言うがや」

「そんなこと、犯人にしか判らん。しかし、現実を見てみい。北西区の五世帯、電話機が全部、コードを切られて、外部との連絡を絶たれた。橋も両方、落とされた。たすけも呼べん。こっから逃げることもできん」

マユちゃん、己れを掻き抱くようにして、ぶるぶる震えている。

誰かの歯が、かちかち、かちかち、やかましいくらいに鳴っている。ぼくの歯だった。

「おれら、袋の鼠じゃ」

「まさか、橋だけやのうて、カンチの離れにもガソリン、撒いたんは……」

「おれとゲンキを焼き殺すつもりやったがや」

やめてえええ、と弱々しく呻いたマユちゃん、えぐえぐ、咽び泣く。

「ちょっと待て。橋が燃えたがは、ゲンキの自転車の火花が原因みたいやけど。カンチの離れが急に燃え出したがは……」

ひょっとして離れの裏手に誰かいる？　撒いておいた

ガソリンに、たったいま火を放った犯人が、まだあそこにいるのではないか？

　同じことを考えたのだろう。カンチは黙って離れの裏へ急いだ。ぼくとマユちゃんも続く。

　しかし誰もいない。いちはやく逃げたのかとも思ったが、どうやらちがう。

　火の走り方をよく見てみると、橋のほうから空知家の敷地の前へと続く道が、まだ細々とだが、燃えている。さきほど橋のほうから、ぼくたちに襲いかかってきた火がこれだ。それが空知家の母屋を回り込むようにして、プレハブの離れへと、まるで導火線のように、つながっている。

　つまり犯人は、離れに火を放てば南橋も同時に燃えるよう、仕掛けてあったわけだ。それがたまたまゲンキの自転車のせいで順番が逆になった、ということらしい。

「もうおらん……みたいやな」

「よう考えたら、橋がふたつとも落ちてもうたし。犯人もこっちへは戻ってこれんわ」

「ブキ。おまえ、はや忘れとる。あの多胡って男が犯人かどうか判らん。いや、さっきも説明したように、大いに疑わしい。真犯人はまだ、こっち側におるかもしれん。いや、おる」

「こっち側、て、いったいどこに。どこにも隠れるところなんか、あらせんぜ」

「好き嫌いせんなら、空き家がたくさんある」

「空き家……」

「隠れ放題じゃ、そんなもの」

　あっと声が出た。咽び泣いていたマユちゃんが思わず顔を上げ、ぼくを見たほど、頓狂な。

「どうした？」

「あ、あのな、五叉路のところの左手、空き家があるやろが」

「おう」

「あそこ、誰かおるかもしれん」

「どうして？」

「さっきゲンキといっしょに、マユちゃんちの様子を見にいったとき。雨戸の隙間から、ちっちゃい明かりが見えた。ような気がしたがや。そのときは、誰もおるはずないから、眼の錯覚や思て、あんまり深う考えんかったけど……もしかして」

「行ってみよ」

　ぼくたちは歩き出した。先頭を切るカンチにも、あとに続くマユちゃんとぼくにも、躊躇はまったくなかった。

ずいぶん無謀な真似をしたものだと、後になって思う。もしも問題の空き家に殺人鬼が隠れていたとして、いったいどうするつもりだったのだろう。カンチだってなにか具体的な対策を練っていたとは思えない。正常なようでいて、やはり理性を失っていたのだ。彼だけではない、ぼくたちはみんな。異常な事件に蹂躪《じゅうりん》され、おかしくなっていた。

問題の空き家は、激しい風雨のなか、ただ黒くうずくまっている。普段なら不気味で、絶対に入ってゆけそうにない。

カンチが、そっと雨戸の隙間から、なかを覗き込んだ。「……なるほど」そっと囁く。「ちらちらしてる。蠟燭の火、みたいや」

「やっぱり？　ここにおる、か」

「いや、たしかに火はついてるけど……どうも、ひとの気配がせん」

ぼくはさっさと空き家の玄関へ回った。

ゲンキという友人を失い、自暴自棄になっていたふしがある。いきなり殺人鬼が飛び出してくるかもしれないが、望むところだ、刺すなら刺せ。そう無防備に、引き戸に手をかけた。

あるいはそんな捨て鉢な心情が伝染しているのだろうか、カンチもマユちゃんも、ぼくになにも注意せず、黙って見守る。

引き戸は、あっさり開いた。湿っぽい埃とカビの臭いが、つんと鼻を衝く。そこに、なんだか甘ったるい香りが混ざっていた。化粧の匂いのようだと、しばらくして思い当たる。

背後からカンチが、懐中電灯の光を照らした。丸い光のなかに、古い竈《かまど》が浮かび上がった。広い土間だ。

薪割り用の台座の脇に、材木が積み上げられている。もう何年も手をつけられていないらしく、蜘蛛《くも》の巣が張り放題。

薄暗い。奥の囲炉裏のある板間に、蠟燭の火がぼんやり灯っている。そこに。

そこに誰かが、いた。蠟燭の火に照らされ、微動だにしない。脳天をこちらへ向けているため、仰臥《ぎょうが》しているらしい、としか判らず、全体像がはっきりしない。

詳しくたしかめようと板間に上がろうとしたぼくの足が、なにかにぶつかった。妙に、ぐにゃっとした感触に、訝《いぶか》しく足もとを見下ろし……て。

もうなにがあっても驚くまいとかまえていたはずのぼくは、あえなく仰天した。

「う……わっ」

板間の上がり口に誰か倒れていた。女のひとだ。懐中電灯の光に浮かび上がった、その顔。

「お……おばさんっ？」

カンチのお母さんではないか。

「い、いかん。カンチ」両腕を拡げ、ぼくは彼の前に立ちはだかった。「見るな。見るなっ」

こちらが叫ぶと同時に、カンチの両膝が砕け落ちた。土間にうずくまった彼の手から、懐中電灯がすべり落ちる。

「マユちゃん、いかん。はよう」

乱暴にひったくるようにして、ぼくは懐中電灯を拾い上げた。玄関のほうへ光を向ける。

「外や。はよう、カンチを外へ。外へ、連れていってくれ」

「貫太くん、貫太くんっ」

「はよう。カンチ、はようっ」

「だ……だいじょうぶや」蚊の鳴くような声で呻くカンチは、しかし立ち上がれない。「だいじょうぶ……だいじょうぶや」

「あほ。はよ、外へ出えっ」

「だいじょうぶ……だいじょうぶ、や」

「貫太くん」

うずくまったままのカンチの背中に抱きつくや、マユちゃん、わっと泣き伏した。

「貫太くん……貫太くん……貫太くん」

「だいじょうぶや……だい……じょう……ぶ」

暗闇のなかに沈み込んだふたりは、譫言のような反復と号泣を、ただ垂れ流す。

ぼくは自分の背中で空知のおばさんを隠すようにしながら、遺体に懐中電灯を向けた。

今朝、会ったときの服装のままだ。レモンイエローだったはずのブラウスは、胸もとからウエストまで、石榴《ざくろ》のような色に染まっている。

おばさんの喉に、深々と鎌が刺さっていた。懐中電灯の光で陰影のついた、その断末魔の表情は、普段ふっくらした童顔なだけに、凄絶のひとことだった。噎《む》せるような血臭とともに、たちのぼってくる化粧の匂い。

仰向けの恰好が、自然に転倒したにしては、どことなく変だと、ふと気がついた。よく見ると、土間に遺体を引きずったような跡がある。

　それを追ってゆくと、玄関の引き戸へ戻ることになった。さっきは気づかなかったが、戸袋の内側あたりに血がしたたっている。空知のおばさんは、玄関の周辺で殺された後、板間の上がり口へ引きずってゆかれたらしい。

　屋内を振り返る。

　カンチとマユちゃんは、まだいっしょになって、うずくまっていた。黒く丸いシルエットから、断続的に咽び泣きが洩れてくる。

「だいじょうぶや、おれはだい……じょう……」

「貫太くん……貫太く……貫……」

　そうくり返す、ふたりの向こう側で、板間の蠟燭の光が揺れている。

　カンチとマユちゃんをそのままにして、ぼくはそっと板間に近寄った。慎重に空知のおばさんの遺体を避け、上がり込む。

　ゴム長靴も雨合羽も脱がなかった。理性的に振る舞う余裕を失っていたし、ここは空き家だ、かまうもんか、という気持ちもあった。

　囲炉裏の横に、まだ新しそうなマットレスが敷かれている。蠟燭の燭台を枕もとに置いて、若い女性が、マネキン人形のように仰臥していた。

　亜紀子さんだ。憲明さんのお嫁さんの。

　死んでいる。脈をとるまでもなく、ぼくはすぐにそう悟った。

　不思議に冷静だった。自分でも怖くなるくらい落ち着いている。

　亜紀子さんは下着姿だ。なんの変哲もない、白いブラジャーとパンティ。

　死体を目の当たりにして取り乱さないのはともかく、憧れの亜紀子さんの半裸姿を眺めているというのに、すごく冷めている己れが不可解だった。少なくとも母の下着姿のようなインパクトはない。

　普段の亜紀子さんより、なんだか体格が貧相に見え、拍子抜けしてしまう。死者を前にして、いかがわしい妄想に囚われないに越したことはないと言えばそのとおりだけど、え、こんなにスタイルの悪いひとだったっけ、とか。そんな不謹慎な幻滅しか湧いてこない。

　自覚している以上に、ぼくも精神的に壊れつつあるのかもしれない。

　微《かす》かに糞尿《ふんにょう》の臭気が漂う。

うすく白眼を剝いた亜紀子さんの首に、なにか巻きついている。肌色のパンティストッキングのようだ。亜紀子さん自身のものだろうか。これで絞殺《こうさつ》されたらしい。唇の端に泡を噴いた跡があったが、だらりと投げ出したような四肢といい、抵抗した様子は、特にない。出血の跡もない。失禁した跡はあったが、これまでに見た数々の他殺体に比べれば、きれいなものだった。

え。でも……それって変じゃないか？　ぼんやりそう考える。

首を絞められたら、さぞや苦しいだろうに。暴れた跡が全然ないというのは……これは？

ふと、背後に気配を感じた。振り返ってみると、カンチとマユちゃんだ。やや前屈みになり、懐中電灯の丸い光のなかに横たわる亜紀子さんの遺体を凝視している。

ふたりとも、なにも言わない。単に黙っているだけではなく、ぼくと同様、ひどく冷めた雰囲気が漂ってくる。

みんな、感覚が麻痺している。精神的に鈍麻しきっていて、いまさら新しい死体がひとつ増えたところで、驚く気力も体力もない。

死体よりもむしろぼくの注意を惹いたのは、マットレスの枕もとにあるものだった。

銀色の魔法瓶に、プラスチック製のコップがふたつ、そこに置かれている。紙袋の口から、柿のタネやピーナッツ入りの、おつまみパックがこぼれている。ここが廃屋でなければ、まるでお花見にでも来ていたかのような趣きだが。

「やっぱり……」

そんなマユちゃんの呟きで我に返った。

やっぱり？　なんだ、やっぱりって、それ。

「どういう意味や？」

そう訊いたのはカンチだ。口調も表情も、だいぶもとに戻っている。

「いや、それより、なんでお義姉さん、こんなところにおるがや。今日は豊仁で同窓会のはずやろ。友だちとホテルに泊まってくることになっとったがとちがうの」

「わたしもそう思てたけど。ちごうてたみたい。お兄ちゃんが疑《うたご》うてたこと、やっぱり、ほんとうやったがやなあ、と」

「お兄さんが？　なにを疑うて」

「亜紀子さん、浮気してるがやないか、て」

お義姉さん、ではなく名前で呼んだところに、冷たく突き放した響きがあった。

「今朝もな、お兄ちゃん、亜紀子さんが出かけた後で、同窓会なんて嘘やないか、男と会うつもりやないか、て言いだしたらしいがよ、お父ちゃんといっしょに畑の様子を見に、出てたときに」

「マユちゃんとお母さんは？」

「家におった。けど、なんやただならん雰囲気のやりとりが聞こえてきたから。お母ちゃんといっしょに外へ出てみた。そしたら、お兄ちゃん、すっかり興奮してて。これからトラックで追いかける、亜紀子を連れ戻してくる、て」

　その説明でようやく、ぼくは今朝、遭遇した出来事に得心がいった。

「お父ちゃん、ちょっと落ち着け、言うて、トラックのキー、とりあげた。そしたらお兄ちゃん、よっぽど頭に血がのぼったらしくて。ものも言わんと、秦さんの家へ走って」

「え。なにしに？」

「秦さんに、おまえんとこのトラック、わしに貸せや、言うて。ほとんど喧嘩腰。秦さん、面喰らうばかり。そこへ騒ぎを聞きつけて、金谷さん夫妻もやってきたらきたで、おまえんとこのでもええ、トラック貸せ、言うて。ひとしきり暴れた」

「暴れた、て、ほんまに暴力、ふるうたがか」

「さすがにそこまではいかんかったけど。顔、真っ赤にして、ひとりで喚きまくっとった。トラックなんかのうても走ってゆくわい、言うて。南橋のほうへ行ったから、みんなで追いかけて」

「で、おれんちの前まで来てたわけか」

　カンチも今朝、空知のおばさんがワイドショー的な好奇心を剝き出しにしていた一件に思い当たったらしい。

「そう。橋を渡ろうとしたところで、なんとか引き留めて。お父ちゃんが説得した。とにかく亜紀子さんを信頼して。今日のところは、おとなしく待っとれ、て」

　空知のおばさんが耳にしたというやりとりは、そういう意味だったのか。

「わたしもそのときは、ほんま、困った兄貴やわ、思てた。そんなに自分の奥さん、信用でけんがかなて。みんなでぞろぞろ引き上げてるとき、五叉路のところで、伊吹くんに会《お》うたよね。みっともないとこ見られて、恥ずかしいし……けど」

　亜紀子さんの遺体を改めて見やると、マユちゃんは、厭世的《えんせいてき》というか、老成したような溜息を長々と吐き出した。

「結局、同窓会には行かんと、こんなところにおったがやね。お兄ちゃん、あんなに疑うとったいうことは、これが初めてやなかったがかも」

「たしかに」ぼくは枕もとを覗き込んだ。「わざわざきれいなマットレスを持ち込んでるもんな。いつもここで逢い引きしてたのかも。コップがふたつあるし。誰かといっしょに――」

ぼくは、からのコップを手にとった。嗅いでみると、アルコールっぽい匂いが立ちのぼる。

「なんや」

「酒、かな。日本酒とは、ちがうみたいやけど。よう判らん」

戻そうとして、マットレスの縁になにか落ちているのに気がついた。

「これは？」

薄い飴《あめ》の包み紙のように、ぼくの眼には映ったのだが。

「明るい家族計画や、な」

指でつまんだそれが未開封の避妊具であると知って、まるでこの場で自分だけがお子さまだと冷笑されたかのような、すごく恥をかいた気分になる。おまえら使うたことあるがか、などと、あやうくふたりに厭味を口走ってしまうところだった。

カンチはそんなぼくの胸中を知ってか知らずか、魔法瓶を開けた。なかを覗き込む。

「やっぱり酒、みたいやな。焼酎か？　ほとんど残ってない。男と亜紀子さん、どちらがどれだけ飲んだか知らんけど、けっこう酔ってたかも」

「酔ってた……」

羞恥心をきれいに忘れるくらい、その言葉がひっかかった。が、なぜなのか、すぐには判らない。

「ひょっとして」魔法瓶をもとに戻し、カンチは顔をしかめた。「亜紀子さんといっしょにおった男が殺人犯、てことか」

「え。なんで？」

「見てのとおり、最初はここで亜紀子さんとええ雰囲気やったがやろ。ところが途中で、なにか諍《いさか》いになって。そいつは、ついかっとなって、亜紀子さんを殺してもうた。それで、わけ、判らんようになって、他の村人たちも殺しておこうと」

「な、なんでそんなこと、する必要がある」

「口封じやないかな」

「あほらし。意味ないわ、そんな。そいつが亜紀子さんを殺した犯人やと、いったい誰が知ってたっていうがや」

「誰も知らんでも、そいつ自身がどう思うたか、が問題なんや」

「え。え？　えと。ど、どういうこと」

「そいつは、ひょっとしたらこの空き家へ忍び込んだとき、誰かに目撃されたがやないかと疑心暗鬼に陥ったかもしれんやろ。後で亜紀子さんの死体が発見されたら、すぐに自分の仕業とばれる。そうなる前に、目撃者の可能性のある村人は全員、殺しておこうとした、と」

「む、むちゃくちゃじゃ」

「ほんとうは殺すつもりなんかなかった。それどころか愛していたのに、一時的な感情のいきちがいで亜紀子さんを殺してしもうた。そのショックで、自分を失っていた——のかも」

　ふと笑いの衝動が込み上げてくる。明らかに精神が失調した類いの。

　いったいなんなんだ、この茶番は。大切な友人を失った直後だというのに。あろうことか、ひとの死体を前にして。ぼくたちはいったい、なにをしている？　探偵ごっこか。おぞましい。

「けど、カンチ、変やないか」

　おぞましく思いながらも、なにか喋っていないと狂気にからめ捕られてしまいそうだった。

「こんなこと訊いてすまんけど、カンチのお父さんも、みんなと同じ殺され方やったがやろ？　つまりその、鎌で……」

　洟を啜りあげて間をとり、カンチは頷いた。

「なんで亜紀子さんだけ、ちがう殺し方ながや。そら、頭のおかしなやつやから、そんなこと考えても仕方ないかもしれんけど」

「やからそれは」マユちゃんが口を挟んだ。「さっき貫太くんが言うたことやないの？　犯人はほんまは、誰も殺すつもりやなかった。けど、うっかり亜紀子を殺してしもうて。それを——」

「あ。ひょっとして、亜紀子さんを殺すところ、空知のおばさんに見られた、とか？」

「そうとちがうかな。たまたまこの空き家にあった鎌を凶器にして。おばさんの口封じをしたことで、道がついてしもうた、と。お酒をたくさん飲んでたのなら、酔ってた勢いもあったかも」

「いや、まてよ……」

　ふとぼくは憶い出した。「酔ってた」という言葉がなぜ、それほど気になるか、を。

　お町から戻ってきたときだ。南橋で鷲尾嘉孝に遭遇した。あのときの彼の、ふらついた様子。あれはまさしく、酔っぱらってる感じだった。自宅のある東南区へ通じる東橋ではなく、うっかり南橋を渡ってしまったのも、酩酊していて、わけが判らなくなっていたからだろう。

　もしかして、亜紀子さんの浮気相手は鷲尾？　彼女の出身校に現在彼が在籍しているものの、歳がだいぶ離れている。どうやって知り合ったかは判らないが、同じ村の住民なのだから、あり得ない話ではない。そして、もしもカンチの推測が正しいとしたら、彼は連続殺人鬼でもあるわけだ。

　鷲尾嘉孝のことを口にしかけて、ぼくはもうひとつ、憶い出した。そうだ。彼が南橋で落としていった、あの黄金色の腕時計。

　あれをまず、ふたりに見せておこうと、ズボンのポケットを探ってみたら……え？　ない。

　あの見るからに高級そうな腕時計は、なくなっていた。服のあちこち探ってみたが、どこにもなかった。無意識にショルダーバッグに仕舞ったのかと思ったが、入っていない。

　嵐の夜道を走り回っているうちに、どこかで落としたのか？　そういえばさっき、歩くときの自分の重心がずれているかのような違和感を覚え、いっとき落ち着かなかったが、あれは、ポケットのなかにあるはずの重量が消えていたから、だったのかもしれない。そう思い当たる。

「どうした？」

「ん。あ。いや……」

　鷲尾嘉孝のことを言うべきか否か、迷った。腕時計という明確な証拠品がなくなっていたせいもあるが、そればかりではない。

　鷲尾嘉孝は、ぼくらの中学校のバスケットボール部のOBだ。当然、マユちゃんにとっては尊敬すべき先輩である。そんな彼が、兄嫁を寝盗ったうえ、もしかしたら殺人鬼かもしれない、なんて、うっかり口にできることではない。

「なんや？」

「いや……」

　このとき、ぼくが鷲尾嘉孝の名前を口にしなかったのは、もうひとつ理由がある。母と多胡兄弟といい、そして亜紀子さんといい、ポルノだの浮気だのといった、セックス全般に食傷気味だったのだ。祖母が秦さんの家にいたことだって、おそらく打算の産物だったろうとはいえ、男女の仲がなかったとは断定できない。

もちろん、この世は男と女で成り立っており、色恋沙汰《いろこいざた》は巷《ちまた》に溢れて当然だ。都会も田舎も分け隔てない。年齢だって関係ない。ただそれは普段、子供の視界には入ってこないように、社会の構造ができている。それがいま、壊れてしまった。

ひょっとして、社会が性的なものを隠蔽《いんぺい》しようとするのは、子供がモラルを逸脱するのを懸念しているからではなくて、むしろ決定的に幻滅するのを回避しようとしているだけの話ではないか、と。まさに、いまのぼくのように。

剝き出しのセックスは醜悪で、滑稽だ。そんな身も蓋《ふた》もない現実を子供に見せてはならない。もったいぶって隠してみせることで、神秘性を担保しようとする。すべからく人類は素直に成長し、労働力確保のために家庭づくりに励めという、それは至極当然の社会的要請であるわけだ。

これまでぼくにとって、性的欲望とは、多少うしろめたくはあっても、決して否定すべきものではなかった。が、いま性的なものすべてに虫酸《むしず》が走る。それはセックスそのものに対する嫌悪感ではない。社会が捏造《ねつぞう》したガセネタに、さもしく踊らされていた、自分自身の愚かさに対する怒りだ。

マユちゃんの乳房。あれだって、底上げされた虚飾をとっぱらってしまえば、単なる脂肪の塊りじゃないか。あんなものに惑わされ、血相を変えてむしゃぶりついて、醜態《しゅうたい》を演じるなんて。ばかだ。おれは、なんてばかなんだ。

しかし一旦からくりを見破ったところで、性的欲望が消えてしまうわけではない。理性と欲望に引き裂かれ、のたうち回る自尊心は、やがて対象への執着を憎悪に反転させるかたちでしか出口を見出し得ない——という普遍的絶望をぼくが悟るまで、これからまだまだ時間がかかることになる。

「……ちょっと思いついたことがある」

そんなこんなで結局、ぼくは鷲尾嘉孝の名前は出さなかった。

「カンチの家、母屋の明かりが消えとったやろ」

「ああ」

「けど、小久保さんちは、ついとった。憲明さんとこは知らんけど」

「ついとった」と、マユちゃんとカンチの声が重なった。

「金谷さんとこも、秦さんとこも、それからおれんとこも、全部ついとった。ということは――」

　カンチは察しよく、頷いた。「うちの父ちゃんがいちばんさきに襲われた、いうことか」

「おれ今朝、九時過ぎやったっけ、ゲンキとカンチに、家の前で会うたやろ。あの後、すぐに将棋をさし始めたがか？」

「うん。ゲンキが、朝がまだで腹へった、て言うから。昨夜のカレーの残り、持ってきてもろて」

「鍋と炊飯器ごと、か」

「ゲンキの食べる量、半端やないからな。どうせ、おやつがわりに何度も食べるやろ、まるごと持ってきてくれ、て母ちゃんに頼んで――」

　カンチは大きく息を吸い込み、口をつぐんだ。

「どうした？」

「母ちゃんに頼んだのに……盆やらなにやら、母屋から持ってきてくれたがは、父ちゃんやった」

　そうだ。たしかゲンキもそう言ってた。

「そのときは別に、変とは思わんかったけど」

　たしかに、おじさんが離れへやってくることは滅多になかったが、なにしろ歳下の奥さんに甘かったから、たまには手伝ってやったりすることもあるだろう、と。もしもその場にいたら、ぼくだってそう納得していたはずだ。

「もしかしたらそのとき、すでに母ちゃん、この空き家の異変に気づいてたのかもしれん。一刻も早《はよ》う様子を見にゆきとうて、カレーを離れに運ぶのは父ちゃんに頼んで。そしてここへ来て、偶然、亜紀子さんが殺害される現場を目撃してしもうたばっかりに、母ちゃんも……」

　再びカンチは黙り込んだ。

　おそらく戸口から覗いていたおばさんは、声を上げるかどうかして、犯人に気づかれたのだろう。逃げようとしたが一歩及ばず、玄関のところで殺害される。犯人はおばさんの死体を屋内に引きずり込んで、隠した。

　そして犯人は間を置かず、空知家へやってくる。離れにカレー一式を運び、母屋へ戻ってきたばかりのおじさんを、そこで惨殺した。

　空知家に明かりが灯っていなかったのは、かなり早い段階で犯行があったからだ。が。

「おかしいな……」

燭台《しょくだい》の上で、もうだいぶ短くなっている蠟燭の火に魅入られながら、ぼくは呟いた。

もしもこの考えが当たっているとしよう。カンチは母屋でお父さんが殺されているとは気づかず、一日じゅうゲンキと将棋をさしていたことになる。それ自体はあり得よう。

判らないのは犯人の行動だ。仮に亜紀子さんを誤って殺害したことで自暴自棄になり、この際、目撃者の可能性のある北西区の住人を皆殺しにしてしまえと思いついたのなら、どうして空知のおじさんの次に、すぐ隣りの離れにいるカンチとゲンキを襲わなかったのか？

たしかに焼き殺そうとはしている。ガソリンを離れの周囲に撒いて。しかし、その音に気づいたカンチとゲンキが外へ出てきて調べ始めたのは、暗くなり始めてからなのだ。時間が、あきすぎてはいないだろうか。

空知のおじさんを殺害した犯人は、その後、離れには向かわず、小久保家、金谷家、秦家、そして大月家で、厳密にはどういう順番かはともかく、殺戮をくりひろげておいてから再び、空知家の離れへ戻ってきた。そういうことになる。

「小久保さんちやおれんちとか、北のほうへ犯人が向かったのは、おじさんを殺した直後か？　だとしたら、それぞれの家には、まだ明かりがついてなかったような気も――」

「天気が悪かったから、早めにつけてたよ」マユちゃんがそう答えた。「少なくとも、うちは。平屋のほうも、お兄ちゃんちのほうも。朝からもう、ずっとつけてた」

「そうか。そういうことか。で、犯人は北のほうの家を全部襲っておいてから、どこからかガソリンを盗み、カンチの離れへ向かった……」

どうしてそういう順番になったのだろう。南橋を落とすついでに離れもいっしょに焼いてしまおうとしたらしいのは判るが、カンチとゲンキを後回しにしなければならない理由は、なにかあったのだろうか。もしかして、他の被害者たちとはちがい、ふたりが未成年者だったから、とか？　まさか。

不可解だったが、これ以上、この疑問はつつき回さないほうがいいだろう。ぼくはそう判断した。空知のおじさんが今朝早く殺害されていたにもかかわらず、それを知らず、のんびり将棋をさしていたことをほじくり返し、カンチに無用な罪悪感を強いても仕方がない。

「……どうでもええことやけど」気分を切り換えたかったのだろう、ぼくはつい軽薄なものいいになった。「同じ浮気するにしても、ようこんなところでやる気になれるな。こんな埃っぽい、カビ臭い廃屋で。お町へ行けば、旅館もあるのに」

南白亀町に最初のビジネスホテルが建つのはこの翌年で、まだ和風旅館しかなかった頃だ。

「亜紀子さん、お町の高校、出てるから」マユちゃんの口調は心なしか辛辣《しんらつ》だ。「昔の知った顔に会うたりしたら困る、て用心したがやないの」

「にしても、こんな、自宅からすぐ近所に籠もったりして。憲明さんに気づかれて、いきなり踏み込んでこられたりしたらどうしよ、とか思わんか」

「案外そのスリルがたまらんかった、とか」

「判らん。おれ、判らんわ、こればっかりは。趣味のちがいといや、そうかしらんけど」

どちらが提案したことなのか知らないが、亜紀子さんも浮気相手も、この空き家での逢い引きに同意していたわけだ。

仮に鷲尾嘉孝が浮気相手で、そして殺人鬼だとしよう。彼はもう、北西区にはいない。とりあえずぼくたちは安全だという見方もできる。が、そうなると、今度は東南区の住民に危険が及びはしまいか。そんな不安が湧いた。

「なあ、カンチ。なんとか東南区と連絡、とれんかな。電話機はどれも、コードを切断されてるから、しゃあないとして――」

「ん。あ。そうか」夢から覚めたみたいに、ひさびさにしっかりした声が、カンチの口から出た。「できるわ」

「なんや。なにができる、て？」

「おれ、さっきは冷静じゃなくなってて、全然思いつかんかったけど。電話機のコード、つないだらええやんか」

「え。つ、つなぐ？」

「そんなこと、できる？」

マユちゃん、眼をまん丸くしている。きっとぼくも似たような顔をしているだろう。が、カンチはあっさり頷いた。

「電話機の本体さえ壊されてなきゃ、ビニールテープかなにかでコードをつないだら、しまい。通じるはずや」

なるほど。言われてみれば、そうだ。なんでこんな単純な方法に思い当たらなかったのだろう。

「ただ……どこの電話でか、がな」

それはたしかに大問題だ。いま北西区は、どこの家にも死体がある。いくら感覚が麻痺しかかっているとはいえ、再度上がり込むのは相当、心理的抵抗がある。そんなことを言っている場合じゃないといえば、そのとおりなのだが。

カンチの閃《ひらめ》きを待っていたかのような絶妙のタイミングで、蠟燭の火が燃え尽きた。細長い煙と蠟独特のくどい臭気が籠もり、亜紀子さんの遺体が闇に沈み込んだ。

結論は後回しにして、とりあえずぼくたちは空き家から出た。空知のおばさんの遺体をあんなふうに土間に放っておいていいものかと、ちらっと思ったが、肝心のカンチがなにも言わなかったので、ぼくも口を出さないことにした。

空知家のほうを見ると、離れの火の勢いはだいぶおさまっていた。暴風による飛び火の心配もなさそうで、これなら母屋まで被害が及ぶことはあるまい——が。

「……すまんけど」カンチの声は弱々しい。「おれの家は、かんべんしてくれんか」

変わり果てた父親の姿をマユちゃんやぼくにさらしたくないのだろう。それ以上に、自分自身が眼にしたくないにちがいない。

示し合わせたみたいに、ぼくたちの足は五叉路のほうへ向いた。

「ブキの家、かまんか?」

「ああ」と一旦は頷いて、慌てた。「いや、もちろん電話は使うてくれてええけど、おれは家には、よう上がらんから。な」

ぼくの場合、母の死体を見たくないから、というのとは少しちがう。部屋の間取りからして、母の部屋へ行かずとも、電話機のあるキッチンには入れるから、その点は問題ない。

このときのぼくの心理は複雑怪奇だった。母を見たくないというのはそのとおりだが、厳密には死に顔ではない。家に上がってみて、もしも母が生き返ってきたりしたら、どうしよう……ぼくはそんな事態を恐れているのだった。

なんでそんな突拍子もない妄想にかられたのか、自分でも全然判らない。判らなくても、母の甦りがその死よりも、遥かに耐えがたい恐怖であることに変わりはなかった。

「おれは外におるから」と、持ったままだった懐中電灯をカンチに押しつけた。「な」

「キッチンまで行かんでも、おまえ、自分の部屋で待っとったらええやんか」

「いや、そ、それもいかん」

あいだの襖を塞いである本棚や机を突き破って、ゾンビと化した母が襲いかかってきたらどうする。他人にとっては爆笑ものの被害妄想だろうが、怖いものは怖い。合理的な説明は不可能だ。

「かんべんしてくれ。おまえとマユちゃんだけで上がってくれ。な。おれは外におるから」

「それは、気持ちは判るが、うまくない」

「なんで」

「一瞬でも、単独行動はやめといたほうがいい。念のためや。いまはやっぱり、常に三人いっしょにおらんと。な」

「それはそうやけど。おれ――」

「あの」とマユちゃんが口を挟んだ。「うちでよかったら」

びっくりした。カンチもぼくも、男がふたり揃って、だらしなく、自分の家に上がるのを尻込みしているというのに。

「だ、大丈夫か、マユちゃん？」

「もちろん、いややけど。でも、お兄ちゃんちのほうなら、勝手口から入っていけば、その、つまり、ね。見んでもすむ……思うし」

語尾が掠れ、雨と風の音に掻き消された。

「判った。マユちゃん、すまん。そうしよ」

ぼくらは小久保家へ向かった。

右手に、さきほどゲンキといっしょに見にいった平屋がある。あのなかに小久保のおじさんとおばさんの遺体がある、そう思うと、先刻の衝撃が生々しく甦る。そして。

そして、あのときいっしょだったゲンキは、もういないのだ。改めて友人の面影に思いを馳《は》せると、鼻の奥がむず痒《がゆ》い。

道を挟んで左側にある、二階建ての憲明さんの新居へ向かった。裏手に回ると、薄明かりが窓ガラスから洩れている。

「鍵は？　掛かってないの」

「遊びにくるとき、わたし、いつもこっちから入ってるけど、ロックされてたこと、ないよ。掛けたこと、ないんやないかな」

マユちゃんは勝手口のノブを手前に引いた。

続きの間から明かりが洩れているものの、沓脱ぎは真っ暗だ。電灯のスイッチを入れる。

ぱっと明るくなると、そこはキッチンだ。亜紀子さんの趣味だろうか、冷蔵庫や食器棚など、鮮やかな原色で統一されている。雨と風の音が遠のいたことも相俟《あいま》って、一瞬、村を襲った惨劇を忘れそうになる、平和な眺め。

憲明さんと亜紀子さんの祝言に招かれたとき、対面式のこのキッチンがものめずらしくて、しきりにダイニングのほうから覗き込んだっけ。そんな感慨にふけりながら、雨合羽とゴム長靴を脱ぎ、マユちゃんについてゆく。

ダイニングと続きになったリビングには、ソファと大型テレビ。テレビのすぐ横の台座に、電話機が載っている。

「マユちゃん」とカンチは、そんな必要もないだろうに、小声で訊く。「道具箱、こっちの家にも置いてある？」

「そのはず」

マユちゃんは、ダイニングへ通じるのとは別のドアを開いた。

彼女の背中を追ってそちらを覗くと、廊下が伸びている。右側に洗面所と風呂場、そしてトイレが並んでいる。左側が、階段の下のスペースを利用した収納庫だ。

収納庫を開け、ごそごそやっているマユちゃん越しに、なにげなしに廊下を見通した。向こう側に広い和室がある。憲明さんの結婚披露宴を執り行ったところだ——そう憶い出しながら、なにげなく一瞥し、ぎょっとなった。

和室へ入る手前の廊下。ぼくの位置からは見えないが、階段の上がり口があるはずだ。その階段を降りきったところ、和室と階段のあいだの廊下から、男のものとおぼしき足が伸びていた。

裸足がズボンの裾から覗く。見えているのは、せいぜい向こう脛《ずね》から先なのに、それだけで誰なのかが判った。憲明さんだ。

階段から落ちたかと思った……先刻のマユちゃんの説明を憶い出した。

いま憲明さんの身体は、ぼくらのいる位置からは死角に入っていて、ほとんど見えない。が、爪先を天井に向けた足だけ、にゅっと覗いているというのも、恐怖を煽る眺めだ。

そちらから意識的に眼を逸らしているのだろう、マユちゃん、お目当てのものを見つけるや、収納庫の扉を開けたまま、逃げるようにしてキッチンへ戻ってきた。

ドアを閉めると憲明さんの足が隠れ、ぼくもホッとした。マユちゃんに続いて、リビングへ入る。

「どうや?」リビングの床に座り込んで電話機のコードを見ているカンチに、ぼくは訊いた。「なおせそうか」

「ニッパー、ある?　なら、なんとかなるわ」

電話機はプッシュホンだ。大月家はまだダイヤル式だった頃である。

カンチは作業を始めた。

ぼくも床に腰を下ろし、あぐらをかいた。手持ち無沙汰で、なにげなしにテレビを見る。電源をオフにした真っ黒なブラウン管の画面に、自分の五分刈りが映っていた。陰気で、頭の悪そうな顔つきを、まるで他人のそれのように眺める。

マユちゃんの顔が映り込み、黒い画面のなかでぼくと眼が合った。先刻のカンチの離れでの一件を憶い出すと気まずくなり、ぼくは眼を逸らした。

テレビの下のケースにはビデオデッキがある。まだVHS時代だ。しかもデッキがフロントロードではなく、正式名称は知らないが、本体の上部からテープ収納用の函《はこ》がせり上がってくるという、この当時でさえすでに型落ちしてたかもしれない機種だ。いまそれが開いていて、からの函がろくろ首みたいに、うにゅう、と伸びているのが、なんとも間が抜けた眺め。緊急事態だというのに、そんなどうでもいいことが気になって仕方がない。この当時、自宅にビデオデッキがなく、ものめずらしかったせいもあるだろうけれど。

ふと、なにか違和感を覚えた。

「変や……」

「なにが?」

とマユちゃんに訊かれ、戸惑った。どうも自分のなかで考えをまとめきらないうちに口にしてしまう癖が、ついてしまっているようだ。

「えと。亜紀子さんのこと。いっしょにおった男が犯人やとしたら、その場でなにか諍いがあって、かっとなって殺した、ての は変やないか?」

「なんで」とカンチが作業の手を止めず、そう訊いた。

「なんでそう思う」

「亜紀子さん、抵抗した跡がなかった。いや、詳しくは判らんけど、ぱっと見た感じ、さほど苦しんで死んだようには見えんかった。普通、首を絞められたら、もっと暴れたりして、すさまじい形相になるがとちがうか?」

「そんなら、ブキはどう思うがや」

「ひょっとして亜紀子さん、睡眠薬、飲まされてたがやないか」

カンチの手が止まった。「なんやって？」

「あの魔法瓶の酒。睡眠薬が入っとったがやないかな。ふとそう思った」

そんな可能性に思い当たったのは、夕方、車のなかで父と交わした会話を憶い出したからだ。

「亜紀子さん、不眠に悩まされてて。お町の、おれの親父のクリニックに通ってた、て」

「ほんまかそれ」

「ああ。睡眠薬とか、出しとったらしい。もしかして、それ使《つこ》うたがとちがうか、相手の男が。亜紀子さんの薬、こっそり盗んで、魔法瓶のなかの酒に入れておいた。彼女が眠るのを待ち、抵抗されんようにして絞め殺した。とすると」

「計画的な犯行、ということか」

「そうなる。な」

「やけど」カンチは作業に戻った。「もしブキの言うとおりやとしたら、魔法瓶の中味は全部、亜紀子さんがひとりで飲んだ、ということになる」

「あ。そ、そやの。そうやの」

「あの魔法瓶、正確な量は判らんが、多分ビールの中瓶一本くらいは入るかな。中味が焼酎としたら、それを亜紀子さんがひとりで全部、飲むのはちょっと多いような気がする。もちろん、水かなにかで割って薄めてたとか、もともと少なめに入っとったとか、いろいろ考えられるけど」

「うーん」

これは的外れかもしれない、ぼくは段々そう思い始めた。もしも鷲尾嘉孝が魔法瓶に睡眠薬を入れたのだとしたら、たしかに自分は飲むわけにはいかない。となると、南橋の上でのあの夢遊病者のような歩行ぶりの説明がつかなくなる。

「よし」とカンチはニッパーを置いた。

「お。なおったか？」

カンチは頷くと、すぐ一一〇番をプッシュした。と、表情が曇る。受話器を一旦置き、再びプッシュする。

「どうした？」

訊いても首を横に振るばかり。何回か、切ってはプッシュし、プッシュしては切るをくり返していたが、やがて溜息をついた。

「いかん」

「なおせんかったがか」

「いや」受話器を差し出してきた。「ちゃんと、つながったんやが」

耳を当ててみると、なるほど、お馴染みの待機音が聴こえてくるではないか。

「お。やったのう」

「しかし、いかん」

「どうして」

「話しちゅうじゃ」

「はあっ？」

ぼくと同様、意表を衝かれたのだろう、マユちゃんも、ぽかんと口を開けている。

「話しちゅうながや、いくら掛けても」

「って……警察が？　え。話しちゅう？」

試しにぼくも一一〇番をプッシュしてみる。なるほど。ツー、ツー、ツー、という例の音が、虚《むな》しく反復されるだけ。

が、この耳で確認してもなお釈然としない。騙されているような気分になる。一一〇番というのは、いつでも、どこからでも、繋がって当然という思い込みがあるせいか。

「こういうこともあるやろ」カンチはぼくの胸中を読みとったみたいに、肩を竦めた。「ましてや、この台風や。なにか事故でもあって、通報が殺到してるのかもしれん」

「なるほど、な。しかし」手のなかで受話器をもてあそんでいることに気づき、本体に戻した。「しかし、そんなら、どうする？」

「先生か、クラスの友だちか、ともかく誰かに連絡してみるか。マユちゃん、電話帳は？」

「ある……と思うけど」

マユちゃんは、電話機の台座の向こう側のドアをちらりと横眼で見た。

こちらのドアを出ると、すぐ横が玄関だ。

テレビを据えた壁の背後が、さきほどマユちゃんが道具箱を探していた収納庫。一階の間取りを俯瞰すると、玄関とキッチンはL字形の廊下でつながっている。

L字の縦線の上部がキッチン、横線の右端が玄関だとすると、いまマユちゃんが一瞥したドアは、横線の中間にある。階段の上がり口があるのは、そこから少し左寄り。

憲明さんの遺体が横たわっているのは、まさにその部分だ。さっきは足しか見えなかったが、こちらのドアから出ると、仰向けの死者と、もろに対面することになる。

さきほどキッチンの勝手口から入ってきたとき、特に足跡や血痕は見当たらなかった。犯人は玄関から出入りしたのだろう。このドアに遮られ、マユちゃんはそれに気づかなかったのだ。

「でも多分、二階に」

「なんで電話のそばに置いてないの?」

「二階にもあるから。電話が」

切り換え式になっているらしい。さすが、広い家はちがう。二台も電話機があるとは。

「ここにない、ということは多分、電話帳、二階やと思う」

階段を上がるためには当然、憲明さんの遺体を跨《また》いでいかなければならない。が。

「仕方ない、な」

いくら死体に次々に遭遇して感覚が麻痺しつつあるとはいえ、そこまでするには及ばない、とカンチは判断したようだ。

「警察に通じるまで、待と」

「ええけど。他のところにも掛けてみたら」

「他のところ、て?」

「だから、電話帳を見んでも番号を憶えてる、知り合いとか」

「そらええけど、ブキは心当たり、あるか?」

「えーと……」

あるいは奇異に思われるかもしれないが、この頃のぼくたちにとって、電話とは決して日常的なアイテムではなかった。女の子ですら、友だちと長電話したりする習慣はなかっただろう。農家で電話機は商売道具という意識が強く、子供の私的な使用を親が禁じがちな風潮もあるが、なにしろ狭い村だ。友だちとお喋りをしたければ、自転車で直接会いにいったほうが早い。

いくら親しい友だちでも、相手の家の電話番号を暗記する必要なんかなかったのだ。少なくともぼくは、例えばいま元木家に、ゲンキの事故死を知らせようと思っても、肝心の電話番号が判らない。いちいち電話帳で調べない限り。

改めて考えてみると、奇妙ではある。あんなに仲良しだったのに、ゲンキと電話で話したことなんて憶い出せる限り、一度もなかった。いつも互いの家を往き来して、直接会っていたから。

「マユちゃん、誰か知り合いのところの番号、憶えてない？」

「パイプの藤田さんとこなら、お父ちゃんによう掛けさせられてたから、うーん、なんとか憶い出せる……かもしれんけど」

パイプとはこの場合、ビニールハウスを組み立てるための、骨組みの材料のこと。小久保家もご多分に洩れず、電話機は主に商売道具として使われていたようだ。

「でも……あたし、うまく喋る自信、ない。警察につながるまで、待とうよ。ねえ」

「そやな」

と頷いてふと、閃いた。ぼくは再び受話器を手にとり、カンチとマユちゃんを交互に見比べる。

「えと。ちょっと試してみてもいい？」

ふたりとも異存はなかったので、ぼくは一昨日、暗記したばかりの番号を押した。お町の電話ボックスで花房朱美先生がメモしていたやつだ。これが先生の知り合いなら、そこを中継して連絡を頼める。そう思いついたのだ。

呼び出し音が八回ほど鳴る。これは留守かな、と案じ始めたとき『――はい』と応答があった。若い女性だ。ぼくらより少し歳上、高校生か、大学生くらいだろうか。

「もしもし。えと」いざとなると口籠もってしまった。

「すみません、そちら、どなたですか？」

『は？』

女性の声が、怒ったみたいに尖《とが》った。

むりもない。傍らのカンチとマユちゃんも、呆れている。

「あ。これ、悪戯じゃありません。ぼく、南白亀中学校首尾木分校の生徒で、伊吹といいます。花房朱美先生に習っている者なんですけど」

『よく判らないけど、どういうご用なの？』

相手は露骨に不審がっている。いまにも電話を切るタイミングを見計らっているみたいだ。

「ぼくたちいま、困っているんです」

猟奇的な連続殺人事件だといきなり告げたら、まちがいなく悪戯電話だと決めつけられそうな気がして、とりあえず村と町を結ぶ橋が落ち、孤立状態になっていることを説明する。

「――一一〇番がお話しちゅうなので、こうしてあちこちに、たすけを求めているんです」

『にしても、どうしてうちなんですか？』

「いや……」至極ごもっともな質問をされ、ぼくは困った。「えと。そのう、そちらは花房先生のお知り合い、ではないんですか？」

『花房？　そんな名――え？』

ふいに受話器の声が遠のく。誰かと、なにかせわしなくやりとりする気配が伝わってきた。

『――もしもし』同じ女性の声が戻ってくる。さきほどとは別種の緊張を孕《はら》んで。『さっき言うてた花房先生て、ええと、南白亀中学の、首尾木分校の英語の先生の花房さん、やね？』

いくらかまともにとり合ってくれるようになった分だけ、くだけた口ぶりになる。

「そうです、はい、そうです」

『彼女になにか、あったが？』

「え。いや、それは……」

どうしてここで花房先生のことが話題の中心になるのか、と戸惑う。なんと返答すればいいいか、まったく判らない。

『橋が落ちて孤立状態になってる、言うたよね。花房さんも、そこにおる？』

「いや、少なくとも、こちら側にはいません。村の東南区にお住まいのはずだから……」

『えと』ぼくの説明が要領を得ないのか、再び彼女の声がいらだたしげに尖った。『で、結局、どういうこと。昨日の相談の件？』

「は？」

相談？　て、なんだろう。

『あのね、母が言うには、花房さんていうのは、知人を介して、うちの父を紹介してもらったひとらしいわ。なにかだいじな相談があるとかで、昨日うちに電話、もろたらしいけど。父が留守やったから、改めて掛けなおす、いうことやった、て。そのことで、じゃないの？』

「すみません、そのことじゃないんです。実は、いま大変なことになっていて……」

段々ぼくは呂律《ろれつ》が回らなくなってきた。こちらの深刻な状況をどう伝えたら、相手に理解してもらえるのか、途方に暮れる。

いい加減、喋るのに疲れてきたぼくの手から、カンチが「貸せ」と受話器をひったくった。

「もしもし。すみません、お電話かわりました。首尾木分校三年生の空知貫太といいます」

いかにも年長者の信頼を獲得できそうな、しっかりした口調でカンチは説明した。いま村の北西区の住民の大半が惨殺されるという大事件が発生していることを簡潔に、要領よく、そしてなによりも説得力をもって、伝えてゆく。

「そう。そうです。橋が両方とも落とされて、ぼくたち、閉じ込められて——はい。それも殺人犯の仕業だと思います。ガソリンが撒かれていて」

一旦口をつぐむとカンチは、ちらりと、なんだか意味ありげに、ぼくのほうを見た。

「いえ、特に不審な人物に心当たりというのは、ないんですけど。はい」

なるほど。多胡の兄のことを伝えておくべきか否か迷ったわけか。怪しいと言えば怪しいものの、カンチは彼が犯人ではないと判断しているので、敢《あ》えて名前を出すことを差し控えたのだろう。

「——判りました。よろしくお願いします」

長い通話が終わった。さすがにカンチも疲れたのだろう、受話器を置くや、床に長々と寝そべった。長い髪が、黒い後光のように拡がる。

「貫太くん」マユちゃん、心配そうに彼の顔を覗き込んだ。「もう一回、あたしが一一〇番、してみようか？　もうそろそろ、通じるかも——」

「いや、大丈夫。奈良岡《ならおか》さんがやってくれる、て言うてたから」

「奈良岡さん？　て、誰？」

「さっきの女のひと。奈良岡さんていうんやって。ちゃんと警察に通報してくれる、て」

「大丈夫なんかな。ひょっとして、こちらが言うこと、悪戯やと思てないかな」

「心配ない。真剣に聞いてくれてたし。それに」カンチは上半身を起こした。「奈良岡さんのお父さんて、県警のひとらしい」

「ケンケイ？」

マユちゃんとぼくの声が、合唱しているみたいに重なった。聞き慣れない言葉だったが、マユちゃんは意味を知ってたらしい。

「って。警察のひと？」

「うん。防犯総務課という部署におる、て」

「なにそれ」

「おれもよう知らんけど」とカンチは鼻の頭を掻いた。

「それだけ具体的な名称を出すがや。向こうも冗談を言うたわけやないと思う」

「まあ、そうやろね」

「お父さん、いま留守やけど。捜査一課を通じて南白亀署へ連絡をとってもらう、て約束してくれた。これだけの事件やから、どうせ県警と合同捜査することになるやろし、とも言うてた」

まるで異世界の言葉が羅列されるが、ともかくこれで警察にも通報できるし、ひと安心、という実感が湧いてくる……いや、まだか。北西区に犯人が居残ってなければ、の話だ。

犯人がすでに東南区へ逃走していたらいたで、あっちが心配だ。鷲尾嘉孝という人物が不審な行動をとっていたと、その奈良岡さんを通じて警察に伝えておくべきだったのでは？　とも思ったが、確証があるわけではない。先走った思い込みを、みだりに口にするのはまずかろう。あれこれ証言するのは、実際に事情聴取されるときにしたほうがいい、と思ったぼくの胸中を、カンチは読みとったようだった。

「もちろん今夜のところは、警察かてどうにもならん。台風が過ぎて、救援がこっちの地区へやってきたら、警察のひとに、あれこれ話を聞かれることになる。そのとき、おれら、見たことをありのまま話すだけでいい。誰がやったとか、動機はなにかとかの判断は警察の仕事や」

自分と同い歳とは思えないほど、カンチの口ぶりは頼もしかった。

「にしても……」

ぼくは腑に落ちなかった。外部に連絡がつき、これでとりあえず事件はぼくたちの手から離れたと思うと、別のことが気になり始める。

「あの電話番号の奈良岡さんて、警察のひとやったがか。ということは――」

「そうそう、ブキ、さっきの電話、どういうことやったがや。どうしておまえ、先方の番号を？」

「いや、実はな」

一昨日、お町の露店市へ行った際、偶然、花房先生を目撃したことを簡単に説明した。といっても、先生の後で電話ボックスへ入ったのは自分も電話するつもりだったことにして、残り香を嗅いで興奮した一件は伏せておく。

「電話帳の表紙に写ってたのが、その番号か」

「うん。市外局番が豊仁やったから、なんなんやろな思て。憶えろ思て憶えたわけやないけど」と付け加える口ぶりが我ながら言い訳がましい。「印象に残っとったがや。なんとなく、な」

「花房先生の知り合いやったら、話が通じるかもしれん思て、掛けてみたわけか。無謀なやつじゃ」

「でも」ぼくは首を傾げた。「花房先生、なにか、トラブルかな？」

「なんや、トラブル、て」

「いや、な。さっき——」

　奈良岡さんによれば、知人を会して花房先生は彼女のお父さんを紹介してもらったらしい。なにかだいじな相談があるのだという。先刻そう聞いたときは特にどうとも思わなかったが、その奈良岡さんのお父さんが警察のひとだとなると、俄然《がぜん》、話の様相が変わってくる。

「トラブル、か。そやな」カンチは腕組み。「わざわざ警察のひと、紹介してもろて、相談しようというからには、なにか深刻な悩みごとがあるがやろうな」

「ひょっとして……」

　マユちゃん、ぽつりと呟いて、宙に視線をさまよわせた。

「え。マユちゃん、心当たり、あるがか？」

「ほんとかどうか知らんけど、夏休み前に学校で、女の子たちが噂しよったがよ」

「花房先生のこと？」

「うん。そんな気もないのに、男のひとに、つきまとわれて困ってるらしい、て」

「なんじゃ、つきまとわれるて。どういうこと」

　自分自身、美人教師の後でふらふらと電話ボックスに入って残り香に興奮したりするくせに、他人の話となると、本気で「つきまとう」という感覚がピンとこないぼくであった。

「詳しく知らんけど、手紙とか来るらしい。要するにラブレター、みたいな」

「そら、そういうのあるやろ、いっぱい。先生、美人やもん」

　そう納得するぼくを、マユちゃん「そうお？」と軽蔑しきった眼つきで睨んできた。ご多分に洩れず花房先生のこと、あまり好ましくは思っていないらしい。

「けどね、ラブレターいうても、あんまりまともなものやないがやって。好きやからおれと付き合え、それがおまえにとっていちばんしあわせじゃ、みたいなことを一方的に言うて。何日にどこそこで待ってるから来い、て勝手に決めてたりする、ていうんやから。な。変やろ」

詳しくは知らないと断ったわりには、いろいろ細かい話が出てくる。

「先生も、気持ち悪いから、そんな手紙、無視したらしい。あたりまえよね。そしたら、後日そいつに学校で会うたとき——」

「ちょっと待て」カンチが顔をしかめた。「学校で会うた、て？」

「これも噂やから、ほんとかどうか知らんけど」なんだかもったいぶるみたいに、マユちゃん、間をとった。

「シバコウ、らしいがよ」

「シバコウ、て。川嶋か？」

社会科の川嶋浩一郎先生のことだ。マユちゃん、さっきぼくを睨みつけたときよりも、さらにけわしい、ほとんど唾棄《だき》しそうな顔つきになった。どうやらシバコウのことも相当嫌いらしい。

「職員室で会うなり、隅っこに引っ張っていかれたって。あんなに約束してたのに、どうして来んかったがや、て、すごい剣幕で」

「おいおい、なんじゃそら。危ないのう」

同級生の女の子の体操服を脱がそうとしたやつがどの口で、と我ながら思うが、肝心のマユちゃんはその一件を完全に忘却しているみたいに、大袈裟な手振りで、ぼくに頷いて寄越す。

「ほんまやで、なあ。ところが花房先生、シバコウの勢いに呑まれてつい、すみません、て。あやまってしもうたらしいがよ。なんであたしがあやまらないかんがや、て。後で怒りまくってたって」

いったいどこからそんな話が伝わってくるんだろうと感心していると、さらにこんな発言が。

「だいたい、おかしいよねえ、シバコウて。自分には奥さんがいてるくせに」

「え。あいつ、結婚してるの？」

てっきり独身だと決めつけていたものだから、けっこう驚いた。

「らしいよ。けど、昨年、シバコウがこっちへ赴任してきてからずっと、別居状態みたい」

ほんとにこんな情報、いったいどこから伝わってくるんだろう。女の子たちが噂好きなのは、都会も田舎も同じだろうとはいえ。

「てことは、いずれ離婚するがか」

「そこまで知らんけど、ひょっとしたら本人、それに備えて、次の嫁さん、探してるつもりかも」

「しょーもな。よう言わ……あ」

　苦笑したぼくは、今朝、自宅から出た直後に目撃したセダンのことを憶い出した。「そういや、な」と簡単にカンチとマユちゃんに説明する。

「――え。小学校の旧校舎へ？」

「うん。あっちのほうへ、なんやしらん、飛ばしていきよった。あれ、シバコウの車やったわ。ゲンキも見た、言うてた」

「てことは、ひょっとして、いまでも小学校のほうにおるがかな」

「まさか。おれらが見たの、今朝の九時やったぞ。なんの用事があったか知らんけど、もうとっくに引き上げとるわ」

「やろな」

　唐突に沈黙が降りた。

　中学校の教師たちの噂話をしていたときは、ちょっと日常が戻ってきたような錯覚があったが、それが途切れると、いやでもドアの向こう側で横たわっている憲明さんに思いを馳せてしまう。

　激しくなるいっぽうの嵐の音が、荒涼とした雰囲気を募らせた。

「……行ってみるか」

　ぽつりとカンチが呟いた。

　どこへ、と問わずとも、判った。小学校の旧校舎だ。マユちゃんもすぐに察したらしい、小さくぼくに頷いて寄越した視線を、そのままカンチのほうへ向けた。

「どうせ今夜、ひと晩、どっかで夜明かしせにゃいかんし。な」

　いくら新しくて広い家でも、憲明さんの遺体があるところで待機するのは抵抗がある。だいたいトイレのドアを開けたら、足に当たる位置に遺体は横たわっているのだ。おちおち用も足せない場所での夜明かしは、ちょっと辛い。

　ぼくでさえそうなのだから、妹であるマユちゃんはなおさらだろう。もっとも少し落ち着けば、そこは身内だ、故人のそばにいてあげたいという気持ちも湧いてくるだろうが、すぐにはそうもいくまい。できれば、むごたらしい他殺体が眼にふれない場所で警察の到着を待ちたいに決まっている。

　空き家ならいっぱいあるが、もともとは他人さまの住処だ。さっきの空知のおばさんと亜紀子さんが殺されていた家屋は非常事態だったから別だが、やはり勝手に上がり込むのは抵抗がある。その点、小学校の旧校舎なら気兼ねがない。

　ぼくたちは一旦キッチンへ入った。廊下へ通じるドアを開けると、憲明さんの足が覗く。

　なるべくそちらを見ないようにしながら、マユちゃん、収納庫から蠟燭や懐中電灯、予備の電池などを取り出した。ぼくが持ち回っているショルダーバッグにいろいろ入れてゆくことにする。

　ジッパーを開けたマユちゃん、手を止め、まじまじと覗き込んだ。

「お菓子がいっぱい」

「お町で買うてきたがや。ゲンキが、今夜の差し入れ頼む、て言うたから……」

　ポテトチップは、ゲンキが大好きだった銘柄だ。ほうっておいたら、ひとりでひと袋、一分足らずでたいらげたっけ。

　マユちゃんに優しく肩を叩かれてようやく、ぼくは自分が涙を流していることに気づいた。

「……おれ、ゲンキのお父さんとお母さんに、合わせる顔がない」

「いまはあんまり深う考えたら、いかん」

「そうや、ブキ」カンチもぼくの背中を押す。「とにかく今夜を乗り切らにゃ」

　夜明かしの準備をして、ぼくたちは憲明さんの新居を後にした。

　毛布を持っていこうかと検討したが、布団や布団袋は二階だという。どうせ今晩はまんじりともしないだろうし、この嵐のなか、むりに運んでも、たっぷり水分を吸い込んでしまうのがおちだ。憲明さんの遺体をわざわざ跨いでまで階段を上がる価値はなかろうと、全員の意見が一致した。

　南下して突き当たりの道を西へ曲がり、五叉路へ出た。そのまま真っ直ぐ行くと、首尾木村小学校の旧校舎だ。

「なんか、なつかしい道やね」

「そやのう」

「中学生になってから、あっちのほうへ全然、行ってないもんな」

　気のせいだろうか、台風はますます激しくなっているようだ。ぼくたち三人は自然に身を寄せ合うようにして、ばしゃばしゃ、泥水を撥ね上げながら、ゆっくり歩く。

　憲明さんの家の収納庫にあった懐中電灯を、みんなひとつずつ、手に持っている。ひとりが光の方向を変えると、あとのふたりもそちらへ懐中電灯を向ける。また、ひとりが顔から水滴を落とすと、あとのふたりもそれに倣《なら》い、それぞれずぶ濡れの顔面を拭ったりする。

動作が伝染し合っているというか、機械的に連動しているみたいだ。こんなとき、みんな同じことをしていないと不安なのかもしれない。

空知のおばさんと亜紀子さんの遺体がある空き家を左手にやりすごし、しばらく行くと、道の北のほうに、有刺鉄線で囲まれた、阿舎《あずまや》のようなものが見える。広さは六畳ほど。

もともとは防空壕跡だったらしい。岩盤劣化による崩落事故が役場で懸念されていた矢先、ものずきな金持ちが土地を買いとり、地下壕《ちかごう》を核シェルターに造りなおした――嘘かほんとうか知らないが、そんな噂で、あの阿舎はそのシェルターの昇降口だと聞いている。その後、持ち主が死去したかどうかして、未使用のまま放置されているという。廃校になる前に、小学生がおもしろ半分になかに降りていって事故でもあってはいけないからと、こうして有刺鉄線の柵《さく》が設けられたままになっている。

やがて小学校の旧校舎が見えた。

二階建てで、ひと棟だけの小さな建物だ。窓はすべて板を打ちつけられ、塞がれている。

「おい。あそこ――」

カンチがそう指さすほうを見ると、校舎の近くに白いセダンが停まっている。あれは。

「え？　シバコウの車やんか。てことは、まだおるがか、あいつ。ここに？」

以前、生徒用の靴箱が並んでいた戸口を、セダンが塞ぐ恰好だ。

近寄って、窓から車内を覗いてみた。

「誰かおる？」

と訊いたマユちゃん、ふいに「ひゃっ」と悲鳴を上げた。

「どうした？」

「こ……ここ」

マユちゃんは、セダンのトランクを懐中電灯の光で照らした。

ばしゃばしゃ、雨に叩かれている以外、なんの変哲もなさそうだが……と思った、そのとき。

がくん。車体が揺れた。

再び、がくん。がくん。身体が痒くて暴れる動物みたいに、激しく跳ねる。

「な、なんじゃこれ？」

窓越しに運転席や助手席、そして後部座席を覗いてみたが、誰もいない。

無人なのに、がくがく動くこの車は。

「……誰か入ってるがやないの？　こ、ここ」

マユちゃん、あとずさりながら、再度トランクに光を当てた。

「このなかに……？」

顔面がぐしょぐしょに濡れるのもかまわず、カンチは自分の耳をトランクの表面に当てた。すぐに頬から水滴を拭い落とし、頷いた。

「おる」

「ほんまか」

「呻き声のようなものが聞こえる」

思わずぼくも、トランクの表面に耳を押しつけてみた。すると
――うー、うー、うー、という声が、たしかに聞こえる。断言はできないが、野太い感じからして、男のようである。

がん。その男が内部から蹴りつけたのか、鋭い衝撃に、鼓膜が破れそうになった。

「ど、どういうことじゃ」

「判らん。けど、この様子からして、好きで入ったがやないな。閉じ込められた、という感じ。ともかく開けてやらんと」

「どうやって？　キーもないのに」

「運転席の横に、開閉レバーがあるはず」

だが、セダンのドアはすべてロックされている。どうにもならない。

「シバコウ、探すしかない」

「そう言うけど、もしもこれ……」ぼくはトランクに光を当てた。「このなかに閉じ込められてるのがシバコウやったら、どうする？」

「それは……」

カンチは口籠もった。マユちゃんも、なにか言いかけて、口をつぐむ。みんな、同じ不安にかられているにちがいない。

やっぱり殺人鬼はまだこちら側――北西区にいるのでは？　小学校の旧校舎に潜伏しようとして、ここで出くわしたシバコウを、セダンのなかにむりやり閉じ込めたのではないか。と。

どうしていいか判らず、ただ突っ立ていると、いきなり激しい光がぼくたちに降り注いだ。

「なにをしている、おまえら」

靴箱の陰から、怒鳴り声が上がった。人間の声とは思えない。スピーカーがハウリングを起こしているみたいに、きんきん、罅割れている。

思わずそちらを向くと、懐中電灯を胸のあたりにかまえた男の姿が浮かび上がった。

黒い陰影が刻まれた三十くらいのその顔が、シバコウこと川嶋浩一郎だと気づいた。「先生……」と呼ばわろうとして、ひっくと、しゃっくりみたいに喉が詰まる。ぼくは、口をあんぐり開けたまま、固まってしまった。

シバコウはなにも身につけていなかった。下着すらつけていない。局部もなにも丸出しの、すっぽんぽんなのだ。この豪雨のなか、服が濡れなくて合理的といえばそのとおりだが、懐中電灯だけ持った全裸の成人男性が、羞恥心《しゅうち》も浮かべず、さも当然のようないかつい表情でこちらへ迫ってくる姿は、異様すぎる。

「おれの車におまえら、なにをしているっ」

雨も風もものともせず、まばたきひとつしない眼光が、いちばん近くにいたぼくを、なぜか無視してずんずん、カンチへ向かってゆく。

「だいだいおまえ」と懐中電灯を振り回した。「おまえ、空知か。いつもいつも。中学生のくせに、その長い髪はなんだ。え。他の先生たちがなにも言わないのをいいことに。え。図にのりやがって。生意気な」

「あ……あの、先生」あまりにも異常な展開に、カンチは理解が追いつきかねているようだ。「それよりも、車のキー、貸してください。トランクのなかに誰かが閉じ込められ……」

「命令するなあっ」

いきなりシバコウはカンチに襲いかかった。

懐中電灯を振り上げる。威嚇するだけかと思いきや、力いっぱいカンチの頭部に振り下ろした。

予想もしていなかったのだろう、避けられなかったカンチの頭蓋骨が、ごん、と嫌な音をたてた。

ぐらりと身体が傾くカンチに、マユちゃんが悲鳴を上げた。

「おれに命令するな」

がんがん、がんがん、シバコウは力を緩めず、カンチを殴りつける。

「め、命令するんじゃない。くそ。なんだ、その眼は。

い、いつも、いつもおとなを小馬鹿にしたようなその。くそ。くそくそ。このくそガキ」

懐中電灯を放り出し、シバコウはカンチを羽交い締めにした。車のボンネットに押し倒し、雨合羽のフードをひっぺがすや、長い髪の毛を引きちぎらんばかりに、わしづかみにした。

カンチの絶叫が響きわたった。山から木霊《こだま》が返ってきそうなほど悲痛な。しかし、シバコウはいっこうに容赦《ようしゃ》しない。

「くそガキが。中学生のくせに。たかが中学生のくせに。偉そうに。偉そうにしやがって」

「や、やめてえええっ」

カンチの頭を押さえつけ、がんがん、何度も何度もボンネットに叩きつける。ぐしゃっと嫌な音がした。鼻骨がつぶされたのだ。鮮血が舞い、雨に混ざり、車体の表面をうねる。

マユちゃん、泣き叫びながら、シバコウにむしゃぶりついた。

「やめて。やめて。やめてええっ」

「うるさいっ」

シバコウは振り返りもせず、もういっぽうの腕でマユちゃんを薙ぎ払った。ぴしっと肉の鳴る音がして、彼女はひっくり返る。

狂ったように——いや、実際、狂っていたのだが——シバコウはカンチの胸ぐらをつかんで起こすや顔面を殴りつける。膝で腹を蹴り上げる。

すでにカンチは気絶していた。シバコウが手を放すと、そのまま無防備に、どさっと地面に崩れ落ちた。死んだんじゃないか……ぼくはほんとうに、そう思った。

このとき、ぼくがなにをしていたかというと、ただ立ち竦んでいたのだ。なんの前兆もなく唐突に牙《きば》を剝いてきた暴力の嵐に、ただただ怯え、なにもできないでいた。

泣きじゃくるマユちゃんに、シバコウが襲いかかったときでさえ、ぼくは動けなかった。

「お、おとなを馬鹿にすると、な」

「やだあっ。やめて」

ひっくり返っているマユちゃんの赤いジャージィが、ゴム長靴ごと、むしりとられた。

健康的に日焼けした、長い二本の脚が高々と空中に持ち上げられる。

「や。やっ。なにすんのようっ。い、いや。いやだああっ。やだったら。やめてっ」

「馬鹿にしたら、ど、どんなに目に遭うか」

「いや。たすけて、い、伊吹くん、たすけて、たすけてえぇっ」

「どんな目に遭うか、お、おおおお、思い知らせてやる」

きゃあっと泣き喚くマユちゃんの両脚を割って、シバコウが自分の身体をもぐり込ませた。

しかし「く、くそうっ」と、シバコウは罵るばかり。

「くそ、くそくそくそくそ、くそうっ」

マユちゃんに乗ったまま、拳《こぶし》で地面をばんばん、叩いている。「くそうっ」握りしめた泥の塊りを、放り上げた。

放物線を描き、泥の塊りがぼくのほうへ飛んできた。とん、と胸に当たる。泥にしては硬い。石かなと思って、そこでようやく身体が動いた。飛んできたものを拾い上げると……石でもない。

腕時計だった。しかも黄金色の。泥にまみれているが、あの鷲尾嘉孝が落としていったのとよく似ている……いや、これは同じもの？

そのとき初めて、ひょっとして連続殺人鬼の正体は川嶋浩一郎なのではないか、という疑惑が湧いてきた。ぼくがズボンのポケットに入れ、どこかで落としてしまったと思われるこの時計を、シバコウがタイミングよく拾えた。それはなぜか。殺害現場をあちこち移動しているぼくたちのあとを、こっそり尾行していたからではないか、と。

「おい」とマユちゃんを押さえ込んだまま、シバコウがぼくを睨んだ。「おい、おまえ。伊吹だな」

ぼくは再び恐怖に竦み、動けなくなった。

「フードを外せ」

「え……」なにか命令されているらしいが、その意味が全然判らない。戸惑いながら、無意識にズボンのポケットに腕時計を仕舞う。

「フードだ。雨合羽のフードを外せ」

言われたとおりにする。雨が頭部を直接、ぼたぼた叩きはじめた。

「よし。夏休みだからって浮かれて、髪を伸ばしたりしていないな。大変よろしい。中学生は坊主頭じゃなくっちゃな」

わけが判らず、ただ固まる。

「褒美をやる。ほれ」とシバコウはマユちゃんの腕は押さえたまま、身体を離した。「この女、やってしまえ。

おれのかわりに」

見るとシバコウの男性器は、だらりとしなびたままだ。インポテンツという言葉は知っていたが、実際にそんなことがあるのか、まだこの頃は信じきれていなかったような気がする。

「やってしまえ」

「せ、先生……」ようやく声が出た。「そんな……それどころじゃない。大変なんです。いま大変なことになってるんですよう、村が」

シバコウはなにも言わない。まばたきしない眼光が、ただぼくを睨んでいる。

「みんな、み、みんな殺されてる。マユちゃんの家族も、カンチの家族も、ぼ、ぼくの母も祖母も、みんな殺されてるんですよ」

なんの返事もない。あまりにも無反応なものだから、ぼくはちゃんと喋っているのだろうかと自信がなくなる。

ふいにシバコウは立ち上がった。マユちゃんの腕をつかみ「来い」と、むりやり立ち上がらせる。白い体操服の上着だけで、下半身を露出させている彼女を引きずり、旧校舎へ入ってゆく。

「おまえも来い」と怒鳴った。

慌てて従おうとして、カンチが嵐のなか、倒れたままなのを憶い出した。そんなぼくの動きを察したのか、シバコウは「そいつは放っておけ」と再び怒鳴る。迷ったが、逆らうと、なにをされるか判らない。ただ服従するしかなかった。

ぼくたちは教室に入った。雨と風の音が遠のいた分、不気味な思いにかられる。小学一年生のときの教室だ。机や椅子は隅っこにかたづけられていて、黒板の前には教卓がぽつんと残っている。

空いたスペースに蠟燭の燭台がところ狭しと並べられていて、ゆらゆら空気が朱色に揺らいでいる。それらの火に取り囲まれるようにして、奇妙なものが浮かび上がる。それが全裸の女性であると、しばらくして気づいた。

花房先生だった。髪が半分顔を覆い隠していたものの、まちがいなく先生だった。両腕を頭の上で縛られ、ぶら下がり健康器みたいな金属製パイプの支柱に括りつけられている。身体のあちこちに殴られたような痣《あざ》があった。半分爪先立ちで、かろうじて立ったまま、気絶しているのか、ぐったり、うなだれている。かすかに肩が上下しているので、生きてはいるようだが。

「で、なんだって」

いったいこれは何事かと問い質す気力もない。初めて見る花房先生の乳房、そして叢《くさむら》の繁った下半身に眼を奪われるあまり、シバコウに声をかけられても、しばらく耳に届かなかった。

「おい、伊吹。さっきの話はいったいなんだ、と訊いてるんだ」

ようやくぼくは我に返り、これまで遭遇した凄惨な事件をへどもど、へどもど説明した。

床に置いてあった瓶をシバコウは手にとった。色からしてウイスキィらしい。それをラッパ飲みしながら、耳を傾けてる。そのあいだ、マユちゃんは剝き出しの下半身を隠すようにして、身を丸め、じっとうずくまっていた。

「よし」教卓の上に置いてあった鍵束をとり、シバコウは顎をしゃくった。「来い」

マユちゃんとぼくは再び外へ連れ出された。裸で吊るされ、ぐったりしている花房先生の姿に後ろ髪をひかれながら、先刻の白いセダンのところへ戻った。カンチはまだ倒れている。

「おい。そいつの目を覚ましてやれ」

ぼくは慌てて、カンチに駈け寄った。名前を呼ぶが、まったく反応がない。

マユちゃんも泥だらけになり、やってくる。啜り泣きながら、カンチの身体を揺すった。が、反応がない。

「顔を、こっちに向けさせろ」

言うとおりにすると、シバコウはさきほどのウイスキィの瓶を傾け、むりやりカンチの鼻に茶色の液体を注ぎ込んだ。

ぶっと濁った泡を噴き、カンチは噎せた。咳き込んでいる彼を、しかしシバコウは容赦なく、立ち上がらせる。さきほどの鍵束を持ちなおし、セダンのトランクを開けた。

そこには全身を縛られ、猿ぐつわをかまされている男がいた。茶色の長髪で、髭面の外国人。

「いいか、おまえら。よく見ておけ」

その外国人男性の口から猿ぐつわを外したシバコウは、マユちゃん、カンチ、そしてぼくの三人の後頭部をかわるがわるトランクのなかに押し込むようにして、命じた。

「こいつの顔を、よく憶えておけ。こいつがおまえらの家族を殺した犯人だ。名前はマイケル・ウッドワーズ。いいか。こいつが犯人なんだ。台風がやんで警察がきたら、そう証言するんだぞ。みんなを殺したのは全部、こいつの仕業です、となあ。いいな。判ったな」

5

以下は、東京在住のフリーランスのライター、涌井融《わくいとおる》が、某週刊誌に特集記事として寄稿する準備のため、現地取材を通し、個人的にしたためたメモをまとめたものである。

＊

首尾木村、通称、北西区に於ける村民大量殺傷事件について。

一九八二年、八月十七日。夜、九時頃。

豊仁県警に勤める奈良岡崇氏の自宅に一本の電話が掛かってくる。奈良岡氏は不在だったが、夏休みで帰郷していた長女が応対。相手は、南白亀中学校首尾木分校の生徒であると名乗り、村の北西区に住む彼らの家族が惨殺されたと伝えた。

長女が通報したものの、折からの悪天候、そして現場へと通じる橋が二本とも流されていたため、南白亀警察署の一行が北西区に入れたのは翌日、八月十八日になってからだった。

警官隊が発見したのは、通報者である少年少女三人と、彼らの通う分校の教諭、ひとりである。内訳は以下の通り。

伊吹省路、中学三年生。

空知貫太、中学三年生。

小久保繭子、中学三年生。

川嶋浩一郎、社会科教諭、三十二歳。

このうち、通報したのは伊吹省路と空知貫太の、ふたり。小久保繭子の兄、小久保憲明夫婦の家の電話から奈良岡氏宅に掛けたことが、通話記録により確認されている。

四人の生存者の証言をもとに、警察が調べたところ、被害者は以下の通り。

大月勝江《かつえ》、六十一歳、農業。

伊吹香代子、三十九歳、同。

（注・伊吹香代子は大月勝江の長女。通報者の伊吹省路の母で、夫の伊吹吾平《ごへい》とは別居中。母名義の大月家に住んでいた）

多胡昭典、四十一歳、職業不詳。

（注・多胡昭典は、出身は首尾木村だが、死亡時の住所は不定）

空知重徳《しげのり》、五十七歳、農業。

空知澄江、四十歳、同。

（注・通報者の空知貫太は空知夫妻の長男）

小久保慶次《けいじ》、四十六歳、農業。

小久保憲恵《のりえ》、四十二歳、同。

小久保憲明、二十歳、同。

小久保亜紀子、二十四歳、同。

（注・生存者の小久保繭子は、小久保慶次、憲恵夫妻の長女。被害者の小久保憲明は長男で、亜紀子はその妻）

金谷史《し》郎《ろう》、七十八歳、農業。

金谷洋子《ようこ》、七十七歳、同。

（注・金谷洋子は史郎の妻）

秦膳三郎《ぜんざぶろう》、七十歳、農業。

花房朱美、二十六歳、南白亀中学校首尾木分校の英語教諭。

元木雅文、中学三年生。

（注・元木雅文は首尾木村東南区の住民で、事件の夜、たまたま同級生である空知貫太の家に泊まりがけで遊びにきていたという）

以上、被害者は十四名。

うち十一名は、喉を鎌で掻き切られるという、いずれも同じ手口で殺害されているが、小久保亜紀子は本人のものと思われるパンティストッキングで絞殺され、花房朱美は殴打《おうだ》によるものと思われる脳挫傷と内臓破裂が死因。

元木雅文は、東南区へ救援を求めるべく、通称、南橋を自転車で走行中、橋脚が濁流に流されたため水死。

（注・橋には事前にガソリンが撒かれており、走行中、原因は不明だが、引火して、それで橋が崩落したとの証言もある）

右の犯行手口の相違については後述する。

被害者たちの遺体の発見場所は、伊吹香代子、空知重徳、小久保慶次・憲恵夫妻、小久保憲明、金谷史郎・洋子夫妻、秦膳三郎の八名は、それぞれの自宅内である。

大月勝江の遺体は、秦家において、膳三郎の遺体といっしょに発見されている。

（注・大月勝江と秦膳三郎は個人的に親交があったとする証言もあるが、確認されていない）

多胡昭典は大月家において、伊吹香代子の遺体といっしょに発見されている。

（注・遺体の扮装からして、伊吹香代子と多胡昭典には男女関係があったものと推察される。現場に放置されていた撮影器具には、昭典の兄、多胡昭夫の指紋が残留。大月家から遁走《とんそう》する昭夫の姿も生存者である中学生たちに目撃されており、このことから香代子、多胡兄弟は三人ぐるみで猥褻《わいせつ》画像製作に携わっていたものと思われる）

空知澄江と小久保亜紀子の遺体は、空知家とは道を挟んで反対側にある空き家のなかで、発見されている。

花房朱美の遺体は、当時すでに廃校になっていた首尾木小学校の旧校舎のなかで発見されている。全裸の身体を、教卓の裏側に押し込め、手足を自由に動かせない状態にした上で激しい暴行を加えるという、残忍な手口と見られている。

（注・花房朱美の手足には、殴打によるものとおぼしき痣が多数あったが、生前情交の痕跡はない）

元木雅文の遺体は、巽味川の下流、橋の崩落現場から約五キロの地点で発見されている。

元木雅文と同様、巽味川の下流で発見された遺体がもう一体ある。それが今回の、猟奇殺戮事件の犯人と目される、マイケル・ウッドワーズ容疑者、三十歳である。

マイケル・ウッドワーズはアメリカ合衆国、ミズーリ州出身。米国流通業界大手の会長を父に持ち、裕福。結婚歴なし。演劇や音楽など、いろいろ興味は多彩らしいが、特に実績はなく、母国でも定職には就いていなかったという。来日したとき、自称カメラマンだったが、こちらも特にキャリアはない模様。死亡時、南白亀町の英会話教室〈エンゼルハート学院〉の講師を務めていた。

生存者のひとり、川嶋浩一郎によると、マイケルは、その〈エンゼルハート学院〉に受講しにきていた花房朱美に肉体関係を迫り、それを拒否した彼女を逆恨みし、つけまわしていたという。

川嶋の証言をまとめると、事件の経緯は以下のとおり。相談を受けた川嶋は、彼女をまじえた三人で、マイケルと話し合いを持つことにした。八月十七日の朝、川嶋は自分の車で南白亀町まで、マイケルを迎えにゆく。そして首尾木村東南区の花房朱美の住む借家へ向かった。ここで話し合いが行われる予定だったが、マイケルは最初から応じる意思はなかったらしく、川嶋に襲いかかって縛りあげるや、彼を車のトランクに押し込んだ。

トランクに閉じ込められているあいだ、なにが起こっていたかは判らないが。どこかに向かって移動しているようだった。花房朱美もむりやり乗せられたようだった。

車が停まった後も、ずいぶん長いあいだ閉じ込められたままだった。何時間ほど経過したのか、まったく判らない。川嶋が解放されたとき、すっかり夜になっていた。朝はまだ穏やかだった天候がすっかり崩れ、大嵐になっていた。

解放してくれたのは川嶋の教え子である中学三年生。伊吹省路と小久保繭子のふたり。場所は首尾木小学校、旧校舎の前。

空知貫太はそのとき、マイケルに殴る蹴るの暴行を受け、自力で立ち上がれない状態だった。解放された川嶋は、伊吹省路と小久保繭子と協力し、空知貫太を旧校舎のなかへ運び込む。

そして教室のなかで、教卓の裏に押し込められて息絶えている花房朱美の遺体を発見した。

生存者である中学生、三人の証言を以下にまとめてみる。

最初にマイケルに遭遇したのは、空知貫太と元木雅文のふたり。泊まりがけで遊びにきていた元木雅文と自宅の離れで将棋をさしていた空知貫太は、母屋で父親の悲鳴を聞きつける。驚いて駈けつけると父親が惨殺されており、傍らには見たことのない外国人が立っていた。

外国人は逃走。それを追いかける途中、町で映画を観て帰宅途中だった伊吹省路、そして自宅で家族の惨殺死体を発見し、慌てて飛び出してきた小久保繭子に、それぞれ遭遇。

四人はたすけを求め、北西区を走り回るが、見つかるのは惨殺された住人たちの遺体ばかり。

犯人は次々と家屋に押し入り、住人を殺害。凶器の鎌は、それぞれの被害者宅の納屋から盗んだものと思われる。おまけに犯人は、どこかの納屋から盗んだとおぼしきガソリンで橋を燃やし、生存者が逃げられないようにもした。

（注・南橋は燃えたが、東橋が崩落したのは増水が原因）

南橋の崩落で元木雅文が命を落とし、村からの脱出を諦めた三人の中学生は、コードを切断されていた小久保憲明宅の家の電話を修理し、奈良岡氏宅に通報。

（注・最初は一一〇番通報をしてみたが、話しちゅうだったという。奈良岡氏宅の番号は、事件にさきだって、花房朱美のメモをたまたま見かけた伊吹省路が憶えていたもの。花房朱美は知人から紹介された奈良岡氏に、男につけ回されている悩みを相談する予定になっていたという。が、約束したものの、奈良岡氏が多忙で、具体的な相談には至っていなかった)

花房朱美、元木雅文を除く、十二人の被害者のうち、小久保亜紀子のみ、絞殺という手口で殺害されているが、興味深いことに、彼女の遺体からは睡眠薬が検出されている。他の被害者たちに、そんな痕跡はない。

小久保夫婦が最近、不仲を噂されていたこともあり、亜紀子殺しに関しては、マイケルは関与していないのではないかとの疑いも拭えない。

(注・亜紀子はこの日、豊仁市で行われる同窓会に出席するため、友人といっしょにホテルの部屋をとり、泊まりがけで出かける予定だったという。しかし、同窓会が計画されていたという事実はないし、いっしょにホテルを予約したという友人も確認できなかった。おそらく夫には嘘をいい、遺体発見現場である空き家で男と密会していたものと思われる。この男は伊吹省路の証言と、遺留物により、鷲尾嘉孝という高校生であることが判明。亜紀子殺しは、この鷲尾の仕業という可能性もある)

夫の憲明の犯行という可能性も検討の余地あり。亜紀子が不眠を訴えて町の内科クリニックに通い、睡眠薬を処方してもらっていたことを、夫は知っていたと思われるからだ。

空知貫太に暴行を加えた後、マイケルは嵐と夜の闇にまぎれ、逃げていった。

生存者たちは旧校舎の教室で、不安で眠れない夜を明かしたが、マイケルはそれっきり戻ってこなかったという。

(注・ずっと後になって、生存者のひとり、伊吹省路も犯人から暴行を受けていた事実が明らかになった。しかも性的虐待である。小久保繭子も服を脱がされ、乱暴されそうになったらしいが、こちらは未遂に終わっている)

なぜマイケルが川に落ちたか、目撃者が見当たらないため、判然としない。濁流の勢いを甘く見て、川を渡って村の外へ逃げようとして溺《おぼ》れてしまったのではないか、との見方もある。

なおマイケルの遺体の頭部には打撲傷があった。川に落ちた際、橋の残骸かなにかに当たったものとも考えられる。

第二部　一九九一年　十月

1

……お兄ちゃん。

お兄ちゃん、お兄ちゃん、お兄ちゃん……どうして？

お父ちゃん、お母ちゃん、どうして？

兄の顔が。父の顔が。そして母の顔が。万華鏡の如く。ぐるぐる。迫ってくる。刻々とその表情を変化させ。これ。これは夢だ。

自分が夢を見ていることは判っていた。このところ明け方までお客さんが長居する日が続いて、疲れが溜まっていたのだろう。昼前に泥のような眠りから覚め、着替えもせずに簡単な食事を腹におさめたら、つい、うたた寝してしまった。

気がついたら、身体が意思を無視して勝手にベッドに横たわっていた、そんな感じ。そのときから悪夢にうなされそうな予感がして、ちょっと横になるだけ、横になって休むだけなんだから、寝入っちゃいけない、絶対に寝入っちゃいけない、と。そう自分に言い聞かせていたのだが。

浅い眠りに引きずり込まれた途端、兄の顔が現れた。怒っているみたいな。いや、恨めしげな、兄の死相が。

兄の喉もとから胸のあたりが真っ赤に染まっている。閉じていた眼をくわっと剝き、わたしを睨んできた。死んでいるはずなのに、起き上がってきて、わたしの肩に手を置き、なにかを語りかけてこようとする。

兄の唇が弱々しく動く。が、言葉になる前に、その顔は父のそれに変じた。

父もまた、わたしのことを恨めしげに、じっと見つめてくる。いや、寂しげに、と言うべきか。

生前、兄に厳格に接していた父も、わたしにはけっこう甘かったように思うが、いま喉もとから胸を大量の血で染めたその眼は、懇々となにかを諭そうとしているかのよう。

死亡時はたしか脱げていたはずの野球帽を、いまきちんとかぶっているのが、なんだか父の現世への未練の象徴のようにも思える。

哀しげな眼が、逡巡《しゅんじゅん》するみたいにくるくる動いているうちに、顔が母のそれに変じた。

母は、はっきりと、わたしに怒っていた。怒り狂っていた。娘に対して、というより、ひとりの女として。おまえは決定的なあやまちを犯したのだと、なじってくる。責めるような眼つきながらどこか遠慮がちな兄や父とはちがい、母はわたしの肩をきつく、きつくつかむ。揺さぶる。ほとんど首を絞めてきそうな勢いで。

母の怒りの原因が判らず、わたしはただ当惑するだけ。なにが。

なにがいけないの？

わたしのなにが、いけなかったの？　ねえ。もっと。わたしに、どうして欲しいのか、もっと、はっきり言って。

母はなにかしきりに、まくしたてるが、ひとつとして明瞭に、こちらには伝わってこない。死んでいるはずのその眼はせわしなく、ぎょろぎょろ動き、わたしがあとずさろうとするたびに、難詰《なんきつ》するかのように迫ってくる。

どうして欲しいの？　わたしにどうして欲しいのか、お願いだから、もっとはっきり言って。

いらだつわたしを尻目に、母の顔は、まるで独楽《こま》のようにぐるりとひと回りし、兄のそれに変じた。お兄ちゃん、お父ちゃん、お母ちゃん、と。めまぐるしい。

ぐるぐる、めまぐるしく相貌を変ずる亡者は、わたしが強く、明確な返答を求めると途端に、はぐらかすように、というより、まるでこちらを憐れむかのように、天を仰ぐ。

そして、伝わってくる。

まちがっている、と。かなり明瞭に、そのメッセージが伝わってくる。

まちがっている……まちがっているぞ、繭子、おまえのしたことはまちがっている。

なにが？　不本意な思いにかられ、わたしは憤然と問う。いったい、なにが？

わたしがいったい、なにをしたの。なにをしたというの？　どんなまちがったことをしたのか、はっきり言って。

しかし、兄と父、そして母の言い分は、ここで途端に曖昧になる。あれほど、なんの躊躇いもなく断定していたくせに、急に、なにもかも模糊《もこ》としてしまう。

これだ、いつも。

いつもそう。いつものパターン。この九年間、ずっと悩まされ続けてきた悪夢は、どんな変奏をかなでようとも常に、ここで尻すぼみになる。

だから。だから、さ。

どうすればいいの？　ねえ。どうすればいいっていうの？

わたしは、なにかを迫られている。それはひしひしと感じる。

できればわたしだって、どうにかしたい。でも兄が、父が、母が、いったいなにを望んでいるのか、全然判らない。

ひょっとして、たすけて欲しい、と言ってるのだろうか？　いまからでも自分たちの命を救って欲しい、とでも？

しかしそれは不可能だ。兄も父も母も、みんな死んでいる。殺されたのだ。鎌で喉を掻き切られるという、残忍な手口で。この事実は、たとえ神さまでも覆せない。

いまさら、とり返しがつかない。どうにもできるはずが、ないではないか。

なのに。なのに。

なのに。

（……繭子）

これで何巡目だろうか、それまで無言だった兄が急に、そう呼びかけてくる。

（お兄ちゃん？　お兄ちゃんっ）

（繭子……繭子……おまえは……）

（どうしたの、どうしたの？　お兄ちゃん）

いつもの悪夢のパターンとして、どんなふうに場面転換されようとも、決まって兄の憲明が一巡目に登場するのは、実際にわたしがいちばん最初に彼の遺体を発見したから、だろうか。

（繭子、おまえは、どうして）

（わたしが、なに。なに。なに？）

（どうして、あんな男の……）

（え。だれ？　誰のこと？）

（あんな……あんな男の言いなりに）

これもいままで何度、夢のなかで責められただろう。この九年間というもの、ずっと。

なんのことなの？　いったい、なんのこと？

あんな男とは誰なのか？　そしてわたしは、いったいどんなふうに言いなりになったのか？

教えて。それを教えてくれないと。どうにもならない。わたしには、どうしようもないじゃない。そうでしょ？

しかし兄は哀しげな眼で睨むだけで、ついに詳細を語ってくれはしない。

父もそうだ。母もそうだ。遠慮がちだったり、首を絞めてきそうだったり、責め方の激しさはちがえど、誰も決定的なことを教えてくれはしない、という点では同じ。

（どうして……どうしてだ、繭子、どうして、あんなことを、した……あんな……あんな、ひとの道に外れたことを……どうしておまえが……どうしてあんな男に）

次は父、そして母の順番で批難はくり返されるのが定番だが、この日はさいわい、兄のところですんなり目が覚めた。

血まみれの三人がかりでさんざん責められるばかりで、どうしていいか判らず、自棄っぱちになる。いや、気が狂いそうになる。追い詰められ、意味不明の絶叫とともに錯乱しながら目覚めることも多いが、今日は比較的、静かに覚醒《かくせい》する。

眼を開けると、わたしの部屋だ。

六畳一間の、1K。フローリングに、ベッドとテレビ。

キッチンにはテーブルを置く余裕がないので、傍らの書きもの机には、からの茶碗《ちゃわん》や箸《はし》が載ったままの盆がある。さっき、レンジで解凍したご飯とインスタント味噌汁ですませた食事。

枕もとの目覚まし時計を見ると、ほんの数分、うとうととしていただけ。なのに全身、ぐっしょりと、パジャマをしぼったらバケツ一杯になりそうな汗をかいている。

いったい何度、同じ悪夢に悩まされなければならないのだろう。ひょっとして一生、ずっとこのままなの？

絶望が、虚無が、胸に渦巻く。

ベッドに横たわり、部屋の天井を眺めながら、しばらくぼんやり。

少し涙が出た。悪夢を見るたびに、兄も父も、そして母も、成仏していないんだな……との実感を強くする。我ながら非科学的だと思うが、そう痛感せずにはいられない。

あんな無惨な殺され方をしたら本人たちも無念で当然だが、それにも増して、他ならぬわたしが、なにかまちがいを犯したせいもある、となると、いたたまれない。

いまからでもとり返しのつくことならば、なんとかしなければ、と真剣に思う。

しかし、それはいったい、なんなのだろう？　兄や父、そして母に夢で告げてもらうまでもなく、それは自明の理のような気もする。そう。わたしはそれがなんなのか、ちゃんと知っているはず。

知っているはずなのだ。逆に言えば、だからこそ毎度まいど、あんな悪夢を見るわけで。

わたしは絶対、知っている。

なのに、判らない。言葉にできない。

憶い出せない、と言うべきだろうか。そう。記憶に、がっちりとロックが掛かっているみたいで。何重にも、厳重に。

「痛……」

頭痛がした。

心の底をさらえようとすると、いつも頭が痛くなる。無理に憶い出そうとすると、頭痛はさらに激しくなり、しまいには吐き気がしてくる。

我慢して、とにかく我慢して考えようとすると、妄想が湧いてくる。いま、この狭い部屋のなかにいるのは自分ひとりだけのはずなのに、もうひとり、誰かが息をひそめ、こちらの様子をじっと窺っている……みたいな。

いや、それはほんとうに妄想なのか？　気配を感じる。はっきりと。黒い影が、すぐそばにうずくまっていて。いまにもわたしに跳びかかってこようと牙を剝いて……怖い。

怖い。怖い。怖い。誰かが。誰かがいる。そこにいて。わたしに襲いかかってこようとしている。口をふさぎ、乱暴に服を……ぴしゃっ。

両掌《りょうて》で自分の頰を叩き、むりやり妄想を追い払った。


もうやめ。やめやめ。やめなさい、繭子。いい加減に。

考えちゃ、だめ。いくら考えても、失った家族は返ってこない。

たしかに失い方が失い方だから、九年経ってもなかなか乗り越えられないのも、我ながら無理はないけれど、もういい加減、きれいに忘れないと。

忘れる、って、なんだか冷たいというか、不適切な気もするけれど、でも。でもほんとうに、わたしにはそれが必要なのだ。

忘れなきゃ。忘れてしまわなきゃ。

でないと、わたし、ほんとうに精神的にまいってしまう。心を病んでしまう。いや、すでに半分、病んでいるのかもしれない。どうしたら。

どうしたらいいのだろう？　例えば適当な相手を見つけて結婚し、子供でも産む、とか？　子育てに忙殺されるようになったら、もう過去を振り返る余裕なんか、なくなるような気もする。

結婚……か。

うん。結婚、いいかも。したい、かも。新しい家族をつくれば、この喪失感もすっきり解決できそうだし。でも。

そんなことわたし、一生できないかもしれない。だって、結婚するってことは、つまり、男のひと……ざわざわ、っと、またしても心に黒ずんだ細波《さざなみ》がたった。

　正体の判らぬ、不安。焦燥。恐怖。なに。なにこれ。なにこれなにこれ。ああぁ、だめ。だめよ、考えちゃ。繭子。

　だめ。考えちゃ。

　勢いをつけ、ベッドから跳び下りた。シャワーを浴びる。

　熱いお湯を浴び、下着を替えると、少しさっぱりした。ついでに、溜まっている洗濯物をかたづけることにする。洗濯機を回しているあいだ、テレビをつけっぱなしにして、部屋に掃除機をかけた。邪念を追い払うには、なにか単純作業に没頭するに限る。

　芸能人のおめでたラッシュという話題のワイドショーの音声を、背中で聞いていると、CMの挿入曲がかかった。

『――スウィングジャズの決定版、ビッグバンド、バーナード・ヒルトン楽団、第六回、日本ツアーのお知らせ』

　聞き覚えのある、地元テレビ局の女性アナウンサーの声が、はきはき流れた。

『豊仁公演は、十月五日、土曜日。午後六時入場開始です。チケットのお求めは、ご覧の電話番号、またはユースプラザ一階の窓口にて――』

　五日って、もう明日の夜じゃん。なのに、まだチケット、売れ残ってんの？　まあ、こういうCMは直前まで、機械的にくり返し放映されるものなんだろうけれど。

　見たことも聞いたこともないアーティストの名前で、興味もなかったが、お店でお客さんの誰かが話題にするかもしれない。そう思い、なにげなしにテレビ画面のほうを向いた。

　トランペットをかまえた白人男性の顔が一瞬、静止画像で映る。それを見た刹那、なぜか胸が、ざわめいた。

　我知らず掃除機のスイッチを切った。しばらくそのまま、硬直してしまう。

　なんなんだろう……これ。

　手が無意識に、テレビのリモコンを探しているのに気がついた。消さなきゃ、消さなきゃ、と。

　消さなきゃ……テレビを消さなきゃ……そう焦っている自分がいる。

　我ながら困惑したが、すぐに別のCMに切り換わると憑きものが落ちた。再び夢から覚めたかのような気分で、掃除機のスイッチを入れなおす。

掃除をすませ、洗濯物をベランダに干すと、買物に出かけることにした。

一旦外へ出ていたわたしは「おっと」と独り言。キッチンへとって返す。リンゴを、めいっぱい詰めてあるビニール袋が流しの前の床に並んでいる。そのうちのひとつを手にとった。

ワンルームマンション〈ハイツ・タイバ〉は四階建てで、わたしの部屋はその最上階だ。

玄関のドアは西向きなので、横の窓には、すだれが欠かせない。まだ西陽がきつい。

洗濯物を干すベランダが東向きだとか、そもそも洗濯機を置くスペースがベランダくらいしかないとか、エレベータがないとか、不満がないこともないけれど、一昨年にできたばかりの新しい建物にしては家賃がお手頃だし、中心街に近い立地もお得感、高し。昔ながらの小ぢんまりとした商店街が現役なのも、この待場町《たいばちょう》界隈の魅力だ。

〈ハイツ・タイバ〉の持ち主は某市議会議員で、その知人がわたしの勤める〈ステイシー〉の常連さんだった関係で、紹介してもらった。その段階でまだマンション自体は建築中だったものだから、あまりにも条件がいいのは、ひょっとして騙されているからじゃないかしらと本気で疑ったほどだった。思い切って引っ越してきてよかった。

外出したわたしは、待場町商店街のなかの〈いするぎ洋品店〉へ、まず向かった。

こちらから声をかける前に、奥の帳場に座って店番をしていたご主人の石動《いするぎ》さんが気づいて「おう」と手を上げてくる。

「こんにちは。どうも」

「ひさしぶり。しばらく顔を見んかったが」

痩せて骨と皮だけになる、という表現があるけれど、石動さんはまさにそれを体現している。小柄な体軀《たいく》は骸骨のように細い。それでいて不健康な印象はまったくない。もう七十というお歳のはずだが、一挙手一投足に静かな強靭《きょうじん》さが滲み出る。白くなりながらもふさふさとした頭髪が、禁欲的に不摂生を避け、よけいな脂肪をつけてこなかった人生を象徴しているかのようだ。

「すみません。サボってばかりで。いろいろ、とりまぎれておりまして」

「それは全然かまわんけど。元気かや。子供らが寂しがっとるぞ」

　この「子供ら」とは石動さんの家族ではなく、彼が師範をつとめる剣道教室の生徒たちのこと。自宅兼店舗の建物の裏に、倉庫を改造した立派な道場があり、週に何回か、店番は奥さんに任せ、指導にあたっているのだ。

「来週の月曜日って、稽古、ありますか？　その日、わたし、おやすみとってるんですけど」

「月曜。ああ、うん。七日か。そらちょうどええ。たしか第四小学校が体育祭の代休で、おやすみのはずじゃ。小学生は、みんな来る」

「ということは、夜間じゃなくて、午後のほうですね、稽古は」

　実はわたしも石動さんの剣道教室に通っている。といっても、ほんのたまに、時間の都合のつく日だけで、あまり熱心な生徒とは言えないけれど。

〈ハイツ・タイバ〉へ引っ越してきたばかりのときだった。商店街を散策していて〈いするぎ洋品店〉の店頭に剣道教室の貼り紙を見つけたわたしは、その場で入門を申し込んだ。

　仕事以外のプライベートな時間、たとえ眠っていなくても、どうかすると意識は失った家族のことへ逆行しがちだ。なんとか己れを現実に、日常に引き留めておけるもの、例えば適当な習いごとでもないかと、ずっとあれこれ検討していた。やっぱり運動系がいい。身体を無心に動かしたいし、できればバスケットボールとか過去を連想してしまうものではなく、まったく未体験の種目が望ましい。常々そう探し求めていたわたしにとって、石動剣道教室はまさに、うってつけだったのだ。竹刀《しない》や防具も貸してもらえるし。

「おう。明日、ちゃんとまじめに練習に来んかったら、マユちゃんに会えんぞ、て。みんなに言うとかにゃ。ははは。そうそう、健作もはようあんたと一本、手合わせしとうて、うずうずしとる」

　健作さんとは、子だくさんの石動さんの、たしか三男か四男だ。一旦は県外の会社で勤めていたらしいが、兄弟たちがよそで独立するなか、帰郷し、実家の洋品店で働きながら、商店街青年会のとりまとめなど地元活性化のため、なかなか奮闘しているという。有段者で、父親の剣道教室の指導も、ときおり手伝っている。

「やだなあ。わたしなんかじゃ、健作さんの相手にならないでしょ」

「なに言うとる。マユちゃん、まだあいつに負けたこと、一度もないが」

「嘘でしょう。それは嘘だ」

「ほんまやが。ああ、そういや入門したての、最初の二、三回は健作に、手ものう、ひねられてたな。けど、その後は、全戦全勝やが」

「そ、そうでしたっけ」

「おれ、マユちゃんの手は読めてんのに、あの速さに追いつけんで、どうしても倒せん、て。あいつ毎日、歯噛みしよる。わはははは。悩め悩め」

「しっ。聞こえちゃいますよ、本人に」

「心配ないない。いま出先じゃ」

「あ。これ」とリンゴを詰め込んだビニール袋を差し出した。「お客さんから、いっぱいもらったんですけど。ひとりでは食べきれないんで。みなさんでどうぞ」

「お」石動さん、相好《そうごう》を崩した。「紅玉《こうぎょく》か。もうそんな季節かあ。すまんのう、いつも。もらうばっかりで」

「いえいえ。こちらこそ。お世話になってるんで。じゃ来週の月曜、よろしくです」

「おう。楽しみじゃ」

石動さんと別れた後、商店街でいろいろ買物し、〈ハイツ・タイバ〉へ戻ってくる。毎度まいど、四階分、階段を上がり下りするのもいい運動だと思えば。うん。これもまたよし。

まとめ買いした魚の干物は冷凍する。イリコやカツオブシなど。いいものがあって嬉しい。そろそろインスタントではなく、ちゃんとお味噌汁も、つくりたいし。

一階から続きになった別棟の住居には、マンションのオーナー一家が住んでいる。ご主人は多忙らしく、見かけることは滅多にないが、店子《たなこ》を管理している奥さんは感じのいいひとだ。小学生の息子さんを有名私立中学校に進学させたいとかで、家庭教師がよく出入りしている。

買ってきた日用品を整理した後、わたしは再び一階に下りた。オーナーの奥さんにも紅玉のおすそわけをして、今月分の家賃を払って、ちょっと世間話など。そろそろ銀行の引き落としに切り換えたほうがいいかしらと先方は言うが、わたしはいままでどおりでいいな。

あれこれ雑用をかたづけていたら、あっという間に陽が暮れた。

着替えて、化粧してから、洗濯物をとり込む。ドレッサーや箪笥《たんす》に仕舞い、さあ出勤。

バーラウンジ〈ステイシー〉は、ゆっくり歩いて二十分ほど。これまたいい運動だ。

営業開始時刻は、ママがお店に出てきたら、という感じで、わりといい加減だが、たいてい七時前には来る。早番のときはそれに合わせ、数分前には着けるよう出かけることにしている。

ＪＲの踏切を渡って住宅街を抜けると、広い並木道へ出る。日曜日には露店市が開かれる通りで、そこに豊仁義塾学園という中高一貫教育の私立校の白亜の校舎がそびえている。

〈ハイツ・タイバ〉のオーナーの息子さんが受験する予定の学校だ。並木道から大通りへ出れば、路線バスの停留所やＪＲ駅があるので、遠方の生徒たちも通いやすかろう。

大通りへ抜ける手前から、道を一本入ると、すぐに繁華街だ。昼間は並木道の雰囲気に呑まれてか、白茶けた健全さが漂っているが、夜になると活きいきと猥雑さが照り輝く。学校のある並木道と歓楽街がすぐ隣り同士というこのミックス感が、中心街のひとつの特徴ともいえる。居酒屋が軒をつらねる路地に、ひょっこりブランドものの服飾店があったりするのが少しも場違いではない。

西双筋《さいいんすじ》と呼ばれる地区に入った。

そろそろ夜の顔を輝かせつつある繁華街のなかで〈須《す》賀《が》のカメラや〉という、うらぶれたトタン看板が、ひと際、めだっている。なぜ〈カメラ屋〉ではなく〈カメラや〉なのかは謎だが、照明が灯っていないと廃屋とまちがえられそうなたたずまいに負けず劣らず、しぶとく頑固そうなお婆さんが、ひとりで店を切り盛りしている。

わたしは、いつも店の前を通り過ぎるだけで、一度も利用したことはないが、某大手チェーンの商売仇に押されても、どっこい現役。場所柄、午前中は営業せず、夜十一時頃まで店を開けたりして、がんばっているようだ。

真新しいコンビニエンスストアとビジネスホテルの建物のあいだに窮屈そうに挟まれる、昔ながらの平屋のカメラ店というのも、いい味を出している。最近、ときおり孫のような年恰好の若い男性が店の奥で手伝っているのを、窓越しに見かけるようになった。お婆さんに身寄りはいないとか聞いたことがあるので、多分アルバイトを雇ったのだろう。

入り組んだ石畳の路地を進むと、五階建ての雑居ビルが現れた。そこの三階に、〈ステイシー〉は入っている。

年代もののエレベータに乗り込んだ。丸っこい無骨な「３」のボタンを押そうとして、ふと、男女のふたり連れが眼に留まった。

　勝手が判らぬのか、雑居ビルの前をいったりきたり。周囲をきょろきょろ、見回したり。

　扉が開いたままのエレベータのなかのわたしに気がついて、男のほうが声をかけてきた。

「すみません。あの。このへんに〈ステイシー〉というお店、ないですか？」

　わたしは営業用の笑顔で、にっこり。上を指さしてみせた。

「ここの三階ですよ。ちょうど上がるところですので、どうぞ」

「あ。よかった。ありがとう」

　ボタンを押すと、古ぼけたエレベータが、がくんと大きく揺れてから、上昇する。

　わたしはそっと、ふたり連れを観察した。

　声をかけてきた男は三十半ばくらいだろうか。中肉中背。チェックのシャツにコーデュロイパンツ姿は、あまりサラリーマンぽくない。銀縁メガネに、脂っけのない長めの髪は、まだ学生のような雰囲気すら漂う。

　そして女性のほう……こちらは、ちょっと意表を衝かれた。驚いた、と言うべきかも。

　ショートの金髪、そして碧眼も鮮やかな欧米人なのだ。年齢はやはり三十代くらいか。何国人なのかは判らないが、鋭角的な骨格からして、日本人が髪を染め、カラーコンタクトを嵌めたりしているのでないことはたしか。

　うちのお店にも、外国人のお客さんは、たまに来る。企業の接待とか、役所の臨時職員とか。たいてい案内役の日本人連れで。

　女性のお客さんというのも、けっこういる。カップルや夫婦連れもめずらしくないし、女ひとりで飲みにくる常連さんもいる。たまに、以前〈ステイシー〉で働いていたもと同僚で、よそのお店へ移った娘だったりもする。

　しかし、外国人で女性、しかもアジア系ではなく欧米系のお客さんというのは、めずらしい。わたしが知る限り、初めてだ。

　わたしもたいがい大柄な女だけれど、黒いパンツスーツ姿の彼女は、圧倒されそうな長身。同伴の男よりも上《うわ》背《ぜい》がある。そして、わたしみたいに、ただでかいだけではない。ばんと胸はかたちよく突き出て、脚はすらりと長い。ほれぼれするような、見事なプロポーションだ。

　時計を見ると、六時五十五分。

　めずらしいと言えば、こんなに早くから来店するお客さんというのが、いちばんめずらしいかもしれない。食事や飲み会の後で寄るのが一般的だから、早くても九時とか。せいぜい八時。

外国人の連れがいることや、さきほどの男の発音のイントネーションからして、地元の人間でないことはまちがいないが、かといって観光客でもなさそうだ。そもそも、うちのお店を探してまでやってくるのって、どういう事情だろう。〈ステイシー〉は老舗だが、一部のご贔屓《ひいき》筋を除けば、さほど有名でもないはずだが。

エレベータが三階で停まった。「開」ボタンを押し、道を譲ってやると、男がもの問いたげな顔を向けてきた。

「あの……？」

「お店は、まっすぐ行って、すぐです」

「えと。ああ、あのドア、か。どうも」

ふたりに続いて、わたしも降りた。狭い廊下を早足で進む。さりげなくふたりを追い抜くと、お店のドアのハンドルレバーを手で押した。鍵はもう開いている。

「いらっしゃいませ、どうぞ」

「あれれ」男は頭は搔いた。「なんだ、お店の方だったんですか？」

店内の広さは二十畳ほど。

ボックス席が五つと、あとはカウンター席。カラオケや有線放送用スピーカーは置いていない。そのかわり店内の中央で大きな顔で鎮座しているのはグランドピアノだ。お客さんからリクエストがあったり、自分で興が乗ったりするとママが弾き語りするが、たいていは静かにお喋りを楽しむ雰囲気のお店で、そのせいか、なかなか客筋はいい。だからわたしみたいな垢抜けない、図体がでかいだけの田舎娘でも、なんとか勤まるという次第。

この仕事を始める前は、飲みながらお客さんにエッチなことをされたりするんじゃないかとか、あれこれ心配していたのだが、いざ接客してみると拍子抜けするくらい健全。〈ステイシー〉が例外的なのかもしれないし、お店の関係者のあいだでだって、鈍感なわたしの与《あずか》り知らぬ、いろいろ生臭いことが進行してたりするかもしれないけれど、気づきさえしなければなにも存在しないのと同じ。そうわりきり、気楽にやっている。

店内は、まだカウンターにしか明かりが灯っていない。「お客さんですよお」とわたしが声をかけると、奥のカーテンの向こうから、「はぁーい」とママの声がした。着替えているらしい。

店内の照明が全部ついた。壁じゅうを埋め尽くすボトルキープ用キャビネットがきらびやかにライトアップされると、不思議に室内に奥ゆきができて、実際よりも広く感じられる。

「いらっしゃいませー」

いつものレトロで少女趣味な、白いふりふりワンピースのママが出てきた。栗色に染めた髪も、少女マンガに登場するみたいな、くるくるカール。年齢不詳とはいえ、もういい歳だろうに、妙にこういう恰好がよく似合う。

以前、近所の雑居ビルの地下のおでん屋で食事をしていたら、そこの女将が昔〈ステイシー〉で働いていたことがあるという話になった。「あたしが勤めてたの、そうねえ、三十年くらい前かな。あの頃からママ、あんな感じだったよ。うん。いまと全然変わらない。いや、ほんとよ。これ冗談ぬき。マジで。ぜんっぜん変わってない」との談話には正直、ぶったまげたものである。たしかに〈ステイシー〉は創業四十年以上の老舗《しにせ》ではあるらしいけど……いま何歳なんだ、ママって。

「どうぞ。どうぞどうぞぉ。はじめまして。ようこそ、いらっしゃいました」

独特の、のんびりテンポでママがふたり連れを出迎えた。他のひとが同じ喋り方をしたら寝ぼけているのかとまちがえられそうだが、そこは年季の入り方がちがう。まったり和やかなムードを醸成し、自分のペースに持ち込んでゆく。

「あら。今夜はなんだか、とっても国際的」

ツボをひとつ外したような軽口もママのとぼけたセンスで味わい深いが、金髪女性は意味が理解できないようで、にこりともしない。

もちろんそれしきのことで自分のペースを乱されるようなママではない。悠然と、奥のボックス席へふたりを案内する。

わたしはカウンターに入った。氷など諸々、用意を始める。

たしかに〈ステイシー〉は、ガイドブックで探せるほど有名な店ではないけれど、来る価値はある。決して身びいきではなく。居心地がいいのだ。看板時刻も、お客さんがいるあいだはできる限り付き合うというのがママの方針で、特に決まっていない。聞きじょうずだから、ついつい明け方まで職場の愚痴を垂れ流したりするわけだ。そんなときも、さきに女の子たちをみんな帰し、ひとり居残るママって偉いと思う。「マユちゃんも帰っていいわよ」と言ってくれても、つい付き合ってしまう。

わたしは従業員のなかでいちばん若いわけではないけれど、いちばん体力があるのはまちがいないから。

ただ、どうもあのふたり連れは、そういったお店やママに対する興味でわざわざやってきたような感じではない。なんなんだろう？

「――あ、ビールがよろしいですか？　マユちゃーん、おビール、お願いね」

「はあーい」

瓶ビールを冷蔵庫から取り出そうとしたら、さっきの男のひとの声が聞こえてきた。

「あの、このお店に小久保さんてひと、いらっしゃいませんか？」

ぎくり、と手が止まった。

「小久保？　えと。あ。それって、マユちゃんのことかしら？」

「小久保繭子さん、という方なんですが」

「ちょっとお待ちくださいね」

一旦男のひとの隣りに座っていたママが、立ち上がり、カウンターへやってきた。

「マユちゃん。あなたのお客さまみたい。それあたし、やるから。あちら、お願いね」

はい、と答え、ボックス席へ行く。

いやな予感がした。

「重ねがさね、失礼しました」男は腰を浮かせ、丁寧にお辞儀する。「あなたが小久保さんだったんですか。はじめまして。ぼく、こういう者です」

普段なら男のひとの隣りに座るのだが、絶妙のタイミングで名刺を手渡されたせいか、つい彼と向かい合うかたちで、金髪女性の隣りに腰を下ろしてしまう。

名刺を見てみた。『フリーライター』という肩書が、まず眼に飛び込んできた。名前は『涌井融』とある。事務所の住所は、東京都渋谷区千駄ヶ谷になっていた。

「すみません、小久保さんのお写真、中学生のときのしか持っていなかったもので。いやあ、見ちがえました。すっかりおきれいになられて。いやいや、昔がきれいじゃなかったという意味では決してないのですが。女性って変わりますね。まさに蛹《さなぎ》から蝶《ちょう》へ、って感じで」

いやだわ、おじょうずなんだから――なんてお愛想をかます余裕も、こちらにはない。

「あの……」いやな予感が当たりそうな気配に怯えつつ、わたしはなんとか笑顔を浮かべた。「わざわざ東京のほうから？」

「はい。実はですね、単刀直入に申し上げますと、九年前、首尾木村で起こった事件について、なんですが」

やっぱり……わたしはきっと、暗澹《あんたん》たる表情をしていたのだろう。座りなおしたばかりの涌井は、慌てて身を乗り出してきた。

「いや、といっても、今回は取材とかではなくて、ですね。仕事抜き——というのが適当な言い方かどうか判らないけど。個人的にちょっと、お話をうかがわせてもらえないか、と思って」

なにか重く、冷たい気配を感じ、わたしはそっと横眼で、隣りの金髪女性を窺った。

不気味なくらい整った仮面のような美貌が、わたしのことを無遠慮に凝視していた。その冷徹さは、外国人の表情はどうも読みにくいという普遍的事情をわりびいても、人間味が感じられなかった。まるでロボットみたいに。

涌井の申し出もさることながら、青いガラス玉のような冷たい眼にさらされるのも、わたしの不安に拍車をかけた。

「あの……どうして、あんな昔の話を？」

「あなたは事件の当事者でしたよね。どういう目に遭わされたか、よく知っています。当然、いまさら蒸し返されるのが愉快でないことも充分わきまえているつもりです。ただ、さっきも言ったように、これは取材ではないし、ましてや無責任な好奇心のためでもありません。実は」

と、向かいの金髪女性に掌で示した。

「仕事抜きと言いましたが、ぼくは今回、自分の興味からではなく、この方の、言ってみれば、お手伝いをしているのです。彼女は、ジャネット・リンチさんといいます」

ジャネットと呼ばれた女性は初めて、微笑を浮かべた。先入観のせいか、無表情よりももっと怖い。言葉は悪いが、なんだかいまにも、とって喰われそうな感じだ。

おまけに、深々とお辞儀して「はじめまして。よろしく」とその口をすべり出る日本語はなかなか流暢《りゅうちょう》だったり。すると、さっきのママの「とっても国際的」という軽口も、意味が判ってなかったわけじゃないの？　そんな、どうでもいいことを漫然と考えるわたし。

「リンチさんは、ある方の代理人として現在、日本で、というか、豊仁で活動してまして」

「代理人？」

「その方のお名前を、えと」涌井はちょっと口籠もった。

「いま、ここで出していいのかな」

ジャネットの指示を仰いでいるようだが、彼女は彼女で、あなたが判断しなさいとでも言いたげに、再び無表情に戻って、突き放した感じ。

しらけたような沈黙が流れた。

「ともかく」涌井は咳払いした。「今夜は小久保さん、お仕事もおありですし。長居をして、ご迷惑をかけるつもりはありません。よろしければ、いつか日を改めて。お時間のあるときにでも、なんとかお話をうかがえないでしょうか」

ジャネットのレーザー光線のような視線はともかく、あくまでも低姿勢で、押しつけがましくない涌井の物腰が、わたしは不快ではなかった。それどころか、いまにも席を立ち、帰ってしまいそうなものいいに、ひどく焦ったくらいで。

後から思えば、このときすでに、彼に対する好意以上のものが芽生えていたにちがいない。

「あのう、さっきおっしゃったことですけど、つまりその、ジャネットさんは」隣りの彼女と涌井、交互に見やる。「どなたの代理人なんですか？　それを知らないと、そもそもお話をうかがっていいものかどうかの判断も――」

「そうですね。そのとおりですね」涌井はジャネットに頷いてみせ、間をとった。「それはジェイムズ・ウッドワーズさんという方です」

「……ウッドワーズ」

うろたえた。正直、生きている限り、もう二度と聞きたくない名前だった。席を蹴って立ち、店から遁走してしまわなかった自分を、褒めてやりたくなるほど。

「ご存じと思いますが、マイケル・ウッドワーズ氏のご尊父《そんぷ》です」

そうか……そういうことだったのか。

九年前の事件のことを持ち出された時点で、ジャネットという外国人の存在と併せて考えてみれば、自ずから答えは出ていたはずなのに。どうして自分で思い当たらなかったのか、むしろ不可解なくらいだ。

「実はジェイムズ・ウッドワーズ氏ご本人もいま豊仁に滞在中なのですが、ご高齢に加え、少しお身体が不自由でして。あまり思うように動き回れない。そこで、こちらのジャネットさん、彼女はウッドワーズ氏の秘書みたいな方なのですが、彼の代理人として、ぼくといっしょに、あちこち回っている、というわけでして」

「あちこち回っている、というと」

「問題の、九年前の首尾木村の事件について――と言えば、だいたいお察しのことと思いますが。ウッドワーズ氏は、息子がしでかしたとされる件について、自力でお調べになっているのです」

「それは……」判りきったことのような気もしたけれど、やはり訊かずにはいられなかった。「いまさら、どうしてでしょう」

「警察の公式見解に納得がいかない。つまり、ひとことで言えば、自分の息子があの事件の犯人だとはとても信じられない、からです」

どう返答したものかと途方に暮れていると、ママがやってきた。栓を抜いた瓶ビールをテーブルに置いてくれたので、とりあえず涌井とジャネットのコップにビールを注ぐ。

如才なく立ち去ろうとするママを、涌井が呼び止めた。

「すみません。ここ、どんな銘柄のお酒が？」

「バーボンでしたら、ジャック・ダニエルがございますけど」

「じゃ、それひとつ、キープお願いできます？　涌井の名前で」

「涌井さま、ですね。はぁい。かしこまりました。ありがとうございます」

ママが立ち去ると、涌井は微笑を引っ込め、わたしに向きなおった。

「これは何度も強調しておかなければならないが、あなたにとっては辛い、忘れてしまいたい事件でしょう。それを蒸し返すことの非礼は重々承知しています。決して強制はできませんが、できれば協力をお願いしたい」

「わたし……」

なにか言わなければいけないという義務感にかられるのだが、なにも思い浮かばない。

わたしは混乱していた。

涌井とジャネットにさっさと消えて欲しい。そう祈るいっぽうで、いや、涌井だけはもう少しいて欲しいという、奇妙な矛盾に引き裂かれて。

「わたしは……」

「ゆっくりお考えになってください」

「わたしに、なにができるんでしょう」

「それは、お話をうかがってみないことには、なんとも」

「お役にたてるのでしょうか」

「それも、お話をうかがってみないと、判らない。結果的に無駄足、いや、ぼくたちは無駄足だけですむけれど、あなたにとってはいたずらに過去の傷をほじくり返され、よけいな苦痛を強いられた、なんて結果になるかもしれない。なので、そこらあたりも含めて、じっくりお考えください」

「もう少し、具体的に教えてください。わたしはなにをすればいいのですか？」

「そうですね」涌井はビールで口を湿らせ、言葉を選んでいるようだった。「ぼくたちの目的は、九年前の事件を再構成し、検証しなおすことです。忌憚《きたん》なく言いますと、できればマイケル・ウッドワーズ氏の無罪を証明したい。あくまでも、できれば、ですが。そのために、実際に現場に居合わせた小久保さんの証言が欲しい」

証言が欲しい、って……だってそもそも、マイケル・ウッドワーズを犯人として告発したのがこのわたしだったのに。このひと、そのことが判っているのだろうか？

「わたしが見たこと、そして聞いたことを、そのまま述べればいい、と？」

「まさにそういうことです」

「でもわたし、すでにそれをやっています。九年前に。警察に。すべてお話し――」

ふいに亡霊が現れた。兄、父、そして母の、いつもの順番で。

涌井の肩あたりで、血まみれになった兄、父、そして母の顔が陽炎《かげろう》のように、ゆらゆら揺らめき、こちらを睨んでくる。眠っているとき以外に彼らが出現するのは、これが初めてだった。わたしの心の病は、いよいよここまで進行しているのかと、ぞっとなる。

「判っています。そのうえで無理をお願いするわけですから、いますぐに、とは言いません。ゆっくりお考えになってください。ぼくたちはいま〈オーシャンズ・ホテル・ユタヒト〉に滞在しているので、お身体が空いたときにでも、そちらにご連絡いただければ――」

兄と父、そして母。彼らの死相は、まだそこに浮かんでいる。涌井におんぶするみたいに。

ジャネットにはあれが見えないのだろうか？　もしも見えたら大騒ぎになるだろうなと、変な心配をしてしまう。いや、いっそ、そうなったら痛快だろうに。さすがにこの鉄面皮の女も、すたこらさっさと逃げ出したりして。

ジャネットにはおひきとり願って、涌井だけ残ってくれたら、これは理想的な展開だ。そう夢想する自分の心情に気づくと、なぜか亡霊たちを見る眼がこれまでとは一変したような気がした。

兄も父も、そして母も、いつもの夢にも増して、哀しげな眼をしている。でも恨みがましい、というより、なんていうのだろう、慈悲を乞う感じ？

涌井の申し出に前向きな返事をしろ、と。いや、してくれ、と。自分たちのために。そしてなによりも、繭子自身のために、と。

ウッドワーズ……その名前を聞くと、身体が震える。マイケル・ウッドワーズ、それは九年前、わたしや友人たちの家族を惨殺した犯人だ。

なのに涌井は、そしてジャネットは、それを否定しようとする彼の父親の意向を受け、奔走しているらしい。本来ならわたしは塩を撒いて、ふたりを店から叩き出して然《しか》るべき立場である。

そうしないのは、なにも職業的自制心を発揮しているからではない。兄、父、そして母の亡霊が囁きかけてくるからだ。これが最初で最後のチャンスかもしれないぞ、と。

この九年間、ずっと悩まされ続けてきた悪夢、その苦しみから解放してくれるのが、眼の前にいる涌井という男だ——そう囁きかけてくる。わたしにしてみれば、それは論理の飛躍した、ばかげた言い分だ。しかしなぜか無下に却下できない。もちろん、徐々にわたしのなかで育ちつつある、涌井に対する好意も大きなポイントだろうとはいえ。

涌井はさきほどバーボンをボトルキープをした。あれは、たとえ今夜はおとなしく退散しても、これからも説得のためにお店に通ってきますよという、さりげない意思表示だろう。しつこく彼にくどかれたら、わたしに断れる自信はない。ましてや兄も父も母もそれを、わたしの人生最良の選択として望んでいる、となると。

「判りました」

しかし、どうしてそれが人生最良の選択だと判る？　そんな保証が、どこにあるというのだろう。涌井の要請に応じた結果、悪夢の悩みが解決するどころか、もっと苦しむ羽目になるかもしれないじゃないか……そう思いながらも結局、わたしはこう続けていた。

「よく判りました。が、今夜のところは、ちょっとかんべんしていただけないでしょうか」

「では後日、お受けしていただけると？」

「例えば、来週の月曜日の夜では、どうでしょう。ずいぶんお待たせするようで、もうしわけありませんが」

「いえいえ。こちらはごむりをお願いしている立場です。応じていただけるのでしたら、お待ちいたしますとも」

「では月曜日に。ただしお店では困ります。といっても、その日どのみち、わたしはおやすみをいただいてるんですけど。どこか、他のひとに話を聞かれる心配のないところで、なら」

「判りました。ありがとうございます。ご要望どおりにいたします。それで——」

涌井を遮るようにして店のドアが開いた。どうもお、と嬌声《きょうせい》が上がり、同僚のミカちゃんとサユリちゃんが、どやどや入ってくる。こちらを見て「あ。いらっしゃいませえー」と黄色い声で大合唱。店内がいきなり華やかになった。

「おっと。そろそろお忙しくなりそうですね。月曜日の待ち合わせの場所と時間を決めたら、今夜のところは、ぼくたち、失礼します」

「え。そんな」商売っけ抜きで相手を引き留めようとしたのは、これが初めてだ。「涌井さんたちもお客さんじゃありませんか。ボトルも入れてくださったんだし。ゆっくりしていってください」

「いや。いやいや。ど、どうしようかな」

涌井がジャネットにお伺いをたてようとしたところへ、ミカちゃんが、やってきた。まだ二十歳になったばかりの、元気な娘だ。

ママに指示されたのだろう、『涌井』のタグを早速ぶらさげたジャック・ダニエルのボトルとアイスペールを載せた盆を持っている。

「こんばんはー。っと。はろ。はろはろはろ。べりぃはっぴぃ、つう」

ものおじしないミカちゃん、相手が英語圏の人間かどうかも確認せず、おどけてジャネットにピースサイン。

「はわゆ。うぇるかむ。さんきゅ。えと。あたし、えーご、しゃべれませーん。そーり、そぉりぃ。けど、おっけ？」

「OK。オーケイ」

わたしが協力の申し出を受諾したせいだろうか、ジャネットは急にリラックスした様子で、満面の笑みを浮かべた。

「あなた、とてもカワイイわ」

流暢な日本語で、そう愛想よく振る舞えば振る舞うほど女吸血鬼を連想してしまうのは、わたしの偏見だろうか。無表情は無表情で怖いが、こぼれんばかりのジャネットの笑顔はもっと不気味だ。ミカちゃんを、まるで品定めするみたいに脳天から爪先までじろじろ観察する眼つきは、邪悪ですらある。

「とってもカワイイ」

「そうですかあ？　えへっ。照れちゃうなあ。ぽりぽり」

ミカちゃんが、あっけらかんと受け流してくれるのが救いだが。

「失礼しまーす」

テーブルに盆を置き、ミカちゃん、空いている涌井の隣りに腰を下ろした。

「こんばんはー。ども。どーもでぇす」

ミカちゃんが、ミネラルウォーターで水割りをつくり、ジャネットと涌井にタンブラーを手渡していると、サユリちゃんもやってきた。この娘もわたしより歳下。

〈ステイシー〉は、従業員の若い娘たちの顔ぶれの入れ替わりがけっこう頻繁だ。名物ママの下、接客業の楽しい入門編、みたいな意識がみんなにあるのかもしれない。もちろんママは、来る者は拒まず去る者は追わずの悠揚《ゆうよう》迫らぬポリシーだから、仕事に慣れ、もっと時給のいい他店へ移る娘たちも気持ちよく送り出す。そんな門下生たちが、今度は自分がお客になって〈ステイシー〉へ舞い戻ってきたりするあたり、他の経営者には真似できない、ママの人徳というものだろう。

サユリちゃん、おつまみのお皿をふたつ並べた。ポッキーとかのお菓子や、おかきなど定番の乾きもの、だが。

「あ。もしかして」考えてみれば、こんなに早い時間帯だ。「涌井さんたち、夕食がまだなんじゃないですか？」

「食事、できるんですか、ここ？」

「他のお店から出前をとれます。メニュー、お持ちしましょうか？」

ジャネットが頷いたので、涌井も腰を据えることにしたようだ。「じゃ、お願いします」

席を立つと、阿吽の呼吸で、いれかわりにサユリちゃんがジャネットの隣りに座ってくれる。

カウンターへ出前のメニューをとりにゆくと、ママが、そっと訊いてきた。

「——なにか深刻なお話？」

「ちょっと。あ。ごめんなさい。お店には迷惑、かけませんので」

「ううん。マユちゃんがなにか、困ってたらいけないと思って。そうでもないの？」

「全然。ほんと。たいしたことじゃないんです」

ほんとは「たいしたこと」なんだけれど、正直にそう告げたら説明がめんどくさい。

和、洋、中華のメニューをまとめて、涌井たちのボックス席へ持ってゆく。

お店のドアが開いた。テーブルにメニューを置いて、そちらを向くと。

「よっす」と五十半ばくらいの、体格のいい男性が入ってくる。

「ま、おめずらしい。こんなに早く」

柳《やなぎ》さんといって、地元のテレビ局に勤めている。よく知らないけど、けっこう偉いひとらしい。わたしに〈ハイツ・タイバ〉を紹介してくれたひとでもある。

「あれれ。おひとりですか、今日は？」

「いや、実はさ」

空いているボックス席に案内しようとすると、柳さん、手を車のワイパーみたく振ってみせた。

「あとでみんなと、じっくり出なおしてくるけど。ちょっとお願いがあるんだわ、マユちゃんに」

「え。なんですか」

「おっと。ママにも了解とらなきゃな。おーい。ママ。ねえ、ちょっといい？」

ママはカウンターから身を乗り出してくる。「はぁい。なんでしょうか」

「ちょこっとさ、マユちゃんを、ほんの十分くらいでいいから、貸してくんない？」

「あらま。なにごと？」

「いまね、ＣＭ撮りしてるんだわ」

地方テレビ局の内情なんて全然知らないが、実際にそういう撮影に立ち会ったりもするのか。お偉いさんもなかなか大変そう。

「でさ、ちょっとでいいから、マユちゃん、出演してくんない？」

「え。いやだあ」

「んなこと言うなよお」

「こんなブスったれな顔、世間さまに、さらせるわけないでしょ」

「全然へいき。顔は映さないから」

「し、失礼なっ」笑いころげているママを、ぶつ真似をしてやった。「じゃ、じゃあ、わたしじゃなくても、いいじゃないですか、そんな」

「だめだめ。マユちゃんじゃないと。背がすらっと高くて、スタイルのいい娘のショットが欲しいんだよ。ね。ね」

「演技なんか、できません」

「いやいや。ちょこちょこっ、と歩くだけ」

「どこを？」

「カフェの前。〈メイド・オブ・ザ・ミスト〉っていう。ほら、〈オーシャンズ・ホテル・ユタヒト〉の一階に最近、オープンしたばかりのところがあるでしょ？　あそこのCMなんだわ」

シンクロニシティというやつだろうか、さっき涌井と交わした会話に出てきたばかりのシティホテルの名前だったので、ちょっとびっくり。

「実はもうできてるんだよ。でもね、編集作業してたら、どーにもこーにも、気に入らないところがあるんだわ。ホテルのロビー、歩いてる女の子のショットなんだけどね。なんていうかこう、もったりしてんのね。颯爽《さっそう》としてないんだよね。しろうとさんだから仕方ないといや、それまでなんだけどさあ。イメージが激しく、ちがうんだよね。も、ぜんっぜん。おれの美意識に、そぐわないのね。で、そこだけ撮りなおそうと、慌てて現地へ来てんだけど。どーにもこーにも、いい感じの女の子が通りかからないんだわ」

「雇ってないの、モデルさんを？」

「だめだよ、変に慣れてるのは。おれの求めるリアルがないわけよ。なんつーか、地元密着型の臨場感が出ないんですよ。だから、もとのショットも本物の従業員で撮ってみたんだけど」

なんだか知らないが、柳さんなりの、こだわりがあるらしい。

「で、新しくしろうとさんを現地で調達するつもりでいたら、これがどーにもこーにも。煮詰まってたら、お、そうだ。近くに〈ステイシー〉があるじゃありませんかと、閃いたってえわけさ」

「で、マユちゃんをご指名なのね」

にやにや、ママはおもしろがってる。それに勢いを得てか、柳さん、さらに弁舌を揮う。

「そういうこと。しろうとなら誰でもいいってわけでもない。マユちゃんなら、タッパはあるし。なにより姿勢がよろしい。びしっと決まる。うん。決まるね。おれには見えるね。も、いまからテレビに流れる映像が見えるね。な。頼むよ。マユちゃあん。いまスタッフ、ホテルに待機させてるんだわ。ほんのちょこっと。ね。ね。ね。ポケットマネーで、ギャラも出すからさ」

　そこまで言われたら、断れない。なにしろ現在の住居を紹介してもらった恩義もある。ホテルも、ここから歩いて五分とかからないし。

「真面目な話、恥ずかしい、というか、困るんで。ほんとに顔、映さないでくれます？」

「りょうかい了解。芸術的に決めてみせっから。早く。はいこう行こう。んじゃ、ママ、あとでみんなで飲みにくるからね」

　短いあいだ中座しますという意味を込め、出前メニューを眺めている涌井に、そっと手を振ってみせた。通じるかなと思ったが、さきほどのやりとりが聞こえていたのかもしれない、了解と言いたげにあっさり頷いてくれたので、わたしは柳さんに連れられ、店を出た。

「えと。服、このままでいいんですか？」

「もちろんもちろん」

　でも、それじゃあ、顔を映さないで撮る意味が、ないんじゃないの？

　ぶっとい大根足をさらしたくないので、普段は主にパンツ姿のわたしだが、お店に出てくるときはむりしてスカートを穿く。別に色気を出そうとしているわけではなく、パンツ姿だと、どちらが接客される側なのか判らなくなるよなと、冗談めかしてお客さんにからかわれたことがあるのだ。それってつまり、わたしが男みたいだってこと？

　で、今日はモスグリーンの地味なワンピース。お店によく着てくるやつなので、常連さんなら、顔が映ってなくてもわたしだと判っちゃうんじゃないかしら。いまいち不安。

　柳さんが早足なので、〈オーシャンズ・ホテル・ユタヒト〉にはほんの二、三分で着いた。

　昨年オープンしたばかりの、豊仁で、いや、県下でいちばん大きなシティホテルだ。タクシーが数珠《じゅず》つなぎになっているエントランスから入ると、三階分、吹き抜けになっているロビーがなんとも贅沢で都会的なゴージャスさ。

　礼服や留袖《とめそで》姿の男女が、引出物の袋を持ち、次々にエスカレータでロビーへ降りてくる。二階か三階の広間で結婚披露宴があったのだろう。大半は外のタクシーへ吸い込まれてゆくが、なかには、まだお喋りし足りないのか、連れ立って奥のカフェへ入ってゆく。今回のＣＭの主役、〈メイド・オブ・ザ・ミスト〉だ。

ギャルソン姿の男女の従業員がきびきび動いているのが、大きなピクチャアウインドウ越しに見えていて、なかなかお洒落な雰囲気。

それとは対照的に、エスカレータの下で、業務用カメラなど撮影機材をかかえた若い衆が数人、所在なげにたむろしているさまは、なんとなく、むさ苦しい。カーペットに座り込んでいたのが、柳さんを見て、立ち上がった。

「おっし。ちゃちゃちゃっと、やっつけるぞ。えーと。このなかでいちばん、背が高いのは。っと。よし。おまえ。決定」

と、若いスタッフのひとりに、わたしといっしょに歩くよう命じる。

「ん。服が汚い、だ？　んなこと、気にすんな。そこがいいんじゃない。美しいご婦人とのアンバランスが、ほどよく生活感を醸し出すんだわ。マユちゃん、こいつと腕、組んでやってくんない？　よーしよし。この果報者。つっても、本気になっちゃいかんぞ。この娘は、おれの天使なんだからね。なーんつって」

せわしなく無駄口を叩きながらも、柳さん、てきぱきとみんなに指示を出してゆく。

「一旦、外へ出てくれる？　エントランスからこっちへ入ってきて。ね。マユちゃんたちの後ろから、カメラが追うから。フロントの前、素通りして。客室エレベータへ向かう。これからしっとり、ふたりだけの甘い時間と空間、て気配を自然に。自然に、よろしくね。やらせなしで、日常風景を撮ってるって設定ですから。らじゃ？うし。ではでは、みなの衆、いってみよ。一発で決めまっす」

ドラマ収録とちがい、音声などが必要ないせいだろう。あれこれ細かく指示されたわりには、ほんとうに一回で、あっさり終わった。

「マユちゃん、めるしぃ、ぼくぅ。モニターで、チェックよろしくぅ」

スタッフのひとが示してくれた、小型のモニター画面を覗き込む。

並んでいるタクシーを横眼に、互いに親しげに身を寄せ合い、エントランスからホテルに入ろうとしているカップル。向かって左が、わたしだ。全身ショットだが、後ろからだから、ふたりとも顔は映っていない。

カメラはわたしたちにぴったりくっついてきながら、徐々に横へ回り込む。男のひとの身体が、わたしの陰に隠れた。

わたしの胸から下が手前へ来て、アップになると思った瞬間、絶妙のタイミングで、画面の奥にあるカフェ〈メイド・オブ・ザ・ミスト〉の出入口にフォーカスが合う。

前に回り込んできたカメラに、腕を組んだわたしとスタッフの、胸からウエストあたりの部分がぶつかりそうになる寸前で、カット。

なるほど。芸術的かどうかは知らないし、これから他の画像とつないで編集して全体的にどういう仕上がりになるかも判らないけれど、少なくとも顔は全然映らない。本物の宿泊客がロビーに入ってくるところをたまたまキャッチした感じがよく出ているし、一見その背景として映り込んだだけという趣きのカフェのほうを、さりげなくメインに据える絵にもなっている。さすが、餅は餅屋、うまいこと撮るもんだ。感心してしまった。

「どう？　ぺけ？　まる？　まる、ね。よしよし。上出来、上出来。オンエアだけど多分、日曜か月曜から。ね。乞うご期待。マユちゃん。おれたち野暮用、かたづけといてから、お店へ行くってことで、ママによろしくう。んじゃね」

これから一旦テレビ局に帰るという柳さんとスタッフたちと別れ、わたしはひとり、〈ステイシー〉へ戻った。

撮影時間そのものは短かったが、というよりほんの一瞬だったが、他の諸々でけっこう時間がかかった。お店へ着いたときには、中座してからすでに三十分以上、経っていた。

店内は、カウンターも含め、半分ほどの席がお客さんで埋まっている。従業員の娘たちも数人、増えていて、格段に賑やかになっていた。

涌井とジャネットは、まだいた。が、ミカちゃんとサユリちゃんは、他のお客さんのテーブルへ、それぞれ移っている。

出前をとったのだろう、寿司桶《おけ》を前にして、涌井とジャネットは食事している。

「ごめんなさい、お待たせして」

わたしは先刻と同じように、ジャネットの隣りに座った。涌井の隣りにしようかとも考えたが、それだと、もろにジャネットと向き合うかたちになる。真横のほうが死角になるし、気楽。

「奇遇ですけど、さっきお話に出たシティホテルへ行ってきました」

ＣＭ撮影のことを簡単に説明すると、涌井は、にぎりをつまむ手を止め、それは楽しみだ、とお世辞を言った。

「日曜か月曜から、かかるんですか？　だったら観るチャンスはあるな」

「でも、ほんとに顔、映ってないので。わたしとは判りませんよ、絶対」

「それでも、地元でしか観られないＣＭでしょ。貴重ですよ」

「貴重、かな。そうかなあ」

「ものは、ついでだ。月曜日にお会いするのも、そのホテルのカフェにしましょうか？　もちろん、そこは待ち合わせるだけで、お話しするときは場所を変えるつもりですが」

「いいですよ。えと。時間ですけど」剣道教室の稽古を終え、自宅で着替えなどに要する時間を計算する。

「──夜の七時頃、では？　カフェの営業時刻を確認してくるの、忘れてましたけど。多分、その時間ならまだ開いてると思うので」

「ええ。それでけっこうです。万一、カフェが閉まっていても、店の前で、ということで」

約束がまとまるのを待っていたみたいに、サユリちゃんがやってきた。

「マユさん」ちょんちょんと、わたしの肩をつっつく。指さすほうを見ると、カウンター席で常連さんが、ひとりぽつねんと座っている。

「はぁい」とジャネットの隣りの席をサユリちゃんに譲り、またのちほど、と涌井に言い置き、カウンター席へ。

この仕事、年じゅう飲んだくれているかのようなイメージが一般的にはあるかもしれないが、忙しくなってくるとアルコールを摂取する暇なんてない。ただひたすら席から席へと移動するのみ。笑顔を振りまくのみ。ミネラルウォーターでバーボンを割るのみ。マドラーで氷を掻き回すのみ。

背後でジャネットが「お寿司、エクセレント。おかわりするけど、あなたは？　あと、ラーメンも食べよう」と、淡々とニュースを読み上げるアナウンサーみたいに言っているのが聞こえた。スレンダーな体軀なのに、なかなか健啖家《けんたんか》のようだ。涌井が「どうぞどうぞ。ぼくはもういいです」と辟易しているのがおかしい。

そんなこんなで、あちこちの席を渡り歩いたわたしが涌井たちのボックスへ戻ってこられたのは、それから二時間ほど経ってからだった。

ジャネットの隣りには、ユミエさんが座っていたので、わたしは自然に、涌井の横に腰を下ろすことになった。

ユミエさんは、わたしより少し歳上だが、とてもそうは見えない。色白で清楚《せいそ》。ロングヘアにカチューシャをつけた可憐《かれん》な容姿は、セーラー服に着替えたら、立派に女子高生として通用しそう。

お客さんの誰かが、マドンナという渾名をつけたのもむべなるかな。掛け値なしの美人なのだが、ちょっと情緒不安定というか、気分にむらのあるひとで、しょっちゅうお店を替わっている。で、結局いつも〈ステイシー〉へ舞い戻ってくるあたり、ママに対する甘えがあるのかも。

そのユミエさん、しきりにジャネットとなにか話し込んでいる。ジャネットが彼女の肩に腕を回し、耳もとでなにか囁くたびに、媚《こ》びるような上眼遣《うわめづか》いで、くすぐったそうに身をよじるあたり、なんだか妖しいムードが漂う。

かすかに洩れ聞こえてくる会話の断片からして、ふたりは日本語ではなく、英語でやりとりしているようだ。

そういえばユミエさん、実用英語検定試験で一級を取得しているとか聞いたことがある。通訳や翻訳など、なにか語学力を活かした職業に就きたかったらしいのに、どういう経緯でかは不明だが、挫折《ざせつ》したという。

おそらくその未練が、屈折した疎外感を生むのだろう。本来、自分はこんなところで、こんなことをしていていい人間じゃないというエリート意識が常に、だだ洩れになるせいで、ユミエさん、同僚からのみならず、当初はその美貌《びぼう》に惹かれたお客さんたちからも敬遠されがち。想像だけど、どのお店へ行っても、もてあまされているのではないだろうか。結局〈ステイシー〉のママしか、頼れるひとはいないわけだ。

そんなユミエさんにとって、ジャネットを接客するのは、まさに水を得た魚のような心境かもしれない。いつになくテンションの高い浮かれぶりを見ると、なんだか危ういものを感じずにはいられないけれど、ふたりともとても楽しそうだし、わたしが口を挟む筋合いでもない。

というより、それどころではなかった。わたしはわたしで、初めて涌井の隣りに座ったことに、すごく緊張していたのだ。

男性との肉体的接触全般に嫌悪感を覚える——と自分

では思っていた。結婚したいと願っても、セックスがむりだから一生できないんじゃないかしら、とまで案じていたのに。

一旦、好意を抱ける相手に巡り合うや、それは杞憂《きゆう》にすぎなかったと、あっさり判った。それどころか、自ら彼に触れたくてたまらなくなる衝動を、もてあますほど。

「で――」なにか喋らなきゃと焦るあまり、こんなことを訊いてしまった。「では涌井さんたちって、わたし以外の事件の関係者からも、話を聞いて回っているんですか?」

「いやあ、それがなかなか、ね。実を言うと、こうして直接お会いできたのは、やっと、小久保さんが初めてなんですよ」

「そうなんですか」

「といっても、事件当時、村の北西区にとり残された関係者のなかでは――という意味ですが」

という、聞きようによっては妙に含みのある註釈を、わたしはまだこのとき、あまり詳しく問い質さなかったのだが。

「じゃ、なかなか大変ですね。まだなにも情報が集まっていなくて」

「いや、そうでもない。九年前、ぼくは取材のために、首尾木村のほうにも出向いてますから。ルポを書くために」

「え。村まで?」

ではその際、わたしはすでにそこで、涌井に出会っているかもしれない。そう思うだけで、どきどきした。

「ちなみにジャネットさんは、雑誌に掲載されたその特集記事のコピーをわざわざ取り寄せて読んで、今回ぼくをスカウトされたんですよ。なので、関係者たちが当時、警察の事情聴取で証言した内容などは、だいたい把握している」

「だったら、なにもいまさら、わたしから話を聞かなくても、充分なんじゃないですか?」

「いやいや。全然そんなことはありません。例えば当時、小久保さんに直接お話をうかがうことなどは、やろうと思っても、できませんでしたからね。事件の重大さに加え、生存者四人のうち三人が当時、まだ中学生。精神的なケアを配慮してでしょう、当局のガードは非常に固かった」

なんだ、そうだったのか。当事者としては、あまり庇護してもらったという実感はなく、ピンとこない。もちろん当時は、事件当日の台風のように、自分をとりまくなにもかもが、めまぐるしく通り過ぎていったので、記憶が曖昧模糊としているせいもあるのだろうが。

「それと、ここがいちばん重要な相違ですが、当時はぼくも、マイケル・ウッドワーズが犯人であるという警察の公式発表を前提に取材してましたしね。多少の疑問点は散見されるものの、結論をひっくり返してやろう、なんて意気込みはなかった。そう意気込むだけの材料もなかったし。いや、ないと思い込んでた、と言うべきかな。いま思えば、最初から結論ありきの姿勢に偏っていたかもしれない。今回はその反省を踏まえ、事件をちがう視点で検討しなおすのが目的ですから。当時の関係者にはできる限り、直接お話をうかがいたい。もちろん、結論をひっくり返せるかどうかは、やってみないと判りませんけど」

あくまでも謙虚なものいいの涌井。水割りをいいペースで空けていて、もうかなり酔っているはずなのだが、乱れた様子がないのも好ましい。

「ほんとに、まだまだこれから、なんですね」

「ええ。なので小久保さんに了解していただけたのは、ありがたい限りです。そうそう。川嶋さんという方とは、電話でお話ししたのですが。お忙しいとかで、直接にはまだお会いできていません」

「川嶋……」

シバコウこと、川嶋浩一郎のことだと、すぐには憶い出せない。

昔の面影が脳裡に浮かんだ途端、激しい嫌悪感に襲われた。南白亀中学校首尾木分校の大半の生徒がそうだったように、わたしもシバコウには最後まで好い印象を抱けなかった。

あの男とともに事件を生き残ったという厳然たる事実があるにもかかわらず、彼に対してだけは連帯意識など微塵も抱けない。当時もそうだったし、いまもそうだ。そんな狭量さをいかに責められようとも、生理的嫌悪だけはどうしようもない。

「先生、たしかあの後、お辞めになったと聞いたけど。いま、どうされてるんだろ」

「いまでも学校の先生ですよ」

「あら。ほんとに？」

「公立ではなく、私立に移られてます。えと。豊仁義塾っていったっけ。たしかこの近くにあるんじゃないですか？」

「えっ」

びっくりした。シバコウが？　あんな有名私立の先生になってるって？

ほんとうなのかしら。あんな性格破綻《はたん》者が、いったいどんなコネがあって、そんな。俄然、好奇心にかられる。それが呼び水になってか、この九年間、封印してきた、同級生ふたりに対する関心を、わたしは抑えられなくなった。

「あの、では、貫……じゃなくて、空知くんや、伊吹くんとは、まだ全然？」

「そのおふたりとは現在、まったく連絡がとれない状態なんですよ」

「住所が判らないんですか」

「おひとりが現在、東京の大学におられることは判明してます。東薊乃《ひがしあざみの》大学、という」

私立で、わりと偏差値の高いところだ。

「卒業後、そこの大学院に籍を置いている。それはいいのですが、いま休学して、外国をあちこち回ってる、とかで。その行き先が判らない」

「どうしてです」

「どうもご家族と、あまり連絡をとっていないみたいなんですね。気儘《きまま》にぶらぶら、あっちこっちを放浪している、という感じで」

「そうなんですか。外国に……」

「帰国したらすぐにコンタクトをとろうと思うんだけど、いつのことになるやら、なかなか」

「貫太くん、東京の大学へ行ったんだ」

「ん？　いや、ちがいます。あれ。あれ。たしか、ちがうはず……えーと。あれれ。いかん。だいぶ、酔っぱらってきたみたいだ」

頭を掻きかき、涌井は手帳を取り出した。メガネを外し、おしぼりでぐるりと顔面を拭う。

「——あ、やっぱりそうだ。いま言ったのは、伊吹省路さんのことです」

「い……」

狐につままれるとは、まさにこういう気分か。いやいや、きっと涌井は勘違いしている。わたしはそう思った。貫太くんと伊吹くんのことを、とりちがえている、と。

なにかのまちがいに決まっている。わたしはいささか頑迷に、何度も確認した。しかしどうやらそれはほんとうに、貫太くんではなく、伊吹くんのことらしい。

「伊吹くん……が？」

「彼は、父上が地元の名士なもので、関係者のなかでも、事件後の経歴がわりとはっきり追跡できてるほうなんですよ。ただ現時点で本人と連絡がとれないだけで」

「彼が大学へ行ってた、なんて……意外。しかもそんな、いいところに」

「そうですか？　でも彼って、事件の翌年、さっきも名前が出た、豊仁義塾学園の高等部に編入していますよ」

「はあっ？」

　絶対に涌井は勘違いしている。今度こそ、わたしはそう確信した。

　伊吹くんの中学校時代の成績は、さほどよくなかった。いや、はっきり言って、とても悪かった。断言できる。本人が通知表を見せてくれたことがあるのだ。高校は県立の南白亀を一応受けるつもりだけど、これじゃおれ、そこも危ねえよなあ、と自虐的に笑っていたほどだったのに。

「……地元の人間が言うのもなんですけど、豊仁義塾って進学校ですよね。かなり有名な」

　ますてよ。そういえば、当時別居していた伊吹くんのお父さん、お医者さんだったっけ。そちらの関係で、なにかコネがあったのかも。うん。きっとそうだ。裏口入学というと聞こえが悪いけど、学校の偉いひとにこっそり頼んで、ほんのちょっと、手心を加えてもらって——と、むりやり自分を納得させていたら。

「そのようですね。伊吹くんはそこで、トップクラスの成績だったとか」

「え……」

　では、偉いさんのコネで、こっそり編入したってわけでもないの？　なけなしの推測まであっさり否定され、ますます困惑する。

　あの伊吹くんが？　いま〈ハイツ・タイバ〉のオーナーの息子さんが入試に備え、家庭教師まで雇っているほどの県下有数の進学校で、トップクラスの生徒だった、ですって？

　信じられない……というと、伊吹くんに失礼だけれど、それが偽らざる本音だった。記憶のなかにある彼のイメージとは、まったく重ならない。まるで別人のことを聞かされているかのようだ。悪い冗談のような、詐欺師に騙されているかのような、もやもやした気分を払拭《ふっしょく》できない。どうしても。

「当然、東大京大クラスを狙うかと思いきや、学校指定枠をもらい、中堅どころの私立に推薦で入学した。周囲は、お父さんのあとを継いで医学部へ進むのではと期待していたようですが、これもあっさり蹴って、文学部に入っている」

　で、大学院まで進んでる、ですって？　あの伊吹くんが？　ほんとに？

　それってほんとに、伊吹省路ってひとの話なんですか？　なにか、まちがえてませんか。そうしつこく確認しようとして、思い留まった。きりがない。そ、それよりも。

　それより、貫太くんは。

「えと。じゃあ、空知くんのほうは？」

「彼は、まったく消息不明なんですよ」

「え……」

「中学校を、南白亀中学校の首尾木分校ですね、そこを例の事件後、かたちばかり卒業して、一時期、南白亀町の親戚のところに身を寄せていたところまでは、つきとめたのですが」

「親戚？」わたしは首を傾げた。「南白亀町、ですか？　空知くんの親戚がいるなんて話、聞いたことないけど」

「えと――」涌井は手帳をめくる。「白水《しろうず》さん、という方ですね」

「白水……」

　考えてみたが、心当たりはない。もちろん、貫太くんに関すること、すべてを知っているわけではないのだが。

「カメラ屋さんを経営されている方です。そこで空知くんはしばらく働いていたようです。半分、住み込みのようなかたちで」

「住み込み、って。高校は？」

「空知くんが進学した形跡はありません。これまでぼくが調べた限りでは、ですが」

　さっきから意外、また意外なことばかり聞かされて理解が追いつかず、半泣き状態。

　貫太くんが？　あの頭のいい彼が中学を卒業しただけで、高校にも行かなかった、なんて。そんな。信じられない。

　たしかにわたしはそうだった。さっき、いみじくも涌井が言ったように、中学校を「かたちばかり」卒業した。精神的ショックが大きかったし、いっぺんに家族を失ってしまったためいろいろ事後処理が大変で、ほとんど登校しなかった。卒業式も欠席して、あとで証書を郵送してもらったくらいだ。自動的に高校進学も諦めざるを得なかったが、もともと勉強はあまり好きじゃなかったから、さほど未練もなかった。けれど。

けれど、貫太くんが？　高校にも行かなかった、なんて……あの貫太くんが？

たしかに、家族をいっぺんに失ってしまって大変だった事情は、彼もまったく同じだ。精神的ダメージのみならず、犯人から暴行を受けた傷のため、数カ月間も入院しなければならなかった、と聞いている。学業に復帰するのは容易ではなかっただろう。が、まさか、進学そのものをしていなかった、なんて。あの貫太くんが。

「白水さんというのは、空知家と遠い親戚ではあるんだけれど、もともと折り合いがよくなかったらしいんですね。詳しい経緯は不明ですが、亡くなった空知くんのご両親も、南白亀町へ出てきて写真を現像するときですら、わざわざ他のカメラ店を利用していたほどだそうです」

「そんなに仲が悪かったのに、どうしてその方、空知くんをひきとったんですか」

「他にひきとり手がいなかったから、らしい。他に血縁が皆無なわけではなかったが、さまざまな事情で空知くんの世話をひきうけられなかった。白水さんにしてみれば、いくら折り合いが悪かった相手の息子とはいえ、両親をいっぺんになくしてしまった子供を放っておくわけにもいかない、と」

「しぶしぶ、って感じですか」

「まあ、はっきり言えば、ね。本人は、貧乏籤《くじ》をひかされたと何度もくり返してましたが、白水さんは当時もいまも、ひとり暮らしなので、もしかしたら彼のことを自分の跡取りにできるとか、そういう目算があったのかもしれませんが」

「でも、空知くんが現在、行方が判らない、というのは──」

「ひきとられてから数年間は、空知くんも他にどうしようもなかったのでしょう、おとなしく仕事を手伝っていたようなんですが、あるとき、高校へ行けなかったから、せめて大検を受けさせてくれ、と言って、白水さんを怒らせた」

「そんな。怒らなくてもいいのに」

「それまでにも、従順なふりをして、どこか自分を見下しているとか、可愛げがないとか、いろいろ空知くんに対して不満があったところへ、その申し出が決定的な溝をつくった。だいたいおまえを大学へやる経済的余裕なんかうちにはない、とか。ではこれまで働いた分の給料さえ払ってくれれば、よそで自立してなんとかする、とか。ふたりのあいだでそういう、激しい応酬があったらしい」

「給料を払ってくれれば、って。空知くん、そこで無給で働いてたんですか？」

「白水さんにしてみれば、むりして養ってやっているという気持ちがあったのでしょう。空知くんは、仕事そのものはなかなか真面目にこなしていたらしいが、その労働に対して特に賃金とか支払われてはいなかったようですね」

　ちょっと、それはないんじゃないの？　顔も知らぬ白水氏に対して、むかっ腹がたった。

「喰わせてやってるのに無理難題ばっかりふっかける恩知らずだ、と。空知くんは空知くんで、自分がやりたいこともやらせてもらえず、じっと我慢してきたという恨みがある。双方それぞれ言い分はあったのでしょう。感情的ないきちがいがエスカレートしていって。やがて、気に入らないなら出ていけ、言われなくてもそうさせてもらう、と。売り言葉に買い言葉で、空知くんは白水家を出ていったそうです。それが一昨年のことで、以来、彼がどこで、なにをしているのか、さっぱり」

「行方が判らないのですか」

「住民票は、南白亀町に置いたままなのですが。生死すら不明です」

「捜索願は」

「出していないようですね」

「えー。冷たいなあ……なんだか」

「それだけ溝が深い、ということなのでしょう。近所の住民の証言によれば、白水さんはとても偏屈な性格のようで。本来なら、ぼくたちが話を聞きにいっても相手にされるはずがない、門前払いされるのがオチだと。それが実際には、こちらが訊いていないことまでぺらぺら喋るあたり、空知くんに対する恨み言を、誰でもいいからぶちまけたかった、という印象を受けました」

　そんなことになっていた、なんて……卑小な想像力を嘲笑《あざわら》うかのような現実をつきつけられ、ただ茫然となる。貫太くん、まさか、いま頃どこかで野垂れ死んでたりしないわよね——縁起でもない危惧《きぐ》にかられていると、団体さんがわいわい、お店にやってきた。

　柳さんとテレビ局のスタッフだ。女性の顔も混ざり、さっきより人数が増えている。ローカル番組の司会をよく担当している女性アナウンサーたちもいた。

「よっ。マユちゃん、さっきはどうも」と柳さん、大きな声で笑いかけてくるから、座っているわけにもいかない。

「じゃ、ぼくたち」潮時と見てか、ジャネットに眼で合図し、涌井さんは腰を浮かせた。「今夜のところはそろそろ、このへんで」

「あ。すみません。ちょっとだけ、待っていてくださいｌ」

お帰りでーす、とママを呼び、会計してもらっているあいだに、柳さんたちを案内する。ボックスふたつに分かれてもらって、予備の椅子を持ってきても、まだ席が足りない。柳さんと若い男のスタッフには、カウンターに座ってもらった。

ボトルとアイスペールの用意をミカちゃんに頼むと「すぐ戻ってきますね」と柳さんに言い置き、お店のドアへ走った。

ママとユキエさんに先導され、涌井とジャネットは、もう廊下へ出ている。エレベータのところで、かろうじて追いついた。

お客が帰るとき、必ず一階の玄関までお見送りするのは〈ステイシー〉の慣例で、さっきまで接客していたユキエさんがジャネットについてくるのは、ごく自然な流れだ。でも。

でも、そういえばユキエさんて普段は、他のお客さんにかまけるふりして、玄関までのお見送り、したことないけどな。少なくともわたしは、見たことがない。そう思い当たると、なんとなく落ち着かない気分にさせられる。

雑居ビルの前の石畳の路地は、あちこちの居酒屋から吐き出されてきた酔漢たちで賑やかだ。そんな通行人たちの好奇の視線をものともせず、ユキエさん、ジャネットと熱い抱擁《ほうよう》、そしてくちづけを交わすものだから、こっちは、はらはら。

ふたりとも子供みたいにはしゃぐオーバーアクションだったのが救いで、まだかろうじて酔いに任せての悪ふざけみたいな印象はあった。ママも笑って流していたけれど、普段は白い陶磁器みたいな頰を真っ赤に熟れさせ、大きな瞳をきらきら輝かせているユキエさんを見るにつけ、不穏な予感にかられてしまう。

「では、小久保さん、お忙しいところ恐縮ですが、月曜日、よろしくお願いします」

涌井にそう頭を下げられ、わたしは我に返った。彼にまた会えるのが心躍る反面、事件の再調査の協力を受諾したことを、少し後悔する。

ユキエさんの心配なんか、してる場合じゃない。自分のこと。自分のこと、だ。大いなる試練の予感がした。

なんの試練なのかは、よく判らなかったけれど。このときは、まだ。

2

シュッ。シュッ。シュッ。シュッ。竹刀が空気を切る。何度も。シュッ。シュッ。シュッ。何度も虚空に反復されるその音は、まるで自分自身の呼吸のように、生きたリズムを刻む。

わたしは石動剣道教室の道場の隅っこで、ひとり黙々と素振りをしている。左足の踵《かかと》で後ずさりながら竹刀の先端が自分の臀部に当たるほど大きく振りかぶり、そして右足の爪先で前へにじり出ながら空気を擲《う》ちすえるようにして、両腕を伸ばしきり、眼の高さに突き出す。そのくり返し。板張りの床を摺《す》り足で前へ往ったり後ろへ戻ったりする位置も、竹刀と呼吸のリズムが波に乗るのに合わせ、ぴたりと定まってくる。

単調だが、この練習がいちばん集中できる。無心に振りつづけているうちに竹刀の先端まで自分の血管と神経が繋がり、身体の一部になったかのような、ある種のトランス状態に達する、その感覚が好きなのだ。

他の生徒である小学生たちは、みんなちゃんと、剣道着に袴《はかま》、垂れ、胴、そして籠手《こて》と、面以外の防具を身につけてやっているが、わたしはいつもの水色のトレーナーの上下のみだ。本来は身体を馴染《なじ》ませるため、素振りも防具を装着してやったほうがいいのだろうけれど、わたしはこの恰好のほうが、しっくりくる。身軽なら身軽なほど、剣と己れが一体化する実感を得られる、とでも言おうか。変な話だが、できるものなら一度、全裸で素振りをしてみたい、と思うほど。

小学生たちは「面っ」「めんっ」と男の子も女の子も元気よく声を出して素振りするが、わたしは無言だ。声を出したほうが身体の瞬発力が発揮されるし、ストレス解消や雑念を払うのにも効果的なのだが、なぜかわたしは、トランス状態に入ると自然に声が止み、呼気と吸気だけになる。そのほうが、竹刀の先端まで自分の神経が行き届き、より鋭い振りになるような気がするのだが、まあこれは単なる錯覚かもしれない。

既定数の素振りを終えた小学生たちは、擲ち込みに移る。準師範である石動健作さんが水平にかまえた竹刀を、対戦相手の面に見立て、ひとりずつ順番に擲ち、踏み込んでゆく練習だ。

小学生たちが勢いよく、面擲ちを見立て、健作さんの竹刀を弾《はじ》いてゆくさまを、師範の石動さんは、剣道着と袴姿で、じっと見守る。

わたしが入門したての頃、石動さんはひとりで、生徒たちを手とり足とり指導していたが、息子の健作さんが手伝うようになってからは、離れた場所から口頭で指示を出すことが多くなった。さすがに老齢でしんどくなったのかと思いきや、そのほうが道場全体の動きを見渡しやすいから、らしい。その証拠に石動さん、一旦防具をつけるや、まだまだ現役で、息子さんとの模範試合など、びりびり殺気すら放つ、まさに真剣勝負。

健作さんも、まだ剣道着と袴だけで、防具はつけていない。歳の頃は、わたしより少しうえ、まだ二十代だと思うが、父親似で鋭角的な風貌ゆえか、老成した雰囲気だ。

子供たちがひとりずつ、竹刀をはじいて踏み込んでゆくたびに、健作さん、腰が遅れてるだの、肩が泳いでるだのと、怒鳴らんばかりにしていちいち欠点を指摘する。石動さんがいつももの静かなのとは対照的で、なかなか厳しい。普段は歌舞伎役者ばりの器量で、どちらかといえば優男ふうなのだが、道場に入ると顔つきが変わる。そのストレートな熱血漢ぶりが、父親に比べるとまだまだ青い、ということでもあるのだが。生徒のなかには、師範の石動さんはやさしいからいいけど若先生は怖い、なんて、スパルタぶりに尻込みする子もいる。

ひととおり基礎練習が終わると、各自、組み合わせを決め、模擬試合。

わたしもここで防具をつけた。トレーナーのうえから垂れ、胴、そして籠手と順番に装着し、最後に頭巾を巻く。面をかぶり、長い紐を後頭部できりりと結ぶと、気持ちが引き締まる。

わたしと最初に組んだのは、秋山勇樹《あきやまゆうき》くんという男の子だ。小学五年生。

小学生だからといって、侮れない。練習に熱心なだけあって、なかなか振りが鋭いのだ。

鍔競《つばぜ》り合いから、身長差をものともせず、この大女のわたしの体重を弾《はじ》き返し、リーチをとって面擲ち一本、叩き込んでくるパワーとクレバーさを併せ持っている。

これは練習なので、いちいち勝ち負けを明確にして中断する必要はない。その気になれば、面擲ちを竹刀で弾き返すこともできるタイミングだったが、有効打突がうまく決まった手応《てごた》えを、相手に体験させるのも大切だ。

勇樹くんに面を擲たせておいてから、わたしは彼の竹刀を横に薙ぎ払い、踏み込んだ。

ぽーんと面擲ち一本、決まるかと思いきや、勇樹くん、のけぞって避け、逆にわたしの籠手を狙ってくる。外したものの、うーむ、やるなあ。

笛の合図で、その都度パートナーを交替し、模擬試合を次々に、こなしてゆく。

今日は近所の小学校の代休に合わせて設定された稽古で、平日なので中学生以上の生徒はいない。勇樹くんに限らず、わたしに向かってくる子はみんな小学生だ。体格差のこともあり、どうしても相手に擲たせてやるかたちが多くなる。もちろんわたしは指導者ではないし、剣道歴がこちらよりずっと長い子もいるのだから、こんな姿勢は本来、おこがましいのだけれど。

調子よくこなしていって、そろそろ終わりかなと思っていたら、健作さんが寄ってきた。

「よう」

「ども。あれれ、ひょっとして？」

「おう。最後に一本、やっとこ。マユちゃん、滅多に顔、見せんからな。お手合わせしとかんと、次はまた、いつになるか判らん」

石動さん、おもしろがって、わざわざ両手に旗を持ち、審判を買って出た。

「よし。模範試合じゃ、みんな」

他の生徒たちはみんな面を外して、正座し、観戦のかまえ。いつになく、大袈裟なことになってしまった。

「ひとつ、おてやわらかに」

「こっちの科白じゃそれは」

わたしと健作さん、互いに向かい合い、礼。

蹲踞《そんきょ》の姿勢から、ゆったり立ち上がる、背筋を伸ばし、竹刀を正眼にかまえる。

竹刀の先端同士、触れては離れ、軽く互いを弾いては離れと、しばし様子眺め。

一旦動くと、健作さんとの勝負は早く決まる。勝つにしても、負けるにしても。

面の金具の隙間から、健作さんの双眸がこちらを睨んでくる。

うっかり眼が泳いだら、動きを読まれたり、隙を衝かれたりするので、こちらもじっと睨み返す。じりじり、互いに間合いをとり、竹刀と竹刀を微かに触れ合わせ。

相手のほうが強いから、負けてもいい、なんて絶対に思わない。これは勝負だ。勝負するからには勝つつもりで、やる。

今日はこちらから仕掛ける、と。決めた瞬間、ストレートに踏み込んだ。面擲ち。

ぐいんと体操選手並みのやわらかさで健作さんはのけぞり、こちらの一撃をかわす。と、同時に、竹刀を大上段から振りかぶってきた。

面擲ち返し。が、一本、とはさせない。

それぐらい、わたしにも予測できる。健作さんの竹刀を受け止めるや、返す力で、ガードのあいた胴擲ちを、袈裟懸けで狙う。

一本、決まるかと思いきや、さすが、あっちもこちらの動きを読んでいる。そんなに簡単には勝たせてもらえない。

健作さん、右手を竹刀からぱっと離すや、その柄の空いた部分で、こちらの一撃を弾き返したのだ。型破りだったが、動きはまるで精密機械みたいに、正確そのもの。強い。って、あたりまえだ。有段者だもの。こちらは、ばりばりのビギナー。

しかし、この日のわたしの動きは、ちょっと神がかっていた。

竹刀を弾き返され、剣先が横に泳ぎ、わたしの面が一瞬、ガードががら空きになる。しまった、と思った。これを見逃してくれるわけがない。

左手だけで持ったままの健作さんの竹刀が、まるで稲妻のように閃き、こちらに襲いかかってきた。面、一本。やられたと、わたしですら思った、その刹那。

わたしは身体を大きく斜めに傾げていた。別に健作さんの真似をしたわけではないけれど、避けると同時に、身体のバランスをとるため、とっさに右手を竹刀から離した、その反動に乗って。

ぐんと左手だけで伸ばした竹刀の先端が、まるで自らの意思を持っているかのように、すぱん、と健作さんの左の籠手に叩きこまれていた。

さっと石動さんが旗を上げた。わたしの側だ。籠手、一本。

決まった途端、両者の動きが止まる。

子供たちの拍手のなか、はあはあ、ぜえぜえ、互いの荒い息遣いを聞きつつ、蹲踞の姿勢で戻り、竹刀をおさめた。礼。試合終了。

「……くそ。やられた」

健作さんが面を外すと、その頭髪から湯気が立ちのぼった。短い試合だったが、汗が滝のように噴き出ている。

「またやられた。この前と同じ手で」

わたしも面を外すと、頭巾がぐっしょり濡れ、ずり落ちてくる。健作さんと試合をすると、短いが、密度の濃い勝負になる。

「え。同じ、でしたっけ？」

「前のは、片手擲ちやなかったけど」石動さんが解説してくれた。「面擲ちを避けて籠手をやり返すかたちは、いっしょやの」

こっちは全然、憶えていない。

「判っとったのに。あそこで籠手、狙うてくるの、しっかり判っとったのに」

「ですよね、やっぱ」

「やのに、また、マユちゃんのスピードに負けてもうた。あり得ん。なんじゃあの速さは」

「ラッキーでした。ほんと」

「なにがラッキーでした。ほんと。怒るで」

「ほんとに、ラッキーじゃ。ラッキーだったんですよ、うまく籠手に入ってくれて。あれ、外してたら、ガード、がら空きのまま。健作さんの片手擲ちの、もろ、面で負けてただろうし」

「そうや。まさにそうしてやろうと思うとったがじゃ。外しっこないかたちやったのに。くそ。まったく。くやしいのう。マユちゃん、うちに来て初めて剣道やった、て、嘘やろ」

「嘘じゃありませんよ」

これで稽古は全部終わりという解放感からか、正座していた小学生たちは、防具を外したり、足を投げ出したりして、すっかりリラックス。

「若先生、弱いのう」「ほんま、弱い」「マユちゃんにだけは、いっこも勝てん」「相手にならんが」「なんでや。他のやつとやったら、鬼みたいに強いのに」「なんで」「マユちゃんにだけ、なんでやろの」「なんで、て。判りきっとるが。そんな」「のう」などと、無責任におもしろがって、囃《はや》したてている。

練習中は厳格な師弟関係を守るが、一旦終わるやこういう和やかで家族的な雰囲気になれるのは、健作さんの人徳というものだろう。

「やかましいわ、おまえら。ほらみい。こういう要らん誤解を受けるから、なんとしても勝っときたいがじゃ。一回くらい」

「勝ってるじゃないですか、もう何度も。このところ、たまたま、わたしがラッキー続きなだけ、ですって」

「そういえば」石動さん、腕組み。「マユちゃん、以前に、なんかスポーツしてた、て言うてなかったっけ？」

「ええ。中学生のとき、バスケットを」

「関係あるかどうか知らんけど、やっぱりバネやのう。敏捷さがちがうもんな。それから動体視力も、反射神経もプロ野球選手並みや。マユちゃん、自分で言うとったように、あそこから健作が唐竹割りでくることは判っとった。どう見ても健作のほうが速い。有利、なんて次元の話やない。もう勝負は決まっとった。普通は、避けることすら、できん。たとえ避けられても、バランスを崩して、こけてまう。やのに、あのむりな体勢から、きれいに籠手を入れ返すがやもんな。半端やない。わしでも、ちょっと真似できんわ」

「だから偶然ですってば。ラッキーだったの。いくら褒めてくれても、なにも出ませんよ」

「この前、紅玉、くれたやか。剣道はほんまに、うちに来てが初めて？」

「ほんとに、ほんと。初めてです」

「なんでもいいからスポーツしたいです、言うてたな。数ある教室のなかで、うちに来てくれたの、宝籤《たからくじ》に当ったみたいなもんかな。ははは。ゆくゆくは、このあほな息子のかわりに、うち継いで、女師範になってもろたら理想的やが」

「ほらみい。ほらみい。こういう、ふざけたこと言われるから、マユちゃんはなんとても、倒しておかないかんがじゃ、おれは」

「もうええやん、ね。マユちゃん」

秋山勇樹くんが、にこにこして寄ってきた。

三つ上のお兄ちゃんがいて、いっしょに教室へ通ってきているのだが、今日は学校があるから来ていない——と、このときは思っていたのだが。

「ね。ね。もう終わりやろ？　マユちゃん、ほんなら、あれやって」

勇樹くんにつられてか、他の子供たちも、わたしのまわりに寄ってきた。「あれ、やって」「ね、あれやってえ」と、みんなで合唱してくる。

なにをリクエストされているかは判ったが、わたしは、しっと、たしなめた。「いかんいかん。あれって遊びみたいなもんでしょ。そんなことやってたら、若先生に叱られる」

「なんじゃ、あれ、て？」

「若先生、知らんの？」

「わしも知らん。なんじゃ？」

そりゃ知らないでしょう。石動さんや健作さんの前では、やったことない。というか、気をつけて、やらないようにしてたんだから。困ったな。

「なにするがや、いったい」

「仮面ライダー」

「ああ？」

健作さんの表情がおかしいやら、なるほど「仮面ライダー」って言い得て妙かもと勇樹くんのセンスに感心するやら。つい笑ってしまった。

「判ったわかった」仕方ない。防具を脱ぎ、トレーナーだけになった。「じゃ一回だけね。いい？　いくよ」

小学生たちは万事了解しているので、いっせいに後ずさりして、わたしを遠巻きにする。

板張りの道場の中央あたりに立つと、わたしは飛び込み選手みたいに、両腕を水平にかまえた。

「は」

後方宙返り、いわゆるバック転というやつだ。膝をかかえ、身体を丸めて空中で一回転して、もとどおりの位置に、すとん、素足で着地。

「っと」

背筋を伸ばし、両腕を掲げてポーズを決めると、子供たちは、ぱちぱち、拍手喝采《かっさい》。健作さんは口をあんぐり。

「猫……やの、まるで」

「やっぱりバネがちがう」

「トランポリンもないのに、かったい板の上で。おまけに身体もあんまりたわめんと。どうやったら、そんなに高う跳躍できるがじゃ。あり得ん」

「って。健作さんは子供のとき、これ、やって遊びませんでした？　砂場とかで」

「やったけど。おれは、地面に手ぇつかんと、よう回れんかった」

「なんじゃ、こっちもマユちゃんに負けか」

「ええとこ、ないのう」

「尻に敷かれとるのう」

「やかましいわ」

練習が終わると、ほんとに騒々しい。でも、緊張感がゆるんで、みんなとわいわい、タオルで汗を拭い、石動さんの奥さんがアルマイトのヤカンに用意しておいてくれた冷たい麦茶を飲みながらお喋りするこのときが、いちばん楽しい。穿《うが》った見方かもしれないけれど、この解放感を味わいたくて、厳しい稽古に耐えているようなものだ。

「なあ、マユちゃん」実際、健作さんだって、稽古の直後が、いちばん楽しそうだ。「今日、お店、休みながやろ。たまにはいっしょに、食事にでもいかんか」

「おお、さそうとる誘うとる」

と子供たちに冷やかされても、健作さん、動じない。

完全にひらきなおっている。

「おう、誘わいでか。くやしかったら、おまえらもはよおとなになって、誘うてみい」

「ごめんなさい」わたしは伏し拝む。「今夜は先約があるんです」

「おお、ふられとる振られとる」

「男や男や」

「手遅れや。もう男がおる」

「やかましいわおまえら。さっさと帰れ」

「こらこら。おとなをからっかっちゃだめでしょ。そんなんじゃないの」たまたますぐ近くにいた勇樹くんの額を、指でつっつく。「会うのは、女のひとです。だいじな用なの」

涌井融とだけではなく、ジャネット・リンチとも会うのだから、これは決して嘘ではない。

「ていうと、仕事関係かなにか？」

「うーん。昔の知り合いの関係で。その方、亡くなられてるんですけどね。そのことで、ちょっと。いろいろと」

微妙で曖昧な言い方をすると、なにか深刻な話かと気を回したらしい。健作さん、それ以上、詮索しないでくれた。

「そうそう、勇樹くん。俊治《としはる》くんは元気？」

俊治くんとは、勇樹くんのお兄さんだ。

「ずいぶんご無沙汰だけど、また試合やろうって、言っといて」

「それがな、兄ちゃん最近、時間のうなった、言うて。もう剣道はやめてる」

「え。やめた？」

「学校のクラブ、忙しいがやて」

「そうなんだ。えと。もう二年生だもんね。どこだっけ、中学校」

「城舞《じょうまい》」

地元の公立校である。「クラブかあ。でも、剣道部には入らなかったの？　それとも、学校に剣道部がない、とか」

「よう知らんけど、仲のええ友だちにな、ブラバンに誘われた、て」

「ぶらばん。あ、吹奏楽部のことね。へーえ。俊治くんが、音楽を？　なんだか意外」

「最初はぜんっぜん、興味なかったがやけど、すっかり嵌まってもうた、て」

「ふうん。それはそれは。で、楽器はなに、やってるの？」

「えーとね。こういう」と、尺八をかまえるみたいな恰好。「縦笛の、でっかいが。黄金色の」

「それはのう、勇樹」妙にもったいぶって、健作さん、咳払いした。「さきそふぉん、いうがじゃ。憶えとけ」

サキソフォンの発音が、心なしか、ぎこちない健作さんであった。

「学校の古いやつやのうて、自分の楽器が欲しい、なんて言うて。お父ちゃん、困らしとる」

「へええ。熱心だねえ。そういえば、勇樹くんのお父さん、昨夜、うちのお店に来てたよ。会社のひとたちと」

勇樹くんの父親の秋山さんは、地元の某精密機械メーカーの営業部に勤めている。昨夜は、取引先のひとたちとの会食の後で流れてきたらしい。

「大変だよね。日曜日なのに」

「あー、そうか。なんじゃ。つかれた疲れた言うわりには、えらい機嫌がよかったわけや」

「て、勇樹くん、お父さん、家に帰ったの、夜中でしょ？　そんな時間に、まだ起きてたの」

「ううん。昨夜やのうて、今朝の話。ご飯、食べながら、昨日は大変やったわ、疲れたわ、て。言うてるけど、なーんか、にやけてるなあ、思たら。そらそうじゃ。マユちゃんのお店、きれいな女のひとがいっぱいおるもんね」

「お父さん、ご機嫌だったのは、俊治くんとの約束を守れたから、じゃないの」

「なんのこと」

「昨日、お父さん、俊治くんに写真の現像、頼まれてたでしょ？」

「あ。そうそう。そういや、兄ちゃんがな、コンサートで撮った写真、現像に出しといて、て。昨日の朝、お父ちゃんに頼んでたわ。それが昨夜、えらい遅うに帰ってきた。あれは絶対、忘れとるわて、今朝、兄ちゃん、突っ込んだ。そしたらお父ちゃん、得意そうに、しっかり頼んできたわい、て。カメラ屋さんの預かり証、出して見せたもんやから、兄ちゃん、おおーって。感心しとった」

昨夜、秋山さんが〈ステイシー〉に現れたのは十時頃。いい調子で場を盛り上げていたのが、ふと表情を曇らせたので、たまたま隣りにいたわたしが、どうしました？と訊いたのだ。

（いや、実はさ、上の子に、現像に出しといてくれと、頼まれてたんだが）

と、カバンからフィルムを取り出してみせる。

（へえ。俊治くんに？）

（そうなんだ。すっかり忘れてたよ。困ったな。家に帰る頃には、もう寝てるだろうが。朝、顔を合わせたら、厭味を言われそうだ）

（だったら、いまからでも、出しておけばいいじゃないですか）

（え。だって、どこに）

（すぐご近所の。ほら）

（ひょっとして、そこのコンビニのこと？　あそこは現像、とりあつかってないでしょ）

（その隣りです。〈須賀のカメラや〉っていう）

（あそこなら、何度も前を通ったことあるけど。でも、開いてるの、こんな時間に？）

（わたしは利用したことないけど、たしか十一時くらいまで営業してるはずです）

（そうなの？　だめもとで、見てこようかな）

秋山さん、同席のひとたちに断り、店を出ていった。十分ほどして戻ってきたとき、わたしは別のボックスへ移っていたのだが、秋山さん、晴ればれとした表情だったので、きっとお店が開いてたのねと思っていたのだ。

「お兄ちゃん、写真はよ見たい、言うてたから。よかったわ」

「それって俊治くんが演奏してる写真？」

「ちがうちがう。知らんけど、なんとかっていう、有名な楽団のやつ。この前、クラブのみんなといっしょに聴きにいってた。興奮しとったわ。おれも同じ曲やる、て」

「というと、俊治くんの学校の吹奏楽部もコンサートとか、あるの？」

「うん。十二月に。市民ホールで演奏会、やるがやて。聴きにこい、て言われてるけど」
「そりゃあ行かなくちゃ。みんなで行こう」
「えーっ」勇樹くん、あんまり音楽には興味ないのか、あからさまに嫌そうな顔。「行くなら、おれ、映画のほうがいい」
「なに言ってんの。俊治くんが一生懸命やってるんなら、応援してあげなきゃ」
「そうじゃそうじゃ。そのとおりじゃ、勇樹」健作さんが割り込んできた。「みんなで行こう。みんなで。のう」
「んなこと言うて。若先生、マユちゃんが行くところやったら、どこでもええがとちがうの」
「ああそうじゃそうじゃ。どこでもええがじゃ。悪いかこら」

ヘッドロックをかけ、じゃれ合うふたりを放っておいて、わたしは石動さんやみんなに挨拶し、帰ることにした。汗もひいたので、トレーナーのうえからカーディガンを羽織る。

商店街で買物し、〈ハイツ・タイバ〉に着くと、夕方の四時。

ゆっくりシャワーを浴びる。ほどよい疲労感に全身が溶けるようだ。うたた寝しそうだったので、念のため目覚まし時計をセットしておく。はたして、見るともなしにテレビを点けているうちに、とろとろ、浅い眠りに引きずり込まれた。

また兄や、父、そして母が出てくるかもしれないという懸念に反し、見知らぬ男の夢を見た。いや、たしか知っているはずの相手なのだが、名前を憶い出せない。

見知らぬ、どころか。とても因縁の深い相手。最近は会っていないが、かつては、とてもよく知っていた男。でも、貫太くんではない。少なくとも貫太くんでないことは、はっきりしている。

若い男だ。彼は当然のように、わたしに覆いかぶさってくる。くちびるを吸われ、胸をまさぐられ、いつの間にか裸に剝かれる。こんなにエロティックな夢を見たのは、生まれて初めてだ。

すぐ目が覚めた——ように思っていると、さっきの若い男と入れ替わりに、涌井融の顔が浮かんできた。温泉に浸かったばかりみたいに、わたしの全身は熱く火照《ほて》っている。

部屋のなかに、気配がする。すぐそばに、誰かがいる。これは涌井？　誰？　もう目が覚めているかのような錯覚のせいで、じっとり忍び寄ってくる男の気配に、わたしは恐怖にかられる。背後から男の腕が伸びてきて。からみつく。

わたしは全身をまさぐられる。乳房といわず、下腹部といわず、太腿といわず、あらゆるところをほぼ同時に。いったい男の腕は何本あるのだろう。翻弄されるまま、肩越しに男に唇を吸われ、思わず名前を呼んだ。融さん、と。

涌井融と眼が合い、ホッとしたのか、わたしは大胆になった。笑みを浮かべ、自ら身体をひらこうとした、そのとき、反対側から別の男の顔が迫ってきた。それは。

健作さん。さきほど会ったばかりのせいか、健作さんのイメージはより鮮明で、涌井を押し退《の》けるようにして、わたしに迫ってくる。迫って。迫って。貫いてきた。

すると涌井も負けず、健作さんを押し退け。迫ってくる。貫いてくる。相手を押し退けては、貫き。貫いては、一方を押し退けるふたりの男に交互に抱かれながら、わたしは奈落《ならく》に落ちてゆく。

ほんとうに目が覚めたら、全身ぐっしょり汗まみれだった。目覚まし時計のスイッチを止め、もう一回シャワーを浴びた。

ねとねと、いつまでもまとわりついてくる妄想を振り払おうと、リモコンを探し、点けっぱなしだったテレビのチャンネルを替えた。隣りに迷惑にならぬ程度に、ボリュームを上げる。

しかしあまり効果がない。ぼんやりベッドに座りなおしたが、どうかすると手が自然に動き、自らを慰めていることに気づき、わたしは強引にジャネット・リンチの顔を思い浮かべた。途端に、現実に引き戻された。

そうそう。そうよ。今夜は別に、涌井融とふたりきりになれるわけじゃないのよ。あの吸血鬼みたいな女もいっしょなんだからね。ぼわーん、と欲惚けしてる場合じゃありません。

それにしても……涌井相手に淫らな妄想にかられたのはさほど意外ではなかったが、健作さんがあんなかたちで夢に出てきたのには驚いた。これまで彼を、そんなふうに思ったことは、なかったのに。ひどい罪悪感に、いたたまれなくなる。

なぜかは判らない。が、健作さんをそのような対象と見ることは、涌井の場合とちがい、わたしにとって一種のタブーのような気がするのだ。極端な譬《たと》えだが、それはまるで兄や父を相手にするも同然のような、近親相姦《そうかん》的な禁忌の色すら漂う。それだけに却《かえ》って欲望は、強く、深まってしまうのかもしれないが……なにこれ。

なんなんだろう。これが、ほんのこの前まで、性愛に対する嫌悪ゆえ結婚もできないんじゃないかと悩んでいた女の正体なのか？　妄想に留まっているとはいえ、涌井にも、健作さんにも、等しく欲情する。これでは単なる淫乱だ。

ただ、この変化を誘発した原因も判るような気がする。涌井融という男が現れたから。いや、彼自身に対する好意以前に、彼がわたしのところへ持ち込んだものこそが、問題なのだ。それは――過去。あの忌まわしい、九年前の事件。

貫太くん……記憶のなかで中学生のままの、空知貫太のイメージが渦巻いた。

わたし、貫太くんにあげるべきだったんだよね。きっと。

そう思った。処女を捧げる、なんて時代錯誤な発想にちがいないけれど、このときばかりは、心底そう思った。貫太くんにあげていれば……と。

もっとちがう人生があった、かも。ええ。素直に貫太くんにあげていれば、いまとは全然、わたしのすべてはちがっていた……のかも。

夢の残滓《ざんし》は、激しい後悔を、くるおしい肉欲に変え、どこまでもわたしをさいなむ。

再び淫らな妄想に陥りかけていたわたしは『――〈オーシャンズ・ホテル・ユタヒト〉一階に、堂々オープン』という女の声で、我に返った。聞き覚えのある、地元テレビ局の女性アナウンサーの声。

ん？　とテレビ画面のほうを向くと、『エグゼクティブなくつろぎをあなたに』との大仰なキャッチコピーにかぶさり、豊仁市の中心街の夜景が映る。続いてホテルの建物の、ロングショット。

〈オーシャンズ・ホテル・ユタヒト〉のエントランスにズームすると、いままさにホテルへ入ろうとしている、男女のふたり連れ。この後ろ姿は。あら。あららら。こ、これって。

男と腕を組んでいるのは、わたしではないか。えーっ。そうか。そうだった。柳さんに頼まれて出演してたの、すっかり忘れてた。

あら。あららら。げ。やだ。これ、ほんとにわたし？　お尻、おっきすぎない？　恥ずかしいようと身悶えながらも、ついつい画面にかじりついてしまった。撮影時にモニターチェックした画像とは、まるで印象がちがう。

ふーん。これまで考えたこともなかったけれど、テレビって、なんだか実物とは微妙にずれた質感で映るものなんだなあ。不思議。そうと意識して見ないと、モスグリーンのワンピース、わたしがよく着用している服だとは、かなり親しいひとでも気がつかないのではあるまいか。

カメラはさりげなく、わたしの左側から真正面へと回る。うすくほほ笑む女の鼻から下が映ったが、わたしだと識別できるほど鮮明ではない。腕を組んだカップルの胸からウエストのあたりがアップになると同時に、背後のカフェ〈メイド・オブ・ザ・ミスト〉にフォーカスが合う。

「ん？　あれ……れれれ」

思わず声を出してしまったわたしを尻目に、カフェのインテリアやお勧めメニューなどが次々に紹介される。営業時刻は午前十一時から夜十時までとの表記で、ＣＭは終わった。

なるほど。なかなかいい出来。これならたいていの視聴者は、わたしが仕込みとは気づかず、宿泊客を偶然とらえたのだと思ってくれるだろう。演出臭さをうまく消している点は、たいしたものだ。それはいいんだけれど。

うーん。

思わず苦笑を洩らし、わたしは自分の右手を、甲を上にして、見た。なか指とくすり指のあいだの付け根。そこにあるのは黒子だ。小さい点が三つ、互いに線を引いて結んだら、三角形が描けるかたちで並んでいる。

この特徴的な黒子がＣＭのなかで、カップルのアップからカフェのフォーカスに移行する寸前、ほんの一瞬だが、はっきり見えるのだ。これでは、たとえ顔が映っていなくても、モスグリーンのワンピースに気づかずとも、あの女が小久保繭子だと、ばればれである。

もっとも、この黒子を知っていれば、の話だ。他人の手の甲、しかも指の付け根あたりなんて、よっぽどのことがない限り、しげしげ観察したりはしないから、わりと身近なひとでもこの黒子のこと、知らなかったりするし。

まあ気にするほどでもない、わよね。わたしはテレビを消し、着替えることにした。

無意識に、新しい下着をおろしている自分に気づく。そんなことしても無駄なのにと思う一方、でもさ、ひょっとしたらジャネットは急用とかで現れなかったりするかもしれないじゃない？　そしたら涌井とふたりきり。いや、いやいやいや。ふたりきりになったからって、それでどうなるとか期待してるわけじゃないけど、さ。

そう自身に弁解しつつ、わたしはおろしたての下着を身につけ、未開封のパンティストッキングを手にとった。もしも伝線したら、かるく三日は落ち込みそうな値段で、衝動買いしたものの、これまで穿く勇気が出なかったのだが。ええい。びりっと、ことさらに音をたて、パッケージを開けた。

消耗品だ、消耗品。こんなもの。ね。別に今日が特別だから穿くんじゃなくて。うん。いつでも穿いてよかった。なのに、なんとなくいままで使いそびれてただけ。そう。たまたま穿くのが今日になっただけなの。そうなのよ。

はてしなく自分に言い訳しているうちに、露悪的な衝動が湧いてくる。CMに映っていた、モスグリーンのワンピースを手にとった。よし。これを着ていこう、と。どういう脈絡があるのか自分でもよく判らなかったが。今夜はこれを着ていくしかない、と思い詰める。

普段より念入りに化粧をした。鏡を覗き込んでいるうちに、自分はこれから、永遠に封印しなければならないはずの過去を他人に蒸し返されるために出かけようとしているという事実を、うっかり忘れそうになる。

いいの、繭子？　鏡のなかの自分にそう問う。ほんとうにいいの？　後悔することになるかもしれないのよ。いえ。確実に後悔する。判りきっている。ほんとうに、いいの？

ぎくり、とした。鏡のなかのわたしの肩に、兄の顎が載っている。眼が合った。

その顔は父、そして母、また兄と、いつものように、くるくる入れ替わる。誰もなにも言わず、ただわたしが化粧をするのを、じっと見守る。虚ろな眼で、わたしを憐れんでいる。

そうか……なんとなくわたしは、理解できた気がした。こんなに気合を入れて身支度《みじたく》しているのは、涌井に会える期待からではなく、むしろ破滅願望ゆえかもしれない、と。

隙あらば忍び寄ってくる過去の影。振り払おうとしても容易ではない。いや、不可能だろう。ならば自ら一度、破滅することでしか道は拓けない。遅まきながら、そう悟ったのかもしれない。

破滅。すべてが破滅する予感。

我に返ると、わたしはすでに〈オーシャンズ・ホテル・ユタヒト〉に到着していた。あれこれもの思いに沈み、上の空だったらしい、〈ハイツ・タイバ〉を出て、ここへ来るまでの記憶がすっぽり抜け落ちている。歩いてきたのか、それともエントランスに数珠つなぎになっているタクシーのなかの一台に乗ってきたのか、それすら判然としない。

己れに危ういものを感じながら、腕時計を見た。まだ六時を十分ほど回ったばかり。いくらなんでも早すぎるわよねと迷いつつ、〈メイド・オブ・ザ・ミスト〉に入った。

ギャルソン姿の従業員に、おひとりさまでしょうかと訊かれ、頷こうとしたそのとき、窓際のテーブルに涌井融がひとりで座っていることに気づき、息を呑んだ。

待ち合わせですと従業員に断り、そのテーブルへ向かった。どきどき、胸が高鳴る。

「おや」

わたしがこんなに早く現れて、驚いたのだろう、涌井は銀縁メガネをなおす仕種とともに、笑みを浮かべた。

「すみません、お待たせしちゃったかしら」

「いえいえ」涌井は、かるく浮かしていた腰を、すとんと椅子に戻した。「とんでもない。まだこんな時間ですよ。お待ちするついでに、食事しておこうかな、と」

そこへ従業員がやってきた。すでにオーダーしてあったのだろう、パスタやバゲットの皿を、涌井の前に手際よく並べる。

「小久保さん、お食事は？」

まだだったが、緊張して、とても食欲はない。すませてきました、と嘘をついた。

ではなにか飲みものでもと言われ、コーヒーを頼むつもりが、生ビールにしてしまう。やっぱり、しらふでは乗り切れそうにない。

「……あの」できる限り、さりげなく訊いた。「今日は、ジャネットさんは」

「上階で待っています」

あっさりそう答えられてしまい、がっかり。

「あとで、ウッドワーズ氏のお部屋へ、ご案内いたします」

「というと……」

そうか。そうだよね。当然そういう展開になると想像がつかなきゃいけなかったのに。ここへ来るまで、これっぽっちもその可能性に思い至らなかった迂闊《うかつ》な自分が嫌になる。

「ウッドワーズさんも同席されるのですか」

「ええ。あ、いやいや。あまり緊張される必要はありません。どうかお気楽に」

そんなに顔が強張っていたのだろうか。心配になってきた。生ビールを、ぐいっ。

「この前お会いしたときのお洋服ですね」

あ、と思った。そうか。このワンピース、涌井が〈ステイシー〉に来店したときにも着てたんだ。これまた全然、思い至らなかった。しまった。ちがう服にすればよかった。と、内心、地団駄を踏んでいたら。

「よくお似合いですね。可愛い感じで」

お世辞だと判っていても、褒められると、嬉しい。ぴったり互いに閉じたままの膝が、そわそわ、浮いてくる。

「そうそう。ほんのついさっき、CMを観ました。先日おっしゃっていた、このお店の。部屋でたまたまテレビを点けたら、映っていて」

ということは、まさにわたしが観たのと同じ映像だったのかもしれない。他愛ないけれど、そんな偶然すら気分を高揚させてくれる。これ以降、心のなかで「涌井」と苗字ではなく「融さん」と、こっそり呼び始めるわたしだった。

「やっぱり小久保さんの顔も映っていたほうが、よかったんじゃないかな。もったいないですよ」

このままずっと時間が止まって、永遠に七時にならなければいいいんだけど……と祈っていたら、非情な現実は向こうからずかずか、やってきた。

ジャネットだ。彼女も先日と同じ、黒いパンツスーツ姿だが、ひょっとして同じ服の替えを何着も持っているのではないかと思うほど、皺ひとつなく、ぴりっと糊が利いている。

ファッションモデルばりに颯爽とした歩き方で、彼女の靴音だけで店内の雰囲気が変わる。カフェのグレードが急にアップした、という感じ。

「おや」融さんも彼女に気づき、手を挙げた。「どうかされましたか？　こんなに早く」

「それが——」

ジャネットは、わたしに会釈しておいてから、融さんの隣りに座った。

「ジェイムズがね、今日、ちょっと体調が、かんばしくない」

「え。どんな具合ですか」

「たいしたことはないんだけれど。ミス小久保にお会いするのは、きついかも」

テーブルへやってきた女性従業員に、にっこりほほ笑み、レモンティーを注文するジャネットの表情からして、多分ほんとうに、たいしたことではないのだろう。

「どうしましょう。せっかく小久保さんにお越しいただいたのに。日をあらためますか」

「いいえ。代わりにわたしに話を聞いておいて欲しい、ということだから」

九年前の事件と向き合わなければならない状況に変わりないものの、とりあえず今夜は、あのマイケル・ウッドワーズの父親と、顔を合わせなくてすむのは、やはり少しホッとする。

「ついては、トオル。今夜の会談、あなたの部屋を使わせてもらっていいかしら」

顔を見なければネイティブとまちがえそうなほどジャネットの日本語は完璧だが、「融」の「オル」の部分に不自然なアクセントのつくところが、なんだか耳障りだ。というか、気に障る。

「ええ。もちろんいいですよ。あ」融さん、頭を掻いた。「すみません。じゃ、これを食べ終えたら、ぼく、ひと足さきに上がってます。ちょっと部屋、散らかってるんで」

短いあいだとはいえ、ジャネットとふたりきりにならざるを得なくなり、わたしの気分は淀む。ウッドワーズ氏の体調さえよければ、こんな居心地の悪い思いをせずにすんだのに、と恨めしい。物腰が優美であればあるほど、なぜか不穏なムードを漂わせる女と顔を突き合わせるより、マイケル・ウッドワーズの父親なる人物と対面するほうがよほどまし、なような気がするほど。

「えと。十分。いや、二十分後、ということで。よろしく」

というからには、融さんの部屋、相当散らかっているのだろう。あたふたカフェを出てゆく彼の背中に「どうぞごゆっくり」と声をかけるジャネットの微笑すら、邪悪な香りがする。

「マユコ、ビールのおかわりは？」

もらうことにした。どうせ向こう持ちだろうし。酔っぱらっておいたほうがいいのかも。

「わざわざごめんなさいね、ご足労願って。主人のために」

まったくいい迷惑よ、などと本音を口走るほど、わたしも幼稚ではない。いいえ、とかぶりを振りかけて、はっと気がついた。え？

「主人……て？」

「あら」

失言だったらしい、ジャネットは、いたずらっぽく自分の口を覆ったが、ごまかしとおすつもりはなさそうだ。

「他のひとたちには黙っていてもらえると、ありがたいわ。トオルどころか、ジェイムズの子供や孫たちすら、まだ知らないの」

年齢的に、彼女があのマイケルの母親である道理はないから、当然、ウッドワーズ氏の後妻におさまった、というなのことだろう。どういう経緯なのかはともかく。

「それは……おめでとうございます」

祝福する言葉が我ながら、ぎこちない。

「ありがとう」

ジャネットは、あくまでも悠然としている。

「まだご家族も知らない、というと、最近ですか。入籍されたのは」

「ええ。知り合ったのがそもそも、今回のマイケルの件で彼に雇われたからだし。ほんの先月、正式に手続を済ませたわ。極秘に、ね」

「どうして秘密にするんです、そんなに」

「めんどくさいからよ。周囲にあれこれ言われそうで。祖父と孫娘くらい年齢が離れているから、仕方がないけど。特に彼の家族は、絶対に反対するでしょう。財産目当てだ、とか言ってね。だけどジェイムスの意思は変わらない。彼もね、ようやく悟ったから」

「なにを、ですか」

「どんなにたくさんの取り巻き連中にかこまれようと、無駄。彼の願いを叶えられるのは、このわたしだけだってことを、ね。いえ、単に実行に移すだけなら誰にだってできる。けれど、わたしがいちばんうまく、美しく、やってあげられる」

不覚にもわたしはこのとき、ジャネットの科白をセクシュアルな意味と勘違いした。再婚の話題からつながっていたのだから無理のない面もあるが、床上手で男を籠絡《ろうらく》したことを自慢したりして案外太平楽なひとだ、などと内心苦笑していたのだから、呑気なのはわたしのほうだ。かといって、このとき彼女の真意を察していたところで、どうしようもなかっただろうが。

「そんなわけで、トオルにもないしょに、ね。わたしは単なる秘書だ、ってことで。よろしく」

約束を守れるかどうか自信はなかったが、とりあえず頷いておくしかない。

融さんが部屋をかたづけ終わる頃合いを見計らって、わたしたちはカフェを出た。エレベータで十一階へ上がる。

融さんの客室は、デラックスツインだ。セミダブルのベッドがふたつ。そして応接セット。

「どうぞ」と、ふかふかのソファを勧められる。わたしとジャネットが並んで座り、融さんと向かい合うかたちになった。

「お茶でも、いかがですか」と訊かれ、ついまた、できればアルコールを、と答えてしまう。融さん、手慣れた仕種で冷蔵庫から取り出してきた白ワインのボトルを開け、グラスを三客、コーヒーテーブルに並べた。

こんなに豪華なホテルの客室に入ったのは、初めてだ。〈ハイツ・タイバ〉のわたしの部屋の優に数倍の広さで、ふたりどころか、三人か四人でシェアしても、ちっともおかしくない。しかし融さんはここに、ひとりで滞在しているという。それも、もう半年近くも。

加えて、ジャネットも、そしてジェイムズ・ウッドワーズ氏もそれぞれ別々の部屋をとっている、とくる。ふたりの客室が融さんのそれよりグレードが低い、なんてことはあるまい。少なくともデラックスツイン以上の客室を、あとふたつ、確保しているわけだ。あまりの贅沢ぶりに、めまいがしそうになる。

地方とはいえ、高級なシティホテルだ。三人分の宿泊費、しかも数カ月単位の長期滞在ともなれば、庶民の想像の及ばぬ額になろう。これらを含めた、融さんとジャネットの豊仁での活動経費はすべて、ジェイムズ・ウッドワーズ氏の財布から出ているのだという。

「とりあえず、この会談の主旨を改めてはっきりさせるために、まずぼくたちの雇い主のことを、簡単に説明しておきます」

ジェイムズ・ウッドワーズ翁《おう》は現在、八十六歳。ポーランド系移民の子孫で、教育をろくに受けず若くして事業を興し、一代で巨万の富を築いた、アメリカ合衆国でも立志伝中《りっしでんちゅう》の人物だという。

「全米にチェーン店を展開する〈ウッドワーズ・ドラッグ〉というドラッグストアです。といっても、薬局ではありませんが」

つい横眼でジャネットを盗み見た。なるほど。そういう相手の後妻におさまる以上、これはジャネットでなくても、財産目当てだと疑われるのを覚悟しなければなるまい。

「日本で言うと、スーパーマーケットに近いかな。日用品や食料品、衣類など、あらゆるものを大量に格安で提供する、という。ちょうどダイエーグループみたいな感じ、と言えば判りやすいでしょうか。全米流通業界第二位の規模というから、大変なものです。実質的な経営は、現在ウッドワーズ翁の長男が引き継いでいて、ご本人はグループ会長職に退かれていますが」

ジェイムズには子供が三人いる。男の子がふたりと、女の子がひとり。そのうち次男が、九年前に首尾木村で死んだマイケルなのだという。

「長男と長女は、それぞれ家庭を築き、独立している。お孫さんが五人いて、上の四人はすでにウッドワーズ・グループ傘下の外食産業やOS産業など関連企業の要職にそれぞれ就いている。ジェイムズ翁は、ひとつの巨大な王国の頂点に立っているわけです。実質的に現役を引退した後は、悠々自適といいますか。いま大学生の、いちばん下のお孫さんを、将来は州知事選に出馬させ、ゆくゆくは合衆国大統領に、という黄金コースに乗せるべく、英才教育をほどこすのが老後の楽しみだった——はず、なのですが」

「あの……」少し躊躇したものの、結局、好奇心が勝った。「ジェイムズさんの奥さまは？」

「亡くなられています」

予想どおりの答えだったが、融さんの表情を見ると、ウッドワーズ翁の奥方の死には、なにか曰くがありそうだ。はたして彼はこう続けた。

「九年前に、日本でのマイケル死亡の知らせを聞いてから、急に体調を崩されたのだとか」

この会談に臨んだことを後悔させられる事実が、次から次へと明らかになる。

「困窮生活の歴史の長い移民の子孫だったこともあり、ファミリーの結束がとても強かった。奥さまは病床で、次男の無実を、最後まで訴えていたそうです。さぞ無念だったであろうことは想像に難くありません」

ここで融さんは一旦口をつぐんだ。わたしの立場に配慮してなにかフォローしておこうかと迷うような表情を見せたが、結局、説明を続ける。

「マイケルは、ウッドワーズ夫妻の末っ子だったせいもあり、堅実なきょうだいに比べ、自由奔放な性格だったようですね。ビジネスにはまったく関心がなく、俳優をめざして演劇学校に行ったり、ミュージシャンを気どって仲間とバンドを組んでライブ旅行をしてみたりと。あれこれ気儘にやっていた。ウッドワーズ翁も、上の息子と娘がしっかりしていて安心だったため、マイケルには好きにさせていた。ご自身が四十半ばで生まれた子供だったし、可愛かったのでしょう。まあはっきり言って、甘やかしていたわけです。マイケルが例によって気まぐれを起こし、日本にしばらく滞在してみると言い出したときも、特に反対しなかった。どうせすぐに飽きて帰ってくるだろう、と。そう高を括っていた。ウッドワーズ翁の老後は安泰のはずでした。なにも憂いはなかった。ところが」

ひと息つくと、融さん、ファイルのようなものを取り出し、テーブルにひろげた。

「マイケルが日本で客死して以来、ウッドワーズ翁の人生の歯車は狂い始めた。いや、事業のほうはなんの問題もない。グループはすでに彼の手を離れ、順調に成長を続けている。しかしウッドワーズ翁の心の平安は失われてしまった。あろうことか、次男はただ客死しただけではない。地元の日本人、実に十三人を虐殺したとされる、猟奇大量殺人鬼の汚名を着せられてしまった。これはウッドワーズ翁でなくとも、静観できるものではないでしょう。ましてや、長年連れ添った糟糠《そうこう》の妻が、その無実を訴えながら憤死したとあっては、なおさらだ。こうして九年も経ったいまもなお、事件を調べなおすべく躍起になっている熱意も、きっとご理解いただけるのではないかと思います」

「あの……他人事みたいな訊き方をして、大変もうしわけないんですけど」そうわたしが口をひらいたのは、もはや決定的となりつつあるカタストロフに対する、ささやかな抵抗を試みようとしていたのだろう。「警察の公式見解としては、どうなっているのでしょう。事件は解決しているんですか、それとも——」

「決着しています。公式には、ね。被疑者死亡のまま書類送検というかたちで」

「ウッドワーズさんは、それに異義を唱えなかったのですか」

「もちろん次男の無実を信じ、訴訟も検討したようです。が、なにしろ遠い異国の出来事で、ただでさえ情報が錯綜し、混沌としているのに加え、マイケル本人が死亡している。当初は、惑乱しながらも、地元警察の公式見解を受け容れるしか為す術がなかった」

「たしかに……察するにあまりあります」

「だが、それで黙って引っ込むわけにはいかない。奥さまが失意のうちに亡くなったこともあり、ウッドワーズ翁は、なんとか自分が他界する前に次男の汚名を雪《そそ》がなければと思い詰めるようになった。自ら調査するには健康に不安があるので、手足となって動いてくれる人材を探すことから始めた。そのうちのひとりが」と、ジャネットを示す。「彼女です。ジャネットさんは大学時代、日本文学を専攻していたそうで、語学力がある。とりあえず彼女を尖兵《せんぺい》として日本へ送り込む。現地で正確な情報を収集するためには、やはり日本人の協力者が必要だ。それも一般市民ではなく、例えば警察OBやジャーナリストなど、事件を客観的に俯瞰できる視点の持ち主でなくてはならない。そう判断したジャネットさんの眼に留まったのが、ぼくが九年前、週刊誌に寄稿した、この記事でした」

テーブルの上に置かれたファイル。そこに、九年前の首尾木村での猟奇大量殺人事件の特集記事のコピーが綴じられている。見開きで四ページ。執筆者は「涌井融」だ。

「ぼくがかけだしの頃、書いた記事です。この前も言いましたが、ジャネットはこのルポに注目し、ぼくに協力を求めてきた。ひとつは、これを読めばお判りのとおり、ぼくが遠慮がちながら、捜査のあり方に疑問を呈していたからです」

眼で促され、わたしは特集記事を黙読してみた。内容の大半は、首尾木村の沿革と、北西区の住民の簡単な紹介、そして彼らが誰に、どういうふうに殺害されたか、警察が再構成した事件経過のあらましに割かれている。

この前も自分で認めていたように、融さんの論調はおおむね警察の公式見解のおさらいに過ぎず、事件の結論に重大な疑義を呈する、といった姿勢にはなっていない。が、最後のほうで、まだまだ事件全容解明にはほど遠いのではないか、と指摘する。融さんの挙げる問題点はふたつ。

ひとつは、マイケルの動機がまったく不明。一応の説明がなくもないが、これだけの大事件を起こした者の心理解明として、とても説得力があるとは言い難い。なのに捜査陣は、その点を深く掘り下げようとする様子がないこと。

もうひとつは、マイケルがすべての犯行にかかわったと断定するわりには、関係者、特に現場となった北西区にとり残された生存者たちの証言のすり合わせがいい加減なこと。生存者たちの供述には互いにかなり矛盾する箇所があるにもかかわらず、警察はそれらをすべて、若年者が極限状態に置かれた混乱によるものと簡単にかたづけているが、それはいささか強引ではないか、と。

「まあ要するに、ぼくの論旨は、事件はマイケル某が犯人だったという解決でもいいけれど、警察の事後処理は杜撰《ずさん》すぎるんじゃないか、と。そう指摘するに留まっている」

実際、特集記事は、生存者たちの証言がどんなふうに矛盾しているのかとか、具体的な検証には及んでいない。が、これは融さんの取材がおざなりだったからではなく、単に記事掲載スペースが限られていたからだろう。

「あのとき、もうひとつ深く突っ込んでいれば、犯人は別にいるのではないかといった問題提起もできたかもしれませんが。まあぼくも若かった。せっかく拾った情報も、記事内容に反映させることなくお蔵入りさせたりしているし——こうしてジャネットさんから依頼を受けるまでは、ね」

ここからは記事にも書かれていない、融さんが独自に収集した情報のお蔵出しもまじえ、事件の見なおしに入ることになる。

マイケル・ウッドワーズが来日したのは、一九八二年二月。当時三十歳で、発足したばかりの某キリスト教系慈善事業団体と契約し、そこから派遣されるかたちで、南白亀町にある〈エンゼルハート学院〉という英会話学校の講師になった。

生活の拠点は当然、南白亀町だったが、事件の舞台となった首尾木村でマイケルを目撃したことがあるという証言は、ひとつも得られていない。

「おそらくマイケルは、事件以前に首尾木村へ行ったことは、一度もなかったと思われる。それを裏づける証言も、ちゃんとある」

現在は閉鎖されている〈エンゼルハート学院〉で経理と事務を兼任していた男性職員は、こう供述しているという。

——事件の前日だから、八月十六日のことでしたが、マイケルから電話があり、翌日のレッスンを休講にして欲しいと言ってきたんです。緊急の用事ができた、とのことでした。夏休みは、数少ない小中高生が主なお客さん。これからもっともっと英会話に興味を持ってもらわなければならない、言わば書き入れどきです。そうそう休講にはしたくない、なんとかならないかとずいぶん頼んだが、聞き入れてもらえなかった。よっぽどだいじな用なのかと。仕方ないから休講の貼り紙を出したけど、結局、翌日の十七日は台風で、告知するまでもなく、生徒はひとりも集まらなかった。

「事件の前日、わざわざ勤め先に連絡して、休みをとっているんですが、この際に――」

――ああ、そういえばその電話で、首尾木村って知ってるか、とマイケルに訊かれたな。ええ。そのときが初めてですよ、彼の口から村の名前が出たのは。ぼくは、知ってるけど、なにしろ山のほうだからね、行ったことは一度もない、と答えました。じゃあどんなところかは判らないんだなと続けて訊いてきたので、まったく知らない、と答えました。さらに、バスで行けるよなと訊くから、いや、手配できるなら車のほうがいいと思うよ、と。ええ、たしかにそういうやりとりがありました。そのときは、どうして急にそんなことを訊くのか、特に気にしなかったのですが。

「つまり、この証言を素直に解釈するなら、マイケルは首尾木村へ、八月十七日以前に行ったことはなかった、としか考えられない」

ちなみに、この男性職員とのやりとりは英語で行われたそうで、彼の聞きとりにまちがいがなかったとすれば、という註釈つきだが。

「これは当時も少し引っかかったのですが。生存者のひとりである中学校教師、川嶋浩一郎によると、十七日の朝、彼は南白亀中学校首尾木分校の同僚、花房朱美とマイケル・ウッドワーズの三人で話し合いを持つことになっていた、という。花房朱美が、怪しげな外国人男性につきまとわれて困っていると訴えてきたから、だそうです。彼から一方的に言い寄られたので、断ったのだが、どうしても諦めてくれない。なんとかして欲しいと頼まれ、彼女のためにひと肌、脱ごうとした、と」

融さん、いきなり皮肉っぽくなりすぎたと自戒でもしたのか、咳払いし、口調を改めた。

「で、首尾木村の、当時花房朱美が住んでいた借家で話し合いをすることになった、と川嶋氏は言っているのですが。これ、この前も言ったように、警察の結論をひっくり返そうなんて気概はなかったから記事にはしませんでしたが、いまにして思えば、もうここからして、変だ」

「というと、どのように」

「花房朱美の立場にしてみれば、ですよ。いくら借家とはいえ、つきまとっているとされる男を自宅に上げる気になれますか？　三人で話し合いをするというなら、彼女と川嶋氏が南白亀町のほうへ出てゆきそうなものじゃありませんか」

たしかに。当時マイケルは、南白亀町の小さなアパートに住んでいたという。仮にそこが狭すぎたのだとしても、いわゆる「お町」ならば、三人で話し合いを持てる場所は、少なくとも首尾木村より、遥かに選択肢があっただろう。

「これは川嶋氏によれば、マイケルが彼女の家での話し合いを主張して譲らなかったからだ、と。そう言われるとこちらに反論の材料はありませんが、不自然な点は、まだたくさんあります。例えば、その話し合いが決裂した結果、マイケルが強行手段に出た——とされる、くだりです」

この箇所は特集記事にも登場する。警察は、この決裂がマイケルを異常な興奮状態に陥らせ、結果的に村の住民の殺戮にもつながった、としている。動機に関する記述はそれでほぼ全部だ。

「花房朱美の借家は首尾木村の、通称、東南区というところにあった。もちろんマイケルにとっては初めての土地です。そこで話し合いの最中、激昂《げっこう》し、川嶋氏を縛り上げた、と。車のトランクに彼を放り込み、花房朱美を拉致《らち》して、逃走する。逃げた先というのが、村の通称、北西区と呼ばれるところにある、廃校になった小学校の旧校舎だった、と。さて——どこから突っ込んだものやら、迷ってしまうくらいなんですが」

さすがにわたしも同感だった。自分の立場を忘れて、思わず失笑を洩らしそうになるほど。

「まず車です。川嶋氏がトランクに放り込まれたとされるのは、彼自身が所有する白いセダンだった。これはいったい、どうしてでしょう？　話し合いが持たれていたとされるのは、花房朱美の自宅です。彼女も車を持っていたんです。実際、借家の前にはその車が停められたままになっていました。なぜマイケルは、逃走にあたって、そちらを使わなかったのか？　いや、そもそもなぜ川嶋氏の車が、花房朱美の家の前にあったのか」

当時シバコウが住んでいた家が、花房先生の借家からどれほど離れていたかは知らないが、村の外へ遠出するならばともかく、狭い畦道の多い区内であれば、どこへ行くにも自転車を使うほうが便利だったはず。

「川嶋先生は、そのことについて、なにか釈明してるんですか」

まだこの段階ではわたしも、川嶋に「先生」をつける理性が残っていたのだが。

「自分が南白亀町までマイケルを迎えにいったからだ、と言っています」

「車で、ですか」

「ええ。そして、そのままマイケルを花房朱美の家まで連れていった。だから自分の車はそこにあったんだ、と。そう主張している」

「待ってください。花房先生は車をお持ちだったんですよね。マイケルは？」

「車は所有していなかった。主に自転車が移動手段だったようです」

「でも……」

これまで夢にも思わなかった疑問が初めて、むくむくと暗雲のように湧き、拡がってゆく。どこまでも膨張し、わたしにからみつき、じわじわ首を絞めてくるかのように。

「でも、それだと……」

「はい。まさに小久保さんと同じ疑問を、ぼくも抱きました。いいですか。マイケルは当時、南白亀町に住んでいた。首尾木村の停留所まで、バスで小一時間、かかります。そこからさらに、花房朱美の借家まで、自転車もなにもなく歩くしかなかったのだとすれば、二時間弱かかる。もうひとつ付け加えるならば、南白亀町と首尾木村を結ぶバスは当時、一日三本しかなかった。これだけ遠く離れたところに住んでいる花房朱美を、マイケルはいったいどうやって、つきまとったり、困らせたりできたというのでしょう？」

「その点について、川嶋先生はなにか、説明しているんですか」

「そんなこと自分が知る由はない、と。完全にひらきなおっています。その気になれば、いろいろ方法はあったんだろう、と。まあ、この言い分そのものは至極ごもっともですがね。仮に、なにか方法があったのだとしても、花房朱美とマイケル、当事者両名が亡くなっているので藪《やぶ》のなかだが、マイケルが首尾木村の、東南区によせ北西区にせよ、行動拠点を持っていなかったのはたしかです」

わたしは頭痛がしてきた。兄や父、そして母が夢に出てきて、過去に思いを馳せざるを得ないとき、いつも襲ってくる、あの頭痛。

「川嶋氏は、縛られ、自分の車のトランクに放り込まれた、と。マイケルは花房朱美を拉致し、川嶋氏のセダンを運転して、首尾木小学校の旧校舎へ向かった、とされているが。これも変です」

「そのとき村へ初めて来たはずのマイケルが、どうしてそんな、廃校になった小学校なんて、都合のいい場所を知っていたのか」

「そうです。まさにそのとおりです。しかも旧校舎というのは、東南区から川を渡って、ずっと山のほうへ行かなければならない。これはぼくも現地に行ってみたから断言できますが、余所者にすぐにそれと判るような場所ではない」

「その点については？」

「川嶋氏ですか。知らないと言ってます。自分はずっとトランクに閉じ込められていたが、花房朱美は座席に乗っていたはずなので、おおかた彼女から聞き出したんだろう、と。あるいは、当てもなく、でたらめに村じゅうを運転しているうちに、たまたま眼についただけじゃないか、と」

「あの、ちょっとよろしいですか。マイケルは、日本語のほうは？」

「全然だめだったようですね。コンニチハ、とか、かたこと程度で。あとは誰に対しても全部、英語で通していたようです」

「川嶋先生は？　英会話はできたんですか」

「いや、まったくだめのようです」

「あのう……一方は日本語がだめなアメリカ人、もう一方は英語がだめな日本人。そんなふたりが、いわゆる話し合いなんて、持てたのでしょうか」

「まさにおっしゃるとおりなんです。しかしこれも川嶋氏に言わせれば、なんの問題もなかった、と。花房朱美は、なにしろ英語の教師だったし、〈エンゼルハート学院〉にも通っていたから、けっこう堪能《たんのう》だった、と。話し合いはもっぱら彼女とマイケルがして、自分はオブザーバーというか、万一に備えてのボディガードみたいな役割のつもりだった、最初から彼との意思疎通は諦めていたし、南白亀町から村へ車に乗せてくるあいだも、マイケルとはひとことも言葉を交わさなかった、と言っています。いささか苦しい言い分に聞こえますが」

「そもそも花房朱美がマイケルと知り合ったのが、その〈エンゼルハート学院〉という英会話学校だったんだから」

　ジャネットはワイングラスを傾け、そう口を挟んだ。こちらは皮肉っぽく、嘲るような口調を隠そうともしない。

「ふたりが接触する場所は、首尾木村ではない。明らかに南白亀町のほう。だとすると、マイケルは車を持っていなかったのだから、彼女のほうから彼に会いにきていた、と考えるべきなのよ」

「そのとおりです。実際、小さい村のなかに髭面の外国人が現れたとしたら、相当めだったはずでしょう。なのに事件以前に一度も目撃証言がないのは、マイケルが花房朱美につきまとったりなんかしていなかったからだ、としか考えられない。ふたりに接点があったのであれば、むしろ車を持っている彼女のほうから積極的に、南白亀町まで彼に会いにいっていたはずだ。つまり自由意思でマイケルと付き合っていたのです。警察も当然、そのことに思い当たったのでしょう。その点を追及された川嶋は、こんなふうに釈明している。曰く、ふたりは最初は円満に交際していたんだろう、と。理由は知らないが、花房朱美のほうが関係を解消しようとして、マイケルが納得せず、話がこじれたんだろう、と」

　その類いの男女間のトラブルは巷間《こうかん》いくらでもころがっているから、そう主張されたら、反論はけっこうむずかしそうである。

「話を戻しますが、村を初めて訪れたマイケルが小学校の旧校舎へ向かったというのは、かなり不自然です。場所を花房朱美から聞き出した、というのも考えにくい。というのも、花房朱美は南白亀中学校首尾木分校に赴任してきてからずっと、勤務中以外の時間帯は村から姿を消すようなひとだったらしいんです。通常は、授業が終わっても就業規程上、職員は一定時間、校内に留まっていなければならないのですが、彼女はそんなことおかまいなし。終了ベルが鳴るか鳴らないうちに学校を飛び出して車を走らせ、南白亀町、さらに豊仁市まで足を伸ばしていた。ライブハウスやディスコに入り浸っていたそうです。ちなみに豊仁市に当時あったこのディスコに現れるとき、彼女はいつも外国人男性といっしょだったそうですが。長髪で髭面の」

　それがマイケル・ウッドワーズだった可能性は高い。いや、きっとそうだったのだろう。

「週末ともなると居場所が判らず、急用ができても学校関係者は彼女と連絡がとれなくて、大変だったとか。借家には寝るためだけに帰るだけ。無断欠勤こそなかったらしいが、遅刻や早退はしょっちゅうだった。村のことなど全然知らないから、役場での課外授業の引率を頼んだら、まったくちがう民家に生徒たちを連れていってしまった、なんてこともあったそうです」

「ひとつ、疑問なんですけれど」

「なんでしょう」

「そんな花房先生が、せっかく仕事から解放される夏休みだというのに、なぜ村周辺でくすぶっていたんでしょう？」

「彼女の実家は豊仁市にあって、ご両親がなかなか厳格な方たちだった。くどくど小言をくれられるより、ひとり暮らしの村の借家のほうが気楽だったのでしょうね。車があるからいつでも、好きなところへ遊びにゆけますし。実際には受け持っていなかった補習などを口実に、夏休みに入ってから一度も実家には戻っていなかったようです」

「ほんとに、ただ寝に帰るだけ、だったんですね、村へは」

「そうです。そんな花房朱美がですよ、はたして川の遥か向こうの小学校の旧校舎の場所なんか知っていたんだろうか、と。まあこれも、絶対に知らなかったはずだと断言はできないわけですが」

理詰めで指摘されると、シバコウの証言はどれもこれも胡散臭《うさんくさ》く、信用するに足りないものばかりだと認めざるを得ない。しかし。

しかし、それを言うなら、このわたしの当時の証言だって……頭が痛い。なんだか身体が、だるくなってきた。油断すると、気を失いそうだ。もうここらで融さん、やめてくれないかと願うが、そうはいかない。むしろここからが本番で。

「自分は、生存者である中学生たちに車のトランクを開けてもらうまで、ずっと閉じ込められていた、と。そのあいだの経緯はなにひとつ知らない、そう川嶋氏は主張しているわけですが——」

融さん、ちらりとわたしを見た。なにか促すような表情だったが、こちらは答えようがない。ただ眼を伏せるだけ。

「その検討は後回しにしましょう。中学生たちにいましめをほどいてもらった川嶋氏は、旧校舎の教室のなかで惨殺されている花房朱美を発見。そして、中学生たちに、謎の外国人が彼らの家族を次々に惨殺していると知らされる」

いまにも兄、父、そして母の亡霊が現れそうな予感に、わたしは怯える。

「生存者である中学生三人のうち、男の子のひとりは、その犯人に殴る蹴るの暴行を受け、長い時間、雨と風のなか、屋外に放置されていた。警察がかけつけたときは旧校舎の教室に避難させてもらっていたものの、生死の境いをさまよう状態で、事件後、長期入院を余儀なくされたほどだった。ここらあたりとなると、なかなかデリケートな部分で恐縮ですが――小久保さん、あなたもあやういところで」

「服を脱がされただけです」

慌ててわたしは融さんを遮った。まるで警備員に万引きを咎《とが》められたかのような性急さで。

「ほんとに、あやういところで、わたしは、たすかりました。けれど……」

「はい。もうひとりの男の子ですね。事件後、彼は性的暴行を受けていた事実が判明した。だいぶ時間が経っていたせいで、男の子の身体に犯人の体液は残存しておらず、血液型鑑定などは結局、できなかった。どのみち、DNA鑑定がまださほど一般的でない時代でしたが。この、川嶋氏以外の生存者たちのことを、もう少し詳しく整理してみます」

融さんはファイルを捲った。

「救出後、重傷で入院することになった空知貫太くんという男の子ですが。彼は搬送先の病院で、短いが、貴重な証言をしている。それは、ざっとこういう内容です」

ファイルとは別のノートを出し、開いた。

「八月十七日の朝、何時頃だったかは記憶がはっきりしないが、自宅の離れで空知くんは、元木雅文くんという同級生の友人と将棋をさしていた。そのとき、母屋のほうで悲鳴を聞いた。慌てて行ってみると、父親が殺害されていた。そしてその遺体のそばに、見たことのない髭面の外国人の男が、血まみれの鎌を持ち、立っていた、と」

貫太くん……いまにも涙が溢れそうになる。じっと唇を嚙みしめ、こらえた。

「外国人の男は自分にも襲いかかってきたので、彼は元木くんといっしょに外へ逃げ出した。そして、自宅の敷地の前で、伊吹省路くんという男の子と遭遇する。伊吹くんはその日、南白亀町へ映画を観にいっていて、その帰宅途中だった。みんなで逃げようとした男の子たち三人は、その途上、自宅から逃げてきた小久保さん、あなたと合流する」

「はい。そうでした」

「あなたも、それぞれの自宅で殺されているお兄さんとご両親を発見し、嵐のなか、逃げ出してきたところだった。四人は、たすけを求めて、伊吹くんの住む大月家――彼のお祖母さんの家へ向かう。そこで、伊吹くんの母親と、その浮気相手と見られる男が殺害されているのを発見」

融さん、淡々とノートを捲る。

「金谷家、秦家と、ご近所を次々に回ったが、新たに他殺死体を見つけるばかり。あなたたち四人は通称、北西区から脱出しようとしたが、南橋にガソリンを撒かれていた。それに気づかず、自転車で渡ろうとした元木くんが、不慮の発火による火災に巻き込まれ、崩落した橋とともに川に転落。水死するという結果になってしまった。進退窮まり、三人で小学校の旧校舎に向かった――そうですね？」

「はい。どこかで台風をやり過ごし、夜明かしをしないといけない。でも誰の家にも死体があるし、空き家も勝手に上がり込むのは抵抗がある。その点、小学校なら気兼ねがない、ということで」

「なるほど。あなたたち三人は、小久保憲明さん、つまり繭子さんのお兄さんの家の電話で、警察へ通報していますね。厳密には、たまたま伊吹くんが暗記していた番号に掛け、そこから通報を頼んだかたちだが。これは――」

初めて融さんに、下の名前を呼んでもらったが、ときめいている暇もない。

「これは、小学校へ向かう直前だった、ということで、まちがいありませんか」

「はい」

「切断されていた電話機のコードを繋いだんですよね。なぜお兄さんの家の電話で？」

「どこの家でも同じといえば、同じだったけど。空知くんと伊吹くんと、三人で相談したんです。どこの家も上がるのは抵抗がある。でも兄の家なら、その、少なくとも、作業しながら見ないですむ位置に死体があるから、と」

「なるほど。そして、小学校へ向かった。そこで、なにがありました？」

「旧校舎の前に白いセダンが停まっていました。川嶋先生の車だと、すぐに判りました。座席には誰もいないのに、がたがた動くので、びっくりした。トランクのなかに誰かが閉じ込められている、と気がついて――」

「開けてあげた？　どうやって、です。あなたたちはキーを持っていなかったんですよね」

「空知くんだったと思うけど、運転席に開閉レバーがある、と言って」

「開けられたのですか。つまり、セダンのドアに、ロックは掛かっていなかった、と？」

亡霊がうろうろ、そこらを歩く気配がして、わたしは顔を上げられなくなった。

「はい……」

「それで？」

「トランクを開けようとしたら、あのひとが、わたしたちの前に現れて――」

「あのひと、というのは？」

「犯人です。いえ、その……つまり」慌ててこう付け加えた。「犯人とされている男のひとです。髭をはやして、髪の長い、外国人の」

「彼はどこから現れたのです」

「どこ……って」


断片的な記憶が、まるでフラッシュを焚いているみたいに明滅する。そのたびに激しい頭痛がわたしを襲う。

「……建物から、です。小学校の旧校舎の」

「それから？」

「男は、空知くんに襲いかかり、殴る蹴るの暴力を振るいました。空知くんが倒れて動かなくなると、男はわたしに向かってきて――」

「向かってきて？」

「服を脱がされそうになりましたが、わたしは逃げました」

「伊吹くんは？」

「彼も……伊吹くんもいっしょに、逃げました。校舎のなかに」

「そこに、拉致された花房朱美がいた？」

「はい」

「そのとき彼女は死亡していましたか？」

「それは……」

頭痛が激しくなってくる。うっかりすると、自分がいまどこにいて、なにをしているのか、見失ってしまいそうなほど。

「それを実は、あまりよく憶えていないのです」

「憶えていない？　教室に入ったんですよね」

「入りました。花房先生がそこにいることにも気づきました。しかし、そのとき、先生がまだ生きていたか、死んでいたか、よく判りません」

じっと顔を上げず、眼を伏せていると、視界の片隅に足が現れた。明らかに融さんでも、ジャネットのものでもない、足が。うろうろと。これみよがしに、うろつく。幽霊に足があるなんて、反則じゃないのと、怯えるというより、いらだつ。

「それから、どうしました」

「外で雨に打たれている空知くんと、車のトランクに閉じ込められている川嶋先生を、放っておくわけにはいきません。伊吹くんと力を合わせて、なんとかふたりを建物のなかに入れ、みんなで夜が明けるのを待ちました」

「そのとき犯人は、どうしていたのです」

「判りません。気がついたら、いなくなっていたので。逃げたんだと思いました」

「改めて襲ってきたり、しなかった？」

「ええ」

「犯人はなぜ急に逃げたりしたんでしょう。なにか心当たりはありませんか」

「さあ。でも、すでに警察に通報していることを、わたしたちのなかの誰かが口にしたような気もするので、それを聞いて慌てたのではないか、と」

日本語がだめな外国人だったのに？　ふいにそう思い当たり、冷や汗をかいたが、融さんも、そしてジャネットも、その点は追及してこなかった。

「小久保さんたちが無事に旧校舎のなかに避難できたとき、花房朱美は？」

「教卓の裏に押し込められていたけれど。死んでいたか、まだ生きていたかは、なんとも」

「死んでいたのではないですか？　そのとき、犯人がすでに立ち去った後だったのならば」

なるほど。言われてみればそのとおりだ。しかしそんな単純明快な齟齬《そご》ですら、いまのわたしは自分で整理できない。でたらめに編集されたビデオ映像みたいに記憶が断片的に明滅するばかりで、頭のなかがハレーションを起こしたみたい。少しでも時系列をはっきりさせようと焦ると、パニックに陥り、泣きたくなってくる。

「川嶋先生を屋内に避難させた。ということは、車のトランクを開けたわけですよね。そのとき、犯人はもういなくなっていたのですか？」

「いなくなっていたからこそ、開けられたんだと思いますけど」

「開けたのは、誰です」

「わたしじゃなかったと思います」

「では、伊吹くん、ですか？」

そうか。当然、そういうことになってしまう。貫太くんは暴行を受け、瀕死《ひんし》の状態で倒れていたわけだから。

「そう……だったと思います」

「犯人とされる男はこの段階で、すでにいなくなっていた。ということは、伊吹くんが男にレイプされたのは、それよりも前ですね？」

頷こうとするのに、身体が動かない。

「さきほど、小久保さんがあやうく襲われそうになったけれど、逃げた、と。伊吹くんも逃げた、そうおっしゃいましたよね。その後、おふたりはすぐに旧校舎に逃げ込んだような印象が、さっきのお話ではありました。すると伊吹くんがレイプされたのは屋内で、ですか？」

暴行の現場を実際に目撃していないので、よく判らない——そうごまかそうかと思ったが、さらに墓穴を掘りそうな気もする。

「だった……と思います」

「ではそのとき、犯人はまだいた。となると、花房朱美もまだ生きていて、その後で殺された、という順番の可能性もあるわけですね」

「ともかく、気がついたら、犯人はいなくなっていたんです」

とり返しのつかなくなる予感があったが、わたしは融さんの指摘を無視した。強引でも、そうするしかなかった。事実関係を整理しようとすると、細かい事実を憶い出さなければならない。憶い出そうとすると、吐き気がして、具合が悪くなる。冗談ではなく、倒れるかもしれなかった。

「警察には通報してあるし。へたに動くのは危険だし。だいいち瀕死の状態の空知くんをあちこち連れて回るわけにはいかない。だから旧校舎の教室で、みんな、じっと夜が明けるのを待ったんです」

「小久保さん、あなたにとっては憶い出すのも辛い過去だ。いろいろ無神経にほじくり返す非礼を、おゆるしください。しかし、これは重要なことなのです」

「判っています」

「実は、この旧校舎周辺での経緯について、伊吹くんが当時、警察にした説明はあなたのそれと若干、喰いちがっている」

　どきりとした。「どんなふうに、ですか」

「小久保憲明さんの家から通報し、みんなで旧校舎へ向かった。そこで白のセダンを見つける。トランクのなかに誰か閉じ込められていることに気がついた——ここまではあなたと同じです。が、犯人とされる外国人の登場の仕方がちがう。伊吹くんによれば、背後から襲われたそうです。どうも犯人は、現場を次々に移動する自分たちのあとを、ずっとつけてきていたのではないか——伊吹くんは当時、こう証言している」

　それはちがう……わたしは混乱した。男は——マイケルかどうかは別として——たしかに旧校舎から出てきたはずだ。伊吹くんがどうしてそんな誤解をしたのか、さっぱり見当がつかない。それとも、誤解しているのは、わたしのほう？

「じゃあ、そうだった……のかもしれません」途方に暮れるあまり、わたしはつい後先考えずに、そう口走ってしまった。「旧校舎から犯人が現れたというのは、わたしの勘違いだったのかも」

「勘違い、ですか」

「すみません。ほんとうにあのときのことは、いろいろ、はっきりしないんです。いまでも混乱していることが、たくさんあるんです」

「それは無理もありません。伊吹くんにしても、車のトランクのなかに誰かが閉じ込められていると気づき、犯人が現れてから後のことの記憶が、すっぽり欠落しているらしい」

　初めて聞く話だが、そうだとしてもちっともおかしくない。わたしだって事件に関して、まったく憶い出せないことが多々ある。

「ふと我に返ると、夜が明けていて、救援がきていた、と。自分が性的虐待を受けたことも、まったく憶えていなかった。それだけショックが大きかったのでしょう。家族や知人たちの他殺体をさんざん見せつけられた挙げ句、眼の前で同級生がひどい暴行を受けたり、女性教師が惨殺されたりしては、とても精神的に背負いきれるものではありません。中学生にとって過酷すぎる体験です。もちろん、おとなにとっても、ですが」

　うっかり聞き流しそうになったが、花房朱美が殺害される場面を伊吹くんが目撃したという前提で、融さんは話している。よく考えてみると、それってつまり、わたしも同じものを目撃したはずだと確信しているってことにならないだろうか。もちろんいちいち咎める余裕もないが。

「――もしもわたしが、その一大殺戮事件の犯人だったなら」

過激な仮定の内容とは裏腹に、ジャネットは鼻唄でもうたっているみたいに陽気だ。

「生き残っている者たちを見逃して、立ち去るような真似はしないわね、絶対に。皆殺しにする。ひとり残らず。村から逃げる算段をするのはその後。ましてや、自ら川へ飛び込む、なんて。ナンセンスもいいところ」

「マイケルが自殺した、とは捜査当局も見ていません」融さん、あくまでも真面目くさってノートを捲る。「村から脱出しようと川に向かったら、まだ燃えていないつもりだった橋がすでに、ふたつとも落ちていた。仕方がないから、泳いで向こう岸に渡ろうとした。濁流の勢いをかろんじて、流されてしまったのだろう、と。そう解釈している」

「そんなの、マイケルが犯人だ、という結論ありきの辻褄合わせでしかない」

「証拠としては、凶器である複数の鎌からすべて、マイケルの指紋が検出された」

「むりやり柄を握らせればすむことだわ」

「そして生存者の四人全員が口を揃えて、犯人はマイケル・ウッドワーズという外国人であると証言した。これを当時の警察が、多少の矛盾に眼を瞑り、鵜《う》呑《の》みにしてしまったとしても、まあ無理はないかもしれません。言葉は悪いですが、県警と合同捜査していたとはいえ、これほどの凶悪事件にはあまり縁のない、田舎の警察ですから」

「圧力があったという噂については、どうなの」

ジャネットの言葉にわたしは首を傾げた。「なんのことですか、それ？」

「未確認情報ですが」苦々しげな表情からして、融さんはこの一件について、あまり言及したくなさそうだ。「警察が、マイケル・ウッドワーズが犯人であると安易に断定した裏には、政治的なバイアスがかかっていたからではないか、という噂が一時、流れたのです」

「え。なんだってまた、そんな？　マイケルはその年の二月に来日したばかりだったんですよね。要注意人物として目をつけられるような理由が、なにかあったんですか。それとも、外国人全般に対する偏見とか？」

「いいえ。マイケル本人の問題ではなくて。実はですね、いくら田舎の警察とはいえ、川嶋浩一郎の証言はいろいろおかしくないかと疑問視する捜査官たちが、ちゃんといた。当然、マイケル・ウッドワーズが犯人だと安易に断定していいものかと慎重論も出ていたはずなんです。が、これが政治的に握りつぶされてしまった。それは、さきほどから名前の出ている、伊吹省路くんの父親が裏で動いたからだ、という噂があったのです」

「え……伊吹くんの？」

「伊吹くんの父上は、この前も言いましたが、地元の名士で、政財界、あらゆる方面に人脈が広い。医者の一族で、警察官僚に影響を持つ人物とも昵懇《じっこん》だったと言われている」

「それは聞いたことがあるけど……」さっぱり、わけが判らない。「なぜ伊吹くんのお父さんが、マイケルを貶《おとし》めようとしたりするんです？」

「ですから、マイケル云々ではなく、これは川嶋氏の問題なんです。当時、本人がそう売り込んだからかもしれませんが、川嶋氏は自分の息子を殺人鬼の魔の手から救ってくれた英雄なんだ、と。その恩人の証言を疑問視するとはなにごとか、と。伊吹氏はそう息巻き、人脈を使って、マイケル犯人説に異を唱える現場の捜査官を黙らせた——そういう噂があったのです」

わたしは茫然となった。よりによって伊吹くんのお父さんがそんなことを……皮肉というより、あまりにもグロテスクで、いっそ笑いそうになる。

「この噂の信憑性《しんぴょうせい》がどれだけ高いかは判らない。しかし、川嶋氏が事件後、豊仁義塾学園という有名私立学校に転職できた事実に鑑みれば、単なる風聞だとも——」

あっと声が出た。この前、融さんにそう知らされたときも、不可解でたまらなかった一件だ。

「まさか……まさかそれも、伊吹くんのお父さんがなにか、裏で？」

「伊吹氏は、息子さんの在学中、豊仁義塾学園の後援会の理事長まで務めている。人事に関する発言力もあったようです。敷居の高いはずの職場に川嶋氏がすんなり移れたのは、その引き立てがあったから——なのかもしれません」

知らなかった。ちっとも。伊吹くんのお父さんが、そんなことを……こんなにも醜悪な構図が世に、ふたつとあるだろうか。

わたしは吐きそうだった。同時に笑い出しそうだった。要するに、いまにも発狂し、錯乱しても、全然おかしくない状態だった。

「マユコ」そんなわたしを、ジャネットは薄ら笑いで見つめる。「あなたがマイケルに会ったのは、一九八二年の八月十七日が初めて？」

「ええ」

「それまで見たこともなかったのよね。では、彼の名前をどうやって知ったの？」

「それは……」記憶を探ってみた。「教えてもらったんです」

「誰に？」

「川嶋先生だったと思います。実際、それ以外にあり得ないし」

「そういうことですね」

よほどわたしはひどい顔をしていたのだろうか、融さん、まるで執《と》り成《な》すように、やたらに音をたててノートのページを捲った。

「小久保さんのお考えをお訊きしたいのですが。あなたのお兄さんの妻である、亜紀子さんが殺害されていた件について」

緊張した。「はい」

「警察が結論づけているように、亜紀子さん殺害は別件だった、と思いますか？」

亜紀子さんだけはマイケルに殺害されたのではないとする警察発表に、融さんは同じているのだろうか。しかし川に流された元木くんを除き、他の被害者たちと殺害方法が異なっているのは花房先生と亜紀子さん。ふたりいるのに、どうして亜紀子さん殺害のほうだけ、別人の仕業と断定されたのだろう。

「さあ。判りません」

「あなたのお兄さんが妻を殺害したのだと。そう思われますか」

「ちがいます」

それも判らないと答えるつもりが、発作的にそう断言してしまった。でも、口にしてみて実感した。これがわたしの本音なのだ、と。

「断じて、ちがいます。兄が亜紀子さんを殺害しただなんて。そんなことは嘘です。たしかに兄は嫉妬深く、いつも亜紀子さんの不貞を疑っていました。その疑いも結果的に、どうやら根拠のないものではなかったようだけれど。でも、それにしたって兄が彼女を殺害するだなんて、わたしには到底信じられません。絶対にあり得ません」

「では、どういうことだったのでしょう。亜紀子さんも、他の村民を殺害したのと同じ人物に殺されたのでしょうか」

「判りません。わたしにはなにも……」

融さん、ファイルからなにかを取り出した。

「この顔、見覚え、ありますか？」

若い男のスナップ写真だ。県立南白亀高校の制服を着ている。これは。

「ああ、はい。これは……」

軽い気持ちで答えようとして、激しく動揺している自分に気がついた。いやなことを……なにか、ひどくいやなことを憶い出しそうな予感がする。その反動でか、絶対に鏡を覗きたくないほど唐突な、つくり笑いをしてしまった。

「鷲尾さんです。鷲尾嘉孝さん」

「ご存じなんですね」

「よく知ってます。中学校のとき、同じバスケットボール部の先輩でした。わたしが新入生のとき、三年生で、キャプテンだった。でも」

手渡された写真をすぐに返すつもりが、わたしは鷲尾嘉孝の顔から眼が離せなくなる。

「鷲尾さんが、どうかしたんですか」

「彼はどうやら、あなたのお義姉さんと不倫の関係だったようです」

「鷲尾先輩が……えと。まってください。たしかに亜紀子さんには兄以外の男がいたようだけれど。なんで鷲尾さん、なんですか？」

「ふたりが、どうやって知り合ったかというと」融さん、妙に気まずそうにノートを捲った。「……まあ、それは後回しにしましょう。彼は八月十七日の朝、五叉路の近くにある空き家で、亜紀子さんと密会していたそうです」

頭がうまく働かない。狐につままれたような気分が、どうしても抜けない。

「そんな……そんなことが、どうして判ったのでしょう。先輩、自分でそう言ったんですか？」

「最初は警察に訊かれても、とぼけていたそうですが。最終的には関係を認めた。動かぬ証拠があったからです」

「証拠――」

つい、はしたない想像をしてしまった。が、あのとき亜紀子さんは下着をつけていて、まだ行為前だったはず、と思い当たる。

「そんなものが、どこに？」

「現場である空き家に残っていました。マットレスの枕元にあった、プラスチック製のコップ。そのうちのひとつから、鷲尾嘉孝くんの指紋が検出されたのです」

「指紋……て」

ますます戸惑ってしまった。

いったいぜんたい警察は、どういう経緯で、鷲尾先輩の指紋を照合してみよう、なんて発想に至ったのだろう？

「誰かが先輩と亜紀子さんの関係を知って、密告でもしたんですか」

「それに近いかな。実は鷲尾くん、まだ橋が落ちる前に、北西区から立ち去っているのですが、そのとき、南橋で腕時計を落としていった。それで判ったんです」

「南橋で？　それって変じゃないですか。なんで東橋じゃなくて。いえ。そもそも南橋は燃えて、川に流されてしまったのに。どうやって回収を——」

「橋が崩落する前に、それを拾っておいたひとがいた。伊吹くんです」

「伊吹くんが？　どういう経緯で」

「彼は南白亀町で映画を観た後、バスの停留所に停めてあった自転車で帰宅途中でした。南橋を渡っているとき、北西区から出てきた鷲尾くんとすれちがった。そのとき、見たことのないほどぴかぴかの腕時計を落としていった。鷲尾くんに手渡しそびれた伊吹くん、あとで届けてやろうとズボンのポケットに入れておいたそうです」

「ぴかぴかの腕時計」

「ええ。高級品です。当時で八十万くらいする」

「はちじゅうまんっ」魂消てしまった。「あ、あの……あの、それって鷲尾先輩の腕時計の話、なんですよね？」

「そうです」

「そ、そんな、八十万円もする腕時計、なんて、当時の、いえ、いまだって、高校生には明らかに分不相応な気が……」

「自分で買ったものではない。買ってもらった、と言ってます」

「買ってもらったって、親御さんにですか？　先輩のお宅って、そんなに裕福だったかしら」

「いえ。女に買ってもらったんだ、と」

「女？　誰です」

「あなたですよ」

「は……？」

「鷲尾くんはその腕時計を、小久保繭子さんに買ってもらったんだ、と言ってます」

3

なにそれ……啞然としているわたしを尻目に、融さんは続けた。

「さっき言ったように、伊吹くんは、小学校の旧校舎周辺以降の出来事を、まったく記憶していなかったが、問題の外国人の男以外に不審な人物を目撃したりしていないかと警察に訊かれ、そういえば——と、ズボンのポケットから黄金色の腕時計を取り出したのだそうです」

そんなはずはない……しきりにそう焦るものの、ではいったいなにが、そんなはずはないのか、自分でもさっぱり見当がつかない。

そもそも今夜、鷲尾嘉孝の名前が出てくるなんて予想もしていなかった。まったくの不意打ちに、ただうろたえるしかない。

「でも……でも鷲尾先輩、なんでそんなものを落としたりしたのでしょう。腕に嵌めずに、手に持っていた、とか？」

「伊吹くんによれば、リストバンドがきちんと嵌まっていないのに本人が気づかなかったから、じゃないかと。加えて、そのとき鷲尾くんは様子が変だった、と言うんですね」

「どういうふうに？」

「足がふらふらしていて、すれちがう伊吹くんの姿も眼に入らないようだった。まるで夢遊病者みたいだったそうです。普通は腕時計を、しかもそんな高級品を手首から落としたりしたら、すぐに気づきそうなものでしょう。だが、まったく頓着する気配がない。しかも、これはさきほど小久保さんもちらっとおっしゃっていたとおり、当時、南白亀町の県立高校の寮住まいだったとはいえ、本来は東南区の住民である鷲尾くんが、なぜ東橋ではなく、南橋を渡っているのかも不思議だった、と。彼のなんだか異様な様子に畏縮し、鷲尾くんを呼び留めそびれた伊吹くんは、後日、返そうと思い、その腕時計をずっとポケットに入れておいた。そういう経緯だったのだそうです」

「そのとき鷲尾先輩は、もしかしたら問題の空き家から出てきたところだったのではないか――そう推測された、と？」

「そうです。そういうことです」

「鷲尾先輩は、その腕時計を自分のものだと認めたんですか」

「しぶしぶ、ね。おまけに、現場の空き家にあったコップからも自分の指紋が検出されたとなれば、もはや言い逃れはできない」

　なるほど。伊吹くんが拾った腕時計という証拠がまずあって、そこからコップの指紋がたぐり寄せられたわけか。その点は納得がいったのだが。

「亜紀子さんと密会していたのは自分である、と彼は認めた。それまでにも、ふたりだけで何度か会っていたそうですが、実際に肉体関係を結ぼうとしていたのは、あの日が初めてだった――というのが本人の弁です」

「でも結局、行為には至らなかった？」

「だそうです。鷲尾くんの言い分を、ひととおり、おさらいしておきますと、彼は八月十七日の早朝、まだ暗いうちから、現場となった五叉路の空き家に忍び込んだ。そこならマットレスを、ずっと前から持ち込んでいたので――」

「ずっと前から？」

「その前々月、というから、六月頃、ですか」なぜか融さん、またも気まずそうに、ちょっと乱暴にノートを捲った。「どうしてそこを逢い引きの場所に選んだかというと、単に他の空き家よりも状態がよかったから、らしい。板間をざっと掃除すれば、すぐに使えたからだ、と。風呂がないのはどこも同じだから気にしなかった。これも鷲尾くんの弁です。彼は八月十七日の早朝も、そこに常備している蠟燭を点《つ》け、待っていた。思いのほか天候が悪化してゆくので、もしかしたら彼女は今日、来ないかもしれないと心配しながら」

　あの暗くて、埃っぽくて、カビ臭い空き家のなかで、じりじり、貧乏揺すりでもしながら歳上の美女を待つ鷲尾嘉孝の姿を想像すると、ひどく滑稽だ。できれば腹をかかえて大笑いしてやりたいくらい。我ながらひやりとするほど、わたしは冷笑的な気分だった。そのせいで「実際に肉体関係を結ぼうとしていたのはその日が初めて」なはずなのに、なぜ空き家に「蠟燭を常備していた」のか、疑問に思う余裕もない。

「やがて亜紀子さんが現れる。彼女は魔法瓶を持参していて、中味は酎ハイだという。景気づけにそれをふたりで飲みながら、少しずつ服を脱いだりして気分を盛り上げているうちに、なんだか頭がふらふらしてきた。最初は、酔っぱらったんだろうと思って、さほど気にしなかった。が、知らないうちに意識を失っていたのだそうです」

「それは……」あの日、伊吹くんが言っていたことを憶い出した。「睡眠薬で？　もしかしたら、伊吹くんのお父さんが処方したものだったのでは、とか言われていた」

「おそらくね。鷲尾くんがその証言をしたのはすでに成分が体外に排泄された後だとしてもおかしくない頃で、はたして彼が、亜紀子さんの遺体から検出されたのと同じ睡眠薬を摂取していたかどうかは確認できなかったようですが。ともかく眠り込んだ、と。どれくらい時間が経ったか判らないが、ふと目が覚めると、隣りで下着姿の亜紀子さんが死んでいたので、びっくりしたそうです」

「そのとき、すでに首を絞められて？」

「ええ。首に彼女のパンストが巻きついていた。自分も半裸姿だった鷲尾くん、慌てふためいて服を着ようとしたが、全身が痺れたような状態で、手足がうまく動かない。腕時計のリストバンドがうまく嵌まっていなかったのは、多分そのせいだろうと言っています。どうにかこうにか服を着て、板間から降りようとしたら、土間にもうひとり、誰かが倒れていた」

「貫太くんのお母さん……」

「そうです。しかし、まだ意識が朦朧《もうろう》としていた鷲尾くんは、ふたりきりのはずの空き家で、どうして第三者が死んでいるのか、詮索する余裕もない。外はひどい雨と風だったが、そんなことにかまってはいられない。なにしろ板間にも亜紀子さんの死体があるんですから。空き家から出るしかない。歩き出したものの、身体が思うように動かず、東橋への道がひどく遠く感じられた、と」

「だから南橋を渡った、というんですか？　でも、そうしたらしたで、東南区へ戻るまで、却って長い道のりになりますよ。そんなこと、鷲尾先輩、地元だから、知らなかったはずはないのに」

「南橋を出て、バスの停留所にさえ辿り着けば、たまにそこに自転車が停められていることがある、滅多に鍵も掛かっていないから、運がよければそれを失敬できる、と。無意識にそんな計算をしたのではないか、と説明しています。ともかく頭がぼうっとしていて、自分で自分の行動がよく把握できていなかった、と。我に返ると、いつの間にか東南区の自宅へ戻っていたと言います。あちこちをふらふらさまよっていたらしく、すでに真夜中になっていた、と。風邪をひいて、しばらく寝込んだそうです。南橋を渡ったせいで結果的にすごく遠回りになったことや、ましてやそこで腕時計を落としていたことなども、そのときはまったく自覚していなかった——とまあ、ざっとこれが鷲尾くん本人の主張なんですがね」

融さん、妙に含みを持たせる言い方だ。なにを仄めかしているのか、しばらくして思い当たった。

そうか。兄の憲明ではなく、鷲尾嘉孝が亜紀子さんを殺した犯人かもしれない——言外にそう匂わせているわけか、と。

たしかに睡眠薬入りの酎ハイを飲んだと立証できない以上、鷲尾が気を失っていたというのは偽証である可能性は否定できない。しかしどうだろう。兄が犯人ではないと確信するわたしだが、では鷲尾の仕業かというと、どうもそうとも思えないのだが。いや。それよりも。

それよりも、いまは気になることが別にある。

「その腕時計なんですけど。わたしが鷲尾先輩に買ってあげたって、いったいなんの話です？」

そんな覚えは、まったくない。わたしが鷲尾にあげたものといえば、中学一年生のときのバレンタインデーのチョコレートくらい。純粋に彼に憧れていた頃の話だ。

「本人はそう言っていますし、当時の同級生たちからも証言を得られています。事件のあった年、高校が夏休みに入る前だったそうですが、教室へ鷲尾くん、きんきらきんの腕時計をしてきた。見るからに高級品だったので、級友たちがびっくりして。どうしたんだそれ、と訊いたら、自慢げに、女を抱いてやった見返りに買ってもらったのさ、すげえだろ、そう吹聴していた、と」

「ちょっと待ってください。女に買ってもらった、というからには、さっきの文脈からして、それは亜紀子さんのことなのでは？」

「ちがうと言っているそうです。亜紀子さんではなく、これは中学時代の後輩の小久保繭子という女の子に買ってもらったんだ、と」

「そ……そんなばかなっ」

わたしが？　八十万円もする腕時計を？　ぽんと鷲尾に買ってあげた、って。なんだそれは。なんの冗談なのだ、いったい。

「小久保さん、覚えはありませんか」

「あるわけないですよ。だいいち、わたし当時、警察のひとから、腕時計のことなんか、ひとことも訊かれてません。もしも鷲尾先輩がそんな供述をしたのなら、裏づけをとるため、わたしにも話を聞きにきそうなものでしょ」

「そのとおりですね。訊かれませんでしたか」

「全然」

「ということは、単なる想像ですが、生存者である小久保さんのメンタルケアの一環として、事件に直接関係ないと判断されることまでわざわざ質問するのは遠慮したのかもしれません。腕時計の一件は、鷲尾くんが当日、北西区にいたことの裏づけにすぎないわけですし」

「というと、少なくとも警察は、鷲尾先輩は事件に無関係だと判断している、と？」

　自分で口にしてから、やっと思い当たった。だからこそ、兄の憲明のほうが亜紀子さんを殺害したと断定されているわけか、と。

「亜紀子さんの遺体の、首の下あたりから、爪のかけらが発見されている。爪きりで切った際、取りきれずに残っていたものが、犯行時に剝《は》がれたと思われる。鑑定の結果これが憲明さんのものと判明し、決定的な証拠とされた」

　それは真犯人の偽装工作なのでは——うっかりそう口走りそうになったが、だとすれば、誰の仕業かが問題になる。少なくとも鷲尾に、そんな偽装は無理ではないか。物理的に不可能というのではなく、彼がそこまで利口とは思えない。

「鷲尾くんが、いったい誰に腕時計を買ってもらったのかは、まあ、どうでもいいというか。事件には直接関係ないことだとは思いますが」

　融さん、なぜかこの件に関しては、さっきからひどく歯切れが悪い。自分から持ち出したわりには、あまり深く追及したくなさそうですらある。

　後から思えば、彼のその気後れした態度に乗ずるべきだったのだ。この話題は、さっさと打ち切るべきだった。なのに、わたしのほうが拘泥してしまった。なんとも皮肉なことだが。

　あらぬ疑惑をすっきり晴れさせたい、と意地になったのだ。このままだと融さんに人格を疑われてしまう、そんな強迫観念に陥った結果、憶い出さなくてもいいことまで、ふいに鮮明に、甦ってきてしまった。

「あれ……まてよ。わたしが買ってあげた、って。それって、もしかして」

「なにか心当たりでも？」

「えと、それが、事件のどさくさで、すっかり忘れてたんですけど」

口にしてみて、我ながら愕然となった。たしかに事件のショックで忘却してしまった当時の出来事は多々あるけれど。しかしそれにしても……こんなことまで？　こんな重大なことすら、いままで忘れてたの、ほんとに？

「そういえば、わたし、鷲尾先輩にお金を貸したことがあります」

「お金を？」

「はい。ええと」

念のため、改めて記憶を探ってみる。たしかにあの年だ。一九八二年の、五月か六月頃だった。

「いくらぐらい、ですか」

「百万円ほど」

「ひゃ……」

今度は融さんが驚く番だった。あんぐり口を開けてしまった。

ジャネットはおもしろがって、頬をすぼめ、口笛を吹く真似をしている。

「ちょ、ちょっと待ってください。小久保さん。当時あなたは、中学三年生だったんでしょ。百万円といえば大金だ。どうしてそんなお金を、右から左へ揃えられたんです」

「実はですね、生前贈与というと大袈裟ですけど、父が山の土地を売却したお金の一部を、兄とわたしに、それぞれの名義の口座に貯金するというかたちで、分配してくれていたんです」

「それが百万円も？」

「くらい、かな。もうちょっとあったかも。翌年は高校生になることだし。いろいろ物入りになるだろう、と。そろそろ自分でお金を管理することも覚えておかないと、と言われて」

「それにしたって、中学生に、ですか。うーん。なかなかドラスティックな考え方の親御さんだったんですね」

「わたし、そのことを特に言いふらしたりした覚えはないんだけど。ある日、中学を卒業して以来、会っていなかった鷲尾先輩に呼び出されて――」

喋っているうちに不安が湧いてきた。ほんとうだろうか？　と。いま自分は、はたして真実を語っているのだろうか？　記憶の欠落具合が、自覚する以上に深刻だったと明らかになったいま、己れをまったく信用できなくなる。

鷲尾が南白亀高校へ行ってから、わたしはほんとうに彼と疎遠になっていたのか？　否、頻繁にお町へ足を運んでいたではないか。表面的には貫太くんと交際しながら、心の底では常に憧れの鷲尾先輩の虜《とりこ》だった。彼の誕生日やバレンタインデーにプレゼントを贈り続けているうちに、その延長で定期預金のことも、うっかり口をすべらせてしまって……い、いや。まさか。

まさか、そんな。もしもそんなことがあったら、憶えていないはずがない。い、いくらなんでも。昔観た恋愛ドラマかなにかの内容と自分自身の体験の記憶が、ごっちゃになっているんじゃないの。きっとそうだ。ええ。きっとそうよ。妄想めいた不安を必死で振り払う。

「呼び出されて、頼まれたんです、先輩に。金を貸してもらえないか、と」

「金って。それは何十円、何百円の話ではないわけですよね。いきなり百万円も、ですか。鷲尾くんだって当時、高校二年生でしょ。いったい、どういう事情でそんな？」

「ご家族の誰かが、たしかお父さんだったと思いますけど、身体を壊して。家がいま大変なことになっていると。そういう理由でした。かなりの額の借金をかかえていて経済的にせっぱつまっているから、なんとか百万、たて替えてくれないか、と。工面できる当てはあるので、すぐに返すから、と」

「それで、あなた、貸したんですか」

「相当困っているようでしたから」

喋っているうちに、はっきり憶い出した。鷲尾に懇願されたわたしは、両親から届け印の判子も預けられていたのをいいことに、こっそり自分名義の定期預金を解約したのだ。

それが後で母にばれ、こっぴどく叱られた。父に言いつけられそうになり、それだけは勘弁してもらおうと、ずいぶん難儀したっけ。

当時のわたしにしてみれば、自分のお金を自由意志で使ったにすぎないし、困っている先輩を救うためだという大義名分もあったものだから、思慮の足りない浅はかな娘となじられるのは、ひどく理不尽に感じられた。このうえ厳格な父に知られたらいったいどうなることかと怯え、なんとか秘密にしておいてくれるよう説き伏せるべく、母との攻防の日々がずいぶん続。あ。

あれ。夢に出てくる母がいつもひどく怒っているのは、ひょっとして、この件で、なのか？　こんなだいじなことを忘却している愚かな娘に焦《じ》れるあまり、成仏したくてもできないでいるのか。でも。いまなら。

いまなら判る。いまならよく判る。当時は、自分の純粋さを理解してくれない母のことを憎んだほどだったが、いまなら、あんなに叱ってくれた母の気持ちが、いやというほど身に染みる。

「子供だった、と言い訳するのも恥ずかしいですけど。自分は正しいことをしているんだ、と信じてたから。母に叱られても、単なる判らず屋、みたいに反発したりしていた。ほんとに、ばかな話です。それと、体育会系の弊害というか、先輩の言うことは絶対だ、みたいな気持ちもあったし。なにより信頼がありました。すぐに返してくれる、と安心しきっていたんですね」

「そんなことがあったんですか。すると、鷲尾くんはそのお金であの腕時計を買ったとみて、まちがいなさそうですね」

「でも信じられません。ほんとなんですか？　ほんとに鷲尾先輩たら、そんな成金趣味な腕時計をしてたんですか？」

怒りが腹の底で熱く撓《たわ》む。うぶな乙女心につけ込まれ、大金を貢がされた屈辱もさることながら、せっかく封印していた過去を憶い出した自分自身をも激しく恨んだ。

憶い出したくなかった。ええ。死んでも憶い出したくなかった。永遠に忘れていたかったわよ、こんなこと。

「ひどい。あんまりだわ。わたし、そんなもののために、お金、貸したんじゃないのに」

「ごもっとも。するとその後、返済は？」

「返してもらってません。一円も。なにしろその直後、あの事件があったし。家族をいっぺんに失ってしまって、それどころじゃなくて」

信じられない……鷲尾なんかに大金を貢いだ己れの愚かしさも信じられなければ、その事実を、いくら憶い出したくないとはいえ、こんなにもきれいさっぱり忘却していたことも信じられない。ほんとうに、なにもかも。

なにもかも、信じられないことばかりだ。

鷲尾が、くだんの腕時計を「女を抱いてやった見返りに買ってもらった」などと同級生たちの前で放言していた、とはね。言うにこと欠いて「抱いてやった」ときたか。

羞恥と憤怒《ふんぬ》、そして憎悪のあまり、身悶えそうになる。わたしはすっかり憶い出した。今日、剣道の稽古の後、自宅でうたた寝しているときに見た、エロティックな夢。あのなかで融さんや健作さんをさしおいて、まっさきにわたしにのしかかってきた男が誰だったのかに、ようやく思い当たった。

鷲尾だ。鷲尾嘉孝だったのだ。視界が真紅に染まり、頭から血の気がなだれ落ちてゆく音が聴こえたような気がした。

あの五叉路の空き家……そう。そうだ。これも憶い出した。亜紀子さんと貫太くんのお母さんが殺害されていた、あの空き家。

融さんはさっき、なんと言った？　鷲尾があの空き家にマットレスを持ち込んだのは事件の前々月。六月頃だった。そして、そこに蠟燭を常備していた、と。早々と手際よく準備していたのは、亜紀子さんのためではない。そもそもは、わたしとの逢瀬《おうせ》のためだった。

あの空き家は鷲尾とわたしの隠れ処だったのだ。彼が初めてわたしを抱いたのは、あの年の六月。定期預金を解約し、百万円を貢いだ後。

金のお礼だ、繭子の初体験の相手に、おれがなってやろう——そう。そうだった。正確な言い回しは忘れたが、たしかに鷲尾はそういう意味の科白で、わたしをくどき落としたのだ。

信じられない。あろうことかわたしは、そんなふうに押しつけがましく迫られて気分を害するどころか、嬉々《きき》として鷲尾に身体をあずけたのだ。貫太くんに捧げるべきだった純潔を、あっさり捨てて。

大金を貢いだうえ、処女まで奪われてしまった、なんて。信じられない。信じたくないが、すべて事実だ。あの頃のわたしは、それほどまでに鷲尾に夢中だったのだ。

身心ともに、ずたずたに引き裂かれそうになりながら過去へ遡行《そこう》するうちにふと、あることに思い当たり、暗澹となった。さっきから融さんは、なぜかこの話題に関してだけ、妙に及び腰だけれど……それって、もしかして。

もしかして鷲尾は警察の事情聴取のなかで、わたしとの関係も洗いざらい、ぶちまけているのではあるまいか？　あり得る。というより確実に、ぶちまけているだろう。腕時計の代金が小久保繭子という娘から出ている事実が明るみになった時点で、そこから芋蔓式《いもづるしき》——ん。

あれ？　まてよ。でも、だとすると、おかしくないかしら。仮に鷲尾がすべてを暴露しているのだとしたら、警察は裏づけのため、わたしの証言もとるはずだ。どう考えても。たとえ精神的ダメージの大きい生存者に多少の配慮をするだろうとはいえ、こんな重大事件だ。確認ひとつしないというのは、いくらなんでも不自然すぎる。

ということは、もしかしてわたしは、警察に鷲尾との関係を訊かれたという事実すら忘れているのではあるまいか？　そうかもしれない。この記憶の欠落ぶりは、ただごとではない。

なにもかも鷲尾に奪われてしまったという忌まわしい過失を都合よく封印し、すべてをなかったことにしているのだ。

「……いまからでも、返してもらいたいな」

己れの精神状態に危機感を覚えながら、つい、ぽろっと呟いてしまった。我ながら、さもしい口調だったが、掛け値なしの本音だ。

初体験については、まあどうでもいい。中学生の頃こそ、自分はすごいことをしているんだと、男への献身ぶりに自己陶酔したものだけれど。セックスなんて「捧げる」ものじゃないと悟る程度には、もうおとなになった。惜しいのは金のほうだ。日々の暮らしを思えば、あの百万円がいまあったらなあ、と嘆かないわけにはいかない。くそ。考えれば考えるほど、腹がたってきた。返して欲しい。絶対。

「でも、借用書があるわけじゃないし、なあ。口惜しい」

「それはともかく」わたしの口調が切実すぎたのだろうか、融さん、いささか苦笑気味。「鷲尾くんのこと、どう思います」

「どう、って？」

「供述は信用できると思いますか」

「つまり、彼が亜紀子さんを殺したかもしれない、という意味ですか？」

「それも含めて、です。お兄さんが犯人と断定された証拠にしても、偽装の可能性がまったくないわけではないし」

「さあ……」

考えてみようとしたが、百万円を惜しむ気持ちが邪魔してか、うまく頭が回らない。

これまで以上に鷲尾に対する不信が強まったことはたしかだ。しかしそれは、すっかり記憶の底に埋もれていた彼の所業を一気に憶い出したからであって、それは割り引いて判断しないと、フェアではないような気もする。

「さあ。よく判りません。正直、わたしいま、鷲尾先輩に対してすごく腹をたててるから。冷静に考えられそうにない」

「無理もありません」

「というか、先輩は先輩で、わたしが亜紀子さんを殺した、とか言ってるんじゃないですか？」

融さんの顔が強張った。図星だったらしい。

「さっきも同じ言い訳をしたけれど、ほんと、子供だったと思います。わたしは空知貫太くんと交際していた。交際といっても田舎の中学生同士だし、かわいらしいものでしたが。いずれ貫太くんと深い仲になるんだろうなと、自分で思っていた。なのに同時に、鷲尾嘉孝の虜にもなっていたんです。貫太くんへの純情と、鷲尾との生臭い関係という矛盾を、いったいどうやって已れのなかで両立させていたのか。ここらあたりの心理は、いま考えると、我ながら不可解でなりません」

「いや、思春期に限らず、そういう矛盾に引き裂かれるのが人間の常ではないでしょうか。なんとなく判るような気がします」

わたしが淡々と「先輩」という呼称を外し、鷲尾を呼び捨てにし始めたので、融さんも、いくらか気が楽になったようだ。

「百万円を貸したことにしても、困っている鷲尾をたすけようと思ったからだと、さっき言いましたよね。でも当時ですら、わたし自身、そんな口実を信じていなかったのかもしれない。単に身も心も、彼の奴隷《どれい》になっていただけの話で」

「たしかに鷲尾くんは、自分を疑うのはお門ちがいだと、警察に言い上げたそうです。亜紀子さんを殺したって、自分にはなんの得にもならない。仮に大量殺人鬼の仕業でないのだとしたら、殺したのは小久保繭子にちがいない、と名指しした。なにか根拠でもあるのかと訊かれ、そりゃ女の嫉妬に決まっている、と答えたとか」

「やっぱりそうでしたか」

「鷲尾くんによれば、彼があの日、亜紀子さんと密会することを、小久保繭子も知っていたはずだ、と言うのですが」

「知っていました」

はあっ、と我知らず大きな溜息が洩れた。これまた、すっかり忘れていた事柄のひとつだ。なんてざまだろう、まったく。

「これも多分、すでにご存じだと思いますが。そもそも例の五叉路の空き家を鷲尾との密会に使っていたのは、このわたしだったんです」

融さんの眼つきが、妙に痛ましげに見えるのは、こちらの気のせいか。

「誰にもばれていないつもりでしたが、ある日、どうやらおまえの義姉さんに目撃されたらしい、そう鷲尾が相談してきた。ただこの部分はすべて、彼からの伝聞で、わたしは直接、亜紀子さんから話を聞いたわけではありませんが、困ったことになった、とは思いました。なにしろ亜紀子さんは——鷲尾の言い分を信じるならば、ですが——義妹との不純異性交遊関係を、夫や義理の両親に暴露されたくなければ、自分の言うとおりにしろ、と彼を脅迫してきたというのです」

「脅迫、ですか」

（ありゃ相当、欲求不満じゃのう）

鷲尾の下卑た笑い声が甦り、かっとなる。

（あんなええ女が、もったいない。おまえの兄ちゃん、なにやっとるがじゃ）

「亜紀子さんはこう言ったそうです——自分を満足させてくれたら、義妹を傷ものにしたことをみんなには黙っていてやる、と。もちろん満足とは、性的な意味で、です」

融さん、かるく顎をひいただけで、さほど意外そうではない。さきほど、鷲尾と亜紀子さんが知り合った経緯について言葉を濁したのも、この逸話を聞いていたからにちがいない。

「鷲尾は続けて、わたしに言いました。これは口止めのために仕方なくやるのだから、おまえ、妬くなよ、と。いつもの空き家に亜紀子さんを連れ込むつもりだが、覗きにきたりするなよ、おれの魅力のお蔭で秘密が守れるのだから感謝しろ、と。どこまでも恩着せがましい態度でした」

「なるほど。それで、あの日、ふたりが空き家にいることを知っていたわけですか」

「兄が不貞を疑い、亜紀子さんを追いかけようとしたとき、わたしよっぽど、そこの空き家に潜んでるわよ、と教えてやろうかとも思ったのですが」

結局できなかった。みんなで空き家に踏み込んだりしたら、鷲尾は即座に自分とわたしの関係を暴露しただろう。両親には知られたくなかった。とりわけ父には知られたくなかったし、万一、貫太くんの耳に入ったりしたらと思うと怖かった。要するに、わたしは自己保身の塊りだったのだ。

「でもね、ほんとに亜紀子さん、あの空き家に鷲尾といっしょにいるんだろうかと、少し疑ってもいたんですよ。だって考えてみてください。秘密は守ってやるから、そのかわり自分を満足させろ、と女性のほうから言い寄ってくる、なんて。そんな安っぽいマンガみたいな話をなんの予備知識もなく聞いたとしたら、ほんとうのことだと思いますか？　いかにも思春期の男の子が慢性的に抱きそうな、エッチな妄想じゃありませんか」

「ああ。そういえばそうですね」

「ましてや亜紀子さんみたいにきれいなひとが、なにが哀しくてそんなみっともない真似をしなければならないんだろう、と。鷲尾の予告どおり、八月十七日に亜紀子さんが泊まりがけで同窓会へ行くことになったと兄から聞かされた後も、まだわたしは疑ってました。鷲尾は見栄を張って、法螺を吹いてるだけなんじゃないか、と」

「では空き家に入ってみて、死んでいる亜紀子さんを見つけたときは、さぞ驚いたでしょう。鷲尾くんが犯人だとは思わなかったのですか？」

「全然。だって貫太くんのお母さんの遺体と、さきに遭遇してしまった。そのショックで、鷲尾のことなんか頭に浮かびもしませんでした。だから貫太くんと伊吹くんにも言わなかった」

融さんにはもうしわけないが、このくだりは嘘である。あのときわたしが、貫太くんと伊吹くんの前で鷲尾の名前を出さなかったのは、彼を疑わなかったからではない。もちろん、不用意に名前を出すことで、万が一、鷲尾との関係が露見するのを恐れたにすぎない。

「少し気になっていたのですが、東南区に住んでいる鷲尾くんはともかく、小久保さんにとってあの空き家は、逢瀬を重ねる場所としては、ずいぶんリスクが高いのではありませんか。小久保家からも、空知家からも、さほど離れていないし」

「そうですね。わたしは、できればもっと山のほうにある空き家がよかった。でも、なぜか鷲尾があそこに、こだわったんです。さっきおっしゃったように、数ある空き家のなかでは状態がいちばんよかったということも大きいけれど、いま思えば、それだけではなかったんじゃないかしら。知り合いのすぐご近所で、ああいう秘めごとにふけるのが、鷲尾には快感だったのかもしれません。子供っぽいスリルを感じてたんじゃないかしら」

「鷲尾くんと亜紀子さんがあの空き家で密会する予定を小久保さんが知っていたとなると、これは警察にとって聞き捨てならない情報のはずですが、その点について、なにか訊かれませんでしたか」

「どうしてなんでしょう、警察にはまったく訊かれませんでした」

実際には事情聴取でしっかり質問されており、それをわたしが忘れているだけという可能性が高いけれど、一応そう逃げておくことにした。こんなややこしいこと、律儀に口にしていたら、自分でもさらに混乱してしまう。

「亜紀子さん殺害は夫の仕業という結論に落ち着いていたから、よけいな質問は遠慮した、ということでしょうかね、やっぱり」

その口ぶりからして、融さんも完全に納得してはいないようだ。それはそうだろう。いくら田舎の警察だからって、捜査がそんなに杜撰なわけはない。が、とりあえずこの点については、それ以上、追及しないことにしたようだ。

「ところで、小久保さんはあまりご存じないことかもしれませんが、伊吹くんのお母さんといっしょに大月家で殺されていた男について、少々」

「多胡さんてひとですよね。伊吹くんのお母さんの従兄弟の」

「名前、ご存じでしたか」

「事件当日、伊吹くんに聞きました。わたしたちが小学生の頃、大月さん、つまり伊吹くんのお祖母さんの家に兄弟揃って居候して、畑仕事を手伝っていた時期があるとか。そういえば、わたしも昔、北西区で見かけたことがあるような気がします」

「その後、ふたりとも大月家から離れている。少なくとも表向きは、ですが」

「伊吹くんのお祖母さんに追い出された、という話でした。あんまり畑仕事をサボるので」

「殺されていたのは弟のほうで、多胡昭典といいます。兄は昭夫」

わたしは曖昧に頷いた。多胡兄弟の下の名前も、伊吹くんから聞いたはずだが、正直、どっちがどっちだったっけという程度で、あまり明確には憶えていない。

「実は昭夫のほうも、事件が起こったとき、大月家にいたらしい。現場に残っていたカメラなど機材一式から昭夫の指紋が検出されているんです。どうやら彼は、自分の弟と伊吹香代子のいわゆる、からみを撮影していたらしい」
「そういえば、伊吹くんに聞いたことがあります。多胡さん兄弟が、昔、いかがわしい映画をつくって売り捌こうとして、地元の暴力団と揉めた、とかなんとか」
「そうなんです。カットやぼかしなしの、いわゆるブルーフィルムですね。といっても、八二年当時にはもう、彼らは映像関係の裏商売からは手を引いていた。そろそろ時代は裏ビデオやアダルトビデオだった頃ですが、多胡兄弟はそちら方面には全然いかず、ポルノ写真一本にしぼった」
「それは、なにか理由でも」
「ひとつは、やっぱり凝りたんでしょうね。ブルーフィルムのときと同じで、裏ビデオ方面は縄張り争いが激しそうだ。命あっての物種だし、へたに手を出さないほうがいい、と。ただ、実情がどの程度危険だったかは、ぼくもよく知りません。裏ビデオが出回り始めの頃は、まだ旨味が大きかっただろうから、いろいろ危なかったのかもしれませんが。ともかく多胡兄弟としては、同じアンダーグラウンド系なら、レトロ趣味な写真のほうがまだ安全、かつ一定の好事家の固定客を見込めると、そう判断したようです」

そのポルノ写真のモデルを、香代子さん——伊吹くんのお母さんがやっていた、とは。まさか、あの泥臭くて、なんの変哲もない一介の農家のおばさんがカメラの前でセクシーランジェリィに身を包み、男たちにもてあそばれる姿を披露していたとは。意外性の極致といおうか。お釈迦《しゃか》さまでもご存じあるまいとは、まさにこのことだ。

だが実際はさほど意外じゃないのかもしれない。首尾木村の大月香代子といえば音に聞く器量よし。その美貌は県下全域の農業関係者に知れわたっていたという逸話を、かつてわたしも、おとなたちからよく聞かされたものだ。彼女が店番をするだけで市場の売上がひと桁ちがった、と。

あながち誇張でもない。伊吹くんのお父さんなど香代子さんの魅力に幻惑されるあまり、自分は嫌いで食べもしないナスを買うため、豊仁市から南白亀町の露店市にせっせと通い詰め、挙げ句にそこでクリニックを開業する約束までして、ようやく彼女と結婚に漕ぎ着けたというのだから、大変なものだ。魔性の女と呼ばれた所以である。

ただわたしがものごころついた頃、それらはすでに遠い昔話になっていた。香代子さんはどこからどう見ても田舎臭い、ただの中年女で、数々の伝説からは懸け離れたイメージしかなかった。歳をとるとはかくも悲惨な末路であることよ、という典型的な実例、程度に思っていたのだが。

知らなかった。ほんとうに。わたしたちの世代が知らないだけで、香代子さんはまだまだ現役だったのだ。まさか、あんなにも色っぽいひとだった、とは。たしかに女はそのときどきで七変化する生きものだとはいえ、普段のイメージと落差ありすぎ。まるで魔法だ。

女にもいろいろタイプがある。常に誰彼かまわず愛敬や色気を振りまいていないと己れの存在価値を確認できず、落ち着かないひと。そして、普段はどんなに過小評価されようとも脇目をふらず、これと決めた相手にしかその魅力を享受させない、いわば無駄弾を絶対に撃たないひと、だ。

例えば貫太くんのお母さんが前者の典型だとすれば、伊吹くんのお母さんはまさしく後者だろう。色っぽい下着をつけていたとはいえ、まさかあれほど非日常的に毒々しい妖艶《ようえん》さをまとい、変身できるとは。女は魔物だと、つくづく痛感する。

「さきほど言ったように、多胡兄弟が大月家から離れたのは表向きのことでした。実際は、その撮影会のため、ひそかに出入りは続いていた。家主の大月さんも納得ずくで、頻繁に」

伊吹くんのお祖母さんも承知していたとは驚きだが、よく考えてみれば、そうでないと、自宅でのいかがわしい写真撮影はむずかしかろう。

「でも、伊吹くんには知られないようにしていたんですよね？」

「さすがに、ね。そのため、お祖母さんもお母さんも普段から意識して、彼には厳しく接したりしていたようです。伊吹くんが、なるべく自宅にはいたくない、暇さえあれば友だちの家に泊まりがけで遊びにいきたい、と思うよう仕向けるために」

なんだか涙ぐましいばかりの努力だ。そこまでするならいっそ、例えば空き家のひとつとか、別の場所に撮影場を設ければよかったのに。それとも、やっぱりお風呂がないとだめだったのかしら。

「そんなふうに親戚ぐるみで手がけた裏商売だったが、多胡兄弟の期待に反し、完全に縄張り争いとは無縁、というわけにはいかなかった。組織的にではなかったものの、ちょうど似たような商売に手を染めたばかりの地元のやくざがいて、売買ルートを巡り、少し揉めたようです。伊吹香代子をまじえての撮影会の最中に惨劇が発生したこともあり、当初はこのトラブルが、首尾木村の事件となにか関係があるかもしれないという可能性が検討された。警察もけっこう、ていねいに調べている」

「なにか関係があった、って。大量殺人にまで発展するほどのトラブルだったんですか」

「いや。当時でさえ、そういう裏商売は、ひと頃に比べて頭打ちだったそうで、当のやくざはさっさと見切りをつけ、手を引いた。一方の多胡兄弟は実入りが悪くとも、写真は趣味で続けていた側面があったようで、結局さほど深刻なトラブルにはなっていなかった。そう結論づけられています」

　ということは、香代子さんだって、必ずしも損得ずくばかりではなく、好きで多胡兄弟の趣味に付き合っていたかもしれないわけだ。

　香代子さんが、幼い伊吹くんを連れて村へ出戻ってきたのは、旦那さんの女癖の悪さに愛想を尽かしたからだと聞いている。もちろんそれも一因だったのだろうが、もしかしたら多胡兄弟と共有する、淫らな秘密の蜜の味が忘れられなかったからかもしれない。ふたりの男にもてあそばれる快楽の虜になっていたのだ。

　もやもや、エロティックな妄想にかられていて、ふと違和感を覚えた。

　変だ……なにかが、変。しきりにそう囁きかけてくるものがある。なんだろう？

　そうか。そういえば、融さんの話を聞きながらわたし、香代子さんのセクシーランジェリィ姿を脳裡に思い浮かべている。もちろん、そんな姿を実際に見たことはないので、単なる空想上のイメージのはず……なんだけれど。

　なぜだろう。なんだかひどく生々しい。香代子さんの痴態の数々が、まるで実際に目撃した場面であるかのように、リアルに迫ってくる。

　だけどそれは変ではないか。いやでも九年前のあの日の出来事を反芻せずにはいられない。まだ元木くんが生きていて、みんなでいっしょにいたとき。空知家を後にしたわたしたち四人は、伊吹くんの住んでいた大月家へ向かう。

　伊吹くんがまず屋内に入る。香代子さんと多胡昭典の遺体を発見し、茫然自失で玄関に戻ってくる。電話機が無事かどうか、チェックする余裕もなかったと言って。それで貫太くんと元木くんが部屋に上がり、あれこれ調べるのだが。あのとき。

あのとき、わたしは家に入らなかった。入らなかった……よね？　そうだ。入っていない。そんな惨劇の現場にわざわざ上がり、香代子さんと多胡昭典の遺体を見にいったりしたくなかったし。ということは当然、下着姿で普段のイメージからは懸け離れた香代子さんの姿を、実際には目の当たりにはしていないはず。なのにどうして、こんなにも鮮烈に脳裡に浮かんでくるのだろう？

ただ、あのとき伊吹くんが、ぶつぶつ譫言のように、母親の淫らな姿を説明した、その描写がいやに生々しくて、ざらつくような感触を耳に残したことはよく憶えている。それがあまりにも真に迫っていたものだから、あたかも自身の眼で目撃したかのような錯覚に陥るほど、イメージが鮮明に再構成されている……のだろうか？

ぼんやり浮かんでくる。女の手が。指が、なまめかしく動き、そそり立った男の陰茎を包み込む。すっ。すっ、と。撫で上げたり、下ろしたり。ぴくぴく脈打つ怒張《どちょう》をもてあそぶ女の指が、まるで笑んでいる唇のようなかたちに、うごめく。

互いに脚をからめながら仰臥した男は、ただ香代子さんにされるがまま。彼女の舌で、首筋や胸を舐め回され、呻いている。呻くたびに、彼女の手のなかで男は膨張する。膨張して、膨張して、いまにも破裂せんばかりに悶え、跳ね回り。

これが……これが単なる空想なのだろうか。伊吹くんの描写に触発された、エロティックなイメージにすぎないのだろうか？　いや。

いや、ちがう。

ちがう。わたしは見ている。明らかに目撃している。この眼で。しかし、直接目の当たりにする機会はなかった。ということは、まさか。

まさか、写真？

写真……写真、か？　多胡兄弟が撮影したとされるいかがわしい写真の数々を、ひょっとしてわたしは、どこかで見ているのでは。

どこで？　いったいどこで……いや、そもそもどういう経緯で。

「――ところで、マユコは」

女の声で、わたしは我に返った。ジャネットだ。彼女が同席していることを、うっかりすると忘れそうになる。すぐ隣りに座っているのに。

冷蔵庫から取り出してきた赤ワインのボトルを、ジャネットは開けているところだった。白ワインのほうは、いつの間にか、からになっている。

「多胡兄弟の兄のほう、昭夫の姿を目撃しているのよね？　事件の夜に」

「え。あ。はい」

「それは、どこで？」

「伊吹くんの家で。いえ、厳密に言うと、その近くで、です。まだ彼のお母さんとお祖母さんが無事だと思っていたので、電話を借りようと、みんなでそっちへ向かっていたら、いきなり嵐のなか、下着姿で走る男の姿が現れた」

　新しいワイングラスをテーブルに並べると、ジャネットはわたしの分、そして融さんの分に、それぞれ赤ワインを注いだ。

「それが多胡昭夫だと、どうして判ったの」

「そのときは知りませんでしたが、後で伊吹くんがそう教えてくれました」

　ジャネットは自分の分のグラスにもワインを注ぐと、眼の高さに掲げた。

「昭夫はそのとき、大月家から出てきたところだったのよね？」

「じゃないか、という話を、みんなでした。でも誰も、実際に彼が大月家から出てきたところを見たわけではありません」

「昭夫は、それから？」

「東南区へ逃げました。東橋を渡って」

「あなたたち、追いかけなかったの？」

「追いかけようとしたとき、東橋が落ちてしまったんです。その際、ガソリンが臭ってたけど、燃えたわけじゃなくて。川の濁流の勢いで壊れてしまったんです」

「昭夫は無事に橋を渡ったのね。川に転落したりせずに？」

「辛くも、崩落直前に、向こう岸に辿り着いていました」

「際どいタイミングよね」

　視線をわたしに据えたまま、ジャネットはグラスに口をつけ、傾けた。照明の加減か、ゆらゆら揺らめく赤い液体が、禍々しく光る。

　まるで血を啜っているようだ。

「追いかけていたマユコたちも、危なかったのではなくて？」

「いまにも橋の残骸に乗って追いかけようとした貫太く

んを、元木くんが止めました」

「ということは、そのとき、モトキという子は、まだ生きていたのよね」

「そうです。元木くんが止めなかったら、貫太くんは川に落ちていたかも」

「彼はそれほど必死で追いかけていた」

「それはもう。だって彼は、お父さんの遺体を見つけた直後だったし」

「つまりカンタは、多胡昭夫のことを犯人だと思い込んでいた？」

「でしょう。ものすごい勢いで……」

はしなくも、わたしの声がしぼんだ。なにか。

なにか、失言した気がする。失言というのも変だが、罠《わな》に嵌まったような感触があった。

ジャネットはまばたきせず、じっとグラス越しにわたしを凝視しながらワインを干した。

グラスをテーブルに戻したジャネットの腕が、いつの間にかわたしの肩に回っている。このまま永遠に、彼女の手のなかから逃げ出せないかのような恐怖に囚われる。

融さんが執り成すように身を乗り出してきた。

「小久保さん。その空知くんですが。不思議なことに彼は警察に対して、問題の多胡昭夫について、ひとことも述べていない。昭夫を東橋のほうへ追いかけていったというくだりが、彼の証言のなかにはまったく出てこないんです」

「それは……それは入院するほどの怪我のせいで、長い事情聴取に耐えられなかったのでは」

「いえ。そういう問題ではないのです。そもそも空知くんはこう証言している。八月十七日、自宅の離れで元木くんと将棋をさしていたら、母屋のほうから悲鳴が聞こえた。驚いて見にいってみると、お父さんが殺されていて、その傍らに、見たこともない髭面の外国人が立っていた——と」

ジャネットは、わたしの分のグラスを手にとる。そのままわたしの口もとへ持ってきた。

青いガラス玉のような双眸が、のけぞりそうなほど近距離にあった。

「それから、もうひとつ。小久保さんたちが、お兄さんの家から通報したという件」

融さんの声を、どこか遠くで聞きながら、わたしはジャネットの眼光から眼を剝がせない。

「厳密に言うと、伊吹くんがたまたま番号を憶えていた奈良岡氏の家に掛け、そこから通報を頼んだ一件ですね。このとき、元木くんはその場にはいなかった。なぜなら東橋が落ちた後だったから——そうですね？」

わたしは融さんではなく、ジャネットに向かって頷いた。

彼女はまばたきせず、うすく微笑し、グラスをわたしの唇につけた。

「電話を受けたのは、奈良岡氏の、当時大学生だったお嬢さんなのですが。彼女の証言のなかに、極めて興味深い箇所がある。それを引用しても、よろしいですか」

再び頷くわたしの口のなかに、ジャネットは血のような液体を注ぎ込んだ。

「掛けてきたのは伊吹くんという男の子で。彼はこの段階で、橋が両方とも落ちてしまい、村の北西区が孤立しているという状況しか伝えられなかった。そこで空知くんという男の子が電話をかわり、村で起こっている大量虐殺事件のことを説明した、と。ここまではよろしいでしょうか」

頷いた拍子に、わたしの唇からワインが少量、溢れ出た。

ジャネットの指がそれを拭う。いやに、ゆっくりと。唇のかたちを、なぞりながら。

「その電話で、奈良岡さんのお嬢さんは、こう訊いているんです。大量虐殺をしている犯人が誰なのかは判っているのか？　と」

唇に指の感触が残る。熱を帯びて。

「空知くんはこう答えたそうです——特に不審な人物に心当たりはない、と」

ジャネットの肩越しに、兄の顔が覗いていた。

横眼で融さんのほうを見ると、彼の背後には父と母が立っていた。

「なにが不可解なのかは、お判りですね？　空知くんはこの段階で、問題の外国人の影もかたちも見ていない。奈良岡さんのお嬢さんによれば、電話での彼の口調は極めてしっかりしていたそうです。その内容を疑う理由はなにもない、と」

わたしは自分の手でグラスをとった。残りのワインを慌てて喉に流し込む。

「にもかかわらず、事件後の警察の事情聴取では、これよりもずっと前、つまり最初に父親の遺体を発見したとき、犯人に遭遇したと言っている、これは明らかに矛盾ですが」

再び唇からワインが溢れ出た。

「ここらへんの矛盾を、警察もちゃんと把握している。どんなふうに辻褄合わせをしているかは判りませんが、まあ犯人はマイケル・ウッドワーズでまちがいないのだから、もういいだろうと。そういい加減に妥協しているのかもしれない。しかし、そのマイケルが犯人だと証言しているのは、小久保さんたち四人だけなわけであって――」

ごくあたりまえのように、ジャネットの指がわたしの唇を拭う。

「すみませんが」

危うくジャネットのその指を咥え、吸いそうになった自分に気づき、わたしは悲鳴を上げそうになった。

たまりかね、立ち上がった。勢いよく腰を上げたつもりが、驚くほど足がふらつく。

「あの、勝手を言ってごめんなさい。でも今夜のところは、これで勘弁してもらえませんか。わたし、なんだか……なんだか、気分が……」

融さんは、ジャネットを見た。

「また日を改めて、ということね？」

ゆっくり、音をたててジャネットは、血のような液体に濡れた自分の指を吸ってみせた。眼はまばたきせず、こちらを睨んだまま。

「どうなの、マユコ」

「ええ。ええ。日を改めてください。わたし、逃げも隠れもしませんから」

虚勢を張っている、というのとも微妙にちがう、なんだか攻撃的なものいいだと、我ながら不可解だった。

気を失いそうになるのをこらえ、一歩、前へ踏み出した――かと思うや、わたしはベッドに倒れ込んでいた。ホテルの客室のそれではない。豪奢《ごうしゃ》なセミダブルではなく、安っぽいシングル。

〈ハイツ・タイバ〉の自分の部屋だ。いつの間に、どうやって帰宅したのか、まったく判らない。

一瞬、すべて夢だったのではないか、という錯覚が渦巻いた。わたしは〈オーシャンズ・ホテル・ユタヒト〉へ行こうとして、うっかり眠り込んでしまい、実際にはありもしなかった融さんとジャネットとの会見という、夢を見ていただけだったのではないか……と。

そんな安易な錯覚を嘲笑うかのように、唇にジャネットの指の感触が甦った。ワインのしずくを、ぐるりと拭われた跡がじくじくと、まるで毒を盛られたかのように疼《うず》き、やがて全身に回る。

　こめかみの血管がびりびり、びりびり、放電するかのように脈打つ。頭痛がおさまらない。

だめ……だめ……だめだ。

　頭蓋が膨張している感じ。いまにも破裂して、内側から、なにかが噴き出してきそうだ。

　着替えもしていないことに気がついたが、起き上がる気力がない。ようやく寝返りをうって、仰向けになって。ふと。

　見上げると、天井のあたりで、ぐるぐる。ぐるぐる。兄が、父が、母が、輪舞している。

　わたしに迫ってくる。じりじりと。みんな、死相で。わたしに懺悔《ざんげ》を迫ってきている。

――繭子。繭子、いまこそ、そう、いまこそ真実を語るべきときだ。いまこそ、すべてをさらけ出すべきときなのだ、と。

　かもしれない。でも、待って。わたしは必死で抵抗する。だめ。それは、だめ。

――だめ？　なにがだめ、なのだ。

　だって。だって、できない。わたしには、できない。そんなこと。

――できない？　なぜ？　できないはずはない。繭子に、できないはずはない。

だめ。

繭子、繭子、繭子。

駄目だめダメだめだめだ。めだめだめだめ。

抵抗しきれない予感がした。しかし、真実を語ることで過去と向き合う重圧に耐えられるとも思えない。どちらにしろ破滅は避けられないのか。気が狂いそうだった。

鷲尾嘉孝のことを考えたのは、怒りによって少しでも正気を保とうとしたのかもしれない。

あいつ……すっかり忘れてた、あの百万円。そして、初体験。

くそ。

　わたし、貫太くんと付き合ってたのに。貫太くんに、あげるつもりだったのに。どうして。

　なんて愚かな子供だったのだろう。金を貸してくれたお礼に抱いてやる、とはまた。そんな噴飯《ふんぱん》ものの鷲尾の科白に、どうしてあんなに舞い上がってしまったんだろう？

　どうかしている。ほんとに、どうかしていた。あのときの自分自身と相まみえられるならば、首を絞めてやりたい。

　おまけに亜紀子さんと、だなんて。なにさまのつもりなの、あの男は。口惜しい。くやしくて口惜しくて、どっちみち気が狂いそうだ。

　この遣り場のない怒り。それを鷲尾本人にぶちまけられたら、どんなにすっきりするか。でも、あの男がいまどこにいるか、判らない。そう身悶えていて——まてよ。そうか。そうよ。知っているひとが、いるじゃないの。そう思いつき、慌てて起き上がった。電話機を引き寄せると、舞い踊っていた亡霊たちが妙に、そそくさと消え去る。

　電話帳で〈オーシャンズ・ホテル・ユタヒト〉の番号を探し、融さんが滞在している客室につないでもらう。

『——もしもし？』

　融さんのぼやけた声に、はたと我に返って時計を見ると、すでに午前一時を過ぎている。

「夜分に、す、すみません。小久保です」

『あ、さきほどはどうも』

　鷲尾嘉孝の連絡先を教えてもらおうと意気込んでいたのが、なぜか、すっかり萎《な》えてしまった。

「ごめんなさい、もうおやすみでしたよね」

『いえいえ、かまいませんよ。どうしました？』

「えと」鷲尾のことなぞ、もはやどうでもよかったが、いまさら電話を切るわけにもいかず、つい変なことを訊いてしまった。「そこにジャネットさん、います？」

『いいえ。もうご自分の部屋のほうへ』

「てことは、いま、おひとりなんですね」

『そうですが』

　さきほどまでの激しい葛藤が嘘のように、いきなりわたしは決心がついた。すべての。

「お話し、したいことがあります。ただし、ジャネットさんには内緒で」

『それは——』

　融さんの声から眠気が飛び、緊張を孕む。

「といっても、ずっと秘密にしておいてくれということではないです。とりあえず、しばらくのあいだ彼女に話すのは待って欲しい、という意味なんですけど」

『それは、肝心のお話をうかがってみないと、はっきりお約束はできませんが——』

「約束して」いらだたしい気持ちを、わたしは隠せなかった。「でないと、言えません」

　間があった。息を吸い込む、微かな気配。

『――判りました。では、当座は秘密にしておくと約束しましょう。ただし、その当座とは、ひょっとしたら今夜だけ、という意味になるかもしれない。ぼくがジャネットさん、いや、ジェイムズ・ウッドワーズ氏に雇われているという事実をお忘れなく。それでも、よろしいですか』

「けっこうです」

『で？』

「そちらへ行きます」

『え。いまから、ですか？』

「だめなの？」

『いや、ぼくは、かまわない……けど』

「では、のちほど。このこと、ジャネットさんには言わないでくださいね、くれぐれも」

『あの、小久保さ――』

戸惑ったような融さんの呼びかけを無視し、受話器を置いた。

〈ハイツ・タイバ〉を飛び出す。普段なら徒歩で行く距離だが、気が急《せ》いていたので、大通りへ出て、タクシーを拾った。

暗く、ヤニ臭いタクシーの後部座席で縮こまっていたのは、実際には、ほんの数分間だったろうが、永遠の牢獄のように感じられる。

〈オーシャンズ・ホテル・ユタヒト〉へ着き、運転手に紙幣を押しつける。お釣りはもらわなかった。運賃よりお釣りのほうが多かったような気もするけれど、どうでもいい。息せき切って、エントランスへ向かおうとした、そのとき。

ふと後頭部に、視線を感じた。

誰かが、わたしを見ている。タクシーが走り去る音がしたのだから、さっきの運転手ではない。

誰？

ただ漫然と見つめる、という視線ではない。明らかに害意がある。それも強烈な。譬えて言えば、剣道の試合のとき、防具の面の死角になったところから攻撃される直前、みたいな。

誰？

しかも背後から、じりじり確実に距離を縮めてきている。うっかり立ち止まり、振り返りそうになるのを、かろうじて我慢した。つとめて宿泊客のような素振りで、ホテルに入る。

カフェ〈メイド・オブ・ザ・ミスト〉は明かりが落ち、

真っ暗だ。

フロントの前をさっさと通過し、エレベータに乗り込む。

エレベータの扉が閉まる直前、さりげなくロビーを見渡した。

もう日付が変わっているから当然だが、ロビーはがらんとしている。フロントも、ナイトシフトは奥に引っ込んで待機しているらしく、完全に無人だ。エントランスの自動ドアのガラス越しに、ちらっと見る限りでは、タクシー乗場付近にも、ひと影は見当たらない。

たしかに視線を感じた。気のせいではない。ということは、その人物は踵を返して立ち去ったか、死角に隠れたかの、どちらかだ。

いったいなにごとだろう。あの剣呑《けんのん》な視線は、害意というより、殺気そのものだった。

考えすぎかもしれないが、用心に越したことはない。エレベータを一旦、五階と七階で停めたわたしは、十一階に着いて廊下へ出る直前、十三階と十五階のボタンも押しておいた。こうしておけば、仮にくだんの視線の人物が一階のエレベータに近寄り、こっそり停止階表示を調べたとしても、わたしがどの階で降りたかの特定はむずかしかろう。

融さんの部屋へ向かう。ドアチャイムを押そうとして思いなおした。かるくノックする。

すぐにドアが開いた。融さんは、無言で室内に招き入れてくれる。先刻別れたときと同じ服装。ずっと起きていたのか、それとも、わたしの電話を受けて着替えなおしたのか。

「融さん」

もう「涌井さん」とは呼べない自分がいた。

「わたし……融さん、わたし、正直に言います、なにもかも」

彼は頷いた。どこから話したものか迷い、わたしはしばらく押し黙ったが、融さんはむりにさきを促したりしない。それがありがたかった。

「でも、でもたとえ正直に打ち明けたところで、融さんの期待には添えないかもしれない。なぜって、わたし、九年前のあの事件のこと、よく憶えていないからです」

「憶えていない？」

「いえ、もちろん、兄や両親の無惨な姿は、いまでも眼に焼きついています。炎に包まれて川に落ちていった元木くんも。空知くんのお母さんや、金谷のお爺さん、そして義理の姉も。直接は見ていないけど、伊吹くんのお母さんやお祖母さん、秦さんのことも。でも……でも、つまり、なんと言ったらいいのか」

融さんの横をすり抜け、わたしは客室内をうろうろ歩き回った。

「わたしは——正確に言うと、わたしと貫太くん、伊吹くんの三人は——証言しました。マイケル・ウッドワーズという外国人が犯人だ、と。たしかにそう言いました。警察のひとたちに。でもそれは、わたしたちが……」

声が詰まる。息苦しくなって、セミダブルのベッドに腰を下ろし、うなだれた。

「いえ、厳密に言えば、空知くんと伊吹くんのことは判らないので、わたしが——ということで話を進めますが」

窒息しそうな感じがおさまらない。息継ぎの仕方を忘れてしまったような気がする。ごほごほ、咳き込んでしまった。

「マイケルが犯人だと、わたしは証言した。でもそれは、さっき憶い出したけれど、川嶋先生にそう言うよう、命令されたからなんです」

その真相をある程度、予想していたのだろう、そっと上眼遣いに様子を窺ってみると、融さんは顎をひくような仕種をしただけで、さほど意外そうではない。

「それは憶い出した。それは憶い出したんです。でも……でもなぜ、そんな、事実に反することを……実際には目撃してもいないことを、いくら先生に命令されたからとはいえ、証言してしまったのか、その理由が、いっこうに判らない」

再び息がつかえる。喉もとを叩いた。

「そもそも、なぜ川嶋先生はそんな、でたらめを強制したのかも、まったく」

「しかも小久保さんのみならず、あとのふたりの男の子たちも。三人揃って唯々諾々と、嘘の証言をした。それはなぜなのか」

「そうです。そうなんです。でも……でも、わたしにはその点が、どうしても憶い出せない。憶い出せないんです」

これは嘘ではなかった。ほんとうに、憶い出せなかった。ただ。

ただ、改めて思い当たったのは、シバコウに対して己れが抱いている恐怖だ。わたしは川嶋を怖がっている。しかも尋常ではないほど。

おそらくあの男は、命令というより、脅迫したのだろう。口だけではなく、暴力をふるったりしたかもしれない。

しかし仮にわたしが彼の脅しに屈したとしても、空知くんや伊吹くんまでもが、そうあっさり軍門に降《くだ》るものだろうか。それが解せない。

当時、わたしたちはみんな、シバコウを嫌っていたはず。かろんじていた、いや、はっきりと小馬鹿にしていた、と言ってもいい。教師とはいえ、そんな男から、道義に悖《もと》るようなことを強制されたりしたら、思春期で血の気の多い男の子たちだ、素直に従うどころか、反発して当然なのに。いったい、どうして。

「判らない。判らないけど、きっと……きっと、シバコウが」

「シバコウ?」

「川嶋のことです」

ほんの短いあいだとはいえ、あの男のことを再び先生と呼んでいた自分に気づき、無性に腹だたしくなる。むきになって呼び捨てにした。

「川嶋が、わたしたちに嘘の証言を強要した。でも不思議なのは、なんでわたしたち全員が、揃いも揃ってそんな、とんでもない命令に従ってしまったのか、です。偽証は犯罪行為でしょ。いくら当時は子供だったからとはいえ、そんな道理をわきまえていなかったはずはないのに、どうして」

「察するに、川嶋氏はよほど、ひどいやり方をしたんでしょう」

「ひどい……やり方、って?」

「例えば、殴る蹴るの暴力です。実際、空知くんは大怪我をして、瀕死の状態で嵐のなか、放置されたりしたわけですし」

「で、でも、それをやったのはマイケ……」

わたしは口をつぐんだ。というより、喉が動かなくなった。

「あるいは、性的に虐待したとか」

伊吹くん……どうしても声が出ない。

「それもマイケルの仕業とされているが、当然、川嶋氏がやったことだったのでしょう」

無理に喋ろうとしたら、ううううう、という、聞きようによっては滑稽な、獣のような唸り声が、わたしの喉からほとばしった。

身体が痙攣する。あ、あ、あ、あ、と。いたずらに呻き声がだだ洩れになり、無抵抗に涙が溢れかえった。

わたしは錯乱していた。錯乱する自分を、どうしようもなかった。

融さんも、手をつけられなくなったのだろう、いつしかわたしのことを、すっぽり抱きすくめて……いや、わたしのほうから彼に抱きついていったのかもしれない。

川嶋に――決してマイケルに、ではなく――ジャージィのズボンを脱がされた記憶が、断片的なイメージながら、はっきりと甦った。

視界が真っ白になる。気がつくとわたしは、融さんの唇を吸っていた。いや、吸っているはずなのに感触がない。

ふと融さんの肩越しに、兄と父、そして母たちが血みどろの顔を覗かせた。と思った途端、わたしは亡霊たちのほうへ引き寄せられる。

これは夢なのか、それとも、いわゆる幽体離脱《ゆうたいりだつ》という現象なのか。わたしの意識は己れの肉体から脱け出ていた。生霊と化し、客室の天井あたりを浮遊する。ベッドのうえで繰り広げられる痴態を、ただ他人事のように見守る。

大柄な女が融さんに覆いかぶさり、彼の服を脱がせていた。その姿にふと、伊吹くんのお母さんのイメージが重なる。

仰向けに押し倒した男を全裸に剝き、その上を、せわしなく這いずり回る女。香代子さんの手のなかで男のものが苦しげに、そそり立つ。ぴくぴく跳ね回り、いまにも飛び出してゆきそうな怒張を、香代子さんはぐりぐり握りしめ、逃がすまいとする。喘ぎ、悶える男の胸を、腹を、香代子さんの大きな舌が這い回り、唾液まみれにしてゆく。

見たこともない妄想にしてはあまりにも鮮烈なそのシーンに幻惑されていて、ふと気がついた。女は香代子さんではない。

わたしだ。融さんを押さえつけている大柄な女。その痴態を見下ろす。まるで格闘技のようだ。裸に剝いた融さんを問答無用で押さえつけている。自分は服も脱がず、モスグリーンのワンピースの裾をまくりあげ、彼をまたぐ。

融さんを呑み込んだ女は、しばらく腰を動かしてから、ようやくワンピースをむしりとった。鞠《まり》のように臀部を跳ね上げながら、下着も次々に脱ぎ、床へ放り投げる。ベッドが弾む。軋む。壊れそうなくらい。女はひたすら踵で踏ん張り、ハンマーのように融さんを叩く。叩く。叩く。

貪欲《どんよく》に彼を呑み込んだまま、女は身体を背後に傾けた。仰向けになり、ふるふる揺れる乳房で融さんを受け止める。

最初は彼の動きに身を委ねていた女だが、やがてもどかしげに、爪先で踏ん張り、両膝を立てた。そのまま融さんの身体を、ぐいんと持ち上げる。その勢いで彼のメガネがはずれ、吹っ飛んだ。

自分の胸もとへ飛んできたそのメガネを、女はうるさげに払いのける。脚をめいっぱい拡げた女は、融さんが自ら動く暇を与えない。下から腰を突き上げ。突き上げ。突き上げる。

弓なりに反り返った女の上で、融さんはただ翻弄される。避妊具をつけていないことに思い当たったのか、慌てて離れようとした彼の首を、女の腕が、からめとった。まるでネズミ捕りのように、長い二本の脚が融さんの腰に巻きつき、逃げようとする動きを完全に封じる。

「――送っていきますよ」

その声で、わたしは我に返った。

融さんのほうを見ると、ベッドの傍らで服を着ているところだ。

わたしはといえば、ベッドの縁に腰を下ろし、くるくる巻いたパンティストッキングに爪先を入れようとしている。今日――厳密に言えば、もう昨日か――おろしたばかりの高価なパンストは、見事に伝線していた。

いや、伝線どころではない。股間から腿のあたりにかけ、びりびり裂けている。脱ぐ暇も惜しんでパンティストッキングを破り、下着の位置をずらしてあたふた彼を受け入れるという、あさましいばかりの自分の行為を憶い出し、かっと全身が火照った。

「だいじょうぶですか?」

床に落ちているメガネを拾い、かけなおしながら融さんが歩み寄ってきた。フレームが心なしか、歪んでいるみたい。

「ええ」

立ち上がって服の皺をのばすと、伝線はワンピースの裾に隠れた。うん。だいじょうぶ。

なぜか羞恥心があっさり消え、不思議に落ち着いた気分になった。それに、一線を越えても、いきなり馴れなれしい口調になったりしない融さんが、愛しい。

ここでゆったりお風呂に浸かり、そのまま泊まっていきたい誘惑にかられたが、そうもいかない。なにしろ別の客室にジャネットがいるのだ。さっさと退散したほうが無難だろう。

「だいじょうぶ。ひとりで帰れます」

「そうはいきません。何時だと思ってるんです」

時計を見ると、午前三時過ぎ。

「いくらなんでも、女性をひとりで家に帰らせるわけにはいきませんよ」

「判りました。お願いします」

わたしはごく自然に眼を閉じ、彼に頬を寄せ、くちづけをねだった。融さん、そっと唇を重ねてくれる。さきほどの舌をからめ合うような激しいものではなく、あくまでもソフトに。

廊下に出るとき、そこにジャネットがにやにや笑いながら立っていたらどうしようと一瞬、本気でびびったが、さいわいそんなコントのようなことはなかった。

エレベータで一階へ降りる。なにしろ時間帯が時間帯だ、てっきり静寂そのものとばかり思っていたロビー付近が、なにやら騒々しい雰囲気だったので戸惑った。ホテルの従業員、そして警備員らしい男たちが数人、誰かを取り囲んでいる。

輪の中心にいるその人物は、従業員たちの背中や脚の隙間から窺う限り、男のようだ。背中を丸めて床に座り込んでいる。

なにか話し合っている感じだが、具体的な内容は聞きとれない。やがて座り込んでいた男は、ふらふら立ち上がると、従業員たちを無視するようにしてエントランスから出ていった。

どちらかといえば、みすぼらしい服装だ。少なくとも、こういうシティホテルにはあまりそぐわないかもしれない。長身だが、後ろ姿だったので、男の風貌までは判らない。

男を見送りながら、なにか話し合っていた従業員たちに、融さんは歩み寄った。ふたこと三言、交わしてから、わたしのところへ戻ってくる。

「なにかあったんですか？」

「さっきの男、ロビーで眠り込んでいたそうです。最初は、病気か、酔っぱらっているのかと思い、介抱しようとしたらしいが、どうもちがう。宿泊客でもないようなので、素性を訊いてみたが、いっこうに要領を得ない。そうこうしているうちに、ぷいと出ていってしまったそうです。ホームレスが寝床を探して迷い込んできたんじゃないか、ということでしたが」

　この当時、ホームレスという言葉に少なくともわたしは、まだ馴染みがなかったが、なんとなく意味は判った。ただ、たしかに身なりが比較的貧相だったとはいえ、路上生活をしているほどではないような気もしたのだが。

　それ以上は深く考えず、エントランスから出た。タクシー乗場は無人だ。

　大通りへ出て、夜風にあたりながら歩道をしばらく進んでいて、ふと。

　感じた。あの視線を。

　ちりちり後頭部を炙《あぶ》り焼かれそうな、殺気……まちがいない。先刻、ホテルへ入ろうとしたときと同じやつだ。つけてくる。

　距離を保ったまま。つけてきている。

「融さん……」

　そっと囁いた。

「え?」

「振り返らないでください」

「どうしました」

「いま、誰かが、わたしたちのあとを、つけてきています」

　さりげなく融さんに腕をからめると、かすかな緊張が伝わってきた。

「ほんとうですか」前を向いたまま、足を止めずに呟く。「ひょっとして、ジャネットさんかな。小久保さんがホテルへやってきたと知って、様——」

「いいえ。ちがう」

「どうして判ります」

「わたしがさっき、ホテルへやってきて、タクシーから降りたときにも不審な視線を感じた。それと同じ人物に、まちがいありません」

「そうですか。だとすると……」頷きつつも、わたしの勘にどれだけ信頼性があるか、融さん、判じかねているようだ。「誰かが小久保さんをつけ狙っている、ということでしょうか」

「かもしれません。あるいは、特にわたしを狙っているわけではなくて、真夜中にホテルに入ろうとしている女をたまたま目撃して興味を抱いただけ、なのかもしれませんが」

　一応そう言ってはみたものの、しかしそれでは、あの鋭い殺気の説明がつかない。

「まてよ……もしかしたら」

「なんです？」

「さっきのホームレスの男ですよ。ロビーに勝手に入り込んでいたという。ひょっとして、あの男、小久保さんの様子を見張るつもりでホテルまで入ってきて、そこで待っているうちに、うっかり眠り込んでしまっていた、のでは？」

なるほど、それはあり得る。

と一旦は納得したものの、だとするとあの男、わたしが宿泊客ではなく、いずれ今夜のうちに客室から出てくると知っていた——という理屈になりはしまいか？　当然、たまたま目をつけたのではなく、わたしの素性を承知の上で、つけてきている、ということにもなるが。

視線はじっとり、つけてくる。どこまでも、どこまでも。

「……どうしたらいいんでしょう」

「小久保さん、独り暮らし、ですよね？」

「はい」

「このままお宅へ直行するのは、まずいかもしれない。もしも偶然、変質者に目をつけられたのだとすると、自宅を教えてしまうのは危険です」

「では、タクシーに——」

だが大通りには、ときおり車が通過するものの、タクシーは見当たらない。

「このさきに空港連絡バスの停留所があります。たまに、そこにタクシーが待機していることがあるけど。いまは無理かしら、やっぱり」

「うーん。とりあえず別の方角へ遠回りをして、様子を見ることにしましょう」

繁華街のほうへ向かった融さんとわたしは、勤め先〈ステイシー〉のある西双筋は避け、東風谷《こちゃ》と呼ばれる地区へ入った。

まだ営業している飲み屋もちらほらあるが、さすがにどの路地も明かりは、まばらだ。

「融さん」

「はい？」

「わたし、警察に行くべき……ですよね？」

すぐに答えはなかった。しばらく無言で歩く。

「まだ……まだまだ完全に憶い出せたわけではないけれど、少なくとも、わたしと空知くん、そして伊吹くんの三人が、マイケル・ウッドワーズ氏が犯人だと証言したのが嘘だったのは、たしかです。川嶋に脅されたからなんです」

「よく打ち明けてくださいました。お辛かったことと思いますし、当然そのことは、いまからでも警察に伝えなければならない。が、いますぐに、というのが正解かどうかは微妙です」

「どうして」

「公式には解決してしまっている事件をひっくり返すのは、容易なことではない。九年間という時間の壁も大きい」

「それは、そうでしょうけれど」

「なによりも、証言できる当事者が現在、小久保さんしかいない、というのは痛い」

「だって川嶋は？」

「彼は全面否定するに決まっている」

「それにしたって、取り調べくらいはできるでしょう、わたしが証言しさえすれば？」

「当時の教え子たちに偽証を強要したとなれば、罪に問われる。そう簡単には認めないでしょう。川嶋氏本人が認めなかったら、水掛け論にならざるを得ません。小久保さんの証言以外の根拠が、なにか出てこない限り、ね」

「まあそれは……むずかしいとは思いますが」

「せめて、あとのふたりの男の子たち——いや、もう男の子たち、という年齢ではないですね。当時の資料にばかり当たっている関係で、ついうっかり伊吹くん、空知くんと、くんづけで呼んでしまいますが。伊吹さんと空知さんのふたりが、小久保さんといっしょに証言してくれれば、いくら九年前に解決した事件とはいえ、警察もなんらかの対処をしなければならなくなるでしょう。が、伊吹さんの場合、ご家族とも連絡をとっていない以上、さしあたってどうしようもない。帰国するのを気長に待つしかありません。ぼくとしては、小久保さんが勇気をもって証言してくれたいま、なんとしても空知貫太さんの行方を探し当てたい。もちろん、彼が既に豊仁にはいないという可能性もある以上、これも容易なことではないですが」

「融さん……」

「はい」

「川嶋が犯人……なのでしょうか？」

「断定はできませんが、これで疑惑は深まったと言わざるを得ません。実力行使で教え子たちに、マイケルが犯人であると偽証させた以上は」

そんなやりとりをしているあいだじゅう、例の殺気を孕んだ視線は一定の距離を保ったまま、わたしたちのあとをつけてきている。

と、そこへたまたま、タクシーが通りかかった。さいわい空車だ。

すかさず融さんが手を上げて停め、わたしたちは乗り込んだ。尾行に気づいていると先方に悟られぬよう、つとめて、さりげなく。

尾行者が車を用意しているとは考えにくかったものの、確証があるわけではない。念のため逆方向に遠回りしておいてから、〈ハイツ・タイバ〉へ行ってもらった。

マンションの前でわたしだけ降ろすと、融さんはタクシーでホテルへ戻っていった。「またお店のほうへうかがいます」と言い残して。

自室へ向かう前、そっと周囲の気配を窺ってみたが、あの視線は消えていた。

4

融さんと別れたわたしはその日の昼過ぎまで、泥のように眠った。家族の亡霊たちの悪夢から、ほんとうにひさしぶりに解放され、ぐっすりと。偽証していた事実を口に出して認めたことで、やはりすっきりしたのだろう。

しかし、すっきりしてばかりはいられない。マイケル・ウッドワーズ氏が犯人ではなかった、となると、九年前の首尾木村北西区住民大量虐殺事件はまったく解決していないわけだ。犯人が特定されず、犯行の動機など全容が解明されない以上、死者たちも浮かばれない。兄や父、そして母が再びわたしの夢枕に立つ日も遠くあるまい。

そう思うと、いらだつ。融さんは時期尚早だとたしなめたけれど、やはりわたしは一刻も早く、警察へ駈け込むべきなのではないか。そう焦ったりもする。が。

たしかに、九年前のわたしの証言はすべて嘘でしたといたずらに騒ぎたてたところで、警察がどれだけ真剣に耳を傾けてくれるか、はなはだ心許ない。貫太くんや伊吹くんがいっしょなら、説得力も全然ちがってくるのだろうけれど。

結局、融さんの意見が正しいと認めざるを得ないので未だ警察へ行ったりしてはいないが、そのいっぽうで、焦燥は募るばかりだ。もしかして、たとえ独断でも、わたし自身が具体的な行動を起こさない限り、いつまで経っても進展は望めないのではないか？　と。

あー……会いたい。早く融さんに会いたい。

力いっぱい抱きしめて欲しいのはもちろん、これからいったいどうしたらいいのか、身の振り方の指示を仰ぎたい側面も大きい。

早くお店に来てくれないかなあ。〈ハイツ・タイバ〉のほうでもいいから。とにかく早く来て、わたしのところへ。会いたいよ。会いたい会いたい。融さんに会いたい。

そんな待ちわびる心情が、知らないうちにだだ洩れになっていたらしい。〈ステイシー〉でお客さんが途切れた際、ママが、しげしげとわたしの顔を覗き込んできた。

「どうかしたの、マユちゃん」

「は。なにが、ですか」

「どうもこのところずっと、心ここにあらず、って感じだけど」

「え。え？　え？　そ、そうですか？」

「誰か、おめあてのお客さんでも？　こんなに待ち焦がれてるのに、ちっとも来てくんない、つまんなーい、みたいな」

自分としてはいつもどおり、ごく自然に仕事をこなしているつもりだったので、ママのずばり指摘は、かなりショックだった。

だいたい、今日は十月十日、木曜日。火曜日の未明に融さんにマンションへタクシーで送ってもらってから、まだ三日しか経っていないっていうのに。もう？　もうそんなに？

「そ、そんなに顔に出てます？」

「うわっ。マユさんたら、ばか正直っ」

ミカちゃん、手を叩いて大受け。

「ふーん。やっぱり。ひょっとして、この前のひと？　金髪の女のひとといっしょに来てた」

「え、ええ、まあ」

つい頷いてしまい、うろたえたけれど、多分これもとっくに見透かされていたような気がする。なにがなんでも隠さなきゃいけないってわけでもなし。ま、いいや。

それよりも心配なのは、あれ以来、融さんからまったく連絡がないのは、わたしの偽証を認める告白の一件が、すでにジャネットに伝わっているからではないか、ということだ。

当座は内緒にすると約束してくれたが、融さんはジェイムズ・ウッドワーズ氏の息子の無罪を立証するために雇われている立場である。マイケルを犯人だと名指ししたわたしたちの訴えはでたらめだったという、これ以上ないほど貴重な証言を得ていながらジャネットに黙っているというのはある意味、仁義に悖る行為だ。それはわたしだって理解してあげなければならない。火曜日じゅうに彼女の耳に入っていたとしても致し方なかろう。

それを知ったジャネットは、さてどうするか。川嶋浩一郎がいかなる理由で当時の教え子たちに偽証を強要したか——まずその疑問を徹底的に追及する方針を固めるだろう。当然、彼が事件の犯人であるという可能性も視野に入れて。

となれば融さんはいま、川嶋になんとか接触を試みている最中だろう。だがあいにく、それは簡単なこととは思えない。

川嶋という男は、昔もそうだったが、たとえ相手が生徒であろうが同僚であろうが他人に用事を頼むときは問答無用で最優先を命令するくせに、こちらには同じ便宜をはかってくれない。どんなに緊急だからと口を酸っぱくしても、自分の気が乗らない限り、絶対に動いてくれなかったものだ。きっとその傾向は現在も変わっていないだろう。忙しいだのなんだのと、もっともらしい理由をつけ、融さんから逃げ回っているに決まっている。

それも当然だ。たとえ川嶋が連続虐殺事件の犯人ではなくても、教え子たちに偽証を強要した点は罪に問われる。ただの強要ではない、暴行致傷、性的虐待が加わるのだ。刑法に詳しくないので、これらの罪の時効がどれくらいかは知らないが、たとえ法的責任は問えずとも、九年前の事実が明らかになれば、社会的制裁は免れまい。ましてや教師という職業が職業だ。自己中心的な性格云々以前に、川嶋としては、なんとしても融さんの追及をうまく躱《かわ》さなければならない。

そんな保身に必死の川嶋との、打々発止《ちょうちょうはっし》の攻防の真っ最中では融さんも、わたしに会いに、のこのこやってくる余裕があるはずもない。

「個人的に、なにかあったの、あれから？」と訊くママは悠揚迫らぬ笑みを絶やさない。「最初にあのふたりがお店へやってきたときから、なにやら、わけあり、みたいだったけれど」

「えー……と」

詳しく説明していたら、きりがない。もうしわけないが、「いろいろとその、複雑でして」と、ごまかすしかない。ママも「そう」と、あっさり引っ込めてくれた。

「それはそうと、マユさん」野次馬根性丸出しでにやにやしていたミカちゃん、急に神妙な顔つきになった。「例の金髪の女のひとって、まだ豊仁に滞在しているんですかね」

「多分。どうして？」

「ひょっとして、〈オーシャンズ・ホテル・ユタヒト〉に、とか」

「だと聞いているけど。よく知ってるね？」

先日、融さんとジャネットが来店したとき、ミカちゃんがいる席で、その話題、出たっけ？　覚えがないけど、あるいは、わたしが中座したときにもその話になったのかな、と思っていると。

「あー、やっぱり」

「どうかしたの、それが」

「いえ、その……」

わたしとママと三人だけで、がらんとしている店内を、ミカちゃん、そっと見回した。いっそう声を低めて。

「ユミエさんのこと、なんですけどお」

「彼女がどうかしたの？」

「この前、ホテルで見たんですよ。一階のカフェで知り合いとお茶してるとき。偶然、その、エレベータで客室へ上がってゆくところを」

わたしはママと顔を見合わせた。

「なんだか浮きうきした感じで。単なる勘と言えば勘なんですけど、その様子を見て、ぴんときたんです。あ、ひょっとして、この前のあの金髪のひとに会いにいってるんじゃないか、と」

先日のジャネットとユミエさんとの熱い抱擁やキスシーンが脳裡に甦ってくる。あのときはまだ酒のうえでの悪のりの域、として流せたが。

ひょっとしてユミエさんたら、本気で……と気まずい思いで口籠もっているミカちゃんとわたしを尻目に、ママは「まあ、そういうこともあるわよ」と平然。

「そ、そうですかあ？」

「国籍や人種にかかわらず、そういう趣味のひとっているのよ。あたしもね、若い頃、三味線を習っているときに」

三味線。ピアノの弾き語りの姿しか見たことがないせいか、なんだか新鮮な響きだ。

「きょうだい弟子の女の子のひとりが、そういうひとで。ふたりきりで稽古してたら、いきなり抱きつかれたっけ」

「へえええ。昔からあるんだ」

「いや、ミカちゃん、だからね、時代は関係ないんだって、こういうことは」

「抱きつかれて、どうしたんですか」

「別に。好きにさせておいた。唇を吸ったり、胸をさわったり。ひとしきりやって満足したんでしょ、知らん顔して稽古に戻った。その後、アプローチがなかったのは、もともとあたしのことがそれほど好きじゃなかったからか。それとも、ほんとうはそういう趣味じゃなくて、単に好奇心にかられてのことだったのか。それは判らない」

あくまでも淡々と述懐。ママが昔から、ものに動じない性格だったことは、よく判った。

「それはそれとして、ですね」ミカちゃん、いつになく真剣な表情。「仮にもお客さんのこと、あれこれ言うのはよくないんですけど。でも、あの金髪のひと、怖いんですよ、あたし、なんだか」

「怖い？」

「なんというか、これまた単なる勘だけど、彼女になにか、邪悪なものを感じてしまう」

わたしがジャネットに対して抱いているのと同じ印象だったので、少し驚いた。普段はひょうきんなムードメーカーに徹するミカちゃんが、こんなネガティヴなことを口にするのはめずらしい。

「邪悪な、とは大袈裟ね」

「決して、そういう趣味だから、なんて意味じゃないですよ。そんなこと、どうこう言うつもりはないし、ユミエさんと深い関係になってるとしても、互いに納得ずくならそれでいい。でもそれとはまったく関係なく、なんていうんだろう、うっかり近寄ると、とんでもないことになりそう、みたいな。彫りが深くて、すごくきれいだから、冷たい感じに見えちゃうだけかもしれないけど……すみません、変なこと言って」

「いいじゃない、別に」ママはあくまでも屈託がない。

「イメージを抱くのは個人の自由よ」

「そういえば、ユミエさん、今日は？　おやすみですか」

「ううん」と、あっさり。「辞めた」

「え」ミカちゃんとわたしの慨嘆が交錯する。「えええええー」「またですかあ？」「やれやれ」「今度は、どこのお店へ移ったんだろ」「またすぐ、ここへ戻ってきたりして」

「ていうか、この仕事そのものから、もう足を洗うつもりみたい」

「転職するのかな。それとも結婚とか？」

「ちがうお仕事をしたくなった、みたいなことを言ってたわね。詳しくは知らないけど」

もちろんこのときは、ユミエさんの新しい仕事のことに興味はなかったので、それ以上、詮索しなかったのだが。

「にしても、暇ですねー、今夜は」

ミカちゃん、ふわわわっと顎がはずれそうな大あくびを洩らした。たしかに暇だ。午後十時。普段ならいちばん忙しい時間帯なのだが、今日は、ほんの一時間くらい前に四人組の新顔のお客さんが帰っていってから、ひとりの来店もない。

ミカちゃんのが伝染《うつ》って、わたしも大あくびを洩らしてしまった。眠くて仕方がない。

昨夜《ゆうべ》は忙しくて、てんてこ舞いだった。翌日、つまり今日が祝日だったせいだろう。ボックス席もカウンターも常時満杯状態で、せっかく来てくれた常連さんの何組かをお断りしなければならなかったほど。それが明け方まで続いた。ボックス席で眠りこけていた最後のお客さんをお見送りしたのが、今朝の六時過ぎ。

おつかれさまーと解散しようとしたミカちゃんとわたしに「ねえねえ、おふたりさん。朝ご飯、いっしょにどう？」と誘ってきたのが、サユリちゃんだった。どうせ食事しなければならなかったし、断る理由も特になかったので、ファミリーレストランへついていったのが、大失敗。

サユリちゃん、いま彼氏と同棲中なのだが、モーニングを食べながら延々、その愚痴を聞かされるはめになった。くだんの彼氏、いま失業中で、経済的にサユリちゃんに依存しきっているらしい。それでも一生懸命仕事を探すなり、家事を手伝うなりすれば可愛げがあるのだが、なんにもしない。亭主気どりで、家でぐだぐだするだけ、とくる。

「ファミコンばっか、やってんだよね。ロードランナーとかってやつ」

ひがな一日、ビデオゲームに夢中になっているという。サユリちゃんが注意しないと食事もしない、風呂にも入らないというから、まるで躾《しつ》けの悪い子供だ。完全にヒモ状態である。

「そりゃもうだめだよ。望み、ないね」早く帰って寝たいのだろう、さすがのミカちゃんも、ぶっきらぼうに突き放す。「さっさと別れたほうがいいよ。サユリちゃんだけじゃなくて、そのほうが彼本人のためにもなる。まちがいない」

「で、でもさ、でもさ、それ以外は、いいひとなのよお」と愚痴モードだったサユリちゃん、一転、彼氏を庇ったり。「賭け事するわけじゃないし、浮気するわけでもないし。暴力ふるったりしたことも、ない。ね。いいひとなの。ほんとに。ただ、いま仕事がないだけで」

「そうやって甘やかしてたら、どこまでもつけあがって、いいひとだ、なんて呑気なことも、いずれ言えなくなるよ。男ってね、図に乗れると見たら、果てしなく図に乗る生きものなんだから」

「だってだって、好きなんだもん。別れるなんて、いやだよ。絶対、いや」

　でも仕事してくれないのだけは、どうにかして欲しいと泣きべそをかく。こちらとしては、別れたほうがいいとしか言えないが、サユリちゃんは、それだけは嫌の一点張り。せめてファミコンを取り上げるとか、ちょっと厳しく接しないと、どうにもならないよと忠告しても、そんなことしたら喧嘩《けんか》になるだけだもん、と拗ねる。

　ミカちゃんもわたしもうんざりして、なんとか逃げ出す糸口を探そうとするが、サユリちゃん、とっくにモーニングを食べ終わっても、ゆるしてくれない。それもそのはず、彼女は木曜日、仕事がお休みだから。

　冗談じゃない。ミカちゃんとわたしは今夜も出勤なのだ。早く帰ってひと眠りしたいと祈りつつ、結局そのファミリーレストランでランチまでつきあわされるはめになった。ようやく解放されたのは午後一時近く。今後サユリちゃんにご飯に誘われても絶対に断ろうねと、ミカちゃんとわたしが固く誓い合ったのは言うまでもない。

　そんなわけでいま、ふたりとも大あくびを連発している。お客さんがいないのは、たすかるものの、だらけて、だらけてしょうがない。

「別にいいじゃない」と、やはり平然とかまえているのはママである。「こんな日もある、ある。ふたりとも、ずいぶん疲れてるみたいだから、もう帰ってもいいわよ」

「え、ほんとですか。やっ――」

　と、ミカちゃんがはしゃぎかけた、ちょうどそのとき、お店のドアが開いた。

「あ。いらっしゃ……」

我知らず、わたしの声はしぼんだ。おずおず店内に入ってきたのは、ある意味、すごく場ちがいなひとだったからだ。

石動健作さん。これまで健作さんがこのお店へ来たことは一度もない。そもそも飲み歩くようなイメージからはほど遠い。堅物《かたぶつ》で、若いのに、すでに日本の頑固親父の貫禄《かんろく》充分だし。

「わあ、どうしたんですか？　めずらしい」

眠気が吹き飛び、自分でも驚くほど浮き立った気分で、彼に駈け寄った。

お知り合い？　と眼で訊いてくるミカちゃんとママに
「剣道教室の先生なんです」と紹介する。

そういえばわたしが剣道を習っているという話はお店でしたこと、なかったっけ。ミカちゃん、眼を丸くしていたが、とにかくこれで、さきほどまでだらけていた空気がぴんと華やかになる。

が、肝心の健作さんは、出入口付近に突っ立ったまま、なかなか動こうとしない。

「どうしたんですか？　どうぞ」

「ま、マユちゃん」

「はい？」

「ひょっとして……」

呻くようにそう呟いたきり、後が続かない。落とし気味の照明のせいで気がつかなかったけれど、健作さん、これまで見たことがないほど、顔が青ざめていた。

「ひょっとして、まだ、し、知らんがか？」

「な、なにを？」

彼の表情からして、良い知らせでないことは明らかだった。あ。もしかして。

「まさか、健作さん、お父さんかお母さん、ご病気とか？」

「い、いやちがう。おれの親父やおふくろなら、ぴんぴん……」

しどろもどろで語尾が掠れる。いっこうに、さきへ進まない。いまにも吐きそうなのを、じっとこらえているかのようだ。

「まあどうぞ、こちらへ」

ママがカウンターから出てきた。ボックス席のほうへ案内すると、ようやく健作さん、素直に腰を下ろした。

「だいじょうぶですか？」

気つけにバーボンをショットグラスに注ぎ、持ってゆく。健作さんがお酒を飲めるかどうかは判らなかったけれど、一応。

「いったいなにがあったんですか？」

「ニュース……」

「え？」

「ニュース。地元のニュース、見てない？　今日の夕刊か、夜のテレビか」

「いいえ、全然」

自宅では新聞をとっていない。ニュースは、たまに昼のを見ることはあるが、夜はずっとお店に出ているし。と、ミカちゃんが別のボックス席から、新聞を持ってきた。どうやら先刻の新顔のお客さんが置いていったらしい。

「あ、あのな、マユちゃん」

ミカちゃんから新聞を受け取るその手が、ぶるぶる震えている。いったい何事だろう。こんな健作さんを見たのは初めてだ。

「き、気を落ち着けて見てくれ。な。くれぐれも、気を落ち着けて」

手渡されたのは地元新聞紙。日付は一九九一年、十月十日。木曜日。今日の夕刊だ。

三面記事のところに見出しが躍っている。


『――早朝、豊仁市の住宅街で惨劇。一家四人、殺害。怨恨《えんこん》か？

十日の朝、八時頃、同市内に住む秋山謙吾さん、四十一歳の自宅で男女四人が血を流して倒れているのを、訪ねてきた知人が発見。警察に通報したが、四人ともすでに死亡していた。死亡していたのは、この家の住人、秋山謙吾さんと、その妻、木綿子さん、四十二歳。長男の俊治くん、十四歳。次男の勇樹くん、十一歳。

四人はいずれも鋭利な刃物で喉を切られており、発見されたのは犯行直後だったと見られている。警察は殺人事件と断定し、捜査本部を設置。現場は荒らされた様子はなく、金品が奪われた痕跡もないことから、怨恨の可能性も視野に――』

「う、う、ううう……」

新聞紙が、がざがざ、がざがざがざがざ、耳障りな音をたてる。いまにも手のなかで、びりびり千切れそうなほど。

獣めいた唸り声が洩れるばかりで、わたしはまともに喋れない。

秋山……長男の俊治くん……次男の勇樹くん……何度見ても。

何度見ても、そう書いてある。

「う、うううう、うそよっ」

「落ち着け。マユちゃん。な。落ち着いてくれ」

「うそおおおおっ」

とっさに両掌で口を塞いだが、それでも自分の声とは信じられないような、すさまじい絶叫がほとばしった。こらえようとする間もなく涙がどっと、なだれ落ちた。

「ど……どういうこと……こんな……こ、こんな、どういうことなの」

「あのな、マユちゃん。この記事に出てくる、発見者の知人て実は、おれながや」

「え」そのひとことで、少し冷静になった。「け、健作さんが？」

「今日、祝日で。教室の稽古、朝練やった。八時から。ところが、勇樹のやつが来ん。いつもはいちばんさきにやってくるのに。遅れてきたことも、いちどもない。むしろ何分か前に、はよ来る。休むなら必ず連絡があるはずなのに、それもない。もしかして事故にでも遭うたんちがうか思て、家に電話してみた。けど、誰も出ん。おれ、心配になって。稽古は親父に任せて、自宅へ様子を見にいったがや。勇樹んちは、うちから、ほんの二、三分やから……そしたら」

「み、見たんですか、現場を」

「玄関が開いてるのに、いくら呼んでも、誰も出てこん。変や思て、上がってみたら」

しゃっくりのような音とともに口をつぐむ、健作さんの眼は虚ろだ。

「血。血の海やった」

自身の言葉に戦慄《せんりつ》したかのように、しばらく黙り込む。

「勇樹、殺されてた。俊治も。お父さんも、お母さんも……おれ」掠れがちな声を必死で振り絞ろうとしてか、何度も頭を振る。「台所のテーブルのまわりに、みんな、倒れとった。朝の食事中、襲われたらしい。おれ……おれ」

そのときの衝撃が甦ってきたのだろうか、健作さん、慌ててバーボンを呷った。やはり、あまり飲みつけないのだろう、咳き込んだ。吐き出しそうになった口を掌で覆う。

「おれ、自分が通報できたのが、不思議やった。あんな惨状を見て、通報することを忘れんかったのが不思議でたまらん」

「喉を刺されていたと、ありますけど。包丁かなにかですか」

「いや、それが――」ミカちゃんからおしぼりを受け取り、口を拭った健作さん、やや正気を取り戻した眼をしばたたいた。「妙なものやった。て、妙というほどでもない、か」

「なんです」

「鎌や」

「か……」

「ほら。草むしりとかする、あの鎌」

足の下で床が、すべてが、一瞬にして消失したかのような錯覚。わたしは落ちてゆく。どこまでもどこまでも。奈落の底へと。

「う……」

「みんな、鎌で喉を、かっさばかれてた。勇樹がいちばん最後やったがやろか、あいつの喉に、その凶器が刺さったままで――」

「嘘っ」

うそだ。うそだ嘘だウソだそんな。

奈落へ、地獄へ落ちてゆくわたしを迎えたのは、この数日ご無沙汰だった亡霊たちだった。

兄が、父が、そして母が湧いて出てくる。健作さん、ママ、そしてミカちゃんの肩越しに、血みどろの顔を、ぬらりと覗かせながら。

それだけではない。それだけではなかった。

なぜか亡者の群れは、これまでのように三人だけではなかった。空知くんのお父さんとお母さんも、いるのだ。やはり血まみれの、うろんな眼つきで店内をゆらゆら、さまよう。

こんなことは初めてだ。なぜ？　なぜ急に、こんな……あまりの恐怖に狂って哄笑しそうになるわたしの横を、さらに伊吹くんのお母さん、そしてお祖母さんの亡霊が、ひらひら、すり抜ける。

元木くんもいた。中学生のときのままの姿で。ずぶ濡れになって。床をごろごろ、転がる。見慣れた笑顔だが、どこかおかしいと思ったら、輪郭が火傷《やけど》の痕で歪んでいる。

金谷のお爺さん、お婆さん、秦さん。そして亜紀子さん。

伊吹くんのお母さんといっしょに殺されていた、多胡という男まで出てきた。

店内は亡霊だらけだ。

みんな、そこらじゅうを歩き回っている。ふらふらと。

元木くん以外は血みどろの顔で、みんな、どこをどうさまようとも、うろんな眼だけは必ず、わたしのほうに据えて。

浮かばれない、いつまでも成仏できない、なんとかしてくれ、と。そんな怨念と呪詛《じゅそ》に満ちた、眼。眼。眼。眼。

自分が決定的に壊れそうな予感がした。

「――マユさん、マユさん?」

ミカちゃんに肩を揺すられ、我に返った。亡霊たちはいなくなっている。

時計を見ると、すでに十一時を回っていた。この一時間ほどのあいだ、自分がどうしていたか、まったく覚えがない。が、健作さんとママのやりとりから察するに、どうやらわたしは九年前、首尾木村で起こった事件のことを、あれこれ問われるまま、みんなに説明していたらしい。

いっそ滑稽なほどきれいに記憶が欠落している。それはきっと、亡霊たちの仕業だからだ。ばかばかしいと思いつつ、わたしはそう確信した。わたしの魂が脱け出ているあいだ、亡霊たちが小久保繭子の口を操り、鎌を凶器として使った九年前の事件との類似点を指摘したにちがいないのだ。

「――そうだったの、あの事件の、ねえ」

「ママ、知ってるんですか?」

そう訊くミカちゃんは当時十一歳くらいだから、首尾木村の事件に限らず、世間のニュース全般に無関心だったとしても無理はない。

「ええ、よく憶えてる。首尾木村なんて、あんなのどかなところで殺人事件、なんて。しかも十人以上のひとが、むごたらしい殺され方をした。そりゃあもう、昭和の大事件だったもの」

当事者はあまり知らないのが皮肉だが、全国的にも大きく報道されていたという。

「そのとき、中学生が何人か生き残ったっていう話だった。名前が報道されたかどうかは忘れたけど、そのひとりがマユちゃんだった……とはねえ。辛い思いをしたのね」

ようやく現実感が戻ってくる。健作さんはと見ると、店にやってきたときと比べると、だいぶ落ち着いたようだ。というより、わたしは記憶を失っているあいだ相当、錯乱したのではあるまいか。そのわたしのあまりの取り乱しぶりに毒気を抜かれ、冷静になったのかもしれない。

そんな気がする。

「ママ、わたしもお酒、もらっていい？」

「どうぞ。犯人はたしか、死んでるのよね。村から逃げようとして、台風で増水していた川に落ちた、という話じゃなかったかしら？」

「ええ……そのはず、だったんだけど」

「そういえば」わたしの微妙な言い回しにぴんときたのか、ママは顔をしかめた。「その犯人て、たしか外国人じゃなかったっけ？」

「犯人とされたひとは、はい、そうでした。外国人だった」

「ひょっとして、先週、お店に来ていたあの金髪の女のひとは――」

ほこほこ炊きたてご飯のような立ち居振る舞いにうっかり騙されそうになるが、なかなかどうしてママは勘が鋭い。

「はい、その関係者のひとです。犯人とされた男のひとのお父さんの意向を受け、なんとか無実を証明できないか、と」

「自分の息子の仕業とは信じられない、わけね」

「いっしょにいた日本人男性はフリーライターとかで、首尾木村に取材に行ったことがあり、協力しているそうです。事件の生存者であるわたしの話を聞きたいということだったので、月曜日の夜、ふたりに会いにいってたんです」

健作さん、納得したように頷いた。すぐにはその意味が判らなかったけれど、そうか、剣道教室の後でわたしを食事に誘ったのに断られたのはそういう事情だったのかと思い当たったらしい。

「そうだったの。なるほどね。そりゃあ簡単な話じゃないわよね」

「でも、彼らと話していて、わたし、思い当たったことがあるんです。ほんとに、なんでいまごろになって、と自分でも呆れるんだけれど。その亡くなった外国人のひとは、ほんとうは犯人ではなかったのかもしれない」

「なに？」健作さん、身を乗り出してきた。「どういうことや、それ？」

「たしかにわたしと、それからいっしょに生き残った同級生たちは、村では見慣れぬ外国人を目撃したんです。びっくりしたし、なんというか、混乱してしまって」

「まさか、余所者のそいつが犯人に決まってる、と早とちりしてしもた――とか？」

この点は詳しく説明できない。川嶋の名前を出したら、ややこしくなる。

「どうやら、そのようなんです。その外国人が犯人だとすると、おかしな点がいろいろあるんです。警察もそれが判っていたのに、結局、わたしたちの証言が決め手になってしまって」

「えらいことやんか」

健作さん、息巻いた。かつてのわたしの不始末を責めているのかと思いきや、ちがっていた。

「マユちゃん、それ、えらいことやんか。だって、もしも九年前の事件がその外国人の仕業やなかったとしたら、真犯人は別におる、ゆうことじゃ。そうやろ？」

「え……え、ええ」

「その外国人は死んだ。けど、真犯人はまだ生きてて、どこかにおる――ゆうことじゃ」

健作さんがなにを仄めかしているか、ミカちゃんとママも察知したのだろう。畏怖に染まった顔を見合わせた。

「まさか……まさか、九年前、首尾木村でみんなを殺した犯人が、勇樹くんたちを？」

「おれは断言するけどな」健作さんの眼は憤怒に燃えていた。「あんなむごたらしいことができる人間が、この世にふたりもおるとは、とても思えん。同じやつやったって、ちっともおかしくない。いや、絶対に同じやつに決まってる」

そう……なのだろうか？

すると、まさか川嶋が？　いや、しかし、なぜ。なぜ勇樹くんとその家族を？

「さっきのマユちゃんの説明のなかで、おれ、気になったことがある。というのも、おれが勇樹んちへ行ったとき、どうも犯人のやつ、まだそこにおったみたいながや」

えっ、と悲鳴を呑み込んだミカちゃん、両掌で口を覆っているせいで、驚愕に見開いた眼がよけいに強調される。

「記事には書かれていないけど、勇樹んちの玄関にガソリンが撒かれてた」

「ガソリン？　そ……それって」

「さっきのマユちゃんの話にも出てきた。首尾木村の事件の犯人が、橋にガソリン撒いて燃やそうとした、とか。友だちの家も焼かれてしもた、とか。やり方がまるで同じと思わんか？」

たしかに。たしかにそうだ。

「こいつきっと、勇樹と家族を殺した後、家にガソリン撒いて、焼いてしまうつもりやったがや。それをせんと逃げたのは、おれがやってきたのに気がついたから。まちがいない」

「じゃあ、健作さん、危うく犯人と鉢合わせするところだった……と」

「くそっ」卓上で拳を、骨が皮膚をやぶって突き出てきそうなほど、握りしめる。「あと一分。あと一分、はよう勇樹んちへ行ってたら。絶対に。くそ。おれ絶対に、犯人のやつ、逃がさんかったのに」

「お気持ちはよく判りますけど」年長者の威厳をもって、ママがたしなめた。「平気で四人も殺してしまうような相手ですよ。まともに遭遇してたら、きっと危険なことになってたわ」

「鉢合わせしとったら絶対、おれがこの手で、ぶっ殺してやっとったのに」

激情を吐露するのと反比例して、けわしかった健作さんの顔は穏やかになっていった。しかしその双眸には先刻にも増して深い憎しみと怒りが、静かに燃えている。

「――すみません」だが、さすがにひと前で剣呑な科白をみだりに吐くべきではなかったと我に返ったようだ。健作さん、腰を浮かせ、ミカちゃんとママに交互に頭を下げた。「突然やってきて、お店の邪魔をするような真似を」

「いいんですよ。どうせ暇だったんだし」

「ずうずうしいついでに、ひとつ、お願いがあるんです。今夜おれが言うたこと、他言無用というか、他のひとには黙っていてもらえませんか」

「て。どの部分。全部？」

「凶器が鎌だったということと、それから現場にガソリンが撒かれてた、いうことは特に。なんや知らんけど、警察はまだ、これらの事実を公表するつもりはないらしくて。おれも口止めされてるんです。少なくとも当分は口外するな、と」

「犯人特定のための秘匿《ひとく》事項ってことかしらね。判りました。ミカちゃんも、いいわね？」

「はあい。でも、ちょっと自信ないな。あたし、お喋りだから」

「まあ、ひとの口に戸はたてられないし。いずれは、どこかから洩れるかもしれないけど」

「でも……怖いですよね」ミカちゃん、改めて新聞を手にとった。「もし、ですよ。もしも、この犯人が、九年前の事件と同一人物なら、秋山さん一家への怨恨っていう見出しの仮説は、的外れってことになりませんか？」

「かもしれないわね」

「怨恨じゃないのなら、なんでしょう、動機は」

「さあ。通り魔というか、血に狂う殺人鬼の類い、なのかも」

「動機らしい動機はない、と。てことは……てことはですよ、この犯人て、また同じような事件を起こすかもしれない、ですよね」

「そうね」めずらしく重々しく、ママは頷く。「もしかしたら、ね」

「でもどうして、いきなり、なのかなあ」

ミカちゃんの独り言のような呟きの意味がよく判らず、みんな、きょとんとなった。

「なに。なんのこと？」

「九年前と同じような事件を再び起こすにしても、ですよ。どうしていきなり豊仁で、なのかなあ、と思って」

「どうしてもこうしても。だいたい、いきなりってミカちゃん」ママは苦笑している。「こういう事件って、いつ、どこで起こるか判らないからこそ、怖いんじゃないの」

「だって、首尾木村なんて辺鄙なところから急に豊仁にまで出てこなくても、あいだに南白亀とか、あちこちあるじゃないですか、適当な町が。途中を全部すっ飛ばして、どうしていきなり県庁所在地にまでやってくるのかなあ、と」

「あのね、スゴロクじゃないんだから、これは。それとも、人口数の少ない市町村順に事件を起こさなきゃいけない理由でもあるの」

たしかに、そんな理由などあるはずがない。ナンセンスもいいところだ。が、わたしはミカちゃんのこの言葉が妙に胸にひっかかった。

それにしても……今朝、ミカちゃんとわたしがファミリーレストランでサユリちゃんの彼氏に関する愚痴を延々と聞かされている、まさにその最中に、勇樹くんたち一家は襲われたわけか。いまさらながらそのことに思い及ぶと、胸が抉《えぐ》られるような痛みを覚えずにはいられない。

午前零時を過ぎ、店仕舞いになった。ミカちゃんとママがあとかたづけを引き受けてくれたので、ひと足さきに健作さんと廊下へ出ようとして、出入口の扉に鍵が掛かっていることに気がつく。え？　なんでこんなことを、と首を傾げかけて、はたと思い当たった。これは先刻——記憶は相変わらず欠落したままだが——わたしが錯乱状態に陥った際、ミカちゃんかママが掛けたにちがいない。わたしの取り乱しぶりがあまりにもひどいので、万一お客さんがやってきた場合、とても応対できないと判断したのだろう。

そういえば健作さん、商売の邪魔をしてもうしわけないという意味の謝罪をしてたけれど、あれってこの施錠の一件も含めてのことだったのかもしれない。わたしのほうがよほど営業妨害だったわけだとようやく悟り、恥ずかしくなった。

健作さんと連れ立って、夜道を歩く。ふたりとも無言で。

待場町の商店街へ入った。どの店もシャッターが下り、しんとしている。

〈いするぎ洋品店〉の前へ来た。

「それじゃ」手を振って別れようとしたら、健作さん、

「いや、送ってくわ」と自宅には向かわず、わたしについてきた。

「だいじょうぶですよ」

「物騒な世のなかじゃ。こんな時刻にマユちゃん、ひとりで家に帰したて知れたら、おれ、親父に殺されるわ」

「でもわたし、いつもこういう時間にも、ひとりで帰ってるんだけどな」

「そうか。そうよな。いかん、こりゃ毎晩、お店へ迎えにいかんと」

軽口のつもりだったらしいが、その声は悲痛に歪んでいた。勇樹くんや俊治くんのことを考えているのだろう。わたしだってそうだ。

ふと気づくと、さっきお店で見た亡霊たちが健作さんの周囲を取り囲んでいた。ゆらゆらと血みどろの顔で彼にまとわりつき、わたしを睨《ね》めつけている。

いずれ悪夢は再開されるだろうとは思っていた。が、まさかこんなに早いとは……おまけに、これまで兄と両親の三人だけだったのが、いったいなんで急に、こんなに？

ぞろぞろ夜道を群れる亡霊たちは、なんとなく滑稽というか、哀感が漂っている。やがて〈ハイツ・タイバ〉に着いた。

「それじゃ、な」

四階のわたしの部屋の前まで来て、健作さんが踵を返そうとすると、それまで彼にまとわりついていた亡霊た

ちが、いっせいに離れ、わたしのほうへにじり寄ってきた。

この亡霊たちといっしょに、狭い部屋で、ひとり取り残されるのか……と思った刹那、理性が吹き飛んだ。

「あの、健作さん」

「ん？」

「ちょっと、寄っていきませんか。お茶でもいれますので」

「あほ言え。こんな時間に」

「ほんとに、ちょっとだけ」

「そういうわけには、いかん。若い娘の独り暮らしやのに」

「だから、寄っていってください、とお願いしてるんです」そんなつもりはなかったのに、わたしは駄々っ子のように泣き落としにかかった。「怖い。ひとりじゃ怖いの」

かぶりを振って啜り泣くわたしを慌てて抱き止めたものの、健作さん、なかなか踏ん切りがつかないらしい。

もどかしくなって彼の腕をむりやり引っ張り、自分の部屋に入った。と、室内のあまりの散らかりぶりに一瞬、涙が引っ込む。サユリちゃんの愚痴に昼過ぎまで付き合って、くたくただったので、掃除もしていない。下着とか、あちこちに放り出したままだ。

「ごめんなさい。汚い部屋で」

「いや。おれのに比べたら、きれいなもんじゃ」

笑おうとして、自分の頬が強張るのが判った。電灯を点けた直後、いっとき消え去っていた亡霊たちが早くも、わらわらと湧いて出てくる。

わたしは健作さんに抱きついた。自分がなにをしているのか、いや、そもそもわたしは何者なのか、すべてを見失いそうになる。

このまま気が狂えたら、と願っていると、勇樹くんの笑顔が浮かんできた。涙が溢れ、わたしはいっそう強く、健作さんにすがりついた。

「健作さん、真面目だから。ね」泣きじゃくりながら、わたしは言い訳めいた譫言を垂れ流す。「こんなだらしない女、嫌いでしょうけど、でも、でも、でも」

明かりを消した途端、わたしは自分の身体から離脱していた。融さんと結ばれたときと、まるで同じように。亡霊たちの群れに混じって、暗くなった室内を、じっと凝視する。

黒い肉塊がふたつ、もつれあうたびに、小さなベッドが軋む。衣擦《きぬず》れの音が激しくなるにつれ、交錯する呼気と吸気が、喘ぎへと高まってゆく。

　眼が慣れてきたせいか、それともふたりが全裸になったせいか、暗闇のなかで、うねる男女の輪郭が見分けられるようになった。逞しい男の背中で、肩甲骨が陰影を刻む。

　男の下で、大柄な女の身体が折り畳まれている。喘ぎ声よりも、水音のほうが大きくなってくる。汗がこすれ合い、唾液がからみ合い。

　黒い男の輪郭が跳ねるたびに、その下から女の足がにょっきりと、まるで檻に閉じ込められ出口を探し求める生きもののように、もがき、暴れるように突き出される。男の脇の下から、ときに男の肩の上からと、変幻自在に。

　暗闇のなかでもそれと判るほど汗でぬめ光る男の背中を、女の手が、さながら二匹の蜘蛛のように這いずり回る。貪欲に、爪を立て。

　互いにもつれ合いながら、汗と体液の飛沫《ひまつ》を撒き散らし、むんむん蒸気を発し続ける黒い物体ふたつを、わたしはいつまでも見つめていた。ベランダのガラス戸が曇り、とろりと結露する。

　やがて、東向きのカーテンの隙間から、朝の陽光が差し込んできた。ふと気がつくと、わたしは自分の身体のなかに戻っている。亡霊たちも、いなくなっている。

　裸のままからみ合う、健作さんの肉体の重みがずっしりと腕に、そして胸に、のしかかってきた。ほどよくこなれ、互いに馴染んだ肌の感触。

　亡霊たちといっしょに傍観するのではなく、彼の肉体を実感できる悦びに、わたしはうちふるえ、自分の手でしっかり逞しい背中を、胸板を、飽かずに撫で回す。

　昨夜わたしのなかに何度も放出した健作さんのものは、陰毛のざわざわした感触とともに湿り、萎えている。その柔らかいものを掌のなかでころがし、くちづけする。白い陽光を受け、輪郭が溶ける、彼の寝顔が愛しい。

　そっと身体を離し、シャワーを浴びにいった。ゆっくり湯にうたれて、バスタオルを身体に巻いて戻ってくると、健作さんは起きていた。裸のまま、あぐらをかいている。

　眼が合い、照れ臭かったので「よかったら、どうぞ。シャワー」と、ごまかした。

「マユちゃん」と呟いたきり、言葉が続かない。困惑しているようだ。「おれ……」

「怒ってる？」

「え？」

「わたしがむりに引き留めて、こんなことになっちゃったから」

「まさか」

「怒ってない？」

「んなわけ、あるか。マユちゃんのほうが怒るならともかく」

「がっかりした？」

「あ？　なんで」

「期待外れだった、とか。わたしが」

「あほなこと、言うな」

「ねえ、健作さん」

「うん？」

「昨夜、言ってましたよね。勇樹くんの家で健作さんが目撃したこと、警察に口止めされてるから、わたしたちも他言しないように、と」

　健作さんの表情が厳しくなった。「ああ」と頷きながら、下着を手にとる。

「そのことで、お願いがあるの。ひとりだけ——というか、厳密には三人なんだけど——教えてもいいかしら」

　ジャネット・リンチと、彼女に協力している日本人ライター、涌井融のことを簡単に説明する。昨夜も話題に上ったことなので、健作さんの呑み込みも早い。

「そのふたりは、昨夜もちょっと言ったように、マイケル・ウッドワーズ氏が九年前の首尾木村の事件の犯人ではないということを、遺族のために、なんとか証明しようと調査してるんです」

「なるほど」服を着る手を止めず、健作さん、相槌《あいづち》をうつ。「なるほど、な」

「口止めされてること、涌井さんたちに教えてもいいでしょうか。凶器とガソリンの件は、報道されていない以上、きっと知らないだろうし」

「勇樹たちを殺した犯人が、九年前のと同じやつだとしたら、そのマイケルなんとかさんは完全に無実ってことになるもんな」

「ええ。わたし、責任を感じてるんです。当時は子供だったし、怖くて混乱してた。そんな言い訳、通用しないとは思うけれど、見慣れない外国人の姿に怯えて、ただ闇雲《やみくも》に、そのひとの仕業だと信じ込んでしまった」

　ほんとうは川嶋に脅された結果だったわけだが、いまここで健作さんに詳しく説明するのは精神的に抵抗があった。憶い出したくないことが、まだあるのだろう。きっと。

「でも、もしも九年前の犯人がまだ生き延びているとしたら、そのマイケルさんは犯人どころか、ひょっとして被害者だったのかもしれないわけでしょ。不名誉な濡れ衣を九年間も背負わせたかと思うと、わたし、遺族のひとに申し訳ない」

「そうやの。たしかにそのとおりや。それに、そのひとたちが九年前の事件の真相に辿り着けたら、勇樹と俊治を殺したやつの正体も判る、ということやもんな」

「その可能性も大いに、あります。じゃ、教えてあげてもいいですか？」

健作さんが頷いたので、わたしはラフな恰好に着替え、受話器を手にとった。暗記している〈オーシャンズ・ホテル・ユタヒト〉の番号をプッシュし、融さんの部屋につないでもらう。

『――もしもし』

明らかに睡眠中だったとおぼしき、ぼやけた声。時計を見ると八時近くだ。

「と――」融さん、と呼びかけて、さすがに思い留まる。

「突然ごめんなさい」と、ごまかした。「もしかして、起こしてしまいました？」

『いや、だいじょうぶですよ。なにか？』

前日に起きたばかりの秋山さん一家惨殺事件のことを持ち出すと、融さんはニュースでちゃんと知っていた。が、凶器の鎌とガソリンのことを告げた途端、寝ぼけた口調が一変する。

『……ほんとうですか、それは？』

「手口が似ていると思いませんか、九年前と」

『たしかに。でも、そんな内部情報を、いったいどうやって？』

「事件の発見者が偶然、わたしの知り合いで」

『どなたです。差し支えなければ、紹』

「えと、実はいま、ここにいるんですけど」

『ちょ、ちょっと待ってください。その方と、かわっていただけますか』

それはまずいんではなかろうか、と迷った。しかしなんでまずいのだろうと考えて、ようやく気がついた。そうか。わたしっていま、いわゆる二股というやつをかけてる状況なんだっけ、と。

まあいいや。そうひらきなおって、「健作さん」と受話器を差し出した。

「もしもし。お電話、かわりました。はい。石動健作といいます。ええ——はい——はい。マ。小久保さんから、だいたいのことは聞いてます」

わたしのことを「マユちゃん」と呼びかけたらしい健作さん、苗字で言いなおす。しばらくやりとりがあってから、「ちょっとお待ちください」と受話器をわたしに戻してきた。

『——小久保さん』と、もしかしたら健作さんの耳をはばかってでもいるのか、融さんもわたしのことを苗字で呼ぶ。

『いま、どちらから。ご自宅ですか？　すみませんが、電話番号を教えてください。すぐに、おり返し、こちらからご連絡します』

「は、はい」

番号を教えると、電話は一旦、切れた。

「どうするがや？」

「さあ。健作さん」

「ん」

「いまさらこんなことを言うのもなんですけど、外泊して、だいじょうぶだったんですか」

「って。子供やあるまいし」

「そういう意味じゃなくて、警察に、なにか指示されていないんですか。自宅で待機していてくれ、とかなんとか」

「ああ、なるほど。第一発見者やから、か。そういや当分、すぐに連絡がつくところにおってくれ、みたいなことは言われた。けど、さほどきつい感じでもなかったな」

殺人事件があったとき、通常は第一発見者をまっさきに疑うというけれど、警察は当然、朝練に来ていた剣道教室の生徒たちからも裏をとっているだろう。現場からの通報時刻に鑑みて、健作さんに犯行に及ぶ時間的余裕はなかったと判断してくれているのならば、嫌疑は免れているはず。

「それに、お父さんとお母さん、心配なさっているんじゃないですか」

「んなわけ、あるか。だいたい昨夜、マユちゃんとこに行ってくる、て言うて出てきた。当然いっしょにおる、て判ってるわ」

「そうか」

「けど、昨夜は難儀した」

「なにがです」

「マユちゃんが勤めてる店、一応名前は知ってたけど、どこにあるか判らんで、うろうろ探し回ってしもた。西双筋にあるらしい、ということしか知らんかったから」

「ごめんなさい。お店の地図の入った名刺、差し上げてませんでしたっけ」

名刺を探していると、運転免許証が出てきた。取得したものの、ずっとペーパードライバー。写真が不細工なので、健作さんに「ちょっと見せて」なんて言われたりしたら、恥ずかしい。こっそりジーンズのお尻のポケットに突っ込んで隠していたら、電話が鳴った。「はい」と取る。融さんだ。

『たびたびすみません。小久保さん。今日お時間、ありますか。直接お会いして、お話をうかがいたんです。できれば、さきほどの、えと、石動さんでしたっけ、その方もごいっしょに』

「えと」

健作さんのほうを、ちらりと見ると、手を伸ばしてきてくれたので、受話器をわたす。

「もしもし。はい――はい――はい。ええ、わたしはかまいませんが」

そう言いながら、もの問いたげにわたしを見るので、こくりと頷いてみせた。

「だいじょうぶだそうです。はい。九時ですね。えと。ロビーで、と。ホテルの。はい。判りました。では、のちほど」

健作さん、一旦電話を切り、「すまんけど、ちょっと貸して」と再び受話器をとった。

「あ、おれ」という、くだけた口調からして、どうやら自宅に掛けているらしい。

「うん――ああ、マユちゃんとこに泊めてもろて。え？　知らん。そんなことよりな、今日、ちょっと用事ができた。うん。大事な。実は勇樹と俊治のことで――警察。うん。まあそのようなもの。ということで、よろしく」

電話を切ると、溜息をついた。「やれやれ」

「どうかしたんですか」

「親父。マユちゃんとこに泊めてもろた、て言うたら、嫁ができたと思うてええがやな、ときた。一泊しただけで結婚かい。古い人間はこれやから」

「いいですよ、わたしは」

「え」

「健作さんさえよかったら、お嫁さんにしてください。でも」彼の胸板に凭《もた》れかかり、じっと上眼遣いに見上げる。「でもわたし、あなたが思っているような女じゃありません」

　急に露悪的な衝動が湧いてきて、そんなことを口走る自分が不可解だったが、多分、わたしはこれ以上、秘密を持ちたくないのだろう。

「妙なことを言う。おれがマユちゃんのこと、どんなふうに思ってるか、なんて判るはずない。それとも他人の頭んなか、覗けるがか」

　なるほど。ごもっとも。「あなたのこと、好きだけど、他にも好きな男がいるの」

　健作さん、天井を見上げ、しばし考え込んだ。

「ひょっとして、さっきの涌井さんてひと？」

　驚いた。「鋭い、ですね」

「……なんとなく」

「じゃあ判ったでしょ。あなたのこと好きだけど、かといって、彼を諦めるつもりもない。そういう女なんです、わたしは」

「まて。ちょっと待ってくれ。そういうややこしい話は、苦手じゃ」

「ややこしくなんか、ない。単純な話ですよ。たとえあなたと結婚しても、わたしはきっと、よそで他の男に抱かれる。そんな女でよかったら、お嫁にもらってくださ

い、と言ってるんです」

「あのな、マユちゃん、ものごとは、ひとつずつ整理していかな、いかん。とりあえず」

「なんですか」

「とりあえず」と小銭入れを取り出した。「さっきの電話代、払うとくわ。な」

　ぷっと思わず吹き出してしまった。決してスマートとは言えない、無骨なごまかし方だったが、こんなところが健作さんらしい。

「好き」

　彼の首にかじりつき、何度もキスする。

　互いの鼻を触れ合わせながら、ふと見ると健作さん、なんともなさけなさそうな顔。ひどい女に捕まってしまったと後悔しているのだろう、きっと。一生の不覚、というやつだ。

「それじゃ、ぼちぼち支度して。ホテルへ行きましょ。わたしの身も心も、とろけさせてる男のひと、紹介してあげます」

　ひどい。これはひどすぎる。わたしって、こんなに意地悪な性格だったろうか。それとも勇樹くんの死で、箍《たが》が外れでもしたのだろうか。自棄になって、破滅衝動に

かられている、とか？

　さすがに怒るかなと思ったが、健作さん、なにも言わずについてきた。

〈オーシャンズ・ホテル・ユタヒト〉のロビーで融さんと落ち合う。

　改めて健作さんを紹介すると、融さんは、ほんの一瞬、微妙な表情を覗かせた。ひょっとして、彼は彼で、わたしと健作さんの関係を嗅ぎとったのだろうか？

　よく考えてみれば今朝、融さんに電話を掛けたとき、健作さんはわたしの部屋にいたわけだ。女の独り暮らしの部屋に。ひょっとして親しい間柄で、昨夜から泊まり込んでいるのではないかと、勘繰らないほうが、むしろおかしい。

「すみません、おふたりとも。急にごむりをお願いして」相変わらず融さんは腰が低い。「では、どうぞ。こちらへ」

　エレベータに向かう。てっきり十一階かと思いきや、十六階のボタンを押した。ウエディング用のチャペルなどの施設を除けば、客室のなかでは最上階である。

　ドアチャイムを鳴らすと、現れたのはジャネット・リンチだ。この前と同じ、黒のパンツスーツ。邪悪な笑顔も相変わらず、凄絶なほどに美しい。

「ようこそ」

　迎え入れられたのは豪奢な応接セットの揃った、広いリビングルーム。客室のはずなのにベッドが見当たらないなと、まぬけなことを思ってたら、スイートだ。

「おみえになりました」

　そうジャネットが声をかけると、寝室へ通じているとおぼしきドアが開く。若い女性に車椅子を押され、老人が入ってきた。

　ジェイムズ・ウッドワーズだと紹介される。その老人を目の当たりにして、わたしは畏怖の念にかられた。あのマイケルの父親という事実もさることながら、その異相に怯んでしまって。

　融さんによれば、ジェイムズはたしか八十六歳ということだった。が、車椅子に肥満体をめり込ませたその男は、へたしたら百歳を超えているように見える。

　耳の上に綿飴みたいな白髪を少し残しただけの禿頭や、罅割れたような皺はともかく、眼が怖い。目蓋《まぶた》や眼尻が、溶けた蠟さながらに垂れ、その隙間から濁ったガラス玉のような眼球が覗いている。血走っている、という表現が正しいか、自信がない。色が混濁しきっている。それでいて眼光は異様なほど鋭く、野獣のようだ。

首筋や手足はぎすぎす細いのとは対照的に、車椅子を鋳型《いがた》にしたみたいに胴体は丸々していて、太鼓腹が膝掛けを押しつぶすような恰好。こういう表現は適切ではないと思うが、まるで人間ではなく、巨大なナスの上に一個の豆を戴き、四本の爪楊枝《つまようじ》を突き刺したオブジェのようだ。

先日も体調不良で顔を見せなかったくらいだ、相当に健康を害しているのだろう。が、それを割り引いても、爛《ただ》れたかのような、いまにもぼろぼろ崩れそうな皮膚は尋常ではない。特殊メイクでも施してあるみたいだ。

もぐもぐとなにか咀嚼《そしやく》しているみたいに口を動かしながら、健作さんとわたしを、じろりと睨みつけるその動作も、まるで機械仕掛けのよう。わ、動いたと、あたりまえのことに驚く。ずいぶん精巧にできてるなあ、なんて思いそうになる。

そのジェイムズの車椅子を押している介護役の若い女性は、白っぽいエプロンをつけている。看護師というより、メイドのような雰囲気。さきほどジャネットが日本語で「おみえになりました」と呼びかけたのだから多分、日本人なのだろう。髪をシニョンにして、メガネを掛けている。そのせいか、なかなか美人だが、どこか高慢な感じもする。見覚えがあるような気もしたが、憶い出せなかった。このときはまだ。

「はじめまして。よろしく」ジャネットは健作さんと握手する。「早速ですが、昨日の事件について、詳しいお話をうかがわせてください。ちなみに、こちらのジェイムズは日本語がまったくだめなので、その都度、通訳が必要です」

その言葉を受けてシニョンの女性が、にっこりほほ笑み、わたしたちに会釈した。どうやら彼女、ジェイムズ翁の介護ばかりでなく、通訳も兼任しているらしい。

「煩雑でもうしわけありませんが、どうかご理解ください。ではこちらへ」

健作さんとわたしは豪華なソファを勧められ、並んで腰を下ろす。

融さん、ジャネット、そしてシニョンの女性はそれぞれ、ひとりがけの肘掛《ひじか》け椅子に座った。

第一発見者である健作さんに、全員の視線が集中する。勇樹くん一家との関係から始まり、四人の他殺体を見つけた経緯を説明した。

健作さんが喋るごとに、シニョンの女性は妙に芝居がかった仕種で、ジェイムズ翁の耳もとに口を寄せ、同時通訳する。当然、日本語ではない。が、この声は……思わず、あっと声を上げてしまうところだった。

ユミエさん？　以前と髪形がちがうし、メガネを掛けているところもこれまで見たことがなかったけれど、まちがいない。ユミエさんではないか。

すると〈ステイシー〉を辞めたのは、ジェイムズ翁の通訳になるためだったの？　ジャネットがスカウトしたのだということは想像がつくが。

それにしてもユミエさん、すぐ眼の前にいるわたしに気づかないはずはないのに、ずっと知らん顔を決め込んでいるのは、なんなんだろう。気恥ずかしいのか、それとも過去とは訣別《けつべつ》したという意思表示なのか。別の状況下であればこの態度を不愉快に感じたかもしれないが、いまは場合が場合だ、ユミエさんに無視されるほうが、むしろありがたいというか、気楽かも。

「――実は、そのお話を聞いて、ふと思いついたことがあるんです」

健作さんの説明とユミエさんの通訳が終わるのを待ち、融さんは口を開いた。

「仮に、その秋山さん一家を殺害したのが、九年前の事件の犯人と同一人物だとしましょう。その一点さえ確実ならば、マイケル氏の無実は自動的に証明されるわけです。では、真犯人は誰か、そして動機はなんなのか、ということですが」

ユミエさん、再び同時通訳を始める。わたしは英語は全然判らないが、なかなか流暢に聞こえるし、スピードもある。かなりの語学力なのだろう。

実際、水を得た魚というか、ユミエさんは活きいきしている。己れの能力を存分に発揮できる快感に酔い痴れているかのような笑顔は、しかし、きらきら輝く、といった爽やかな表現が相応《ふさわ》しいとは思えなかった。どことなく生臭く、ぎらぎらとした印象が先立つ。

「小久保さん」融さんは、わたしのほうへ身を乗り出してきた。「さきほどのお話から察するに、その秋山さんご一家とあなたは、かなり親しかったと考えていいんですよね？」

「次男の勇樹くんとは、はい、こちらの石動さんのお父さんがやっている剣道教室でいっしょだったので。お兄ちゃんの俊治くんも、最近は剣道を辞めてたけど、仲良しでした。ただ、ご両親にお会いしたことはありません」

「そうですか。だとすると可能性は、ある。考えすぎ、と言われるかもしれないが」

「どういうことです」

「真犯人の狙いは、もしかしたら、小久保さん、あなたにあるのかもしれません」

「わたしに……？」

思わず健作さんと顔を見合わせてしまった。

「マユちゃんに狙いがある、て」思わず苗字でわたしを呼ぶことを忘れてしまう健作さんだった。「それはどういうことですか、涌井さん」

「みなさんもそうだと思いますが、今回のことでぼくがいちばん驚いたのは、なぜ九年前の事件の犯人が、いまごろになって再び現れたのか、ということです。しかも豊仁に」

胸のなかにどす黒い不安が渦巻く。そうか、やっと判った。昨夜、ミカちゃんが言った、あれ。

（どうしていきなり豊仁で、なのかなあ）

あんなとぼけた科白が、なんだってまた、あれほど胸にひっかかったのか。それは。

「再犯に当たり、首尾木村以外の場所で犯行に及ぶこと自体は、なんら不思議ではない。村はこのところ急激な過疎化が進んでいるし、北西区に限って言えば、完全な廃村状態ですからね。しかしなぜ、豊仁なのか？　県庁所在地で大きな町だから、ひと混みにまぎれやすい、という都合もあるのかもしれない。しかし、それだけなのでしょうか」

融さんが言葉を切ると、ジェイムズ翁に通訳するユミエさんの英語が朗々と流れる。その響きが、ひどく禍々しい。

「九年前、小久保さんが住んでいる首尾木村北西区で、大量殺人事件は起こった。今回も、やはり小久保さんが現住している豊仁市です。しかも犠牲になったのが、彼女に極めて近しいひとたちとくる。これは、はたして偶然なのでしょうか」

とても偶然ではあり得ない――との仄めかしに、説得力があったのだろう。わたしを振り返る健作さんの眼が困惑していた。

わたしはわたしで、融さんの指摘で思い当たることがあった。

「まさか……」

「どうしました？」

「月曜日の夜――正確には、もう火曜日の朝でしたが

——融さんに、このホテルからわたしの自宅へ送っていただきましたよね」もう苗字で彼のことを呼んでも仕方がない。「あのときのこと、憶えておられますよね」

「え、ええ」

　唐突にわたしがそんな暴露めいた話を始めたものだから、融さん、戸惑ったようだ。ちらりと健作さんを一瞥するその視線につられ、わたしもつい彼のほうを見た。居心地悪げに健作さん、わたしと融さんを交互に見、一瞬、三人の視線が、なんとも意味ありげに絡み合う。

　気をとりなおして、ジャネットはと見ると、やはりわたしの告白の一件はすでに融さんから聞いて、知っているらしい。腕組みをしたまま、口を挟む気配はない。

「あのとき、わたしたちふたりの後を、ずっとつけてきた人物がいました」

　そのことも聞いているらしい。ジャネットは眼を細め、ただ頷く。

「自宅を知られないよう、なんとかタクシーでまいりたのですが、あれは……あれはもしかして、川嶋だったのかも」

「かわしま？　誰やそれ」

　そうか。健作さんにとっては初めての名前だ。こうなっては黙っているわけにもいくまい。みんなに断っておいてから、川嶋のことを説明した。

　ジェイムズ翁はすでに川嶋に関しては知悉《ちしつ》しているらしく、ユミエさん、ほんのひとこと囁いただけで、いちいち通訳しようとはしない。

「——な、なんやって」わたしの話を聞いた健作さんは跳び上がった。「マユちゃんの友だちに大怪我を負わせた上、みんなに偽証を強要……て。じゃ、じゃあ、そいつが犯人に決まっとるが」

「なにぶん事件そのものがショッキングで、記憶が混沌《こんとん》としていましたけど、もしかしたら、やっぱり川嶋の仕業だったかもしれない、そんな気がしてきました。具体的にどうやってかは判りませんが、川嶋は、わたしが九年前の事件の真相を融さんたちに伝えようとする動きを察知したんじゃないか……そう思うんです」

　この部分の通訳をユミエさんから受けたジェイムズ翁は、ジャネットに向かって頷いた。

「九年前やったら、まだ時効やないしな。しかし、だったらマユちゃん本人を襲いそうなもんやが。なんで勇樹たちを」

「警告……のつもり、なんじゃないかしら」

「なに？」と眼を剝いた健作さんだったが、得心したように頷いた。「なるほど……へたなこと喋ったら、おまえの周囲のひとたちがひどい目に遭うぞ、という」

「融さんに偽証の事実を告白した後、わたし、ひとりで警察へ行こうかとも考えたんです。結局、行っていませんが」

「それが正解じゃ。もしマユちゃんが警察へ行こうとしたら即座に、そいつに殺されとったわ」

「かもしれませんね」融さん、咳払いした。「いまここで断定するのは控えておきますが、川嶋浩一郎に対する疑惑が、いっそう深まったことは否定できない。なにしろ九年前の事件の関係者のなかで、容疑者候補は、あと何人もいません。加えて今回の事件で、多胡昭夫も犯人ではないと、これではっきり確認できたし」

「え」

多胡昭夫の名前が、昨夜〈ステイシー〉での話のなかで登場していたかどうか、記憶が定かではないので、ざっと健作さんに説明しておく。

「それは、なぜですか？」

「秋山さん一家が惨殺されたのは、昨日、つまり十日の朝ですよね？　八時前後で、まちがいありませんよね」

「はい」健作さんが答えた。「さっきも言ったように、おれが現場へ行ったのが、八時ちょっと過ぎ。明らかに犯行直後でしたから」

「実はぼく昨日、たまたまなんですが、その時間帯に、多胡といっしょにいたんです」

「なんだってまた、そんなに早くから？」

「正確に言うと、水曜日の夜から、ずっと付き合わされていたんです」

融さんは、すでに何回か多胡昭夫と面会しているが、なにか憶い出したことがあったら、いつでも連絡をくれと告げてあるという。一昨日の夜も、彼から呼び出しがあった。なにか有益な話を聞けるかと期待したが、どうやら多胡は、融さんに酒と食事をたかりたかっただけのようだ。徹夜で飲み明かすのに付き合わされ、喫茶店のモーニングまでおごらされたという。

「——いやはや。危うくランチまで、たかられそうになりましたよ」

と苦笑する。これはシンクロニシティというやつだろうか、同じ時間帯、わたしはサユリちゃんの愚痴に延々と付き合わされていたわけで、似たような状況下だったのだ。

「よく我慢されましたね」

「それはやはり、どういうきっかけで貴重な証言が出てくるか、予測できませんから。向こうもそれを承知で、こちらを利用しているんでしょうが、無下《むげ》に扱うわけにはいきません。結局、朝になっても大した話はなかったんですけれど。でも、こうなってみると、多胡昭夫に夜を徹して付き合ったのは、正解だった。少なくとも秋山さん一家殺害に関して、彼はアリバイができたわけだから」

「つまり、九年前の事件に関しても限りなくシロに近い、と考えていいわけですね」

「というか、そもそも多胡は最初から、あまり容疑は濃くありませんでしたしね。もう完全に無関係と断じても、かまわないでしょう」

「今日、おふたりは」やや唐突に、ジャネットが口を挟んだ。「これから、なにか予定は？」

「おふたり」とはどうやら健作さんとわたしのことのようだ。わたしが首を横に振ると、健作さんもそれにならう。

「では、ひとつ、お願いがあります。これから、わたしたちといっしょに、首尾木村へ行ってもらえませんか」

「え」

あまりにも突然の申し出に、きょとんとなる。見ると、融さんもそんな話は初めて聞くらしく、眼を丸くしている。

「以前から考えていたことですが、事件の実地検証をしてみたいのです。といっても、それほど複雑なことではない。ほんの三十分もあれば、用件は済むと思います。いどんなに長びいても、一時間はかからないでしょう。いかがですか」

「えと」どう反応したものか判らず、ついまぬけな質問をしてしまった。「行くって、車で、ですよね？」

「もちろん。こちらで手配します」

時計を見ると、まだ昼前だ。豊仁市から南白亀町まで、最近バイパスが開通したので、車で一時間足らず。そこから首尾木村までさらに一時間前後として、片道二時間くらい、か。

どんな用件か知らないが、一時間以内で終わるのなら、全部で五時間。それなら夜、暗くなる前に帰ってこられるだろう。〈ステイシー〉への出勤にもさしつかえなさそうだ——と、このときは呑気にそう計算していたのだが。

「ところでおふたりのご家族は今日、あなたたちがここに来ていること、知ってますか？」

「わたしは独り暮らしですが」

「例えば職場の知り合いとかで、今日のマユコの予定を知っているひとは、いる？」

「いいえ」

「あなたのことを信用していない、みたいに聞こえてしまったら、ごめんなさい。でも今日のことは、ちょっとデリケートな問題なので。あまり他のひとたちには知られたくないの。決して、あなたの口が軽いと心配してるとか、そういう意味で言っているのではないので、理解してちょうだい」

「わたしも」ジャネットに眼で訊かれ、健作さんは咳払いした。「家族や友人に、特に今日の予定は告げていません。といっても、まあ」わたしのほうを一瞥する。

「彼女といっしょである、とは察していると思いますが」

「改めてお願いしておくけれど」ジャネットは立ち上がると深々とお辞儀をし、そして、わたしたち同様、よく事情が呑み込めていないとおぼしき融さんにも、嚙んで含めるように言った。「これから首尾木村へ行きます。が、そこで今日、見たこと、そして聞いたこと、すべてを秘密にしておくと約束してください。いいですね？たとえ身内に対しても、ね。くれぐれもお願いします」

そこまで秘密にしなければならないこととは、いったいなんだろう。首尾木村へ行くのに、まったく心理的抵抗がないわけではなかったが、やや好奇心が湧いてきた。

「では、トオル」ジャネットはドアを示した。「おふたりを、あなたの車で送っていってあげて。わたしたちは別の車で、後から行きます」

「しかし、どこで——」

「例のシェルターのところで、待ち合わせ」

それを聞いた融さんは、なにか思い当たる節があったらしい。ずっと戸惑っていたのが、ようやく納得がいったかのように、頷いた。

「判りました。ではのちほど」

融さんに先導されてスイートルームを後にした健作さんとわたしは、エレベータで一旦、十一階に下りる。

「すみません、ちょっと待っていてください」

自分が滞在している客室にわたしたちふたりを迎え入れた融さん、大きめのショルダーバッグにカメラなど、取材道具とおぼしきものあれこれ、詰め込み始めた。

健作さんは、その様子を横眼に、デラックスツインの室内を、ものめずらしげに見回す。

「うん。そのとおり」

ふいにわたしにそう頷かれ、健作さん「え？」と眼をしばたたいた。

「いま健作さんが、想像しているとおりです。月曜日の夜、というか火曜日の朝、融さんと愛し合ったのが、この部屋」

もっと雰囲気が気まずく凍りつくかと思いきや、融さんの手が一瞬、止まっただけで、全体的に、しらけた空気が流れる。

「あのな、マユちゃん」それどころか健作さん、だいぶ普段の調子を取り戻したみたいで、しかつめらしく説教を垂れてくる。「いくら周知の事実でも、口にすりゃいいってもんじゃないの。判る？」

「判ってるけど。もうわたし、疲れたから。いろいろ秘密を持つのは」

「そういう問題じゃなくて。あのな」

「お待たせしました」融さん、執り成すみたいに苦笑して、ショルダーバッグをかかえた。「行きましょうか」

一階へ下り、フロントの横の裏口から出ると、エントランスから続きになっている立体駐車場の出入口だ。融さんが係員に伝票のようなものを渡す。

格納されていたのは、白いセダンだ。ニューモデルの国産車。けっこう高価なはず。

融さんが運転席に乗り込んだのに続き、健作さんが助手席、そしてわたしはひとり、後部座席におさまる。なんとなく、そういうかたちになった。

「これ、融さんの車ですか」

「厳密に言えば、ウッドワーズさんのものです。彼が、こちらで買ったので」

「買……った」健作さん、仰天している。「これを？」

「最初に豊仁へやってきたとき、現地調査のためには足が要る、と。いや、ぼくは、レンタカーかなにかという意味で言ったんですけどね。そしたら、買ったほうが早い、ってことになって。ここでの調査が終了したら、処分していけばいいし、と」

「はあ……そうですか」

シティホテルでの長期滞在といい、調査費用は潤沢にあるわけだ。しかし。

もしもそれが、なかったとしたら……ふとわたしは変なことを考えた。ジェイムズ翁はたまたま大富豪だったからこそ、こうして息子の汚名を雪ぐための活動を異国で展開するのが可能なわけだが。

例えば彼に、それほどの経済力がなかったら、どうしていただろう？　可愛い息子が、不名誉な冤罪《えんざい》を背負ったまま客死《かくし》したのを、単なる不運と、諦めていただろうか。

いや……たとえ金がなくても、あの老人なら執念で、なんとかしたかもしれない。

そんな気がした。

5

首尾木村、北西区へと通じる橋。通称、南橋。現在でもそう呼ばれているかどうか、知らない。九年前、自転車に乗った元木くんを紅蓮の炎といっしょに呑み込んで崩落した、あの橋は、と。セダンの窓越しに見て。

驚いた。すっかり新しくなっているのだ。鉄筋コンクリート製で、横幅もかなり広い。大きな乗用車同士が、余裕で往きちがえる。

その新しい橋の重量感が、いっとき……ほんのいっとき、わたしに安寧をもたらした。

生きている限り、もう二度と戻ってくることはあるまいと思っていた、生まれ育った村。そこへ、こうしてやってくるのは正直、怖かった。いくら自分で承知したこととはいえ。兄と両親、友だちの家族や隣人、多くのひとたちが惨殺された村へと刻々と近づいてゆく道中、ずっと気が重く、身が竦んでいたのだが。

新しい南橋を見た途端、気持ちがいくぶん高揚した。正確には、夢を見てしまった、と言うべきかもしれない。いまは昔とちがう、と。村もすっかり新しくなっている、もう以前の忌まわしい面影は払拭されている……そう期待できたのは、しかし、ほんの一瞬だけだった。

融さんも言っていたとおり、北西区は、すっかり廃村状態になっていたのだ。

往けども往けども、ただ さびれた廃屋が残されているだけ。これでは、橋が現在「南橋」と呼ばれる道理はない。そもそも呼ぶ住人がいない。

東南区のほうは、まだかろうじて農家が残っているという話だが、過疎化は深刻らしい。心のどこかである程度、覚悟してはいたものの、実際に目の当たりにすると肺腑を抉られる思いだ。

村へ辿り着く前に、南白亀町を通ってきた。いわゆる

「お町」だ。お町も、すっかり変わっていた。昔より賑やかになっていたのだ。

それもそのはず。昔、頓挫しそうになっていた第三セクターによる新しい鉄道が、豊仁まで開通し、新しい駅舎が出来ている。建物の前には広々とした舗装道路。

そこが以前、伊吹くんのお父さんが内科診療クリニックを開いていた雑居ビルの在った場所だと気がついて、びっくりした。周辺の家屋もすべて、きれいになくなっている。それらが立ち退いた跡に、南北に貫く大きな道路が開通し、旧駅舎のあるところから首尾木村へと通じる東西の道と交差する。

まさに眼を瞠る変貌ぶり。南白亀町の場合、それは心躍る眺めだった。

大型量販店や外食チェーンの支店などが、あちこちに出現している。国道沿いには、なんと十階建てのホテルまで出来ているではないか。昔、南白亀町には古い旅館か、せいぜい場末の雑居ビルみたいなビジネスホテルしかなかったのに。〈オーシャンズ・ホテル・ユタヒト〉よりずっと小さな規模とはいえ、シティホテルが建つなんて。

あの「お町」が、こんなにも都会になってきている。ということは首尾木村もこの余波で、もっと人口が増え、賑やかになっているかも……と。そんな夢想が、まるで魔がさしたかのように膨らみ、新しい南橋を渡ったとき、頂点に達した。が。

すぐに幻滅が襲ってくる。橋を渡った途端、容赦ない現実が迫ってきて、ようやく思い当たった。そういえば、橋の手前にあったはずのバス停留所が見当たらなかったっけ……と。

後で知ることだが、九年前の事件で北西区の住人がいなくなったことが、路線バスの縮小整理に拍車をかけたらしい。もともと採算割れしているところへ、東南区でも乗用車の利用率が年々高くなっていたというのだから無理もない。

南橋を渡ってすぐに、殴られたような衝撃を受けた。右手に貫太くんの家がある。母屋も、そして半焼した彼の離れも、取り壊されもせず、そのままになっているのだ。

母屋のほうは屋根が残っているのだから、雨ざらし、というのは変かもしれない。しかしそれは、他に形容のしようがなかった。それほど無惨な眺めだった。九年間、ずっとあのままだった……なんて。涙がこぼれそうだ。

小久保家の場合、わたしは家庭裁判所が指定した後見人と相談したうえで、両親の平屋も、そして兄の新居も両方、取り壊した。相続した遺産の最初の使い途がそれだった。当時は、迷いや後悔があったが、いまとなっては取り壊しておいてよかったと、しみじみ思えるほど貫太くんの家は荒れ果て、哀れな姿を晒《さら》している。

北西区に誰もいなくなったいま、どうしてあんなに大きくてきれいな橋を架けなきゃいけない必要があるのよ……はかなくも甘い夢を見せた新しい南橋を、わたしは恨んだ。わたしたちが住んでいたときは、橋をぼろぼろのまま放置して修理もしてくれなかったくせに、いま頃になって、かたちだけ取り繕う行政を恨んだ。

しばらく進んで、今度は左手。あの空き家だ。ここも昔のまま、放置されている。貫太くんのお母さんと、亜紀子さんの遺体が発見されたところ。そして。

そして鷲尾が、わたしを抱いたところだ。

空き家の前を通過するとき、黴《かび》臭い記憶が鮮烈に甦った。風呂もない、埃だらけの板張りで、鷲尾にのしかかられた。自ら望んでそうしたという事実が信じられない。汗にまみれ、ぬるぬるした鷲尾の肌の感触が、いまはただ忌まわしい。恥垢や粘液が混ざった脂っぽい臭いの記憶も、おぞましいだけ。どうして当時は気にならなかったのだろう。いまなら確実に吐いているところだ。

こんな空き家さえ、なかったら……なんとも言いようのない無念が込み上げてきた。この空き家さえなかったら、もしかして、まったくちがう人生があったかもしれないのに。

このままで済ませるわけにはいかない。鷲尾を、なんとかしなければならない、改めてそう誓った。例の百万円を返済してもらうのがベストだが、いまあの男がどういう経済状態にあるか、判らない。金はむりでも、せめて土下座でもさせないことには、どうにも腹の虫がおさまらない。

忘れずに鷲尾の居場所を、後でさりげなく、融さんから聞き出しておかないと。そう怨念を燃やしているうちに、五叉路へやってきた。

融さんがハンドルを左に切る。しばらくすると、ジャネットたちとの待ち合わせ場所である、阿舎が見えてきた。

あれ？　でも、なんかちがう……違和感を覚え、しばし考えた。そうか。阿舎を取り囲んでいたはずの、鉄条《てつじょう》網《もう》がないのだ。

「あそこです。待ち合わせ場所は」

阿舎の手前で、融さんはセダンを停めた。

「なんや、これ？」

助手席から降りた健作さんは、しげしげと阿舎の内部を覗き込んだ。奥まったところに、鉄製の扉がついている。

「戦時中の防空壕の跡」

とのわたしの言葉に、健作さん、のけぞるような仕種をした。

「その上に、こんなものを建てたがか？」

「聞いた話によると」融さんも運転席から降りてきた。「ものずきなひとが土地を買い取って、核シェルターに造りなおしたんだそうです」

「あ。そういえば」わたしは憶い出した。「ずっと昔から、そういう噂があったっけ」

「そうですか。いつ頃から？」

「小学生の頃には、もう耳にしてました。ここ、わたしが住んでいたときには、周囲が鉄条網で囲まれていたんです。このさきに、もう廃校になってるけど、小学校があって、子供がおもしろがって入ったりしたら危険だ、ということで」

「なるほど」

「でもてっきり、単なるつくり話だと思ってた。ほんとうにシェルターだったんですか？」

「酔狂なひとがいた、ということですね」

「持ち主は、どういう方なんですか」

「それはよく知りませんが、もう亡くなられているそうです。遺族の方々は、相続したものの、場所柄、売るに売れなくて、持て余しているらしい。使用許可を打診にいったときも、どうせ長年、放ったらかしにしてあるものだから、使いたいのなら好きなようにしてくれと——」

どこからか、笛を吹いているような音がした。どうやらセダンのほうからのようだ。

「ちょっと失礼」

融さん、運転席のドアを開け、なにか取り出してきた。分厚い弁当箱のようにも、大振りの煉瓦のようにも見えるそれを耳に当て、驚いたことに、ひとりで、なにか喋り始めた。

異様な光景に、健作さんとわたしは、互いに眼で「なに？」と訊き合い、首を横に振り合う。

「——はい、了解しました」融さんは溜息をつき、運転席のドアを閉めた。「やれやれ。弱ったな」

「あのう、融さん」

「ジャネットさんから、なんですが」

「え？　あ、あれって、なんなんですか」

きっとわたしは、猫が顔を洗うようなジェスチャーをしていたにちがいない。

「ん。あ。電話ですよ」

「電話」健作さんと声が重なる。「あれが？」

「車載兼用の携帯電話です」

「そんなものがあるんだ。初めて見た」

「さすが、東京のひとは進んでますね」

「いやいや」融さんは苦笑気味。「ぼくだって、さすがにプライベートでは持っていない。いざというときの連絡用にとジャネットさんから、みんな、ひとつずつ持たされているんですよ。都会だって個人所有しているのは、よほど新しもの好きか、お金持ちだけ。普通は企業が非常時用に持つもので、ポケベルより便利だから」

この頃、コードレスホンがもうあったかどうか知らないが、少なくともわたしの周囲では見たことがなかった。ましてや携帯電話なんて、カルチャーショックそのものである。いや、それよりも気になることがあった。

「みんな、ひとつずつ持たされてる、って。誰のことです？」

「ウッドワーズ氏に雇われているのは、ジャネットさんとぼくだけではないんですよ。正確な数字は把握してませんけど、多分、常時数人はあちこちで情報収集してるんじゃないかな」

「そうだったんですか」

「それより、ですね」融さん、頭を掻いた。「さっきの電話、ジャネットさんからだったんですが。まだ豊仁市を出発していない、と言うんです」

「え？」

思わず時計を見た。正午を五分ほど過ぎている。

「なんでも、予想以上に準備に手こずっている、とかで」

「じゃあ、ここに着くのは」

「判らないそうです。まだ一、二時間はかかりそうだが、はっきりしない。向こうを出発する際、もう一回連絡する、と」

「どうするんですか、それまで」

「適当に時間をつぶしていてくれ、と。シェルターのなかを、さきに見物していてもいいと言ってたから。入ってみますか」

「だいじょうぶなんですか？」

「鍵は掛けてないそうだから」

融さんが鉄製の扉を開くと、手狭な空間と、階段があった。

覗き込んでみると、真っ暗だ。

「懐中電灯とかは？」

「いや、電灯は、新しいのを付けてます」

融さんがスイッチを入れると、明かりがついた。改めて覗き込んでみると、階段は予想以上に深く伸びている。しかも傾斜がきつい。これをジェイムズ翁が降りるのは大変だろう。それとも彼は、ここへは来ないのだろうか？

連絡に備えてか、融さん、車載兼用携帯電話を持って、階段を降りてゆく。続いてわたし、健作さんの順番で地下へ降りていった。

二階分ほど降りきると、二畳ほどの小部屋だ。造りこそ古めかしいが、埃やクモの巣などは見当たらない。最近、きれいに掃除したらしい。少し湿っぽく、黴臭かったが、見た目はすっきりしている。

銀行の耐火金庫みたいに重厚な、円形の扉が開いたままになっている。その横に電灯のスイッチがあった。融さんがそれを押すと、扉の向こう側が明るくなる。

円形の扉をくぐってみて、驚いた。意外に広い。長い階段を降りてきたわりには、天井もさほど低くない。普通の家屋並みだ。

広間のスペースは、ざっと五十畳ほどか。その半分を占めているのが、何重にも並べられた三段ベッドだ。カバーも掛けられず、マットレスが剝き出しになっている。ざっと数えたところ、無理をすれば百人くらい寝られそう。ベッドの反対側は、開いたままのドアが複数あって、洗面所やトイレなどの設備らしい。

きれいに掃除してあるものの、マットレスや三段ベッド用梯子《はしご》などの変色具合は、かなり激しい。いったい、いつ頃、造られたのだろう。当てずっぽうだが、三十年くらい経っていても、おかしくないような気がする。

呆れた、というのが正直な感想だ。相当、費用もかかっただろう。どんな道楽者か知らないが、ほんとうに核戦争が勃発すると心配していたとしか思えない。村民をできる限り、ここへ避難させるつもりだったのだろうか。

決して快適には暮らせまいが、何週間か、じっと息をひそめて放射能をやり過ごす程度ならば充分に可能。これほどの規模の施設が、その昔、のんびり小学校に通っていた足の下で眠っていた、なんて。

「さすがに水は出ませんけどね。貯蔵用タンクなども、からっぽで」融さんが解説する。「とりあえず照明だけ。新しく取り付けたんです。電気は通ってませんから、自家発電装置で」

なるほど。興味深いといえば興味深いが、ひととおり見てしまうと、すぐに飽きてしまった。地下深くにいるという思い込みのせいかもしれないが、なんとなく息苦しいし、きれいに掃除してあるとはいえ、やはり黴臭い。

「さて。どうしましょうか」

「あの」ふと思いついた。「一旦、南白亀町へ戻ってみませんか」

「いいですけど、どうするんです」

「新しいホテルが出来てたんです。わたし今夜、あそこに泊まろうかな、と」

「ああ、なるほどね」融さん、察しよく、腕時計を見た。「いつジャネットさんたちがやってくるか判らないから。夜、遅くなるかもしれないし」

「いつ実地検証が終わるか、はっきりしないなら、いっそもう泊まることに決めておいたほうがいいかな、と思って。健作さん、どう?」

「おれはかまわんけど」

「じゃあ、行きましょうか」

地上へ出て、セダンに乗り込み、わたしたちは再び南橋を渡った。眼を逸らしておこうと思いつつ、やっぱり貫太くんの家を見てしまった。あれこれ思い出に浸りながら、南白亀町へ向かう。

国道沿いに建っているシティホテル、〈ホテル・ナバキ〉へやってきた。

「――融さんは、どうされます、今夜?」

「ジャネットさんたちの都合を訊かないと判らないけれど、多分、豊仁に帰ると思います。多少、遅くなっても」

「そうですか」

「それより、せっかくここまで来たんだから、食事しませんか。実はぼく、今朝から、なんにも食べていないので」

「そういや、おれたちも、そやの」

全然思い至らなかった。さして空腹は感じなかったけれど、どうせ時間つぶしをしなければならない。建物の裏の専用駐車場に車を停め、わたしたちは〈ホテル・ナバキ〉のフロントへ向かった。

女性従業員に訊くと、空室はシングル、ツインともにあると言う。「ツインでいいよね？」と健作さんに訊くと、無言で頷いた。そのままそっぽを向いているので、わたしが宿泊記録にサインするはめになる。

深く考えず『小久保繭子』そして『石動健作』とふたりの本名を書いた。住所も〈ハイツ・タイバ〉の番地を記入する。

もしもここで、本名を書いていなければ、あるいは運命は変わっていただろうか。いや、さほど関係なかったかもしれない。どのみち神ならぬ身、わたしを追いかけてくる者を止められる術があるはずもない。

「おそれいります。料金は前払いになっておりますが、よろしいでしょうか」

お札をトレイに並べる健作さんに「後で精算てことで」と囁くと、ひとこと「あほ」と呟き、八階、八〇三号室のキーを受け取った。

食事ができるところを訊くと、「最上階が展望レストランになっております。が、ランチは二時までですので、お急ぎくださいませ」

一時半だ。客室を見るのは後回しにして、十階へ上がる。

「今夜は、南白亀町に泊まるて、後でうちに電話しとかんと」と言う健作さんと、「わたしもお店、今日は休むと電話しとかなくちゃ」と頷き合いながら、エレベータで上がる。

レストランは空いていた。というか、時間帯のせいか、客はわたしたちだけ。陽光の降り注ぐ、窓際のテーブルについた。

健作さんと融さんが並び、わたしがふたりと向かい合うかたちになる。

「うわ」

展望レストランと聞いたとき正直、さほど期待していなかったのだが、町の中心部を一望できる。しかもその向こうに海が見える。

「すごーい。いい眺め」

たかが十階とかろんじてたけど、よく考えてみれば南白亀町で、これほど高い建物が出来るのは初めてなのだ。古い町の、新しい発見といえよう。

「こんな景色が拝める、なんて」

昔よりひらけているとはいえ、馴染みのはずの風景を見下ろすのは、新鮮な体験だった。ふと四階建ての白亜の建物が眼に留まる。

「あ。あれ、見えます？　あそこ。県立南白亀高校なんですよ。なつかしー」

「マユちゃんの母校？」

「ううん。わたしは進学しなかったけど、同じクラブの先輩がいたから、文化祭のときとか、遊びにいったことがあっ……」

不覚にも鷲尾嘉孝のにやけた顔が浮かんできて、わたしは、かっとなった。

「あー、くやしいっ」

胸に留めておこうとしたが我慢できず、そう吐き捨てた。頭を掻きむしる。

「ど、どうしたがや」

健作さんは戸惑ったようだが、融さんは事情を知っているので、こちらの胸中を察したのだろう。気まずそうに、咳払い。

「その先輩ってね、わたしの身体をさんざんもてあそんだ挙げ句、金まで貢がせたやつだったのっ」

「ふうん」だんだん免疫ができてきたのか、健作さん、動じなくなった。「マユちゃんもいろいろ、波瀾万丈な人生やの」

「ほんと、口惜しい。あいつが事件の犯人だったらいいのに」

「ていうと」健作さんの眼が真剣になった。「関係者、か」

「そう。ねえ、融さん。鷲尾が犯人だという可能性はないんですか」

「犯人でないとは断定できないが、積極的に疑う根拠もない、というのが現状ですね」

「あいつが犯人だったら死刑にしてもらえるのに。まてよ。融さんは鷲尾に面会――」

「いえ。まだ、していません。なかなか居場所がつかめないんですよ」

「えっ」

明日にでも鷲尾のところへ乗り込んで、とっちめてやると勢い込んでいたわたしは、愕然となった。注文していたランチセットを運んできた女性従業員が思わず眼を剝くほどの銅鑼声《どらごえ》で。

「え。え。で、でも、待ってください。この前、ほら、鷲尾が証言したこととか、いろいろ言ってたじゃないですか。あれは？」

「当時の警察の事情聴取の記録です。ぼく自身はまだ直接、彼には会っていない」

「じゃあ、鷲尾がいる場所も全然……？」

「不明です。県内にいるかどうかも、よく」

うわ……こりゃ、だめかも。融さんでさえなかなか見つけられないという相手を、わたしが自力で探し当てられるだろうか。その歯痒さがよけいに、鷲尾に対する怒りを増幅させる。

が、わたしはこのとき夢にも思わなかった。融さんがちゃんと鷲尾の居場所を把握していた、ということを。意外にもあの男は、わたしの身近なところにいたのである。

融さんは、なぜそんな嘘をついたのか。きっとわたしの殺気を感知したからだろう。うっかり居場所を教えたら、すぐにでも鷲尾を八つ裂きにしにゆくかもしれないと、そう警戒したからにちがいない。当たっているんだけれど。

と、携帯電話が鳴った。

「もしもし――はい。え？　はあ。判りました。では、そういうことで」

「ジャネットさん？　出発したんですか」

「いや、まだだそうですが、とりあえず午後六時にシェルター前で待ち合わせ、だそうです。もしもそれがだめなら、また連絡する、と」

「六時、か」健作さん、ご飯を掻き込む。「宿をとっておいて、正解やったな」

「ですね。これはひょっとしたら、ジャネットさんたちも結局、この町の周辺で一泊することになるかもしれないな。ほら。ジェイムズさんの健康状態の不安もありますから」

「でも、準備って、なんです。そんなに時間がかかるなんて」

「さあ。それは、ぼくは聞かされてません。ただ、あのシェルターは、ですね」

融さんが少し声を低めたのにつられ、つい身を乗り出してしまう。

「いまはジャネットさんが手配して、鉄条網を撤去させてますが、地下の内部は事件当時から、あんなふうに整っていた。つまり、犯人があそこに隠れようと思えば、できたわけです」

「でも、隠れるところなら他にも空き家が、いっぱいあったじゃないですか」

「小久保さんのお義姉さんたちの遺体が発見されたとこ

ろ以外は、どの空き家も、埃などの状態からして、使われた形跡がまったくなかった」

「というと、シェルターには痕跡が？」

「いや、そういう記録はない。少なくとも警察が調べた限りでは、ね」

聞いていたとおりだ。聞いています。少なくとも警察が調べた限りでは、ね」


「じゃあ、見込みちがいじゃないですか」

「だが、ジャネットさんはなぜか、あのシェルターに興味を抱いているんですよ。今回、九年前と類似した事件が反復されたことで、なにか考えついたのかもしれない。ともかく、その検証をしてみたいんでしょう」

「準備というからには、大がかりなことかな」

「多分」融さん、箸を置いて、腕組みした。「はたして犯人がシェルターに隠れていたかどうかはともかく、ぼくが気になっているのは、この前もちらっと言いましたが、伊吹省路さんの証言。憶えておられますか」

「どの部分です」

「彼はこんなことを言っている——現場を次々に移動する自分たちのあとを、犯人はつけてきていたような気がする、と」

「それは……」

そんなこと、あったのだろうか？　わたしに関して言えば、いくら記憶を探ってみても、謎の気配を感じたりした覚えはないのだが。

「それは」思わず、そうひとりごつ。「伊吹くんの勘違い、じゃないのかな」

「小久保さんは？　そういう感じは、しなかったのですか」

「全然。まあ、なにしろパニック状態だったから、すぐ後ろから尾行されていても気づかなかっただけかもしれませんが」

食事が済むと、午後二時を回っていた。卓上がからっぽになったのに居座るのも、はばかられる。八〇三号室を見にゆくことにした。

八階でも、展望レストランとさほど劣らず、眺めは良好。お天気がいいので、南向きの窓から贅沢なほど陽光が入ってくる。

「海が、きれいですね」

融さんはカメラを取り出し、窓越しに南白亀町の眺めを撮影した。

ここからも県立南白亀高校の校舎が見える。

カシャッ、カシャッ、とシャッターの音を聞いているうちに、ふと香代子さんの面影が頭に浮かんできた。なんだろう、この感じ。

どういう連想をしたのか我ながら判然としないけれど、急に不安が湧いてきた。実地検証って、ジャネットはいったい、なにをするつもりなんだろう、と。

「健作さん」

融さんの横で町の風景を眺めていた彼は「ん？」と振り返った。

わたしは健作さんの手をとり、窓側のほうのベッドへ導いた。

「な、なんや」

並んで腰掛け、彼の身体に腕を回す。

「ねえ、融さん」

その声。自分でも聞いたことないほど、甘ったるく、濡れていた。

「撮って。わたしたちを」

健作さんに頬ずりし、キスしながら、視線はカメラを持った融さんに据える。

「ねえ、撮って」

立ち竦んでいた融さん、カメラをこちらへかまえなおし、シャッターを切った。

カシャッ。

抵抗するかなと思ったが、健作さんはわたしにされるがまま。意地でも驚いたりしてやらない、みたいな子供っぽい力みが彼らしくて、可愛い。

最初はキスというより、わたしが一方的に健作さんの顔面を舐め回す感じだったが、やがて全身がほぐれ、舌をからませてきた。

わたしが服を脱ぎ始めたときも、少し眉をひそめ、「カーテン」と呟いただけ。

「いいじゃない、開けておいても」乳房を揺らせて上着を放り投げ、ジーンズを蹴り脱いだ。「他に、こんな高い建物、ないんだから」

さすがに自ら裸になる気配はないので、わたしがせっせと健作さんの服を剝いでゆく。

融さんは、わたしが催促せずとも、近寄ってきた。全裸になってベッドでからみ合う、健作さんとわたしの姿を撮影する。

カシャッ。カシャッ。シャッターが切られるたびに気持ちが高まり、互いをまさぐり合う。肌の感触が、しっとり馴染んでゆく。

仰向けになった健作さんの、屹立したものを喉の奥まで呑み込みながらも、視線はレンズに据えたまま。カシャッと音がするたびに、上眼遣いに融さんの表情を窺う。興がのってきたのか、枕もと、足もと、さまざまなアングルから、融さんは身を屈め、わたしたちにレンズを向ける。

「フィルムが足りなくなるかな」

照れ隠しなのか、そんなことを呟く融さんに、わたしは焦れったくなった。

「もういいから、融さんも」

「え」

「来て。早く」

さすがに驚いたのか、健作さん、起き上がろうとした。その顔面を、わたしはむりやり、股間で押さえつける。健作さんを啜り上げながらわたしは、じっと融さんを睨み上げた。

「ほら。融さんも」

身体を押し返そうとしていた健作さんだが、やがてわたしの尻を両手でかかえ込んだ。

「早く。いっしょに」

融さんは、カメラをゆっくりテーブルに置いた。服を脱ぐ彼と、健作さんを啜り上げるわたしは、じっと視線を絡み合わせたまま。

メガネを外し、ベッドに歩み寄ってきた。すでにそそり立っている融さんに、わたしは首を伸ばして喰らいつく。

鍔競り合う二本の竹刀のようなふたりを、交互に頬張り、しごき立てた。わたしの口のなかで、そして手のなかで、膨らみ、脈打つ。

わたしは一旦ベッドから降り、融さんの手をとった。もう一方のベッドへ彼をいざなう。

仰向けになり、脚を大きく拡げた。覆いかぶさってくる融さんを迎え入れる。乳房を押しつぶしてくる彼の首にしがみついた。

隣りのベッドを見た。融さんに抉られ、喘ぎながら、視線は健作さんと絡み合わせる。

上半身を起こし、じっとこちらを見つめていた健作さんは、やがて床へ足を下ろした。前屈みで顔を覗き込んでくる健作さんの口もとは、わたしが溢れさせたものでぬめ光り、陰毛が付着している。わたしは唇を突き出し、それをせせりとった。

降り注ぐ陽光の下、ふたりの男の輪郭が、ともすれば白く溶けてゆく。溶ける。溶ける。わたしの頭のなかも。

融さんと健作さんは、かわりばんこにわたしの腰を持ち上げ、入ってくる。腹這いにさせたり、仰向けにさせたり。溶ける。溶ける。

ふたりは、わたしの上になり、下になり。前に来て、後ろに来て。溶ける。三人いっしょに溶け。溶けてゆく。

そしてわたしは、ふたりを同時に迎え入れた。双子を孕んだかのように男たちを子宮におさめ、なにか叫んだ。

このまま、ふたりの遺伝子を併せ持った子供を産みたい。そんな意味のことを、わたしは叫んでいたような気がする。

融さんも健作さんも、しかしそんな世迷《よま》い言《ごと》を聞いてはいないようだった。ただ喘ぎ、呻き、唸り、痙攣しながら、ぬるぬると、ともすれば汗と体液にすべって、ふたりの身体のあいだから飛び出してゆきそうになるわたしを、必死で挟み込む。

五時にホテルを出発すればいいと、わたしも思っていたし、ふたりとも思っていたはずだ。三人は阿吽の呼吸で、準備のための最低限の時間だけを確保し、ぎりぎりまでもつれ合った。そのため健作さんは自宅に今夜のことを連絡しなかったし、わたしも〈ステイシー〉に電話しそこねてしまう。

八〇三号室を出ようとして、床に運転免許証が落ちているのに気がついた。拾ってみるとなんと、わたしのではないか。写真がひどく不細工な。え。どうして？　どうして、こんなところに落ちてるんだろう。どうやら知らないうちにポケットかどこかに入れておいたらしいが、とっさにはその経緯を憶い出せない。まあいいや。

ジーンズの尻ポケットに運転免許証を突っ込んだ。そのせいというわけでもないし、別に指示されたからでもなかったが、なんとなく、わたしが運転することになった。融さんも健作さんも後部座席で、ぐったりしている。ともに寝不足だったのか、首尾木村へ向かう途中、ふたりとも、いびきをかいていた。

ハンドルを操り、これからいやでも眼にすることになる貫太くんの家に思いを馳せているうちに、ふと妙なものが脳裡をよぎった。

明滅する、九年前の記憶。ジャージィを脱がされるシーンだ。なぜかそこに、伊吹くんの面影が重なる。え、なぜ？

わたしに乱暴しようとしたのは川嶋だ。決してマイケルに、ではなく、シバコウのやつにジャージィのズボンを脱がされたことをいまは、はっきり憶い出している。が。

あの恐怖と嫌悪感に、なぜか伊吹くんのイメージが重なってくる。どんどん彼の顔が醜く歪み、膨らんでくる。なぜだろう。なんなんだろう、この忌まわしい感じは？

中学生の頃、わたしは別に伊吹くんのこと、嫌いではなかったはずだ。大好きな貫太くんの親友ということで、むしろ好ましく思っていたはず。それなのに。

どうしてこれほど、彼に対して否定的な感情が募ってゆくのだろう。どうも伊吹くんに、なにか、いやらしい真似をされた覚えがあるような気がしてならない。例えば胸をさわるとか、そういう痴漢めいた行為を。

おぞましい……気がついてみると、わたしは伊吹くんに対し、そんな憎しみめいた嫌悪すら抱いている。もしかして先刻〈ホテル・ナバキ〉で融さんと健作さん、三人で行為に及んだのは、彼の記憶を封印するための、ある種の悪魔《あくま》祓《ばら》いだったのではないか。そんな気さえ、するほど。

ただ、それが事実なのかどうか、自分でもよく判らない。ほんとうに伊吹くんはわたしに猥褻な行為をしたのだろうか？　ひょっとして妄想なのではないか、我ながらそう案ずるほど、記憶が曖昧模糊としている。しかし、もし事実でないのなら、なぜそんなイメージが湧いてくるのだろう。判らない。

南橋を渡り、貫太くんの家を横眼で見やりながら五叉路へ向かった。例の空き家を通り過ぎ、左へ曲がると、やがて阿舎が見えてくる。

大きなバンが二台、そしてセダンが一台、そこに停まっていた。女性が四人、そこに佇み、なにやら話し込んでいる。全員が黒のパンツスーツ姿で、これが男の集団ならギャング映画だが、優美な女性ばかりなので、まるでファッションショーの舞台みたい。うち三人は見慣れない顔だが、中央にいるのはジャネットだ。

ジャネットが、つとわたしのほうへ視線を寄越してきた。にやりと笑い、悪戯っぽく手を振って寄越す。

「もうみんな来て、待っていますよ」と後部座席の男たちを起こし、バンの隣りに車を停めた。運転席から降りると、三人の女たちの視線がわたしに集中する。

「紹介しとくわね、みんな」

と、後部座席から降りてきた融さんと健作さんも手招きし、ジャネットはわたしたちを三人の女に引き合わせる。

「右からケイト、フロウ、ナンシー。よろしく」

そんな横文字の名前ばかり並んで、戸惑う。てっきり三人とも日本人かと思っていたのだが。ちがうのだろうか。聞いているとみんな英語でなにか、やりとりしているし。

「どうもお待たせして、ごめんなさい」ジャネットは日本語に戻ると、阿舎の鉄製の扉を開いた。「では、どうぞ」

なんとなくわたしが先頭になる。健作さん、そして融さんがそれに続いた。さりげなく背後を一瞥すると、ジャネット、そしてケイトと呼ばれた黒髪の女が階段を降りてきている。フロウとナンシーは地上で待機しているようだ。

耐火金庫のような円形の扉をくぐると、体育館のような広間に出た。

中央にジェイムズ・ウッドワーズ翁がいた。車椅子ではない。杖《つえ》をつき、なんとか立っている。さすがに車椅子でここへ降りてくるのは無理だったのだろう。多分さっきの三人組が介添えしたのだろうとはいえ、かなり重労働だったにちがいない。

朝、ホテルで会ったときと同様、ジェイムズ翁の傍らにはユミエさんが寄り添っている。その彼女、シニョンとメガネは今朝と同じだが、服装が変わっていた。まるでジャネットやケイトとクローンみたいな、黒いパンツスーツ姿なのだ。

そんなユミエさんを見て、やっぱりケイトたち三人組も日本人なのではないか。ふと、そんな気がした。ただ外国人ぽいニックネームと、拙《つたな》い英会話をもてあそんでいるだけで。いや。

そんなことはどうでもいい。広間全体を剣呑な雰囲気にしているのは、ジェイムズ翁とユミエさんの前で椅子に座っている人物だ。

正確に言うと、椅子に縛りつけられている。そして頭部に、すっぽり頭巾を被《かぶ》せられているのだ。グレイのスーツにネクタイ姿。でっぷり肥満体のその男は、なんとかいましめを解けないものかと、じたばたじたばた、もがいている。

うーうー、唸るばかりで、頭巾の下から、はっきりした声は出てこない。穏やかならざる雰囲気だった。

「こ、これは……」融さんが、怒気を孕んだ声で男に近寄ろうとした。「なにごとです。このひとは、いったい——」

ジャネットは融さんを制すると、椅子に縛りつけられている男の頭巾に手をかけた。乱暴に、むしりとる。

メガネがずり落ちて、えらの張った男の顔が現れた。四十くらいだろうか。猿ぐつわを嚙まされている。

「見てのとおりよ、マユコ」

そういきなり呼ばれても、いったいどういうことなのか、さっぱり判らない。

「とうとうご対面よ。あなたの憎い仇《かたき》と」

憎々しげなのか、それとも楽しげなのか、とっさには判じかねるミュージカル俳優のような大袈裟な仕種で、ジャネットは男の猿ぐつわを外す。

堰を切ったように男は絶叫した。スプリンクラーのように唾を撒き散らす。

「な、ななな、なんだこれはっ、なななななな、なんなんだおまえら」

その声。聞き覚えがあった。すぐには憶い出せないが、この男。知っている。わたしはたしかに、こいつを知っている。

「待ってください、ジャネット」男の叫びに負けじと融さんが声を張り上げた。「このひと、もしかして、川嶋さんでは？」

そういえば融さんは、まだ川嶋と直接会ってはいないが、電話では話しているんだっけ。え。え。すると。ほんとうに？　これが。

これが川嶋浩一郎？　九年間のギャップがあるから当然とはいえ、ずいぶん面変わりしている。以前はメガネを掛けていなかったし、おそらく体重もこの半分くらいだったはず。

「こいつが犯人よ」

「は？」

「九年前の首尾木村の惨殺事件。十三人もの人間を殺したのは、こいつ」

「ち、ちちちちち、ちがう」ずいぶん薄くなった髪を振り乱し、川嶋は喚いた。「ちがう。ちがうぞ。おれじゃない」

「どうして」川嶋の声がうるさいので、わたしまで声を張り上げなければならなかった。「どうしてそうだと、断定できるの？」

「一目瞭然。もうこいつしか残っていないでしょ、容疑者は」

「もっと詳しく説明して」

「容疑者たり得る者は、現場にいた三人。東橋が落ちる直前、東南区へ逃げた多胡昭夫。小久保亜紀子と空き家で密会し、南橋が落ちる前に北西区から出ていった鷲尾嘉孝。そして――」ジャネットは川嶋の背後へ回った。

「この男」

「多胡が犯人でない、というのは」融さんは、呆れたようだった。「もしかして、ぼくがアリバイの証人だと、おっしゃるつもりですか」

「そうよ。多胡は十月十日の朝、アリバイがある。よって彼は犯人ではない」

「まってください。秋山さん一家惨殺事件の犯人が九年前と同一人物であるという確証は、なにひとつないんですよ。あくまでも、可能性のひとつにすぎない」

「いいえ。まちがないわ」歌うような調子でジャネットはとんとん、川嶋の肩を叩いてみせる。「こんな田舎に、同じ手口で猟奇事件を起こす者が、ふたりもいて、たまるもんですか」

思わず健作さんを見た。彼も複雑な表情でわたしを見ている。ジャネットの指摘が、まさに〈ステイシー〉で健作さんが言ったことと同じだったからだろう。たしかに。たしかにそのとおりでは、ある。だが。

「加えて、首尾木村事件と同様、犠牲になった秋山一家は小久保繭子と近しい存在だった。これはもはや、偶然ではあり得ない。九年前の殺人鬼が行動を再開したと見るべきなのよ」

「し、しかし」融さん、必死だ。「しかしですね、一歩譲って、多胡昭夫はアリバイがあると認めるとしても、鷲尾嘉孝は――」

「彼のことはいい」

「は？」

「鷲尾のことはこの際、どうでもいいの」

ゆっくり自分のほうへ歩み寄ってくるジャネットに、融さん、のけぞった。茫然としている。どう反応したものか、困惑しているようだ。

わたしもそうだ。鷲尾のことは、どうでもいい、って……なんで？　どういうこと？

「ね、ケイト？」

ケイトと呼ばれた女はにやにや頷くだけで、なにも喋ろうとはしない。ジャネットと秘密を共有できる自分のことが誇らしくてたまらない、といった表情だ。

「さあ、認めなさい」くるりとバレリーナのようにジャネットは川嶋のほうを向いた。「九年前、十三人、正確に言うと、橋から落ちた少年を含めた十四人の人間を殺害したのは川嶋浩一郎、あなただと、この場で潔く認めなさい」

「ち、ちがう。おれじゃない。誓って言う。おれじゃないんだ」

「潔く認めれば、せめて」

ジャネットは川嶋の眉間《みけん》に向け、右腕を突き出した。彼女が握っているものを見て、いっせいに息を呑む気配がシェルター内に充満する。

ピストルだ。いや、いわゆる自動拳銃にしか見えないが……本物？

「せめて楽に死なせてあげる」

「お、おいおいおい」本物ではなくモデルガンかなにかと思っているのだろう、川嶋は下卑たうすら笑いを浮かべた。「冗談はよせ。なあ」

「あくまでも否定するのね。よろしい。ではあなたを、九年前に犠牲になったひとたちと、同じやり方で、なぶり殺す」

すっとジャネットの視線が流れる。つられて川嶋も横を見て、げっと喉を鳴らせた。

どこから取り出してきたのか、ケイトは鎌を持っていた。ぴかぴか光る新品の鎌を掲げ、にやにや笑っている。

「やっ、やめろ。やめてくれえっ」

「まってください。ジャ、ジャネット、それは、むちゃくちゃだ」融さんが、むりやりジャネットと川嶋のあいだに割り込んだ。「どういうつもりです。いったいどういうつもりで、こんな——」

「見てのとおり。この男を処刑する」

「まさか……」これまで見たことないほど激越な憤怒が融さんの顔面を染め上げた。「まさか、あなたは最初からそのつもりだったんですか。私的な復讐だけが目的だったんですか。ぼくは、そんなばかげたことのために、あなたたちに協力をしていたのではない。ミスタ・ウッドワーズ」

杖とユミエさんを支えに、幽鬼のように佇んでいる老人に向かって、融さんは叫んだ。

「あなたも、なんとか言ってください。こんなことをしても、なんの解」

パンッ。

乾いた音が響いた。

それが銃声だったと、しばらくは想像もつかなかった。

6

銃声とは、もっと凶悪で派手な音をたてるものだ――なんとなくそう思い込んでいた。少なくともドラマや映画のなかでは、そうではないか。ズキューンとか、バキューンとか。耳をつんざくような。まさに絵に描いたような擬音語。

それがどうだろう。パンッ……て。豆かなにかが弾けたみたい。玩具じゃないんだから。そんなまぬけな音が銃声だなんて、とても信じられない。受け入れ難い。

そのせいで、銃声がするや否や融さんが自分の腹を押さえ、うずくまってしまったのも、コントみたいにしか見えなかった。

キンッ……と続けて、コインを弾いたみたいな音がした。それがなんの音か、わたしはとっさに判らなかった。が、それは銃声よりもはるかに禍々しく響き、眼前の光景がコントなどではないと、心胆を寒からしめる。

がっくり膝をつき、融さんはまじまじと自分の手を見た。べっとり赤いものがついている。床は、たちまち血の海になった。

ジャネットはなんの躊躇いもなくピストルをかまえなおし、融さんの眉間に当てた。再び、パンッ。銃声が響いた。

子供の頃、兄がモデルガンで遊んでいた光景が甦る。精巧な造りだったらしく、オートマティックの遊底が後退すると、にょっきりバレルが現れ、同時に薬莢《やっきょう》が飛び出す。先刻、響いた、コインを弾いたかのような金属音は薬莢が床に落ちた音だったのだと、ようやく思い当たる。

兄の場合とちがい、いま融さんの額に穴を穿ったのは、ガスで飛び出すプラスティック製の弾ではない。キンッ、と空の薬莢が床を跳ねる音が響き、融さんは仰向けに、ぐらり倒れた。

その光景。まるでパントマイムかなにかを見ているようだった。あまりにも呆気なくて、彼が撃ち殺された、なんて発想自体が湧いてこない。

放心しているわたしの腕を、ふいに誰かが乱暴に引っ張った。

「マユちゃん」健作さんだ。「逃げろ」

彼に引きずられ、円形の扉のほうへ向かおうとした、そのとき。

再び、パンッ。銃声がした。

健作さん、走り始めていた勢い、そのままに、どっと前のめりに倒れる。腰を撃たれたらしい。

ジャネットは続けて、撃った。床を転がる健作さんの腹部に向けて、二発。そしてしめくくりに、頭部を撃ち抜く。

鉛の弾丸が身体にめり込む衝撃で、健作さんの身体が跳ね回った。そのたびに、キンッ、キンッ、キンッと、床に落ちた薬莢が躍り上がる。

「動かないで」

ジャネットは息ひとつ、乱していない。いつの間にか左手にもう一挺《いっちょう》、別のピストルを持ち、わたしを狙っている。

「戻ってきなさい、マユコ」

頭のなかが真っ白になったわたしは、命じられるがまま。

ジャネットは左手のピストルをこちらに向け、右手だけで、弾を撃ち尽くしたほうの銃身から弾倉を抜いた。器用にマガジンを交換し、二挺揃えて、かまえなおす。

幽霊のように立ち尽くすわたしの背中に、ジャネットはぴったり、くっついてきた。まるで二人羽織りのように。

「さあ」

背中を押され、わたしは川嶋と対面する恰好になった。

ジャネットは顎をわたしの肩に載せ、背後から赤ん坊を抱きかかえるような恰好で、ピストルをかまえる。

「さあ、もう一度、訊くわよ。潔く己れの罪を認めて、ひと思いに楽になるか。それとも」銃口で川嶋の額を小突く。「まだ粘る?」

川嶋は、なにも答えない。眼が死んだ魚のように飛び出ている。ピストルが本物だったことがショックだったようだ。噴き出た脂汗でさらにメガネがずり落ち、がたがた震えている。

異臭がした。見ると、川嶋のズボンの股間のあたりが、ぐっしょり濡れ、変色している。

「素直になれないのね」

楽しげな声とともに、ジャネットの吐息がわたしのうなじに吹きかかる。

「じゃあ、ケイト。やっておしまい」

鎌を掲げたケイトがいそいそ、にじり寄る。川嶋の喉から絶叫が、ほとばしった。

「まっ、まてっ。待て。言う。言う。言うから」空気の塊りが喉に詰まるのか、ぜえぜえ喘ぐ。「言う。言うから、待ってくれ」

「あなたが犯人なのね」

「ちがう。まて。待ってくれったら。ほんとうに、ちがうんだ。たしかに……た、たしかにおれは、殺した。あの女と、そして」

「殺したのは、誰と誰。具体的に名前を挙げてゆきなさい」

「お、おおおおれは花房朱美を殺した。そして、彼女とくっついていた、あの男……」

「名前を言いなさいと、何度言えば判るの」

　ジャネットは、いきなり発砲した。右手のほうのピストル。

　川嶋は、被弾こそしなかったが、うすくなった頭髪を弾に掠められ、悲鳴を上げた。ぎゃあぎゃあ、火がついた子供のような泣き声が、しばらくおさまらない。

「マ……マイケル……マイケルってやつ」

　ユミエさんが早口で、ジェイムズ翁に通訳しているのが聞こえる。横眼で見ると、彼女の表情は妖しくも嬉々としている。さきほどケイトがジャネットに見せたのと同じく、いまここにいる自分が誇らしくてたまらないといった感じ。融さん、そして健作さん、ふたりの男性が撃ち殺され、床に倒れていることなど、まるで眼中にないようだ。

「マイケル、なんとかって。下の名前は、もう憶えていない。ほんとだ。かんべんしてくれ。マイケルなんていったか、もう憶えてないんだよ」

「なぜマイケルを殺した？」

「あ、あいつが……あいつが朱美を……朱美を奪ったから」

「その言い方だと、もともと朱美と恋仲だったのはおまえのように聞こえる。そうなのか？」

「いや……」

「報道された内容が事実だというのか。マイケルが朱美をつけまわし、それに悩んだ彼女がおまえに仲裁を頼んだというのは、ほんとうのことなのか」ぐりぐり、ジャネットは銃身を川嶋の眉間に押しつけた。「答えろ」

「ふ、振り向いてくれなかったんだ。どうしても振り向いてくれなかったんだよ」川嶋は喚いた。おいおい泣き叫ぶ。「あ、あ、あんなに愛してたのに。おれがいくら言っても、朱美は振り向いてくれなかった。よく聞いたら、外国人の男なんかと付き合っている、と。ゆるせなかった。おれは、お、おおおれは、それがゆるせなかったんだよ」

と、そのとき。爆音のようなものが轟きわたる。いや、人間の声だった。が、それは人声というには異様すぎる。ジェイムズ翁だ。眼光鋭く、川嶋を睨みつけ、なにか叫んでいる。しかし英語なので、なにを言っているか、さっぱり判らない。すると。

「おまえは妻帯者ではなかったのか」

ユミエさんが通訳した。これまで聞いたことがないほど、居丈高に。

「おまえは当時も、そしていまも、妻帯者ではなかったのか。なのに花房朱美という、妻ではない別の女を愛していた、と言うのか」

「そ、それとこれとは別だ。じ、爺さん、あんただって」はあはあ、溺れているみたいに、川嶋は息継ぎもろくにできない。「あんただって、だな。あんただって、女房以外の女に惹かれたことくらい、あるだろ。それだけ長く生きてりゃ。なあ。一度や二度くらいは。男なんだから。男って、そういうもんなんだから」

ユミエさんが通訳すると、ジェイムズ翁の形相が変わった。どす黒く顔面が膨張する。鬼のように歯を剝き、なにか怒鳴る。興奮したのか、持っていた杖を振り上げ、川嶋に殴りかかろうとした。が、体力が追いつかず、よろける。

「たわけたことを言うな」ジェイムズ翁の身体を支え、ユミエさんは通訳を続ける。「わたしは神の前で永遠の愛を誓った、マーサ以外の女を愛したことなど、一度もない」

ユミエさんの形相も、別の意味で鬼のようだ。吊り上がった眼は爛々《らんらん》と光り、唇が耳もとまで裂けている。興奮し、笑っている。

ジェイムズ翁の激情が伝染している、なんてレベルを突き抜けている。悪魔かなにかが憑依《ひょうい》し、ユミエさんの口を借りて、毒を吐き散らかしているかのようだった。

「薄汚い、畜生にも劣る男め。おまえは自分の欲望を満たすため、わたしのマイケルの恋人を奪おうとしたのか。妻のいる身でありながら。マイケルの恋人を穢そうとして、かなわず、逆恨みして、ふたりを殺したのだな。そうなのだな」

ジェイムズ翁は、ユミエさんを通さず英語で、ジャネットになにか指示をした。

「詳しく説明しなさい。最初から」

　ジャネットは右手のピストルで川嶋の額を狙ったまま、さらにわたしの背中にぴったり、くっついてきた。

「九年前の八月十七日、おまえがしたことを」

「マイケルが……」垂れた涎と脂汗で、川嶋の顔面の輪郭は崩れそうになっている。「マイケルが、け……決着をつけにくる、と。そう言ってきた」

「決着、とは。なんの」

「もう朱美につきまとうのはやめろ、と。マイケルは言ってきてたんだ、それまでにも。何度も。何度も。あいつは日本語ができなかったから、英語だったが、なんとなく雰囲気で察した。そんなの個人の自由じゃないかと、おれはその都度、つっぱねた。こっちは日本語だったから、通じたかどうかは判らない。が、向こうも、なんとなく察したのか、それとも朱美が言い上げたのか。とうとうやつは、埒があかないから、話し合いをしよう、と。最後の決着をつけるため八月十七日に、首尾木村のおれの借家へ直接行くと。そ、そう言ってきたんだ。朱美を通じて」

　だから彼は、前日に〈エンゼルハート学院〉のレッスンは休講すると連絡していたのだ。

「びびった。怖かった。怖かったんだ。なにをされるか判らないと思った。だから十七日の朝、早くに朱美の家へ行ったんだ。彼女を連れて、どこかへ逃げるつもりで。そ、そしたら」

　号泣しながら説明する川嶋。そしてそれを、すさまじいスピードで同時通訳するユミエさん。悪夢のようなデュエットは延々と続く。

「そしたらもう、マイケルはそこにいやがった。泊まったんだ。明らかにあいつ、昨夜から朱美の家に泊まっていやがったんだ。多分、朱美が車で、町まで迎えにいって」

　融さんは、マイケルが八月十七日以前に首尾木村へ来たことがなかったと言っていたけれど。厳密には、十六日にはもういたわけか。

「かっとなった。おれは、かっとなって、や、やっちまったんだ」

「なにをやった」

「憶えてない。お、憶えてない。もう憶えてないんだよう。とにかく家のなかに飛び込んで、めちゃくちゃ暴れた、としか。マイケルを縛り上げ、車のトランクに放り込んだ。朱美をむりやり車に乗せて。最初は町のほうへ逃げるつもりが、無性に怖くなって。山へ。山のほうへ行ったんだ」

「そして？」

「マイケルをトランクに閉じ込めたまま、とにかく朱美を、あ、あああ、朱美を」

「朱美を、どうした」

「抱こうとした。古い校舎のなかで。抵抗するんで縛りあげて。犯そうとしたが、できなかった。できなかったんだよっ」駄々を捏《こ》ねる子供みたいに、喚き散らす。

「そ、そうだ。憶い出した。おれは、なにもやっちゃいない。なんにも。いや。い。いやいやいや。やろうとは、したよ、ええ、やろうとしましたとも、彼女と。でも、できなかった。勃たなかったんだよ。勃たなかったの。だから全然、いい思いなんか、しちゃいねえんだ、おれは。こんなふうに責められる筋合いも、ねえんだよ。なんにも、やっちゃ、いねえんだって。放してくれ。ここから出してくれえっ」

「マイケルを殺したんだろ」

「だ、だから、それは……」

ふと川嶋の眼が、わたしに向く。いま初めて、ここにいると気がついたかのように。メガネがずり落ちていて焦点が合わないのか、まるで亀のように首を伸ばしてくる。

「おまえ……おまえ、もしかして、あのときの」

わたしがかつての生徒だったことを憶い出したらしい。が、名前までは出てこないようだ。

「そうだ。そ、そうだ。こいつだ。こいつらがやったんだ。おれじゃない」

「なんの話をしている」

「マイケルを殺したのは、こいつらだ、って言ってるんだ」

「当時、中学生だぞ。そんなわけがあるか」

「だからな、そもそもは生徒たちが、いま村がたいへんなことになっている、と言ってきて」

「いつ」

「朱美といるときに」

「小学校の旧校舎で、だな」

「そうだよ。聞いてみると、みんな、殺されてる、と。頭のおかしな殺人鬼が村に迷い込んできてるらしい、と。ほう、だったら、ちょうどいい、マイケルがその犯人だということにしてしまえ、と」

「殺人鬼はおまえだろうが」

「おれじゃない。おれじゃないいんだって」

「なら訊くが、仮に、あくまでも仮にだぞ、おまえが犯人じゃないとしたら、本物の殺人鬼のことは気にならなかったのか。犯人がやってきて、自分を襲う、なんて事態を心配しなかったのか？」

「知らん。そんなことは、知らん。そんなとんでもないことをしでかすやつが、いつまでも呑気に村をうろちょろしているもんか。とっくに逃げてるに決まってる、と」

「ともかく、村人たちを殺戮した殺人鬼はマイケル・ウッドワーズだと偽証しろ、と。おまえは、そう生徒たちを脅迫した。そうだな」

「し……」川嶋はわたしを睨みつけた。「した」

「そして、マイケルを殺した」

「おれじゃない」川嶋の口から飛び散った唾の礫《つぶて》がわたしの手の甲についた。「そいつだ。そいつらが、マイケルを、川まで運んだんだ。嘘じゃない。そいつらが、やったんだ」

　ユミエさんが通訳し、ジェイムズ翁の眼光がわたしに降り注いだ。静かな怒りと憎しみ。同時に憐れみのようなものが籠もっている。


　ジェイムズ翁がなにか低く叫ぶや、ユミエさん、大音声で罵った。

「おまえが、彼女を脅迫したんだろうが」

　老人の憤怒とは対照的に、ユミエさんの表情は、ほとんど官能的な快楽に照り輝いている。いまにも爆笑しそうだ。

「おまえが、生き残った生徒たちを脅迫し、マイケルを川に落とさせたんだろうが」

「おれがやったんじゃない。ちがう。おれは手をくだしていない。やっていない。絶対に、やっていない。そいつらだ。その女と、もうひとりの餓鬼が。ふたりがかりで、マイケルを川へ運んだ。ほんとうだ。嘘じゃない。そいつらがやった。おれじゃないんだ。おれがマイケルを川へ落としたんじゃない。おれが殺したんじゃない」がなりたてていた川嶋の声が途切れる。耳に痛いばかりの沈黙が下りた。

　ぜえぜえ、はあはあ、聞こえてくるのは、ただ川嶋の荒い息遣いだけ。と。

「――これで、おまえらも共犯だぞ、と」

　誰かが呟いた。低く、掠れた声にもかかわらず、異様なほど核シェルター内に響きわたる。いったい誰かと思ったら、わたし自身だった。

「この男は、あのとき、そう言いました」

わたしの肩に載っているジャネットの顎が、もぞもぞ動く。

全員の視線が、わたしに集中していた。

「貫太くんは、この男にさんざん殴られたり、蹴られたりしていたので、動けなかった。だからトランクのなかに閉じ込められているマイケルの顔をわたしたちにしっかり見せ、こいつが犯人だと証言するよう言い含めておいてから、この男は伊吹くんとわたしに命令しました。縛られているマイケルを川へ運べ、と」

ユミエさんは、憑きものが落ちたみたいに静かに、通訳している。

「もちろんその前に、マイケルの指紋を凶器に付着させておくとか、あれこれ偽装工作をしなければならない。この男は、伊吹くんとわたしを嵐のなか、駈けずり回らせ、偽の証拠を揃えたのです。ところが途中でアクシデントがあった」

吊り上げられていた花房朱美が、どうやってか縄をほどき、逃げようとしたのだ。たまたま偽装工作作業から一旦戻ってきた川嶋は教室の出入口で朱美と遭遇し、激昂。彼女に跳びかかり、押さえつけ、犯そうとした。川嶋の股間のものは勃起《ぼっき》しており、本人も今度こそ可能だと勢い込んだにちがいない。だが。

「花房先生を押し倒した途端、この男は再び萎えてしまった。口惜しさのあまり、狂ったように絶叫しながら、伊吹くんを裸にさせ、彼に先生を強姦させようとした」

しかし当時、中学生の伊吹くんに、そんなことができようはずはない。怒りで我を忘れた川嶋は、そんな伊吹くんの陰茎を必死でこすり、勃たせようとした。

「もともとこの男に男色のけがあったかどうか、知りません。が、伊吹くんを刺戟しようとしているうちに、自分が変な気持ちになったらしい」

嫌がる伊吹くんを羽交い締めにし、川嶋は掌に受けた大量の唾液を己れにまぶした。

「花房先生でもだめだった、わたしでもだめだったのだから、男の子相手にできるはずがないと、もしかしたら本人も高を括り、自棄気味だったのかもしれない。しかし皮肉にも、男の子の尻にはいきりたち、固く突き刺さってしまったので、もう後戻りできなくなった。伊吹くんの尻をかかえ、激しく腰を動かし、喘ぎ始めたのです。そのとき」

けらけら、ヒステリックな笑い声が起きた。朱美だった。せっかくの逃走のチャンスだというのに彼女は逃げもせず、ぺたりと床に尻餅をついたような恰好で、ただ笑いころげている。繋がっている川嶋と伊吹くんを指さし、ひいひい、腹をかかえる。ぱんぱん両手を叩いて、喜んでいる。

「彼女が発狂でもしたのかと、この男は最初、思ったのでしょう。ぽかんとしていたが、やがて怒りが爆発した。伊吹くんを放り出し、朱美に襲いかかろうとした。が、偽装工作のためわたしたちが村じゅう駈けずり回っているあいだに、彼女はだいぶ回復していたらしい。素早い動きで、そう簡単には、つかまえられなかった。これが火に油を注いだ」

ようやく朱美を捕えた川嶋は、そのまま彼女の身体を教卓めがけ、突き飛ばした。

その勢いで、裏向きになってひっくり返った教卓のなかに、朱美の身体が、すっぽり嵌まり込んでしまう。甲羅を背負って起き上がれなくなった亀のようにもがく、彼女の上に。

「この男は、飛び乗ったんです。思い切り。そして先生の顔といわず、乳房といわず、腹部といわず、めちゃくちゃに蹴り、体重をかけて、踏み始めた。何度も何度も跳び上がって、勢いをつけて」

とうとう川嶋は、朱美を踏み殺してしまった。伊吹くんとわたしは、ただ恐怖におののき、震えていた。わたしは下半身剝き出し、伊吹くんも全裸という姿で互いに抱き合ったが、もちろん変な気も起こりようがない。

「血まみれになった手足が教卓の裏から突き出たまま、先生がぴくりとも動かなくなったというのに、この男は何事もなかったかのように、伊吹くんとわたしに命令しました——偽装工作の仕上げだ、マイケルを川へ運べ、と」

言うとおりにしないと……と教室の隅で瀕死の状態で横になっている貫太くんを、川嶋は指さした。言うとおりにしないと、こいつも殺すぞ、と。

「花房先生をなぶり殺す場面を見せつけられた後では、とても逆らえませんでした。伊吹くんとわたしは、命じられるまま……」

ユミエさんの通訳を聞いているジェイムズ翁の眼が、かっと見開かれた。

「わたしたちはこの男が運転するセダンで、南橋のたもとまで行きました。伊吹くんとわたしは命じられるまま、マイケルの頭を殴り、気絶させました。なにを使ったか、憶えていません。気絶させて、いましめをほどき、伊吹くんといっしょにマイケルを川へ放り込みました。それを見届けてから、この男はこう言い放ったのです――これで、おまえらも共犯だぞ、と」

川嶋は反論する気配がない。なにか言いたそうではあったが、へたに口を出したら失敗すると警戒しているかのような、狡猾《こうかつ》そうな眼つきで。

「だから絶対に、警察にはほんとうのことを喋るなよ、と。村人たちを殺したのはマイケル・ウッドワーズという外国人であるという嘘を貫き、その秘密は墓まで持ってゆけ、と」

わたしはジェイムズ翁を見据えた。

「あなたの息子さんを川に投げ込んだのは、わたしです。わたしと、伊吹くんという男の子が、やりました。ゆるしてもらえるとは思っていません。この場で処刑してください」

融さん……健作さん……ふたりとも死んだ。自分もここで死ぬ。それが当然の帰結だ。わたしだけが生きていて、いいはずがない、と。

ジェイムズ翁が、なにか呟いた。

「殺せ」ユミエさんの通訳ぶりは、あくまでも楽しげだった。「マユコ、その男を、殺せ。これは理不尽な要求ではないはずだ。そいつは、おまえの家族や友人を殺害した犯人なのだから」

「ちがう」疲れ果てたのか、そう反論する川嶋は、声も眼も虚ろだ。「あっちは、おれじゃない。ちがうんだ」

「ちがうわけがない。だいたいよく考えてみろ。おまえは小学校の旧校舎でマイケルの恋人を凌辱《りようじよく》しようとするにあたり、蠟燭の燭台や拘束用の金属製パイプなどを、あらかじめ用意していっているではないか。計画的な犯行であることは明らかだ。おおかた、その薄汚い行為を誰かに目撃されるかどうかして、村民惨殺に至ったのだろう。あるいは暴走する己れの欲望に引きずられ、完全に狂っていたのかもしれないが、どちらでも同じことだ」

ジェイムズ翁はわたしを見た――と思ったが、どうやらジャネットに目配せしたようだ。

「ケイト。その鎌を」

日本語で指示するジャネットの唇が、わたしの耳たぶを噛む。

ケイトは戸惑ったようだが、やがて頷き、わたしへ歩み寄ってきた。なんだ、やっぱりあなた、日本人じゃないのと、どうでもいいことを考えているわたしに、ぴかぴかの新しい鎌を手渡す。

「その男を、それで殺せ」ユミエさんは、もはや通訳というより、己れの嗜虐《しぎゃく》趣味をただ洩れさせているだけな感じ。「おまえの家族や友人たちが殺されたのと同じ方法で、そいつを殺してやれ」

「や、やめてくれ……」放心していた川嶋は、べそべそ泣きじゃくり始めた。「やめてくれよう。や、やめてくれ。なんでおれが、こんな。こ、殺さないでくれよう。なんで……なんで、殺されなきゃならないんだよう。頼む」

哀願する川嶋の、汗と唾が飛び散る。

「た、頼む。殺さないでくれ。たすけてくれ。ここから、出してくれ。帰りたい。おれは家に帰りたいんだよ。妻と子供がいるんだ。そうなんだ。子供がいるんだよう。生まれたばっかりなんだよう。やっと、やっと生まれたばっかりなんだよう。い、いいはずないだろ？　おれがここで死んで、なんて。二度と子供に会えない、なんて。そんなこと、あっていいはずが。な。な。考えてくれ。なあ。子供のこと、考えてくれよう」

その言葉を聞いたときだった。わたしのなかで、なにかが決定的に壊れたのは。

川嶋の命乞いはわたしの心に響かず、ただ冷たい怒りと憎しみを爆発させる。

「お……おい。おいおいおい？」

わたしを見る川嶋の眼つきが変わった。みるみるうちに恐怖に染め上がる。

殺意が漲《みなぎ》ったと彼が察知したその刹那、しかし彼は絶命していたはずだ。

川嶋の首に、鎌の切っ先が埋まっていた。ざっくりと。

悲鳴を上げる暇もない。

ぴゅうぴゅう噴き出す鮮血を凝視しながら、わたしは鎌の柄を握ったまま。

濁った眼球を晒した川嶋のスーツ、ワイシャツ、そしてネクタイが真紅に染まり、やがてどす黒く、重く垂れてゆく。口から血の泡を噴き出した。

気がつくと、わたしは手首から肩にかけ、たっぷりと返り血を浴びている。蒸れそうな血臭が漂ってきた。

「よくやった」ユミエさんは、まるで女教師のように堂々と胸を張る。「これで、ひとりは処刑した。あとは鷲尾嘉孝という男を始末すれば、わたしの目的は達成される」

「鷲尾……？」わたしは我に返り、鎌から手を放した。

「なぜ、彼を？」

「やつは、おまえの兄嫁を殺したではないか」

「亜紀子さんを殺したのはわたしの兄だと、警察は考えているようだけど」

「それはちがう。鷲尾だ。その罪まで、あわよくばマイケルになすりつけようとしたのは、絶対にゆるせん。鷲尾も見つけ出して、殺す。絶対に」

なるほど。だからさっき、鷲尾のアリバイはどうでもいい、と言ったのか。非常に納得した。どうせ鷲尾は殺すつもりなんだから、そんなことを詮索しても意味はない、というわけだ。

妙にすっきりして、改めて椅子に縛りつけられている川嶋の遺体を見下ろす。恐怖はなかった。後悔もない。むしろ、すがすがしい。もっと早く、こうしておくべきだったのだ、とすら思った。頬にかかった返り血を手の甲で拭いながら。

我ながら不思議なくらい、わたしはこのとき、冷静だった。そしてそれこそが結果的に、自分の命を救った、と言えよう。


「だが、残念ながら、おまえは鷲尾の処刑シーンを見ることはできない」

そうだ。このひとたちは最初から、誰も生かして帰すつもりはなかったのだ。情報収集の駒としてさんざん利用した融さんも、たまたま証人になるかたちになった健作さんも全員、口封じするつもりでここへ連れてきた。

当然。

当然、このわたしも。

後頭部に気配を感じた。ジャネットの持っているピストルの銃口――と悟った刹那。

すべて無意識だった。身体が勝手に動く。

おそらくジャネットは、気配を察したわたしが身を沈めて避けようとする、と予測したのだろう。実際、結果的にわたしは、そう見せかけるかたちになった。が、身を沈めたのは、避けるためではない。ジャンプするためだ。空中高く。

わたしの跳躍力は、さすがのジャネットも予想外だったらしい。頭上高く舞い上がるわたしの姿を、彼女は一瞬、見失った。後方宙返り。

バック転し、着地しようとするその足で、わたしは逆にジャネットの背後をとり、彼女の後頭部を思い切り、蹴った。

パンッ。

不意打ちに驚き、倒れ込んだ拍子に、うっかりトリガーを引いてしまったのだろう。無駄弾——と思いきや。

ケイトの悲鳴が上がった。被弾したらしい。胸をおさえ、転倒する。

微動だにしなくなったケイトを一顧だにせず、ジャネットは跳ね起きた。振り向きざま、こちらに銃口を向ける。パンッ。パンッ。

シャンパンの栓を抜くような音が響いた。

床をころがって避けたわたしは、ユミエさんに跳びかかった。

パンッ。

すばやくユミエさんを楯にとる。彼女の悲鳴が上がった。頭をかかえ、がくりと膝をつく。前のめりに床に倒れ込む。頭部の重みに負け、メガネが砕ける音がして、血の池が拡がる。

同時に、横にいたジェイムズがゆらりと、まるで人形のように崩れ落ちた。彼も被弾したと、このときはそう思った。それが油断につながる。

パンッ。被弾したのは、わたしのほうだった。右肩に激しい痛み。とっさに押さえた左掌が真っ赤に染まる。

パンッ。

頭部を狙ってきた一発を、のけぞって避ける。

「マユコ」

さきほど転倒した際、ぶつけたのだろう、ジャネットは鼻血を流していたが、口調はあくまでも冷静だった。

「すばらしい身体能力ね。でも、これまでよ」

いつもの微笑とともに、撃ち尽くしたほうのピストルを投げ捨てた。からん、と乾いた音。

「もう一挺、残ってるから。全弾装塡《そうてん》で」

わたしは反射的に、ジェイムズ翁の身体に跳びついた。その手から杖を奪い取る。

左手が血で、ぬるりとすべりそうな感触。しっかり握りしめる。

「残念だけど、これで終わり」

外しっこない、わたしに命中させた——とジャネットは確信したはずだ。

が、わたしのほうが速かった。横っ飛びに避け、杖でジャネットの手首を擲ちすえる。

パンッ。銃声とほぼ同時に、彼女の手からピストルは飛び出し、宙に舞い上がった。

驚いたのだろう、ジャネットの双眸に畏怖が宿っている。こんな無防備な表情を彼女が晒すのは、おそらく滅多にないにちがいない。

舞い上がったピストルが、床に落下した。が、よりによって、さっきジャネットが投げ捨てたほうの近くに。

どっち？　どっちが装塡されているほう？　まるで同じ型なため、とっさに見分けがつかない。少なくともわたしには。

しかし迷っている暇はなかった。杖を放り投げたわたしは、とりあえず自分に近いほうのピストルに飛びつく。よし。もう一挺も――と思ったが、間に合わない。

サッカーボールさながらにジャネットの爪先で蹴り上げられたもう一挺のピストルは、まるで自ら意志を持った生きもののように、すっぽりと彼女の手中におさまった。

互いに銃口を向け、狙いを定める。そのタイミングが、ほぼ同時だった。

「……ちょっとしたギャンブルね」ジャネットは、いつもの邪悪な笑みを取り戻している。「どっちに弾が入っているか。これはもう、神のみぞ知る。どうせなら、ねえマユコ。ワン、ツー、スリーで同時にトリガーを引きっこしないこと？　互いの額に銃身を当てて。バーン。運の悪かったほうが、はいさようなら。恨みっこなしってことで」

望むところだ。しかしわたしは肝心の指に力が入らなかった。左手でピストルを持っているからではない。野球の右バッターと同じで、竹刀も左が軸となる。左手の握力には自信があるから、この際、利き腕でないことはあまり関係ない。

いちばんの問題は、わたしがこれまでピストルなんて撃ったことがない、ということ。加えて右腕の袖から、血が次から次へと、したたり落ちる。撃たれた肩の痛みが激しくなってゆく。あるいは、それが表情に出たのだろうか。

「安心なさい、そこは貫通しているから」

これから殺すつもりの相手に向かって、安心なさい、はないだろう。皮肉を言ってやろうかと思っていると。

「ねえ、マユコ。それとも殺し合いはやめて。ひとつ、取り引きしないこと」

「とりひき？」

「このままだと、どちらかが死ぬ。はたして、どちらが運が悪いか。わたしだって、あなたと同じ分、リスクを背負っている。だから、やめましょ。そのかわりあなたを、たすけてあげる」

「たすける？」本気で意味が判らなかった。「どういうこと」

「決まってるでしょ。あなたは、ほら」

血でだんだら模様に染まった物体——川嶋の死体を、彼女は顎でしゃくった。

「あの哀れな男を殺したのよ。椅子に縛られ、抵抗できなかった彼を、無惨にも」

こんな場合だというのに、呆気にとられてしまった。どの口で、それを言うか。

「あんたとは比べものにならないわよ。融さんと健作さん。ユミエさんに、ケイト。おまけに」倒れているジェイムズ翁を顎でしゃくり返す。「挙げ句に自分の雇い主さえ。もっとも彼の場合は不可抗力だったんだろうけど」

「なに言ってんの、マユコ。ジェイムズには当たってないわよ、一発も」

「え？」

「だいじょうぶ。生きている。わたしがそんなへまを、するもんですか。彼にはまだ、生きていてもらわないと、困るんだから。そんなことより——」かまえていた銃身をジャネットは、ゆっくり下げてみせた。「どう？」

まるでわたしには撃てっこないと確信しているかのように両腕を拡げ、近寄ってくる。

「撃ちたいのなら、撃ちなさい。ただし、そっちが空だと判った途端」再び銃身をちらつかせる。「死ぬのはあなたよ」

わたしは銃身を、かまえたまま。

「仮にわたしが死んだとしても、マユコ、あなたはここから出られない。地上にフロウとナンシーのふたりが待機していることを、お忘れなく」

あんなやつらの、ひとりやふたり——と思ったのを見透かしたみたいに、ジャネットはウインクして寄越した。

「見くびらないことね。ああみえて彼女たち、なかなか手ごわいわよ。ましてや、わたしを殺した相手に手加減するはずはない。二対一でただでさえ不利なうえ、あなたは肩を撃ち抜かれている。その状況を、もっと冷静に判断なさい」

わたしはよほど、なさけない顔をしていたのだろうか、ジャネットは急に、慈母のような微笑を浮かべた。

「あなたもわたしも、無用なリスクを冒したくないのは同じ。提案に乗るなら、さっき言ったように、あなたをたすけてあげる。めんどうなことに、ならないようにしてあげるわ」

ようやくわたしは思い当たった。自分が恐れているのは、川嶋殺しで警察に告発されることなどではない、と。

石動さん……思わず眼を閉じると、健作さんの両親の顔が浮かんだ。

「その肩の傷だって、早く治療したほうがいい。けれど、まともな病院だったら、変に思われて通報されるかもしれない。でしょ。それが嫌なら、わたしを頼りにすることね。めんどうなことは全部、引き受けてあげるから」

「ほんとうに……ほんとうに、わたしをたすけてくれるの」

わたしの眼が健作さんの遺体に注がれているのに気づいたのだろう、ジャネットは芝居がかった仕種でピストルを掲げ、そして床に落としてみせた。

「ええ、もちろんよ。マユコ。なにも心配することはない。なんの憂いもない安全なところへ、あなたを連れていってあげるわ」

まだ迷っているわたしに近寄ると、彼女は無造作にピストルを取り上げた。

撃たれる、そう思った。が、彼女はそのピストルもさっさと投げ捨てた。

「あなたはすてきよ、マユコ」

ジャネットの掌がわたしの頬を包み込んだ。唇を塞がれる。川嶋の返り血と、彼女の鼻血の臭いにまみれたキスだった。

「殺すのは惜しい。あなたはすばらしい原石だわ。念入りにカットし、最高傑作にしてみせる。わたしがこの手で、ね」

第三部　一九九五年　八月～十二月

1

記入例を見ながら、まず自分の名前を書いた。

生年月日、本籍、現住所、そこら辺りまでは、すらすら進んだ。

『伊吹省路』

学歴と職歴の項目で、はたと手が止まる。記入例によると、小学校と中学校の欄は卒業の年と月のみでよく、高校以降が入学の年と月も必要になるらしい。が。

省路の手は止まったまま、動かない。自分が卒業した小学校の名前が、出てこないのだ。どうしても憶い出せない。

気をとりなおし、さきに中学校の欄に記入しようとした。ところが、中学校の名前も出てこない。我ながら呆れるほどの度忘れぶり……と最初はかるく考えていた省路だったが、まるで消しゴムをかけたかのような空白の重さに、だんだん薄気味悪くなってきた。

なんなんだ、これは。ひょっとして健忘症？　この歳で、もう惚けたか。省路は一旦ボールペンを置き、立ち上がった。

うろうろ室内を歩き回る。

二十畳ほどの洋間だ。もともと省路の父親が自分の書斎として使おうと庭に増築した離れで、渡り廊下で母屋と繋がっている。

応接セット、ライティングデスク、テレビ。造りつけの書棚。隣りには寝室、トイレ、そしてシャワールームもある。

父親が義母と義弟を連れて東京へ住居を移しているいま、母屋のどの部屋を使おうと省路の自由なのだが、こちらの離れのほうが小ぢんまりとなんでも揃っていて、落ち着ける。なんといっても、建てた直後に父の新生活が始まったため、ほとんど使われていないというのが魅力だ。母屋のほうは、どうしても家族の匂いが残っている。

離れの欠点をひとつ挙げるなら、寝室のウォークインクローゼットのなかに古ぼけた大型金庫が鎮座ましましていることか。父が昔、南白亀町でクリニックを開いたときに購入したという話なので、もう三十年近い年代ものだ。塗装があちこち、はげちょろけになっている。金庫の裏側に暗証番号のメモといっしょに鍵が貼りつけてあるのを見つけ、省路は好奇心にかられ、開けてみた。が、中味は古い年賀状の束や封書、医師会の会報など。いずれも変色した紙屑の山で、ざっと見たところ、金目のものはありそうにない。引っ越す際、わざわざ豊仁市まで持ってくるほどの価値があるとは思えない。クローゼットの扉を開閉するたびに、邪魔くさくてしょうがないが、除去するには重すぎる。

お気に入りの離れの洋間を、省路はだらだら歩き回ったが、小学校の名前も、中学校の名前も、いっこうに憶い出せない。このままでは履歴書は完成しない。

迷ったが、他にどうしようもない。渡り廊下を抜け、母屋へ向かった。

電話は離れにもあるが、議員宿舎の番号を控えたメモはダイニングのボードに貼りつけてある。リビングの電話を手にとり、メモの番号を押す。

『――はい、もしもし』

女の声がした。義母の晴江《はるえ》だ。

「あ、おれです」

『あら、しばらく。どうかしたの？』

笑いながらも、どことなく身がまえるような気配が伝わってくる。普段は滅多に連絡のない義理の息子がわざわざ電話を掛けてくるのは、ひょっとしてなにか厄介ごとかと心配したのかもしれない。

「えと。父は、いませんよね、この時間は」

『吾平さんに、なにか？』

「実は友人の紹介で、ちょこっとアルバイトをすることになりまして」

詳しく説明するのがめんどうだったので、無難なまとめ方をしておく。

『あら、そうなんだ』

「履歴書を出さないといけないんですが、どうも小学校と中学校の名前を度忘れしてしまったようで。卒業アルバムとか同窓会名簿なども見当たらないんですよ。で、父なら憶《おぼ》えてるかなあ、と」

『えと。省路さんの出身の、小学校と、それから中学校の名前。それだけでいいの？　判りました。じゃあ伝えておきます』

「よろしく。亮《りょう》くんは元気ですか」

中学生になったばかりの義弟の名前を出すと、溜息が返ってきた。

『それがねえ、反抗期っていうのかなあ。なにひとつ、まともに言うことを聞いてくれないわ。放っとけよ、みたいな感じで』

「そりゃむりもない。その歳頃の男の子は、母親の言うことを聞くのは恥だと思ってるから」

『そう？　省路さんも、そうだった？』

「もちろんそうでしたよ。もっとも、あちらがいちまい、うわてだったから、いつも言い負かされてたけど」

明るくそう締め括って電話を切ったものの、省路の胸に、どす黒い不安が湧いてきた。母……か。母……は。

省路は実母について、あまりよく憶えていない。「いつも言い負かされてた」とは、とっさに言い繕ったフィクションのつもりだったが、どうやらほんとうにそうだったような気もしてきて、少し記憶を探ってみた。すると、あまりよく憶えていない、どころか、母の名前すらなかなか浮かんでこない自分がいて、困惑する。

時計を見ると、午前十一時。省路は履歴書のことは忘れ、出かけることにした。

高級住宅街を抜け、大通りへ出る。しばらく歩くと〈きっちんパーク〉という、二十四時間営業のファミリーレストランがある。家族と入れ替わりに帰郷して以来、省路はたいてい日に一度は、ここで食事する。自炊は、できないことはないが、あまり積極的にしたくはない。

「いらっしゃいませー」メニューを携えた制服姿の従業員が、やってきた。「あ。こんにちは」

胸もとに『夏目《なつめ》』とタグをつけている。二十歳前後と思われる、ポニーテールの小柄な娘だ。もう四カ月ほど通っている省路とは、すっかり顔馴染みである。

「ごめんなさい。いつものお席、ふさがってるんですけど」

「いやいや。いいですよ、どこでも」

「おそれいりまーす。どうぞ、こちらへ」

奥まった、窓のない部屋の、ふたり掛けのテーブルへ案内された省路は、スペシャル・ステーキ・セットを注文した。ここへ来ると必ずといっていいほど毎回、これを注文する。まだ早朝に試したことはないが、基本的に時間帯に関係なくオーダーできるのが気に入って、この店を贔屓にしているという側面もある。

夏目嬢もすっかり心得ていて、いちいち指示しなくても「焼き加減はミディアムレアで、ライス。ドレッシングはサザンアイランドでよろしかったでしょうか。はい」と、きびきび確認。

「今日は、生ビールのほうは――」

「お願いします」

「黒でよろしかったでしょうか。はぁい。では、さきにお持ちいたしまーす」

いつもこうして、だいたい定まったメニューを、二、三時間ほどかけてゆっくりたいらげるのが省路の常だ。まるで自宅のように寛《くつろ》げる。いや、ある意味、自宅より落ち着くかもしれない。

「お待たせしましたぁ。こちら、とっても熱くなってますので、お気をつけくだいね」

「グラスワイン、ください」

「はい。赤ですね？」

「うん。あ。そうそう。こうやってさ、昼間っからビール飲んで、ゆっくりすること、もしかして来月から、できなくなるかも」

「え。伊吹さん、どうされるんですか？」

店が暇なときは、ときおり世間話にも興じる夏目嬢、すっかり省路の素性に精通している。

「あ、そか。お父さまのいる東京へ――？」

「いや、ちがうちがう。どうやら仕事、しなきゃいけなくなりそうで」

「おおう。いよいよ就職ですか」

「そんな大袈裟なものじゃなくて。臨時というか、アルバイトみたいなもの」

「そうなんですか。おめでとうございます」

「って。おめでたくもないよ。正直あんまりやりたくない。こうして昼間っからおいしいもの食べて、夏目さんに見とれてるほうが、ずっといい」

夏目嬢、「わー、おじょうず」と厭味なく、さらりと流し、他のテーブルへ向かった。

肉をたいらげた後、コーヒーを飲みながら、のんびり過ごす。なにをするでもなく、ぼんやりと。このひとときが、なにより心地よい。できればここに住みたいくらいだが、そうもいかない。

夏目嬢とは別の女性従業員が立つレジで支払いをすませ、省路は〈きっちんパーク〉を後にした。

ほどよく腹が膨らみ、酔いが回っている。このまま午睡でもするつもりで、帰宅した。

母屋の冷蔵庫に冷やしてある麦茶をとりにいったら、リビングの電話にファックスが届いているのに気がついた。見ると、父からだ。お世辞にも達筆とは言えない、見覚えのある筆跡で。

『一九八〇年三月、首尾木小学校卒業』

そう書いてある。あれ？　もう晴江さんから、話が伝わったのか。にしても、ずいぶん迅速な。親父にしちゃ、めずらしい。

省路は首を傾げたが、それよりも気になることがあった。何度見返しても、省路には覚えのない学校名なのだ。「首尾木」を、なんと読むのかすら判らない。

せっかくの酔いが醒《さ》めたような気分で、ファックス用紙を持ち、離れへ行った。しぶしぶ、ライティングデスクにつく。

履歴書の学歴欄の最初に『首尾木小学校卒業』と記入する。省路の胸に暗雲のような違和感が、しばし、わだかまった。

気をとりなおし、ファックス用紙の続きを見てみた。

『一九八〇年四月、市立南白亀中学校、首尾木分校入学』

記入例に従えば、中学校も入学年は必要ない。もしかして義務教育だから、だろうか。ともかくこれは省いて。

『一九八三年三月、市立南白亀中学校、首尾木村分校卒業』

と記入した。が、これまた自分自身の経歴であるとの実感がまるで湧いてこず、機械的に書きうつしているだけ。字面を何度見なおしても、まるで他人事のようだ。

『一九八三年四月、私立豊仁義塾学園、高等部編入学——』

小学校と中学校の名前だけでいいと言ったのに、父はなにを思ったか、その後の学歴まで全部書いてある。まあいいや。

高校名を記入して、省路はやや安堵《あんど》した。ようやく自分の略歴を書いているんだ、という実感が湧いたからだ。

『一九八六年三月　同校卒業』

そうそう、これもおれのことだ。ちゃんと実感あるぞ。うん——だが。

高校時代、受験勉強していたこと以外、あまり記憶がない。思い出が少ない、というより、なにか憶い出したくない出来事が、あったような気がする。そのことが少し気になった。

『一九八六年四月　東薊乃大学文学部入学』

このあたりに来ると、もうなんの心配もない。素直に、自分の人生だ、と感じるし、記憶もはっきりしている。

『一九九〇年三月　同英文学科卒業』

『一九九一年四月　同修士課程入学』

修士に進んだものの、その年の夏から休学し、海外を当てもなくふらふらしていたのだが、そんなことは別に記入する必要はあるまい。

『一九九四年九月　同中退』

その後、こうして実家のある豊仁市に戻ってきたわけだ。これまでの一年間近く、なにをしていたかは書きようがない。東京でも、地元に戻ってからも定職に就いていないし、アルバイトもしなかった。ずっと自宅に引き籠もってますと、ほんとのことを書いても仕方がないし。

免許と資格の欄。これは自動車運転免許以外、なにも取得していない。

本人希望記入欄というのがあって、省路はちょっと戸惑った。給料、職種、勤務時間、勤務地、その他についての希望があれば書け、とある。でも、そんなこと馬鹿正直に申告して、ちゃんと汲んでもらえるのかしらという気がする。それに、そもそもあまり真面目に仕事するつもりはない。どうせ臨時で、期限付きだし。この欄も空白にしておく。

特技、好きな学科、趣味なども「特になし」とのみ記す。

家族の氏名、性別、年齢――って。おいおい。こんなことまで書くの？　省路はだんだん、うんざりしてくる。父、吾平。継母、晴江、そして腹違いの弟、亮。ようやく全部書き終わった省路は、忌まいましげにボールペンを放り出した。

学生時代、アルバイトの経験が一度もない省路にとって、履歴書を書くのはこれが初めてである。地元へ帰ってきた省路がなにもせず、ぶらぶらしていると知った塚《つか》本《もと》という高校時代の同級生に、飲みに誘われたのは先週のことだ。

のこのこ出かけていったら、たすけてくれないかと切り出された。聞くと塚本は現在、出身校である豊仁義塾の英語教諭になっているのだが、緊急に臨時講師が必要になり、困っている。ついては伊吹、おまえがやってくれないか、と。

もちろん省路は断った。大学で一応英文科だったとはいえ、教員免許を持っていない。どう考えてもお門ちがいなのだが、塚本は諦めてくれない。おまえ、留学してたって聞いたぞと粘ってくる。ちゃんとした留学じゃないし、だいいちそんなこと、なんの関係があるんだとの省路の困惑もかまわず、熱心に口説き落とす。二学期と三学期だけなんだ、週にほんの四コマ引き受けてくれれば、免許のことは学校側でなんとかするからと、しつこい。めんどくさくなった省路は、なんともなるわけがないと内心高を括り、その場で承知してしまったのである。それが失敗だった。

次の日にはもう、校長の了解をとったから履歴書を提出してくれ、と電話が掛かってきた。後に引けなくなり、文房具店で買ってきた履歴書を前にしたら……書けなかったのである。

学歴のところで足が竦んだようになり、一歩も前へ進まない。自分の出身小学校と中学校の名前が出てこない、なんて。それどころか、中学生以前の記憶が、実母のことも含め、まったくないことに思い当たり、愕然となった。

一九八三年、高校へ入学した。そのこと自体は憶えている。が、高校時代のことも、あまり詳しく憶い出せない。

学校の卒業アルバムを探してみた。小学校と中学校のものがないのはいいとして、豊仁義塾学園のものすら見当たらないのには、驚いた。卒業したこと自体は記憶しているのだから、アルバムだって、なきゃいけないのに……どういうこと？　単に紛失しただけなのか。それとも。

それ以上、調べようにも、とっかかりになりそうなものが見当たらない。仕方なく省路は父を頼ることにしたわけだが、あれほど速攻で返信を寄越すとは正直、意外だった。いい歳して定職にも就かず、ぶらぶらしている息子がなにかやろうとしている、というのは、やっぱり嬉しいことなのだろうか。あの親父でも。

省路は県の地図帳を見てみた。南白亀や首尾木が地元の地名であることは判ったが、ともに豊仁市からけっこう離れている。そこへ行ったことがあるという覚えは、まったくない。ましてや、首尾木村などという、辺鄙なところの分校を自分が卒業している……だなんて。

「——変なことを訊くけど、高校時代のおれって、どんな印象？」

とある居酒屋で塚本と待ち合わせした。大学から取り寄せた卒業証明書、成績証明書、そして苦労して記入した履歴書を、まとめて渡すためだ。

今日は必要書類をあずかるだけで、本格的な手続については後日、本人が学校の事務へ赴いてくれと塚本に言われ、省路は珍妙な心地になる。たった半年あまりの短期間とはいえ、自分がいよいよ学校のセンセイになるなんて戯言《たわごと》が現実化しつつあることに、なんだか笑い出しそうになる。ほんとにいいんだろうか。いくら期限付きといっても、教員免許もない者が講師になる、って、どうなのよ。知らないぞ、おれ。

「どんな印象、って」塚本は首を傾げた。「ごくフツーだったと思うが」

「中学校の頃の話とか、してた？」

「ん？　いやあ……どう、だったかな」塚本はしばし考え込んだ。「十年も前、だからなあ。どんな話をしてたかなんて、もうすっかり」

一旦この話題はそこで流れたが、世間話をしているうちに酒の進んだ塚本が、酔っぱらった勢いでだろう、徐々に本音を洩らし始めた。

「伊吹はさ、ほら、高等部から編入してきたわけじゃん？　でもあの試験て、公然の秘密だけど、最初から特別枠があるんだよな」

そうなのだ。省路も高等部編入後しばらくして、それを知った。主に有望なスポーツ選手用だが、学校関係者、例えば職員の血縁などはやはり、よほどの問題がない限り、ほとんど無条件で受け入れているという。

そして地元の有力者の子息用枠もある。省路の場合が、これだ。豊仁市で内科診療クリニックを営んでいた省路の父、吾平は、その職業柄、実に多彩な人脈を確保していたのである。

「お父さんが有名なお医者さんで、理事会や校友会とも縁が深かったから、事実上、入試の結果はノーチェック」

「どうもおかしい、とは思ってた。おれなんかが合格する、なんて」

編入以前の記憶はないものの、中学時代の自分が勉強ができたとは到底、思えなかったものだ。

「そういう縁故の枠で入ってきた生徒って、伊吹に限らず、みんなだいたい、雰囲気で判るものなんだよな」

「だろうな。だいいち授業についてゆけない」

「でもさ、伊吹はその後が、すごかったじゃん」

「あ？　ああ、まあな」

成績のことだ。高等部一年生の三学期になる頃の省路は、定期考査や実力試験など学年で上位五位以内にランクインする常連だった。

「やっぱさ、特別枠で入ったやつだって白い眼で見られる屈辱をバネにしたんだろうな、きっと」

省路は曖昧に頷いたが、自分としてはそんな意識はない。高等部に編入した当初、最下位を低迷していた自分の学力が、いつの間にか向上していた。それは我ながら不思議なくらい勉強に集中できるようになったからだが、それがなぜなのか、よく判らない。判らないが、塚本が指摘する、特別枠への偏見に対する反発とか、そんな強い意欲とは、ちょっとちがうような気がする。

「もったいないよな。当然、東大京大クラスの国立へ行くもんだと思っていたのに」

「それだと医学部へ行かされそうだったからさ」

「お父さんのあとを継いで、か。なんで。別にいいじゃん」

「いや、それだけは御免だったから。絶対に」

省路は学校の指定校推薦の枠をとり、医学部のない、東京の私立大学にさっさと決め、父の希望を強引に退けたのだった。

「だからさ、えと、結局なんの話かというと、高校時代の伊吹の印象、ね。フツーって、さっき言ったろ。それもほんとうなんだけど。穏やかに見せておいて相当、負けず嫌いというか。根性のあるやつだったんだなあ、と思ったね」

「穏やか、か。おれって、あんまりお喋りなほうじゃなかった?」

「だと思うな。どっちかといや、寡黙だった。でも暗いとか、そこまではいかない。先生とも同級生たちとも、フツーに接してたよ。そういう意味での、フツー」

「じゃあ、例えば学校で、小学校時代とか、中学校時代の話をしたりはしなかった?」

「どうかな。少なくとも、伊吹が自分からそんな話題を振ったりしたことはなかった、と思うな。あったら、憶えてそうだ」

「そうか……」

「どうしたんだよ、急に」

「一般的に子供の頃の記憶って、何歳くらいから、あるものなんだろ」

「そうねえ。おれの場合だと、いちばん古いのは三歳のときかな。一歳とか二歳のときは、それこそ、なんにも憶えていない」

「やっぱりそれくらい、だよなあ」

「だから、どうしたんだよ、さっきから」

「いや、変に聞こえるかもしれないけど、おれ、小学校と中学校の頃のこと、あんまりよく憶い出せないんだ」

「ああ」塚本は、なんだ、と拍子抜けしたみたいに肩を竦めた。「でも、それはさほど、変なことでもないだろ」

「そうかな」

「さっき、おれのいちばん古い記憶は三歳のときだって言ったけど、それって、その当時の生活ぶりを憶えている、という意味じゃないぜ。ごくごく断片的なことにすぎない。例えば、親戚のにいさんが家に来て、いっしょに遊んでくれた光景、とかさ。こう、ぼんやりと」

「そりゃそうだろうけど」

「その伝でいけば、おれだって、小学校時代や中学校時代のこと、すべて淀みなく憶えているってわけじゃない。印象的な出来事ならもちろん記憶に残ってるけど、さほどのことじゃなければ、きれいさっぱり忘れてる。な。そんなものさ」

「まあね。そうなんだろうな」

省路は曖昧に笑い、この話題を打ち切った。

断片的に忘れている、どころか、完全に記憶がない、小学校や中学校の名前すら忘却している――などと正直に塚本に明かしても詮《せん》ないことだ。

「ところで、いまさらこんなことを言うのもなんだけど、ほんとにおれで勤まるのかね」

「それはだいじょうぶさ。だいじょうぶ、だいじょうぶだって」

「そもそも教員免許を持っていない者が教壇に立ったりして、問題にならないの？」

「なるさ。つっても、学校側が教育委員会に報告をしなければ、の話だが」

「報告すりゃいいってもんじゃないだろ」

「いいんだよ。校長が、これこれこういう者を雇いたいので臨時免許を交付してくれと頼む」

「交付されるわけ、ないだろ」

「よっぽど問題がない限り、交付される。で、伊吹はその臨時免許で授業をする、というわけ」

「ふうん」

釈然としなかったが、まあこの一件でなにか問題が発生して困るのは学校であって、自分ではない。省路はそう割り切った。

「いちばん心配なのは、経験もないのに、授業ができるのか、ってことで」

「それもだいじょうぶ。時間割を調整して、おまえは週に二日、ふたコマずつ、やればいいようにしておくから。しかも両方とも高等部の三年生」

「ははあ。実質、授業はないわけか」

高校三年生は二学期から、受験や就職活動が本格的になる。時間割は従来どおりだが、いきおい欠席者が多くなる。省路自身、十月にはもう推薦で進路が決定していたから、いろいろ口実をつけ、あまり学校へ行かなかった覚えがある。行っても、午前中だけで帰ったりしていた。

「そういうこと。他の先生に練習問題のプリントを分けてもらって、それを生徒にやらせる、とか。ともかく困れば全部、自習にしちまえばいい」

「だったらなにも、おれみたいな部外者を雇うことはないじゃん。他の先生同士でコマを調整し合い、授業なり自習監督なりすれば、それで」

「したよもちろん。足りないコマ、できる限り他の先生に振り分けた結果、もういっぱい、いっぱい。だから、こうするしかないんだ」

「よく判らん」

「そもそもなぜ、こんなことになったかというと、英語科の某ベテラン講師が入院したんだ。七十過ぎで、とっくに定年退職し、再就職したくちだから、教諭じゃなくて講師なの」

「その先生の代わりか、おれは」

「歳が歳だから、退院しても、もうこのまま引退する、と。だからどのみち、来年四月に新任教諭を採用する予定ではあるんだ」

「その新任のひとに、早めに来てもらえばいいんじゃないか。そうはいかないの？」

「他校からの引き抜き、というかたちだからな。向こうは向こうで、いろいろある」

「おれが疑ってんのはさ、これってもしかして、親父の口利《くちき》きがあったんじゃないか、と」

「さあ。それは、どうだろう。そういえば、伊吹のお父さん、うちの後援会の偉いさんだった時期があったっけ」

省路が編入学した頃から、すでに理事に名前を連ねていた。理事長など役職を歴任し、人事に関する発言力もあったと聞く。

「それは、うーん。大学を出てもぶらぶらしている息子のことを憂慮して、なにかあったら頼む、くらいのことを、うえのひとにお願いしてた——という可能性はあるわな、たしかに」

「だろ？　どうもおかしいと思った。なんで教員免許もないおれに、わざわざ」

省路は、ファックス返信の素早さのわけが判ったような気がした。もしかしたら、あらかじめ用意してあったのかもしれない、とすら。だが。

「でも、このケースは、ちがうと思うよ。だって今回は、あえて教員免許を持っていない者を雇うのが正解なんだから」

「え。なぜ？」

「だって考えてみろ。なまじ免許を持っている者を雇った場合、そのまま本採用にしてくれ、って話に発展するかもしれんだろ」

「あ。なるほど」ようやく省路は納得した。「そうか。それは、まずいわけか」

「後任が未定ならばそれもいいだろうが、もう決まっているんだからさ。要するに、首を切りやすい者に声をかけた、ということで。って、あまり聞こえのよくない話でもうしわけないが」

「いや。訊いたのはおれのほうだから」

「ま、あんまり深く考えずに」酔っているとはいえ喋りすぎたと反省したのか、塚本は無難に切り上げた。「九月から、よろしくな。バイト感覚で気楽にやってくれよ。気楽に、な」

　頷こうとして省路は、ふと視線を感じた。壁に貼ってあるメニューを確認するふりして、さりげなく背後を振り返ってみる。隅っこの席で、ひとり飲んでいる男と一瞬、眼が合った。五十代くらいだろうか、胡麻塩頭《ごましおあたま》で、のっぺりした面長。背中を丸めるようにして、お猪口《ちょこ》を啜っている。

　つと眼を逸らせ、知らん顔をしたが、明らかに、さっきまで省路を窺っていたようだ。が。

　誰だろう？　まったく見覚えのない顔……いや、どこかで会ったことがあるような気もする。

　省路は不安にかられた。同時に、形容し難い不快感が込み上げてきた。それは、変な譬えだが、まるで痴漢に遭ってしまったかのような、取り返しのつかない生理的嫌悪で。

「――そういえば」

　塚本の声で我に返った。「ん？」

「いや、いまふと、憶い出したんだが。高校時代の話。伊吹がどういう生徒だったか、っていう。ごくごくフツーだったと、さっき言ったろ」

「うん」

「だけど、たまーに、すごく怖い眼を、することがあって」

「怖い？」無意識に媚びるような笑いを浮かべたことを、省路は自覚していない。「って、どんなふうに」

「いまみたいに」

　思わず省路は自分の頬を撫でた。「え……おれ、いま怖い眼、してた？」

「こういう言い方が適当かは知らないけど、一瞬、ひとが変わったみたいに面がわりすることがあったな。印象的だった。でも、いままで忘れてた。さっきの眼で憶い出したよ」

「おいおい。さっきのって、それって酔っぱらって眼つきが悪くなってただけじゃないの」

「当時は高校生で、しかも学校のなかだぜ。酔っぱらえませんて。それもな、特定の先生の前で、だったような気がする」

「特定のって、誰？」

「ほら、川嶋っていただろ。社会科の」

「川嶋……」

　一瞬、頭蓋を鋭い刃物で突き刺されたかのような痛みが、省路の眼から鼻にかけ、走った。川嶋。川嶋。川嶋……聞いたことがあるような気がする。だが、憶い出せない。

「男？　それとも」

「男だよ。当時、えと、三十くらいの」

「そんなやつ……いたっけ？」

「憶えてないのか。なんだか、いつも川嶋のこと、睨んでるみたいだったから、なにかあったのかと思ってた」

「川嶋……」

　憶い出せない。どうしても憶い出せない。

「そういえば、それこそお父さんが引き抜いたって話じゃなかったっけ」

「え？　引き抜いた、って」

「その川嶋。以前は公立にいたのを、伊吹のお父さんが気に入って口利きしたとか、噂を聞いたような気がする。はっきり憶えてないが」

「親父が……川嶋、って……いたっけなあ、そんな先生」

「いまはもう、いないけど」

「え。どうして？」

「さあ、知らん。おれが赴任したときには、もういなかった」

「塚本が赴任したのは、いつ」

「一昨年。私立だから、人事異動じゃなくて、どこか他校に引き抜かれたのかもな。あるいは、まったくちがう仕事に転職したとか」

あいつがそんな優秀なタマか——危うくそう口走りそうになり、省路は声を呑み込んだ。

あいつ……あいつ、って、やっぱり……やっぱりおれは、その川嶋という男を知っている？　知っているのか？

不安は募るばかりだったが、とりあえずその川嶋という教諭がもう学校にいないというのは、省路にとって好材料にちがいない。

「それはそうと、伊吹はいま、独り暮らし？」

「ああ」

「お父さんが国会議員とは、ねえ。あんなに華麗な転身を遂げるとはなあ」

昨年、豊仁一区の衆院補欠選挙で省路の父、吾平は自民党推薦で立候補。見事、当選した。今年度から住居も東京へ移し、継母の晴江、腹違いの弟、亮も付いていった。特に亮は、ちょうど今年の春から中学生だったので、どうせなら最初から東京の学校へ行きたいと希望したのである。

いま豊仁の伊吹邸で省路はひとり、気儘に暮らしている。大学院を中退後、東京でぶらぶらしていた彼が帰郷の決心をしたのも、家族が総出でいなくなるという点がなにより大きかった。

「まさに男の花道、だよなあ」

それは見解の相違だと省路は思ったが、父が類稀《まれ》なる強運の持ち主であることは否定できない。

南白亀町なんて田舎で内科クリニックを開業していたのを、あっさり引き払い、豊仁へ出てきた。後で聞いたら、もとの診療所のあった雑居ビルは、第三セクターで開通する鉄道の新駅舎へ通じる道路を造るため、立ち退きが決まっていたのだという。父はそれをいちはやく、コネを駆使してだろう、キャッチし、豊仁市へ移転。

その頃からすでに、いずれ政界へうって出たいと虎視眈々、狙っていたらしい。県知事が目標だったが、昨年、豊仁一区の古参衆院議員が逝去し、その補欠選挙に出てみたら、あっさり当選。

もともと吾平は資産家の息子で、医者にならなくても喰うには困らない身分だった。順風満帆を絵に描いたような人生である。

女性関係もなかなか華やかだ。晴江が亮を出産したとき、吾平は省路の実母と別居していたものの、まだ夫婦の関係だった。ばれる前に、亮を認知するかしないか、難しい岐路に立たされていたところ、うまく母が死んでくれたものだから、父の憂いはあっさり消え、めでたく晴江と再婚。亮もすんなり認知できたわけで——え。母が……死んだ、だって？　え。え？　死んでるんだっけ、おれの実母は。親父と離婚してるんじゃなくて？

省路の頭痛が、ひどくなった。母……そう。実母は、たしかに死んでいる。しかし。

なんで死んだんだっけ。病死——いや、事故だったような気も。でも、なんで。

なぜ、憶い出せないんだ。どうして実の母親の名前すら憶い出せないんだ、おれは？

もどかしさに任せ、省路は今度は、あからさまに背後を振り返ってみた。が、さっき彼のほうを見ていた男の姿は、すでに消えている。

＊

九月になり、省路は母校での仕事を始めた。

塚本の言葉どおり、授業そのものはなんの支障もなかった。非常勤なので、出勤するのは火曜日と木曜日のみ。時間割を調整し、三時限目と四時限目、続けて授業をできるようにしてくれてある。

省路が受け持つのは、英語は英語でも、通常のリーダーや英文法ではなく、高等部三年生にしかない『選択英語』だ。文字どおり希望者のみで編成される混合クラスで、人数も全部で三十人ほど。しかも建前ではまだ平常授業でも、実質的な自由登校に入った時期なので、常時出席するのは、その半数もいればいいほうだ。

男子もいるが、英語が好きな割合は女子のほうが多い。受験用に選択している生徒ばかりなので、当然ながら、みんな成績優秀だ。態度もおおむね真面目で、騒がしくなることもない。たまに他教科のテキストをひろげて内職する生徒もいるが、受験期ゆえ、教師は見て見ぬふりをするのがならわしだ。省路にもむろん覚えがある。

過去の入試例題集をコピーしたものをプリントにして生徒にやらせ、終わったら答え合わせ。出席人数が極端に少ないときは自習にして、チャイムが鳴るまで監督。基本的に省路の仕事は、そのどちらかだ。塚本の言うとおり、なんの問題もあるはずがなかった。

とはいえ、ひとつだけ懸念がなくもない。定期考査だ。すでに内申書にはさほど関係ない生徒も多いので、ごく形式的なものだが、建前上は平常授業だからテストを行わないわけにはいかない。通常、試験作成は同学科内の教師たちの持ち回りだが、『選択英語』は事情が特殊で、担当講師がひとりしかいない。すわなち省路が自分でつくらざるを得ないわけで、これはちょっと、めんどうな宿題になりそうだ。

四時限目の授業が終わり次第、省路はこれまでどおり、〈きっちんパーク〉へ足を運んだ。

初めてネクタイ姿の彼を見た夏目嬢、「わ。すてき。よくお似合いですう」と、まんざらお世辞でもなさそうに瞳を輝かせた。

「馬子にも衣装、ってね」

省路がいつものメニューに加え、生ビールを注文すると、さすがに驚いたようだ。

「えー、飲んでも、だいじょうぶなんですか。これからまだ、お仕事なんでしょ？」

「いや、今日の分は、もう終わった」

出勤が火曜と木曜のみで、午前中には終わることを説明すると、夏目嬢、眼をぱちくり。

「なあんだ。じゃあこれまでどおり毎日、通っていただけるんですね。あーよかったあ」

「そんなに喜んでもらうと、なんだか夢を見てしまいそうですよ」

わー、おじょうず、と夏目嬢、いつものように、からっと笑って流す。

週に二日の出勤にもすぐに馴れる。学校へ行っても省路はほとんど職員室には寄らなかった。休職中の講師の机を使っていいと言われているが、まだ先任の私物が残っていて、やりにくい。それに省路の場合、仕事の大半はコピー機と印刷機で練習問題のプリントをつくることだ。コピー室と教室のあいだを往復するだけで、あとは直接帰宅というルーティンが、自然にできてしまう。

平穏無事なその反復に少しだけ、ほころびができたのは九月の最後の週。二十六日、火曜日。

その日、省路は四時限目の授業を終え、事務室へ向かっていた。出勤簿に判子を捺すために。

常勤職員は職員朝礼の際、事務員が職員室へ持ってきてくれる出勤簿に全員まとめて判子を捺すのだが、非常勤講師は出勤時刻がばらばらなので、各自で事務室へ赴かなければならない。省路はいつもは出勤してすぐに捺しにゆくのだが、この日は三時限目の授業開始ぎりぎりに学校へ来たものだから、後回しにしていたのだ。

それにしても、こんなハイテク時代に、出勤簿に判子とは。アナクロなことやってんだなあ、と省路は少し感心。もうちょっと、なんとかなりそうなもんだが。

事務室で出勤簿に押捺し、やれやれと省路は廊下へ出た。これで帰れる。

昼休みになったばかりの校内は、生徒たちの活気に溢れている。それを尻目に、さっさと帰宅しようとした省路に「あら、伊吹くん」と背後から声がかかった。

振り向くと、三十代前半と思われる、若い女性が立っていた。セミロングにウェーブをかけ、化粧は濃いめ。服装も派手めで、学校職員というより、接客業みたいだ。ひょっとして保護者だろうかとも思ったが、解せないのは彼女が省路に向ける、馴れなれしい笑顔だ。

「あ。ごめんごめん。つい伊吹くん、なんて呼んじゃった。伊吹先生、だよね」

誰だろう？ 心当たりがないが、どうやら向こうは彼のことをよく知っているらしい。見ると彼女は手に、省路と同じく、判子を持っている。その視線に気づいてか、うふっと笑み崩れた。妙に媚を含んだ、無駄に色っぽい仕種で。

「今朝、寝坊しちゃって。職朝に間に合わなかったから、いま捺しにきたの」

どうやら彼女も教諭か、講師らしい。十年来の知己のように振る舞う彼女に気圧《けお》された省路は、いまさら名前を訊くこともできない。

「そ、そうですか」

「ちょうどよかった。っていうのも失礼だけど、ちょっと手伝ってもらえないかしら」

「はあ。わたしでよろしければ」

「こっち」

と連れてゆかれたのは、応接室の前の玄関ホールだ。ガラス張りの応接室の横の廊下に大きな掲示板があり、さまざまな行事を紹介するポスターやパンフレットが貼ってある。

「この古いやつ、剝がしておいてくれる？」

夏休みに開催済み行事のポスターを指さし、彼女は応接室に入っていった。テーブルに屈んでいる彼女の背中がガラス越しに見える。丸めたポスターらしきものを小脇にかかえ、再び玄関ホールへ出てきた。

「ちょっと大きくて、あたしじゃ上のほうに届かないんじゃないかと思って。ごめんね」

「いえいえ。いいですよ」

「でも、これってね、もっと早く貼っておかなきゃいけなかったのに。すっかり忘れてた」

あれこれ細かい指示に従い、省路はそのポスターをひろげ、掲示板に貼った。コンサートのポスターだ。

『バーナード・ヒルトン楽団、第十回日本公演』とある。十月三日、豊仁県民文化ホールにて、午後六時開演、云々。

もう来週の火曜日に迫っている。なるほど、これはたしかに、もっと早く告知しておくべき日程だ。できれば夏休みに入る前くらいに。

と。そのポスターを眺めているうちに、省路は奇妙な気分に襲われた。別にどうということもない内容のはず……なのだが。

かるい眩暈。かすかな吐き気。まちがって腐ったものを食べてしまったかのような、なんとも嫌な感じが省路にまとわりついてくる。

ポスターの中央は、四十くらいの欧米人男性がトランペットを持ち、ほぼ笑んでいるカラー写真だ。キャプションによればこれが、バンドリーダーのバーナード・ヒルトンだという。茶色の髪を左右に長く垂らしているのがゴールデンレトリバーの耳みたいで、それが特徴的。葉巻のように太く、膨らんだ口髭をたくわえている。

バーナード・ヒルトンという男の顔写真から、省路は眼を逸らせられない。身体が浮遊するみたいな感覚と、頭の芯《しん》の痛みが、交互にやってくる。

なんだこれ。なんなんだ、いったい。これは、なんなのだろう？

省路は音楽には、あまり興味がない。バーナード・ヒルトンという名前を聞いたのは、これが生まれて初めてのはずである。なのに、いったいどうしたことだろう。このざわざわと嘔吐感めいた、不穏な胸騒ぎは？

「——あ。興味あるの？」

そんな省路の様子を誤解したらしく、彼女は手を叩き、瞳を輝かせた。

「チケット、うちでもあずかってるから。聴きにゆくのなら、言ってね」

「いえ、あの。あまり詳しくないんだけど、これって、どういうジャンルの」

「ビッグバンドよ。ジャズ」

「ジャズ、ですか」

言葉は知っているが、あまり積極的に聴いたことはない。

「グレン・ミラー楽団とか、ああいう。わ。ちょっと古いか。はは。このヒルトン楽団はね、スタンダードナンバーだけじゃなくて、映画音楽とかポピュラーソングをジャジィにカバーするのがお得意なの。そうね、いちばんスタイルが近いのはメイナード・ファーガスンあたりかな」

そう解説されても、さっぱり判らない。

「第十回公演、とありますけど。このひと、そんなにたびたび来日してるんですか」

「そうなの。毎年。夏から秋にかけて、全国ツアーを続けてる。豊仁に来るのは例年、十月あたり。うちの部員も毎年、みんなで聴きにいくんだ」

今年が十回目ということは、初来日はおれが大学一年生のときか、と省路は思う。「うちの部員、というと」

「だから吹奏楽部。毎年行ってると、他校の音楽部の生徒たちともよく顔を合わせるのよ。こういうのは固定ファンがついてるから、いつも顔ぶれが同じだったりして。やあ、またお会いしました、みたいな。卒業生も来たりするから、ちょっとした同窓会の乗り。で、みんな揃って、花束持って楽屋へ押しかけたりする」

「楽屋って、このバンドの、ですか?」

「向こうも、こちらの顔を覚えてくれてたりするから、和気藹々《わきあいあい》だよ。地元のアマチュアバンドが前座をつとめたり、共演したり。そういう地域密着型の趣向も豊富」

熱心に勧めてくれるが、正直、コンサートへ行こうという気にはならない。ただ省路は、自分がどうしてこの外国人ミュージシャンのことがこんなにも気にかかるのか、不可解で仕方がない。途方に暮れてしまうほどだ。このもやもやを晴らすためには、あるいは喰わず嫌いはやめ、聴きにいってみるほうがいいのだろうか。

「あのう、先生は」省路はさりげなく、探りを入れてみた。「吹奏楽部の顧問、でしたっけ」

「まあ、補佐みたいなものかな。指導そのものは阿部《あべ》ちゃんがやってくれてるから」

「阿部ちゃん、て」職員室に出入りしていないのが祟《たた》って、苗字だけ言われても誰のことか、さっぱり判らない。

「音楽の先生でしたっけ」

このとき省路はてっきり、くだんの阿部ちゃんが女性であるとばかり思い込んでいたのだが。

「数学。でもあのひと、大学時代、有名なオケで鳴らしてたし、いまでも現役ばりばりだから。あたしなんかよりずっと——」

ふと言葉が途切れる。なにを思ったか、彼女は意味ありげな吐息とともに、そっと歩み寄ってきて、省路を見上げた。

「それにしても、奇遇ね」

「は？」

「臨時とはいえ、伊吹くんとまた、こうして会う、なんて」

なに……なにを言っているんだろう、この女。

省路は狼狽《ろうばい》し、混乱してしまった。

彼女の口調は、それまでのハイテンションが嘘のように、やるせない憂いを帯びている。冗談の類いを言っているのではないことを窺わせ、ひどく不安になった。

……どこかでお会いしたこと、ありましたっけ。そう問い質すべきか否か迷う省路は、困惑の極みの表情を浮かべた。

「あ……ごめんごめん」

彼女は声を落とし、そっと省路の腕を叩いた。

「変なこと言っちゃって、ごめんなさい。憶い出したくないよね、あんなことなんか」

憶い出したくない……って、なにを？　あんなことって、なに？　そう訊こうとした省路を尻目に、彼女はさっさと階段のほうへ向かった。

「手伝ってくれて、ありがとう。じゃあね」

＊

毎年撮影するという、学科別職員の集合写真を調べてみた。省路にポスター貼りを手伝わせたのは、米田美郷《よねだみさと》という音楽教諭である。

ついでに「阿部ちゃん」を調べてみると、女性ではなく「阿部照英《てるひで》」という男性教諭だ。見た感じ、省路と同年輩で、多分、米田女史より歳下だろう。とはいえ同じクラブの顧問を「ちゃん」づけするあたり、彼女の姐御肌な性格が窺える。

塚本に訊いたところ、米田美郷が豊仁義塾学園に新任教師として赴任したのは、省路たちが高等部三年生の年度だったという。だとすると、そこで彼女に会っていてもおかしくない。おかしくはないが、省路自身には、まったく覚えがない。しかも三年生のとき、選択授業の音楽を彼はとっていないのだ。それなのに。

なんなんだろう、あの意味ありげな態度は。まるで美郷と省路とのあいだに、なにか深刻な恋愛関係でもあったかのようではないか。もちろんそんなことはあり得ない。あったら憶えている。いや、憶えているだろう。多分。

どういうことなのだ、いったい。どうして自分にはこんなに憶い出せないことが、たくさんあるのだろう。不安をかかえながら、九月最後の授業を終えた。二十八日、木曜日。

校舎を出て〈きっちんパーク〉へ向かおうとした省路はふと、並木通りに佇むひと影に気がついた。どこかで見たことがある。あれは。

そうだ。八月に、必要書類を渡すため塚本と会った居酒屋。あそこで省路のことを、じっと見ていた男ではないか。

男は、省路が校舎から出てくるのを待ち受けていたらしい。気のせいではない。その証拠に、省路の視線をもろに受け、男がぎくりと硬直する気配が伝わってきた。

一旦は無視し、さっさと立ち去ろうとした省路だったが、ふと気が変わる。大振りのショルダーバッグをかかえて立ち竦んでいる男へ、つかつか歩み寄った。

「ちょっとあんた」

父親くらいの年配の相手に、わざと横柄《おうへい》な喋り方をする。

「あんた、おれのこと、知ってんの？」

怪訝《けげん》そうな表情を、男は浮かべた。おずおず頷いてみせる。

「そう、か。知ってるのか」

「なにを言うとるがじゃ？」

しゃがれた男の声。なんとなく、聞き覚えがあるような気もする。

「おれのこと、知ってるんだね」

「あたりまえじゃ。省路やろが、大月の」

「大月？」

「あ。いや、すまん。伊吹、やったの。うん」

大月……？　いや、しかし。

省路という下の名前のみならず、伊吹という苗字も、男はちゃんと知っていた。おまけに、その口から出てきた「大月」という言葉。なんとも謎めいている。やっぱり。

やっぱりこいつは、なにかを知っている。この男から、なにか突破口がひらけるかもしれない。省路はそう思った。

「さっきから、なに言うとるがじゃ、省路。ひょっとして、わしこと、憶い出せんがか？」

「憶い出せない」

「ま、無理もない。おまえんとこに世話になってたのは、もう二十年近く前で……いや、その後、一回だけ会うたな。この前の居酒屋やのうて」

「どこで」

「それは——」男は不安げに口籠もった。「まさかそれを忘れたわけやあるまいが？　おまえの母ちゃんが、あんな目に遭うたときや」

あんな目……母が、あんな目って、どんな目に遭ったんだ。

「いつのこと」

「十三年くらい前か。首尾木村で」

首尾木村。先月、履歴書に記入したばかりの地名が出てきた。では、おれはやはり、その村に住んでいたことがあるのか。

「省路、おまえ……」

ようやく男は、省路の様子が尋常ではないことに気がついたようだ。

「だいじょうぶか？」

「あんたの名前は」

「え」

「名前だよ、あんたの」

「多胡じゃ。多胡の、昭夫のほう。ほんまに、きれいに忘れとるがじゃの」

多胡と名乗るこの男に、どこまで自分の記憶の欠落について打ち明けたものか、省路は迷ったが、あまり手の内をさらすのは得策でないと感じ。

「それより」と話題を変えた。「あんた、この前もそうだったが、おれになにか用なのか。じろじろ見たりして」

「いや別に」多胡は急に卑屈な態度になった。「別になんも。この前、居酒屋で会うたがは、ほんの偶然で」

嘘だ。省路の勘がそう告げた。おそらくこいつはなにか目的があって、自分のことをつけ回していたにちがいない、と。

「てことは今日は、偶然じゃないんだな？」

「いやその。なつかしかったから、このへん。ぶらぶら歩いていただけで」

「なんでおれが、ここに勤めてること、知ってたんだ」

「それはのう、ほれ、この前、居酒屋で」

なるほど。塚本との会話を聞かれてたのか。油断ならない。

「それだけじゃ。他意はない」

「ごまかさなくてもいいよ」

「そんな、ひと聞きの悪い」

「おれになにか用があるんだろ。だったら、はっきり言えばいい」

多胡は、しばらく迷っていたが、やがて意を決したようだ。

「どっか、邪魔の入らんところで、話せるか」

省路は無言で頷き、多胡についてゆく。並木通りをしばらく歩いたところから、路地に入った。

西双筋と呼ばれる繁華街へ出る手前に、児童公園がある。児童とは名ばかりで、実際に子供が遊んでいることはめったにない。たいていは並木通りから西双筋への近道に使われる。まだ繁華街の店が開店前のせいか、通り抜ける者の姿はまばらで、ベンチにもひと影はない。

「要するに、な」

ベンチに腰を下ろした多胡は、さっきより、くだけた口ぶりになった。

「昔のよしみで、いくらか都合してもらえんか、いう話じゃ」

「都合って、金のことか」

「そんなにぎょうさんやない」

「あんた、頼むひとを、まちがえてる。おれに金があるわけないだろ」

「働いとるやないか。立派な学校で」

「単なる非常勤だよ。時間単位で微々たるものだ。おまけに来年の四月からは、また職無しだし」

「そうなんか？」

「おいおい。この前、居酒屋での話、聞いてたんじゃなかったの」

「ほんなら」急に多胡は自信なげになった。「ほんなら、だめか」

「だめもなにも、そもそもあんたに金を貸す筋合いがどこにある」

「筋合い、いうたら」多胡は、むっとした顔つきになった。「あるとも」

「どんな」

「ひとが、したでに出てりゃ。おまえの母ちゃんの恥が、よそに洩れてもええがか」

「おれの母親の恥？　なんだよそれ」

「他で売ろ思や、売れるがや。それを義理がとう、黙って持ってきてやっとるに。恩知らずが」

「どうもよく判らないな。なんだか知らんけど、他でも売れるというのなら、売ればいいじゃないか」

「よう言うた。これを」ショルダーバッグを開け、大判の封筒を取り出した。「これを見て、同じことが言えるもんなら、言うてみい」

封筒を開けようとした手を止め、多胡は周囲を見回した。すぐに怒ったような表情に戻り、立っている省路に、座れ、と眼で命じる。

多胡の隣りに腰を下ろした省路は、封筒から出されたものを覗き込んだ。写真だ。大判の印画紙で、数十枚ある。いずれも中年の男女が裸でからみ合っている構図で、主にモノクロだが、カラーもある。家庭用簡易カメラではなく、広角レンズなどを使用した本職の仕事のようだが、内容自体はどうってこともない。

もったいぶっておいて、これ？　省路は拍子抜けしてしまった。性器結合場面もカットなしで撮影されてはいるが、ポルノグラフィとして、さほどのものとは言い難い。だいいちセンスが、どことなく古臭い。

この程度の写真をおれに買いとれっていうのか、このおっさん？　正気かこいつ。いや、まて。

まてよ。省路は思いなおした。さきほど多胡は、おまえの母ちゃんの恥、という言い方をした。ということは、この写真のモデルの女は、おれの実母なのだろうか？

省路は、じっくり写真を見なおしてみた。

男の被写体はふたりいて、交互に、ときに揃って登場するが、女は常にひとりだ。これがおれの実母なのだろうか、と考えていて、被写体の男のひとりが、隣りに座っている多胡に似ていることに気がついた。写真のほうが、だいぶ若いが。ははあ。自作自演てわけか。モデル代を浮かすためか、純然たる趣味なのかは知らないが、自分の逸物《いちもつ》を晒したのもいっしょに売りつけようとは。ご苦労なこった。さて。

どうすべきか。省路はあれこれ策を練る。

「これを買え、っての、おれに？」

「おまえが持っとくのが筋ってもんじゃ」

「おかしな言い方をするね」

「それとも、他で売り捌かれてもええ、とでも言うつもりか」

本音では、そうしてくれていっこうにかまわなかったが、それではおもしろくない。過去を結ぶ糸が切れてしまう。

「まあ待てよ。いったい、いくら欲しいんだ？」

「一千万」

「って。おいおい」

頭、おかしいんじゃねえのと呆れてみせるのも、ばかばかしい。

「ネガごと、じゃ。全部で三千枚あまりある。ほんまはその倍以上、あったがやけど。あのとき、警察に押収されてもうての」

警察？　なんだろう、あのとき、というのは。むしろこの点のほうが省路は気になった。

「残ったもんの一部がそれや。一千万、出してくれたら、全部持ってくる。決して高うない」

三枚で一万円かよ。こんなゴミみたいな写真が。いったいどういう計算なんだ。それとも最初は高くふっかけておいて徐々に、という戦略か。

「まあ、待ちなよ。ともかくこれは仕舞って」

「買わん、言うがか」

「落ち着けって。真っ昼間に公共の場所で堂々と、ひろげるようなもんじゃないだろ」

「そ、そうか。そやの」

多胡は素直に、写真の束を封筒に仕舞う。

「あのさ。現実問題として、一千万円なんて大金を工面するのは、むりだよ」

「おまえはむりでも、親父は金、持っとるやろが。医者やってさんざんもうけて。いまや国会議員の先生や。一千万円なんか、はした金じゃ」

「おいおい。なにを言ってる。おれだからこそ、これをここで止めておけるんだぜ。おふくろのポルノ写真、一千万円で買えと親父を脅してみろ。前の妻にはなんの愛情も残ってない男だ、不名誉もくそもあるか。すぐに警察に訴えられるぞ」

はたして父親がほんとうに、前妻に対する愛情が残ってないかどうか省路は知らないが、ここはそう決めつけておく。

「そ、そうか」もっともだと解したのだろう、多胡は、しゅんとなる。「それもそやの」

「ここは冷静に相談しよう。判った。たしかに、これは親父には秘密にしておいて、おれが買いとってあげるのが筋のようだ」

「そ、そやろ？　な？　な？」

「ただし、さっき言ったように、いっぺんにまとめて、というのはむりだ。そこでなんとか、妥協案を出してもらいたい」

「値下げしろ、いうことか？　これでもかなり勉強しとるつもりやぞ」

「うーん。じゃあ、少しずつ買いとる、というのはどう？」

「例えば？」

「今日は何枚、持ってきてるの。まさか、三千枚全部、そのカバンに入ってるわけじゃないんだろ」

「これは」と別の封筒を取り出した。「こっちと合わせて、百枚くらいかな」

「じゃ、それを二万円で、どう」

「あ、あほ吐《ぬ》かせ」

「だから、ネガは抜きで、だよ」

「へ？」

「これからおれが金が工面できるときに、百枚ずつ二万円で、少しずつ買いとってゆく」

「全部で六十万円にしかならん」

「だから、ネガはあんたが持ってればいいんだよ。判らないかな」

　多胡は疑わしげに、省路を睨んでくる。

「腹を割って話そう。たとえ少なくても、あんたは当座の金が欲しい。そうなんだろ？　まあいいから聞けって。いっぽうおれは写真とネガ、全部買いとりたくても、一千万円なんて金は、逆さに振ったって出てこない。しかし将来、それ相応の金が手に入ることになるかもしれないじゃないか」

「将来って、いつ」

「親父が死ぬ、とかしてさ」

　途端に多胡の眼が、らんらんと輝いた。

「いっぺんにはむりだから、少しずつ買いとってやる。あんたもたすかるはずだ。虎の子のネガは持っていればいいから、腹は痛まない。だろ。そうしていずれ、おれにまとまった金ができたら、あんたの言い値でネガごと譲ってくれたらいい。どうだい。これこそが妥協ってもんだろ」

　腕組みし、多胡は考え込んだ。自分の損得を必死で勘定しているようである。

「あのな、百枚で三万円、にしてくれんか」

「二万五千円」

「二万と八千」

「だめだ。二万五千円が限度。これが不満だと言うなら、今日のところは諦めてもらおう。ようく考えてみることだね」

　多胡はこの線で絶対に妥協するという読みが省路にはあった。もしも三千枚にも及ぶ写真とそのネガが実在するのなら、それを保管するねぐらだって、多分あるのだろう。換言すれば多胡は、いますぐまとまった金がないと路頭に迷うほど切羽詰まっているわけではない、と推察される。単なる小遣い稼ぎのつもりならば、とりあえずこの程度で我慢しておいたほうが、長い目で見て得、という計算は働くはず。はたして多胡は、こう吐き捨てた。

「ええい。判った。判ったわい、もう。二万五千でええ。そのかわり、ネガを買いとるときは、奮発せえよ」

「おれが出世するのを祈ってくれよ」

一万円札二枚と五千円札一枚を受けとり、多胡は舌打ちした。

「ったく。おまえは、おまえは」ふたつの封筒を手渡そうとして多胡はふと、まじまじ省路の顔を見つめた。「しわいやつじゃ。ほんま。顔はそんなに香代子に似とるのに」と妙に眼を潤ませる。「若いときの香代子、そっくりやのに。中味は、大月の婆さん譲りか」

香代子……それが実母の名前なのだろうか。だとすると、大月の婆さんというのは母方の祖母のことだろう。よし。これで少しずつ過去をたぐりよせる糸を確保した。百枚ずつ写真を買いとってやるという口実で、この多胡と会い、それとなく話を聞き出していこう。

「次は？　いつ買うてくれる」

「そうだなあ」

本音を言えば、省路は明日でもよかったが、つけ込まれる隙を与えてはいけない。

「ま、来月、だね」

「来月いうたら、もうすぐやんか。いつじゃ」

「月末あたりかな」

「とことん、殺生なやつじゃの」

「だって、しょうがねえだろ。コマ単位でも給料は、ひと月にまとめてしか、くれないだから」

「不景気な話じゃ、ったく。バルブとかいうんは、どこ行ったがや」

そりゃ「バブル」だろと内心つっ込みながら、省路は多胡と別れた。

〈きっちんパーク〉で夏目嬢と軽口を交わしつつ、いつもの肉料理を堪能するあいだ、省路は封筒の中味のことを忘れていた。

ビールとワインでほどよく酔っぱらい、自宅へ戻る。母屋から離れへゆく渡り廊下の途中で、ふと立ち止まった。封筒のなかを覗いてみる。

どうしようかな、これ。別に要らないし、なあ。捨ててもいいんだが、うっかりゴミに出すのもなんだし。かといって、いちいち裁断するのもめんどうだ。

ま、しばらくどこかに仕舞っておくか。離れの洋間のテーブルに、封筒を放り出した。リモコンでテレビのスイッチを入れ、ソファに座る。

放り出した勢いで、封筒から写真が何枚か、はみ出ていた。これが、おれの実母――なのか、ほんとうに？

(若いときの香代子、そっくりやのに)

香代子……か。おれはそんなに、この女に似ているんだろうか。少し興味をそそられ、省路は一枚ずつ写真を見ていった。

ドラマの再放送の音声をぼんやり聴きながら、女の顔が写っている構図と、そうでないものを選《よ》り分ける。女の顔が写っていない場合、ほとんどが性器結合シーンだ。女筋の浮いた胴回りの太い男の逸物が深い叢を掻き分け、襞《ひだ》を捲り返して、女にずっぽり埋め込まれているさまが鮮明に撮れている。なかには同時に肛門《こうもん》にもぐり込んでいるものもあり、さまざまだ。

女の顔が写っていても、白眼を剝いて男のものを喉の奥まで咥え込んだ構図では、参考にならない。そうやって選り分けてゆくと、約百枚の写真のなかで女の容貌をまともに判別できるものは、二枚しかなかった。いずれも女は、屹立《きつりつ》した男のものに頰ずりし、カメラ目線で笑っている。黒い怒張と、女の妖艶な微笑の対比がグロテスクだ。最初見たときはそれほどとも思わなかったが、なかなか色香漂う、いい女だ。

省路に似ているかというと、強くは否定できないが、そっくりだと首肯もできない。そんな程度か。まあ写真のなかの女は、おそらく四十前後。多胡が言ったように、彼女が若かった頃は、もっと似ていたのかもしれないが。

聞き覚えのある軽快なメロディに、ふと省路は顔を上げ、テレビ画面のほうを見た。ドラマではなくCMになっている。〈メイド・オブ・ザ・ミスト〉という、豊仁市でいちばん大きなシティホテルに入っているカフェの宣伝だ。

顔は映っていないが、若そうなカップルがホテルのエントランスに入ってゆく。その背景にカフェの出入口が映り込むという趣向だ。そのカップルは撮影中、たまたまそこを通りかかった一般人なのだろう。少なくとも省路の眼にはそう映った。顔が見えないまま、ふたりの男女は親しげに、客室エレベータのほうへ向かい。そして。

帰郷以来、いままで何度も省路は、このCMを見たことがあった。が、興味がないので、先刻のメロディが聴こえてくると、注意が他に逸れたり、別のチャンネルを回したりして、まともに最後まで見ないのが常だったのだが。

腕を組んだカップルのバストショットになった、そのとき。女の右手。その甲のあたりがアップで映った。なか指と、くすり指のあいだの付け根。そこに。

そこに黒子があった。あの黒子が。

三つの黒子。互いを線で結んだら、三角形になりそうなあの黒子を見た、瞬間。

省路の脳内宇宙で爆発が起こった。

2

自分には性欲がない——これまで省路はそう思い込んでいた。そして不能だ、と。実際、学生時代も海外放浪時代も、どんな際どいシーンを目の当たりにしようが、女性から実際に刺戟を受けようが、可能な状態になったことは一度もない。従って未だに童貞だったが、それを苦にしたこともない。そもそも性的に興奮するとはなにか、満足を得るとはどういうことか理解できない。想像力が及ばないから、自慰行為すら知らずにいた。

そんな省路が〈メイド・オブ・ザ・ミスト〉のCMを見た途端、暴発した。我に返ると、裸になってベッドにひっくり返っていたのだ。いつ洋間からベッドルームへ移ってきたのか、判らない。息も絶えだえで、己れの怒張を握りしめたまま、あられもない母の写真の数々をむさぼっている。シーツといわず、自身の腹部といわず、床といわず、あちこちに白濁した体液が飛び散っていた。

己れの意思に反して右手は動き続けていたが、もう何度となく射精したものは、硬度こそしつこく保ってはいるものの、もはや空気以外、なにも出てこない。こうして省路にとって、地獄のような日々が幕を開けたのだった。

激しい性欲に目覚めた省路は、体力が回復するや真っ先にソープランドへ走《たけ》った。ところが、生身の女を前にした途端、あれほど猛っていたものが、嘘のように萎えてしまう。どんなタイプの女でも同じだ。なにをどうしようとも、まったく可能になってくれない。

ふと気がついてみると、省路を勃起させるもの、それは母の写真だけなのだ。いや、正確に言えば、母の写真が想起させるもの……繭子。繭子。いまや鮮明に甦った、繭子のあの乳房。一度はこの掌のなかにおさめた、あの感触。そして嵐のなかで舞い踊っていた、彼女の素脚《すあし》。

母が多胡たちとからんでいる写真を見ると、連想するのは繭子。繭子。繭子。赤いジャージィのズボンを脱がされる彼女の姿なのだ。十三年前の八月十七日という呪わしい共通点が、イメージの連鎖を省路のなかで、がっちり堅固に定着させてしまっている。

週に二日の出勤と〈きっちんパーク〉での食事以外、省路は時間があればベッドにひっくり返り、自慰に耽った。ただひたすら。

多胡兄弟に挟まれて喘ぎ、悶える母の痴態を見ると、体操服の上着はそのままに犯されそうになる繭子の姿が浮かんできて、果てしない欲望にかりたてられる。しかし何度射精しようとも、満足は得られない。満たされぬばかりか、省路の胸を穿った空虚は、ますます大きくなってゆく。

虚無。また虚無。省路の前に拡がるのは、果てしなき虚無だった。自慰行為を重ねれば重ねるほど、飢餓感が募ってゆく。己れを握った瞬間から、もうそこには絶望が見えている。それでいて、自らをこすりたてるのをやめることは、できない。無我夢中で射精、また射精の毎日。

こんな淫らな母の写真が、まだ二千九百枚もあるのか、そう思うと省路は眩暈がした。すべて手に入れずにおくものか。いつしか空気しか出なくなり、虚脱するたびに、新たな渇望とともに胸に誓う。多胡からネガごと買いとるための一千万円、強盗でもなんでもして工面しなければ、と本気で焦る。いてもたってもいられない。

もちろん、自分がほんとうに執着しているのが母親ではないことを、省路はよく理解していた。これらの写真はしょせんイメージの触媒であり、そして代替物なのだ。繭子の。

繭子。繭子、繭子、繭子。彼女に対する熱病のような執着。どうしてこんなにきれいに忘却していたのか。あの乳房の感触を、なぜ。シバコウに赤いジャージィのズボンを毟《むし》りとられて空中に踊った、あのきつね色の素脚を、どうして。マユちゃん。マユちゃん。マユちゃん。

すり切れるほど陰茎をこすりたてたところで、決して想いは叶《かな》わない。かろうじて母の痴態写真が、あの瞬間のよすがなのだ。そう。三角形の黒子によって繭子の記憶が甦った途端、省路のなかで欲望も復活し、爆発した。中学生の頃、日々もてあましていた欲望が再び。マユちゃん。

マユちゃん。おれは。繭子を手に入れなければならない。自分のものにしなければならない。いつしか省路はそう決心するに至った。

なんとしても繭子の肉体を我がものにしないと、おれは頭が変になってしまう。そのためには手段を選ばない。なにも怖くない。この命も惜しくない。心の底から、そう思った。なんとしても。なんとしてでも。

しかし具体的に、どうしていいかが判らない。繭子の居場所をいったい、どうやって探し当てたものだろう。全然見当がつかない。

考えたのは中学校の卒業アルバムだが、履歴書を書こうとしたとき、すでに見当たらなかった。改めて探せるところはすべて探した結果、自宅のどこにも存在しない、と結論せざるを得ない。

かたちばかりにせよ南白亀中学校首尾木分校を卒業したことを、いまやはっきり憶い出した。卒業アルバムも手にとってみた記憶がある。だが、どこにもない。あの十三年前の忌まわしい事件を封印するため、処分したのかもしれない。自らどうかした覚えはないが、あるいは父がやったのではないか。充分あり得ることだ。


省路は学校の職員室に保管されている豊仁義塾学園高等部の過去十五年分の卒業アルバムを、自分の卒業年度に限らず、かたっぱしから見てみた。巻末に卒業生の連絡先が記載されている。首尾木村出身者を探してみた。しかし、該当者はいない。どうやらこの十五年、首尾木村から豊仁義塾へ進学したのは、省路ひとりらしい。

カンチは……ふと、なつかしい顔を省路は思い浮かべた。記憶のなかで空知貫太は、中学生のまま。そういえばカンチは、どこの高校へ行ったのだろう？　あんなに頭がよかったのだから、豊仁義塾か、それと同レベルの進学校でもおかしくない。が、少なくとも空知貫太の名前は、省路の卒業年度に限らず、どのアルバムにも見当たらない。

なにも収穫なし、か。再び自分の卒業年度のアルバムをひらいた省路は、うっかり全職員の集合写真ページを眼にしてしまう。『川嶋浩一郎』という名前に焦点が合い、頭に血がのぼった。

シバコウ……あいつ。くそっ。

首尾木分校にいたときには掛けていなかったメガネの顔は、ややふっくらして二重顎気味になっている。が、まちがいなくシバコウだ。あの男だ。

アルバムを持つ手がぶるぶる震える。そのページをびりびり引き裂きたい衝動を、省路は、ぐっとこらえた。あの日の屈辱が甦る。

　十三年前。小学校の旧校舎の教室で、省路は花房朱美を犯すよう強要された。むろん、そんなこと、できるわけがない。焦れたシバコウのやつ、おれのものをせっとしごき始めやがった。なに考えてたんだ、あいつ。それとも、もともとそのけがあったのか。そのうち床に四つん這いにさせられた、あのときの恐怖と激痛。

　そうか。そうだったのか。やっと憶い出した。なぜ自宅に高校の卒業アルバムがないのか。おれは、あれを燃やしてしまったんだ、配布されるや否や。自宅の庭で。他の同級生たちのものも全部、そうして灰にしてやりたかった。川嶋が写っているアルバムなんて存在するだけで、おぞましい。

　入学と卒業の記憶はちゃんとあるのに、どうして高校生活に関する思い出が曖昧なのか、これで判った。すべて川嶋のせいだ。なにかを思い返そうとすると必ず、あいつのイメージが、ダブってくる。川嶋を連想させるものはすべて、封印するしかなかったのだ。

　皮肉なことに、編入学後、省路の成績が飛躍的にアップしたのもある意味、川嶋のお蔭だ。学校へ行くと、あいつがいる。川嶋の授業を受けたこともある。逃れようがない。その現実を少しでも忘れようと、なにかのめり込めるものを探した。たまたま選んだのが勉強だった。それは驚くほどの集中力をもたらしたのだが、むろん、だからといって川嶋に感謝する気などない。

　あの野郎……殺す。この手で必ず。省路は心に決めた。レトリックではなく、文字どおりの意味で。いまどこにいるか知らんが、必ず見つけ出して、ぶっ殺す。いや、その前に。

　川嶋なんか、後回しだ。少なくともこの学校に勤めていたことは事実なのだから、その後どうしたかは、事務室にでも問い合わせれば簡単に判明するだろう。いまはそれよりも。

　それよりも、繭子。繭子のことだ。

　首尾木村の出身者、または関係者がひとりも見つからない以上、この方面から繭子の行方を探すことはできそうにない。では、どうしたらいいのか。省路は念のため、南白亀中学校の事務室に電話してみた。首尾木分校は過疎化のため、すでに廃校になっているという。分校の卒業生名簿は本校で管理しているが、そのような問い合わせには応じられない、という答えだった。

地元テレビ局にも電話してみる。〈メイド・オブ・ザ・ミスト〉のCMに映っている男女の素性を問い合わせたが、たまたま通りかかった宿泊客を撮影したものなので確認できない、と言う。あのシーンが演出だという発想が微塵もなかった省路は、その答えに、あっさり諦めた。

手詰まりだ。どうすりゃいい。頭をかかえた省路は、ふと思いついた。そうだ、多胡昭夫。いまや彼に関する記憶も完全に取り戻した省路の頭に、妙案が浮かぶ。そういえば、あいつ昔、興信所の仕事をしてたんだっけ。悪徳の類いで警察にもお世話になったとはいえ、探偵は探偵だ。いまでもその腕が衰えていないなら、あるいは、と。

あの男のことだ、調査の依頼をする以上、かなり謝礼をふっかけられるだろう。それはまあいい。いきなり一千万円はむりだが、父親から定期的に生活費をたっぷり振り込んでもらっているので、金には不自由していない。ただ問題は、省路が特定の女性に執着していると多胡に知られるのは、まずくないか、ということだ。致命的な弱みを握られることになりはしまいか？

あるいはちょっとした工夫で、なんとかなるかもしれない。要するに繭子だけでなく、空知貫太、そして川嶋浩一郎、首尾木村事件の生存者たちの近況を知りたいので調べてみてくれ、という名目で依頼するのだ。これならば、繭子ひとりに固執していることは知られずにすむ。しかし、調査対象が増えれば、報酬と経費も値上げされよう。それをきっかけに多胡のやつ、つけあがるかもしれない。さて、どうしたものか。

あれこれ検討の末、多胡を使う案は保留することにした。まだまだ検討の余地がありそうだ。一刻も早くなんとかしたいのはやまやまだが、急いて、ことをし損じては、なんにもならない。

母の写真は、ウォークインクローゼットの大型金庫のなかに厳重に仕舞っておくことにした。自慰行為のたびにいちいち取り出すのは、めんどうといえばめんどうだが、枕もとなどに放りっぱなしにしておく気には到底ならない。いくら独り暮らしとはいえ、万一空き巣にでも入られたらおおごとだし、後援会の会合などで父が突発的に帰郷したりすることもあり得る。油断できない。

十月五日、木曜日。

再来週には中間考査がある。省路にとって初めての、受ける側ではなく出題する側としての経験だ。期限はまだ先だったが、早めにテストを作成し、教科主任にチェックしてもらう。用紙を印刷し、金庫に仕舞うと、ホッとした。

　校舎を出てきたところで、多胡と出喰わした。あの大きなショルダーバッグを携えている。

「おいおい」はやる心を抑え、省路はつとめてそっけなく、呆れてみせた。「来月とは言ったが、ちょっと早すぎるんじゃないの」

　多胡は動じず、卑屈な上眼遣いで省路を、じっと見る。

「どやった」

「なにが」

「香代子の写真に決まっとるが」

「どう、と言われても、ねえ」

「なかなか、ええ出来やろ」

「写真そのものは、ね。いい仕事だと思うよ」

「興奮したじゃろが」

「って。いや、自分の母親の裸を見せられても、ねえ。ま、あんたたちの肉体美には少々感心したし、アングルも凝ってたとは思うけど」

　とはいえ、どれも変わりばえしないよね——そう皮肉を付け加えてやろうとして、タイミングを逸してしまった。

「使えるやろ、案外」

「え？」

「抜いたやろが、おまえ。あの写真で」

「まあ、一回だけ、な」

　やってないと完全否定すると、却って嘘臭くなるかもしれない、そう判断して肩を竦めてみせたのだが、外堀を埋められているような気もした。

「今日は、どや」

「買いとれってこと？　そうだなあ」本音ではすぐにでも新しい写真が欲しかったが、ぐっと我慢し、渋ってみせる。「言っとくけど、もし今日、百枚を買いとるなら、次は来月ってことになる。あいだがずいぶん空くよ。あんたがそれでもいいって言うのなら、ひきとるけどさ」

「それでいい。ほれ」

　せわしなく封筒を取り出すや、省路の手に押しつけてくる。やれやれ、わざとらしく嘆息してみせ、省路は二万五千円を多胡に払った。

「来月は何日に」

「いまそんなこと言われたって、決められないよ。ま、適当に」

うるさげに、そっぽを向いて多胡と別れた省路だったが、この日は〈きっちんパーク〉でのランチはパスし、一目散に自宅へ帰った。

＊

十月二十四日、火曜日。

懸案の中間考査は終わった。採点し、成績入力も済んでいる。だいたい要領は判ったので、期末考査もなんとかなるだろう。三学期、高等部三年生は一月を除き、卒業式まで完全に自由登校なので、もっと楽になる。そう思うと、出勤する省路の足どりもかるい。三時限目の授業へ行く前に、事務室へ寄った。

ドアを開ける。と、それまでなにやら深刻な面持ちでお喋りしていた事務員たちが、ぴたりと口を閉ざした。おずおずこちらを向いた女性事務員、省路だと見てとってか、露骨に安堵したみたいに「あ、ども。おはようございまーす」と普段以上の愛想を振りまいた。

出勤簿に判子を捺し、廊下に出てドアを閉める直前、またひそひそ話し込む声が洩れてきた。なんだろう？誰かの噂話か。それにしては不穏な空気だったが。なにかあったのだろうか。

いつもどおり職員室へは寄らず、直接、高三の教室へ行った。すると、それまでがやがや騒がしかった生徒たちが、省路が入ってくるなり、しん、と静まり返る。

日頃から省路がやってくれば、立っていた生徒は席につき、お喋りもやめるのが常ではあるが、これほど見事に切り換わることは、まずない。それがいま、みんな静止して息を詰め、教壇のほうを注視してくる。なんなんだ、この異様な雰囲気？

起立。礼も、いつもはだらだら、とおりいっぺんなのに、今日は軍隊の訓練みたいに、ぴしっと統制がとれている。

「えーと」数えてみると出席者はわずか九人。これでは自習にするしかない。「入試問題のプリントをやりたいひとは、手を挙げて。あとは、それぞれで自——」

「先生」

と、メガネを掛けた女子生徒が挙手をした。名前が出てこないが、たしか英語の成績はトップで、はっきり言って、なにか質問したいのなら、省路より彼女に訊いたほうが早い。

「ん。なに？」

「米田先生、どうなるんでしょうか」

　音楽教師の米田美郷のことか、と省路が察するまで、ちょっと間があいた。

「どうなる、って。なにが」

「やっぱり学校、辞めさせられるんですか？」

「ちょ、ちょっと待て。なんの話だいったい。米田先生に、なにかあったのか」

　えーっ、と他の生徒たちから、どこか、なじるみたいな合唱が湧き起こる。

「先生、知らないの？　阿部先生の死体、見つけたのが米田先生だってこと」

「なにを言ってるんだ、みんな。阿部先生が、どうしたって？」

　え、えええええーっと、さらにボリューム倍増。教室内は批難囂々《ごうごう》の坩堝《るつぼ》となった。しかしなんで、おれが責められにゃならんのだ。省路は不条理な思いにかられつつも、たじたじ。

「知らないの？　先生、ほんとにほんとに、知らないんですか、阿部先生のこと」「ニュース、見てないの？　マジ？」「テレビも？」「信じられない。今朝の新聞にも、あんなに大きく」

「あーっと。わかった判った」あまりの勢いについうっかり、おれが悪かったと口走りそうになってしまった。「判ったから、みんな、座れ。たしかにニュースは見ていない。なにも知らないから、きちんと説明してくれ。阿部先生が、どうしたって。死体って、さっき言ったようだったが、いったいそれはどういう」

　教室が静けさを取り戻すと、省路も含めた全員の視線が、さっき挙手した女子生徒に集中する。

「……阿部先生、殺されたんです」

「ほ」阿部照英とはまだ直接顔を合わせたこともないが、さすがに驚いた。「ほんとか」

「独り暮らしの自宅で。それを昨日の朝、発見したのが米田先生だったそうです」

「ちょっとまて。まさか、そんなことまで報道されてたんじゃないだろ？」

「ニュースでは、訪ねてきた同僚としか言ってなかったけど、それが米田先生だってこと、もう学校じゅうが知ってますよ」

「そう。そうなんです」メガネの娘の隣りの女子生徒が、ここぞと勢い込んだ。「だから、問題になってるんです」

「問題？　って。どういうふうに」

「米田先生が、なんで月曜日の朝、わざわざ阿部先生の家へ行ってたのか、その理由が」

「理由って、そりゃ決まってる。殺された、って言ったよな？　殺された以上、昨日の朝、阿部先生は出勤してこなかったんだろ。それを心配した米田先生が、自宅へ様子を見に――」

「ちがいます、って」「誰がそんな」「先生、それちがう。全然」「話が見えてなーい」「勝手に話、つくっちゃ、だめー」

「だいたい教科がちがうのに、なんで米田先生が阿部先生の様子、見にいったりするんですか」

たしかに。同じクラブの顧問だから勘違いしそうになるが、米田美郷は音楽科。阿部の様子を見にゆくなら数学科の者だろう。

「そもそも、ですね。昨日の朝、阿部先生だけじゃなくて、米田先生も職員朝礼には来ていなかった、というんです」

「なんだか混乱する。もっと判りやすく、最初からきちっと、まとめてくれ」

まとめると、こういうことらしい。米田美郷と阿部照英はともに、月曜日の一時限目の受け持ちがない。それを利用して朝六時頃から阿部の自宅で、これまで逢い引きを重ねていた、というのだ。適当な理由をつけて職員朝礼はパスし、学校には九時過ぎにやってくる。

「早朝に逢い引き？　なんだってまた、そんな、めんどくさい真似を」

「米田先生、旦那さんにばれないよう、工夫してたんですよ、きっと」

「え。米田さんて、結婚してんの？」

「って。先生」「そんなことも知らないの？」「なんでそんなに」「なんにも知らないんですね」「もうほんと」「ねえ」「呆れた」

阿部のほうは独身だという。いつ結婚してもいいようにと新興住宅地に一戸建てを買い、そこで独り暮らしをしていたらしい。なかなかしっかりと人生設計してたんだなあと、なにしろ本人を知らないものだから、そんな感慨しか省路には湧いてきようがない。

なるほど、と納得もした。阿部のことは知らないが、美郷はいかにも、歳下の男を積極的にリードするタイプに思える。できるべくしてできた不倫カップルだったのだろう。

昨日の朝、美郷はいつもどおり、夫にはクラブの朝練だと偽り、自宅を出た。阿部の家で彼といっしょに過ごした彼女は、たまたま外せない用事があったため、普段よりも一時間ほど早く学校へ着けるよう、ひと足先に出勤した。途中で忘れものをしたことに気づき、引き返したところ、さっき愛し合ったばかりの阿部照英が半裸姿で殺害されていて、慌てて通報した――という。

「ふたりは不倫していた、と。思わぬ殺人事件で、それがばれてしまった、と。それは判ったが、なんでそこから、米田先生が学校を辞める云々の話になるんだ」

「だって」「そうなるでしょ」「ねえ」「前だってさあ」「そうそう」「前例、あるし」

「前例？　おいおい、ほんとか」

どうやらほんとうらしい。いまの高等部三年生たちが中等部二年生のときの話で、新任の女性講師に妻子持ちの男性教諭が手をつけ、発覚。結果、ふたりとも学校を去ったのだという。

「しかしそれは、別に馘首《かくしゅ》されたんじゃなくて、本人たちが居づらくなって辞めただけの話なんじゃないの？」

「辞めさせられた、って言ってたよ」「ね」「オミ爺が怒って、校長先生に言い上げて、それで」「ねえ」「うん。辞めさせたって」

思わぬところで、なつかしい言葉が出てきた。オミ爺とは、塩見という国語教諭だ。厳しい生活指導ぶりには定評があり、塩見の「おみ」と「鬼」をひっかけた渾名である。省路が在学中から、もうすでに引退寸前のような風体《ふうてい》だったが、あのひと、まだ現役だったのか。

「それにしても、みんな、そういう噂はいったい、どこから伝わってくるんだ？」

「なんとなく」「うん。なんとなく」「みんな知ってる」「っていうか、先生」「先生のほうが、知らなすぎ」「なんで知らないの。ね？」

「普通、知らんだろ。そんなこと」

「だって、さあ」数人の女子生徒が、なにやら意味ありげに眼配せし合う。「先生と米田先生って、仲いいんでしょ？」

「それほどでもないよ。どうして、そんなふうに思うんだ」

「この前、玄関ホールのところで、こう」と隣り合った娘たち同士で抱擁してみせる。「米田先生と親しげに。ね？」

「そんなこ――あ」

そうか。あのポスター貼りを手伝ったときかと、ようやく思い当たる。そういえば美郷に腕をかるく叩かれたが、抱き合ってなんかいないし、誰かに見られていたなんて、ちっとも気づかなかった。なんとまあ、油断のならない。

しかし、なるほど。判ったぞ。こんなふうにして情報は収集され、噂が飛び交ってゆくわけか。

「あれはだな、なんにもなかったの。ただポスターを貼るのを手伝」

しかしとっくに生徒たちは、省路には関心を失っていた。彼を置き去りにして、ひたすら阿部照英殺害事件の話題で盛り上がる。

米田美郷は学校へ来られなくなるだろう——との見解で全員が一致していた。そして、なしくずしに辞職し、幕引きだろう、と。懲戒処分はなしで、依願退職というかたちでと、おとな顔負けの読みまでする生徒もいる。

そんなものなんだろうか。省路は釈然としなかったが、翌々日の木曜日、事務室へ行ってみると、たしかに出勤簿の米田美郷の欄は、月曜日、火曜日、水曜日、そして今日と空白になっている。

翌週の火曜日。十月の末日にも、美郷の判子は捺されていなかった。十一月になっても、まるで出勤する気配がない。

気にはなったが、まあ自分には関係ない話だ。それより省路は相変わらず、多胡から新しく買った写真を眺め、悶々とする日々。どうやって繭子の行方を探すか、いい考えはさっぱり浮かばぬまま、自慰行為の回数ばかり増えてゆく。

十一月十四日、火曜日。

授業を終え、省路が校舎から出てくると、多胡が並木通りで待ち伏せしていた。

今月は中旬まで待っていたのだから、こちらから断る理由はない。省路は内心、はやる気持ちを抑えて、多胡に近寄った。

「今日は、ちょっとな、別のもの、持ってきた」

「え？」

多胡はビニール袋を取り出した。ひらくと、なかに黒い、もこもこした布の塊りが入っている。

「なにこれ？」

「これの、な」写真を詰めてあるとおぼしき封筒を多胡は、かさかさ振ってみせる。「撮影したとき、香代子が身につけとった下着」

予想もしなかった激しい興奮が突き上げてきた。省路のズボンの前が突っ張る。多胡にばれやしないかと、ひやひやした。

「おいおい」平静を装うのに苦労した。「その手には乗らないよ。下着なんて、どれも同じだろうが。おふくろがほんとうにそれを着たという保証が、どこにあるんだよ」

多胡は答えず、にやにやしている。見透かされているような気がして、省路はむきになった。

「悪いが、買えないなそれは」

「わかった判った」鷹揚《おうよう》な仕種で、そのビニール袋を省路の手に押し込んでくる。「せっかく持ってきたことやし。サービスしとくわ。な」

「こんなもの、もらっても仕方がない。だいいち隠し場所に困るよ」

「親父はいま、おらんやろが」

「ときどき帰ってくるんだ、月いちくらいで」我ながら、もろに嘘臭く聞こえる。そんなに頻繁には帰ってこない。

「地元の後援会との会合とか、ほら、いろいろあって」

「まあええから、ええから。な」

くそっ。主導権を握ったつもりでいやがる。このままだと足もとを見られて、値段を吊り上げられかねない。

「来月は師走《しわす》だし、忙しい。なにかとものいりだから、買いとれるかどうか、判らないからな」

せいぜい冷たく釘《くぎ》を刺してやっても、まるで効果なし。

「そうかそうか。ほんなら正月に、二百枚、まとめて持ってくるわ。な。まだ親父に、お年玉、もろとるがやろ？」

と多胡に余裕をかまされる始末だった。

前回同様〈きっちんパーク〉でのランチをパスして、まっすぐ帰宅した省路は、しばらく怒りがおさまらなかった。が、その怒りも、買いとったばかりの写真を眺めているうちに、あっさり性的興奮にすりかわる。

今回はすべてモノクロで、写っている母も、ずいぶん若い。すっきり身体が引き締まっているし、髪もふんわりボリュームがある。もしかしたら二十代かもしれない。印画紙は古ぼけていないので、新しくプリントしなおしたのだろうが、それにしても、こんなに昔から撮影の趣味があったのか。

ブラジャー、パンティ、ガーター、ストッキングとすべて黒で統一した母はカメラに向かい、蠱惑的なポーズを決める。省路はつい、多胡からもらったビニール袋を開けてみた。黒い下着、四点セットをひとつずつ取り出しては、ひろげる。あさましいと思いつつ、匂いを嗅いでみた。よく考えてみれば、長い歳月を経て、母の残り香がある道理もない。ひとり赤面しながら、写真と見比べてみる。たしかに同じ下着のようだが。

そういえば今回は、どれも母が立ったり、寝そべったり、後ろ向きだったり、ひとりでポーズをとっているものばかりだ。多胡たちとのからみは、なしか。そう拍子抜けしていた省路は、不意打ちを喰らってしまった。

ある一枚の写真。一瞬、ぎょっとした。下着姿の母の股間から、艶々《つやつや》と黒光りするペニスが、にょっきり生えているではないか。な、なんだ、ディルドか。思わず失笑しかけた省路だったが、なぜかうまくいかない。造りものの男根をいきり立たせている母の姿は妖しく、未知の官能が噴きこぼれそうで、眼が離せなくなる。

ディルドを装着したまま、さまざまな姿態を披露する母の姿が続く。と、腹這いになった男の背後から、母がのしかかっている写真が出てきた。ディルドの先端を男の尻に突き刺している。男の顔は写っていないが、おそらく昭夫か昭典なのだろう。男の尻を犯す母はどれも、楽しくてたまらないとでも言いたげに、無邪気に笑っている。

倒錯的な構図を見ているうちに、省路は興奮をおさえられなくなった。身体が勝手に動き、服を脱ぎ捨てた。そして母の下着をひとつずつ、身につけてゆく。やめろ。やめろ、なにをしている。頭のどこかで理性が錯乱していたが、自分を止めることはできない。

やめろ。こんな変態的な真似は、よせ。気持ち悪い。せんずりかくならせめて、普通にやれ。気持ち悪い。やめろやめろやめろ。嫌悪感におののく、もうひとりの自分を置き去りにして、省路は自慰に耽った。母と同じ下着をつけ、母と同じように男根をいからせて。

あの体操服……繭子が十三年前、着ていた白い体操服が脳裡に浮かんだ。あれが欲しい、そんなことを考えている自分に気づき、愕然となった。あれを着てみたい、と。この下着の上に。そしてあの赤いジャージィのズボンも。あれを。

繭子の体操服を着た自分。それを誰かにむりやり毟《むし》りとられるところを想像すると、川嶋の顔が浮かんできた。ベッドに仰向けになった自分のうえに、あの男が実際にのしかかってきたかのような錯覚を覚えた刹那、省路は射精していた。

普段なら即座に欲望が回復し、自慰行為を再開するところだが、このときばかりは勝手がちがった。正気に戻った省路は慌てて下着を脱ぎ捨て、散らばっていた写真を掻き集めた。

なにをやっている……おれはいったい、なにをやっているんだ。なんてざまだ、これは。気でも狂ったのか。気色の悪い。

冷静になると、文字どおり冷や汗が噴き出た。こんな変態のような真似は、もうこれっきりにしなくては、そう固く心に誓おうとしたとき、ふと疑問が湧いた。このディルドの写真、いつ頃、撮影したものだろう？

母の正確な歳は不明だが、どう見ても、三十以上とは思えない。仮に三十とすると、いまから二十二年前だ。省路は改めて、黒い四点セットの下着を見てみた。これが二十二年も前に使用されたものだとすると、状態がよすぎはしないか？　ひょっとして……多胡のやつ。

これらは、おそらく母が使ったものではない。似たような下着を探して買ってきて、くしゃくしゃ揉むかどうかして、使用済みをでっちあげたにちがいない。その手には乗らない、などと自信たっぷりに牽制《けんせい》しておいて、まんまと多胡の策略にひっかかってしまったわけだ。なんてこった。なんてこった、まったく。眼前が真紅に染まりそうな恥辱に、省路は身悶える。くそ。

甘くみていた。多胡のやつを、舐めすぎていた。うかうかしていると形勢を逆転される。肥大するばかりのこちらの欲望につけ込まれ、写真の値上げをされるぞ。そうはいくか。そうはいくもんか。ちくしょう。しかし。

燃えるような屈辱と羞恥は、いとも簡単に被虐的な興奮にすりかわり、気がつくと省路はまたしても母の下着を身につけ、めくるめく快楽に翻弄《ほんろう》されているのだった。来る日も、来る日も。もうやめなくては、今日こそ、もうやめなくては。射精直後は必ず悔やむのに、我に返るとまた裸になり、喜悦にまみれながら母の下着の感触に浸る。

このままではいけない、破滅の予感に省路は戦慄した。このままでは、おれは底無し沼に沈み切ってしまう。そうなる前に、なんとしても繭子を探さなければ。改めてそう決意する。こんな性癖が身に染みついてしまう前に繭子を見つけ、そしてなんとかしなければ。おれは壊れてしまう。決定的に壊れ、もとに戻れなくなってしまう。そう焦るが、繭子を探す方法は浮かばない。

美郷も相変わらず、学校に現れなかった。出勤簿の彼女の欄が空白のまま、十一月が終わる。

十二月になった。五日、火曜日。やはり美郷の判子はない。どうやら休職扱いになっているようだ。ほんとうにこのまま、辞職に追い込まれそうな雲行きになってきた。たしかに教師という職業が職業だから不倫はまずいかもしれないが、どうも納得がいかない。そう思いつつ授業を終え、教室から出た省路は、背後から呼び止められた。

「先生、あの」

栗色のショートヘアで、活発そうな女子生徒だ。名前は知らないが、いつも座っている姿しか印象になかったせいか、テキストを持って近寄ってくる彼女は、意外なほど上背がある。

ほんの少しだけ省路は、繭子を連想した。もっとも眼前の娘のほうが、全体的に華奢《きゃしゃ》で、造作もととのっているが。

「質問があるんですけど、いいですか?」とテキストをひらき、差し出してくる。「えと。この問題、なんですけど」

おれに質問しても無駄だよ、とは言えない。どれどれと覗き込んで、え? と省路は思わず声を上げそうになった。

ひらいたページのあいだに、折り畳まれた紙片が挟んである。そこに『米田先生からです。ご相談があるので、下記の番号に連絡して欲しいとのことです』と走り書きされている。

テキストをさりげなくいっしょに持たせ、こっそりその紙片を省路の掌に押し込むと、彼女はなにやらちんぷんかんぷんなことを一方的に並べたて、「あ。そうか。やっと判った。どうもありがとうございました」と元気よく立ち去った。

省路は〈きっちんパーク〉で食事しながら、折り畳まれていた紙片を、ひろげてみた。電話番号が書かれている。これが美郷の自宅か。おれになんの用だろう?

ちょうどコーヒーを持ってきてくれた夏目嬢に、訊いてみる。

「こちらからなにもアプローチしていないのに、女性のほうから電話番号をくれて、後で連絡して、というのは、どういうとき?」

「そうですねえ」夏目嬢、真面目くさってポニーテールを揺らした。「あたしなら、ビデオデッキの配線を頼むとき、かな」

「やっぱ、そうだよなあ。色っぽい話じゃなくて、なにか頼みごとがあるとき、だよね」

　なんとなく省路は、美郷の思惑を察知できたような気がした。辞職に追い込まれずに済むよう、父に口利きを頼みたい、という話なのだろう。それしか考えられない。

「なーんだか、めんどくさいなあ」

「頼りにされるのは、いいことですよう」

「夏目さんに頼りにされるのなら嬉しいけど」

「わー、おじょうず」と流し、別のテーブルへ移る夏目嬢から紙片に視線を戻した省路は、ふと首を傾げた。

　電話番号の数字の並びに、どことなく覚えがあるような気がする。しかし、そんなわけ、ないか。自分は米田家の番号なんて知らないし、掛けたこともない……はず、なのだが。

　女子生徒からメモをあずかった件はなかったことにして無視しようかとも考えていた省路は、なんとなく気になって、自宅に戻り、くだんの番号に電話してみた。

『——はい』女性だが、美郷ではない。もっと年長者とおぼしき声は、こう続けた。『奈良岡でございますが』

え……省路は戸惑った。奈良岡。奈良岡、というと。覚えがある。たしかに覚えが、ある。が。誰だっけ？

「おそれいります。わたし、伊吹ともうしますけれど、そちらは豊仁義塾の米田先生のお宅ではないのでしょうか」

　間が空いた。どことなく、気まずい沈黙が漂ってくる。

『少々お待ちください』と声が遠のく。

　しばらくして『はい、お電話、かわりました』と今度は美郷の声だ。

「伊吹です。今日、生徒さんから伝言を、いただいたんですけど」

『ごめんなさい。忙しいときに』

「いいえ。暇ですよ。どうかしたんですか」

『事件のこと、もう聞いてるわよね。もう一カ月あまり経つし』

「阿部先生のことですか。リアルタイムでニュースを見ていなかったんで、最初は知らなかったけど。生徒たちがわいわい騒いでたので、いやでも聞こえてきました」

『じゃ、だいたい事情は知ってるのよね』

「報道されている程度のことは」

『ていうか、あたしと彼の関係』

「米田先生が遺体を発見して通報した、くらいしか知りません。そもそもおれ、阿部先生と直接お会いしたこともないんで」

『ねえ、伊吹くん。お願い。一度、会ってもらえないかしら。ちょっと相談したいことがあるの』

ほらきた。と思いつつ、ここで無下に断るわけにもいかない。「いいですよ」

『いつ、都合がつくかしら』

「えーと」めんどうなことは早めに、かたづけておくに限る。「なんなら、今夜でも」

『いいの、ほんとに？　じゃあね——』美郷は有名な料亭の名前を挙げた。『そこの個室、予約しておくから。米田じゃなくて、奈良岡の名前で。午後六時に、ということで、よろしく』

奈良岡、か。たしかに覚えがある。首を傾げながら省路は電話を切った。

出かける前に、いつもの自慰行為を済ませておくことにする。まさか美郷が料亭の個室で色仕掛けに及ぶとは思えないが、なにかの拍子に、あの色香に惑わされないという保証はない。省路は自分が、まったく信用できなくなっている。

普段どおり母の写真をあれこれ見ているうちに、ふと繭子ではなく、別のイメージが湧いてきた。黒いスパッツに包まれた女の下半身。むっちり肉置《ししお》きのいい、まるで艶々と黒光りする巨大なナスのような。これ……これは、誰だっけ？

射精してから、省路は憶い出した。そうか。小久保のおばさんだ、と。繭子の母親。しかし、なぜ彼女のイメージが唐突に湧いてきたのか。あの凄惨な殺害現場。首尾木村の小久保家の畳敷きの部屋で、上半身はベージュのブラジャーだけで倒れていた、おばさん。首を掻き切られ、頭部が胴体から離れそうになっていたあの遺体が、いまなぜか、ひどくエロティックに迫ってくる。

中学生のとき省路は、繭子の母親に対してたびたび性的な妄想を抱いていたものの、実際に彼女を思い描いて自慰に耽ったことはない。スタイルは抜群だが、顔がいまいち美人ではない、と感じていたからだ。妄想のお伴といえば、あの頃は断然、花房朱美だった。だが。

いま花房朱美のことを思い描いても少しも、もやもやした気分にはならない。彼女の無惨な遺体を見てしまったという事実はこの際、関係ない。繭子の母親だって負けず劣らず、酸鼻を極める死にざまを晒していたのだ。それが。

あの黒光りするナスのような下半身が脳裡に浮かんだだけで、放出したばかりの省路のものはたちまち、むくむくと回復する。

スパッツ。スパッツ、か。繭子の母親があの日、穿いていたようなスパッツは、どこで買えるのかと考えている自分に気づき、愕然となる。我に返ったとき省路はすでに、自宅からけっこう離れた量販店にいた。一階の食料品コーナーではなく、二階の日用品コーナーに。

スパッツは見つけられなかった。というより、どのコーナーを探したものか見当がつかなかった。かわりに女性用下着売場を見て回る。厚手の黒いタイツがあった。そうだ、これでもいい。必要もない他の日用品にまぎれ込ませ、省路はそのタイツを買った。いかにも家族に頼まれて仕方なくというふりを装い、ベージュのブラジャーもいっしょに。まるで生まれて初めてアダルト雑誌を手にとる少年のような心地で。

自宅の離れの寝室で省路は、買ってきたばかりの黒タイツとベージュのブラジャーを身につけた。あの日、首を切られてころがっていた繭子の母親のように床に、ごろんと寝そべってみる。

記憶を探り、死んでいる繭子の母親の姿勢を真似ようとすると、下半身をぴっちり包み込むタイツの生地がこすれ合い、それだけで全身に甘やかな痺れが走った。自らを彼女の遺体に見立てる趣向は予想以上の興奮をもたらし、じっとしているだけで省路のものは、ぎちぎち股間の生地を押し上げる。最後まで一度も手を触れもしなかったのに、おびただしい量の精がタイツのなかに放たれた。

おれはなにを……なにをやっている。母の下着をつけて自慰に耽るとき以上に己れに危ないものを感じ、省路はタイツとブラジャーを脱ぎ捨てた。陰毛にからみつく精液の粘っこい感触が忌まわしい。繭子のことを思い浮かべるならともかく、なぜいまここにきて、小久保のおばさんがこんなにもエロティックに迫ってくるのだ。しかも生きている彼女ならまだしも、遺体の状態で、なんて……もはや変態どころの話じゃない。異常だ。おれは異常だ。

それにしてもなぜ。なぜいま小久保のおばさん、なのか。午後六時。指定された料亭の個室に案内され、美郷の顔を見たとき、省路はようやくその理由が判ったような気がした。

「そうか……」思わずそう呟いた。「奈良岡さん、だったんですね」

え、と美郷は眼をしばたたいた。

「十三年前、首尾木村事件のとき、中学生だったぼくが、現場から電話したのは、あなただったんですね」

奈良岡という名前に、彼の無意識が反応し、事件のとき目撃した数々の凄惨なシーンのなかから、繭子の母親の遺体が特にエロティシズムの象徴としてクローズアップされた、というわけだ。そうか。そうだったのか。

「なんだ、伊吹くん、ピンときてなかったの？ って。そういえばあたしも、旧姓は名乗ってなかったっけ。いや、でもほら、豊仁に就任したばかりの年に伊吹くん、たしか高三で。学校で会って、いろいろ話したじゃない」

そうだった。省路も憶い出した。高等部三年生のとき、音楽の授業はとっていなかったが、休み時間に偶然廊下で会った。自己紹介されたときは、驚いたものだ。

（ほら。あたし。三年前の事件で。きみが電話してきた、奈良岡。奈良岡美郷。憶えてる？ そうなんだよ。あのとき、あたし大学生で。ちょうど帰省してたのね。そしたら台風だというのに、変な電話が掛かってきたものだから。その後、報道された事件の異様さ。忘れられないわ）

当時のそんな美郷の言葉も甦った。

「ね？ でしょ。あのとき、あたしまだ、奈良岡だったじゃん」

「そうでした、そうでした。すみません、すっかり忘れていまして」

道理で。学校の玄関ホールで会ったとき、あんなに親しげだったはずである。

「ともかく、来てもらって、ありがと。ここはあたしがご馳走するから」

「いや、お気遣いなく」この段階で省路はまだ、美郷の用件が父への口利きだとばかり思い込んでいたので、奢《おご》られては断れなくなる、と慌てた。「そういうわけにはいきませんから」

まあまあ、と馴れなれしげに省路の手の甲をテーブル越しに軽く叩いて、いなす。

「そうそう。阿部先生が殺された事件」

「ちょうど話題に出たから、結論から言うけど。阿部先生が殺された事件」

この前は「阿部ちゃん」と言っていた美郷が、いま「阿部先生」という呼び方をする。ふたりの関係を知った後では、よそよそしいというより、なんだか痛ましい。そんなことを考えている省路に、彼女はさらに驚くべき発言をした。

「あれって、もしかしたら、いま言った十三年前の首尾木村事件と、同じ犯人なのかもしれない」

3

「ちょ、ちょっとまってください。あの事件の犯人なら、もう死んで……」

　長年の己れの欺瞞《ぎまん》と改めて真正面から向き合う機会がやってきたことを悟り、省路は口籠もった。いや、ちがう、と。

　ちがうのだ。十三年前の事件の犯人とされた外国人の男は、たしかに死んだ。あの男、なんていったっけ。そうだ、マイケル。マイケルが真犯人ではないことを、省路は知っている。

　しかし中学三年生だった省路は警察に、村の住人たちを殺害したのはマイケル・ウッドワーズだと証言した。同級生の小久保繭子と空知貫太と、三人揃って。そう偽証しろ、と川嶋浩一郎に強要されたからだ。眼の前で貫太が半殺しにされ、花房朱美が無惨に踏み殺されるのを目の当たりにしては、逆らいようがなかった。おまけに。

　おまけにあのひとでなしはマユちゃんとおれに、マイケルを殺させたのだ。やつの車で南橋の川べりまで運んだマイケルの頭を、そこで拾った大きめの石で殴り、川へ落とした。おれが、この手で。マユちゃんといっしょに。この手で、この手で……この手で。

（これで、おまえらも共犯だぞ）

　頭を殴られ昏倒したまま、増水した泥水に呑み込まれてゆくマイケルを茫然と見守るマユちゃんとおれに、川嶋はそう言い放ち、せせら笑ったのだ。せせら笑いやがった。

（おまえらもひと殺しだと知られたくなけりゃ、犯人はあのマイケルって男だと警察に言うんだ。決して、ほんとうのことは喋るな。秘密は一生、守りとおしたほうが、おまえたちの身のためだ。いいな、判ったか）

　なんてこった……なんてこった。

（おまえらも共犯だぞ）

（共犯だぞ）（だぞ）

（共犯）（犯）

（共）すっかり過去の記憶が甦ったつもりでいたのに、肝心のことを憶い出していなかった。しかも重大な秘密を……おれは殺人者だったのだ。いくら川嶋に脅迫されたとはいえ。この手で十三年前に、ひとをあやめていた、なんて。

くそ、あの野郎。省路のなかで、激しい殺意が燃え上がる。繭子のことばかり恋い焦がれ、川嶋の一件を放ったらかしにしていた自分自身さえも絞め殺したくなるほどだった。

明日だ。明日、朝いちばんに、学校の事務へ行って、川嶋の連絡先を訊き出してやる。そして。そしてやつを八つ裂。

「ええ、死んだ、とされている」

美郷の声で、省路は少し冷静になった。

「けれど、あの外国人のひと、ほんとうに犯人だったのかな？」

美郷は、じっと省路を見つめる。

今夜の彼女はピンク色のニットスーツ姿だ。スカートが短めで、焦げ茶色のストッキングとの組み合わせが、ひどく安っぽい色気を漂わせる。それでいて、そういう恰好が彼女には妙にしっくり馴染む。九月に玄関ホールでポスター貼りを手伝わされたときにはセミロングにウエーブをかけていた髪も、いまはすっきり胸までストレートのロングにして、淡い栗色に染めている。

「被疑者死亡のまま事件は解決、と。警察はそう発表し、あたしも納得していた。まあ疑問を抱くほどの材料もなかったし。いえ、正確に言えば、ないと思ってたしね、少なくとも当時は、まだ」

含みありげな彼女の言い方に、省路は居心地が悪くなる。

「この十三年間、まったく疑問を覚えなかった。それどころか首尾木村事件そのものを、すっかり忘れていた——阿部先生の死体を見るまでは」

「どうしてなんです」省路にとっては、そこが最大の謎である。「阿部先生が殺害された現場に遭遇して、どうして即座に、十三年前の事件を連想したんです？」

「似てたから」

「とは、なにが？」

「殺され方が、ね」

従業員が個室に入ってきたので、ふたりの会話は一旦途絶えた。料理が並べられるあいだ、重苦しい沈黙が下りる。

「阿部先生は」障子が閉まるのを待って、美郷は口を開いた。「喉を掻き切られてた。鎌で」

「鎌……」

血の海に沈んでいた母、香代子の遺体が脳裡に浮かんだ。その途端、繭子の母親のスパッツのイメージがそれに重なり、はしなくも省路は勃起してしまった。

「死体のすぐそばに、血まみれになった鎌が放り出してあった。それと――」

もしかしたら……己れの心の黒い深淵《しんえん》を覗き込んでしまった省路は、戦慄《せんりつ》を覚えた。

いつも妄想の糧にしている、母の写真の数々。少なくとも、その二次元世界のなかでの母は生きている。淫らに生きている。だからうっかり誤解しそうになるが、もしかして省路の官能の原点とは、あの血の海に沈む下着姿の母の死体にこそ、あるのではないか……そんな気がして。

「それと、ポリタンクがあった」

省路は我に返った。「ポリタンク？」

「そのときは判らなかったけど、後で聞いたら、ガソリンが入っていたらしい」

脳裡で、なにか明滅する。南橋の上で炎に包まれる元木雅文の姿だった……ゲンキ、すまん。おれのせいで。

「おそらく犯人は、阿部先生を殺害した後、自宅ごと焼いてしまおうと、それを用意してきたんだと思う。ところが、たまたまあたしが忘れものして引き返してきたものだから、犯人は、ガソリンを撒いて火を放つ前に、慌てて逃げていった。そんなところじゃないかしら」

「命びろいしたんですね」

「え？」

「その犯人、ついでに美郷さんも殺してしまおうと自棄を起こしてたかもしれないのに――」

そう言ってから、彼女を下の名前で呼んでいいものかどうか迷ったが、「米田さん」も「奈良岡さん」も、いまやどうも、しっくりこない。「美郷さん」で通すことにした。

「そうはしないで、さっさと逃走するほうを選んでくれたわけだから」

「そうか。そういう意味、ね」

濃い口紅で真っ赤にぬめ光る唇を、美郷は不愉快そうに歪めた。下の名前で呼ばれたからなのか、それとも、縁起でもない可能性を指摘されたからなのか。

「おそらく、予定にない殺人を犯すことで、よけいな手間をかけるのを嫌ったのでしょうが」

「それはともかく、あたしが十三年前の事件を連想したのもむりはない、と納得でしょ」

「たしかに。そういう共通点があれば」

「もちろん最初は、ただの偶然かとも思った。あたりまえよね。首尾木村事件の犯人は死亡しているはずなんだもの。そんなわけない、と。でも、そのうちどうも変だ、と」

美郷は箸を置くと、あからさまに疑わしげな眼つきで身を乗り出し、省路を睨んだ。

「ほんとうに犯人は死んでいるんだろうか、と。いろいろ憶い出しているうちに疑問は、ますます膨らんだ。ほら、十三年前のあの夜、伊吹くんといっしょに、あたしの家に電話を掛けてきた男の子がいるでしょ」

「空知貫太です」

「あたしは彼に、犯人は判っているのか、という意味の質問をしたの。すると、特に不審な人物の心当たりはない、と。彼はそう答えた」

長い髪を掻き上げると、腕組みし、省路がなにか言うのを待ちかまえるみたいに、間をとる。

「そのやりとりを憶い出して、疑問が湧いてきたのよ。孤立した北西区から救出され、病院へ搬送された空知くんの証言を整理すると、彼がその電話を掛けてきたのは、お父さんが殺された後、ということになっている――って、知ってた？」

省路はなんと答えたものか、判らない。

「自宅の母屋でお父さんが殺されていて、遺体のそばに外国人の男がいた、と。たすけを求めてあちこちを回って、切断されていたコードを繋ぎ、電話したのは、その後。と、なると」

中腰になった彼女は、視線を省路に据えたままテーブルを回り込み、隣りへにじり寄ってきた。

「おかしいと思わない？」

凄《すご》むように、省路の耳もとで囁く。きつい香水の匂いが鼻孔から、身体じゅうの粘膜に染み込むような気がした。

「……おかしいですね」

省路は悩んでいた。いったいどこまで、こちらの手の内を美郷に晒したものか、と。

十三年前、自分は偽証した。その事実は認めてもいい。いや、もう隠してはおけない。しかし、ではなぜ偽証したか、その詳細を述べるのは大きな苦痛を強いられそうな予感がした。なにしろ省路は、男として最大の屈辱を川嶋から受けたのだ。

いや、省路が性的虐待を受けたという事実を、マイケルからということになってはいるにせよ、一応、警察は把握している。ということは、美郷も知っているかもしれないわけだ。従って、この件については向こうが配慮し、敢えて触れないようにしてくれるかもしれない。

　しかし繭子といっしょにマイケルを殴り、川に落とした件については、どうしたものか。そこまで告白する勇気はないが、その部分だけ、うまくぼかして説明できるのだろうか。省路には、いまひとつ自信がない。

「空知くんの、ひいては伊吹くんの証言の信憑性《しんぴょうせい》が疑われる以上、マイケルは実は被害者側で、真犯人は生きている、と。そう考えても、さほど突飛ではない。でしょ？」

　従業員が空の皿を、さげにきた。美郷は顔見知りらしく、平然と省路にもたれかかったまま「お酒、ちょうだい」と、なんとも頽廃《たいはい》的、かつ横柄な口ぶりで注文する。

「阿部先生を殺したのは、十三年前と同じ犯人なんじゃないか——あたしがそう考えたのは、もうひとつ理由がある」

　しなだれかかるようにして省路に猪口を持たせ、お酌してくれる。が、サービスというより、いまの省路にとっては尋問されている感覚である。ときおり、あぐらをかいた彼の膝を撫でるように掌を置いてくるのも、省路が逃げられないよう押さえつけているとしか思えない。

「実は、豊仁市ではこの五年のあいだ、類似した事件が複数、発生している」

「似たような？　とは」

「手口が同じなの」

「鎌、ですか。もしかして。鎌で喉を切られて、殺害されているんですか」

「そう。そして現場にガソリンを撒かれ、焼かれるという手順」

「……まさか」

「ほんとうよ」

「でも、そんな凶悪な事件が連続して起こっているなら、もっと騒ぎになりそうなものですけど。聞いたことないな」

「前回に起こったのが、昨年の十月。その時点で一連の事件の類似性に気づき、とりあげたマスコミもあったようなんだけど、あまり注目されなかったみたい。あたし自身、阿部先生が殺害されるまで、関心がなかった。今年は、ほら、年の始めから大きなニュースが続いたし。阪神淡路大震災や、地下鉄サリン事件が」

「なるほど」

「でもそれ以上に、秘匿事項のことが大きい」

「秘匿事項？」

「凶器が鎌であることと、現場にガソリンを撒いて焼く、という手口よ。これは、燃えてしまった場合は、犯人による放火の可能性と報道されてるけど、阿部先生のように未遂だったものは、伏せられているようなのよ」

美郷は立ち上がり、一旦上座に戻ると、ブランドものらしい大振りのバッグから、透明のファイルケースを取り出した。ワープロで印字した書類を挟んである。問題の類似事件の一覧表だという。彼女の労作らしい。

「よくこれだけ、調べましたね」

「父にも、だいぶ頭をさげたわ。らしくもなく」

こういうとき身内に警察関係者がいると、なにかと便利だ。が、美郷の父親はたしか、殺人や強盗事件などを扱う捜査一家とは別の部署だったような気もするが、はっきり憶えていない。まあ同じ組織にはちがいない。省路はそんなことを考えながら、一覧表に眼を通した。

豊仁市で、首尾木村の犯人の再来のような事件が最初に起こったのは、一九九一年、十月十日、体育の日。

市内に住む会社員、秋山謙吾とその妻、そして十四歳の長男と、十一歳の次男、家族四人が全員、鎌で喉を切り裂かれ、惨殺された。

「次男の子が剣道を習っていて、熱心で真面目な子なのに、連絡もなく時間どおりに現れないのを心配した教室の先生が、自宅へ様子を見にいった。そしたら偶然、犯行直後だったんだって。ガソリンは撒かれていたけど、火はつけられていなかった」

「犯人は、その発見者がやってきたので慌てて逃げた、ということですか？」

「と、見られている。すでにガソリンが撒かれていたか、いなかったかという相違はあるけど、あたしのケースと似てるでしょ」

次の事件は、昨年。

一九九四年、十月十四日、金曜日。

「こちらは時間差で、いっぺんに二世帯の家族が、惨殺されている」

まず朝の七時頃、市内に住むコンビニエンスストア店員、桜井誠一《さくらいせいいち》、二十八歳の自宅から火が出て、全焼。焼け跡から、世帯主とその妻、明日香《あすか》、二十五歳。長女二歳の遺体が発見される。

三人の死因は焼死ではなく、喉を鋭利な刃物で掻き切られたため、と判明。現場から、焼け焦げた鎌の残骸が発見された。

桜井邸から火が出て、わずか一時間後、今度は直線距離にして約一キロ離れている自営業、海老沢《えびさわ》佳一《かいち》、六十七歳の家から出火。

半焼で消し止めたが、やはり現場から世帯主とその妻、菊代《きくよ》、六十七歳の遺体が発見された。

死因は同じく、喉を掻き切られての失血死。夫の佳一のほうは、身体に凶器が刺さったままの状態で発見されている。

「この海老沢さんてひとのお孫さんが、うちの学校にいるの。吹奏楽部でね。いま高三だから、伊吹くん、知ってるでしょ」

「おれが受け持ってるのは『選択英語』をとってる生徒だけですよ」

「とってるよ。ほら。今日の娘」

「え？」

「あたしからのメモ、伊吹くんに渡してくれた女の子がいたでしょ？　彼女」

溝口《みぞぐち》由宇《ゆう》、という名前らしい。

「楽器は、女の子だけど、トランペットをやってたの。もう実質、引退してるけど」

「溝口さん、か。苗字がちがう、ということは」

「海老沢さんの娘さんの子供が、その由宇ちゃん。同居はしていなかったけど、互いに家がそれほど離れていなくて、彼女はお祖父《じい》さんのところへよく遊びにいったりしてたんだって。しかもお祖父さんとお祖母さんの遺体を発見したのは、由宇ちゃん自身だった」

「それは……それはさぞ、ショックでしょうね」

「ええ。由宇ちゃん、音大志望だったんだけどね。事件以降、断念してしまった」

「どうしてです？」

「お祖父さんが昔、バンドマンだったの。その影響で、由宇ちゃんも音楽をやるようになった。彼女の上達をいちばん喜んでたのがお祖父さんで、決してそれだけじゃないんだけれど、やっぱりその期待に応《こた》えようとがんばってたという側面があったから。だから」

「なるほど……」

昼間、メモを自分の掌に押し込んだ女子生徒を省路は思い描いた。まさか、あの快活そうな娘が、一年前にそんな修羅場《しゅらば》を経ていたとは、想像もつかなかったが。

「精神的には、だいぶ立ちなおったようだけど。進路変更については、そのままみたい」

「で、三つ目が今回の阿部先生、ですか」

「そう。さて」

再び美郷はテーブルを回り込むと、省路の隣りにやってきた。

「この一覧表、ざっと見て、なにか気がついたことは、ない？」

「気づいたこと、というと」

「例えば共通点、とか」

「九一年、九四年、九五年、すべて十月に発生している」

省路の肩に肘を載せて、もたれかかり、美郷は頷いた。よくできました、と生徒の頭を撫でるみたいに、にんまり笑う。「他には？」

「犯行時刻が、朝に集中している」

「そのとおり」

「なんだか意外だな、この時間帯とは」

「でもないわ。一般的にも、窃盗《せっとう》事件なんか、朝の八時頃が、いちばん発生率が高い」

「そうなんですか？　どうしてだろう」

「やっぱりみんな、油断があるわけ。こんな朝早くに、なにもあるはずない、みたいな。だから、これらの事件のように食事中だったり、ゴミを出しにいってたりしていて、けっこう無防備なのよ。すぐに戻ってくるつもりで、玄関に鍵を掛けてなかったりするしね」

「なるほど。犯罪って、真夜中に起こるというイメージが、たしかにありますね。実際には、そうでもないわけか」

「そういうこと。あとは？」

「共通点ですか。いや、これくらいでしょ」

「首尾木村の事件まで拡げたら、もうひとつ、共通点があるんじゃなくって？」

「なんです」

「事件発生時の――」と省路の耳もとで囁く息が、酒臭い。「現場が、すべて伊吹くんが住んでいるところ、という点」

「それは当て嵌まりませんよ」

「え。そう？」

「だって九一年は、おれ、海外をふらふらしてましたから。豊仁はおろか、日本にいなかった」

「そう……だったんだ」

美郷は、それまで横に流していた脚を前に投げ出した。後ろ手を畳について天井を見上げ、落胆したみたいに溜息をつく。

「なーんだ、そうなのかあ」

「って。まさか、美郷さん、おれが犯人だと思ってたんですか？」

「ううん。そうじゃない。そうじゃないけど、でもね、犯人は、なにか伊吹くんに含むところのある人物で、だからわざとその周辺でばかり事件を起こしている可能性もあるのかな、と」

「含むところ、って。つまり犯人はおれの知り合いじゃないか、ってことですか？」

「という可能性を考えたんだけど。九一年に日本にいなかったんじゃ、ちがうか、これは」

「残念でした。せっかくお呼びいただいたのに、お役にたてなくて」

「ん？　あ、ちがうちがう。伊吹くんにわざわざ来てもらったのは、そのことで、じゃないの」

「まだなにかあるんですか」

「小久保繭子さんのこと」

省路は驚いた。聞きまちがいか、と思った。顔色が変わっていたのだろう、緊張が伝染してか、いまにも仰向けに寝そべりそうになっていた美郷は身を起こす。脚を畳んで、正座した。

「マユちゃん……の？」

「そう」

「彼女が、どうかしたんですか」

「ひょっとして、伊吹くん」じっと彼の眼を覗き込み、声を低めた。「彼女と、こっそり連絡、とったりしていない？」

こっそり——という微妙な言い回しを気にする余裕も省路には、なかった。

「中学校を卒業して以来、彼女とは一度も会っていません。連絡をとるどころか、マユちゃんがいま、どこにいるのか、もし知っていたら、おれが教えてもらいたいくらいです」

美郷は媚態《びたい》めいた微笑を浮かべた。「……痛い」と拗ねたような呟きで、省路はようやく気づいた。彼女の肩をつかみ、揺さぶっていたのだ。

慌てて手を離す。「すみません」

「あのね、これはね」どこかけだるげに美郷は息をととのえ、上着をなおす仕種をした。「あなたを疑うわけじゃなくて、重要なことだから確認するの。嘘じゃないのね、それは？」

「嘘って、なにが」

「小久保さんと伊吹くんが、連絡をとり合っていない、ということよ。ほんとなの」

「ほんとですよ。なんでおれが嘘を」

「他言しないから、正直に言って」

やっと省路は、さきほどの「こっそり」という表現の不自然さに思い当たった。

「どういうことですか。こっそり連絡をとる、なんて、まるで……まるで、マユちゃん、おたずね者、みたいな」

「てことは、なんにも知らないのね」

「なにを？」

「まあ、あたしもね、今回」

どこか投げ遣りに、美郷は脚を崩した。片方の膝を立て、そこに頬杖《ほおづえ》をつく。スカートがめくれ、パンティストッキング越しに下着が覗いたが、おかまいなし。ビールに使っていたコップに酒を注ぐと、ぐいと呷《あお》る。

「今回、阿部ちゃんの事件がきっかけで、いろいろ調べるまで、知らなかったけど」

阿部先生という呼び方が、急にもとの「阿部ちゃん」に戻る。

「――あのね」美郷は、焦らすようにコップ酒を干し終えてから、省路に酔眼を据えた。「あのね、小久保繭子さんて、いま消息不明なの」

ぐらりと身体が傾いた。省路にとって、そのまま気絶してしまいそうな衝撃だった。

「しょ……消息不明、って」

「といっても、どうやら海外にいるらしいことは判っている。国際結婚をして」

「国際結婚？」

意外な言葉が次から次へと出てくる。もはや省路には動揺を隠そうとする余力もない。

そんな彼を、いたぶるみたいに、美郷はサディスティックな笑みを浮かべた。

「それ自体は別にいいんだけど、国際結婚に至る経緯が、なんとも奇妙なの。あのね、今回あたしがどうして小久保さんのことを持ち出したかというと、首尾木村事件がらみ、ではなくて」

「え？　じゃあなんで彼女の名前が――」

「これ」事件の一覧表の最初の欄を指す。「九一年の、秋山さん一家殺害事件。どうもこれに小久保さんは巻き込まれたんじゃないか、とする見方があるんだって」

「ど、どういうことです」

一九九一年、十月十日。朝、惨殺された秋山一家の遺体を発見したのが、繭子の恋人とされる男だったと聞いて、もうなにがあっても驚くまいと身がまえていた省路は、やっぱり仰天してしまった。

「マユちゃんの？　ほんとうに？」

「さっきも言ったけど、被害者のひとり、秋山勇樹くんは、この石動健作というひとのお父さんが師範の剣道教室に通っていた。小久保さんもそこで、剣道を習っていたんだって」

「剣道、ですか。マユちゃんが」

イメージにそぐわないようでいて、なるほど、繭子ならば、さぞや凛々《りり》しい剣士になるだろう、という気もする。

「石動健作というひとは準師範として、お父さんの指導を手伝っていた。その関係で繭子さんと親しくなったらしいの」

小久保さん、から「繭子さん」と呼び方が変わった。そこに他意を感じる余裕も省路にはない。

「親しく、って、ど、どの程度の関」

「そりゃあもちろん」美郷は嬉しくてたまらないとでも言いたげに、自分の胸を突き出すような仕種で髪を掻き上げた。「彼女のマンションに、彼が泊まってゆく程度には深い仲、よ」


あの繭子が？　カンチ以外の男と……歳月のうつろいの残酷さに省路は茫然自失。美郷の髪が跳ね、頬を叩いたことにも気づかない。

「十月十日、秋山一家の惨状を発見した健作氏は、警察での事情聴取を終えた後、夜、家族に〈ステイシー〉へ行くと告げ、自宅を出る」

「〈ステイシー〉って？」

「繭子さんが勤めてたところ。西双筋にある、バーラウンジみたいな感じの。けっこう評判のお店。そこで彼女、接客をやってた」

店を訪れた石動健作は、秋山一家の惨殺事件のことを告げる。首尾木村事件との類似点と、同一犯人が凶行を再開したのではないかという可能性を指摘された繭子の取り乱しぶりは、それはすさまじかったという。

「お店の同僚たちも、繭子さんがそんな辛い過去を背負ってたと、そのとき初めて知ったらしい。その夜、健作氏は繭子さんのマンションに泊まる」

省路は疑わしげな眼つきをした自覚はなかったのだが、美郷はにやにや笑いながら補足した。

「これは翌日、つまり十一日の朝に、健作氏が繭子さんのマンションから自宅に電話を入れてるの。ちゃんと通話記録も確認されている。その際、健作さん、前夜は繭子さんのところに泊めてもらったと、はっきり言っている——んだけど」美郷は、けわしい顔つきになった。「この後の繭子さん、健作氏、ふたりの消息が、ぷっつり途絶えている」

「なにも手がかりはないんですか」

「家族への電話で、健作氏は、その日、ちょっと用事ができたという意味のことを告げたらしい。しかも、その用事というのは秋山一家事件がらみだ、とも仄めかしている」

「どういうことでしょう」

「それが判らないのよ。電話を受けた健作氏のお父さんは、前日に続いて警察の事情聴取があるのかと思い、そう訊いた。健作氏も否定しなかったので、てっきり警察へ行っているものだと家族は思い込んでいた。でもその日も、それ以降も、健作氏が警察に現れたという事実はないの」

「マユちゃんのほうは？」

「その日、つまり十一日も〈ステイシー〉の出勤日だった。ところが夜になっても、現れない。繭子さん、すこぶる真面目な仕事ぶりで、それまで無断欠勤や遅刻は一度もなかったから、同僚が心配して、自宅に電話を入れたんだけど、誰も出ない。後日マンションへも行ってみたんだけど、応答なし。そのまま彼女もいなくなってしまった」

「健作氏のほうも帰宅しない。ふたりして、どこへ行ったか、判らない……ですか」

「結局、石動家と〈ステイシー〉、双方から警察に捜索願が出された。身寄りがいなかったからね。調べてみたら、繭子さん、繭子さんのマンションの部屋、預金通帳や判子、その他の私物も全部、そのままだった」

「貴重品も、なんにも持たずに……」

それってもしかして、繭子はもうどこかで死んでいるってことじゃないのかと省路は焦ったが、さきほどの美郷の言葉を憶い出し、よけいに惑乱する。国際結婚、て。ど、どういうこと？

「探せども探せども、ふたりの足どりは、まったくつかめない。そこへひとつ、興味深い情報がもたらされた」

「なんです」

「南白亀町。知ってるわよね、もちろん」

「ぼくらは、お町って呼んでました。子供の頃、村から、よく映画を観にいったっけ」

「そこに〈ホテル・ナバキ〉というホテルがあるんだけど、知ってる？」

「え。いや、聞いたことないな。ビジネスホテルですか？」

「一応シティホテル。十階建ての」

「十階建て」省路は驚いた。「あのお町にシティホテル、とは。いやはや。時代も変わったな」

「出来てから、まだ十年経っていないとかって話だから、ちょうど伊吹くんは知らないかもね。ともかく、その〈ホテル・ナバキ〉なんだけど、十一日の宿泊記録に、小久保繭子、石動健作、ふたりの名前があった」

繭子が南白亀町へ行った？　なぜ？

「それって、偽名とかじゃなくて、ほんとに本人たちだったんでしょうか」

「応対したフロント従業員に、ふたりの写真を見せてみた。そしたら多分、まちがいないと。ただ、このふたり、料金を前払いしてチェックインしたんだけれど、チェックアウトはしていない」

「しないで、どうしたんです」

「判らない。ともかく翌日、夜になっても、ふたりはついにフロントに現れなかった。客室にも誰もいないし、荷物も残っていない。一応宿泊したような痕跡はあったらしいんだけど。多分、健作氏が自宅に電話した後、豊仁から南白亀町へ向かったと思われるんだけれど、そこからの足どりが、ぷっつり途絶えてしまっている」

己れの想像力の追いつかない現実を次々に突きつけられ、省路は歯噛みする思いをもてあます。

「ちょっと話が前後するけれど、秋山一家事件が起こる数日前、〈ステイシー〉に、ふたり連れの客が訪れている。しかもその目的というのが、繭子さんに会うためだった」

「何者です」

「後日、秋山一家事件のからみで首尾木村事件の説明をした際、繭子さんの口から明らかになったそうよ。ひとりは、ジャネット・リンチと名乗る欧米系の女性。もうひとりは、東京からやってきたフリーライター、涌井融」

首尾木村事件の犯人とされ、客死したマイケル・ウッドワーズの父親の意向を受け、事件を再調査していると話したという。それを聞いて省路は内心、冷や汗をかいた。

「そのふたりと、そして雇い主のウッドワーズ氏は〈オーシャンズ・ホテル・ユタヒト〉に長期滞在していたとか」

聞いたことのある名前だと思ったら、繭子が出ていたCMのカフェが入っているホテルではないか。大した偶然でもないが、なんとなく省略は妙な気分になった。

「繭子さんと健作氏の失踪劇に、このふたり組、そして、依頼主のウッドワーズ氏が関与しているのではないか。警察がそう疑い、ホテルへ行ったときには、すでに引き払った後だった」

「三人とも、ですか」

「正確には、フロントへ来たのは金髪の女性、ジャネットひとりだったそうだけど」

「おれ、よく知りませんけど、そういうチェックアウトって、本人が手続しなくても、だいじょうぶなものなんですか」

「ウッドワーズ氏は健康状態が悪い、涌井氏は怪我をして起きられないというので、彼女が代理でやったらしいわ。もともと、その年の四月にやってきて滞在しているあいだ、細かい精算などは彼女が全部まとめてやっていて同一会計だったから、特に問題なかった、と」

「その後、どうしたかは判らないんですか」

「ジャネットとウッドワーズ氏が、プライベート・ジェット機で出国したことは判っている。でも、涌井氏の行方は不明。事務所が東京千駄ヶ谷にあるんだけど、いっしょに仕事をしていたひとたちにも、なんの連絡もない」

プライベート・ジェット機とは、おそれいる。シティホテルのスイートに半年以上も滞在するなど、マイケルの父親は相当な富豪らしい。

「どうなったんでしょう、みんな」

「まったく判らない」

「でも、マユちゃんは国際結婚したとか、おっしゃいましたよね。それが判っているのに、なぜ消息が不明なんですか」

「さっき言ったように、待場町にあった彼女のマンションの部屋には私物がそのままになっていたんだけど、その後の調べで、繭子さんは失踪直後、婚姻届を出していたことが判明した。アメリカ国籍の、トマス・ブランドという三十八歳の男性と」

「何者ですか、それは」

「それがよく判らないのよ。アメリカ大使館の職員らしい、ということしか」

「な、なんですって」

「繭子さんは本籍、住民票ともに一旦、東京のほうへ移した後、九一年、十月十四日に婚姻手続をしている。ブランド夫人になった繭子さんは、その翌日にはもう、夫といっしょに出国している」

「な……なんですか、それは」

鼻面を引きずり回される急展開に省路は、美郷にからかわれているのではないかと思った。いや、そうであって欲しいと願ったが、すべて事実らしい。呆気にとられるしかなかった。

「まるでその男、どこからか降って湧いたかのようだ。現実のこととは思えません」

「まったく同感。でも残念ながら、すべてほんとうのことなの」

「職員らしいっていうなら、大使館に問い合わせてみればいいじゃないですか」

「さあ、それはどうかな。大使館っていうのは日本国内にあっても、アメリカの領地だもん。国際法で不可侵権が保証されてるから、いろいろやりにくいのよ」

省路は己れの無力さを突きつけられ、ただ茫然とするしかない。

「トマス・ブランドと繭子さんはアンカレッジへ向かったんだけど、その後の足どりは判らない。少なくとも日本に帰国した形跡はないそうよ」

なるほど。やっと納得した。だから美郷はさっき「こっそり連絡」という訊き方をしたわけか。

「すべてが謎めいているけれど、ひとつ考えられるとすれば、やはり例のジャネットとウッドワーズ氏が裏で、なにか手を回したんでしょうね」

「手を回した、というと」

「どういう理由でかはともかく、繭子さんを日本から連れ去った。あるいは事実上の拉致で、謎の大使館職員とは偽装結婚だった——そんな可能性も、あるのかも」

「そこまでして、なぜ彼女をアメリカへ連れ去らなければならないんでしょう」

「さあ。見当もつかないけれど、繭子さんが現在、アメリカにいるとは限らないわよ」

「え。というと？」

「ウッドワーズ氏はヨーロッパやオーストラリア、世界各地に別邸を所有しているそうだから。どれも豪華な、ね。だから滞在先は別に、どこでもいいってことになる」

絶望のあまり、省路は悶死しそうになった。繭子は日本にいない。世界のどこにいるかさえ、不明とくる。これでは。

これでは探しようがない。彼女の肉体を我がものには、できない。不可能だ。いや。

いや、だめだ。だめだだめだ。諦めるな。なんとかしろ。方法はあるはずだ、絶対に。

「マユちゃんが現在、国内にいない以上、少なくとも昨年と、そして今年の阿部先生の事件とは、なんの関係もないってことですよね」

「それはそうでしょうね。ただ九一年の秋山一家事件については、その翌日に失踪した事実に鑑み、無関係とも思えない。なんとか繭子さんの話を聞けないものか、と思ったんだけれど」

それで省路が、なにか知っていないかと期待をしたわけか。そのお蔭で、繭子に関する情報を収集できたのは運がよかった。これを、ここで終わらせずに、なんとか活かす方法を考えないと。

「その〈ホテル・ナバキ〉ですけど。南白亀町の、どのへんにあるんでしょう」

「市役所の近く。国道沿い」

「マユちゃんは、その健作氏と――」こんなこと訊いても意味があるとは思えなかったが、突破口をどこに求めたものか、見当がつかない。「ツインかダブルに泊まったんでしょうか。それとも、シングルで別々？」

「ツインだって。八階の八〇三号室――あ、そうそう。大切なこと、忘れてた」

「なんです？」

「十一日、ふたりがチェックインした際、三人連れだったらしいのね」

「三人？」

「もうひとり、男のひとがいたんだって。三十代くらいの。繭子さんが健作氏といっしょにツインをとったから、もうひとりは当然シングルでチェックインするものと、応対したフロント従業員は思っていた。ところが結局、その男のひとは部屋を、とらなかった」

「その三人が互いに連れだった、というのは、たしかなんですか」

「そう見えたらしい。問題はその男性の風貌で、どうやら涌井融だったんじゃないか、と。ほら。フリーライターの」

「三人揃って、南白亀町で行方が判らなくなっている……わけですか」

「そう。こうなると気になるのは、三人はいったいなんのために南白亀町へ行っていたのか、ということ。チェックアウトもせずに消えてしまったのは、なぜなのか」

「涌井氏がひとりだけ、南白亀町の他のビジネスホテルか旅館に泊まっていた可能性は」

「いいえ。全然」

「三人は、十一日の何時頃に〈ホテル・ナバキ〉へ来たんでしょう」

「一時半頃。フロントが、レストランの有無を訊かれたので、ランチは営業が二時までなのでお急ぎくださいと言ったことを、憶えてた」

「で、三人は実際に、レストランへ行ってるんですか」

「十階の展望レストラン。他にお客がいなかったから、三人組のお客のことは、ここでも印象に残ったらしい。繭子さんたちだったことに、まちがいなさそうね」

そして食事をすませ、レストランを出た後の足どりは、まったくつかめていない。

「部屋に荷物も残っていなかった、と」

「っていうか、もともと手ぶらだったらしいわ。涌井氏だけは、大きめのショルダーバッグをさげてたようだけど」

「えーと……」だんだんネタが尽きてきたが、省路は意地になって質問を続ける。「そもそも三人は、十一日の何時頃、豊仁を出発したんでしょう。それは確認されていないんですか」

〈オーシャンズ・ホテル・ユタヒト〉の担当係員によれば、涌井融が立体駐車場からセダンを出したのが朝、十時頃。いっしょに乗り込む繭子と健作らしきふたりも目撃されている、という。

「十時——ですか」

仮にそのまま南白亀町へ向かったのだとすれば、〈ホテル・ナバキ〉のフロントに一時半に現れたというのは、ちょっと時間がかかりすぎではないかと省路は思った。もちろん途中で、なにか用事があっただけかもしれないが。

「すると、涌井氏が部屋をとらなかったというのは単に、マユちゃんと健作氏のふたりを車で南白亀町まで送っていっただけ——だったのかな？　少なくとも当初の予定では」

「かもしれないわね。ちなみにその際、涌井氏が使っていたセダンは、現地調査用にウッドワーズ氏が購入したものだけど、これもジャネットたちが出国する直前、処分されている」

「それって本人が、したんでしょうか」

「ディーラーによれば、手続をしたのは女性だったらしいわ。ただ外国人ではなく、日本人のようだった、と言うんだけど」

「それがマユちゃんなのでは？」

「いいえ。容姿がまったくちがってたって」

どの糸をたぐり寄せようとしても、必ずどこかで断ち切られる。

「三人は別々に消息を絶ったのか……それとも」省路は考え込んだ。「まてよ。ふたりがチェックインした、えと、八〇三号室でしたっけ。そこには、なんの異状も残っていなかったんですか。例えば、その、血痕とか？」

「それがね、ホテルの部屋を県警が調べたのは、捜索願が出て、だいぶ経ってからだったのよ。宿泊記録に、小久保繭子と石動健作の名前があると情報提供されたのが、かなり後だったんだから。当然、室内は何度も掃除されていて、なんの痕跡も残っていない。血痕も調べてみたけど、ルミノール反応は出なかったって」

「ホテル側は、客がチェックアウトもせずにいなくなった時点で、警察に届けなかったんですか」

「もちろん届けてる。なにか事故とか事件に巻き込まれてたらいけないものね。でも結局、これといった成果はなかった。料金は前払いだったし、有料テレビはコインを入れる古いタイプだった。ホテル側はなんの損害もこうむっていないし、室内をざっと見渡してみても、荒らされたりしていない。事件性が感じられるようなものは、なにもなかった。交通事故に遭ったとの報告もない。ないない尽くしだったから、まあむりもないかもね」

ないない尽くし——という言葉とともに、省路の質問のネタも切れてしまった。

「さて、と」空になった銚子を何本もテーブルにころがし、美郷は伸びをした。「そろそろ、河岸《かし》を変えるか」

当然、省路も自分に付き合うものとして、美郷は振る舞っている。

「ねえねえ、伊吹くんのお父さん、国会議員なんだって？」夜道を歩きながら、腕を組んできた。「単身赴任？」

「いや、継母と弟もいっしょに……」

うっかり正直に答えてしまい、嫌な予感がした。はたして美郷は。

「へー。じゃあいま、独り暮らしなんだ？　そうかあ。よーし。伊吹くんちへ行って、飲も」

タクシーを停めるや、有無を言わさず省路を押し込む。

「——おお、さすが。立派なお宅ですのう」

母屋のリビングに我がもの顔で上がり込む。ふかふかソファにふんぞり返り、コーヒーテーブルに脚をだらしなく投げ出した。

「ねーねー、なんかお酒、ちょうだい。あるなら、ワインがいいな。白、ね」

白ワインの買い置きはない。仕方なく父親秘蔵のブランデーを持ってゆく。美郷は文句も言わず、さりとて礼も述べず、がびがび飲み始めた。

「ほら、伊吹くうん。なにやってんの。ここ」と自分の隣りを、ばんばん叩く。「ここ、座って。座りなさい、はやく」

言うとおりにすると、彼女は露骨に身体を密着させてくる。まいったなと省路は内心、嘆息。普通の男なら喜ばしい事態かもしれないが、彼にとっては無用のトラブルの種でしかない。

「なんだか、飲みものだけじゃ、お口がさびしいなっと」

なにかつくりましょうか、と言いかけた省路は、いきなり頬をつかまれ、唇を吸われた。根元から引き抜かんばかりの勢いで、舌が美郷の口へ啜り込まれる。

「ん……あれ？」

彼の股間をまさぐる美郷は、怪訝そうに口を離した。省路が萎えたままだったからだろう。

たちまち彼女は傷ついたように、恨みがましい眼つきになった。女として、己れの価値を否定されたと、早とちりしているのだろう。ほら、こうなるから嫌なんだ。

「いや、あの、これはですね、決して美郷さんの責任ではなくて、おれの」

「なによう、あんたもなのお？」彼女は聞いていない。「ろくでなし亭主と同じ？　かんべんしてよ。あたしのどこがいけないのよう」

怒った美郷は、省路のズボンのジッパーを下ろして、男根を引きずり出した。口に咥える。それでも省路はいっこうに勃起する気配がない。ふえええええん、と美郷は駄々っ子みたいに泣き始めた。

「べ、別に挿れてくれなくていい。やってくれなくったっていい。あたしはそんなことが、したいんじゃない。ただ、お口をいっぱいに。いっぱいにしてくれたら、それでいいのよ。それだけなのよ。なのに、どうして。どうしてなの。いっぱいにして。いっぱいにしてよう。お口がさびしいのよう」

しょせん酔っぱらいの狼藉《ろうぜき》だと割り切り、省路は好きにさせておくことにした。それよりも。

それよりも繭子のことだ。まさか彼女が、そんな謎めいた消え方をしていたとは。海外へ拉致された可能性もある、なんて。ことの重大さに、改めて暗澹となる。

ちょっと考えても、自分の手にあまることは明白だ。どうすれば繭子を探し出せるのか、見当もつかない。むり……なのか。繭子を自分のものにすることは不可能、なのか。

美郷の髪でさわさわ腿を撫でられながら、敗北感にうちのめされているうちに、省路はふと、変なことを考えた。まてよ。

涌井というフリーライターは〈ホテル・ナバキ〉にチェックインしていない。が、それは必ずしも宿泊しなかった、ということにはならないのではないか。もしかしたら彼は、繭子と健作のツインでいっしょに滞在したのかもしれない。そして、彼らは三人で。

ふいに写真のなかの母の痴態が鮮烈に浮かんできた。多胡兄弟に挟まれ、のたうち回る母の姿が、繭子のそれにとってかわる。しかも彼女は中学生のときの面影のまま、あえなく穢され。

腹腔《ふくこう》から欲望が突き上げてきた。一気に膨張した彼の先端が、べそべそ泣いている美郷の鼻面を、ちょんと小突く。自分が刺戟し続けていたのが功を奏したと思ったらしい彼女、はしたなく嬌声を上げ、省路を呑み込んだ。

化粧くずれした顔で美郷は、上眼遣いに彼を見上げる。まだ涙を流していたが、楽しそうに笑っている。陰茎の周囲に、口紅の跡が真っ赤な輪をつくっている。

美郷は省路にかぶりついたまま、ソファの上に腹這いになった。子供のように脚をじたばた、させている。あまりにも嬉しそうなので、またここで萎えてしまうと不憫だと、省路は妄想をかきたて、己れの硬度を保った。

顔の見えない男ふたりに、中学生姿の繭子がもてあそばれるイメージは、母の痴態より何倍も興奮する。硬度を保つだけのはずが、危うく暴発しそうになり、省路は必死で、こらえた。繭子の昔の面影で射精してしまうと、ただでさえ大きな敗北感がよけいに募りそうな気がする。妄想で満足してはいけない。現実だ。現実の繭子の肉体を、なんとしても手に入れなければ。そのために。

考えろ。

考えろ、なにか方法を。

なにか、いい方法を考えろ。

さきほどの自分の言葉どおり、美郷は、ただ省路を頬張っていさえすれば幸福らしい。それ以上の行為には移らないし、服を脱ごうともしない。お蔭で邪魔される心配はないが、なかなかいい考えは浮かばない。

九一年以降の事件の犯人が、十三年前の首尾木村事件と同一人物という可能性も指摘されたが、その点はどうなのだろう。あり得ることは、あり得る。マイケル・ウッドワーズを犯人と名指ししたのは嘘だったと、省路がいちばんよく知っている。別に真犯人がいるなら、いまも生きていて、舞台を豊仁市に移し、犯行を重ねているとしても、少しもおかしくない。おかしくはない、が。

なにか。

なにか引っかかる。なにか、忘れていないか。省路は自問した。なにか忘れてはいないか。それも重要なことを。

「——美郷さん」

「んんん？」

「すみません、ちょっといいですか」

唇を拭いながら身を起こした彼女は、省路の首にかじりついた。音をたてて唇を吸う。

「なに？　なんなの。あたしのいちばんしあわせな時間を中断させたんだから、よほど重要なことでしょうね。じゃないと、ゆるさない」

「さっきの話と関連するかどうか判りませんが、うちの学校に川嶋って先生、いましたよね。川嶋浩一郎という」

「えと。ああ、社会の先生ね。うん」

「あのひと、いま、どうしてます？　いつ学校を辞めたんですか」

「辞めたんじゃなくて、あのひとはたしか、何年か前に失……」

口を半開きにして硬直し、美郷はじっと省路を見つめた。

「え。まさか、あの、まさか川嶋は失踪した、なんて言うんじゃ……」

すっかり酔いが醒めたかのように美郷は、虚ろな顔で頷いた。その眼に惑乱が淀んでいる。

「そういえばあたし、すっかり失念してたけど。あの川嶋先生って、十三年前の事件のとき、いたんだよね、首尾木村に？　事件の関係者だったんだよね？」

「そうです。そうなんです。その川嶋先生が失踪したって、いったいどういう」

「いなくなったのよ、ある日、突然。誰にもなにも言わず。奥さんにも心当たりはない、って話じゃなかったかな。たしかあれは、九一年くら……」

髪を掻き上げようとしていた手が止まった。ソファが壊れそうな勢いで美郷は立ち上がる。

「伊吹くん、電話、貸して」

時計を見ると、もう十一時近い。どうやら奈良岡宅へ掛けているらしい。「——あ、お母さん？　あのね」と、なにやら指示している。「——そう。そこにあるから。手帳。なか、見て。えとね。九一年の。そう。多分、十月」

しばらく間が空く。「そう。判った。ありが——え？　今晩。もう帰らない。うん。え？　いいじゃないの、たまには。もうそんな。って。やめて。やめてよ。あんなひととは、もう関係ないんだから。そうよ。うん。うん。じゃね」

受話器を置いた美郷は、それまで呼吸を止めていたかのような、重い溜息をついた。

「やっぱりそうだった」

「というと……」

「十月十一日なのよ、九一年の。川嶋先生が失踪したのは。つまり」

「同じ日、なんですか。マユちゃんたちの消息が途絶えたのと？」

「その日の放課後、校門へ向かっている姿を目撃されたのが最後、という話だった。荷物は、職員室に置いたままで」

「ちょっと待ってください。川嶋先生が首尾木村事件の関係者だってことは、周知の事実ですよね。少なくとも警察が知らないわけはない。その彼が、同じ首尾木村事件の生存者であるマユちゃんが失踪したのと同じ日にいなくなっているというのに、関連づけて考えられていないんですか？」

「考えられていないでしょうね。だって、行方不明の謎の比重は、どちらかといえば繭子さんではなくて、健作氏や涌井氏のほうにかかっているでしょうから」

なるほど。少なくとも繭子は外国人と結婚し、海外生活を送っているらしい、ということは判明しているわけだから。表面上は。

「繭子さんが偽装結婚で拉致されたかもしれない、なんて言ったところで、妄想だと一蹴されるのがおちよ。そもそも失踪事件と一連の豊仁での殺人事件との関連だって、あたしのちょっとした思いつきにすぎないわけだし。警察がそういう見方をしているかどうか、はなはだ疑問。むしろ別々の事件という扱いじゃないの」

たしかに。繭子と健作が失踪するその前日に、秋山一家事件が起こったという、ただそれだけでは、関連づけるための根拠にはなるまい。

「そうか……」

川嶋の行方まで不明、とは。八方塞がりだ。

焦燥感にかられた省路は、あまり深い考えもなしに、こう呟いた。

「こうなったら、実際に行ってみないことには、どうにもならないかも——」

「なんのこと？　行くって、どこへ」

「え。あ……いや」

アメリカのつもりでそう言ったのだが、真面目に検討する余地はあまりありそうにない。場所も特定されていないのに、ただ闇雲に渡米して繭子を探すのは、現実的とは言えない。潜伏先がアメリカに限らないのならば、なおさらだ。

「南白亀町ですよ」そのかわりこう答えたものの、省路としてはあまり本気ではなかったのだが。「マユちゃんたちが泊まった〈ホテル・ナバキ〉へ行ってみようかな、と。まだ見たことないし」

「それ、いつ？」

「え？　えと、そうですね。来週、期末考査で、テストつくって採点しないといけないんで、それが終わってから、かな」

「てことは、週末になるね。十六日の土曜日か、十七日の日曜日か、そのへん？」

「そうですね。せっかくだから泊まりがけで行こうかな、と」

「よし。あたしも行く」

「え」

「ハンガー、貸して」

「え。え、え？」

「このまま寝たりしたら、服が皺になるじゃない。はやく」

どうやら本気で泊まってゆくつもりのようだ。言われたとおり持ってくると、美郷はニットスーツの上下を脱ぎ、ハンガーにかけた。

「伊吹くんはさ」

スリップ姿になると、バッグからコンパクトミラーを取り出し、化粧を落とし始めた。

「車、持ってんの？」

「えと。父の車が一応」

「パジャマかなにか、貸して」

「ぼくので、いいですか」

離れへ向かおうとすると、美郷はとことこ、渡り廊下をついてきた。母の写真や下着、買ったばかりのタイツなどはウォークインクローゼットの金庫のなかに仕舞い、鍵も自分のキーホルダーにつけてあるとはいえ、省路は内心ひやひや。

美郷は我がもの顔で、客間と寝室を見て回り、トイレで用を足すや、「ほー、いい部屋だね。落ち着くう」と省路のベッドに倒れ込んだ。

「それじゃ、南白亀には」

下着もすべて脱いで全裸になると、省路のパジャマの上着だけ、羽織る。

「車で行くってことで、いいわね」

「いや、車はあるにはあるんですが、正直、あんまり運転したくありません」

「へ。なんで」

「ベンツなんですよ。いや、ベンツに罪はないんだけど、なんだか成金根性丸出しというか、おれには似合わないというか」

「だったら、あたしの車で行こうか。予定が決まったら、知らせて」

振り回されるまま、つい「はい」と承知してしまったが。まあいいか。ひさしぶりに南白亀町へ行ってみるのも悪くない。

「じゃあね」頭からすっぽりベッドのなかにもぐり込んだ美郷は、手だけを出して、ひらひら。「おやすみ。電気、消しといて」

再び誘惑されるものと覚悟していた省路は、拍子抜けしてしまった。別に期待していたわけではないのだが。やれやれ。

「……伊吹くん」

電灯のスイッチを切るのとほぼ同時に、暗闇から美郷の声が上がった。

「はい？」

「どうして、あなたたちは嘘をついたの。十三年前の、あのとき——」

省路は、なにも答えられなかった。

ベッドのほうから、やがて寝息が洩れてくる。

4

十二月七日。木曜日。

来週から期末考査が始まるため、省路が年内に受け持つ授業は、この日が最後だ。生徒たちを早く帰宅させるべく今日と明日は短縮授業で、半ドンになる。従って三時限目の開始時刻、すなわち臨時講師の出勤時刻もくり上がることになる。そのことを省路はすっかり忘れていたのだが、遅刻せずに済んだのは美郷のお蔭だ。

「ねえ、伊吹くん。今日は学校へ、早く行かなきゃいけないんじゃないの」

と、リビングのソファで眠りこけていたところを起こしてくれたのである。彼女は火曜日に続き、水曜日の夜も泊まっていたのだ。

慌てて着替え、二日ぶりにようやく帰宅する美郷といっしょに家を出た。途中で彼女と別れ、息せき切って学校へ駈けつけたが、よく考えてみれば、テストに備えて生徒たちに自習させるしか、することはない。教卓の後ろに予備の椅子を持ってきて座り込み、省路はあくびをこらえた。

昨日は一日じゅう美郷と過ごした。彼女はノーメイクとパジャマのまま、ひがな一日ぼんやりと、なにか考え込んでいるようだった。ふと憶い出したように省路のところへ寄ってきては、彼を口いっぱいに頬張る。まるで哺乳瓶《ほにゅうびん》をねだる赤ん坊だ。萎えたままだと睨まれるので、省路は母と繭子の妄想全開で、なんとか凌《しの》ぐ。

美郷はほとんど喋らなかった。十三年前の偽証についてもっと追及してくるかと思ったが、そんな様子もない。前日に比べるとずいぶん穏やかで、どこか慈母めいたオーラを放っているのが意外だ。黙々と省路を啜り上げる表情も、なにか神聖な儀式に臨む巫女《みこ》みたいで、あまり淫らな感じがしない。

とはいえ省路にとっては、かなり疲れる一日だった。ベッドをふた晩続けて占領され、母屋のリビングのソファで寝たため、背中が痛い。まがりなりにも自宅だというのに、父や継母、義弟の部屋は言うに及ばず、他の客間なども、どうも落ち着かないのだ。おまけに美郷に付き合ってだらだら飲酒し、まともな食事を摂《と》らなかったので、いま少し二日酔い気味である。

他人の趣味嗜好をとやかく言う立場にはないが、変な女だと省路は思う。もしかして美郷は夫とも、それから不倫関係だったとされる阿部照英とも、こんなふうだったのか？　まさか。もしも夫や阿部がまともな性欲の持ち主だったなら、あれだけで事態がおさまるなんてことは普通あり得まい。実際、彼女は自分が味わいたいだけ味わえば満足なようで、最後までこちらのめんどうをみてくれるわけではない。さすがの省路もいささか欲求不満気味ではあったが、生身の女相手は萎えるだけとよく判っていたので、自分から求めてみることはしなかった。

今朝も一昨日と同じピンクのニットスーツを着て帰っていった美郷のことをあれこれ考えながら、省路は教室内を見回した。今日も出席は十名ほど。静かに自習している。ぼんやり座席表を見ていて、ふと、その名前が眼についた。

——溝口由宇。

例の美郷からのメモを手渡してくれた女子生徒の名前だ。たしか祖父母が、昨年起きた殺人事件の被害者だった、という。

無意識にその席のほうを向くと、たまたま彼女も省路を見ていた。交通事故のように、がしん、と互いの眼が合ってしまう。

反射的に省路は、そっと手招きした。まるでその合図を待ちかねていたみたいに、さっと彼女は立ち上がる。足音を消し、きびきび教卓のほうへやってきた。

「えと。溝口さん、だっけ」

「はい。あの、先生。どうだったでしょう。一昨日の——」

美郷のメモのことを言っているらしい。「うん。だいじょうぶだった。ありがとう。ところで今日の放課後、時間ある？」

省路は普通の声量で、できる限りさりげなく、そう訊いた。こういうとき、なまじ声を低めたりすると、却って他の生徒たちの好奇心を刺戟してしまいそうだ。

「わたしですか？　なんでしょう」

「ちょっと話があるんだ。すぐに済む。えと。玄関ホールのところの、応接室」

採光のためガラス張りになっているから、妙に気を回される心配もあるまい。

「あそこで」

「六時限目が終わって、ですか」

「うん。すまないけど、よろしく」

頼んだものの、自分がいったいどうしたいのか、省路はいまひとつ判然としない。まあいい。とにかく、どんなに見込みが薄そうでも、とっかかりになりそうなものには、かたっぱしから当たってみないと。前に進みようがない。

平常授業で昼休みになるのと同時刻、短縮授業の六時限目が終わる。事務室で応接室の使用許可をもらい、省路はひと足さきに待っていた。ほどなく、学生カバンを持った由宇が現れる。

「わざわざごめん」

「いえ」と彼女は真向かいの椅子に座った。

「えと、どこから話せばいいのか」

そのときになってようやく、十三年前の首尾木村の事件の報道記事のコピーとか、そういう具体的な参考資料をなにか用意してくればよかったと省路は悔やんだが、すでに手遅れ。

「溝口さん、首尾木村って知ってる？」

かぶりを振るかと思いきや、なぜか由宇はその地名に反応した。やや過敏なほどに。

「はい」息を吸い込む。「はい。行ったことはありませんけど、名前はよく知ってます」

「ぼく、そこの出身なんだ」

なぜか由宇は俄然、興味を抱いたらしい。身を乗り出すと、催促するみたいに何度も頷いた。

「十三年前、村の北西区の小さな集落で、住人のほとんどが殺されるという、大事件が起きたんだが」

「知ってます」

「え。そうなの」

事件当時、由宇はまだ五歳くらいだろう。リアルタイムで興味を持つのは、ちょっと早熟すぎるような気がするが。

「実はそのとき、ぼくの家族も殺された。母と祖母が」

「そうだったんですか」痛ましげに眉間に皺を寄せる彼女は急に、おとなっぽく見えた。「何人かの中学生がたすかった、と書いてあったけど。先生が、そのうちのひとりだったんですか」

「ずいぶん詳しいね」

「新聞で読んだんです。あ。といっても、最近になって、なんだけど」

「辛いことを蒸し返すようでもうしわけないけど、きみのお祖父さんとお祖母さんが去年、大変なことになったと聞いた」

由宇は頷いた。表情は変わらなかったが、涙がひとしずく、ぽろっとこぼれる。

「お祖父ちゃんとお祖母ちゃんが殺されたのを見つけたのは、わたしだったんです」

「そうだったんだってね」

「頼んでいた写真をとりにいったら、家が燃えていて。あまりよく憶えてないんですけど、わたし、炎のなかへ飛び込もうとしたらしいんです。火災に気づいて外へ出てきた近所のひとたちが、慌てて止めてくれたとか」

「たしか半焼で消し止めたんだよね。お蔭で凶器が残っていた、と聞いたけど」

「はい。わたし、搬送される祖父と祖母の姿は見ていないんだけど。毛布にくるまれて、担架で運ばれてたから。でも誰かが、消防隊員か、警察のひとかは判らなかったけれど、喋ってるのを耳にしたんです——鎌で、とかなんとか」

落ち着いて眼尻を拭う由宇の表情は、まったく変わらない。

手脚が長いせいだろうか、制服のブレザーやリボン、チェックのミニスカートが身の丈に合わず、窮屈そうな感じ。冬に紺色のハイソックスで素肌を晒した恰好も、母親がまちがえて娘の衣装を着たみたいで、しっくりこない。大柄な体格は、身体の各パーツの魅力が散漫になるせいか、全体的に野暮ったく見えるが、こういうタイプの娘が成長すると、きっとすばらしく、きれいになる。省路はそう確信した。ちょうど繭子のように、と。

「そのときは、意味が判らなかった。そもそも祖父と祖母は火事で怪我をしたんだとばかり思っていたし。でも実際は、何者かに殺されてた、と。そして家に放火されてしまったんだ、と。後になって知りました」

「鎌で喉を切られていたんだね。ぼくの母と祖母もそうだった」

「わたしショックで、しばらく学校を休んだ。そしたら、米田先生がお見舞いにきてくれて。いろいろお喋りしたんですけど。祖父と祖母は鎌で喉を切られたらしいという話をしたら、先生が、そういえば昔、同じような事件があった……と」

すると美郷はすでに、首尾木村事件との類似性を由宇に指摘していたのか。もっとも、昨年の段階では、まだ阿部照英殺害事件は起こっていないわけだから、本人もさほど深い意味で言ったわけではなかったのかもしれないが。

　十三年前、凄惨な事件現場から省路たちが電話でたすけを求めた相手こそ美郷だったことを説明すると、由宇は驚いたようだ。

「そうだったんですか、米田先生と伊吹先生って、そういう繋がりがあったんだ。ともかくわたし、その話を聞いて、興味を抱いて。首尾木村事件のこと、古い新聞とかで調べてみたんです。手口が似てるってことは、もしかして同じ犯人だったりするかもしれない、と思って。でも、首尾木村の犯人は、川に落ちて死んだっていうから。これはちがうのかな、と」

「それがどうやら、そうでもないようなんだ」

「え。どういうことです」

「犯人とされた外国人の男性は、どうやら無実だったらしい」

「冤罪《えんざい》だったんですか」

　むずかしい言葉を知ってるね、と軽口を叩こうとして、やめた。高校三年生なんだ。知っている子は知ってるさ。

「でも、そういう報道は眼にしてない」

「そりゃそうさ。そう考えているのは、まだ米田先生と、ぼくだけなんだから」

　とりあえず、省路自身が偽証した、という事実は割愛しておく。いろいろ、ややこしくなりそうだからだ。

「この前、数学の阿部先生が殺されたよね」

「わたし、びっくりしました。事件があったとき、ちょうど推薦入試で留守にしていたんです。うちの母、阿部先生のことも、米田先生との関係も知らなかったから、邪魔しちゃいけないと気を遣ってか、わたしに電話してくれなかった。東京から帰ってきてみたら、大騒ぎになっていて。米田先生、さぞかしショックだろうな、と」

　たとえ殺人事件が起こらずとも、もともと美郷と阿部の関係を知っていた——由宇がそう仄めかしていることに、このとき省路はまだ、ぴんときていなかった。

「おそらく阿部先生を殺害したのも、同じ犯人なんだと思う。発表されていないけど、凶器は鎌だったそうだし」

「でも、あれって火事になってましたっけ？」

　ガソリン入りのポリタンクを、美郷が現場で発見したと知って、由宇は眼を瞠った。

「そうなんだ……じゃあ……じゃあやっぱり、お祖父ちゃんとお祖母ちゃんを殺したのも、もしかしたら」

「溝口さん、きみにわざわざ来てもらったのは他でもない、お祖父さんとお祖母さんの事件について、少し教えて欲しいんだ」

「はい。でも」頷いたものの、すぐに首を横に振った。「でも、わたしが知ってることなんて、なにもありません」

「火災を最初に発見したんだし。なにか重要なことを目撃しているかもしれない」

「それ、警察のひとにも訊かれたけど。なんにも見てません。犯人を目撃できるものなら、目撃したかったけれど。誰も見ていないし、なにも変なことには気がつか」

「まてよ」首を傾げ、省路は考え込んだ。「——溝口さん、きみさっき、なにか変なこと、言わなかった？」

「変なこと、って」

「お祖父さんの家へ写真をとりにいった——とかなんとか」

「そうですよ」

「でも事件が起きたのは、えと、去年の十月十四日の朝だよね。八時頃、だったっけ、たしか。ということは、学校へ行く途中で寄ったの？」

「ええ、そうです」

「なんでまた、わざわざ朝に？」

「お祖父ちゃんに現像に出しておいてもらうよう、頼んでたんです。家を出る前に電話したら、できてるって言ったので。コンサートの写真。いっしょに聴きにいってたクラブの友だちも写ってたから。みんなに見せたくて」

「吹奏楽部の友だちと、かい」

「毎年、みんないっしょに聴きにゆくんです。恒例行事みたいなものですね」

毎年、みんないっしょに……なにかひっかかる。が、なかなか憶い出せない。たしか同じようなことを誰かに聞いた覚えが……美郷か？

「それって、米田先生もいっしょに？」

「もちろん。みんな、ファンだから。バーナード・ヒルトン楽団の」

バーナード・ヒルトン……その名前が、省路のなかで連鎖的な小爆発のような化学反応を起こす。コーヒーとまちがえ、泥水を飲んだみたいな不快感が胸を攪拌《かくはん》した。

「えと。たしか毎年、十月にコンサートがある、とかっていう？」

「そうです、そうです。日本ツアーの豊仁公演は例年、その頃で」

「去年のコンサート、十月の何日だったの」

「日付ですか。えと。そこまで憶えてない」

「調べられないかな。それとも米田先生に――」

「なんなら、いまから行きます？　部室へ」

「資料かなにか、置いてあるの」

「バーナード・ヒルトンに限らず、地元で開催されるコンサートとかイベントのプログラム、パンフはだいたい、保管してあります」

「ぼくが行って、見てもいいの」

「ええ、もちろんだいじょうぶです」

五階の音楽室へ案内してもらった。隣りが楽器室を兼ねた吹奏楽部の部室になっている。期末考査目前のためクラブ活動は禁止だが、部室でお喋りしている生徒たちがいた。

入ってきた由宇を見て、中等部だろうか、幼い顔だちの三人組の男の子がいっせいに立ち上がり「こんにちはー」と丁寧に挨拶《あいさつ》する。体育会系のみならず、文化系クラブもけっこう縦社会らしい。

「なに、こんなところで油、売ってんの、あんたたち。早く帰って、勉強しなよ」

由宇に注意され、「はーい」と元気よく答えるものの、部室を出てゆく様子はない。彼女といっしょにいる省路が気になるのだろう。高等部三年生のほんの一部の生徒しか受け持っていない臨時講師なので、正式に全校生徒の前では紹介されていない。見慣れぬ男の顔に興味津々、といった態。

ほんの先々月、クラブ顧問の教師が殺害されたばかりだというのに、あまり屈託がない。あるいは事件直後はそれなりに悲嘆したかもしれないが、すぐに忘れるか、気持ちを切り換えるかする。中学生ぐらいなら、そんなものだ。省路は我が身を省みて、そう思った。彼が中学生の頃、わりと仲のよかった同級生の父親が病死して、東南区の自宅へ学校総出で弔問に訪れたことがある。その日はこの世の終わりみたいに泣けたが、翌日にはもう普通に遊んでいたっけ。そういうものだ。

「あ、あのー、溝口先輩。ひょっとして」「ひょっとして、か、カレシっすかあ？」「うわー」「きゃあ」「いやーん」

「あほ」こん、こん、こん、と由宇は三人のおでこを順番に、テンポよく拳《こぶし》でぶった。「乙女か、あんたらは。こちら、臨時の英語の先生。この学校の出身で大先輩なんだよ。ご挨拶は？」

「あ、ども」「こんにちはー」「どもどもー」

「一応紹介しときますね、先生。うちのパートの三馬鹿トリオです」

「パート？」

「担当楽器のこと。トランペットなんですよ、この子たち」

そういえば由宇もトランペットをやっていた、という話だった。いまは実質引退状態だが、今年の夏休みまでは同じ楽器で、三人組を指導する立場にあったらしい。

「そうでーす」「ラッパ三兄弟でーす」「三人揃って、万年サードやってまーす」

「あーもう、うるさい。さっさと帰って、勉強しなさい。あんたらみたいなのが来年はセカンドかと思うと、おちおち卒業できんわ」

ぶたれても、くさされても、なんのその。へらへら笑って、いっこうに部室を出てゆく気配のない三人組を放っておいて、由宇はキャビネットの引出しを開けた。なかを、がさごそ探し始める。

「なんすか、先輩？　なにか探しもの？」

「プログラムとパンフ、あったよね。バーナード・ヒルトンの」

「おっとー。それなら、こっちです」男の子のひとりが別の引出しを開けた。「ここのが全部、そうですけど。いつのが要るんすか？」

由宇に眼で訊かれ、省路は慌てて答えた。「去年の。と。それから、できれば九一年と、今年のやつもお願い」

「九一年っすか。去年は、九四年。と。九五年。はいどうぞ」

手渡されたプログラムの表紙に、あの長髪で髭面の男性が写っていた。ぞわぞわぞわ、と省路は総毛だつ……そうか。そうだったのか。

やっと理解できた。この外国人ミュージシャンの顔に、どうして自分はこれほど過敏に反応をするのか、その理由が。単純なことだったのだ。

似ている。あのマイケル・ウッドワーズに。

瓜ふたつと言えるほど、ひとつひとつ細かい造作が酷似しているわけではない。にもかかわらず、全体的に醸し出される雰囲気が、なんだか気持ち悪いほど、マイケルを連想させるのだ。単に長髪や髭のせいだけとは思えない。

そうか……これだったのか。最初にポスターを見たときの、あの異様な感覚。あれはまさしく、過去の亡霊との邂逅《かいこう》だったのだ。自分がこの手で殴り、川に落として殺した男との。

（おまえらも共犯だぞ）

（これで）（これで）（おまえらも）

（共犯だ）

おれは……おれは、ひと殺し、か。シバコウのせいで、一生この烙印を背負っていかなければならない。ならば、なんとしても川嶋のやつを探し出さなければ。ひとり殺すも、ふたり殺すも同……まて。まて待て待てまて。なにを考えているんだおれは。少しは落ち着け。

気をとりなおし、省路はそれぞれのプログラムを見てみた。九一年の豊仁公演は、十月五日、土曜日に行われている。

去年、九四年、十月八日。これも土曜日。

そして今年、九五年は十月三日、火曜日。これは美郷にポスター貼りを手伝わされた分だ。

「そうか……」自分のちょっとした思いつきが裏づけられ、省路は満足げに頷いた。「判った。どうもありがとう」

「って。先生？」


やや足早に部室を後にする省路を、由宇は慌てて追いかけてきた。

「先生、あれだけでいいんですか？」

「うん。とても参考になった」

「でも、バーナード・ヒルトン楽団が、事件にどう関係するんです？」

「まだはっきりしたことは判らない。これからいろいろ考えてみるよ」

「あの」

いきなり前方に回り込んだ彼女に腕をつかまれ、省路は驚いた。当の由宇本人がもっと驚いたようだったが、放そうとせず、逆に力を込めてくる。

「あの、先生。もしなにか。なにか判ったら、わたしにも教えてください」

「あ、ああ。もちろん」

「お願いします。わたし……わたし」

背後で、ひゅーと口笛が鳴った。振り返ってみると、さっきの三人組が音楽室から身体半分だけ廊下に乗り出し、こちらを囃したてている。

「溝口先輩っ、もうひと息」「押す。そこで押し倒すっ」

「ちゅうだ、ちゅう」「ナイスですわん」「きゃいーん」

「あ、あああ、あんたらはあっ」

戸口のところへすっ飛んでゆくや、由宇は飛び蹴りのポーズで音楽室へ消える。「痛」「ぐ」「あらららら」「げほ」机や椅子がひっくり返ったとおぼしき騒音が、ひとしきり続いた。

息を切らして廊下へ戻ってきた由宇は、埃の舞い上がっている頭を下げた。

「どうかよろしくお願いします」

「判った。もちろん教えるよ。なにか判ったら、だけどね」

そう笑ってみせたものの、他人にはとうてい打ち明けられない事実に突き当たるかもしれない。省路は、そんな予感にかられた。つまりこの段階ですでに、おぼろげながらも、事件の全体像は見えていたのだ。

「どうも時間をとらせてしまって、すまない。じゃあ、また」

由宇と別れると、自宅へ戻るまで待ちきれず、並木通りの電話ボックスに入った。暗記している奈良岡家の番号を押す。

『――はい』とさいわい、すぐに美郷が出た。

「おれです。さきほどはどうも」

『どうしたの』

「ちょっと調べてもらいたいことがあるんだけど。かまいませんか」

『例の件で？　なにか思いついたの』

「まだ考えが、まとまっていないんですが。確認しておきたいことが少々」

『ちょっと待って――』声が遠のき、メモでも引き寄せたとおぼしき気配。『はい、どうぞ』

「九一年の事件の被害者と、九四年の、最初のほうの被害者のことなんですが」

『えと。秋山さん一家と。九四年の最初というと、溝口さんのお祖父さんじゃなくて、桜井さん一家のことね。それが、どうかしたの』

「本人か、あるいは身内の誰かが音楽に興味を持っていたんじゃないか、と思うんですが」

『音楽う？』

なまじ身近な単語のせいで意表を衝かれたのか、美郷は素っ頓狂な声を上げた。

「特に、バーナード・ヒルトン楽団の豊仁公演に行ったかどうかを知りたいんです」

『バーナード・ヒルトン……って』どういうことかと詰

問したそうな雰囲気ありありだったが、好奇心は後回しにしたようだ。『了解。調べてみる。でもさあ、コンサートに行ったかどうか、なんて。秋山さんも、桜井さんも、家族が全員亡くなってるでしょ。チケットとかが残ってるっていうなら、ともかく。判るかなあ、そんなこと。時間、かかるかも。結局、判らないかもしれないし』

「それでもいいです。ともかくよろしく」

『なにか思いついたのなら、すぐに教えて。出し惜しみしたら、承知しないからね』

「もちろんですとも」

そう快諾したものの、美郷にも真相は告げずに終わるだろう。省路は今度こそ、そう確信し、電話ボックスを出た。

出たところで、いきなり誰かに、ぶつかりそうになった。見ると、さっき別れたばかりの由宇ではないか。

「先生」

後ろ手に学生カバンをぶらぶらさせ、胸を突き出すようにして、にじり寄ってくる。

「な、ど、どうした」

「誰に電話してたんですか」

「え。いや」

「ひょっとして、米田先生？」

ばればれ、か。否定しても無駄のようだ。「す、すごい勘だね」

「だって、さっきの話の流れからして、当然そうでしょ。気になるじゃないですか」

「あのね、もうすぐテストなんだから、早く帰って勉強しなさい。さっき、きみ自身、後輩たちに言ってたことでしょ」

「あの子たちとは、立場がちがいます。わたし、指定校推薦枠で大学、もう決まってるんだから」

「へえ。どこ？」

「東薊乃大学」

「おお、我が母校か」

「え。ほんとですか？」不信感あらわに眇《すがめ》だった由宇、途端に、あけっぴろげな笑顔になった。「じゃ高校に続いて、わたし、大学でも先生の後輩になるんですね。わ。なんだか嬉しいな」

当然のように右手を差し出してきたものだから、省路もつられて、握手してしまった。

「よろしく、センパイ」

「あ、ああ。じゃ」

慌てて手を離し、逃げるようにして歩き出したのだが、由宇はゆるしてくれない。

「ちょ、ちょっとちょっと、きみ。どこまでついてくる気なの」

「ついていってるんじゃありません。センパイがわたしの前を歩いてるんです」

呼び方が完全に「センパイ」に変わる。「先生」と比べ、なんとなく互いの距離が縮まってしまう感覚。由宇もそれを意識しているのだろう、格段に甘えた口調になっている。

「あのね、溝口さん、これは」

「教えてください。さっきプログラムを見てたの、どういうことだったのかを」

少しぐらいなにか提供しておかないことには、おさまりそうにない。省路はそう観念し、立ち止まった。地味に見えて案外、芯の強そうな娘だとは思っていたが、想像以上だ。

「判った。判ったよ。でもね、断っておくけど、ぼく自身、まだ考えが完全にまとまっているわけじゃないんだ。それは承知しておいてね」

「はい。それで？」

「プログラムを見せてもらったのは、日付を確認するため」

「日付？ コンサートの、ですか。あ。そか。そもそもそれを調べたいってことで、部室へお連れしたんでしたっけ」

「これは米田先生とも話したことなんだけど」

九一年、九四年、そして今年の事件の共通点について簡単に説明する。

「……たしかに全部、十月に発生してますね」

「なぜ十月なのか。こだわり、というと変だけど、ただの偶然とも思えない。まるで雲をつかむような話だけど、もしかしたら犯人は、まったく無差別に犠牲者を選んでいるわけではないのかもしれない。そう考えたんだ」

「どういうことでしょう。うちの祖父母と、他の被害者の方たちとは知り合いではなかったはずです。わたしが知る限り、クラブの顧問の阿部先生とさえ会ったことはなかったんですよ。互いに関係ないひとたちばかり狙ってるんだから、これは無差別殺人でしょ。それ以外のなにものでもない」

「一見そうとしか考えられない。だけど、もしかしたら犯人は、なにか自分なりの基準があり、それにのっとって被害者を選んでいるのではないか、そんな気がするんだ」

「だから犯行が必ず十月だ、と？　でも、それがどういう基準になり得るんでしょう」

「コンサートも必ず十月だよね」

「なにか関係が、あるんですか」

「気がつかない？　どの事件もすべて、バーナード・ヒルトン楽団の豊仁公演の後で、起こっているんだってこと」

「えと……」記憶を探っているのか、由宇は眼を泳がせる。「たしかにそう……そうだけど。でも、だったら、なんなんです」

「もしかしたら犯人は、コンサートを聴きにいったひとを狙っているのかもしれない」

「え？　そんなわけ、ないじゃないですか。だったらなぜ、コンサートに行ったわたしじゃなくて、かわりにお祖父ちゃんやお祖母ちゃんが殺されたの。それに、もしもコンサートが原因なら毎年、事件が起こらなきゃいけないはずでしょ。なのに九二年と九三年に、なにもなかったのは、なぜ？　しかも去年に限って二件も起こったのは、いったいなぜなんですか」

「だから、そこはまだ判らない。あるいは聴きにいった本人ではなくて、その身内でもかまわないという理由が犯人には、なにかあるのかもしれない。コンサートだけじゃなくて、それ以外にもなにか複合的な要因があるかもしれない。要するに、もっといろいろ調べて、考えてみないと、はっきりとした結論は出ないんだよ。言っただろ、まだ考えが完全にまとまっているわけではない、って」

「阿部先生はたしかに、わたしたちといっしょに毎年、コンサートを聴きにいってるけど。あとの被害者たちの場合は、どうなんだろ」

「まさにそれを調べてもらうおうと、いま頼んでたんだよ」

「米田先生に？　あ。そうか。米田先生のお父さんて、警察の偉いひとなんですよね」

どうやら美郷の父親は、組織のなかでもかなり地位のある人物らしい。なんにせよ情報源が確保できているのは、ありがたいことだ。

「そういうこと。すべて米田先生からの報告待ちってことで、納得してもらえたかな？」

「はい、センパイ」

「よし。じゃあ早く帰って、勉強べんきょう」

これで立ち去ってくれるかと思いきや、まだ由宇はついてくる。といっても今度は、たまたま帰り道の方角が省路と同じだけということらしい。わざわざ距離をとるのもおとなげない。しばらく雑談に付き合いながら、省路は彼女と連れだって、並木通りを歩いた。

ふと、なにかが心にひっかかる。それが先刻、由宇が発したひとことだと思い当たり、省路は妙な心地になった。

（よろしく、センパイ）（はい、センパイ）

センパイ——その呼び方が、なぜか不穏な気持ちをかきたてる。なんだろう……なにか……なにか忘れているような気がする。なにか、とても重要なことを忘れてるような気が。

「センパイは、じゃあ美郷さんとは、十三年前の事件以来、ずっと連絡を？」

「いや。その後はまったく。ぼくが高三のとき、彼女が学校に赴任してきて、そのときちょっと話した以外は、今回まで全」

省路が「センパイ」なばかりか、美郷の呼び方まで、いつの間にか「美郷さん」になっているのに気づき、怪訝そうに由宇を見ると、察しよく説明してくれた。

「わたし、学校ではもちろん米田先生だけど、プライベートでは、美郷さん、て呼んでるんです」

「てことは、そんなに親しいの？」

「もともとは、わたしの母と美郷さんが仲良しだったんですよ」由宇は地元デパートの、某高級ブランド店の名前を挙げた。「——そこ、母の行きつけなんだけど。美郷さんも常連で。しょっちゅうお店で顔を合わせているうちに、親しくなったんです。わたしがまだ、豊仁義塾の中等部に入学する前のことなんですけど」

「でも、溝口さんのお母さんと彼女じゃ、歳がずいぶん離れてない？」

「ちょうどひと廻りちがい。でも気が合うみたい。よくいっしょに食事したりしてるうちに、わたしもくっついてゆくようになったんです。中等部時代、東京で有名な先生の楽器のレッスンがあって、わたし独りで受けにゆくと言ったんだけれど、母が心配して、個人的に美郷さんに付き添いを頼んだ。そんなこともありました」

「へええ。そうなんだ」

「わたし、さっきも言ったけど、推薦入試で留守にしてたので。東京から戻ってきて初めて阿部先生の事件を知って、すぐに美郷さんの様子を見にいったんです。多分、実家のほうだろうと思って、奈良岡家のほうへ」

どうしてそう思ったのか、省路はここでも深く追及しなかった。単に教師と生徒の関係だけでなく個人的な親交があるのなら、実家も知っていて当然だろうと、かるく考えて。

「美郷さん、さすがにまいっているようで、あれこれ詳しく話を聞ける状態じゃなかった。しばらく、そっとしておいたんですけど。一昨々日、急に電話がかかってきて。家へ行ったら、このメモを『選択英語』の先生に渡してきてちょうだい、そう頼まれたんです。美郷さん、伊吹先生とどういう関係なんだろうとか、いろいろ気になったけど。まあおいおい判るだろうと。で、一昨日、メモをお渡しした、というわけだったんです」

「なるほど」省路はこの際、気になっていることを訊いてみた。「――美郷さん、ご主人とは、うまくいってないの？」

「わたしが高等部に進学する前後だったかな、お見合い結婚したんだけど。結納前から、母はそれに大反対でした」

「そうなんだ。なぜ？」

「相手は、ビルのメンテナンス関係だっけ、とにかく地元では大きな企業の社長の息子さんで。まあ良縁ではあったから、母も最初はいっしょに喜んでたんだけど。旦那さんに直接紹介されてからは、あれはだめだ、と。家でもしきりに、こきおろすようになった」

「どこがそんなに、だめだったんだろう」

「さあ。わたしは美郷さんの旦那さんを、披露宴でしか見たことがないので、なんとも。感じのよさそうなひとでしたけどね」

「まあこればっかりは、な。男女のことは判らないよな、外からは」

「いくら仲良しでも、母は美郷さんとは他人ですから、そう表立って反対したわけではなかったんですけど。でも阿部先生の事件で、美郷さんの不倫が発覚し、やがてその噂は母の耳にも届いた。案の定、母は、言わんこっちゃないって息巻いて。あれは旦那のほうが悪い、美郷さんと合うはずないと、わたしには最初から判ってた、って。美郷さん、学校や世間では風当たりが強いけれど、母はことあるごとに庇ってます」

「そういう心強い味方がいるんだ、彼女にも。そういえば、海老沢のお祖父さんとお祖母さんというのは――」

「はい。母方の祖父母です」

「じゃあお母さんも、さぞ大変だったでしょう、昨年のときは」

「そうですね。去年わたしが学校を休んでたとき、美郷さんがお見舞いにきてくれたのも、どちらかというと、母を慰めるためで――」

「よお」

いきなりそんな声がかかって、びっくりしたらしい。由宇は、ひしと省路にしがみついた。

中年男が、にやにや笑っている。多胡だ。

「……あんたか」

「なんや、今日はオンナ連れか」

多胡は、じろじろ無遠慮に、品定めするみたいに由宇を眺め回す。

「あ。それじゃ、溝口さん」省路はかるく彼女の肩を叩き、背中を押した。「またね。テスト、がんばって」

はい、と小声で頷くと、由宇は小走りで、ふたりから離れていった。

「――あんたもね、いいおとな、なんだからさ」由宇の姿が見えなくなるのを待って、省路は苦々しく吐き捨てた。「制服を着てるんだから、判るだろ。うちの生徒を、オンナ呼ばわりするのは、やめてくれ」

「そう嫌な顔、すな。今日は別に、おまえを待ち伏せしとったわけやない。偶然じゃ。ほれ、その証拠にな」と多胡は両手を拡げ、ぶらぶら。「写真は持ってきとらん。じゃろ。ん。あれ、それとも」と、おどけて省路の顔を覗き込んでくる。「持ってきたほうがよかったかの。ん？」

この野郎。母親の従兄弟を、省路は睨みつけた。調子にのりやがって、揺さぶりをかけてるつもりか。

「ま、まあ、そう睨むな」怯んだのか、笑みが卑屈に固まる。「そんな眼をすると、まるで香代子みたいやの。ほんまに」

「写真がないのなら、なんの用だ」

「だから偶然や、て言うとるじゃろが。愛想のないやっちゃ」

「ああ、そうかい」

「けど、なんか頼みごとがあるんなら、いつでも相談にのるで。オンナのこととか。のう」

「頼みごと？　そんなもん、あんたに――」

ようやく省路は、自分がなにを失念していたかに思い当たった。そうか。十三年前の事件がマイケル・ウッドワーズの仕業ではない以上、真犯人は別にいる。それは誰か。

川嶋だと、なんとなくて決めつけていた。失踪したというのも、己れの犯行の露見を恐れての保身の行動だと考えれば、一応説明がつくし。

しかし十三年前の関係者が、もうひとりいるではないか。すっかり忘れていた。繭子がいつも「センパイ」と呼んでいた男。鷲尾嘉孝だ。そうだ。あいつがいた。だから由宇の言葉が、あんなにひっかかったのか。

「――なあ、ちょっと」

ぺっと唾を吐き「ほんならな」と踵を返しかけていた多胡は、足を止めた。

「いま時間、あるか。話したいことがある」

「ん。おう。ええぞ」

児童公園へ赴く。まだひと影は、まばらな時間帯だ。多胡は、さっさとベンチに腰を下ろした。「なんじゃ、話て」

「――おふくろ、ってさ」

すぐ本題に入るつもりが、ふと省路は、多胡の前に佇み、全然別のことを口にしてしまう。

「ん？　香代子が、どうした」

「なぜ親父なんかと、結婚したのかな」

これまで改めて考えたこともなかったが、さきほど美郷の夫の話題が上ったせいだろうか。無性に気になり始める。

「なにを言うとるがや、いまさら」

「自分の父親のことをあれこれ言うのもなんだけれど、おふくろが惚れ込むほどの男とは思えないんだよ、どうしても」

「んなこと、あるか」

「どうして」

「いまは国会議員やし、当時やて、泣く子も黙るお医者さまじゃ。社会的立場と経済力のある男に、女は惹かれる。あたりまえやが。昔もいまも、変わらん道理っても
んで」

「金のある男だったら誰でもいい、と」

「ひらたく言やの」

「たしかに。おれもそう思ってた。けど、いま改めて考えてみると、おふくろが親父の金を当てにしていたような印象は、あまりないんだよ。いつだったか、おれの友だちの兄貴が、新婚で、新しい家を建てたことがあって」

「首尾木村でか」

「そう。中学生の頃の話。おれは言ったんだよ、おふく

ろに。親父に金、出してもらって、おれたちの家も建てなおそうよ、と。別にとりたてて、おかしな提案でもないだろ？」

「やの。で、どう言うた、香代子は」

「詳しくは憶えてないけど。却下された。速攻で。しかも鼻で嗤う感じで」

「ふうん？　めんどくさかったんかな」

「かもしれない。しかし、それだけかな」

「というと」

「そもそも親父の女癖の悪さに堪忍袋の緒が切れて別居するなら、わざわざ村の実家に戻ることはなかったんじゃないか？　祖母ちゃんに、しんどい農作業、手伝わされるの、判りきってんのに。同じ家を出てゆくにしても、お町に住むことを、どうして考えなかったのか」

「女が自力で独立するのは、簡単なことやないぞ。なにせ小っちゃいおまえをかかえてたんやし。嫌でも大月の婆さん、頼るしかあるまい」

「親父に援助してもらえばよかった。別居の原因をつくった責任があるんだからさ。金を出してやるのが、当然だろ」

「そうは問屋が卸すか。したたかやからの、おまえの親父は。勝手に出てゆく女房なんぞに金を出せるか、泥棒に追い銭や、とかなんとか言うて。つっぱねたがじゃろ」

「仮にそんなふうに話がこじれたとしても、おふくろが負ける、なんて考えられない。あっさり白旗を掲げて泣き寝入りするタマじゃないよ。それはあんただって、よく知ってるだろ？」

「うーん……」もっともだと思ったのか、多胡は腕組みし、顎を撫でた。「てことは結局、金の問題やない。実家がいちばん居心地がよかった。そういう面もあるかもしれんの」

「居心地がよかった……か。なるほど。あんたたちが、いたから、と言いたいわけか」

「ん？」

「だってそうだろ。いっしょにあんな写真を、こっそり――」

「おいおい。ちょっと待て。ああいうことを始めたんは、香代子がおまえの親父と別居するようになってから、後の話やぞ」

「ほんとうに？」

「嘘ついて、どうする」

「写真を始めたのは、別居の後、か。じゃあ、あんたたち兄弟は、それ以前にはおふくろと、なんの関係もなかったの？」

「いや、それは……」

多胡にしてはめずらしく、哀しげな表情を浮かべる。いらだちにも似た逡巡が覗いた。

「正直に言うて、ええがか」

「おれも、もうすぐ三十だよ。なにを言われても、驚かないさ。だいたい想像がつくしね」

「ほんなら言うけどな。香代子はおまえの親父と結婚する前から、わしらと、できとった。最初は昭典と。彼女、まだ二十歳前やった。そうと知って、わしもな、やらせてくれ、言うたがじゃ。半分冗談のつもりやったけど。香代子はすんなりと」

「そのとき、写真はまだ？」

「そんな余裕あるか。香代子はええ女や。わしら、夢中やった。数年、続いたかの。秘密にしとったんやけど、やがて大月の婆さんに、ばれた。婆さん、えろう怒ってな。おまえの親父が香代子に求婚しても大反対やったのが、掌かえしたみたいに、縁談、進めよった」

「あんたらよりはまし、と思ったわけか。親父のほうが」

「やろの。そらそうじゃ。ところが、おまえが小学校へ上がる前に、香代子が出戻ってきよった。わしらも豊仁で、やばいことに手ぇ出して、命からがら首尾木村へ逃げてきた。こうなったらまた互いに、よりが戻ることになるやらしれん。ならいっそ、おまえらの特技を活かし、趣味と実益を兼ねるというのはどうか、と」

「やっぱり祖母ちゃんが提案したのか」

「いや。香代子が」

「え」省路は戸惑った。「……おふくろが？　なぜまた、そんな」

「大月の婆さんが、わしらを居候させることに反対したから、そう妥協案を出してくれたがや。要するに、働きもせん、只飯《ただめし》喰らいなんぞ家に置けるか、ゆうのが婆さんの言い分やからの。いかがわしい写真でもなんでも売って金がつくれるんなら、まあいいか、と。結果、昭典とわしは、なんとか納屋で寝泊まりさせてもらえることになった」

「まてよ。おかしいじゃないか」

「なにが」

「この前、もらった写真、あれって、ずいぶん若いだろ。

おふくろも、あんたらも」

「あれは、えと、二十年あまり前やの。おまえが小学校の低学年くらいか」

「撮影は、いつしていたんだ？　おれがいたっていうのに」

「おまえが学校へ行ってるあいだに、決まっとろうが」

「そんなばかな。昼間は畑仕事で忙しくて、それどころじゃ……」

そうか。省路は納得した。そういうことだったのか、と。

撮影が行われたのは、省路が空知家で外泊するようになる中学生時代以降で、夜間に限る――と、これまでなんとなく、そう決めつけていた。が、多胡兄弟が最初から、農作業の戦力として祖母に期待されていなかったのだとしたら、昼夜を問わずに撮影が行われても、なんの問題もない。畑仕事の足手まといになるくらいなら、せっせと励んで売れる写真をつくれ、と。あの祖母なら、むしろ尻を叩きかねない。

「なるほど。でもあんたら、たしか、おれが九歳くらいのときだったと思うけど、祖母ちゃんに家から追い出されただろ。あれは畑仕事をサボるから、じゃなかったのか？」

「ちがう。はっきり言や、写真の売れゆきが、かんばしゅうなかったからじゃ」

「家賃を払えなくなった、と」

「食費も入れん、なんの役にもたたん穀潰《ごくつぶ》しどもを置いておけるか、と。そう言われても、売れんものは売れん。わしらのコネが、もう頭打ちになっとっての。さっぱりじゃった。香代子にもだいぶ手を尽くしてもろたが、それも焼け石に水で」

「え？」省路は首を傾げた。「おふくろが手を尽くした……って、それは撮影以外で？」

「うん。心当たりがあるから、自分も売り込みしてみる、言うて」

「お、おいおいおい」省路は仰天した。「自分の恥ずかしい姿が写ってる写真を、かよ？」

「わしらやって、自分の恥ずかしい写真を売り捌いとったがやぞ」

男と女じゃ立場が全然ちがうだろ、という反論を省路は呑み下した。それよりも、不可解なことがある。

「一旦そうやって追い出されたあんたらが、なんだってまた十三年前、あの事件の夜、うちに舞い戻ってきて、撮影してたんだ？　しかも祖母ちゃんが台風のなか、秦の爺さんの家へ行って、留守にしてやってまで」

「香代子が続けたい、言うてきたからや。わざわざ連絡してきて」

「いつ」

「さて。あの時点で、もう二年くらい、やっとったかの。再開してから」

「そんな……おふくろが続けたくても、祖母ちゃんが承知するはずがない」

「わしらもそう思た。むりやろ、て。本人がやりとうても、婆さんが承知せんわ、て。けど、香代子はどう説得したんかな。婆さんが承知せんわ、て。けど、香代子はどう説得したんかな。結局、婆さん、折れた。おまえももう中学生やったから、昭典とわしは大月家とは別のところに住む、ゆう条件で」

「合点がいかない。売れもしない写真を、祖母ちゃんは、なんで」

「さあなあ」

「だいいち、おふくろは、なんで？　なんでわざわざ、追い出されてたあんたらを呼び戻してまで、そんなことを」

「さあなあ」

「あんたらもあんたらだ。金になりもしないのに、そんな酔狂な真似に付き合って」

「そもそも昭典とわしは、最初から趣味のようなものやったからの。売れんでも関係ないし、香代子を抱けるなら、なんの異存もなかった」

「じゃあ全然、変に思わなかったのか？　おふくろが自ら、そんなことをしたがる、なんて」

「当時はな。いま思たら、たしかに変やけど。まあ香代子も、よっぽど好きやった、ゆうことやろ」

「そうか。あんたらとのセックスが、そんなによかったと」

「ちがう」多胡にしてはめずらしく、どこか依怙地《いこじ》な否定の仕方だった。「それはちがう。たしかに香代子は、わしらに抱かれて悦《よろこ》んどるように見えた。けどな、いま思うと、どっかで冷めとった。よがりくるってたのが、芝居とまでは言わんが、なんや知らん、いつも計算ずくだったような」

「ずいぶん弱気だな。なんだよ、計算ずくって。いったい、なんの計算なんだ？」

「昭典はきっと、自分は香代子を夢中にさせとる、大した男やと信じ込んだまま、死んだんやろ。ある意味、しあわせなやつじゃ。昔はわしも、そうやった。けど、いまになって考えれば考えるほど、香代子はわしらのことなぞどうでもよかった、と。そんな気がする」

「どうでもいいのに、どうしてしつこく、あんたらに抱かれ、写真を撮らせてんだ」

「わしらが身近におったからやろ。たまたま身近に器用なやつらがおったから、それで間に合わせた。それだけじゃ。別に他の者でもかまわんかった。カメラマンと機材さえ調達できりゃ、な」

「というと」

「要するに香代子は、被写体になることそのものが気持ちよかったんやろ」

「つまり……つまり、恥ずかしい姿を撮影されるのが快感だった、と?」

「おそらく、な。自分に酔うとったんや。その証拠に、撮影するとき、香代子は自分であれこれ構図の指示を出しとった。そらもう、うるさいくらいに。自分がどんなふうに写るかが、いちばん重要やったがやろ。女はそういうもんじゃ。女は自分にしか興味がない。男はしょせん道具で」

「指示した、って。そういえば、この前の写真、ずいぶんおもしろいこと、やってたな」

「ん。張り形のやつか。そうじゃ。あれも香代子の指示やった。こういう趣味の男もきっとおる、いろんな客層を開拓せないかん、言うて。通販かなにかで張り形を自分で用意しとったのには、さすがに呆れたわ」

「おふくろに掘られてたのは、どっちだ。あんたのほうか」

「ああ」苦笑する。「商売するなら、いろんな趣向が必要。そらもっともや。けどなあ、尻、やられるのはなあ。正直、かんべんしてくれ、思た。昭典も乗り気やなかったけど、香代子が譲らん。仕方なしに、じゃんけんで決めたら、わしが負けてもうた。顔、写さんかったがは昭典のせめてもの情けじゃろの。でも、あのときは嫌でしょうがなかったけど、いま思たら、なかなかおもしろかった」

「すると、おれが中学生の頃のは、すべておふくろ主導でやってた、と。そういうことか」

「ああ。三人いっしょにするというのも、香代子が言い出したことや。それまでは昭典とかわりばんこでやっとった。撮影役も要るしな。けど、こういう趣味の男もおる、いろいろ試さないかん、と。こうくる。言い出したら譲らんし、自動シャッターとか方法はいくらでもあるから、三人でやった。あれも体位によって、ときおり男同士の肌が触れ合うのが気色悪かったけど、ま、やってみたら、なかなかおもしろかった」

「でも、売れなかったんだろ、写真は」

「売れんかった。少なくともわしらのコネは、もうないも同然やった。香代子は諦めんと、あちこち売り込んどったようじゃが、さほど金になったとは思えん。結局わしらの趣味は、香代子の情熱だけで続いてたようなもんじゃ」

「それにしても、納得いかない」

「しつこいのう、おまえも存外」

「だってあの祖母ちゃんが、金にもならない趣味を黙認する、なんて。あり得ないよ。仮に一歩譲ったとしても、自分から秦さんのところへ泊まりにいくもんか。撮影するなら、どこかよそでやれ、くらいのことは言いそうなもんだろ」

「それもそうやが」多胡も首を傾げた。「なんだかんだ言うて、娘が不憫やったんやないか？　亭主の女癖の悪さに泣かされ、出戻ってきて。女手ひとつで息子を育てないかん。畑も手伝わないかん。せめて好きなことくらい自由にさせてやろう、と。そう思たがやないか？　あのしわい婆さんやって、ひとの子やぞ。のう」

省路は納得しなかった。が、同じ疑問にいつまでもかかずらっていても仕方がない。うろうろ歩き回るのをやめ、ベンチに腰を下ろした。

「脱線して、すまない。本題に入ろう」

「なんじゃ」

「あんた昔、探偵をやってたよね」

「よう憶えとるな。そういや、省路。おまえ、記憶が戻ったがか」

「おふくろの写真、見ているうちにね」

ほんとうはテレビCMで見た繭子の三つの黒子でだが、そういうことにしておく。

「そらよかったよかった」

「で、いまでも探偵、やれる？」

「あたりまえじゃ。なんぞ頼みたいがか」

「ある人物を探している。どこにいるか、見つけて欲しい」

「誰や」

「おれの中学校の二年先輩で、鷲尾嘉孝という」

「鷲尾――」

「東南区の出身だ。県立南白亀高校へ行ったはずだが、その後の消息を知りたい。どう？」

「どうって、やれるか、ってことか？　こう見えてもな、そういうのは得意やぞ」

「じゃあ、やってもらえないか。もちろん必要経費と調査費を払うよ。ただし、まがりなりにも身内なんだからさ。昔のようなあくどい真似は、やめておいてもらいたいね」

「なんでもよう憶えとるやか」多胡は苦笑し、立ち上がった。「よっしゃ。やったろ」

「とりあえず」省路は、財布に入っていた一万円札を全部取り出した。「これだけ、わたしとく。後で追加分を請求してくれ」

「おう。まかしとけ」

多胡は武者震いのような仕種をした。心底楽しそうで、まるで子供のようなはしゃぎっぷりだ。頼られるのが単純に嬉しいのか、それとも日頃の生活によほど張り合いがないのか。

「期間は、どれくらいかかりそう？」

「それはやってみんと、なんとも。のう」

「とりあえず、十五日の——」その頃には省路もテストの採点を終わっているはずだ。「金曜日にここで。調査の成果があるなしにかかわらず、一度会っておくということで、どうだろう」

「よし。判った。じゃ」颯爽と立ち去りかけ、多胡は首を傾げた。「……気のせいか」

「なにが？」

「いや。鷲尾、ていうたな。鷲尾嘉孝」

「そうだけど」

「なんやろ、前にもその名前、聞いたことがあるような気がする」

「だって、東南区出身なんだから。聞き覚えがあっても、全然おかしくない。村で本人とすれちがったことだって、あるかもよ」

「いや、そうやなくて。鷲尾ってやつの居場所、知らんか、と。誰かに以前、そう訊かれたことがあるような覚えが」

「え。誰に？」

「うーん。よう憶い出さん。歳のせいかの。えと。わ。わ。わ、なんとか。和田。ちがうな。輪島。渡辺。ちがう。えーと。なんていうたっけ。えーと。新聞記者かなんかやったかな、あいつ」

それで省路は、ぴんときた。「涌井——じゃないのか」

「ん？」

「涌井って男じゃなかったか。東京から来た、フリーライターという」

「あーそうそう。たしか東京から来た、言うてた。四、五年前やったかの。なんでも、首尾木村の事件を調べなおしてるから、関係者のひとりとして話を聞かしてくれ、言うて」

「で？　どういう話をしたんだ」

「なんぞ知らんかて訊くけど、わしが知ってることなんか、なんもあるか。カメラ持って大月んところへ行ったら、さきに来てた昭典が香代子といっしょに血まみれになっとったもんやから、泡喰って逃げた。それだけじゃ」

「なるほど。その席で、鷲尾の話が出たのか」

「何度目かに会うたときにな」

「って。そんなに何度も会ってたの」

「まあその。スポンサーがついてるらしくて、羽振りがよさそうやったから。ときどき、こっちから呼び出して」

くいっ、と杯を呷る真似をする。たびたび酒をたかっていた、ということらしい。

「涌井に鷲尾嘉孝の居場所を訊かれて、あんた、どう答えたの」

「知らん。そうとしか答えようがあるか。だってほんまに知——あれ」

「どうした？」

「そうそう。憶い出した。そのときは、知らんて答えて、それでしまいやったけど。その次に会うたときに、こっちから訊いたがや。この前いうてた、鷲尾ってやつの居場所は判ったか、て。別に興味もなかったけど、雑談ついでに、な。そしたら、お蔭さまで、て」

「どこだ。どこにいるって涌井は言ってた？」

「住所まで聞いたかな。忘れたけど、たしか〈ステイシー〉に勤めてる女の子のヒモになってる、とかって話やった」

「〈ステイシー〉……」省路は内心の動揺を抑えるのに必死だ。「ど、どこにある？」

「店か。西双筋や」

繭子が勤めていたという店ではないか。まさか、繭子が？

「その女の子の名前は？」

「ん。憶えとるか、そんなことまで」

「そもそもそこって、どういう店なの」

「どうって。ボックス席で、女の子が隣りに座ってお酌してくれたり、お喋りしたり。つっても、エッチなサービスはないぞ。なかなか品のええ店や。ママさんが、美人というんやないが、なかなか愛敬があってのう」

「すると、その店へ行って、問題の女の子が誰かさえ判れば、鷲尾の居場所も——」

「そう簡単にいくか。省路、まあ落ち着け。ああいう店は従業員の出入りが激しい。四、五年も経ってたら、その女の子がまだいるという保証はない。おらんとなると、そこから足どりを追跡するのは、しろうとには、ちょっとむりや。ま、わしにまかしとけ。な」

もっともだと思いなおし、鷲尾に関しては一任することにする。

多胡と別れ、一旦は〈きっちんパーク〉へ足を向けた省路だったが、どうも食欲がない。結局、まっすぐ帰宅した。

なんだか胸騒ぎがする。なにか……なにか裏がありそうな気がした。他でもない、祖母が、大して収益の見込めない母と多胡たちの趣味を黙認していたという一件だ。あまつさえ自宅を撮影用に提供していた、なんて。いくら考えても納得がいかない。なにかのまちがいではないか。

冷蔵庫から瓶ビールを取り出した。朝、遅刻しそうになったうえ〈きっちんパーク〉も素通りしてしまったので、今日はまだなにも食べていない。空きっ腹にビールを流し込み、省路は考える。

なにかのまちがい。たしかに、そうとしか思えない。だが、十三年前のあの夜、母と昭典は淫らな恰好のまま殺されていたのだ。そして祖母は、秦家にいた。どちらも、省路が自分の眼で確認している事実である。

どうもこれは——省路はふと閃いた。これは双方に認識のずれがあったのではないか、と。

多胡兄弟の裏売買ルートが壊滅していた、それは多分ほんとうだろう。彼らにとって利益は出ないにもかかわらず、母の言いなりになっていたのは、もともと趣味だったことに加え、彼女の肉体の虜になっていたからだろう。それはいい。

だが、できた写真はほんとうに利益を生んでいなかったのだろうか？　母独自の売り込みは、さほど成果を上げていなかったと多胡は思っているが、これはむりもない。なにしろ写真の内容が内容だ、自分たちのように裏社会にコネでもあればともかく、しろうとの母がそうそう売り捌けるものではない、と。そう決めつけていたのだろう。

しかし母にしてみれば、律儀に不特定多数を相手に商売しなければならぬ義理はないのだ。固定客がひとりいれば、それでいい。代金のとりっぱぐれのない、絶対確実な、その固定客とは。

父、吾平だったのではないか……省路は、そんな気がしてきた。いや、それしかあり得ない。

別居中とはいえ自分の妻の淫らな写真を示され、これを世間にばら撒かれたくなければ相応の値段で引き取れ、と。そう脅されれば、社会的地位のある身だ、妻の恥は己れの恥、応じるしかなかろう。かけひきによっては相当の収益が見込める。

母は、父相手に商売をしていた。だからこそ祖母は黙認していた。それしか考えられない。つまり母と祖母は、なにも知らぬ多胡兄弟を利用し、自分たちだけで、ぼろくもうけていた。そういう仕掛けだったにちがいない。

すると父は、この前、省路が買いとったのと同じような写真をたくさん——「あ」思わず声が出た。ビールのコップを叩きつけるようにしてテーブルに置くと、慌てて離れへ向かった。寝室のウォークインクローゼットを開ける。

古ぼけた、大きな金庫……まさか？

まさか、とは思う。仮に父が写真を買いとっていたとしても、わざわざ現物を残していたりすまい。すぐさま焼き捨てたはずだ。が。

もしもどこかに保管してあるとすれば、それはこの古い金庫しかない。こんな邪魔くさい年代物を、わざわざ南白亀町から運んでくるあたり、なにか執着を感じる。

省路は鍵で重い扉を開け、自分が多胡から買いとった分の写真と、母の黒い下着一式を、まず取り出した。改めて金庫のなかを見回す。紙屑が堆積している。一度、上のほうをざっと見てみただけで、下のほうまで詳しく調べてはいない。金庫の中味をすべて取り出してみることにした。

上部は、ほとんどが年賀状だ。すべて父宛て。尋常な量ではない。職業上、付き合いが多かったからだろうが、子供の頃から受け取った賀状、すべて保管してあるのではないかと思うほどである。

年賀状の山が消えると、その下から封書の束が現れた。これも相当な量だ。しかも、差出人がすべて『大月香代子』になっている。消印を見ると、昭和四十年から四十一年にかけて。つまり父と母が結婚する直前のものだ。無作為にひとつ選び、なかの便箋《びんせん》を拡げてみた。

拝復
お誘い、ありがとうございます。
食事ですけど、わたしはできれば銀風亭さんがいいな。
ご存じですか?
漁師さんがやっているお店です。看板も出ていない、まるで民家みたいなところだけれど、お魚はおいしいですよ。
この前はナスをたくさん買ってくださり、ありがとうございました。
お会いできるのを楽しみにしております。

見覚えのある母の筆跡だ。封筒の宛て名は『伊吹吾平さま』となっているから、父への手紙にまちがいない。ずいぶん和やかな感じなのが意外だが、結婚する前なのだから、それなりに甘いムードも、まだあったのだろう。

無作為に、ひとつずつ便箋を見ていったが、どれもこれも他愛ない。げっぷが出そうなほど濃密な筆致のラブレターまであって、辟易する。全部読んでいたら、卒倒しそうだ。省路は母からの封書をひとまとめにして、金庫から取り出し、寝室の床に積み上げた。

その下から大判の封筒の束が出てきた。これもけっこうな量である。が、郵便物ではない。差出人も宛名もなく、分厚く膨らんでいる。この手ざわりは……ひょっとして。

省路の勘は当たった。封筒のなかからごっそり、大判の印画紙が出てきた。モノクロがほとんどで、いずれもセピア色に変じている。カラーのものも脱色が激しい。

これまで省路が多胡から買いとったのとは、またちがう構図の写真の数々。基本的には母が多胡兄弟と交互に、もしくは同時にふたりと、まじわっているものばかりだ。

やっぱり。自分の想像がずばり的中したことに省路は、思わず失笑しそうになる。やっぱり親父のやつ、おふくろから強請《ゆす》られてたのか、と。

一枚ずつ見ているうちに、こらえきれなくなった省路は、ついに爆笑してしまった。けっさくだ、こりゃ。ケッサク。わははははは。親父め、さぞ口惜しかったろう。

女房が自分以外の男たちとくんずほぐれつのところを

見せつけられるだけでも、男として最大級の屈辱なのに、あろうことか、それらを高値で買いとらされるはめになる、とはね。さぞかし、はらわたが煮えくり返っただろう。できることならば自らの手で、おふくろと多胡兄弟を八つ裂きにしたかったにちがいない。十三年前の事件が起きて、親父だけは陰でこっそり溜飲をさげてたんじゃないのか。笑いすぎて腹が痛くなる。

おや、これは。見覚えのある構図が出てきた。ディルドを装着した母が、多胡昭夫の尻を犯しているところだ。こちらは印画紙がぼろぼろになっているが、省路が買いとったものとちがい、多胡の顔がばっちり写っているのである。

なんだ？　多胡のやつ、たしかさっき、自分の顔を写さないようにしたのは弟のせめてもの情けだった、みたいなこと言ってたが。嘘つけ。なにをきれいごとを。こうやってしっかり、顔出しされてるじゃん。わは。あいつ。女みたいに切なげに身をくねらせ、悶えてやがる。

ぶわーはっはっはっはっは。さすがにこんな恥ずかしいもの、買ってくれとは言えんわな。うまく隠したつもりで、こうしておれに見られてるとは夢にも思うまい。ざまあみろ。

ひとしきり腹をかかえ、ころげ回っていた省路だが、そのうち笑いはおさまり、だんだん興奮してきた。黒い下着とディルドをつけた母は、全裸の多胡を、いろんな角度から犯している。

そのなかの一枚。顔は写っていないが、男は畳のうえで爪先だちで反り返り、腰を浮かしている。母は中腰で、男に前からのしかかり、その尻にディルドを挿入。いまにも破裂しそうなほど筋が浮き、膨張している男のものを、艶然と見下ろす母の眼。そしてその男根に、そっと添えられ、いまにも激しくこすりたてようとしている母の繊手《せんしゅ》。

我慢できなくなり、省路は全裸になった。床に放り出してあった黒い下着一式をひとつひとつ、もどかしく身につける。写真のなかの男のポーズを真似て、仰向けになり、爪先だちで腰を浮かせた。激しく、こすりたてる。放出された精は勢いよく、省路の喉のあたりまで飛んできた。

これまでの自慰行為とは、まったくちがう。かつてないほど省路は満ち足りていた。いつもなら放出するや否や、いたたまれない自己嫌悪にかられて母の下着を毟りとるのだが、いまはなぜか、まったく気にならない。四肢を床に投げ出して寝そべり、心地よい倦怠に浸る。汗で肌に吸いつくストッキングの生地の感触を楽しむ余裕すらある。腹から胸に飛び散った精液も、いつもならすぐに拭いとるのに、指ですくって、弄《もてあそ》ぶ。

仰臥したまま、伸びをした拍子に、省路の腕が別の封筒に当たった。手にとって逆さに振ると、写真の束が出てくる。いずれも母が多胡兄弟に挟まれている構図だ。剝き出しになった、たわわな乳房を、右から昭夫が、左から昭典が、手でわしづかみにしている。乳首に吸いついている。

写真を一枚ずつ見ながら、己れの乳首を精液まみれの指で捏ね回しているうちに、省路は再び勃起した。一度果てているとは思えぬほど興奮は激しく、あっという間に射精してしまう。

それとほぼ同時に、写真の束のあいだから、なにかがこぼれ落ちてきた。達した瞬間、大きく噴き上げた省路の息に押し上げられ、宙を舞う。

「……ん？」

ひらひらと自分の顔面に舞い落ちてきたそれを、省路は見てみた。便箋だ。ちゃんとした手紙ではなく、走り書きのメモのようだ。

この前の
よかったと聞いて安心しました
香代子

なんだ？　さっきの封書と同じ、母の筆跡だ。この大判の封筒に、写真といっしょに入れてあったらしいが……どういう意味だろう。

省路は起き上がり、まだ調べていない封筒を次々に開けてみた。ほとんどは写真の束が入っているだけだが、ときおり、先刻と同じ便箋を使ったメモのようなものが同封されている。内容は、ほんの二、三行。

いまはいろいろ大変でしょうけど
きっとうまくいきますよ
香代子

母がディルドを使い、男を犯している構図の束がまた出てきた。ところが男は昭夫ではない。昭典のほうだ。なんだ？　結局、兄弟揃って、やられてるじゃないか。なんだってまた、昭夫のやつ、自分が貧乏籤をひいた、みたいな嘘をついたのか。

いや、それよりも、その束に同封されていたメモに省路は驚いた。

今回はアレ　使ってみました
そう　この前いただいた　アレです
どうでしょうか
香代子

アレ……って。写真と突き合わせて見る限り、ディルドのことを指しているとしか考えられないが。まさか。

仮にこれらのメモが、母から父に宛てたものだとしたら、どういうことになる。どういうことになるのだ。撮影に使用したディルドを用意したのは母だと多胡は言っていたが、実は……まさか。

混乱しながら省路は、別の封筒を開けた。写真の構図はディルドを使ったものではなかったが、メモの内容はさらに衝撃的だった。

この前のアレ　よかったでしょ
晴江さんにも　やってもらったら？
だいじょうぶ
ヤツらも最初　いやがってたけど
けっこう　くせになるみたい
香代子

晴江さん……て。まさか、あの晴江さん？　父の後妻の彼女のことなのか？

いまや困惑の極みに陥った省路の前に、今度はずいぶん長めの便箋が出てきた。

晴江さん　妊娠の由　ホッとしました
やっぱりアレがきいたのかしら
ともかく　ほんとによかった
これでわたしも役にたったわね
離婚手続は　さきのお話ですすめてください
省路がどちらの子か　あまり気にしないよう
晴江さんには言っておいてください
どうせ兄弟ですもの
どちらにしろ　さほどちがいはない　と
吾平さんの子として育てていただければ
それで満足です　と

よろしくおつたえください

香代子

わけが判らなくなった。これらの文面からすると母は、当時の父の愛人である晴江の存在を知っていたことになる。そればかりか、晴江が亮を身籠もった事実も承知していた、と。いや、承知どころの話ではない。母が自分の淫らな写真の数々を父に送り続けていたのは、むしろそのため……ばかな。そんな、ばかな。

腹の奥底に冷たい、しこりができていた。それが憤怒であることに気づき、省路は戸惑った。自分がなにに対して怒っているのか、よく判らない。判らないまま、我がことながら恐ろしくなるほど、激情は膨らんでゆく。

ふいに虫酸が走った。その原因が、自分が身につけている母の下着にあると悟り、省路の怒りは爆発した。すべてが、おぞましかった。引き裂かんばかりにして毟りとった。

ストッキングを脱いだ拍子に、床に散乱している写真の束を踏んづけた。もともと古ぼけていた印画紙がよじれ、切れ目が入る。それを見た途端、省路の憤怒は、憎悪に変わった。

獣のように吼《ほ》えた。喚きながら写真を、めちゃくちゃに引き裂いた。かたっぱしからつかみ、引き裂いた。また引き裂いた。

唐突に、省路は静かになった。歪んでいた顔も無表情になる。

が、写真を破る手は止まらなかった。さっきよりもゆっくり、落ち着いた手つきで一枚、一枚、破り捨ててゆく。まばたきもせず、ただ引き裂いてゆく。

やがて、破るだけでは飽きたらなくなった。

省路は写真の束を、両腕にかかえられるだけかかえ、全裸のまま渡り廊下を抜けた。

母屋に入り、キッチンの床に写真の束を放り出した。相変わらず、まばたきしない無表情のまま、ガスレンジに火をつける。

青っぽい炎に、母と多胡兄弟の写真を一枚、また一枚、かざして、燃やす。

次々に燃やしてゆく。たちまちキッチンに、黒っぽい煙が充満した。

焦げた臭気にもかまわず、省路はどんどん写真を燃やす。黒こげの残骸を流しに放り投げる。

流しの残骸は燃えきっておらず、溜まってゆくそばから炎を噴き上げる。

このままだと火事になる。いっそ火事になってしまえと省路は思ったが、さすがに水道の蛇口をひねった。水を写真の残骸にかけ回す。

ようやく換気扇のスイッチも入れた。が、写真を焼く手を止めようとはしない。

落ち着いた手つきのまま、一枚ずつ燃やしてゆく省路の顔面は、炎を照り返している。深い陰影を刻んで。

5

「――ひょっとしてこれは、伊吹くん」

十二月十四日、木曜日。夜、離れの洋間で省路が期末考査の採点をやっていると、黒いコート姿の美郷が前触れもなく、押しかけてきた。

「大当たりかもしれないわよ」

今夜も泊まってゆくつもりか、大振りのショルダーバッグと、デパートの袋をさげている。荷物をソファとコーヒーテーブルに置くと、勝手知ったる他人の家、寝室へ入ってゆく。戻ってきたときは、コートはハンガーに掛けてきたらしく、赤いハイネックのセーターとグレイのパンツ姿になっていた。

「ねー、伊吹くん、この前も思ったんだけどさ。あの大きな金庫、なんなの。ウォークインクローゼットのなかにある。ほら。ずいぶん、ぼろっちいけど。使ってんの」

「父のですよ。いろいろ思い出の品が詰まってるみたいでね」省路はライティングデスクに戻ると、採点を続けた。「今日は、なんでしょうか。なにが大当たりなんです」

「決まってるでしょ。この前、調べてくれって頼まれてたこと」

デパートの袋からワインやバゲット、お惣菜《そうざい》パックなどを取り出す。

「伊吹くん、夕食は」

「これからです」

「なんか用意してる？」

「いえ。外へ行こうと思ってたんで」

「じゃあ、よかったらどう、いっしょに。ローストビーフ」

「いただきます。で、どうでした」

「そうそう。まず秋山さん一家のほうだけど。長男の俊治くんが、ずばり、城舞中学校の吹奏楽部だったのよ。九一年のバーナード・ヒルトン楽団の豊仁公演も、クラブの友だちといっしょに聴きにいってたんだって」

「ほんとうですか」採点の手が止まった。「よく判りましたね、四年も前のことが」

「いっしょに行った友だちが、憶えてたの。俊治くん、アンコール曲がすごく気に入って、年末の定期演奏会で自分たちも演奏したいと、みんなで熱心に編曲の相談をしてたんだって。その直後に、あんな悲惨な事件が起こったものだから、忘れられないって言ってたわ」

「なるほど。もう一件のほうは？」

「桜井誠一さん。こちらも大当たり。なんと地元の有名アマチュア・ビッグバンドのメンバーで、ドラムを叩いてた」

「バーナード・ヒルトンのコンサートへ、行ってるんですか」

「行くも行かないも、去年の公演では、桜井さんの所属するバンドが前座をつとめてるのよ。共演もしてる」

「そうだったんですか」

「うっかりしてた、あたし。ほんとに、うっかりしてた。桜井さんが〈ウエスト・ユニオン〉のメンバーだったなんて。何度もライブ、行ったことあるのに全然、気づかなかった。ともかく被害者、もしくはその身内がバーナード・ヒルトン楽団のコンサートを聴きにいってたことは、これで判った。それと伊吹くん、気がついてる？」

「なにをです」

「いずれの事件も、犯行があったのは、それぞれの年の豊仁公演の後なのよ。こうなると、これも単なる偶然じゃないのかもしれないでしょ」

美郷は一旦中断し、母屋のほうへ向かった。省路も採点に戻る。

「――で」フォークやナイフ、グラス、皿などを盆に載せ、美郷は戻ってきた。「どういうことなの、伊吹くん。これが被害者たちの共通点だとして、いったいどういうふうに事件に関係あるのか、説明してちょうだい」

「うーん」再び手を止め、回転椅子に凭れかかる。ゆっくり美郷のほうを向いた。「まだちょっと、なんというか、むずかしいんですが」

むずかしいというより、美郷には部分的な説明しかしないつもりでいる。そもそも省路がバーナード・ヒルトンに注目したのは、風貌がマイケル・ウッドワーズを連想させるからだ。マイケルのことを打ち明けるのは、単なる勘だが得策ではないような気がするし、なにより、それがなにを意味するのか、自分でもまだ判然としない。同じコンサートを聴きにいった者、またはその身内をターゲットにするにせよ、どういう基準で選んでいるのかも皆目見当がつかない。いきあたりばったりだという可能性もあるが、省路にはそうは思えない。

「でもこうしてあたしに裏づけをとらせたってことは、なにか考えがあったからなんでしょ？」

「そうなんですが、それがなんなのか、ぼんやり見えているようで、見えていない。ほら、例えばカラオケへいくとしますよね」

「あ？　なんですって」ライティングデスクの、テスト解答用紙の束の横に、美郷はコースターとグラスを置いた。「いきなり話が飛ぶな」

「自分の好きな歌を予約する。普段よく聴いて知ってる曲だから当然、うまく歌えると思っていたら、豈《あに》はからんや、まったくだめで、自分でもびっくりした、みたいな。メロディを憶えてるつもりで、全然憶えていなかった、みたいな。このもどかしい感じ。判ります？」

「まあ、ね」赤ワインの栓《せん》を開け、省路のグラスに注ぐ。「なんとなく」

「これがどういう意味を持つのか正直、まだよく判らない。もう少し判断材料がないものか、と」

美郷はソファに座ると、自分のグラスにワインを注いだ。

「他にもなにか、被害者たちのあいだに共通点はないか、ってこと？」

「もしも犯人が、一定の基準をもって被害者を選んでいるとすれば、ですけどね」

採点を終え、省路は立ち上がった。ワイングラスを持って、ソファへ移動する。美郷の真向かいに座った。

「共通点といえば、全員が豊仁市の住人ですが。職業とか、どうでしょう」

「同業だったひとがいなかったか、ってこと？　いないよ。秋山謙吾さんはコンビニの店員。海老沢さんは精密機器メーカーの営業マンで、桜井誠一さんは陶器店を経営していた。見事にばらばら」

「陶器店というのは、自宅で？」

「ううん。店舗は自宅からずっと離れたところに、別にかまえてた。繁華街のほうに」

「そして阿部先生は教師、か。全然、つながりませんね」

省路は考え込んだ。美郷の手前をはばかったポーズなどではなく、本気で悩む。なにか、とっかかりはないものか、と。

美郷は、口にローストビーフを放り込み、ワインを流し込むあいだも、そんな彼から、じっとりとした視線を外そうとしない。

「——採点、すんだの」

「ん。あ。ええ、なんとか」

「彼女、どうだった」

「誰のことです？」

「由宇ちゃんに決まってるでしょ。溝口由宇」

「ああ。百点でした」

「おおおーっ」

「水も洩らさぬ完璧《かんぺき》な解答で」

「さっすがー。どれどれ」

グラスを置き、ライティングデスクに近寄る美郷をぼんやり眺めていた省路は、はっと身を強張らせた。

「……あ、あの、美郷さん、ちょ」

「えーと、これか——ん？」

遅かった。はしゃいでいた美郷が、急に静かになったのだ。やがて。

「……なにこれ」

ぴらり、と由宇の解答用紙を、省路の鼻面に突きつけてくる。解答欄の余白にエンピツで、こう走り書きされていた。

先生、あの後、なにか判ったのでしょうか。
もうすぐ冬休みなので、わたしの自宅の電話番号、書いておきますね。
名簿にも載っていると思いますけど、一応念のため。
事件のことでなくても、なにかありましたら、ご連絡ください。おまちしてます。

溝口家の電話番号が記されたその下に省路も、赤ペンで『なにか判明次第、お電話します』と返信してあるのだ。

「なにこれ。なんなのこれは」激怒と爆笑の、微妙な狭間で、美郷の柳眉《りゅうび》が逆立った。「まー、お手の早いこと。女子生徒から自宅の電話番号なんか、もらっちゃって」

「い、いや、これはその」

「それに、なにか判ったのでしょうか、って。伊吹くん、まさか、あたしたちの調べもののこと、彼女に、ばらしてるわけ？」

「ちょっと話を聞かせてもらっただけですよ。お祖父さんとお祖母さんの事件のこと。それからバーナード・ヒルトンのコンサートのプログラムとか、見せてもらって」

「彼女の家に押しかけて？」

「い、いやいやいや。学校です。音楽室の隣りの。クラブの部室で」

「そんなこと、あたしに頼めばいいじゃん。なんでわざわざ由宇ちゃんに」

「だって、彼女も事件の関係者じゃないですか」

「まあね。そりゃそうだ。コンサートへ行ったのは彼女本人だもんね。そりゃそうなんだけど。にしても、ふうん、そうか。由宇ちゃんを、ねえ。なになに。事件のことでなくても、なにかあったらご連絡ください——だって。ほほう。知らなかったな、あの娘がこんなに積極的だったとは」

「そ、そういえば、溝口さんて」あらぬ誤解に、省路はとっさの思いつきで逆襲した。「美郷さんと、個人的に親しいそうですね。プライベートでは、先生、ではなく、美郷さん、と呼んでいるとか」

「彼女のお母さんが、おもしろいひとでさ。ふたりで遊びにいったり、食事したりしてたら、いつの間にか由宇ちゃんもいっしょに。って。あの娘、そんなことまで？」

「ええまあ。あれ？　そういえば——」先日の由宇との会話を憶い出しているうちに、省路は変なことに思い当たった。「どうも溝口さんて、阿部先生の事件が起きる前から、知ってたみたいですね」

「なにを」

「美郷さんと阿部先生の関係を」

「……そんなことまで喋ってるの」

「いいえ。直接そう言ったわけではありません。ただ、いま思い返してみると、そうとも解釈できる口ぶりだったな、と。それに」

「まだあるの」

「溝口さんのお母さんが、美郷さんと阿部先生の関係を知ったのは事件後の噂で初めて——みたいな意味のことも言ってた。どういうことです？」

「なにが言いたい」

「いやいや、別に。大したことではないんですけど。そもそも美郷さんがお友だちなのは、溝口さんのお母さんのほうなんでしょ。なのにどうして、阿部先生との関係については、お母さんではなく、由宇さんのほうがさきに知ってたのかなあ、と。ちょっと不思議に」

美郷はぐいぐいワインを干した。省路の隣りに座り、ぷはっと葡萄《ぶどう》臭い息を吹きかける。

「おとなびてるとはいえ、やっぱり子供だなあ、由宇ちゃん。脇が甘いや。しょうがない。あたしが言ったってこと、ないしょにしてよ」もったいぶるみたいにふんぞり返ると、どしん、と両足を省路の膝に載せてきた。

「そもそもね、あたしが阿部っちと関係ができたきっかけ、っていうのが——」

阿部ちゃんでも阿部先生でもなく、今度は「阿部っち」かよ、と省路が内心苦笑していると、とんだ爆弾が落ちてきた。

「由宇ちゃん、だったのよ」

「え。ど、どういうことです」

「今年の春休み、由宇ちゃんに相談を受けたの。阿部っちに告白されて、困ってる、って」

「こ？　告白、って、まさか」

「彼女も高三でしょ。卒業したら晴れてオープンに付き合えるようになるから、結婚を前提に考えてくれ——みたいなこと言って猛烈に、くどかれたらしいんだ」

「阿部先生に、ですか？　溝口さんが？」

「も、めろめろだったんだよね、阿部っちったら。むりして一戸建て、買ったのも、由宇ちゃんとの甘い新婚生活を念頭に置いてのことだったらしいんだわ、これが。去年、大好きなお祖父さんとお祖母さんが殺されたばかりで傷心の彼女を、ボクのこの包容力でもって慰めてあげなきゃ、みたいな使命感にも燃えてたらしい」

「だ、だって彼女、来年は大学でしょ。そのこと、考慮してなかったんですか」

「地元の大学へ行ってくれれば学生結婚OK、なーんて勝手に薔薇《ばら》色のビジョンを描いてたんでしょ。まあなかなかね、お目が高いとは思うわよ、由宇ちゃんをみそめたことについてはね。うん。でもさ、肝心の彼女のほうには全然その気がない。子供だから、どうすればうまく断れるか、判らない。へたにお母さんに相談したら、おおごとになるかもしれない。思いあまって、あたしんところへ駈け込んできた、ってわけ」

「はあ。それで？」

「どうしたらいいんでしょう、って泣きそうになってたから、心配ないない、と。阿部っちのことならまかしとき。すっきりさせて、由宇ちゃんのこと、忘れるようにしてあげるから、って」

「あ、あのう」省路は呆気にとられた。「あの、まさか、美郷さん、それに乗じて阿部先生と関係を持った、って言うんですか？」

「人間、目先の快楽に弱いからね。とりあえず溜まってるもの抜いてあげたら、熱もいくらか冷めて、由宇ちゃんにも無理難題、言わなくなるだろうと。事実、言わなくなった」

「ちょっと待ってください。自分のために美郷さんが敢えてそうした、と。溝口さんも知ってるわけですよね」

「これで、もうだいじょうぶ、って安心させてあげたからね」

「彼女の立場にしてみれば、複雑じゃないですか。結果的に自分が相談したせいで、美郷さんに不倫させてしまったわけだから」

「しばらく気に病んでたわ。でもね、気にすることない、って。あたしも男に飢えてたんだからさ。ちょうどいいの、って」

迷ったものの省路は、ついでに訊いてみた。「溝口さんのお母さんは、美郷さんの結婚には最初から反対だったとか」

「あ。そうなの？」

「知らなかったんですか」

「そういえば、結婚前に紹介したら、いまいちな反応だったから。ま、そんな気もしてたけどね。面と向かって反対されてはいないよ」

「あの男性では美郷さんと絶対に合わない、と心配されてたとか」

「鋭いなあ。さすがだ」

「合わないんですか、ご主人と。どんなふうに」

「うーん。ひとことで言えば、お互い、似た者同士だから、かな」

「似た者同士、ですか。例えば」

「阿部っちのことが発覚してからこっち、夫から、なんの連絡もない。それはね、さきに話し合いを提案したほうが負けだと、やつは思ってるから。実はあたしも、そう思ってる」

「意地の張り合いになってるんだ」

「そうそう。互いに、なにごともなかったふりをしてる。別に離婚してもいいけど、自分のほうからそれを言い出すのが癪《しゃく》なんだな。離婚届なら、あんたが持ってきなよ、と。お互いにね」

「その伝だと、実家へ戻っている美郷さん、ちょっと劣勢なんじゃないですか」

「ううん。やつも実家へ戻ってるから」

「へ？」

「うざったらしくて同じ屋根の下にはいられない。それは夫もそう。あたしもそう。どちらかが出ていけばいいんだけど、ひとりだけ尻尾をまくのも業腹だから、阿吽の呼吸で、ふたりいっしょに出てきたってわけ」

「あ、阿吽の呼吸、って」

「言ったでしょ、似た者同士だって」

「はあ」ということは案外、お似合いの夫婦なんではないかと省路は思わずにいられなかったが、口にはしなかった。「このまま事態が打開できなかったら、どうするんです？」

「さあねえ。ふたりして、知らん顔したまま、もとの鞘《さや》におさまったりしてね」

「やれやれ」

「まあなんにせよ、職場結婚じゃなくてよかった。これで毎日まいにち、顔を突き合わせなきゃいけなかったら、さすがに音を上げそう。互いに出没エリアも離れてるから、まちがえて出くわす心配もないしね」

「思う存分、意地の張り合いができる、って寸法ですか——ん」ふと省路は思いついた。「そうか、職場、か」

「なに？」

「いえ。あの、すみません。事件の話に戻るんですけど。被害者たちの職場の位置関係って、どうなってます？」

「位置関係？　どういうこと」

「生前の被害者たちが、もし互いに近所で仕事をしていたとしたら、顔を合わせる機会もあったんじゃないか、と思って」

「えーと」

省路の膝から足を下ろすと、美郷は真向かいのソファに置いてあるバッグから透明のファイルケースを取り出した。

「勤め先、控えてあったかな。あ、これか。地図はないよ。住所だけ。えと。番地でいうと、桜井さんの勤めるコンビニと、海老沢さんが経営する陶器店は、わりとご近所だね」

「どこです」

「西双筋」

繭子が勤めていた店があるところだ。奇妙な符合に、省路は胸騒ぎがする。

「阿部っちも豊仁義塾だったから、並木通りを挟んで、近いといや、まあ近い。でも、秋山さんの会社は全然、だよ」

「遠いんですか」

「直線距離にして、七、八キロくらい。遠いってほどでもないけれど、共通点にしてしまえるようなことかな。そうは思えない」

「うーん。この方向から攻略するのは、手詰まり、ですかね」

ファイルケースを放り出すと美郷は、省路のところへ戻った。向かい合わせで、彼の膝にまたがり、ねっとり唇を重ねてくる。

「――すみません」

もぞもぞ股間をまさぐられても、省路は反応しない。かっと眼を開け、睨みながらもキスをやめない美郷に先んじて、謝った。

「これは美郷さんのせいじゃなくて、もともとだめなんです、おれ」

「どういうこと？」

「だから、いわゆるインポテンツなんですよ、はっきり言って」

「嘘。このあいだは、あんなに」

「あれは、ですね――」

母の淫らなイメージの数々が有効だったときは、それらを思い描くことで興奮できた。しかしもはや省路に、母のエロスの幻想は通用しない。

多胡兄弟が撮影した写真は、父が金庫に保管していたものも含め、すべて焼き捨てた。惜しいなどとは微塵も思わない。むしろ、せいせいした。母の魔法は完全に解けてしまったのだ。

かわりに繭子のことを想像してみる。どこかで微かに疼くものは、ある。あるのだが、身体は素直に反応してくれない。そもそも繭子の面影を思い浮かべること自体、省路には困難になっている。

もう繭子に十三年、会っていない。写真も残っていない。中学生の頃の彼女の匂いのなごりを、かろうじて現在に結ぶよすがが、母の写真だったのだ。その母の魔法が解けた途端、繭子の記憶も散逸し、省路の妄想は焦点を失ってしまった。

しつこく美郷にいじられるので、仕方なく、燃やした写真の数々の構図を思い浮かべてみるが、のったり肉の塊りが三つころがっているというイメージしか湧かず、興奮どころか、失笑しそうになる。勃起しようがない。

「この前はたまたまです。自分でも驚きました。ああいうことは、めったにないんです」

「ふうん?」

今夜はまだあまり酔っていないせいか、美郷はさほど怒ってはいないようだが、もぞもぞズボンの上から省路を揉み回す手は止めない。葡萄臭い舌を吸いながら美郷は、ぽつりと呟いた。

「ここにいるのがあたしじゃなくて、さあ。例えば由宇ちゃんだったりしたら、どう?」

由宇のイメージが、ふと繭子を連想させる。さきほどと同様、省路の身体のどこかで微かな疼きが起こった。興奮と呼べるほどのものではなく、勃起もしなかったが、美郷はそれを見逃さなかった。

「あ……ははーん。そうか、やっぱり」

「ちがいますって。ほら、さわってるから、判るでしょ」

「隠しても無駄よ。伊吹くん、あんた身体じゃなくて、ハートで反応した。絶対」

反応したのは由宇にではなく、繭子にだと、いちいち説明するわけにもいかない。

「美郷さん、仮にも教師なんですから。生徒さんをこんなかたちで話」

「ま、伊吹くんが嘘をついてるわけじゃないってことは、よく判ったわ。深刻だねこれは。あんな可愛い娘のこと想っても、だめだとは」

「納得してもらえて、なによりです」

「そっか、由宇ちゃん、か」

「そんなことより」雲行きが怪しくなるばかりなので、省路はむりやり話題を変える。「ちょっと美郷さんに、女性としての意見をおうかがいしてみたいんですけど。いいですか」

「なに、あらたまっちゃって」

「これは仮の話なんで。そのつもりで聞いてください。美郷さんに夫がいるとします」

「ほんとにいるってば、まだ」

「いや、だから仮の話です。その夫は、美郷さん以外の女を愛人にしている、として」

「それは事実とちがうなあ。やつに、そんな甲斐性は。あ。仮の話ね。はいはい。それで?」

「美郷さんには息子がいます。その息子を連れて家を出て、夫と別居する。夫は晴れて、愛人を自宅へ連れ込む。愛欲の日々が始まるかと思いきや、どっこい夫は不能に陥る」

「ふむふむ」

「さて、どうします？」

「どうするって。あたしが？　どうもしない。夫が愛人とやれなくて、いい気味だ、くらいは思うかもしれないけど」

「そうですよねえ」

「それとも、なにかしなきゃいけないの」

「例えば、愛人と子づくりに励みたい夫のために、ひと肌ぬごう——なんて」

「なんであたしがそんなことを。だいいち、なにをどう、ひと肌ぬぐの」

「だからまあ、普通の刺戟じゃ役にたたない夫のために、ですね。自分がモデルになってあげて、市場には出回らないような、過激なポルノグラフィを自主製作し——」

美郷は省路の額に手を当てた。熱でもあるのか、と言わんばかりだ。

「あなた、こういうのが趣味でしょ、これを見て、さあがんばって、と」

「インポの夫が勃つように、って？　なにそれ、ばっかじゃないの」

「そう……ですよねえ」

多胡兄弟を利用した母の思惑が、はたしてこのとおりのことだったかどうか、確証はない。写真に同封されていた走り書きのメモだけでは、あまりにも判断材料が少なすぎる。あるいは、このような裏があったのではないかという、ひとつの想像にすぎない。

ただ母は、多胡兄弟のみならず、おそらく祖母をも欺いていた。省路はそう確信している。祖母は単に父から金を巻き上げているだけのつもりで協力していたのだろうが、母は必ずしも損得ずくばかりではなかったのではあるまいか。

「なにそれ。昼ドラかなんか？」

「まあそのようなもの、かな。どう思います。嘘くさい……ですねよ？」

「鼻が曲がりそうなくらい、ね。だいたい、そんなことをする妻が、どこにいるってのよ。そもそもいったいなんのために、そんなあほな真似しなきゃいけないわけ？　まさか夫への愛ゆえ、なーんて、ぷんぷん臭いそうなやつ、いっぱつ、かまそうってんじゃないでしょうね」

自分がもっとも恐れていた可能性をずばり指摘され、省路は憂鬱になった。父への愛ゆえに……なんて。そんな。かんべんして欲しい。

「しかも、それだけじゃないんです。めでたく愛人が妊娠したと報告を受けた妻、これで自分の役目は終わったから、心おきなく離婚手続を進めてくださいな、と」

「うがーっ」頭をかかえ、美郷はソファにひっくり返る。手足をじたばた。省路を蹴っ飛ばす。「やめて。やめてやめてやめて。気色悪い、もう。蕁麻疹《じんましん》が出そうだよ。なに、その陳腐な。スポーツ新聞に載ってるエロ小説みたいな、オヤジ臭い願望まる出しの、ばか展開は」

「リアリティ、ないですよね」

「それに比べりゃ、ハーレクイン・ロマンスは名作だよ。世界遺産だ」

「一応、妻から交換条件もあるんですけどね、離婚するにあたっての」

「お。そうこなくっちゃ。なに。お金？」

「じゃなくて。自分の息子を夫がひきとり、ちゃんと育ててくれること、という」

「はあ？　なんだそりゃ。その女、って。あたしという設定か。あたし、もしかして不治の病にでも罹《かか》ってんの？」

「え。というと」

「いずれ正妻となる愛人とのあいだに子供をもうける手伝いをする、と。そのかわり、自分の息子はよろしくね、ってことでしょ。そうやって、すべてから身を引くって、まるで死ぬ準備でもしてるみたいじゃない」

「あ」

「世をはかなんで自殺するんでなきゃ、不治の病かな、と思うわよ」

「いや……」少なくとも省路の知る限りでは、母が健康を害していたという事実はないはずだ。元気に農作業をやってたし。「いや、そういうことではないと思います」

「まあ不治の病ってのも陳腐なパターンだけどね。判らないなあ。だいたいさ、息子を引きとってもらうのが、どうして交換条件になるのよ。ならないじゃん。ねえ。旦那にしてみれば、もともと自分の子で。あ。そか、親権争いしてたんだ？」

「いや、ちがうんです。妻の息子というのは、夫との結婚以前に関係した、別の男の――」

「なんだ。それなら判る」

「え。わ、判りますか」

「夫は、息子が自分と血が繋がっていないと、知ってるの？」

「それは知ってるみたいですね。ただ、承知のうえで結婚し、戸籍上、自分の子供として認知したのかどうかは、微妙だけれど」

「結婚後に発覚したとしたら、それが夫を愛人に走らせた原因だったかもしれないし、ね」

「あ。そうですね。はい」

「その息子を引き続き実子として育ててくれ、と。なるほど。それが交換条件ということは、離婚後、もうひと波乱、なにか狙ってるね、妻は」

「ひと波乱、って、どういう」

「真っ先に考えられるのは、夫の死後の財産分与でしょうよ。実際には血の繋がっている自分だって将来的にいろいろ得。けば、その母親である自分だっていない息子を認知させてお

「真っ先に考えられるのは、夫の死後の財産分与でしょうよ。実際には血の繋がっていない息子を認知させておけば、その母親である自分だって将来的にいろいろ得。ん。あれ？」美郷は自信なげに首を傾げた。「まてよ。でも、そういう思惑なのだとしたら、愛人ご懐妊に協力するというのは、変だね。だって夫に実子ができると、遺産相続のライバルが増えるわけだもんね。それとも、そういう腹黒いことはいっさい考えてません、というアピールをしたかった、とか？　うーん。判らん。ごめん。判ったと一瞬思ったけど、やっぱり、よう判りません。だいたい、なんの話なの、それ？」

「いや、ちょっと」と、ごまかす。

なるほど、母の父に対する愛情は、自分が思う以上に深かったのかもしれない。が、いずれにしろ、母に打算が皆無だったはずはないのだ。本人に訊けない以上、具体的な思惑は謎だが、ともかくこれで省路はホッとした。なにに安堵しているのか、自分でも不可解だったが、ホッとしたのは事実だ。

安堵することで、あるいは母の魔法は復活するのではないかとも案じていたのだが、結局そうはならなかった。いくら美郷が刺戟しても、まったく反応しない。しかし。

しかし、繭子に対する飢餓感は、気がついてみると、いっそう深くなっていた。散逸した思い出のかけらを、なんとしてでも掻き集めなければ……そんな絶望にも似た焦燥が、省路のなかで熱く、煮え滾る。これほどくるおしい渇望と思慕にもかかわらずなぜ、身体に興奮状態として反映されないのか、不思議で仕方がない。

「——そうそう、伊吹くん、南白亀町往きのことだけどさ」萎えたままの彼を、惰性なのか、もの憂げに美郷は撫で回し続けている。「どうすることにしたの？」

「採点も無事に終わったし。当初の予定どおり、十六日の土曜日にしようかな、と」

「了解。じゃ〈ホテル・ナバキ〉のほうには、あたしが予約をいれとくわ」

「お願いします」

「ツインでも問題ない、ってことだよね」

「はい？」

「だって、さあ。こんなんだったら」見切りをつけるみたいに省路の膝を、ぴしゃりと叩いた。「まちがいも起こりようがないわけだし」

「それはそうですけど、なにもわざわざ同じ部屋にしなくてもいいじゃないですか」

「あのね、こういうことはまず、かたちから入ってゆかなきゃ」

「なんのお話です」

「そもそもいったい、なんのために南白亀町へ行ってみようというのか？　四年前の小久保藺子さんの足跡を辿ってみるのが目的でしょ」

「まあ、そのようなこと、ですかね」

「だったら、藺子さんたちの行動をそっくり、なぞってみましょうよ。例えば彼女たちが当日、豊仁を後にしたのと同じ時刻に出発するとか、ね。いろいろ。もちろん、これまでに判明している事実の範囲内で、だけど」

「だからって、同じようにツインの部屋をとったって、意味ないでしょ」

「そんなことはない。同じ視点に立つことで、見えてくるものが必ずあるはず。かたちから入るっていうのは、そういうことよ」

「判りました。判りました。美郷さんが好きなように、なさってください」

そう一任したものの、この時点で省路はまだ、美郷の「かたちから入らなきゃ」病の重症さを見くびっていた。

省路がいっこうに反応しないので張り合いがなかったからか、それとも気持ちはもう南白亀町往きに飛んでいるのか、外泊の用意をしてきた美郷はこの夜、あっさり帰っていった。

翌日。十五日、金曜日。

並木通りの児童公園で、省路は多胡昭夫と落ち合った。大振りのショルダーバッグをさげ、のっしのっしとやってくる多胡は遠眼にも得意満面の笑みを浮かべており、聞かずとも、すでに結果は判っているようなものだ。

「——判ったぞ、鷺尾のこと」はたして多胡はそう胸を張った。「以前、やつがヒモをやっとった相手の女の子は、サユリちゃんていうて、もう〈ステイシー〉を辞めてる。ついでに鷲尾との同棲も解消したらしい」

「その後、鷲尾は？」

「それがのう。てっきり、また別の女のヒモでもやっとるかと思いきや、すっかり堅気になっとるらしいぞ。子連れの女と結婚して」

「へえ。それはそれは」

「今年、したばっかりで、新婚ほやほや。しかも、いわゆる逆タマ、とかいうやつじゃと」

「逆玉の輿《こし》、ね」

省路はあまり意外ではなかった。むしろ鷲尾らしいと思う。あいつなら裕福なお嬢さまをたらし込むのもお手のものだろう。なにしろ、繭子の兄嫁を誘惑した男だ。その繭子だって、空知貫太と付き合っていながら、ひそかに鷲尾に憧れていたふしがある。ヒモの次は逆玉の輿、か。まったく、あいつらしい。忌まいましくなるほど、見事なスゴロク人生だ。

「いま、どこにいるんだ？」

「南白亀町」

渡されたメモに、住所が記されている。これは偶然なのだろうか。省路は妙な気分になった。明日、自分たちが向かおうとしている町に、よりによって鷲尾が移り住んでいる、なんて。

「堅気と言ったけど、仕事は？」

「ビデオレンタル店で働いとる。ほれ、豊仁にもある、大手チェーンのあれじゃ」

あの「お町」にビデオレンタル店、とは。隔世の感とはこのことだ。

「あ。それからな、その住所、現住所にまちがいないけど、将来的に鷲尾は、一家で引っ越すつもりらしいぞ」

「どこへ」

「それがのう、首尾木村、ゆう話じゃ」

「え……」

忌まわしい言葉の響きに、謂《いわ》れのない不安が、省路の胸を痛いほど掻き回した。

「つっても、いますぐに、ということではなくて、何年かさきにはそうしたいなあ、と。周りの者に言うてるらしい」

「いくら出身地だからって、なんだってまた、あんな辺鄙な村に？」

「結婚して落ち着いたら、急に里心がついたがやないか。

生まれ育った村に土地買うて、家を建てて、のんびり子育てしたい、て。かなり具体的な計画をたててるらしいぞ」

「仕事は、どうするんだろう。まさか農業をやる、とか？」

「そこまでは知らん。転職するかもしれんし。けど車がありゃ、一時間もかからんと、お町に通える。いまは道路も、だいぶ整備されとるしの」

　おそらく計画だおれになるだろう、省路はそう思った。鷲尾本人は田舎に定住したくても、お嬢さまという妻が反対するに決まっている。もっと都会へ引っ越そうというのならともかく、首尾木村移住なんか実現するわけがない——と、このときは信じきっていたのだが。

「なるほど。いろいろ、ありがとう」

「なんのなんの。にしても」すん、と多胡は洟《はな》を啜り上げ、ひとりごつ。「あのママさんが、のう……ちっとも知らんかったわ。世も無常じゃ」

　めずらしく眼を赤く腫らしている。もの問いたげな省路の視線に気づいたらしい、慌てて「なんでもない、なんでもない」と手を振った。

「で、調査費の不足分は？」

「かまわんかまわん。ありゃあ、もらいすぎとるくらいや。ははは」

「ほんとかよおい」

「探す相手が堅気なら、簡単なもんじゃ」

「えらく謙虚だね。いや、自慢してるのか」

「そのかわり、というわけでもないが、今日は写真を買うてくれんか。どやろ。この前は、師走はものいりやから、いかん、みたいに言うてたけど」

　ふいに省路は思い当たった。眼の前の男こそが自分の父親かもしれない、ということに。あるいは、死んだ昭典のほうなのか？

「いや、いいよいいよ。買おう」

「そう来んと。のう」

　写真の詰まった封筒と紙幣を交換しながら、省路はふと、自分の心が妙に昂《たかぶ》っていることに気がついた。封筒の中味をあらためてみる。母の裸体が眼に飛び込んでくるや、一気に激しく燃え上がる。しかしそれは性的興奮ではなかった。

　写真を引き裂きたい……そんな衝動にかられているのだ。無性に破りたかった。なるべく細かく、めちゃくちゃに。もし多胡の眼がなかったら、この場で実行していただろう。

激しい破壊衝動が突き上げてくる。じっと母の喉もとを見る。この部分を、なにか刃物で、びりびり切り裂いて。そう。そうだ。できれば実物を。ぐさりと。思い切り。しかし。

しかし母の肉体は、もうこの世に存在しない。どんなにずたずたに引き裂いてやりたくてたまらなくても、実物がなければ、代替妄想で我慢するしかない。ぐちゃぐちゃにしてやる。この写真。そして、燃やしてやる。一枚残らず。

金が欲しい……ふいにそんな欲望が湧いてきた。金だ。そう。おれには金が要る。この場で、すべての母の写真をネガごと、いっぺんに買いとれるだけの金が。そして。そして、すべてを燃やすのだ。あれもこれも切り裂いて、めった切りにして。壊してやる。壊してやる。この手で。

なんとかしなければ……省路は改めて、そう思った。写真だけではない。繭子だ。繭子を探し出すためにだって、金が要る。それも並大抵の予算ではない。アメリカかどうかは判らないが、海外へ渡航する費用だけでも、ばかにならない。

金。金だ。おれのこの燃え滾る欲望を満たすために、まず必要なもの。それは金だったんだ。いまさらながら省路は、その単純明快な現実に思い至り、歯嚙みする思いだった。

「——そうそう、近いうちに」ふと省路は、知らないうちにそんな言葉が自分の口からすべり出ていることに気がつき、我に返った。「いいニュースがあるかもしれないよ」

「ん？」並木通りへ出ようとしていた多胡は足を止め、眉をひそめた。「なんや？」

「まだ、はっきりしないけどね。でも、うまくいけばあんたも、コレクションを全部、すっきり処分できるかもしれない」

「え。て、てことは」小走りで近寄ってきた。「ほんまか。ほんまにおまえの親父と交」

しっ、と唇に指をあててみせた。「気をつけてくれ。デリケートな問題なんだから。どこに誰の耳があるか判らない」

「おっと。そ、そやな。で？」

「脈はある、と思う」

「じゃあ、いつ」

「まあ待って。急いてはことをしそんじる。この件は、おれにまかせてくれ」

「まかせとるが、最初っから」

「うまくいったら、こちらから連絡をしようと思うんだが、どう？」

「わしにか。お、おお。ええぞ」多胡は紙片を取り出し、ボールペンで番号を書きつけた。「ここに掛けて、ことづけておいてくれ」

「ここは？　あんたんちじゃないの」

「電話、ひけるほど余裕がないもんでな。何日の何時に、どこそこへ来いと多胡に言うとけ、ゆうたら通じる。ほんなら頼むぞ。ええ知らせを、な」

多胡の姿が見えなくなってから、省路は舌打ちした。なぜいきなり、あんな思わせぶりなことを口走ってしまったのだろう。我がことながら、信じられない。内面で暴れまくる破壊衝動に、抗《あらが》いきれなかったのか。しかし困った。写真をネガごと買いとる金の工面なんか、できないに決まっている。まあいい。悔やんでも手遅れだ。省路は肩を竦めた。折を見て、やっぱりだめだった、とかなんとか、ごまかすしかない。

一旦、並木通りへ向かいかけて、省路は思いなおした。回れ右して、西双筋へ出る。

入り組んだ石畳の路地へ出た。しばらく歩くと、五階建ての雑居ビルがあった。そこの三階の看板に〈ステイシー〉とある。

ここか……足が石畳にめり込みそうなほど重い心地で、省路は看板を見上げた。ここで、繭子が働いていたのか。雑居ビルの横の狭い路地を通り抜けようとした歩行者とぶつかり、我に返った。まだ明るい。省路は時計を見てみた。午後三時。

まだどこも営業していないだろう。どこかで飯でも喰って時間をつぶそうと思い、省路はその界隈をぶらぶら歩く。

と、コンビニエンスストアがあった。ここは……周囲をざっと見回してみたが、他にコンビニの店舗は見当らないようだ。とすると。

ここが桜井誠一の勤めていたところか。省路は、なかに入ってみた。

制服姿の従業員がレジを打ったり、商品を整理したりしている。彼らに桜井誠一のことを訊いてみたい気もしたが、どの顔も顔だちが幼く、明らかに学生アルバイトだ。昨年に働いていた者のことなど多分、知るまい。

なにも買わずに出ようとしたら、出入口のところに『十二月より写真現像サービス、始めました。どうかご利用ください』と表示があった。

ふうんと思いながらコンビニの外へ出て、ひょいと隣りを見たら、なんとカメラ屋だったので、省路は思わず笑ってしまった。

廃屋かと見まがう古ぼけた看板で〈須賀のカメラや〉とある。ガラス戸越しに、そっと店内を覗いてみると、いかにも頑固そうな老婆が帳場に正座している。どうやら営業しているようだが。おいおい。すぐお隣りに、強力な商売仇ができたようだぞ、だいじょうぶか。

家に引き籠もりがちで、あまり飲み歩いたりしない省路は、この近辺にあまり詳しくない。しばらくうろうろしてようやく、〈海老沢陶器〉という看板を見つけた。シャッターが降りたままで、不動産屋の連絡先とともに大きな『貸』の表示があった。きっと海老沢家の自宅のほうも、なんらかのかたちで処分されているのだろう。

食事できそうな店はたくさんあったが、時間が中途半端で、どこも開いていない。省路は一旦、自宅へ戻ることにした。

玄関を開け、母屋へ入ると、リビングの電話が鳴っていた。

「——はい。もしもし」

『あ。よかった』継母の晴江だ。『いないかと思って、もうちょっとで切るところだった』

「どうも。お元気ですか、みなさん」

『亮は相変わらず。白といえば黒。もうほんと。中学生の男の子って、どう扱っていいか判らない。省路さんはいかがですか、お仕事のほうは』

「責任のない立場なんで、気楽なもんです」

『あの、二十六日に、みんなで帰省します』

「え。二十六日、ですか」

年末年始にほんの一日か二日、かたちばかり帰省するものだと思っていたのに。ずいぶん早いな、と戸惑う省路の胸中を見透かしたみたいに、晴江はくすりと笑いを洩らした。

『吾平さんの後援会の集まりがあるの。ほんとはクリスマスに合わせたかったんだけど、なかなか、うまく調整できなくて』

「はい。あのう、晴江さん」

『なに』

「ちょっといま、いいでしょうか、電話」躊躇したわりには、自分でも意外なほど、すんなり言葉が出た。「お訊きしたいことがあるんです」

『えと。なにかしら』

「ほんとにつまんないことなんだけど。晴江さん、うちの母に生前、会ったこと、あります？」

『えと……』困惑しつつも、つくり笑いしている継母の顔が見えるようだった。『それは、あの、どういう』

「すみません、変なこと訊いて。自分でもよく判らないんですけど、昔のこと、あれこれ憶い出しているうちに、変なこと、考えてしまって」

『変なこと、って？』

「うちの母、とにかく性格のきつい女で。小さかったおれを連れ、首尾木村の実家へ戻ってたとき、しきりに親父の悪口を言ってたんですよ。女癖が悪いだのなんだの。でも、よく考えてみたら、晴江さんの悪口を聞いた覚えがないなあ、と」

晴江は黙っているが、雰囲気が微妙に変化する。彼女は彼女で、好奇心を刺戟されたらしい。

「母の性格からして、ですね。親父のことを悪しざまにこきおろすのはもちろん、返す刀で晴江さんのことも、あれこれ批判しそうなものなのに」

派手な女教師——花房朱美だ——や、表面上は親しく付き合っていた息子の同級生の母親——空知澄江だ——など、身近な同性に対してすら、母がいかに辛辣な陰口を叩いていたかを、省路は簡単に説明した。

「とまあそんな感じで。とにかく厭味な毒舌家だった。それにしては、どうして晴江さんのことだけ、なんにも言わなかったんだろう、と。当時、親父に自分以外の女性がいることは知っていたけれど、名前や素性が不明だったとか。そういう事情なのかもしれない。顔の見えない相手に文句は言いづらいですからね。でも、たとえそうでも、ひとことの言及もないっていうのは、妙におかしいな、と。そうつらつら考えているうちに、ふと変なことを思いついたんですよ」

『変なこと、って』

「別居の原因って、ほんとに親父の浮気だったのかなあ、と。小さい頃、母がそう口汚く罵るのをさんざん聞かされてたもんだから、疑いもせず鵜呑みにしてたけど、もしかして他に、なにか理由があったんじゃないか、と」

晴江は黙っていたが、いまや省路にさきを促す気配が、はっきり伝わってくる。

「もちろん、いま頃そんな詮索しても、なんの意味もありませんけどね。昔のことだし。すみませんでした、変なこと、訊いたりして。じゃ、えと、二十六日でしたっけ、そのときに――」

『あの、省路さん』うっそりした声で、晴江が遮った。

「あたし、会ったこと、あります。香代子さんに』

「え。そうなんですか。それは、遠くから見かけたことがあるとか、そういう意味ではなくて？」

『ちゃんと紹介されました。吾平さんに』

「え」予想外の告白に省路は、ぽかんん。「そ、そうだったんですか？　えと。それは、失礼な言い方ですみませんが、そのつまり、当時の晴江さんと親父の関係を明らかにしたうえで、ですか？」

『ええ。三人で会いました』

「そ、そうだったんだ……あれ。じゃあなんで、おふくろのやつ、晴江さんのことに、家ではひとことも触れなかったんだろ？」

『さあ、それはあたしには判らないけど。ただ、別居の原因が吾平さんの浮気じゃなかったことは、たしかです。いいえ、この言い方は正確じゃないな。どういえばいいんだろ。つまりですね、香代子さんが省路さんを連れて首尾木村の実家へ戻った段階で、たしかに吾平さんはあたしと親密でした。親密だったけれど、まだ、つまりその、いわゆる深い関係ではなかったの。ほんとに、まだ』

「するとおふくろは、先走って嫉妬し、家を出ていった、って感じですか」

『どうやら、そういうことらしい。こういう言い方は卑屈に聞こえるかもしれないけれど、吾平さんの心は香代子さんから離れていなかった。むしろ、戻ってきて欲しかったはず』

「ひとつ確認なんですが、親父は、おれが自分の子供じゃないことを知ったうえで、おふくろと結婚したんでしょうか」

息を呑む音が耳に痛いほど響く。『あ、あの。吾平さんは、いつ、そのことを？』

「いや、親父は言ってません。ただ、昔のことをいろいろ憶い出していたら」省路は曖昧に、そうごまかした。「そうなのかな、と」

『そもそも、最初から説明すると、ね』

亮も、いま留守なのだろう。この際、腰を据え、なにもかもぶちまけるという決意が、晴江の声音に漲った。

『吾平さんは、香代子さんと出会うずっと以前に、あたしと交際していたの。結婚を前提に』

「そうだったんですか」

『正式に婚約はしていなかったし、手をつないだこともない清い間柄だったけど。ふたりとも結婚するつもりでいた。ところが、露店市で出会った香代子さんに、吾平さん、夢中になった。後から聞いたところでは、その時点で香代子さんはすでに他の男と関係があり、妊娠していたそうだけど、吾平さんはそれでもかまわない、と。生まれてきたら自分の子として認知するから、と。そう説得し、ふたりは電撃的に結婚した。当初は豊仁市のほうで開く予定だったクリニックを急遽、南白亀町に変更までしたんだから、ほんとうに電撃的という表現が相応しかった。そこまでしたのに結局、ふたりは省路さんが小学校へ上がる前に別居状態になる』

「それは晴江さんの存在があったからですか。さっきのお話だと、そんなふうにも聞こえるけど」

『こういう言い方は、うぬぼれていると思われても仕方がないけれど、ええ。吾平さんはもちろん香代子さんに夢中だった。でも、あたしのことも忘れられなかったようなのね。ただ、さっきも言ったように、あたしとは深い関係ではなかった。なかったんだけれど、自分以外に女の影があるというだけで、ゆるせなかったのかな、と。香代子さんは」

それは省路にとっても頷ける話だ。「だから、おれを連れて家を出た、と」

『でも、なにしろ吾平さんは彼女に夢中だったし、そのうちよりを戻すんだろうな、と。そう思っていた矢先、あたしは呼ばれたんです、ふたりの話し合いの場に』

「え」

『話し合いといっても、吾平さんと香代子さんのあいだでは、すでに結論が出ていた。要するに、ふたりは離婚する、と。そして吾平さんがあたしと再婚することで合意する、と。いきなりそう言い出したものだから、びっくりした』

「なんだかそれって、ふたりして晴江さんの意向を無視してますね」

『あたしも、できれば吾平さんといっしょになりたいと、ずっと思っていたから、そのこと自体は、ずいぶん驚きはしたものの、異存はなかったの。けれど離婚するには、ひとつ条件があるという』

「条件？」

『最初聞いたとき、耳を疑ったんだけど……あたしが妊娠したことが確認されたら、離婚手続を開始する、って』

「な」省路は思わず、絶句した。「……な、なんですか、それ？」

『びっくりするでしょ？　あたしが吾平さんの子供を産むこと。それが、ふたりが離婚する条件だ、っていうんだから』

「まってください。そうか。判った。それって、おふくろの嫌がらせですよね」

『嫌がらせ？』

「いま思いついたんだけど、親父って性的な能力に問題があったんじゃないですか？　おふくろはそれを見越して、無理難題を晴江さんにふっかけ、困らせてやろうと——」

『いえ。省路さん、それはちがうわ』

「他に考えられませんよ。いかにも、あのおふくろが思いつきそうな陰」

『ちがうんだってば。だって吾平さん、たしかに初めてのときは、緊張してたからかな、ちょっとうまくいかなかったけど。その後は、なんの問題もなかったし』

省路は、ぴんときた。多胡兄弟が撮影した母の写真。あれを使って父は己れを奮い立たせていたにちがいない。晴江と初めてのとき、うまくいかなかったのは、その時点ではまだ写真がなかったからだと考えられる。

『吾平さんだけじゃなくて、あたしもいろいろ検査して。互いに、子づくりのために、なんの問題もない、と。ちゃんと確認したうえで、香代子さんも同意したんです』

「そもそも、三人での話し合いが行われたのは、いつのことです？」

『ふたりが別居を始めて、わりとすぐ。同じ年だったと思う』

「てことは、亮くんが生まれるまで九年間もかかったわけでしょ。こういう言い方はたいへん失礼ですけど、晴江さんは、それまでの長い長いあいだ、あたかも愛人のような屈辱的な立場を強要されたわけじゃないですか。どう見ても、嫌がらせとしか思えない」

『たしかに。でも、それはあくまでも結果論よ。ほんとうに』

「では仮に、親父たちの別居開始の翌年に、もう亮くんが生まれていたとしますよ。それでもおふくろは、離婚に応じていたと思いますか？」

『応じていたでしょうね、きっと。まちがいなく。妊娠が確認された時点で離婚手続に応じる約束で、誓約書もあったし。もちろんあたしだって、できれば一日も早く子供を産みたかったけど、なかなか恵まれなかった。結果的に九年もかかってしまった。でも、そのことに香代子さんの責任はないわ。たまたま、よ』

「ほんとに、たまたま、かなあ……」省路は納得がいかない。「そんなに長いあいだ、晴江さんは苦痛を強いられた。おれとしてはどうしても、そこにおふくろの邪悪な意思が介在していたんじゃないか、と思えてならないんだけど」

『そんなこと、あるわけないでしょ』晴江は屈託のない笑い声を上げた。『変な話だけど、その行為のとき、吾平さんとあたし、ふたりだけなのよ。邪魔するひとはいない。いったい香代子さんに、なにができたっていうの？』

「そ、それはそう……ですけど。あのう、ほんとに変な話で恐縮ですが、親父はその、ほんとにその、ちゃんとやって、たんですか？」

『ええ。ちゃんと、ね。なんでそんなに疑うのか、そっちのほうがよく判らないわ』

「不可解なんですよ。離婚に同意するのなら、さっさと別れたらいいじゃないですか。なのに、なんでそんな変な条件をつけたんだろう、と」

『これはあたしの想像だけど、ひとつは確実に、省路さんを吾平さんのもとにひきとってもらうため、じゃなかったのかな』

「と、いいますと？」

『離婚するための、もうひとつの条件が、それだった。つまり省路さんを、あくまでも吾平さんの実子として育てて欲しい、と。どうか気を悪くしないで聞いてもらいたんだけれど、当時はね、あたしそれにすごく抵抗があった。だって、やがて生まれてくる子の異母きょうだいというならともかく、父親さえちがう息子をひきとれ、だなんて』

「ごもっともです」

『もしかして香代子さん、自分の息子を伊吹家に入れておいて、将来的に財産分与に喰い込むことでも狙っているのかな、とか。そんな邪推もした。ただそれだと、どうしてあたしに子供を産ませたいのかが、よく判らなくなる。遺産相続者が増えたら、それだけ損なわけですものね』

　昨夜の美郷と同じ指摘をしている。

『当時はすべてが謎めいていた。でもね、いまこうして自分も母親になってみると、なんとなく判ったような気がする。香代子さんにとって、すべてはひとつの賭けだったんじゃないか、と』

「賭け？」

『夫の心が、自分以外の女にも向いている以上、夫婦関係を続けることはプライドがゆるさない。かといって、自分のほうから離婚を認めるのも癪だったんじゃないかしら、香代子さん』

省路は再び、美郷が自らの夫婦関係について語っていたことを憶い出した。なるほど、そういえば美郷は少し母に似ているかもしれない。容姿的にも、性格的にも。

『そこで考えついたのが例の条件だった。もしもあなたが妊娠したら、そのときはあたし、潔く身をひくわ――と。ね。これは賭けとして、ありでしょ。だって正常な生殖機能を持った男女が普通に営みを続けたとしても、妊娠するかしないかは、天に委ねるしかないわけだから』

「それはまあ、そうですね」

うっかり納得しそうになったが、よく考えてみると変だ。もしも晴江の仮説が正しいとしたら、母があんないかがわしい写真をつくってまで父の手だすけをする必要はない。賭けだというのなら、静観していればいいだけの話だ。

『いよいよ離婚が避けられなくなったら、そのときは自分の息子もひきとって欲しい、と。女手ひとつで苦労するより、より良い環境で育って欲しいという母心だったのね。それはあたし、とてもよく理解できる。つまり、それと引き替えのつもりだったんじゃないか、と』

「どういうことです、引き替え、とは」

『ただ闇雲に省路さんをひきとれ、というのでは、あたしが難色を示すと思ったんじゃないかしら。だから、あたしのほうにも子供ができていれば、さっきの財産分与の話じゃないけれど、いくらか安心できるでしょ、と。あんな変な条件を出した香代子さんの意図は、そのへんにあったんじゃないかなと。いまになって思うわ』

「おれが納得できないのは、親父と離婚したうえ、息子のおれも手放して、それでおふくろはよかったのか、ということなんです。まあ、身軽になってせいせいする、くらいの気持ちだったのかもしれないけれど」

『そういえば、憶い出した。あの事件の後、なにかの折に香代子さんの話になって。吾平さんが言ってたことがある。事件のせいで結果的に離婚には至らなかったわけだけれど、もしも予定どおりに独りになっていたら、香代子はいったい、どうするつもりだったんだろう？　って。歳老いた母親の勝江さんといっしょに、ずっと田舎に引っ込んでいたんだろうか、と』

「どうするつもりだったんでしょうね。おれにも判らない」

『そのとき吾平さん、いきなり、すまん、って頭を下げて謝るから、なにごとかと思ったら。実はおまえに、ずっと嘘をついていたんだ、と』

「嘘？」

『省路は他の男の子供などではない。ほんとうに自分の息子なんだ、と』

「なんですって？」

「吾平さんはそれまでずっと、省路さんの父親は、香代子さんのふたりの従兄弟のどちらかだと、あたしには言ってたのよ」

「え……えーと」

　もう燃やしてしまった母の走り書きのメモの内容を、省路は思い返してみた。

　省路がどちらの子か　あまり気にしないよう
　晴江さんには言っておいてください
　どうせ兄弟ですもの
　どちらにしろ　さほどちがいはない　と
　吾平さんの子として育てていただければ
　それで満足です　と
　よろしくおつたえください

　たしかにこの文章から導かれるのは、単に晴江が省路のことを、昭夫と昭典、はたしてどちらの子供なんだろうかと気にしているという事実のみだ。父が省路のことを自分の息子ではないと思い込んでいる、とは書いていない。

『なんでそんな嘘をついたりしたのかと訊くと、香代子さんに頼まれてたって言うのよ。あたしにはそう伝えておくように、と』

　仮にそれがほんとうでも、前掲の文章の内容と矛盾しない。たしかに矛盾はしない、が。

「おふくろがどうして、そんな嘘をつくよう頼んだのか、理由を言ってましたか、親父は」

『なんだかいろいろ言ってたけれど、意味がよく判らなくて、もう忘れてしまったわ。本人も実は、よく判っていなかったんじゃないかしら』

「嘘をついていた、という告白自体が嘘なんじゃないですか？　だって普通、逆でしょ。おふくろが、実は他の男の種なのに、たしかに親父の子だと主張する、というのならまだ判るけど」

『まあね』

「あ、そうか。判りました。やっぱり、おれが親父の子だというほうが嘘ですよ。親父としては、省路も自分の実子なんだから、分け隔てなく育てて欲しいと、晴江さんに釘を刺す意味で」

『それ、あたしも一度はそう思った。でもね、やっぱり省路さんは吾平さんの実の息子だというのが、ほんとうなのよ。いまはそう考えてる。だって、あたしがいつ妊娠するか、吾平さんにも予測できたはずはないでしょ？』

「それは、そうですが……」

『さっきも言ったように、九年間もかかったのは単に結果論であって、いつ離婚が成立するか、誰にも予測できなかった。ということは、吾平さんの立場になって考えてみてちょうだい。もしかしたら明日にでも、あたしが省路さんの継母になるかもしれないのよ。そのあたしにわざわざ、省路は他の男の子供だ、なんて言い続けるのは変だわ。むしろ、自分の息子だと言い張るのが当然でしょ。それこそ、たとえ嘘でも』

「そう……ですね。言われてみれば。はい。たしかに、そのとおりです」

『それを敢えて妻の従兄弟の子だと言い、香代子さんの死を境いにして、やっと打ち明け話をした。ということは、彼女に頼まれて、ずっと嘘をつき続けていた、というのは事実なのよ。きっと。そうとしか考えられない。ただ、どうして香代子さん、そんな嘘をついて欲しかったのかは、判らない。なんの意味があったのかしらね』

　省路は混乱していた。自分は多胡兄弟のどちらかの息子だと、たったいままで信じ込んでいた。いとも安易にそんな誤解に飛びついたのは、そのほうが気楽だったから、という己れの心理にやっと気がついたのだ。

　しかし、まてよ。仮に省路が父の実子だとする。そして吾平本人もそれを知っていた。となると、離婚にあたり、晴江の妊娠云々の条件が、省路を確実に伊吹家の息子にしてもらう保証と引き替えのつもりだったとする、さきほどの結論と、矛盾してはいまいか？　このバーター説は、省路が父と血がつながっていないという前提があって初めて、なにがしかの説得力を有するわけで、やっぱり実子でしたとひっくり返しては、もとの木阿弥ではなかろうか。正真正銘、自分の子供を父がひきとることに、さしたる障害があるとは思えない。

そんな矛盾を認識していないのか、晴江はうって変わって明るい声を出した。『でもなんだか、不思議な感じよね』

「え。なにがですか」

『こんなに長く省路さんとお喋りしたの、初めてじゃないかしら』

「そうか。そういえば」

『というより、あまり会話をしたことがなかったものね。必要最低限のやりとりしか。でも、これでなんだか、すっきりしたわ。これからもいろいろ腹を割って、話せそう』

いつの間にか晴江は、まるで別人みたいに馴れなれしい口ぶりになっていた。

『じゃあ、そろそろ。これで。二十六日に会いましょうね』

「はい、楽しみにしてます」

電話を切った。二十六日、か。最短でも、元日までこちらに滞在するとしたら、晴江たちと一週間は顔を合わさなければならないわけだ。父はいろいろ仕事上の付き合いなどもあるだろうから、いくらかましかも。などと考えていると。

再び電話が鳴った。「――はい」

『あたし』美郷だ。『ずいぶん長電話だったわね。どなたと？』

「東京の家族からです。年末のことで」

『あ、そ。つまらん』

「なにを期待していたんですか」

『そんなことより、いい知らせ。〈ホテル・ナバキ〉に予約を入れたんだけど、なんと八〇三号室がとれたのよっ』

「八〇三って、まさかマユちゃんたちが泊まったっていう部屋ですか」

『そう。だめもとで訊いてみたら、ご用意できますって答えだったから、ぜひ、と。完璧じゃん』

なにが完璧なのか判らなかったが、省路は「そうですね」と無難に応じておく。

「あの、美郷さん」

『なに。なになになに。由宇ちゃんのスリーサイズなら、本人にお訊き』

「ちがいますって。十三年前の首尾木村事件のときの報道、憶えてますか」

『もちろん。多少なりとも自分がかかわった事件だったもの。伊吹くんたちからの電話を受け、通報しただけとはいえ。それがどうかした』

「容疑者のマイケル・ウッドワーズのことって、どこまで詳しく報道されてました？」

『素性のこと？　年齢とか出身地とか、来日した経緯とか。ざっと、そんなところかな』

「顔写真とか、公開されてましたか」

『え。と。どうだったかな。新聞には載っていなかったけど、見たような気が。あ。そうだ。週刊誌の特集記事にあった。白黒で、粒子の粗い写真だったけれど、一応』

「じゃ、あんまり、はっきりした写真じゃなかったんですね」

『顔だちはそこそこ判ったよ。メガネ掛けてて』

「え。メガネ？」

『その写真は、たしか掛けてた。えと。ちょっと待って。たしかその記事もコピーしてたはず』

なんでも揃えてるんだなと省路は素直に感心。そういえば美郷のこの、一連の事件に対する情熱はどこから湧いてくるのだろう？　やはり阿部照英を殺害されたから、なのか。だとしたら、由宇の相談にのったときたまたま男に飢えてたからだとうそぶいたり、阿部っちなんて軽い呼び方をしたりして蓮っ葉にかまえてみせながら、案外、彼への思慕はいまも深いのかもしれない。

『——おまたせ。やっぱり掛けてるよ、メガネ』

「それはおれの記憶と一致しないな。それとも、たまたま外してた、とか」

『どうも事件当時よりも、ずっと若いときのやつ、みたいだね。服装からして、軍隊にでも入ってたのかな。髪形も、ＧＩカットっていうの？　角刈りみたいなやつだし』

「髭とかは？」

『生やしてない、全然。どうしたの？』

「いや、もしかしておれ、誰か別人と見まちがえたんじゃないか、と……まさか」とっさに省路は、そうごまかした。「考えすぎというか、妄想でしょうけどね。顔が確認できたら、と思って」

『どうせファイルは明日も全部持ってゆくから、そのとき、見てみたら？　ちなみにこの特集記事、例の涌井融氏が取材して、書いてる』

「判りました。じゃ明日、よろしく」

電話を切り、省路は考え込んだ。あのマイケルの特徴的な長髪とたっぷりした口髭の顔は、世間に公開されていない。ということは。

バーナード・ヒルトンというミュージシャンの顔を見て、マイケル・ウッドワーズを連想できる者は限られている。省路自身、繭子、空知貫太、そして川嶋。この四人だけ。厳密にいえば、マイケルが日本に滞在中、遭遇した者は他にもいるだろうが、十三年前の事件にからめていえば、確実なのは、この四人だけと考えていいだろう。

ただし保留がひとり、いる。鷲尾嘉孝。あいつはどうだったのだろう？　事件当日、マイケルを目撃しているのか、それともしていないのか。

普通に考えれば、目撃していないだろう。川嶋がマイケルを車のトランクに閉じ込め、東南区から北西区へ向かったのは当日の朝、九時頃。

小久保亜紀子が同窓会と偽り、出発したのが、七時頃。そのときすでに例の空き家に鷲尾がひそんでいたかどうかは、判らない。が、亜紀子より先だったにせよ後だったにせよ、マイケルを目撃するようなチャンスがあったとは考えにくい。

やはり自分たち四人だけ——そう断定していい、と省路は思った。そのうち繭子と川嶋、ふたりとも謎めいた状況下で行方をくらましている。おまけに貫太の居場所も不明だ。

自分以外、誰もいない。いったいどうすれば、いいのだろう。やや途方に暮れながら、省路は午後五時頃、再び自宅を出た。

〈きっちんパーク〉へ赴き、いつものスペシャル・ステーキ・セットを注文する。生ビールを飲み、赤ワインを追加する。いつもとまったく同じルーティン……いや、同じはず、なのだが。

なにかがちがう。なんだろう。食べ終わってから思い当たった。そうか。夏目嬢の姿が見当たらないのだ。そういえば、夕食時に彼女を見かけたことはない。昼間のシフトなのだろう。

七時頃、再び西双筋へ行ってみた。入り組んだ石畳の路地に立ち、省路は雑居ビルを見上げた。他の店舗の看板に照明が灯っているのに、三階の〈ステイシー〉の部分は真っ暗だ。

　定休日かな？　省路は雑居ビルの玄関口を覗き込んでみた。古ぼけたエレベータがあり、その前に小柄な女性が佇んでいる。

「あのう、すみません」

　省路が声をかけてみると、振り返ったのは、二十代半ばと思われる女性だ。くりっとした瞳が闊達そうで、愛くるしい。

「はい？」

「ここ、初めてでよく判らないんですけど、〈ステイシー〉っていうお店、この上ですよね？」

「あ、そうですよ」

　ちょうどエレベータが降りてきた。彼女は扉を押さえ、にっこり。「どうぞ」

「えと。ひょっとして、お店の方？」

「はい」彼女は三階のボタンを押した。「ミカっていいます。よろしく」

　店内に入り、照明を点けた。なんだか、がらんとしている。壁を占める大きなキャビネットも、もうしわけ程度にバーボンのボトルが数本、並んでいるだけで、歯抜けのようだ。

　殺風景な店内のなかで、中央に置かれているグランドピアノが、ひと際、眼を惹く。大きな写真立てがその上に載っていた。年齢不詳の、くるくる巻き毛の女性が笑っている。

「お客さん、おひとりですか」

「そうだけど。だいじょうぶ？」

「ええ。どうぞ、そちらのほうへ」

　ミカはコートを脱ぐと、省路をボックス席に案内した。セーターにジーンズと、意外にカジュアルな服装だ。

「今日は他のお客さんは来ないので、どうかごゆっくり」

「え。どうして？」

「実はここ、昨日で閉店したんですよ」

「そうだったの？　え。じゃあ、ぼくがここにいたら、まずいんじゃ」

「いいんですいいんです。今日は、元従業員たちだけで——」とグランドピアノの上の写真立てを指さした。

「ゆっくりママを偲《しの》ぼう、という主旨なんだけど、飛び入り大歓迎なので」

「偲ぼう、ということは——」

ミカは頷いた。「……今年の七月。心臓で」

「それは──」

なるほど。昼間会った多胡が柄にもなく涙ぐんでいたのは、こういうわけだったのか。

「ママ、身寄りがいなかったから、あたしたちでお店を継いで、なんとかやっていこうと、がんばったんだけど。やっぱり、だめでした。ママの人柄で、もってたお店だから」

「昨日が最後の営業だったんだ」

「明日にはもう、ここをかたづけるんだけど。その前に、みんなでお別れ会をやっておこう、と。みんなといっても、あたし以外は、あとふたりしかいないんですけどね」

「なんというか、とんでもないときに押しかけてきてしまって、もうしわけない」

「いいんですよ。ほんとにいいんです。むしろ嬉しいくらい。ママは来る者は拒まず、去る者は追わずのひとだったから。最後の最後までお客さんに来ていただいて、喜んでると思う」

「まいったな。話を訊きづらくなってしまう」

「なんのお話ですか？」

「実は、以前ここで働いていた女性のことで、ちょっと話を聞けないかと思って、来たんだけど」

ミカは眼を、しばたたいた。「あの、お客さん、お名前は？」

「伊吹。伊吹省路といって──」

「もしかして、マユさんのお友だち？」

「え」驚いた。「知ってるの」

「伊吹さんは、小久保繭子さんの中学校のときの同級生ですよね。首尾木村事件の際、いっしょに生き延びたという」

「マユちゃん、そんなこと、みんなに話してたんですか」

「いいえ。自分からはしなかった。でもあるとき、伊吹さんもご存じかと思いますけど、四年ほど前、サラリーマン一家四人が惨殺される事件が起きた。それが首尾木村のときと似ているという話になり、マユさん、すっかり錯乱してしまって」

「それは、秋山さん一家の事件のこと？」

「そうです。あのときは、びっくりした。馴染みのお客さんが殺害されたことにも驚いたけど、マユさんの過去にも……想像を絶する体験ですよね、家族全員を無惨に殺される、なんて」

「マユちゃん、その秋山さん事件の直後、失踪してしまったと聞いたんだけど」

「ええ。あれは体育の日だったから、十月の十日ですね、事件があったのは。そしてその翌日、マユさん、なんの連絡もなく無断欠勤して。そのまま行方が判らなくなった。マユさん、身寄りがいなかったから、ママが警察に捜索願いを出したんですけど……」それまで笑みを絶やさなかったミカは顔をくしゃくしゃに歪め、眼尻の涙を拭った。「マユさんの消息が判らないうちに、ママがこんなことになっちゃって……マユさん、どこにいるのかな……ママが亡くなったこと、まだ知らずにいるのかな」

「マユちゃんのマンションの部屋、荷物もそのままだった、と聞いたけど」

「そうなんですよ。まるで神隠しに遭ったみたい。いま、どこでどうしているのやら」

国際結婚しているらしいよ、と言いかけ、やめておく。同僚とおぼしきふたりの女の子が店内に入ってきたのを潮に、省路は引き上げることにした。香典がわりに一万円札をミカに手渡し、店を出ようとしたところで、なにかが心にひっかかった。

「まてよ――ねえ、ミカさん」

「なんでしょう」

「秋山さんて、ここのお客さんだったの？」

「はい。お得意さまでした。よく会社のひとや、取引先のひとを連れてきてくださって。もちろんマユさんも、よく知ってました」

「そうなんだ。えと。もしかして、阿部さんてひとは、お客さんにいなかったかな」

「阿部さん、ですか。お仕事はなにをされてる方？」

「豊仁義塾の先生なんだけど」

十月に市内で起きた殺人事件の被害者だと気づくかなとも思ったが、ミカはそちらの一件には疎そうだった。「さあ」他の女の子ふたりにも眼で問うが、いずれも首を横に振る。「いなかったと思います」

「そう。どうもありがとう」

雑居ビルを出た省路は、石畳の路地に佇み、考え込んでしまった。

桜井誠一の勤め先だったコンビニエンスストア、海老沢佳一が経営していた陶器店、どちらもこの西双筋にある。そして秋山謙吾は〈ステイシー〉の常連だった。ということは。

あとは阿部照英がつながれば、この場所に被害者たちを結ぶ鍵がある、と考えられる。とはいえ、漠然とすぎていることもたしかだ。この通りには飲み屋の類いが多い。阿部でなくとも、足繁く通っていた関係者はいるだろう。そもそも西双筋が鍵だとして、いったいなにが問題なのか。

あれこれ考えながら、歩き出そうとして、ふと古ぼけた看板が省路の眼に入る。〈須賀のカメラや〉だ。帳場に、さっきの老婆がいる。

立ち去りかけて、省路は足を止めた。店の奥から若い男が出てきたのだ。

ひょろりと背が高い。髪をぼさぼさに伸ばし、不精髭がめだつ。省路と同じくらいの歳恰好だ。

あれは……省路は思わず息を呑む。危うく大声を出してしまうところだった。

6

十二月十六日。土曜日。

約束どおり朝九時、美郷はシルバーメタリックのセダンで、省路の家まで迎えにきてくれた。それはいいのだが、もうひとり助手席に誰か乗っている。笑顔に見覚えがある。あるはずだ。なんと、由宇ではないか。

「……美郷さん」省路は、運転席のパワーウインドウを下ろさせ、陰気な声で抗議した。「なんなんですか、これは」

「はん？　どうした。ん。どした、どおした」

「なんで溝口さんがいるんです」

「決まってるっしょ。彼女もいっしょに行くのよ、南白亀町へ」

「彼女、学校は？　たしか今日、終業式じゃありませんでしたっけ」

「んなもん、高三だもん。関係ないない」

「いやしくも教師の言い種とは思えませんが」

「伊吹くんだって、サボってんじゃん」

「おれは臨時だから、出席してもいいし、しなくてもいいって、ちゃんと確認とってます」

「だいたい、由宇ちゃんに約束したのは、あなたでしょ。事件のこと、なにか判り次第、教えてあげるって」

「それはそうだけど」

「ほら、もう。ごちゃごちゃ言ってないで、さっさとのった乗った」

仕方なく省路は後部座席に乗り込んだ。「——たしかに約束したけど、なにも彼女がいっしょに行く必要は、ないじゃないですか」

「あるんだなあそれが。言ったでしょ、かたちから入らなきゃ、って」

「は？」

「四年前、南白亀町へ向かった繭子さんたち一行は三人いたんだから。ね」

「それをなぞろう、って言うんですか。でも、かたちになってない。あっちは男性ふたりに、女性ひとりという内訳だ」

「仕方ないじゃん。同行するに相応しい男の心当たりがなかったんだから」

「あのね、溝口さん」平然と車を出す美郷に、省路は溜息をついた。「きみのご家族はこのこと、了承してるの？」

「ええもちろん」振り返り、にっこり笑う由宇は、心なしか浮きうきしている。「美郷さんと一泊旅行してくるって母に言ったら、どうぞ行ってらっしゃい、って」

「なにしろ信用あるからね、あたしって」

「美郷さんはそれでいいとして。溝口さんのお母さんは、おれには会ったことがないんだから。信用しようにも、できないはずですが」

「えーっとね」バックミラーのなかで美郷が、いたずらっぽく舌を出すのが見えた。「あたしと由宇ちゃん、ふたりだけで、ってことになってる」

「じゃあ、おれがいっしょだとは」

「知らない」

「信用を裏切ってるじゃないですか、思い切り」

「だいじょうぶ。伊吹くんさえ黙ってれば、だいじょおぶ。あ。それからね、秘密にしておいて欲しいことが、もうひとつ」

「まだなにかあるんですか」

「溝口さんのお母さんと、それからうちの両親もだけど。あたしたちが行くのが南白亀町だってこと、知らないから」

「え。じゃあ、どこへ行くと思ってるんです」

「加布里岬《かぶりみさき》。そこで遊んで、一泊してくるって設定になってますんで、よろしく」

豊仁市を挟んで、南白亀町とは逆方向である。水族館やレジャー施設が充実しているので、泊まりがけで遊びにゆくには南白亀町よりもはるかに相応しい場所にはちがいないが。

「あのう、それはいったい、なんで。ひょっとしてやっぱり、なにかのかたちから入ろうとしているんですか？」

「まあね、そういうこと。四年前の繭子さんたちのように、誰にも知られることなく、秘密裡に南白亀町に向かうことで見えてくることが、きっとなにかあるぞ、と」

「ないない。ありません。それにしても、溝口さんの親御さん、ふところが深いなあ、としか言いようが。なにしろ――」

同僚との不倫が発覚し、事実上、謹慎中の問題教師といっしょに、娘を一泊旅行に送り出すんだもんな――と続けようとして、やめた。が、美郷は、省路が呑み込んだ言葉を察したようだ。

「言っとくけど、伊吹くん。たとえ旦那がいても、女は恋愛するときは恋愛する、職場がとやかく口を出すべきではない――というのが、由宇ちゃんのお母さんの意見なの。どう思う？」

「正論だと思いますし、なるほど、心強い味方だなあ、と」

三人はまず〈オーシャンズ・ホテル・ユタヒト〉へ向かった。そこで十時になるまで待ち、出発。美郷の宣言どおり、四年前の繭子たちの行動をなぞろうというわけなのだが。

「あのー、美郷さん。道路の混雑状況は日によってちがうから、四年前と同じ時刻に目的地に着けるとは限りませんよね。ていうか、マユちゃんたちが何時に着いたのかは不明なわけで。出発時刻だけ合わせても、意味ないと思うんですけど」

「ひとの話、ちゃんと聞いてる？　だからあ、判明している事実の範囲内でなぞるって、あれほど言ったでしょ」

「はいはい」

師走で交通量も多かったが、あまり赤信号にひっかからなかったせいか、バイパスをスムーズに通過し、南白亀町へ。旧駅舎の前を通り過ぎたのは、十時四十五分だった。

「――ずいぶん早く着いたわね。一時間、かからなかった」

省路は周囲の風景に眼を奪われる。十三年ぶりの南白亀町は、まるでさま変わりしていた。道路があちこち舗装されて広くなり、大型量販店やファミリーレストランなど、以前の感覚からすると不釣り合いなサイズの建物が林立している。初めて訪れる町のようだ。

昔なら町じゅうの車をすべて停められたんじゃないかと思えるほど広い駐車スペースの奥に『アクセス・ポイント』と看板を掲げた二階建ての建物が見えた。洒落た外観の巨大倉庫といった趣き。多胡の言っていたレンタルビデオ店だ。鷲尾嘉孝が勤めているという。

鷲尾の住所を控えたメモも持ってきている。帰りに寄ってみようと省路が思っているうちに〈ホテル・ナバキ〉が見えてきた。

「繭子さんたちがチェックインしたのは、午後一時半、か。まだずいぶん時間があるわね。伊吹くん、どうする？」

「マユちゃんたち、チェックインまで、なにをしてたのか、というのが問題ですね」

「そうなのよ。なにか心当たり、ない？」

「もしも、ここへ来る途中で、どこにも寄らなかったのだとしたら——」

そもそも繭子たちは、なんのために南白亀町へやってきたのか。ホテルの部屋をとったのは、行動拠点にするためだったのではないか？　そう。ここから首尾木村へ向かうための。

「村へ行ってみましょうか」

「え。村って、もしかして、首尾木村？」

「きっとマユちゃんたちも、そうしたんじゃないかと思うんです。まず、まっすぐ村へ向かった」

「なるほど。十三年前の現場だもんね。で、村へ行って、どうしたんだろ」

「美郷さん、四年前、マユちゃんたちは事前にホテルの予約をしてたんですか？」

「ん。いや、ちがったと思うな」

美郷に眼で促され、助手席の由宇がカバンから透明のファイルケースを取り出した。「——予約はなく、飛び込みだったみたいですね」

「つまり、なにか用があってまず首尾木村へ向かったが、予想以上に時間がかかりそうだったので、一旦、南白亀町へ引き返し、宿をとった、と。そんな感じだったんじゃないでしょうか」

「納得。うん、きっとそうだ。あたしたちも首尾木村へ行ってみよう。で、そこでどうする？」

「それは、向こうへ行ってみて、改めて考えてみないと、なんとも」

「了解。あ。伊吹くん、悪いけど、運転替わって。村への道順、よく知らないから」

一旦停車し、席を替わる。運転席のシートベルトをつけようとした省路は、助手席の由宇と、ふと眼が合った。はにかんだように手脚の長い身体を縮こめる彼女は今日、私服姿だ。黒いハイネックにベージュのジャケット、そしてスリムジーンズという男っぽい恰好が、きれいな桜色の童顔とアンバランスなようでいて、制服姿よりも愛くるしい。

そのアンバランスさが、無言で発車した省路の脳裡で、繭子のイメージを明滅させる。あのとき、繭子はいまの由宇よりも歳下だった。彼女のように若さが弾けていた。

あのときの繭子。あのときの繭子は、もう二度と戻ってこない。絶対に手に入れることはできない。あのときの繭子を我がものにできなかった無念が、とめどなく込み上げてくる。繭子。

繭子。繭子。繭子。くそ。

たしかに、あのときの繭子はもう手に入らない。そのかわり、いまからでも遅くない。絶対に。絶対に彼女を探し当て、今度こそ、今度こそ、今度こそおれのものに。

「……先生、どうかしました？」

赤信号で停まったとき、由宇が心配そうに省路の顔を覗き込んできた。

「ん？　なに」

「おなかでも痛いのかな、と思って。だいじょうぶですか？」

どうやら自分でも気づかぬうちに、形相が変わっていたらしい。いつぞやの塚本の言葉を、省路は憶い出した——ときおり、ひとが変わったみたいに怖い眼になる、か。気をつけなきゃな、と苦笑。

「うん。でも少し、緊張してきたかな。もう二度と戻ってこない、と思ってたから」

「そう、か。そうですよね」痛ましげに由宇はかぶりを振った。「先生にとって、憶い出したくない出来事のあった場所なんだもの」

「ところで、溝口さん」

「はい？」

「例の、お祖父さんに現像を頼んだという、コンサートの写真、ね」

「ええ」と今度は由宇のほうが緊張する。

「別にたいしたことじゃないんだけどさ、どうして自分で現像に出さなかったの？」

「えと」首を傾げた。「あれは、んと、どうしてだったかな。あ。そうだ。あのですね、わたしが忘れてたから、なんです」

「忘れてた？」

「お祖父ちゃんちへ遊びにいったとき。途中でカメラ屋さんに寄って現像に出しておこうと思って、フィルムを持って出かけたんです。なのにそのこと、すっかり忘れてて、まっすぐお祖父ちゃんちへ行ってしまった」

「遊びにいったというのは、自宅のほうだよね。陶器店じゃなくて」

「そうです。で、帰り際になってようやく、そのことを憶い出して。あ、忘れてた、どうしようと困ってたら、お祖父ちゃんが、ちょうどいいから現像に出しておいてやろう、って」

「ちょうどいい、って？　ご近所にカメラ屋さんでもあるの」

「自宅じゃなくて、陶器店のご近所に、昔から馴染みのカメラ屋さんがあるらしいんです。わたしは知らないけど。どうも最近やりくりが厳しいようだから贔屓にしてあげたい、みたいなこと、言ってました、そういえば」

「気配りのひと、って感じだね」

「わたしはどこで現像してもらっても同じだから、じゃあお願い、って。フィルムを預けてきた。そういうわけだったんです」

　そのせいで、きみの祖父母は命を落とすはめになったのかもしれない——と省路が口にすることはない。まだ完全に考えがまとまっていないせいもあるが、どのみち由宇にも、そして美郷にも、あまり手の内を見せるつもりはない。

「なるほど」

「現像……かあ」

　後部座席で美郷が、ぽつりと呟いた。省路は、どきりとする。

「どうしました？」

「ううん、たいしたことじゃないんだけど。そういえば阿部っちも、今年のコンサートで撮影した分、現像に出すの忘れてた、とか言ってたな、と。そんなこと、憶い出しただけ。夜、飲み会にゆくついでに出しておく、みたいなこと言ってたけど結局、どうしたんだろ……」

　省路は、そっと安堵の吐息を洩らした。どうやら美郷は、写真の現像そのものにさほど重要な意味があるとは思っておらず、ただ阿部照英の追憶に浸っているだけのようだ。

飲み会ついでにということは、阿部が現像を頼んだのも、由宇の祖父と同じく、あの西双筋のカメラ屋だろう。隣りのコンビニエンスストアで働いていた桜井だって、当時は自分の店では現像サービスを取り扱っていなかったのだから、当然〈須賀のカメラや〉に頼んだ。確認してはいないが――これだけは美郷に裏づけを頼むわけにはいかないが――おそらくまちがいあるまい。

あのカメラ屋が被害者たちの共通点だとして、問題は犯人の動機だ。いま手持ちの材料だけで、その真相に辿り着けるのは、この世で省路しかいない。バーナード・ヒルトンがマイケル・ウッドワーズに見える者にしか解けない問題だからだ。

いや――省路は考えなおした。繭子にも解けるだろう、と。もしもいま豊仁にいて、バーナード・ヒルトン楽団の公演ポスターを見たことがあるとするならば、だが。

首尾木村が近づいてくるにつれ、十三年前の台風の日が省路の脳裡に鮮やかに甦る。あの日、映画を観た帰り、お町から父の車で送ってきてもらった。いまこうして自分の手で運転し、同じ場所へ向かっている。

が、歳月は世界を変える。南白亀町の発展ぶりに比べると些細な変化だったが、こちらのほうが省路にとってショックは大きかった。東南区と北西区の分岐点。そこにあったはずのバス停留所が、なくなっているのである。あの夏の日、省路が自転車を停めておいたところだ。どうやら路線バスの運行も相当、縮小整理されているらしい。

しばらく進むと異味川。南橋だ。元木雅文が炎に包まれ、濁流へ落ちていったあの橋は、もう跡形もない。鉄筋コンクリートの立派なものに造りかえられている。

南橋をわたりきったところで、あの夜の記憶が甦った
……この川べりで。

雨と風のなか、マユちゃんとおれは、この川べりへ来ていた。川嶋の車で。そして、やつに命じられるまま、ころがっていた石を拾い。それで。

マイケルの頭を殴った。ドラマのなかではよく、たった一撃で相手を気絶させたりしているが、あんなにうまくはいかない。何度も外し、自分の指を挟んだりした。骨折したかどうか定かではないが、その後、しばらく指が腫れ上がったっけ。

マユちゃんも、マイケルを殴った。手を振り上げるたびに、悲痛に泣き叫びながら。やめて……貫太くんには手ぇ出さんといて……お願い……やめて、貫太くんは……貫太くんだけは……貫太くんは、やめてあげてえっ。

ところで、マイケルは気絶しなかったが、抵抗力がだいぶ衰えたところで、マユちゃんとおれは彼の身体の両脇をかかえ上げ……あれはマイケルの体臭だったのだろうか、チーズのような饐えた臭いが一瞬、鼻孔から脳髄へと突き抜けたことをよく憶えている。

（これで、おまえらも共犯だぞ）

増水した泥水に消えてゆくマイケルから眼を逸らし、川べりにへたり込む繭子の背中に、嘲笑を吐き散らしていた川嶋。

省路のなかで憎悪が燃え上がる。ハンドルを握りしめる手の甲が白くなった。川嶋。

川嶋……いまに見てろ。くそ。いまに見てろよ。必ず探し出す。探し出して。この手で、なぶり殺してやる。

自らの手でマイケルを川に落とすシーンを、比較的冷静に回想していた省路だったが、ふと道路の右手を見て、思わず急ブレーキを踏んだ。

「ど、どうしたの？」

慌てる美郷と由宇にかまわず、省路は車から降りた。道路から駈け降りると、眼の前に。

眼の前に、空知家の母屋が、まだ建ったままなのだ。廃屋特有の、妙に煤《すす》けた、実際の奥行きよりも厚みの感じられないたたずまいの手前には、貫太の勉強部屋だったプレハブの離れも、半焼した無惨な姿を晒している。

茫然自失し、凝視していた省路は、ふと美郷に手をとられ、我に返った。彼女も今日はセーターにジャケット、ジーンズ。色ちがいで由宇と似たような服装をしていると、いまさらながら気づく。

「伊吹くん……」

ハンカチを差し出され、ようやく自分が涙を流していたことに気がつく。

「先生」いつの間にか由宇は省路の腕をとり、自分の胸に掻き抱くようにしている。「この家は」

「友だちの家……まさか……まさか、あのときのまま、だったなんて」

自然に省路の足は離れへ向いた。美郷と由宇もついてくる。

「ここが、そいつの勉強部屋で……友だちといっしょに、よく泊まりがけで遊びにきてた」

「これは……火事の跡？」

「犯人がガソリンを撒いたんです」

祖父母の惨劇を憶い出したのだろう、省路の腕にしがみつく由宇の全身を緊張が走り抜けるのが、伝わってきた。

阿部照英の遺体を発見したときの惨状が甦ったのか、美郷も青ざめている。「その友だち、って」

「空知、です。空知貫太」

「いま、そのひとは――」

省路は無言で、かぶりを振った。プレハブの離れから眼を引き剝がし、車へ戻る。

「伊吹くん、あたしが運転しようか？」

「いいえ、だいじょうぶです。すみませんでした。行きましょう」

ゆるゆる、車を走らせた。

五叉路の手前へ来る。貫太の母親と小久保亜紀子の遺体が発見された空き家が見える。こちらは、もともと廃屋だったせいだろうか、十三年前とあまり変わっていないように見える。

このまま見慣れた道を西北へ進むと、大月家に辿り着くことになると気づき、省路は慌ててハンドルを左へ切った。

空知家でさえ、あれだけ衝撃を受けたのだ。自分が住んでいた家なんて、絶対に見たくない。もしかしたら父がすでに手配し、取り壊しているかもしれないが、更地は更地でまた別種のショックを受けそうだ。どっちみち、見ないほうがいい。

左の道に入って、しかし省路はすぐに後悔した。このまま行くと、小学校の旧校舎ではないか。シバコウのやつに犯された場所。そして、教卓の裏に押し込められた花房朱美が、血だるまになるまで踏み殺されたところだ。

べったり背中に汗の膜を張り、くっついてくるシバコウの皮膚の感触が甦った。しかし当時、自分がなにをされているかという認識が省路には、あまりなかった。ただ身体を貫く激痛に、泣いてゆるしを乞うしか為す術もなく。

腰を動かすたびに、シバコウは省路の股間に手を差し入れ、しごいてきた。が、省路は萎えたままだった。なのに引っ込みがつかないのか、ずいぶんしつこく、こすられた。そのうち。

シバコウの手も、腰も、動きが止まった。なにごとかと思ったら、教室は不気味な女の笑い声に満ちていたのだ。花房朱美だった。全裸で、床にへたり込んだ姿勢のまま、けらけら、腹をかかえている。省路を背後から犯しているシバコウを、ときおり指さしては、爆笑する。

そんな朱美とシバコウの、鬼ごっこが始まった。憤怒で怒り狂う男と、ひいひい笑い続ける女。するりするりと男の手をかいくぐっていた女は、やがて腕をつかまれる。

男は力まかせに、女を突き飛ばした。女の身体は吹っ飛び、教卓に激突した。その拍子に、裏向きに転がった教卓の内側に、女の身体がすっぽりと、嵌まり込んでしまったのだ。まるで弁当箱に詰められた惣菜のように。

男は吼え、そこへ飛び乗った。容赦のかけらもなく。ずんずん、思い切り体重をかけ、女を踏みまくる。顔を踏んで、乳房を踏んで、腹を踏んで。肉塊をぐちゃぐちゃに赤く踏みつぶす。血の飛沫《しぶ》く死のダンスをいつまでも、いつまでも踊り続けた。あのとき。

貫太は瀕死の状態で、教室の隅っこに放り出されていた。そんな彼に省路はなにもしてやれず、繭子と抱き合い、恐怖におののくしかなかった。あのときの。

体操服の上着だけで、下半身を剝き出しにしたままの繭子。あの肌ざわり、雨と風にずっとさらされてきた皮膚の表面は冷えきっているのに、身体の芯から微かに伝わってくる体温。その感触。あのときの彼女の甘い匂い。あれだ……あれなんだ。

おれには、あれしかない。おれには、あれしかないんだ。繭子。どこにいる。

どこにいるんだ、繭子。どこにいる。出てきてくれ。おれのもとへ、出てきてくれ。

このまま小学校の旧校舎を、ちらりとでも眼にしたら、平静でいられる自信が省路にはなかった。あるいは旧校舎がすでに取り壊されている可能性も皆無ではないが、どのみち襲いかかってくる悪夢に抗しきれないかもしれない。美郷と由宇の眼もはばからず、取り乱してしまうかもしれない。

どうしようと迷っていると、右手に、鉄条網に囲まれた阿舎が見えた。溺れる者が藁《わら》にもすがる思いで省路はその前に車を寄せ、停めた。

「——ここは？」

「地下壕の跡です。戦時中は、防空壕として使われていた、とか」

「へえ、こんなところに。でも」

三人とも車から降りて、鉄条網越しに、阿舎を覗き込む。

「そんなふうには見えないわね。なに、あの扉。鍵まで掛けて」

「戦後、核シェルターに改造したんだそうです」

「へ。なんですって?」

「いや、そんな噂があったんですよ、おれたちが子供の頃に。土地を買いとって、地下壕跡を利用し、いざというとき避難するための核シェルターを造ったものずきがいるらしい、と。もちろん、ほんとかどうか知りませんけど」

「でも、このものものしい雰囲気を見る限り、単なる噂でもなさそうじゃない?」

「ものものしいって、この鉄条網のことですか。これはですね、このさきに、いまは廃校になってるけど、小学校がありまして。おれが通ってたところなんだけど。その生徒たちが登下校の途中、おもしろ半分に入っちゃ危険だっていうんで、こうして張りめぐ……」

ふと省路の声が途切れた。改めて鉄条網に眼を近づけてみる。気のせいだろうか、いやに新しく見える。

この阿舎ができたのがいつか、詳しいことは知らないが、少なくとも省路たちがものごころついたときには、すでにあった。憶えている限りずっとこうして鉄条網が張りめぐらされていた。なにしろ好奇心旺盛な小学生のこと、阿舎に入ってゆけずとも、前を通るたびにこうして鉄条網越しに飽かず、なかを覗き込んだものだ。省路の記憶では、その頃すでに、真っ黒に錆びきり、ところどころ腐食していたはず……なのだが。

いま眼前に張りめぐらされた鉄条網は、それらが絡みついている金属製の支柱も含め、当時と同じものとは、とても思えない。錆び具合からして、せいぜい数年くらいしか経過していないのではあるまいか。だとすると。ごく最近、新しく張り替えられたのか? 誰の手によって?

省路は阿舎を見た。鉄製の扉に掛けられている南京錠《なんきん》。気のせいか、それもあまり古ぼけてはいないようだ。確証はないが、省路が子供の頃のものとはちがうように見える。

「どうしたの、伊吹くん?」

「単なる想像ですから、まちがっているかもしれませんが――」

鉄条網と南京錠が昔のものとはちがうことを、省路はまず説明した。

「でもそれは、誰だか知らないけど、管理しているひとが張り替えただけなんじゃないですか」

　由宇が、もっともな指摘をする。

「うん。あまりにも腐食が激しかったから、とか。普通ならそう考えるべきなんだけど、どうだろう、四年前にマユちゃんたち三人がここへ来ていた、と仮定してみては？」

「ここへ来ていた……つまり、三人がやってきた目的はこの核シェルターだった、という意味？」

「かもしれない。例えば、このなかに入って、なにか調べたかった、とか」

「それはもちろん、十三年前の事件にからめて、の調査だよね」

「当然、そういうことになりますが——」

「あの」由宇は、まるで教室で質問するみたいに、おずおずと挙手した。「もしかして、事件当時、犯人はここに隠れてた……とか？」

　省路は美郷と顔を見合わせた。

「そうか。ここに身を隠して、村のひとたちの眼を欺き、犯行に及んだ、と。それはあり得る。繭子さんたちもそう考え、調べようとしたのかも」

「三人は一旦ここへ来たものの、鉄条網が張りめぐらされ、鍵も掛かっている。なかを見ようと思っても見られないので、もっと本格的に調査の準備をするため、南白亀町へ引き返した——そんな感じだったんじゃないでしょうか」

「なるほど」

　省路の胸板を、つんと小突くと、美郷は腕時計を見た。正午まで、あと数分。

「それじゃ、あたしたちもそろそろ、町へ引き返すことにしましょ。続きは車のなかで」

　道順を覚えたらしく、今度は美郷がハンドルを握った。そう指示されたわけではなかったが、なんとなく省路は助手席におさまり、由宇は後部座席へ移る。

「——で、南白亀町へ戻り、三人はどうしたか」

「ホームセンターを探したんじゃないでしょうか。鉄条網を切ったり、南京錠を壊したりするための道具を買わないといけないから」

「だね。あたしたちも、そうしよう」

「えと……」省路は不安になった。「ほんとうに買うわけじゃない、ですよね？　とりあえずホームセンターへ行ってみるだけで」

「行ったら当然、買い揃える。道具一式」

「もったいないですか。使いもしないのに」

「買った以上、使うに決まってるじゃん」

「あの、まさかとは思いますが、美郷さん、核シェルターのなかに実際に入ってみるおつもり……ではないですよね?」

「実際に入ってみなきゃ、繭子さんたちがなにを調べたのか、判らないじゃない」

「でもあそこ、私有地ですよ。いや、よく知りませんけど、多分。そんな勝手なこと」

「いいからいいから。深く考えなくても」

「警察関係者の娘の発言とは思えませんが」

南白亀町へ戻ってきた。時刻は午後一時を、五分ほど過ぎている。

「急げば、まずホームセンターで買物をすませておくことも可能なような気もするけど。うーん。微妙かな。どう思う?」

「チェックインしたとき、繭子さんたちは荷物を持っていなかったんですよね?」運転席と助手席のあいだに由宇は、ひょいと顔を突き出す。「だったら買物は、後だったんじゃないでしょうか」

「判らないわよ。だって、買った道具一式は車のなかに置いてたかもしれないし」

「あ、そうか」

「まあ、時間に余裕をもたせて、さきにチェックイン、しときましょ」

ホテル専用駐車場に車を停め、三人はフロントへ向かった。ロビーの椅子に座って一時半まで時間をつぶす。由宇はそのまま待たせておき、美郷は省路の手をひっぱった。

「繭子さんが記帳し、健作氏はそれを眺めてたって話だから。同じようにするわよ」

「おおせのとおりに」

宿泊記録にサインする美郷の手もとを、なにげなしに覗き込んだ省路は、思わず口をあんぐり開けてしまった。なんと美郷は、平然と『小久保繭子』と『石動健作』と記入している。ご丁寧にも住所を、繭子が住んでいたという豊仁市待場町にして。

な、なにをやってるんだ、このひとは? こういうのは、かたちから入る、とは言わないのではあるまいか。ただの悪ふざけだ。省路は思わずフロント従業員の表情を盗み見た。まだ二十歳そこそこに見える、若い女性だ。

彼女が四年前の一件を知らないことを祈るしかない。

冷や汗をかいている省路を尻目に、美郷は悠然と『803』と刻印されたキーを受けとる。

「あの、美郷さん、もしかして」

「ん？」

「もしかして予約の名前も、小久保で入れておいたんですか」

「あたりまえでしょ。おーい」

と手で合図すると、ロビーの椅子で待っていた由宇が立ち上がり、やってきた。

「さ。皆の衆、次は十階の展望レストランでお食事タイムだ」

「え……？」

てっきり由宇を別にチェックインさせるものと思っていた省路は戸惑ったが、有無を言わさず、エレベータに押し込まれる。

レストランは半分がたテーブルが埋まっている。美郷は南向きの窓側の席にこだわったが、あいにく空席がなく、やむを得ず北側に陣どった。

遠くに山が見える。さすがに首尾木村までは見通せないが、そこへ向かう山道をこの高さから、こうして臨むのは省路は生まれて初めてだ。

「さて。四年前、繭子さんたちは、なにを食べたんだっけ。ランチセットらしいって話だけど、和か、洋か。両方、試してみよう」

「あの、美郷さん」我慢できなくなり、省路は彼女を遮った。「溝口さんは、どうするんです」

「ん。同じものでいいんじゃない。ランチセット、三人前。あたしは洋ね」

「じゃなくて、部屋です、今夜の」

「さっきチェックインしたじゃない。八〇三」

「え。じゃあ、おれが別の部屋ですか」

「なに言ってんの。あんたも、八〇三」

「シングルとか、別にもう一室、とってあるんじゃないんですか？」

「あのねえ、伊吹くん。あんたってほんと、ひとの話を聞かないわね。かたちから入るんだって、これほど言ってるのに。いい？　四年前、涌井ってフリーライターは部屋をとっていない。繭子さんたちはツインひとつしか、使わなかったのよ」

「じゃあ今夜、どうするんですか」

「決まってるでしょ。みんないっしょに、八〇三で泊まるの」

　呆れて、由宇を見ると、彼女はにこにこして、悪戯っぽく肩を竦めるだけ。どうやら事前に知らされていたらしい。

「だいじょうぶ。伊吹くんは絶対安全だって、由宇ちゃんも納得してるから」

「いや、そういう問題じゃなくて」

「涌井ってフリーライターも、きっとそうしたと思うのよ、あたし。繭子さんと健作氏のツインに、いっしょに泊めてもらった、と」

「それはまあ、あり得ることですが」

「なにか必然性があってそうしたのか。それとも、いきがかり上か。ともかくそれが、ここでの三人の行動になにか関係あるのかもしれないし。あたしたちも自分の眼で確認しましょ」

　確認できることなんかありそうにないと省路は思ったが、口にはしなかった。

　食事後、三人は一旦、八階へ降りた。八〇三号室に各自の荷物を置く。

　南向きの窓は思いのほか、すばらしい景色だ。背後に海を従えるという、初めてのアングルからのお町に、しばし省路は見入ってしまう。

「さて、と。三人は、すぐに核シェルターへ向かったのか？　それとも私有地に忍び込むわけだから、闇にまぎれるため、夜まで待ったのか？」

「昼間に行ったはずです。だって北西区には、もうひとが住んでません。他人の眼をはばかって闇にまぎれる必要なんかないし、あれこれ作業するには明るいうちのほうが都合がいい」

「よし。じゃあ早速、あたしたちも行こう。そういえば、ここへ来る途中、ホームセンターを見たような気もする。駅舎の近くだっけ？」

「いや。フロントで訊きましょう。そのほうが、はやい」

「でも四年前、フロントがホームセンターの場所を質問された、なんて証言はないのよ」

「あのですねえ。いい加減に」

「わたし、憶えてます」由宇が執り成した。「たしか〈アクセス・ポイント〉の隣りか、ひとつ隣りでした」

「さすが、由宇ちゃん。頼りになるう」

　国道を駅舎の方角へ五分ほど戻ると、なるほど、〈アクセス・ポイント〉の隣りに〈トイワ〉というホームセンターがあった。鷲尾嘉孝のことばかり考えていた省路は、ちっとも気づかなかった。

　これまたレンタルビデオ店に負けないくらい、駐車場が広い。店内へ入ると、この町での百年分の需要に応えられそうなほど、品揃えが豊富だ。

　客層は、子連れの若夫婦が多く、楽しげにショッピングカートを押している。十三年前の感覚からすると、大都会の眺めだ。

　何台もあるレジには、どれも会計を待つ客たちの行列ができている。南白亀町の住人ばかりでなく、近辺の市町村からも大勢、買物にやってくるのだろう。

　店の奥には化粧室があり、その前にも客がたむろしている。特に女子トイレは、行列が廊下へ溢れ出ていた。

「おーっと、広い」美郷も感心している。「隣りのレンタルビデオ店もそうだけど、他の町の支店に比べても、格段に広いね」

「後発で、土地があまってたからかな」

「そんなところかしらね。繭子さんたち、ここで、なにを買ったんだろ？」

「まず鉄条網を切るための道具。ペンチかなにかですか。南京錠を壊すのはハンマーかドライバー。それと、あそこがほんとうに核シェルターなら、地下へ降りてゆくことになる。電気が通っているとはちょっと考えられないから、懐中電灯と。そんなところかな」

「マスクは？」

　由宇の発言に、美郷と省路は「え？」

「あんなふうに鉄条網に囲まれてる以上、きっと長いあいだ、きちんと管理されずに放置されてきたわけですよね。だとしたら、なかは埃や黴だらけですよ、きっと。虫とかいろいろいそうだから、虫除けスプレーも」

「なるほど。じゃあ、えと、軍手と。あと、服が汚れないように、作業衣かなにか」

　作業衣は適当なものが見つからなかったので、レインコートで代用することにした。

「これでいいかな。まだなにか、ある？」

「そうだ」由宇が手を打った。「新しい南京錠と、針金も」

「え。どうし――あ。そうか」

「もし四年前、繭子さんたちがあのシェルターに降りていったのだとしたら、立ち去る前に、壊した鉄条網と鍵を、なおしていったはずだから」

「そうか。だからあんなに新しかったのか」

「おーっ。由宇ちゃん、冴えてるなあ、ほんと。連れてきてよかったでしょ、伊吹くん？」

買い込んだ道具一式をトランクに詰め込んでいて省路は、ふと思いついた。

「すみません、少し待っててください」

「どうしたの」

「ちょっと、ご不浄《ふじょう》に。おふたりはだいじょうぶですか？」

「あーそうだね。あっちでどれだけ時間がかかるか判らないし。すましといたほうがいいかも」

「ですね」

「キー、おれが持っときましょうか。どうせ運転するし」

「あ。うん。殿方のほうが早く済みそうだ。じゃ、のちほど」

店内の奥の男子トイレへ行くふりをして、省路は園芸コーナーを覗いた。

草刈り用の鎌がある。刃先がぴかぴか光っているそれを一本、手にとった。

しばらく迷ったが結局、鎌を棚に戻した。なにしろ今夜は彼女たちと同室だ。いや、たとえ部屋が別々でも、見慣れぬ荷物がトランクにあったら、まちがいなく中味を詮索されるだろう。リスクが大きすぎる。ここで買っておかなければ後がない、というほど切羽詰まっているわけでもない。またの機会にしたほうが——って。なにを？

なにを考えているんだ、おれは……正気に返った省路と、商品整理している従業員の眼が合った。中年の温厚そうな面差しに、省路はつい「あの」と問いかけた。

「はい？」

「このお店、最近、オープンしたんですか」

「ええ。実は昨年、開店したばかりなんですよ。どうかよろしくお願いします」

昨年……だとすると、繭子たちが核シェルター探検用道具を調達したのは、少なくともこの店ではなかったことになるが。まあ、いいか。

用を足して省路が車へ戻ると、ほどなく美郷と由宇もやってきた。

省路が運転席に乗り込むと、由宇と美郷は揃って後部座席におさまる。

再度、首尾木村へ向かった。

南橋の川べりを通過する。マイケルの亡霊も、もと空知家の廃屋も、先刻ほどは気にならない。

　地下壕跡の阿舎へやってきた。

「――まず、鉄条網を切ろうか」

「あとでもとへ戻さないといけないから、なるべく隙間は小さくしないと」

　省路はレインコートを着込むと、地面に腹這いになった。

　金属製の支柱と支柱のあいだが、なるべく広くなっている部分を選んで、ペンチで鉄条網を少しずつ切断してゆく。匍匐《ほふく》前進で入ってゆけるだけの、最低限の隙間を確保すると、省路は柵の内側へ這いずり込んだ。

　隙間越しに美郷から、ドライバーを受け取る。南京錠の心棒に当て、梃子《てこ》の原理で壊しにかかる。鉄条網越しに美郷と由宇が見守るなか、やがて、パキッと鋭い金属音が響いた。

　壊れた南京錠を抜きとり、省路は鉄製の扉の把手《とって》を握った。ガラスの表面を爪でひっかくみたいな、耳障りな擦過音とともに、阿舎の扉はゆっくり、ゆっくり開く。

　ぽっかりと口を開けた暗闇のなかを、省路は覗き込もうとして、うっと顔面を軍手を嵌めた手で覆った。異臭が漂ってくる。

　なんの臭いなのか。省路がこれまで経験したことのないタイプの臭気で、腐臭といえば腐臭だが、どこかしら空気に、こってりした甘味のような厚みができている。甘味といっても決して、快い類いのそれではない。

　その独特の異臭は、鉄条網の外側にいる里美と由宇のほうまで届いているらしく、ふたりとも鼻を押さえている。

「伊吹くん。な、なんの臭い？」

「判りません。あまり嗅いだことがないな、こういうのなんだろう」

　せっかく開けたのだから、入ってみるしかない。省路は隙間越しに、マスクや懐中電灯などを受け取った。

「おふたりとも、ここにいてください」

　そう言うと、美郷は露骨にホッとしていた。かたちから入るためにはご自分でも降りてみなきゃいけないんじゃないですか、なんて、省路に突っ込まれるのを心配していたのかもしれない。

　マスクをつけ、省路は阿舎に入った。小部屋だ。足もとに階段があり、地下へ伸びている。

　電灯のものとおぼしきスイッチがあったが、押しても、なんの反応もない。

懐中電灯をかまえ、省路は降りていった。深い。まるで奈落の底へ潜ってゆくかのようだ。闇のせいで距離感が鈍り、降りても降りても果てがないような錯覚に陥る。

異臭はますます強くなってゆく。マスクがあまり役にたたない。淀んだ空気が眼を刺す。ゴーグルかなにかを用意しておけばよかったと悔やんだが、もう遅い。

やがて階段を降りきった。眼の前に、まるで銀行の耐火金庫みたいな円形の扉があった。ぴっちり閉じられている。

野球のバットのような太いハンドルレバーを手にとり、回そうとしたが、片手ではびくともしない。省路は一旦、懐中電灯を床に置き、両手でレバーを握った。

動かないのではないかと案じていると、ゆっくり少しずつ、手前に寄ってくる。開いた。

懐中電灯を拾い上げ、省路は円形の扉の向こう側を覗いた。同じ異臭がする。が、これまでのそれとは比べものにならない。

なかはけっこう広そうなのだが、室内一帯にその異臭は充満している。ほとんどゼリー状に物理的体積をもって、空間を満たしているかのようだ。

己れを奮い立たせ、省路は扉の向こう側に足を踏み入れた。異臭の大海のなかに泳ぎ出す気分だ。一歩、また一歩進むたびに、ゼリー状の臭気が足にからみついてくるような錯覚に囚われる。

懐中電灯の光の輪のなかに、なにかが浮かび上がった。人間だ。正確には、人間の死体。

後から思えば、それは神か悪魔が、省路のために用意してくれた奇蹟にちがいなかった。

死体は一体ではなく、全部で五体。

そのいずれもが腐敗せず、完璧に屍蠟《しろうか》化していたのである。これほど見事な屍蠟化現象は滅多にあるまい。まさに運命の悪戯で、文字どおり蠟のように皮膚が爛れ、変色しながらも、それぞれの容姿もだいたい見分けがつく。

五体のうち三人は男。ふたりが女だ。

女はどちらも、ぼろぼろになった黒のパンツスーツ姿。東洋人のようだが、見覚えはない。少なくとも、繭子ではなかった。

男たちのうち、ふたりは床に倒れている。おそらくこれが石動健作と、そして涌井融だ。省路はそう確信した。

もうひとりの男は椅子に縛られ、死んでいる。だいぶ造作が崩れているが、メガネのずれたその顔は川嶋浩一郎のものであると、省路は悟った。

死体の首に、がっしりとなにか喰い込んでいた。よく見ると、鎌の柄だ。鎌で首を刺されて、死んでいるのだ、川嶋は。

まさか、あのシバコウと、こんなかたちで再会することになるとは……省路は不思議と、落ち着いていた。

いま川嶋に対する憎しみが、なぜかあまり湧いてこない。彼を自らの手で抹殺する機会が永遠に奪われてしまったという現実を目の当たりしながら、なんの感慨もない。それよりも。

藺子は？　まさか藺子も、ここで死んでしまっているのでは……それだけは。

最悪の予感にさいなまれ、省路はあちこち、調べて回った。それだけは、やめてくれ。藺子は。藺子だけは。

この地下室はほんとうに核シェルターだったらしく、三段ベッドがずらりと並んでいる。ひとつひとつ確認したが、なにもない。トイレなど、他の部屋も調べたが結局、見つかったのは、最初の五人の死体だけ。

あまり長居すると、この異臭が細胞の隅々まで染み渡り、洗っても、とれなくなりそうだ。そろそろ引き上げようとした、そのとき。

近くにあった女の死体を、省路はうっかり蹴飛ばしてしまった。

「しまっ……ん？」

位置が少しずれた死体の腕の下から、なにかが現れた。省路が拾い上げてみると、運転免許証。ところどころ黒ずんでいるのは血痕のようだ。この女のものか？　なにげなしに開いてみて。

省路は息を呑んだ。危うく取り落としそうになった懐中電灯を慌てて持ちなおし、その運転免許証に光を当てる。

『小久保藺子』——そう記されている。そして。

そして、顔写真。

顔写真なのだ。藺子の。

省路は震えていた。がくがく。ぶるぶる。運転免許証を持つ手が。そして全身が。震えているうちに彼は勃起した。怒張は、おさまらない。とうとう射精してしまった。それでも震えは、なかなか止まらなかった。

どれくらい、そうしていただろう。我に返った省路は、未練がましげにもういちど、藺子の顔写真を見ておいてから、そっと運転免許証をポケットに入れた。

円形の扉をしっかり閉め、きつい傾斜の階段を、踏み外さぬよう、ゆっくり上がってゆく。やがて光に満ちた地上へ出ると、鉄条網越しに美郷の声がかかった。

「伊吹くん。ど、どうだった？」

「いや、ひどい」マスクを外し、咳き込んだ。「想像以上に、すごいです、なかは。たしかにシェルターのような感じの部屋ですけど。ふたりとも、降りていかないほうがいい」

「特になにか、あった？　変わったものは」

「いいえ、なんにも。完全に干からびたネズミの死骸くらいですかね」

このひとことで、美郷も由宇も、地下に対する好奇心を完全に失ったらしい。

阿舎の鍵を新しいものに取り替えた省路は、鉄条網の隙間から外へ這い出た。針金を使い、隙間を、できる範囲で修復しておく。侵入者があったと、ばればれな出来だが、仕方あるまい。

「さて」

さっきまで新品だったのが、すっかり廃品のようになったレインコートを、省路は脱いだ。その際、さりげなくズボンを見たが、さいわい股間の部分は汚れていない。

「どうします、これから？」

「どうもこうも。この後の繭子さんたちの行動はまったく不明なんだからさ。なぞろうにも、なぞりようがない」

「ひょっとしたら、もうこのまま、ホテルにも戻らなかったかもしれないわけだし……」

ふと省路は、変なことを考えた。

美郷と由宇が、いま首尾木村へ来ていることを彼女たちの家族は知らない。加布里岬で一泊してくるものと思い込んでいる。伊吹省路という、得体の知れぬ男が同行している事実も把握していない。そして〈ホテル・ナバキ〉の宿泊記録に残っている名前と住所も、架空のものだ。つまり。

四年前の一件を完全になぞっても、なんら差し支えない……つまり、そういうことだ。ここで美郷と由宇を殺し、死体を核シェルターに隠す。仕上げに美郷のセダンを加布里岬に乗り捨てておけば、完璧だ。彼女たちは、きれいに「行方不明」になる。省路が疑われる心配もない。

この際、そうしておいたほうが、いいかもしれない。省路は考えた。美郷と由宇は、彼が核シェルターのなかを調べてきたという事実を知っているのだから。それがいつ省路にとって、不利な状況をもたらすかもしれない。考えれば考えるほど、美郷と由宇の口封じをするのは、いまこのときこそが千載一遇のチャンスのような気がしてくる。だが結局、省路はこのアイデアを実行しなかった。まだまだ彼女たちは利用できる——ふいに、そう思いついたからだ。始末するのはその後でもいい、と。

「そうだね。ま、今日のところは、このへんにしとくか。ホテルに戻りましょ。伊吹くんもシャワー、浴びたほうがいいし」

「まだ臭いますか、おれ」

「かなり、ね。正直、そのレインコート、もう捨てたほうがいいわよ」

紙袋にレインコートを厳重に仕舞い、三人は南白亀町へ向かった。

ホテルに到着すると、省路は八〇三号室のバスルームで、ひとりになる。ドアをロックし、待ちきれない思いで、繭子の運転免許証を取り出した。

マユちゃん……マユちゃん。こんなふうに成長していたのか。昔より、めりはりのきいた顔だちのような気がするのは、化粧のせいか。

壁を隔てた隣りに、美郷と由宇がいると思うと、よけい興奮を抑えられない。なるべく音をたてぬよう、省路はこっそり手淫《しゅいん》に耽った。

しかし……落ち着いてみると、至極当然の疑問が湧いてくる。彼女の運転免許証が、なぜあんなところに落ちていたのか。

熱いシャワーを浴びながら、考えた。そもそもあの五人を殺したのは誰なのだ。まさか。

まさか、繭子が。いや、彼女があそこに見当たらなかった以上、その可能性は否定できない。

そうだ。省路は確信した。少なくともシバコウを殺したのは繭子にちがいない、と。鎌で首を刺されていたのが、その証拠だ。あれが繭子の復讐でなくて、なんだろう。

（……よくやった。マユちゃん）

あの川べりで、いっしょにマイケルの身体を川へ落としたときの、繭子の悲痛な泣き声が、省路の耳朶を鳴り震わせる。

（よくやってくれた、マユちゃん。おれの分まで。よくぞ、やってくれた）

そうか、省路は納得がいった。川嶋への復讐の機会が永遠に奪われたというのに、なぜあんなにも自分は落ち着いていたのか、を。あの鎌の柄を見た瞬間に、悟っていたからだ。これは繭子がやってくれたのだ、と。そして彼女の運転免許証を拾って、それは確信に変わった。他のやつならゆるさないが、彼女がやってくれたのなら、なんの文句もない。自分で手をくだしたのと同じくらい満足だ。

しかし川嶋以外に四人も死んでいたのは、どうしてか。四年前の十月十一日。あの核シェルターで、なにがあったのか。男たちの素性はおそらく省路の直感どおり、石動健作と涌井融だろうが、ふたりの女は何者なのか。

そういえば——ふと憶い出した。涌井融のセダンを処分しにディーラーへやってきたのは女だったという話だっけ。あのふたりのうちの、どちらかか、それとも三人目がいるのか？

答えは出なかったが、熱い湯でさっぱりした。着替えてバスルームを出ると、南向きの窓の外は、もう暮れなずんでいる。

「ずいぶん長風呂だったわねー。由宇ちゃん、お風呂、おさきにどうぞ」

「いえ。わたし、眠る前に温まりたいんで」

「あそう。あたしも、そうすっかな。じゃ、さきに夕食を、すませますか」

三人はホテルを出て、外で適当な店を探してみることにした。国道沿いの発展ぶりに比べ、町の中心部あたりは、新しい建物も散見されるものの、まだしも昔の面影を残している。

眼についた小料理屋に入った。熱燗《あつかん》で鍋を囲む。美郷はご機嫌だ。

「あー、なんだか、ひさしぶりに伸びのび。このところさ、実家で出戻り状態でしょ。両親の手前、居心地が悪いったら、もー」

ひょっとして美郷は、そもそも息抜きが第一の目的で、省路にくっついて南白亀町までやってきたのかもしれない。そう疑わしくなるほど、彼女は事件のことも忘れたかのように、すっかりリラックスしていた。調子にのって、未成年の由宇に杯を勧めたりする。省路が止めても、暖簾《のれん》に腕押し。

「かといって、旦那のところに戻るのも嫌だし」

「ご主人、なにも言ってこないんですか」

お猪口を少し舐めただけで、由宇の頬骨は鮮やかなピンク色に浮き上がる。

「ぜーんぜん。学校も休職中だし、なんつーか、身の置きどころのない日々ですな。だからさあ、伊吹くん、これからもちょくちょく泊めてもらいにいくんでよろ」

「それはそうと」果てしなく暴露話につながりそうなので、慌てて省路はそう遮った。「阿部先生もいない。美郷さんもいない。吹奏楽部、顧問不在じゃないですか。だいじょうぶなの？」

　由宇は頷いた。飯粒のついた自分の唇を舐める仕種が、子供っぽいのに、妙に色っぽくもある。

「わたしはもう全然顔を出してないけど、みんな自主的に練習してるはずです。次期部長もしっかりした子だし。それに来年、新しい講師の方を雇うって話。いえ、単なる噂なんで、わたしもまだ、よく知りませんけど」

「あ。だいじょうぶよ、由宇ちゃん。だいじょうぶだいじょうぶ。あたしに気を遣わなくても。もう辞める。辞めてやるんだから、あんな学校」

「辞めて、どうするんです。なにか当てでも」

「そうだのう。伊吹くんのお嫁さんにでも、してもらおっかな」

「そのためにはまず離婚しなきゃいけないけど、ご自分のほうからは絶対に言い出さないのが、信念だったんじゃないですか？」

「うーん」空のお銚子《ちょうし》をぶらぶらさせ、真面目くさって考え込む。「判った。じゃあさ、伊吹くん、由宇ちゃんと結婚しなよ。でさ、あたしはふたりの養女にしてもらう。これで万事解」

「えーっ」由宇は眼を剝いた。こちらも少し酔っている。「美郷さん、わたしの娘になる気ですか？　うわっ。あつかましい」

「なによう。なんか不満なのかよう」

「まあまあまあまあ。おふたりとも。そろそろ」

　際限なく乱れそうなので、省路はなんとか切り上げようとするが、美郷は聞かない。二軒、三軒と、はしご酒。ホテルへ戻ってきたときには、ぐでんぐでんになっていた。

　なのに、ベッドに座り込むや美郷は、近所のコンビニエンスストアで買い込んできたカップ酒を、いじましく飲み続ける。

　由宇も、だいぶ酔っぱらったのか、もう一方のベッドに腹這いになり、うーうー呻いている。

　ふたりを放っておいて、省路は窓の外を眺めた。八階の高さからのお町の夜景は、やはり新鮮だ。

　椅子に座り、国道を行き交う車を見下ろしながら省路は、繭子のことに思いを馳せた。

まさにこの八〇三号室で繭子は、石動健作という男と泊まった。もしかしたら涌井融というフリーライターも、いっしょだったかもしれない。

すべて焼き捨てた母、香代子の写真が、急に脳裡に浮かんできた。多胡兄弟にもてあそばれている構図が、怖いくらい繭子のそれに重なる。しかも中学時代の面影ではなく、おとなの。運転免許証の顔写真のイメージで。

もしかして繭子もこの部屋で、ふたりの男に抱かれたのだろうか。まさか。母や多胡たちじゃあるまいし、石動健作も涌井融も、まともな男であれば、そんな奇行には及ぶまい。しかし。

しかし一旦、頭に浮かんだ妄想は、なかなか消えてくれない。もやもや、ざわざわ。さきほど遺体を見たばかりのふたりの男に、もてあそばれている繭子の痴態が頭のなかで、ぐるぐる、ぐるぐる。万華鏡のように回る。

興奮しかけた省路だったが、どすん、と唐突な音に我に返った。振り返ると、さっきまでベッドに座り込んで飲んでいた美郷が床に落ち、倒れている。相当な衝撃だったろうに、どうやら酔いつぶれてしまったらしく、起き上がる気配はない。だらんとしたまま、ぐうぐう、いびきをかいている。

「やれやれ」

そのままだと風邪をひきそうだ。省路は、ぐんにゃりしている美郷を抱き起こしてやった。由宇も、髪をなおす仕種とともにベッドから降りてきて、手を貸す。

セーターとジーンズ姿のまま、はだけたシーツのあいだに押し込んでやると、美郷は眼を閉じたまま眉間に皺を寄せ、しばらくうるさげに枕を引っ張っていたが、やがて寝息をたて始める。

「どうも、困ったひとだ」

美郷のベッドカバーをなおし、そっと離れた由宇は、声をひそめた。「——先生」

「ん？」

「ちょっとお話ししたいことがあるんだけど、いいですか」

「ああ。なに？」

省路がもとの椅子に座ると、由宇はもう一方のベッドの縁に腰掛けた。まだ眼もとが、うっすら朱に滲んでいるが、表情はしっかりしている。

「お祖父ちゃんは——変なことを言うと思うかもしれないけど、もしかして祖父母が殺されたのは、わたしがお祖父ちゃんに、写真の現像を頼んだから、なんでしょうか？」

　なかなか鋭い……省路は内心、舌を巻いた。

「どういう意味？」

「だから、わたしが現像を頼んだことと、事件とには、なにか関係があるんじゃないか、と」

「よく判らない。なんで、そのふたつが？　まったく無関係としか思えないけど」

「そうでしょうか」

「だったら、例えばどんなふうに関係していると、溝口さんは考えてるの」

「それは判りません。全然、見当もつかないんですけど」

「そもそも、なんだってまたそんな、突拍子もないことを思いついたんだい？」

「さっき車のなかで、阿部先生も写真の現像を出し忘れてた、という話が出ましたよね。なんだか似てるなあと、ふと思ったら、気になって気になって、仕方がなくなってしまって……」

　なるほど。別に筋道たてて思考をまとめるには至っていないわけか。だが、たとえ単なる直感にすぎずとも、そこから真実に辿り着ける可能性だって、ゼロではあるまい。

　侮るなよ、この娘を……省路はそう自戒した。思わぬところから足もとをすくわれては、元も子もない。断じて、侮ってはいけない。

「似てるって、そうかなあ。写真を現像に出し忘れるなんて、実によくあることだよ。誰にでも。ぼくだって、しょっちゅうだ。それに、もしそれが事件の共通点だとしたら、溝口さん本人が殺されないとおかしいんじゃないの」

「いえ、そういうことじゃなくて、ですね」

　理詰めで自分の意見をまとめられないのが歯痒いのか、由宇は立ち上がった。恨みがましい眼つきで省路を睨み下ろす。

「わたしが言いたいのは、そういう……そういうことじゃなくて」

　ふいに、くしゃくしゃっと顔が歪み、大きな瞳に涙の玉が溢れかえる。肩を震わせ、由宇は嗚咽をこらえた。

　思わず省路も立ち上がり、無意識に彼女の肩に両手を置く。

「あのね、溝口さん。溝口さん、聞いて」

顔面を覆い、頭髪を振りたくりながら、由宇は泣きじゃくっている。

「落ち着いて。それはね、溝口さん、こういうことなんだ。きみはきっと、自分を責めるための材料を探そうとしているだけなんだ」

あとからあとから溢れてくる涙を、何回も何回も手の甲で拭ってから、やっと由宇は口を開こうとした。が、すぐには声にならない。省路が持ってきたティッシュで洟をかむ。ようやく鼻の詰まった、ぼやけた声を出した。

「……自分を責める？」

「お祖父さんとお祖母さんが殺されたのは、ひょっとして自分のせいなんじゃないか、と。そんな謂れのない罪悪感をもてあましているだけなんだ。それはなぜか。事件の真相が、一年あまり経っても不明だからだよ。なにも判らないのが不安だから、いっそ自分のせいにしてしまって、楽になろうとしているんだ」

「だけど……」

「きっとそうだよ」

「先生——さっき」

再びティッシュで洟をかんだ。

「さっき、なにを考えてたんですか」

「なにって」

「怖い顔、してた。窓の外を見ながら」

省路にそんな自覚はなかったが、なにしろ繭子のことを考えていたのだ。男たちの手のなかで喘ぐ彼女を妄想するとき、自分はいったいどんな表情を晒しているのか、あまり考えたくない。

「えと。ど、どうして？　きみ、うつ伏せで寝てたよね、たしか」

「ちょっと盗み見したんです。なのに全然気がつかないようだった。なにを考えてたんですか」

正直に打ち明けることにした。「彼女のこと」

「それは……繭子さん？」

「彼女が、まさにこの部屋で恋人と過ごしたのかと思うと、なかなか複雑な気分でさ」

「好き、なんですか。先生」

「ん」

「繭子さんてひとのこと」

「そう……かもしれない」

「わたし、似てませんか」

「誰に？」

「繭子さんに」

「どうして、そんなことを」

「別に。ただ、似てたらよかったのにな……って。そしたら希望が持てたかもしれないのにな」

じっと上眼遣いで、省路へにじり寄ってくる。

「って。そう思って」

ひょっとしてこれは、いわゆる告白をされているのだろうか。なぜ由宇は急に、こんなことを言い出したのか。

もちろん異性に好意を抱くのは理屈ではないが、彼女の場合、どこか強迫的な衝動の臭いがする。そしてそれはおそらく由宇も省路も、謎の殺人鬼に身内を殺害されたという共通点に起因している。換言すれば、ある種の連帯意識だ。それを彼女は、恋心と混同してしまっているのだろう。

「似てはいない。でも、きみは繭子よりも、ずっときれいだ」

「嘘」

「ほんとうだ」

「じゃあわたしのこと、どう思いますか。わたし、先生のことが好きです。こんなわたしを、好きになってもらえるチャンスはありますか」

由宇の肩を、省路は、そっと抱き寄せた。背中に腕を回す。抗う気配はなかったが、緊張が伝わってきた。

彼女は、どう反応するか。怒って拒否するか、素直に応じるか。省路にとっては、どちらでも同じことだ。この娘は意外に勘が鋭い。長い目で見て、とても危険な存在になり得る。とりあえず雑念の種を植え付け、あまり事件のことを、あれこれ考えさせないようにしなくては。

そっと唇を重ねた。硬かった由宇の全身が、ほぐれてゆく。自ら省路の首に両腕をからめ、くちづけしてきた。

唇を離し、由宇はまじまじと省路を見つめる。やがて、あどけない笑みが浮かび、再度、顔を近づけようとした。

そのとき。

「……こらー」

そんな声が上がり、由宇は跳び上がった。慌てて省路から離れる。

いつの間にか美郷が、むっくり起き上がり、ふたりをじっとり睨んでいた。

「ずるーい、あんたたち」

不貞腐《ふてくさ》れたような美郷のひとことに、表情を強張らせていた由宇は、ぷっと吹き出した。爆笑をこらえきれない。

「あ？　あ。あ。な、なんだそれは。由宇ちゃん、あんたもしかして、あたしのこと、舐めてるな。くそお。こら、伊吹くん。こっちへ来て」

「は？」

「なんで。なんで由宇ちゃんにばっか。あたしも。あたしにもキスしてえっ」駄々っ子の如く、いやいやする。

「あたしも、して。寂しいの。さびしいのよう。お口が寂しいのよう」

思わず由宇と顔を見合わせた。彼女はまだ、くすくす笑っている。

「なにしてんの、伊吹くん。なにもフェラチオさせろとは言わんから、キスくらい、しろ。いますぐ。してくんなきゃ、さっき見たこと、校長先生に言いつけてやるからね」

「やめてくださいよ、もー」悠然とベッドに歩み寄るや、由宇は、赤ん坊をあやすみたいに、よしよしと美郷の頭を撫でた。「わたし、もうちょっとで無事に卒業なんだから。大目に見てくださいよ。ね。ね」

「うわ、むかつく。ちっとばかり若いと思って。まだぎりぎり現役女子高生かと思って。余裕、ぶっこいちゃって。くやしーっ」

「はいはいはい。寝ましょう、美郷さん。ね。もう寝ましょ」

「由宇ちゃん。いまからフロントへ行って」

「はあ？」

「もうひとつ、部屋、とってきて。別に」

「え。え、えええ？」

「そこにあんた、泊まりなさい、今夜。伊吹くんはここに置いといて」

「そうやってわたしを追い出して、美郷さん、なにをするつもりなのかなー、っと」

「あーん。いじわるう」いっこうに動じない由宇とは対照的に、美郷は本気でべそをかき、四肢をじたばた。

「ふたりきりになりたいよう。阿部っちがいないから。この際、伊吹くんとでもいい。ねえ、由宇ちゃん。あたしたち、ふたりきりにして。ね。二時間。いや、一時間でいいから」

「はいはいはい。少し落ち着きましょうね」

慣れた手つきで由宇は、乱れた枕やシーツをなおしてやったり、美郷の肩をさすってやったりしている。どうやら由宇は普段から、こんなふうに美郷のお守りの役割をしているらしい。

やれやれ。処置なしという感じで、ふたりのやりとりを聞いていた省路は、ふと妙な胸騒ぎにかられた。ふたりきりになりたい——その言葉が、ひどく気になる。なぜだろう？

なぜか、ひどく心が騒ぐ。なんだろう。なにか重要なことを忘れているような気がする。いや、決して忘れてはいない。記憶そのものはちゃんとストックされているのだが、それが持つ意味に思い当たっていない、みたいな。もどかしい感覚。

「さびしいよう、由宇ちゃん。あたし、阿部っちがいなくて、さびしいのよう」

しくしく泣き崩れる美郷を抱きかかえ、やさしく慰めている由宇を見ていると、いったいどちらが歳上か、判らなくなる。

「由宇ちゃん、お口がさびしい」

美郷は甘えるように由宇にすがりつくと、彼女にキスした。母乳をせがむ赤ん坊のようだが、由宇は慌てず騒がず、吸われるがままになっている。どうやらふたりのあいだでは、こういう行為も初めてではないらしい——と思っていたら、はたして由宇はこんなことを言った。

「いつもより、いいでしょ、美郷さん？」

「んぁ？」

「さっきわたし、伊吹先生とキスしたから。これ、間接キッス。ね？」

「ばかいってんじゃないよ、もお。あんなやつなんか、知らない。あたしは、由宇ちゃんがいてくれれば、それでいいもんいいもん、拗ねちゃうもん。ふえええええん。阿部ちゃああん。さびしいよ。戻ってこれるもんなら、戻ってきてええ。うえええええええん。寂しいのよう」

しばらく騒いでいたが、手を握ってやっている由宇の温もりに落ち着いたのか、やがて泣き寝入りした美郷であった。

そっと彼女から手を離し、立ち上がった由宇は悩ましげに溜息をついた。

「……わたし、罪つくりなこと、したのかも」

「なんのこと？」

「美郷さんと阿部先生の関係がどんなふうにできたか、経緯、聞いてます？　わたしが相談したことがきっかけになった、という」

「一応」

「美郷さんは、ちょうど自分も遊びたかったんだから気楽に、みたいなこと言ってたけど……ほんとうは、真剣に阿部先生のこと、好きだったんじゃないのかな。わたしが相談したばっかりに、深みに嵌まっちゃって。結果的に、こんなに哀しませることになってしまった」

「ほらまた。自分を責める材料を、むりやり探したりして。だめだよ」

「でも……」

「気に病んでも仕方がない。それほど好きだったのなら、溝口さんがなにもしなくても、いずれ彼と深い仲になってたかもしれないさ。そうだろ。そんなことで責任を感じても、なんにもならない」

「あの……先生」

由宇は、まるで祈禱《きとう》するみたいに、両手を自分の胸に当てた。

「わたしたちが、いま南白亀町にいること、母は知らない、って言ってたでしょ」

「うん。困ったもんだね、美郷さんも」

「でも、わたしの母はうすうす、気がついていると思うんです」

「え？　美郷さんの嘘に？」

こくりと頷く。「わたしと美郷さん、ふたりだけじゃなくて、多分、男のひとがいっしょだろうということも判っていると思う。口に出して言ったわけじゃないけれど、今朝、家を出てくるときの表情を思い返すと、そんな気がする」

省路が真っ先に思ったのは、首尾木村でふたりを「行方不明にする」案を実行しなくてよかった、ということだった。

「その男のひとを、わたしが好きだってことも、きっと勘づいてる。ふたりきりで一泊旅行なんてできないから、美郷さんについてきてもらっているんだろうと、だいたい想像がついているんじゃないかと思います」

「そんなことって、あるのかな。いくら娘のこととはいえ、なにもかもお見通し、なんて」

「ありますね。母なら」

「だったら、変じゃないか。男といっしょだと判っているのに、黙って行かせるのは」

「変じゃありませんよ。だって母は、わたしの趣味を、ちゃんと理解してるから」

「きみの趣味？」

「苦手なんです、男っぽいひとは」

今度は由宇は、自ら近寄ってきて、省路に唇を重ねた。彼の胸に頰を埋める。

「男っぽくないひとが好き」

「まあたしかに、おれの場合──」

「あ。ちがう。ごめんなさい。そういう意味での、男っぽい、じゃないの」

由宇を抱きしめながら、省路は不可解だった。自分はなぜ、この娘ではだめなんだろう、と。

彼女は若く、魅力的だ。掛け値なしに可愛い、と思う。そんな由宇と抱擁しながら、なぜ自分の身体はなんの反応も示さないのか。母や繭子の妄想を総動員しても、だめだ。

なぜ、だめなのか。それは。

繭子でなければならないから、だ。おれは、繭子でなければならない。

繭子。

あの夜、川べりで濁流に呑み込まれる外国人から必死で眼を逸らし、血を吐くような絶叫を洩らしていたおまえ。おまえと、じゃないと。

繭子。だめなんだ、おれは。いっしょにこの手でマイケルを殺した、おまえと、じゃないと。

花房朱美が惨殺されるのを為す術もなく見せつけられながら、素肌と素肌を寄せ合い、いっしょに震えていたおまえと。おまえと、じゃないと。

だめだ、繭子。おまえのためにできないものは、おれにはない。たとえ。

たとえそれが、いま腕のなかに抱いている、この娘であっても。

7

「あー頭、痛い。気持ちわりい」

翌朝。十二月十七日、日曜日。〈ホテル・ナバキ〉の十階展望レストラン。

ぼやきつつ美郷はモーニング・バイキングをもりもり、おかわりしている。ソーセージやハム、卵料理にポテト、トーストなど山盛りを、もう何皿目だろう、オレンジジュースや紅茶といっしょに、どんとテーブルに並べた。

「うー。こりゃ、ひさびさに二日酔いだわ、も、かんっぺきに」

美郷の隣りで由宇も、かなりの健啖ぶりを発揮するいっぽう、すでに省路は食後のコーヒーを前にしてぼんやり、もの思いに沈んでいる。考えなければいけないことが、たくさんあった。十三年前の事件のこと。豊仁市で起きている事件。そして、これからのこと、だ。

「ねー、伊吹くん。今日は運転、おまかせしていいかな。我ながら息が酒臭い。これじゃ、検問にひっかかるかも」

「いいですよ」

「これからどうする。まっすぐ帰る？　それとも、どこか寄りたいところでもあるなら」

「あの」昨夜から迷っていた省路だが、この際、切り出してみた。「こちらで会っておきたいひとがいるんですが。いいですか」

「もちろん。誰？」

「ご存じかと思いますが、鷲尾嘉孝という」

「鷲尾……？」二日酔いが吹き飛んだみたいに、美郷の顔つきが変わった。「鷲尾って、あの。え。鷲尾氏がいまどこにいるか、知ってんの？」

「実は、この町に住んでいるそうなんです」

偶然再会した昔の知人から教えてもらった、ということにして、省路は多胡から預かったメモを出した。その手もとに、美郷と由宇の眼が同時に吸い寄せられる。

「おれのなかでは遊び人というイメージが強かったので意外でしたが、結婚して、ちゃんと仕事もしている。奥さんがどうやら再婚らしく、連れ子がいるんですって。お父さんですよ」

「なんだよもう、伊吹くんたら。こんな、とびっきりのネタを隠しておくなんて、さあ。油断できないったら、ありゃしない」

「隠してたわけじゃありません。昨日、言おうと思ってたんだけど、結局、機会がなくて。警察は、鷲尾の現状を把握していないんですか」

「首尾木村事件の後、南白亀の高校を中退して、豊仁へ出てきたらしい、ってことくらいか。いろいろ仕事を転々としてた、と聞いてるけど」

で、最後はヒモをやってたみたいですけどね、と省路は声に出さず、付け加えた。

「鷲尾氏って、例の繭子さんのお兄さんの奥さんを殺害したんじゃないかと、いっとき疑われたひとですよね」

自分で調べたのか、それとも美郷に教えてもらったのか、由宇もちゃんと知っている。

「うん。ただ警察は、彼は亜紀子さん殺しには関与していない、と結論づけている」

「その証拠とされたのが、亜紀子さんの遺体に付着していた夫の爪のかけら、なんだけど——」

もはや食べることはどうでもよくなったのか、大盛りの皿を脇へどけ、美郷は身を乗り出した。

「あれについて、あたしは異論があるんだ。たしかに手口がちがうし、亜紀子さん殺しについては例の大量殺人鬼とは別人の犯行かもしれない。それはいい。でも、爪のかけらがあったからって、憲明氏の犯行だとは限らないんじゃないの。だってさ、いやしくも夫婦だったんだから。互いの接触の過程で、偶然にもあの朝、知らないうちに夫の爪のかけらが妻の身体に付着してただけ、なんてことも、あり得るんじゃないかしら」

「かもしれませんが。では、大量殺人鬼でもない、憲明さんでもない、となると、亜紀子さん殺しは誰の仕業だとお考えなんですか。美郷さんは」

「やっぱり鷲尾氏が怪しい、と思う」

「しかし彼は、睡眠薬を服《の》まされてた。ふらふらしながら南橋を渡っている姿を目撃したのは、他ならぬこのおれ自身だったし」

「だからこそ、よ」

「え？　といいますと」

「そもそも、魔法瓶のなかのお酒に混入されていた睡眠薬は、なんだったのか。あれってさ、誰が入れたの？」

「それは……」

省路は戸惑った。そういえばこれまで、その問題を深く掘り下げたことはなかった。なんとなく例の大量殺人鬼だったみたいに決めつけていたが、よく考えてみれば、亜紀子殺しの犯人は別人という前提で推論を進めているわけだ。我知らず助け船でも求めていたのか、由宇と眼が合ったが、彼女も困惑している。

「さあ。誰だろう。鷲尾氏……ではない、か」

「そんなチャンスは、なかったでしょうね。判らないかな。そもそも当時、南白亀町で内科クリニックを開業していた伊吹くんのお父さんに、睡眠薬を処方してもらっていたのは、誰？」

「それは亜紀子さん、ですが」

「睡眠薬を持っていたのは彼女。だったら、魔法瓶のお酒のなかにそれを混入したのも、実は亜紀子さん本人だった、と。そう考えるべきじゃない？」

「え。い、いや、しかし」

「少なくとも、それがいちばん自然な解答よ。混入のチャンスがあったのは誰なのかという、基本的な問題を素直に考えるならば」

「しかし、なぜ亜紀子さんがそんなことを？」

「これ、警察でも指摘したひとがいないらしいのが不思議なんだけど——亜紀子さんて、ほんとに不倫するために、空き家へ行ってたのかな」

「どういう意味です」

「廃屋でしょ？　話を聞く限り、埃だらけで、お風呂もない。なぜわざわざ、そんな不潔で、不自由な場所で、やらなきゃいけないの、って話よ。亜紀子さんの自宅の近所のほうがスリルがあっていいからそこにした、と。鷲尾氏は一応、そんなふうに供述してるようだけど」

このとき美郷は、鷲尾が特定の廃屋を選んだ理由が、もともと小久保繭子との密会場所であったからという事実に、あえて言及しなかった。昨夜、由宇にも吐露された、省路の繭子に対する思慕を配慮してのことだ。が。

従って、繭子は鷲尾にただ憧れるだけでなく肉体交渉もあったということを、この時点で省路はまだ気づいていなかった。仮に知っていたら、この後、鷲尾宅を訪れたときの彼の対応は、またちがったものになっていたかもしれない。ともかく、鷲尾と繭子の関係に省路が思い当たるのは、まだ少しさきである。

「仮に男のほうがそう提案したとしても、なぜ女性側があっさり同意するわけ？　あり得ないでしょ、普通。ホテル代をけちったかどうか知らないけど、そんな汚いところで間に合わせる、だなんて。侮辱以外のなにものでもない。女にとっては、ね」

「しかし実際に、亜紀子さんの遺体は、あの空き家で発見された。鷲尾氏の提案に同意したから、としか思えませんが」

「だから、そこがちがうんだってば。たしかに亜紀子さんは空き家へ行った。でもそれは決して、セックスするつもりではなかったのよ」

「その気もないのに、どうしてわざわざ、あんなところへ。しかも夫に嘘をついてまで」

「伊吹氏によると、亜紀子さんは何回かクリニックに通ってきて、その都度、睡眠薬を処方してもらってたらしい。彼女、それを使わずに全部、溜めてたんじゃないかな」

「なんのために、そんな」

「自殺しようとしてたのよ、きっと」

「自」

「この場合、正確に言えば、心中だけど」

「心中……って」省路は驚いた。「亜紀子さんが、鷲尾と、ですか？」

「想像するに、憲明さんの熱意にほだされて結婚したものの、農家の生活が嫌になってたんじゃないかな。かといって離婚も簡単じゃない。夫が、そうあっさり承知してくれるはずもない。いろいろあって精神的に追い詰められ、たまたま言い寄ってきた若い男を道連れにすることにした、と。そんなところだったんじゃないかしら」

「すると、亜紀子さんは最初からあの空き家で、自ら死ぬつもりで……？」

「もちろん鷲尾氏のほうは、やる気まんまんだったんだろうけどね。双方の思惑には、ずれがあった。わざわざ同窓会だと嘘をついて出かけたのも、ふたりのあいだにはたしかに不倫関係があったと、印象づけるためでしょう。実際は無理心中未遂だけど、亜紀子さんの思惑どおりにことが運べば、心中事件になっていたはず」

「知らずに睡眠薬を飲まされた鷲尾は、どうしたんです」

「なにか変だと気づいたんでしょう。あるいは、亜紀子さんに嵌められた、と察したかもしれない。意識朦朧となりながらも怒りにかられ、彼女と揉めているうちに、ついパンストで絞殺してしまった。そんな感じだったんじゃないかしら。少なくとも夫の仕業だったとするより、こっちのほうがあたしは、しっくりくる」

睡眠薬を持ち込んだのは実は亜紀子自身。その仮説は省路にとって、非常に説得力があった。なるほど、そうだったのか。となると――しかし、じっくり考えている余裕はなかった。

仮説を披露しているうちに矢も楯もたまらなくなったらしい美郷は、省路と由宇を急かし、あたふたチェックアウト。

「あの、美郷さん」専用駐車場へすっ飛んでゆきそうな彼女を止めた由宇は、ロビーの横の地元特産品コーナーを指さした。「なにか、買っておいたほうがいいんじゃないかな、と」

「へ。家へのお土産？　んなもん後で」

「そうじゃなくて、鷲尾宅への」

「あ？」

「さっきの話だと、ご家族がいるんでしょ？　それに、勤めてるとしたら、この時間帯だと本人はいないかもしれんな。って。あ、日曜か、今日は」

「たしかに、そうだね。本人ひとりっていうならともかく。いきなり押しかけるわけだから。手土産のひとつでも、あったほうがいいか」

三人は適当に菓子折を選ぶと、省路の運転で、一路、鷲尾宅へ向かった。

新駅舎の近くにある新興住宅地だ。二階建ての、真新しい瀟洒《しょうしゃ》な洋館。庭も広々としており、一見して、平均的収入の者にはおいそれと手の届かぬ物件だと知れる。鷲尾が逆玉の輿にのったというのは、どうやらほんとうらしい。

ドアチャイムを押すと、どたどた廊下を走ってくるとおぼしき音が近づいてきて、ぱっと玄関のドアが開いた。

「はあいっ」

勢いよく現れたのは、三つか四つくらいだろう、女の子だ。おかっぱ頭で、切れ長の眼。こぼれんばかりの笑顔が愛らしい。

「こんにちはっ。どちらさまですかっ」

「あ。えと。こんにちは」

察するにこの娘が、鷲尾の妻の連れ子らしい。

「パパかママ、いる？」

「いませーん」踊りの振り付けみたいに、頭をぶんぶん振って省路を見上げる。「ママはいません。パパはいま、いるけど、いません」

「え。え。どういうこと？」

「はーい」と別の声がして、女の子の背後から女性が現れた。六十くらいだろうか。枯れ木のような体軀を花柄の服で包んでいる。髪は銀色に染め、メイクもくっきり。これから前衛劇の舞台にでも立つのかと思うほど派手な恰好だが、バタ臭い顔だちのせいか妙に、よく似合っている。

「はいはい。どちらさま？」

省路は彼女に見覚えがあった。そうだ。鷲尾嘉孝の母親だ。昔、東南区へ遊びにいったとき、よく顔を合わせた。あの頃は、こんなに念の入った化粧や派手な服装ではなかったが、息子とよく似た、鋭角的な顔だちが印象的だった。

「突然、すみません。鷲尾さんのお宅ですよね」

「そうですが」

「憶えておられないかもしれませんが、わたし、伊吹ともうします。首尾木村の南白亀中学分校で、嘉孝さんの二年後輩だった。えと。お母さまの嘉代《かよ》さんですよね？」

嘉代の口が、まん丸く開いた。見覚えのある顔だと思い当たったようだが、どうやら省路の名前までは出てこないらしい。

「まあまあまあ。これはこれは」

「すみません、いきなり。最近ご結婚されたと聞いて、なつかしくなって。近くまで来ていたものですから、つい寄ってしまいました」

　用意してきた菓子折を手渡す。

「ご丁寧にどうも」

　にんまり笑って受け取る嘉代を見ているうちに、省路はいろいろ憶い出す。そういえば嘉孝には八つか九つか、歳の離れた姉がいて、十三年前当時、もう嫁にいってたらしいのだが、一度だけ村で見かけたことがある。留美《るみ》という名前で、母親に似て眉毛の太い、濃い顔だちだったっけ。

「あの、嘉孝さんはご在宅で？」

「ごめんなさいね。実はもう、休んでるんですよ、ぐっすりと。ついさっき仕事から帰ってきて、食事をすませたばかりで」

「というと、夜間のお仕事なんですか」

「そうなの。なかなかきついらしくてねえ、いっぺん寝入ると、もう。地震があっても、雷があっても起きないんですよう」

「そうなんですか。大変ですね」

「もうね、あなた。夜の六時に出勤で、朝の六時まで、でしょ。完全に昼夜が逆転していて」

「えと。ぼく、勘違いしてたのかな。嘉孝さん、たしかレンタルビデオ店にお勤めだ、というふうに聞いてたんですけど」

「はいそうですよ。二十四時間営業の」

「え」

　美郷と由宇も、驚きの声を上げた。

「それって、あの――」

　口を挟もうとして美郷は、もの問いたげな嘉代の視線に気づき、首を竦めた。

「失礼いたしました。はじめまして。わたくし、伊吹の妻でございます。で、こちらは」と由宇の袖をひっぱった。「娘ですの。おほほ」

　美郷が省路の妻なのはともかく、由宇が娘というのは、いくらなんでもむりがある。が、嘉代は特に疑っていないようだ。

「まあまあまあ。それはそれは」

「あの、それで。そのレンタルビデオ店ですけど。あそこの国道沿いの？」

「ええそうですよ。あくせす、なんとかって」

「〈アクセス・ポイント〉ですか」

「そうですそうです。なんですか、大きなチェーンの、南白亀支店とかで」

「あれれ。でも〈アクセス・ポイント〉って、二十四時間営業だったたっけ？」

「ちがう、と思うけど」由宇もしきりに首を傾げている。「豊仁支店が、午前十時開店で、午前二時閉店、だったかな。とにかく二十四時間営業じゃないことは、たしか」

「変な言い方ですけど、もっと大都会ならばともかく、南白亀町程度のお町で二十四時間営業のレンタルビデオ店なんて、それほど需要が見込めるものなんでしょうか」

　省路の疑問はもっともだと言いたげに、嘉代は大きく頷いた。「実際、あんまり採算が合わないらしいんですよ。でもねえ、いま南白亀町はどんどんひらけてるところでしょ。もっともっとたくさん、若いひとたちに定住してもらいたいから、むりしてサービスしてる、みたいな話で。ええ。うえの方の方針らしいんですよ。まあね、お給料に響くっていうのなら困りますけど。いまのところ、そんな心配もないようだし」

「へえぇ……」

　どうやら鷲尾は、まっとうな人生を歩んでいるようだ。そこそこ情報は拾えたし、せっかく就寝しているのをわざわざ起こしてきてくれ、と頼むほど焦眉《しょうび》の急でもない。省路だけではなく、美郷も由宇もそう判断したようだ。

「いろいろどうも。お邪魔しました。ではわたしたちはこれで。どうかよろしくお伝えください」

「はいはいはい。ご丁寧にどうも」

「またね、おじちゃん」と女の子が省路を見上げ、手を振る。「ばいばい。また会おうね」

「うん。そうだね」

　もちろんこのとき、女の子は特に深い意味で言ったわけではないだろうし、省路も、ほんの社交辞令のつもりだったのだが。

「そうだ、お嬢ちゃん、お名前は？」

「あのね、エリカっていうの。わしおえりか」

「エリカちゃん、か。おいくつ？」

「さんさい」

「ママは、おつかい？」

「ううん。びょういん」

「え。病気なの？」

嘉代は笑い、車のワイパーみたいにぶんぶん、手を振った。「いえいえいえ。嫁はね、産婦人科のほうでして」

「あ。もしかして」由宇は合掌するみたいに、両手を打った。「おめでた、ですか？」

「そうなんですよ実は」

「あらまあ。おめでとうございます」

「ありがとうございます。やっとねえ、孫も、ふたり目でねえ」

省路だけでなく、美郷も由宇もその「ふたり目」を、エリカに続けてという意味に解釈したが、実はちがっていた。嘉孝の姉、留美にはこの当時、小学生の息子がいて、嘉代はそちらのほうに続けて「自分と血のつながった、ふたり目の孫」ができると、眼を細めていたのだ。

「年内に生まれるかどうか、ちょっと微妙らしいんですけどねえ。どうやら男の子だっていうんで、うちのひとも、いま足が地につかないんですよ」

省路も東南区の畑でよく見かけたことがあるが、どうやら鷲尾の父親も健在で、この家に同居しているらしい。なんだか絵に描いたような幸福な大家族ぶりにあてられ気味で、複雑な思いをもてあまし、省路は辞去した。

「……なんだかさあ」

どうやら美郷も似たような心境だったらしい。車の後部座席に乗り込んだ途端、そうぼやいた。

「もしもあたしの考えたとおり、鷲尾氏が亜紀子さん殺しの犯人だとしたら、後味の悪いことになりそうだね。なんだかんだいって、まだ時効になっていないんだしさ」

「睡眠薬で朦朧としていたのだとしたら、故意にではなかったのかもしれませんね。あるいは、亜紀子さんを殺したという自覚が本人には全然なくて、ほんとうに憲明さんの仕業だと信じ込んでいるのかもしれないし」

「伊吹くんさあ、それはいささか、好意的にすぎる見方なんじゃないの」

「かもしれませんが、仮に鷲尾氏が亜紀子さんを殺したのだとしても、いまとなっては、それを実証することは非常に困難ですよ」

「それはたしかに」

豊仁市へ向けてハンドルを操る省路は、さきほど中断していた思考を再開した。

魔法瓶に睡眠薬を混入していたのは、実は亜紀子本人だった……これは省路にとって、まさに眼から鱗《うろこ》が落ちる指摘である。言われてみれば、亜紀子があんな汚い空き家での逢瀬に応じること自体、おかしな話だったのだ。

亜紀子は、鷲尾を道連れに、自殺しようとしていた、とすると——省路は、とんでもない仮説に思い至った。その姿を偶然、空知澄江に目撃されたのだとしよう。亜紀子は、どうしたか。

とっさに、空き家にあった鎌で澄江を殺してしまった……そういうこともあり得るのではないか。もちろんそのとき、鷲尾はすでに睡眠薬が効き、眠り込んでいたのだろう。

これで亜紀子に、道がついた。なにしろ田舎暮らしが苦痛で自殺しようとまで思い詰めていたのだ、澄江を殺したことがきっかけで、決定的に精神が崩壊し、日頃からの村全体への憎悪が一気に爆発したとしても、全然おかしくない。

そう。そうなのだ。村への憎悪。それこそが事件を解く鍵なのだ。どうしてこんな単純なことに、もっと早く思い当たらなかったのだろう。村の北西区の住人、ほぼ全員を残虐な手口で殺害させしめたのは、他でもない、村そのものに対する深いふかい憎しみだったにちがいない。どうせ死ぬのなら、鷲尾だけではなく、鬱陶しい村人たちも全員、道連れにしてやる、と。

どういう順番だったのかはともかく、空知家、小久保家はもとより、大月家、秦家、金谷家と次々に血祭りにあげ、再び鷲尾の眠る空き家へ戻ってきた亜紀子は、自分も睡眠薬入りの酒を飲み干し、そして——いや。

ちがう、か。もしもこの仮説が正しいとしたら、異味川の橋や空知家の離れにガソリンを撒いたのも亜紀子の仕業だった、ということになる。だとすれば、彼女は、雨合羽やゴム長靴をその際、着用していたはずである。貫太と元木雅文が、犯人がガソリンを撒いているとおぼしき音を聞きつけ、空知家の周囲を調べていたのが、午後七時頃。お町から帰ってきた省路が南橋をわたり、ふたりに遭遇したときだ。あの時間帯の天候からして雨合羽は絶対必要だし、事実、犯人はゴム長靴のものとおぼしき足跡を現場につけている。だが。

あの空き家のなかに、それらしき雨合羽やゴム長靴は見当たらなかった。澄江と亜紀子の遺体に眼を奪われていたことを割り引いても、まったく気づかなかったというのは解せない。

そもそも南橋で省路と遭遇した際、鷲尾は傘もさしていなければ、雨合羽も着ておらず、ずぶ濡れだったのだ。これはあの日の朝、まだ天候が崩れぬうちから空き家に籠もっていたのだと解釈するしかない。鷲尾だけではない。亜紀子も、だ。彼女の場合は、籠もったきり二度と出ていかなかった。雨具が見当たらない以上、そう考えるのが自然だ。ということは、亜紀子犯人説は成立しない——いや。しかし。憎悪。

村への憎悪……か。一旦とり憑いたその言葉は、頭から離れなかった。まちがいない、省路は確信した。動機はこれだ、と。これしかあり得ない。たとえ犯人が亜紀子ではなくても。

セダンは豊仁市に入った。

「——どういう順序で帰りますか。美郷さんは、車があるから最後ってことで。溝口さん、さきに送っていこうか」

「そうしなさいそうしなさい、伊吹くん」バックミラーのなかで美郷がウインクした。「ご挨拶しとかなきゃ、由宇ちゃんのお母さまに」

「あ。いや、心の準備が」

「それとも、このまま加布里岬へ行く？」

「え。いまから？　なんでまた」

「だって昨夜は、あそこで一泊したことになってるんだから。それらしくお土産でも買って、アリバイづくりしたほうがいいかなあ、と」

加布里岬まで、豊仁から車で三時間近くかかる。往復するだけで六時間。

かんべんしてくれと天を仰いでいる省路を代弁するみたいに、由宇は美郷の肩を揺すった。

「それは、だめですよ、美郷さん。だってわたし、今晩の『えきせんとりっくロマンス』の録画予約、してない」

「えきせんとりっく、なに？　なにそれ。あ、ドラマか。なんだ。そんなの加布里から電話して、お母さんに録画してもらえば」

「だめなんですよ、母は。ああいうのぜんっぜん、苦手で。予約どころか、録画ボタン、押せばいいだけだって指さして言ってんのに、それすら、めんどくさくて判らない、と。こうくるんだから」

「あー、そうだったねえ。そういうひとだ。いまどきねえ。ま、いいや、帰ろうか」

録画……ふとその言葉が省路の心にひっかかる。録画。録画、か。なんだろう。

結局、さきに伊吹家へ向かうことになった。省路が車を降り、美郷が運転席に移ると、後部座席の窓から由宇が手を振った。シルバーメタリックのセダンは走り去ってゆく。

自宅の母屋に入ると、省路はまず電話を掛けた。東京の議員宿舎だ。

『──もしもし』

聞き慣れない男性の声に、戸惑った。あれ？　番号、まちがえたかな。

「すみません、えと、そちらは伊吹、でいいんでしょうか」

『あ。おにいさん？』

「え」びっくりした。「りょ、亮くんか？」

『はい。おひさしぶりです』

「うわ。ちっとも判らなかった。見ちがえた、じゃなくて、聞きちがえたか、これは。すっかりおとなっぽくなったね」

家族だというのに、ろくに会話を交わさないうちに、義理の弟はすっかり声変わりしていたのだ。

『おっさん臭くて変だとか、知らない子みたいだとか、母に厭味、言われてます』

「あはは。母親ってそういうもんだよね。そのお母さんだけど、いま、いる？」

『はい。ちょっとお待ちください』

反抗期だというが、他人──まあ、ものごころついたときからすれちがいがちの省路は、亮にとって他人みたいなものだ──にはなかなか礼儀正しい。晴江の躾けの賜物か。

『──もしもし？』とその晴江にかわる。

「おいそがしいときに、すみません。二十六日のことなんですけど。こちらには何時頃、着く予定ですか？」

『ちょっと待ってね』と声が遠のく。『──おまたせ。飛行機、最終便なのよ。定刻は、夜の九時半に豊仁。空港から車で一時間として、十時半くらいかしら。早くて』

「じゃあ、飛行機が遅れたり、いろいろあったら、十一時頃になるかもしれませんね」

『そうね。どうかしたの』

「えーとですね。まだはっきりしないんですが、その日の夜、おれ、出かけることになるかもしれないんですよ」

『あ。さては』晴江の声音が一転、馴れなれしく華やぐ。『省路さんたら、デート？』

「いやいやいや。まだ判りませんけど」

『でも別に、いいんじゃない？　なんならお泊まりでも。今回はあたしたち、わりと長めに滞在できるし。どうせその日は帰ってきても、みんな、くたくただろうから、さっさと寝るだけだし』

「そうですね。じゃ予定がはっきりしたら、事前にもう一回、お電話します」

電話を切った省路は、ポケットから繭子の運転免許証を取り出した。

顔写真を、じっと凝視する。繭子。

おれに力を。繭子。

おれに力を、くれ。おまえのその力を、おれに分けてくれ。

おまえに近づくために。おまえに近づいてゆくために、力を。力を、くれ。

近づいてゆく。必ず。繭子。おれは必ず、おまえに近づいてゆく。そして。

繭子を凝視しているだけで、あっという間に時間がすぎてゆく。我に返ると、夜になっていた。省路は暗い母屋に、ひとりいる。

電灯を点け、省路は受話器をとった。奈良岡家の番号を押す。

『——はい。あ。なんだ、伊吹くん。どしたの、さっき別れたばっかりなのに』

「ちょっとお訊きしたいんですけど、バーナード・ヒルトンのCDとか、持ってます？」

『あるよ、いくつか。どうするの』

「よく考えてみたら、おれ、肝心の楽団の演奏、聴いたことないな、と思って」

『そうか。なるほど』

「実際に聴いて、なにかあるという保証もありませんけど。まあ、どこに発想の転換のきっかけがあるか、判らないし」

『いいよ。貸してあげる。で——』

「それから」さりげなく付け加えた。「この前、学校の掲示板に貼ってたポスター、ありますよね。あれ、できればもう一度、見てみたいんだけど。借りること、できるかな」

『ポスター？　んなもの、どうするの。この前、学校でプログラムとかパンフ、見せてもらったんでしょ。キャプションには同じようなことしか、書いてないわよ』

「眺めながらCDをかけようかなと思って。いや、ほんの思いつきですけど」

『まあいいや。うちにも何枚かあるから、いっしょに貸してあげる。でも今夜はもう、帰ってきたばかりで出づらいから。明日でいい？　そう。じゃ、そっちへ明日――』

「いや、実は明日、野暮用で出かけなきゃいけないんで。朝、早めにどこか、外で会えませんか」

『外、って。どこで』

「えと。そうだ。〈きっちんパーク〉っていうファミレス、ご存じですか」

『うん。そこからわりと近い、あれね』

「あそこで、できれば朝の七時、というのはどうでしょう」

『七時ぃ？　そりゃまた早い』

「その時間帯しか、空いていないもんで。そのかわり、豪勢な朝飯、奢《おご》りますよ」

『期待してるわ。じゃあね』

その夜、省路は繭子の顔写真を抱いて、寝た。

翌日、十八日。早めに起床し、七時に〈きっちんパーク〉へ赴く。

「――いらっしゃいませ。あれ？　伊吹さん」

メニューを持って出迎えた夏目嬢、くりっとした眼を、しばたたいた。

「めずらしいですね、こんな時間に」

これまでにも朝食を食べにきたことはあるが、どんなに早くても九時頃だ。

「夏目さんも、こんな時間から？」

「ええ。わたしはいつも六時からなんです。朝は早いほうが調子、いいので」

「今日は、ひとと待ち合わせしてるんだけど」

お喋りしているところへ、美郷が現れた。奥のテーブルへ案内される。

「こんな時間でも、いつもの、できる？」

「えと。スペシャルですよね。だいじょうぶだと思うけど、ちょっとおまちください。厨房《ちゅうぼう》に訊いてみます」夏目嬢は、すぐ戻ってきた。「――オッケーだそうです」

「じゃあ、おれはそれ、お願いします」

「へーえ。朝からステーキかあ」

おもしろがって、美郷も同じものを注文。

「生ビールとワインは、どうします？」

「今日は要らない。これからいろいろ野暮用があるんで。美郷さん、どうします？」

「おいおい。いくらあたしでも、こんな朝っぱらから。

とか言いつつ、ちょっともらおっかな」

　バーナード・ヒルトンのＣＤと、丸めたポスターの入った紙袋を省路に手渡すと、美郷は店内を見回した。

「伊吹くん、ここ、けっこう来てるんだ」

「ほぼ毎日かな。食事はほとんど、ここですませてます。自炊、してないんで」

「そんなに？　ふうん」

　肉料理は美郷も気に入ったらしい。ちょっとと言っていたくせに、ワインをおかわりする。

「あたし、この店、初めてだけど。けっこう、いけるね。また来よう」

「美郷さん、ご実家にいるのは窮屈だ、みたいなこと言ってたけど」

「ん」

「夜と昼、どちらが、いづらいです？」

「別にどっちってこた、ないよ。いづらいものは、いづらい。ま、あえて言えば、夜のほうか。昼間は母も留守にすること、あるし。夜は気まずいわね。でも、出かけようにも、夜遊びに付き合ってくれるひとがいないと。ひとりじゃ、なんとも」

「おれでよければ、付き合いたいんですが」

「ん。どういう風の吹き回し？」

「美郷さん、この前、ご自分が言ってたこと、憶えてますか。十三年前、おれたちはどうして警察に、嘘をついたのか……と」

　美郷の顔から笑みが消えた。そっとナプキンで口を拭う眼つきが、けわしくなっている。

「……どうしてなの？」

「結局、それがすべての問題なわけで。永遠に黙っているわけにもいかないな、と」

「あなたに打ち明けるつもりがあるのなら、あたしはいつでも聞くわよ」

「だから、いっしょに夜遊びしませんか。酔っぱらって、気が緩んで、ついぽろりと口をすべらせる、そういう機会をつくって欲しいんです」

「いつ？」

「それが判らない。いつのことになるか。すぐに決心がつくとは思えないけど、何日か付き合ってもらっていれば、そのうち。といっても一カ月後になるか、一年後になるか、見当がつかない」

「いくらなんでも一年後っていうのはあんまりだけど、それだけ言いにくい、ってことなのね？」

頷く省路の手を、美郷はテーブル越しに、ぽんと叩いた。

「いつから始める？」

「とりあえず、明日の夜から。ただし、第三者の耳が絶対にないと保証できる、そんな場所を確保してもらいたいんですが」

「盗み聞きされたくないってことね。なんだ、伊吹くんの家が、いちばんいいじゃない」

「もうすぐ家族が帰省するんで」

「そうか。もう年の瀬だ。いつ？」

「まだはっきりしませんが。近いうちに。父は遅いかもしれないけど、継母と義弟はわりと早めに」

「第三者の耳がない、か。どこか個室、ってことになるのかな」

「個室。そうだ。ホテルはどうです」

「って。泊まるの、ずっと？　さっきの話の流れからして、ひと晩ですむ保証はないんでしょ」

「いいです。金はおれが出しますから」

「そういうことじゃなくて」

「いわば強化合宿ですよ。徹夜明けで、へろへろになっていれば、本音も出やすいでしょ。いや、それぐらい荒療治でないと、出てこない、と。そう思ってください」

逡巡するような沈黙が下りる。やがて美郷は、うすく微笑を浮かべた。

「判ったわ。要するに、どれだけ時間がかかるか判らない、と。でも、いつか必ず真相を打ち明けると約束してくれるのね？　よし。だったらあたしも、腰を据えて付き合おう」

「ありがとうございます」

銀行が開く時刻に、ふたりは〈きっちんパーク〉を後にした。省路はATMで百万円おろし、封筒に詰め、美郷に手渡す。

「とりあえず、これでよろしく」

「ちょっと多すぎない？」

「もちろん、余ったら返してください。場所が決まったら、ご連絡ください。今日はずっと留守にするんで、明日の昼頃でも」

美郷と別れた省路は、その足で近所のコンビニエンスストアに寄った。使い捨てカメラを数個、まとめ買いする。

帰宅し、離れに籠もると、まっさきに紙袋から、丸めてあったポスターを出し、拡げた。三点ある。CDに用はない。

ポスターを三枚並べ、ピンで壁に貼る。いちばんマイケルのイメージに近いものを選び、伊吹家の家族写真を持ってきた。父と晴江、亮の三人が写っている。写真スタジオで撮影した大判サイズだ。画質も極めて良好。

家族写真を、直接ポスターの表面、ちょうどバーナード・ヒルトンの顔の部分の、すぐ横に貼りつけると、省路は買ってきたばかりの使い捨てカメラを取り出した。二個、用意する。

アングルを決めると、できる限りの接写で、ポスターといっしょに家族写真を撮影。まず一個目の使い捨てカメラで撮り、同じ構図を二個目でも撮っておく。

ポスターを変えてみた。家族写真を貼りつけ、その部分を接写する。構図を決めると、一個目の使い捨てカメラで撮り、二個目でも同じものを写しておく、という手順で続けてゆく。

母屋のリビングやダイニング、父と晴江、亮の部屋なども撮影した。使い捨てカメラを二個、使うという要領は同じだ。ひとつアングルを決めると、一個目のカメラでまず撮影し、そのまま二個目でも同じショットをとる。

こうして、まったく同じ構図の連続したフィルムをおさめた使い捨てカメラが、二個できあがった。

省路は一個は自宅に置いておき、もう一方の使い捨てカメラを近所の店に現像に出した。夕方には、できるという。

待つあいだ、繭子の顔写真を見て過ごした。力をくれ、おまえに近づいてゆく力をくれ、と念じながら。

店に指定された予定時刻より一時間も早く自宅を出てしまったが、現像はできていた。プリントを見てみる。もっとぼやけているかと思ったが、意外に鮮明に撮れている。バーナード・ヒルトンの顔も判るし、家族写真もひとりひとり見分けられる。

これなら使える。省路は満足げに頷き、同じ構図が連続しておさめられているもうひとつの使い捨てカメラを、上着のポケットに入れた。

翌日、十九日。朝、六時。省路はひとりで〈きっちんパーク〉へ赴いた。夏目嬢がいた。いつものメニューで食事して、帰宅する。

繭子の写真を眺めて、過ごす。昼過ぎに電話が鳴った。美郷だ。

『――ホテル、予約したわよ。軍資金がたっぷりあったから、豪華に〈オーシャンズ・ホテル・ユタヒト〉。とりあえず今日から一週間分、前払いしてある。あんまりせせこましいと喋りづらいかもしれないから、デラックスツイン、ね。九一一号室で、ちなみに、いまこれは、その客室から掛けてる』

指定したわけでもないのに、繭子ゆかりのホテルになったか。他愛ないと思いつつも、省路は運命めいたものを感じずにはいられない。

「今日から美郷さん、ホテル暮らし」

『いや。昼間から夕方にかけては、なるべく家にいるつもり。で、適当に夜遊びして、ホテルに戻り、明け方まで飲んだり、お喋りしたりと。そういう段取りでいいんだよね？』

「はい。お手数ですけど、よろしく」

こうして十九日から二十四日まで毎日、美郷と省路の、いわゆる夜遊びが続いた。

夜の八時か九時頃、繁華街で待ち合わせ、適当に飲み歩いた後、ホテルに入る。明け方までお喋りするが、話題はすぐに尽きてくる。

間が持たなくなると、美郷はキスしたがった。服を着たまま、それ以上の行為には発展しないが、美郷は日に日に、充足感を深めているようだ。

「そのうち、あたしキスだけで、いけそうな気が、する。うん。これがいちばん、好き。フェラチオはもう、どうでもいいや。キスこそ最高のセックスだ」

明け方になると、ふたりは空腹を覚え、ホテルからわざわざ〈きっちんパーク〉まで足を運ぶ。その時刻はいつも朝、六時頃。飽きもせず、ふたりして同じ肉料理を頼み、ワインで迎え酒。食後のコーヒーで九時か十時頃まで粘るというパターンが確立される。その後、一旦それぞれの自宅へ引き上げ、ぐっすり眠ってから、また夜に、繁華街で待ち合わせる。そのくり返しだ。

「——伊吹さんと美郷さん、このところ、ずっとこの時間帯ですね」

いまや夏目嬢、省路だけでなく、美郷ともすっかり顔馴染みである。

「学校が休みになったせいかな。すっかり夜更かしが癖になっちゃった」

「毎晩、あたしと遊んでんの、このひと。で、そのまま、ここへ直行」

「徹夜で、ですか。うひゃー」

「今日もこれ、食べたら、帰って寝るだけ、ふたりとも。まるで吸血鬼よ」

そして、十二月二十五日。月曜日。

朝六時から九時まで〈きっちんパーク〉で美郷といっしょに過ごした省路は、彼女と別れ、並木通りの児童公園へ向かった。事前に連絡を入れておいた多胡と待ち合わせる。

「——おう、やっと例の、いい話か」

「それは措いておいて。まず、写真のことにはちがいないんだけど。これ」

省路は上着のポケットから、自宅で撮影した、まだ現像していないほうの使い捨てカメラを取り出した。

「なんじゃ。これが、どうした」

「現像に出してきて欲しい」

「あ？」

「西双筋の〈須賀のカメラや〉。知ってる？」

「あの、きったないところか？　なんでわざわざ、あんな店で」

「いいから、言うとおりにしてくれ。もちろん礼はする。現像に出し、いつできるか、訊くこと。ただし、仮に今日できると向こうが言っても、明日とりにくる、と答えるんだ。いいね」

「はぁん。どういう遊びじゃ、これは」

「それは明日になれば、判る。けっこう、だいじなことなんだ。ともかく、まず行ってきてくれ。ここで待ってる」

児童公園から〈須賀のカメラや〉まで、さほど遠くない。店も混んでいなかったのだろう、ものの十分ほどで多胡は戻ってきた。

「——出してきた。夕方にはできるて言うたが、明日とりにくる、て答えた。これでええがか」

「店にいたのは、誰」

「え。知らんけど、婆さんじゃ」

「そうか。ありがとう。で、この件の裏は、さっきも言ったように、明日、判る。それと、これは別の話なんだが」

「まだなんぞ、あるんか」

「お待ちかねの、いいニュースだ」

「お」多胡の眼が輝いた。「どうなった」

「買いとってもいい、と言ってる」

「ほんまか。ほんまに、ほんまか。しかしおまえ、よう親父さんにその話、したな」

「いや、実はね。隠してあった写真、うっかり見つかってしまったんだ」

もちろん、でたらめだ。省路が多胡と接触して以降、父は一度も帰郷していない。仕事のことは知らないが、少なくとも自宅には寄っていない。

「なんじゃそら。どんくさいやつやの」

「仕方がない、事情を話したら、まとめて買いとってもいいという話になった。あんたにとっちゃ、怪我の功名だろ」

「ちがいない。こっちの言い値で、やろの」

「もちろん。条件次第では、色をつけてあげてもいいと言っている」

「おっと。なんや、条件て？」

「まずプリントはもとより、ネガもすべて、こちらへ渡すこと」

「こっちは最初から、その気やが」

「例えば、一枚だけ記念に、なんて出来心を起こされては絶対に困る、と言っている。その点、信用していいんだろうね」

「見そこなうなや。全部、渡すわい。一千万円、耳そろえてくれたら、な」

「親父が気にしているのは、はたして写真だけなのか、ということだ」

「なんの話じゃ」

「映像はないのか、ってことだよ。お得意のブルーフィルムか、ビデオか知らんが」

多胡の顔に逡巡が浮かんだ。

「あるんだね？」

「……昔、八ミリで、撮ったやつ」

「何本」

「三本、いや、五本くらいか」

「それも全部、渡してくれれば、二千万円、出してもいいらしいぞ」

「ほんまか、それ？」

あまりに話がうますぎると思ったのか、多胡は疑わしげな声音になった。

「母に関するいっさいのものを吐き出してくれる、というのが条件だ。判るだろ。どうせならこの際、きれいにしておきたいのさ」

「まあ……な」

「ぶっちゃけた話、親父はその点で、あんたを疑ってる。金をわたすのはいいが、それで味をしめて、あれで全部じゃなかった、またこんな写真が出てきた、なんて小出しにされたら困る、と」

「つくづく見そこなわれとるなあ。わしやって、ほんまに金くれるんなら、ほんとにほんとに全部、吐き出すわい」

「母のこと、忘れてくれる、という意味だね、それは。すべてをこちらに渡して、もう二度とうちには近寄らない、と。その条件をすべて呑む、というのなら、親父にそう伝えよう」

「……ちょっと、考えさせてくれ」

「いいとも。ひと晩、ゆっくり検討しなよ」

「え？　なんじゃ、ひと晩て」

「明日、親父が帰ってくる。取り引きに応じるつもりがあるなら、唯一のチャンスだ」

「なんで、そんな性急な」

「だらだら交渉するつもりは、ないんだってさ。言っておくけど、おれは親父の代弁をしているだけだからね。文句を言われても困る」

「親父さんと直接、交渉させてもらうわけには、いかんのか」

「おれだって、あいだに入るのはめんどくさいよ。できるならそうして欲しいけど、それだけはごめんこうむる、と言ってる。親父があんたにどんな感情を抱いてるか、詳しく言わなくても判るだろ。察してやれよ」

「――判った」しばらく悩んだ末、多胡は決然と顔を上げた。「香代子のことは忘れる。写真もビデオも、全部渡す。渡すから、二千万円、きっちり払うてくれと、親父さんに伝えてくれ」

「よし」

「ちょっと待て。その二千万円、これまでおまえが払うた分も込み、なんて言うなよ」

「そこまで、せこくないから、安心しろ」

「で、明日、ここで待っとったらええがか」

「いや。直接、うちへ来てくれ」

「おまえんちへ？」戸惑っている。「わしはええけど。そっちは、かまわんのか」

「来てもらわないと話にならない」

「どういうこっちゃ」

「いいか。いまから、明日のことを指示する。よく聞いてくれ。うちに来る前に、さっきの〈須賀のカメラや〉へ寄って、現像に出した写真を受けとるんだ。そしてそれを持って、どこにも寄り道せず、うちへ来る。判ったね？　いいか。必ずこのとおりにしてくれよ。でないと、交渉は決裂だ」

「ったく。なんの遊びじゃ、いったい」

「だから、明日になれば判る。うちの場所、知ってる？」

「一応な。行ったことは、ないが」

「ほんとに？」

「いやまあ、ちょこっと見物にいってみたことは、ないでもないが。って。そらええわ。えと。さっきの写真、受けとって、まっすぐおまえんちへ行く、と。よっしゃ。何時頃に」

「だいたい夕方の五時、だな。まあそれは多少、前後してもいいよ」

多胡と別れ、省路は自宅へ戻った。東京の議員宿舎に電話を掛けた。すぐに継母が出る。

「——晴江さん、明日のことですけど」

『あ。どうなったの？』

「やっぱり外出することに、なりました。なので、不用心にならないよう、出かける前に、母屋の明かりをつけておきます」

『判ったわ。よろしく』

「それで、ですね。えと、そのう、成り行き次第ではありますが、そのまま泊まってくるかもしれないんで」

『あらまあ』

「そこらへんは、適当に言っておいてくれますか、親父に。できれば翌日の朝食には間に合うよう帰りますので。亮くんにもよろしく」

『はいどうも。わざわざありがと。それじゃ明日、というか、もしかしたら明後日に、ね』

からかうような晴江の笑い声が、省路の耳に、少し残った。

その日の夜。いつもどおり省路は、美郷と夜遊びをして、ホテルの客室に籠もった。

「もう今日でチェックアウト、ですか」

「ううん」美郷はベッドに寝そべる省路に覆いかぶさり、しきりにキスしている。「まだあなた、口をすべらせていないじゃない。もう一週間、延長の手続済み」

「そうですか」

「どうかしたの」

「えと、どう言えば、いいのかな……」言葉を選ぶふりをした。「ともかく明日あたり、口がすべりそうな予感が」

「明日？　なんで今日じゃなくて」

「いろいろ考えているうちに、犯人が判った、ような気がするので」

　美郷は起き上がった。「……ほんとに？」

「いや、うすうす判ってた。ずっと。だけど、やっと確信した、というか」

「やっぱり同じやつ？　十三年前と」

　省路も起き上がり、頷いた。「だから、だったんです」

「え。どういうこと？」

「だからこそ、おれは偽証せざるを得なかった、というか。なんだか、まだうまく言えませんが」

「ちょっと待って。ということは、由宇ちゃんもいっしょのほうが、いいんじゃ……」

「やっぱり、そう思いますか」

「まずいの」

「いえ。というか、溝口さんを同席させるかどうかは、美郷さんが判断してください」

「……彼女に聞かれたくないような話になる、という意味なのね？」

　省路は眼を泳がせながらも、かすかに頷いてみせた。

「彼女も、大切なお祖父さんとお祖母さんを殺害されている身だ。聞く権利はある。ありますが、決して愉快な話にはならない、ということを、よく踏まえて」

「……じっくり考えてみるわ。それで？　明日は、いつものように」

「いえ。夜、直接ホテルへ来ますので、待っていてください。早くて十時か、十一時かな。その頃」

「どうしてそんなに遅くなるの」

「明日、親父が帰ってくるんです。ひさしぶりに会うのに、いきなり逃げるみたいにのこのこ外出したりするのは、ちょっとまずいんで」

「だったら外泊するのは、いいわけ」

「親しくしている女性といっしょだと言えば、喜んで送り出してくれます。女っけがないのを心配されてるんで」

「判ったわ。じゃあ明日、ここで待ってる」

　そのまま明け方までホテルで過ごしたふたりは、いつものように朝六時に〈きっちんパーク〉で食事をした。

　十二月二十六日。

　この時間帯にファミレスを利用する客は意外と多く、互いに馴染みのある顔も増えてきた。夏目嬢以外の従業員とも、親しく言葉を交わすようになっている。

　九時に店を出て、美郷と一旦別れた。

　自宅へ戻ると、省路は離れの洋間で、応接セットをずらし、カーペットをかたづけた。フローリングの床を剥き出しにする。あれこれ準備を終え、しばらく睡眠をとった。

夕方。スーパーの日用品コーナーで買っておいた白いTシャツと、赤いトレーナーのズボンに着替えた。いずれも大きめのサイズで、省路が着ると、ぶかぶかだ。軽装を怪しまれぬよう、屋内は、めいっぱい暖房をかけておく。

五時きっかりに多胡は、やってきた。意外にまめな男だ。

「持ってきたぞ」

「上がってくれ」

玄関から母屋へ通すと、きょろきょろ、ものめずらしげに邸内を見回す。

「さすが、お屋敷やの」

「おれの部屋へ行こう」

渡り廊下を抜け、離れへ案内した。

洋間のソファに、向かい合わせで座る。

「じゃ、見せてもらおうか」

「どっちを」

「まず、現像に出してもらったほう」

プリントを見てみた。前回、練習のために自分で現像に出した分とほぼ同じくらい、きれいに撮れている。これならだいじょうぶだろう。

「なんや知らんが、変な写真やの。これ、写ってるの、ポスターか？」

「内容は関係ないんだよ」

「どういうことじゃ」

「あのさ、あんた、おれんちへ来るまでのあいだ、誰かに後、つけられてなかった？」

多胡は眼を細め、狡猾そうな表情になった。「気のせいや、なかったんか」

「やっぱり、か。どんな感じだった」

「どうって。殺気を感じたな、はっきりと」

「殺気、ね」

「なにされるか判らんから、知らん顔しながらも、用心しとったが……だいじょうぶか、まだ家の前におるかもしれんぞ」

「心配ない。もういないさ。実は尾行のこと、確認したくて、こんなこと、頼んだんだ」

「なんじゃいったい」

「詳しいことは、またおいおい。いろいろ複雑で。じゃ、母の写真のほうにいこうか」

いつも持っている大振りのショルダーバッグを、多胡は開いた。なかにぎっしり写真とネガ、そして八ミリフィルムのリールが入っている。

「これで全部」

「ありがとう」

「確認せんで、ええがか」

「これで全部だってこと、こっちには確認しようがないじゃないか。信用することにするよ。それじゃ——」省路は、用意していた盆を母屋から持ってきて、瓶ビールを開けた。「まあしばらく、ゆっくりやっていてよ」

「なんやおい。気味悪いな」

「実はさっき連絡があって。予定よりひとつ遅い飛行機になったんだってさ」

「なにが？」

「親父。おいおい。忘れてんじゃないだろうな。あんたに金、払わなきゃ」

「お、おお。そやの。そうやの」

「つっても小切手だろうけどね。親父は直接、会わないとは思うけど、少し待っていてもらわなきゃいけなくなったから。まあ一杯」

「おう。すまんの」

自分もちびちびビールを舐めながら、省路は母の写真を眺めた。特に目新しい構図はない。母の衣装に変化がついているくらいである。

そんな省路を、しんみりと、妙に潤んだ眼で多胡は眺めた。

「ええ女やったのう、香代子は」

「そうかい」

「おまえはそうは思わんかったんか」

「さあ。自分の母親のことは、よく判らない。ま、こういう写真を見ると、ふでおろし、させてもらえばよかったかな、と思わないでもないが」

「ははは」

ふと多胡は笑いを引っ込めた。眼を充血させ、なにやら考え込んでいる。

「……判らんのう」

「ん。なにが？」

「香代子じゃ。いったいなんのために、こうやってずっと、わしらの趣味に付き合うたんか」

「金にもならないのに、って話かい。あんたらと同じで、好きでやってんだろ」

「そう思うとったが……ちがう。やっぱり、ちがうような気がする。香代子は、なんや知らん、いっつも冷めとった。芯から」

「至って悦んでるように見えるけど」

「女はいくらでも芝居ができる。男には、それは絶対に見抜けん。しかし、いま思うと」

「いま思うと？」

「なんか……なんか、目的があったがやないか。金でもない、快楽でもない。なにか別の目的があって香代子は――」

「別の目的、って？」

「知らん。が、なにやら邪悪な狙いがあって、香代子は、こんなことを続――」


ふいに多胡は黙り込む。ビールからブランデーに切り換えた。屈託の籠もった眼で宙を睨む。

そろそろ戸外は暗くなってきた。省路は洋間のカーテンを閉めた。

八時を過ぎる頃には、多胡はだんだん酔いが回ってきたらしい。

「ほんまにおまえは」と省路の座っているソファへ移ってきた。「おまえは、香代子似やの。よかったなあ、親父に似んで」

「そうかい」

「憶い出すのう、香代子を」

にじり寄ってきた。身体をさわってくる。

「あんた、そっちのほうのけも、あるの？」

「いやあ、そうかのう」

笑ってごまかし、省路から離れようとしない。あながち冗談でもなさそうだ。

おかしなことになった。が、これは使えるかもしれない、と省路は思いなおした。油断させるには最適だ。

抵抗せずに放っておいたら、多胡は図にのってきた。省路を押し倒すようにして、首筋に吸いついてくる。手がしきりに股間をまさぐる。

この男にこんなふうに抱かれてたのかと母親の残影に同化すると、ひさしぶりに省路は勃起した。それに気を好くしてか、多胡はさらに大胆になる。乱暴にのしかかってきた。

身をよじり、逃げるようにして省路はソファから剝き出しの床に落ちた。仰向けになった彼の下半身に、多胡はむしゃぶりついてきた。

トレーナーのズボンを下着ごと脱がされる。その途端、あの日の繭子の姿が省路の脳裡に甦った。嵐のなか、川嶋にジャージィのズボンを脱がされ、あわや犯されそうになった彼女に己れが重なり、激しく興奮してしまった省路は、動揺する。いかん。落ち着け。落ち着け。

中腰の姿勢で多胡は、自分の上着のボタンを外そうとする。省路はさりげなく、その手を押さえて止め、多胡をズボンの上から、掌で包み込んだ。勃起したもののかたちをなぞるように、ずりずり撫で上げる。

なぜ自分の服を脱がさせないのかと多胡が疑問を抱く暇を与えず、省路は彼のズボンのジッパーを、ことさらに強く下ろした。ブリーフのあいだから黒く、いきりたっている男根を引きずり出すと、むっと臭気が立ちのぼった。

「や、ややや、やってくれ」

「どんなふうに？」

「しゃ、写真で、さんざん見たじゃろ。香代子がやってたように、や、やってくれい。ほれ」

省路のこめかみを挟みつけると、己れの怒張を突きつけてきた。

「ねぶれ。ねぶってくれい」

先端を省路の口に押し込むと、多胡は床に手をついた。腕立て伏せの要領で、腰を動かす。

頬をすぼめて締めつけてやるたびに、頭上で多胡は喘いだ。

省路の口に突っ込んだまま、多胡はくるりと独楽のように身体の向きを変える。省路の位置からは見えなかったが、多胡が腰をかかえ、ペニスを咥え込むのが判った。せわしなく、かぶりつき、くちゅくちゅ音をたててむさぼる。

多胡の先端を舌でつつき回しながら、省路はそっと首を動かした。

気づかれぬよう、ソファの下に手を差し入れる。うまく柄を探り当てた。

握りしめる。繭子。いよいよだ。

おれに力をくれ、繭子。おまえに近づくための力を、すべておれに。

省路のものを啜り込む多胡の口が一瞬、離れた。そのタイミングを逃さず、身を起こした。

腰を手前にひく勢いにのり、鎌の切っ先を、多胡の盆の窪めがけ、ふり下ろす。

ざくっ、とした鈍い手応え。ごっ、と多胡は、くぐもった呻きを洩らした。仰向けに転がる口から唾液の糸を引きずる。

多胡の身体がコーヒーテーブルに激突し、グラスの砕ける音が響いた。琥珀《こはく》色の液体が跳ねる。

素早く抜いた刃先を、仰臥した多胡の喉笛に叩き込んだ。何度も鎌を振り上げる。そのたびに、省路の顔面といわず、白いTシャツといわず、鮮血が飛び散った。

肉が刃先を嚙み込んで、鎌は首から抜けなくなった。多胡が絶命しているのを確認し、省路は柄を放そうとした。が、血でぬるぬるすべっているにもかかわらず、指はぎちぎちに強張り、なかなか引き剝がせない。柄を持ったまま手を振りたくるたびに多胡の後頭部が、がん、がん、がん。ドラムのように床を打つ。

ようやく鎌の柄を放す。鮮血とブランデーの香りが混濁し、省路にまとわりついてくる。血染めのTシャツを脱ぎ、ティッシュで最低限の血痕を拭いとると、シャワールームで簡単に身体を洗い流した。口のなかは念入りに洗う。

多胡の死体の足を持ち、洋間から寝室へ引きずり込んだ。首に刺さったままの鎌の柄から、自分の指紋を拭きとる。そして死体の周囲に、血染めのTシャツと赤いトレーナーのズボン、何百枚もある母の写真とネガをまとめて、ぶちまけた。死んでから十三年も忘れられなかった女だ。いっしょに盛大に燃えてしまえ。

血まみれになった洋間の床を掃除し、ガラスの破片を拾い集め、カーペットを元通りにした。ふと見ると、ソファとコーヒーテーブルにも血が飛散している。

テーブルはなんとか拭きとったが、ソファは布地に染み込んでしまい、もう除去できそうにない。なにごとも計画どおりにはいかないもんだ。仕方がない。気がつくと省路は汗だくになっていた。血痕は諦めて、再びシャワーを浴びる。

死体が臭い始めるのは、何時間後だろう。判らないが、事前に外出すると言ってあるのだ。夜遅く帰宅した父たちが、わざわざ母屋から離れを覗きにくることはまずあるまい。疲れていて、すぐに就寝するだろう。が、念のため、たとえ洋間はちらりと覗き込んでも寝室まで入ってゆく気は起こさせぬように、しておこう。

ソファの血痕のある面を後ろ向きにして、さりげなく寝室の出入口を塞ぐかたちで隅に寄せる。コーヒーテーブルも、不自然にならぬ範囲で、できる限り洋間の出入口の近くに寄せ、床の中央には掃除機を出しっぱなしにしておく。こうしておけば、たとえ渡り廊下から洋間を覗いても、大掃除か、もしくは模様替えの途中だと気を回し、離れには入られないですむだろう。少なくとも、今夜から明日の朝にかけては。

服を着替え、省路が時計を見ると、十時。定刻どおりなら、飛行機はとっくに空港に到着し、一行はこちらへ向かっている頃だ。

離れは真っ暗にして、母屋の明かりをつけると、省路は出かけた。繭子の運転免許証だけを、自宅から持ち出して。

徒歩で、ゆっくり〈オーシャンズ・ホテル・ユタヒト〉へ向かう。到着したのは、十時五十分。フロントを素通りし、エレベータで九階へ上がる。

ドアチャイムを鳴らした。待ちかまえていたのだろう、すぐに美郷が現れた。

驚いたことに、由宇もいた。事前にああ言ったものの、てっきり同席はさせず、後で美郷が説明するかたちにするかと思っていたのだが。もちろん由宇もいたほうが、省路には都合がいい。

「えと。溝口さん、今夜は、どういう口実で？」

「もちろん、あたしといっしょに夜遊び」

「つくづく信用があるんですね」

「冬休みだし、大学も推薦で決まってるし。信用があるのは由宇ちゃん本人だよ」笑いを引っ込め、美郷は真剣な顔つきになった。「……判断は任せるというから、連れてきた。由宇ちゃんにも聞かせていいわね」

「はい」応接セットのソファに座った。「アルコールのたすけ、借りてもいいですか」

おうかがいをたてるまでもなく、テーブルのうえにはすでに、ビールやワインのボトル、グラスが並べられている。

「まず結論から言うと、美郷さんも疑っているとおり、首尾木村事件の犯人はマイケル・ウッドワーズ氏ではありません。なのに、ぼくと友人たちは、彼が犯人である、と偽証した」

「それは単なる勘違いじゃなくて、意図的に嘘をついた、という意味なのね」

「そのとおりです」

「なぜ、そんなことを？」

「そうしないと殺す、と脅されたからです」

「誰に？」

「川嶋です。川嶋浩一郎」

かつての同僚の名前に、さすがに美郷は息を呑んだ。

由宇も、川嶋のことを知っているのか、嫌悪感に顔を歪める。

無抵抗の空知貫太に暴行を加え半死半生にさせたり、花房朱美を教卓の裏に押し込み、踏み殺したりと、川嶋の暴虐の限りを聞いているうちに、美郷も由宇も、嘔吐しそうな悲鳴を上げげた。

「……にわかには信じられないと思いますが」

「ううん」由宇は悪寒をこらえきれない様子で全身を竦め、口を掌で覆っている。「ううん。逆に、よく判るような気がします。中二のとき、授業を受けたことがあるんだけど。キレたら、ものすごく怖かったのを憶えてる」

「同僚の女性教諭をストーキングてのも、しゃれにならんわ」美郷は、呷ったばかりのワインがまるで酢だったみたいに舌を突き出す。「そういえば昔、同じ教務課にいたとき。飲み会で、二次会の会場へ移動しようとしたら、エレベータのなかで、やつに抱きつかれたことがある」

「ええぇっ。さ、最ッ低」由宇はソファから跳び上がった。「ふたりだけ、だったんですか」

「ううん。他にも先生、いた。いたけど、男の先生ばっかでさ。酔っぱらった勢いの冗談だと決めつけるみたいに、みんな、笑って見てた」

「わわっ、最悪っ」

「でも川嶋は、眼が笑ってなくてさ、怖かった」

「やだ、人間不信になりそう。美郷さん、どうしたんですか、それで」

「蹴っ飛ばしてやろうかと思ったけど、気配を察したのか、それともドアが開いたからなのか、笑って離れたから。完全に冗談だっていう雰囲気になっちゃって。それ以上、怒れなかった。いま思い返しても口惜しい」

「ともかく、言うとおりにしないと、ただでさえ瀕死の状態の空知を、さらに花房先生と同じ目に遭わせて殺すと脅されては、マユちゃんもおれも、川嶋の命令に従わざるを得ませんでした」

マイケル・ウッドワーズの指紋を凶器の鎌に付着させたり、いろいろ偽装工作にかけずり回ったことを説明すると、美郷は驚いたようだ。

「そんなことまで、伊吹くんがやったの？」

「そうです。おれとマユちゃんのふたりで。空知は大怪我で動けなかったから」

「でも、指紋を柄につけた、ということは。そのときマイケルは、まだ川に落ちる前……？」

「はい。川嶋に縛られ、動けない状態で」

「まさか……じゃあ、まさか、マイケルが川に落ちて、水死したのは」

「マユちゃんとおれが、やりました」

言葉を失っているふたりから眼を逸らし、省路は敢えて淡々と続けた。

「命じられるまま、マイケルの頭を殴って昏倒させて、マユちゃんとふたりで、川へ放り込んだ。それが……それが事実なんです」

ふと見ると、由宇は涙ぐんでいる。ぶるぶる震える彼女を見ていると、まるで共鳴したみたいに省路の身体も自動的に、あちこち痙攣し始めた。

「これで共犯者だと、川嶋は言った。自分たちも手を汚した以上、マユちゃんとおれは一生、秘密を守り通すだろう、と。川嶋はそう思ったにちがいありません。実際、こんなこと、口にできるものではなかった。できれば永遠に忘れていたい。でも、忘れるなんて、ゆるされないことだった。実際、神さまはゆるしてくれなかったわけです。豊仁義塾に臨時で雇われ、美郷さんに再会したのも、天の配剤だったのでしょう」

「あ、あのさ」省路の隣りへ移ってきた美郷は、思い詰めた表情で彼の背中をさすった。「つまり、首尾木村事件の犯人は、あの川嶋ってことだよね。そしたら、九一年から今年にかけて豊仁で起こった事件のほうも……？」

省路は頷いた。「最初から判りきったことだったんです。他にあり得ない。そう気づいたのは、あのポスターがきっかけで」

「ポスターって。バーナード・ヒルトンの？」

「実はあのひと、マイケル・ウッドワーズに、とてもよく似ている」

「え。そうなの？」

「例の週刊誌に載ってた写真、あれは若い頃のものじゃないかと美郷さん、言ってましたよね。たしかに、十三年前におれたちが遭遇した外国人男性とは印象が、まったくちがうんです。従って、バーナード・ヒルトンの写真を見てマイケルを連想できる人間は、世界で三人しかいない。川嶋。マユちゃん。そして、おれです」

「空知くんは？」

「彼はマイケルの顔を見ていません」

省路は嘘をついた。ここは嘘で押し通さなければならない箇所だ。

「あ、そうか。大怪我して、動けなかったんだもんね」

「でも、後で警察に証言したんでしょ?」由宇がもっともな疑問を呈する。「犯人の容姿の説明とか、しなかったんですか」

「しただろうね。おそらく事前に川嶋が、こんなふうに言え、と吹き込んでおいたんだ。翌朝、警察や救助が到着するまで、時間はたっぷりあったし」

「なるほど。そうですよね。そこに抜かりがあるわけ、ないか」

「九一年から今年にかけ、豊仁市で起きた連続殺人事件。犯人の目的は、おれでした。いや、マユちゃんと、おれでした。正確に言うと川嶋は、マユちゃんとおれに向けて、ふたりにしか解読できないメッセージを送り続けていたんだ」

「メッセージ、って。どんな?」

「被害者たちは一見、無差別に殺されているように見える。互いに面識もない、なんの関係もないのだから当然です。ところが、よくよく調べてみると、みんなバーナード・ヒルトン楽団のコンサートへ行ったひとか、もしくはその身内という共通点が顕れる。川嶋の狙いは、ここです。バーナード・ヒルトンの顔を見て、いやでもマユちゃんとおれはマイケルを連想するはずだ、と」

「連想させて、どうするの」

「改めて口止めしているんですよ、十三年前の事件の。うっかりしたことを喋るなよ、と」

「でも、どうしてそんな、いま頃になっ……」美郷は膝を打って、立ち上がった。「そうか。そうだったのか。川嶋が焦った理由、それはマイケルの身内が、日本に乗り込んできたからなのね?」

「おそらくそうでしょう。その証拠に、秋山さん一家事件は、ウッドワーズ一行がマユちゃんの勤めるお店を訪ねた直後に起きている」

「でも、まって。その秋山さん一家事件の後、川嶋本人が失踪したのは、なぜ?」

「それは判らない。あるいは身を隠したほうがいいという都合が、なにかあったのか」

「でも、九一年というと、繭子さんはともかく、先生は豊仁にはいなかったんじゃ……?」

そんなことを、いつ由宇に話したのか。省路はまったく覚えがなかった。美郷から伝わったのか。まあ、どうでもいいが。

「九四年の十月も、まだ東京にいて、豊仁には帰っていなかったよ」

「だったら、いわば見せしめのための殺人て結局、無駄だった……ってことに、なりませんか。去年に至っては、先生だけじゃなくて、繭子さんすら消息不明になっていたんだから。お祖父ちゃんとお祖母ちゃんは完全に……完全に、無駄死にだっ……てことに」

美郷が慌てて立ち上がり、由宇にかけよった。肩を震わせて泣く彼女を、ひしと抱きしめる。

「そう……だね。そうなってしまうね。だけど、これはあくまでも、ひとつの可能性であって、川嶋は殺人という行為そのものの虜になっているのかもしれない。バーナード・ヒルトンという括りも、最初は本人にとっても有効だったんだろうけれど、いまや、かたちばかりになっているのかも」

「殺人の……虜」

「よく知らないけど、殺人淫楽症っていうのかな、ひとを殺すことが快感になってしまっている、と。あるいは川嶋は、そのせいで失踪したのかもね。だって、そんなふうにおかしくなってしまった人間が普通に社会生活を送るのは、かなりむずかしいだろうから」

やや強引な理屈だったかな、と省路は危ぶんだ。おかしな人間ほど普段はまともに見える、とは巷間よく言われることだし。が、意外にも、けっこう納得したような空気が流れる。

「でも、伊吹くん」由宇の髪を撫でてやりながら、美郷は憂いの籠もった溜息をついた。「いま言ったことが、すべてほんとうなら、あなた……あなた、警察へ行かないと」

「そうですね、もちろん。首尾木村事件も、まだ時効にはなっていないし」

「まって」由宇が顔を上げた途端、涙のしずくが飛び散る。「まって。でも、警察に行ったら、先生がそのマイケルさんを殴って、川に落とした、ということも……？」

「当然だ。言わなきゃいけない」

「そんな。わたし絶対、反——」

反対というわけにもいかないと自制してか、由宇は唇を噛みしめ、口をつぐんだ。

「朝になったら、警察へ行こうと思います。できれば、おふたりに、いっしょに来てもらえると、ありがたい。関係者に説得されて、というかたちにしたら、なにかとスムーズかな、と思うので」

「判ったわ。心配しないで、由宇ちゃん。だいじょうぶ。伊吹くんが罪に問われるなんてこと、あり得ない。だって当時、未成年だし。自分の意思でもなかった。暴力でもって脅迫されたんだもの」

「そ、そうですね。ええ、そうですよね」

なにもかも納得し、すっきりしたのか、由宇は泣き笑いの表情で、ソファにへたり込んだ。

この後の段取りを、省路は思い描いた。

三人で適当に時間をつぶして夜明かしする。同じ警察へ行くのなら、ぐずぐずしないほうがいい、とは美郷も由宇も言い出さないだろう。省路の罪の意識に配慮する、ということがひとつ。そして事件は必ず十月に起きる、という先入観が大きい。すなわち今年の分はもう終わっているので、いまさら慌てる必要はない、という無意識が働くはず。

はたして美郷は、ようやく犯人が判明し、すっきりすると同時に阿部照英の亡霊からも完全に解放されてしまったらしい。由宇の眼もはばからず、省路を抱きしめ、いつものように情熱的に、キスを始めた。

由宇も、事件の呪縛からこれで逃れられるということを確認するかのように、ふたりのあいだに割り込んできた。あたりまえのように美郷、省路と交互にキスする。これまでと同じように、それ以上の行為には発展しないが、あたかもこの一週間あまり、ずっと彼女もふたりの夜遊びに参加していたかのように、由宇のくちづけは自然、かつ大胆だった。

ふたりに身をあずけたまま省路は再度、これからの段取りを頭に思い描いた。朝六時に〈きっちんパーク〉へ向かう。

メニューを持った夏目嬢に出迎えられるだろう。彼女は「今日は三名さまですか?」とか訊くにちがいない。彼女の手にとるように判る。

適当なテーブルに案内された省路は、美郷と由宇といっしょに食事をし、九時か十時まで粘る。そして仕上げに、その足で警察へ向かえば。

ほぼ完璧だ。ほぼ完璧なアリバイがこれで、できあがる。

家族が帰省する日の夜にわざわざ外出した不自然さは、これから警察へ美郷と由宇といっしょに向かい、告白する予定の内容の重要性に鑑みれば、帳消しになるだろう。

唯一の不安材料は、多胡の死亡推定時刻が、他の者たちと丸半日、ずれてしまうだろうということだが——さて。

＊

一九九五年、十二月二十八日、地元新聞紙の記事より。

『――国会議員一家、刺殺され、放火。

二十七日の朝、八時頃、豊仁市の住宅街で、衆院議員、伊吹吾平さん、五十八歳宅から火が出ているのを近所の住民が発見。通報により消防隊がかけつけたが、火の勢いが激しく、全焼した。

焼け跡からは男女四人の遺体が発見された。伊吹吾平さんと、その妻、晴江さん、五十一歳。伊吹さんの次男、亮さん、十三歳。

もうひとりは当初、この家の長男と見られていたが、その後の調べで別人と判明。

四人は焼死かとも思われたが、喉に刃物が突き刺さったままの遺体が二体あったことから、警察は殺人放火事件と断定。

事件当時、外出中だった長男によると、四人目の遺体の男は最近、伊吹家と脅迫まがいのトラブルを起こしていたとのことで、警察では事件になんらかのかたちで関与していたかどうか、調べている。

なお昨年、豊仁市で連続発生した殺人放火事件との関連も調べる方針』

＊

一九九五年、十二月二十九日、地元新聞紙の記事より。

『――昭和の一大猟奇事件、犯人は別人？　世紀の冤罪か。

昭和五十七年、首尾木村で住人十四人（十三人説あり）が惨殺された、いわゆる首尾木村事件で、事件解決のため重要な証言を行った、当時中学生の男性が知人に付き添われ、警察に出頭。犯人とされ、すでに死亡しているマイケル・ウッドワーズ氏は無実であると、十三年前の証言をひっくり返した。

現在二十八歳のこの男性によると、真犯人は生存者のひとりである、当時村の中学校教諭だった男だという。

男性は、いっしょに生き延びた当時中学生だった友人らとともに、この男に脅迫され、あたかもマイケル・ウッドワーズ氏が犯人であるかのように証拠を捏造するよう、強要されたと証言。

また誤って水死したとされるウッドワーズ氏も、実はこの男性らが、問題の男に脅迫され、川に投げ込んだのだという。

当時、生存者の中学生らは犯人から激しい暴行を受けていたが、それらもすべてウッドワーズ氏ではなく、問題の男の仕業だという。

なお、この元教師の男は平成三年、突如、消息を絶っており、警察では行方を追うとともに、慎重に再捜査する方針』

＊

朝。十時。

〈須賀のカメラや〉はまだ営業していない。シャッターが降りたままだ。

省路は路地に入り、裏手に回った。イメクラの古い看板を掲げた木造二階建てだが、いまは営業していない。〈須賀のカメラや〉の店舗とは背中合わせで、持ち主も同じである。

省路は狭い階段を上がった。ドアを強く、ノックする。が、返事内部から緊張を孕んだ気配が伝わってきた。が、返事はない。

もう一度ノックした。が、やはり返事はない。

「カンチ」

省路は大声を出した。先刻とは別種の緊張が伝わってくる。

「心配せんでもええ、カンチ。おれや。ここ、開けてくれ」

おずおずと、ひとの気配が近寄ってくる。ドアが開いた。不精髭の男が現れる。つんと体臭が鼻につく、長身の男。

「ひさしぶりやの、カンチ」

「おまえ……」蓬髪《ほうはつ》の隙間から、虚ろな眼が覗いている。

「おまえ、ブキ、か」

「いきなり訪ねてきて、すまん。ちょっと頼みたいことがあって」

「なんじゃ、いったい」

「その前に、入らせてもらって、いいか。外では話しにくい」

貫太は無言で、省路をねぐらに迎え入れた。殺風景だが、さほど荒れた印象はない。卓袱台《ちゃぶだい》があり、布団は部屋の隅に畳まれている。

「すまんが、おれ、これからちょっと、いそがしいことになりそうで、な」

「なんの話じゃ」

「親父が死んだ」

「え」

「継母も義弟も、いっしょに死んだ。喉を、かっさばかれてな。家も焼けてしまったから、いろいろ事後処理がたいへんだ」

「な……なにを」

「それと、いっしょに多胡のやつも死んだ。ほら。憶えてるだろ。十三年前の八月十七日、台風の夜、下着姿で逃げていった、あの男だ。あいつも喉、切り裂かれて死んだ。おふくろといっしょにさんざん楽しんで撮った写真も全部、燃えてしまった。ネガごと、な」

「おまえ、なにを……」

「だから、ほら」省路は運転免許証を出した。「これは、おまえが預かっておいてくれ」

「なにを言うてるがや、ごちゃごちゃ、ごちゃごちゃ」貫太は、それを受けとろうとはしない。「さっぱり判らん」

「ごまかさなくていい。おれは全部、知ってる」

「なにを、や。おれがなにを、ごまかすて」

「その前に言っておかないといけないのは、いい加減に目を覚ませ、ということだ」

「おれがなにを、目ぇ覚ませ、て」

「カンチ、おまえ、十三年前の首尾木村事件の犯人は、あのマイケルなんとかって外国人だと、ずっと信じ込んでるだろ」

「な」ごくり、と貫太の喉仏が上下した。「なんの話か、判らん」

「判ってるはずだ。その証拠におまえ、おれが多胡を使って、現像に出させた写真に反応した」

「写真……」

「あの写真はマイケルじゃない。バーナード・ヒルトンという別人なんだ。たしかに十三年前のマイケルによく似ているが、おまえのなかで混同され、同一人物になっているのが問題だ」

　貫太は黙っている。

「おまえは、自分に瀕死の怪我を負わせたのも、空知のおじさんとおばさんを殺したのも、マイケルだと思い込んでいる。が、いいか、カンチ。それはまちがってる。嘘なんだ。シバコウのやつが、おれたちの頭に植えつけた、幻なんだ」

「シバ……」

「憶い出せ。あいつにされたことを」

「シバコウ……て」

「本名、知ってるはずだ。言ってみろ」

「か……川嶋、か」

「そうだ。あいつがおれたちを脅迫し、虚偽の証言をさせた。証拠も捏造させた。結果、マイケルが犯人だということで、事件は解決しちまった」

「ま、まて。ブキ。それなら訊くが、犯人は誰や。誰やったがや。シバコウか」

「ちがう」

「ほんなら誰や。おまえの言うこと、信用できん。だいたい……」

「おれは知ってる。おまえがなんで、バーナード・ヒルトンの写真に反応するようになったか、を。それはCMだ。テレビの」

ぎくり、と貫太の身体が強張った。蓬髪から覗く眼に、粘っこい光が宿る。

「ホテルに入っているカフェのCM。あれに映ってたのが、マユちゃんだ。おまえもひとめ見て、すぐに判っただろ？」

口を半開きにして、貫太は頷いた。

「顔は映っていなかったが、あの指の、三角形の黒子があれば、すぐ判る。CMのなかで、マユちゃんは男と腕を組んで、ホテルに入っていった。あれがおまえ狂わせたんだ。そうだろ」

ぎらついていた眼から、すうっと光が消えた。貫太は茫然としている。

「ところでカンチ、〈須賀のカメラや〉の婆さんとは、どういう縁で？」

「……拾われた」

「というと」

「中学校、出た後、南白亀町の白水んところで世話になっとった。けど、喧嘩して。豊仁へ出てきたはええけど、持ち合わせがなくなって。路上生活してたとき、婆さんと知り合った。以前、親戚のカメラ屋におったいう話をしたら、ほんなら手伝うてくれんか、て。ひと手不足で困っとったらしい。寝泊まりするところも提供してくれた。以来、ずっと」

「それは不幸な巡り合わせだったな」

「不幸……不幸、て。なにが」

「写真だよ。たまたまマイケルに似た外国人の写真を持ち込まれたおまえは、悪いことにそのとき、ＣＭでマユちゃんの思い出に狂ってたところだった。マイケルの亡霊を撃退し、彼女を失ったことの遺恨を晴らそうとして、十三年前の事件を再現した。写真を持ち込んだ者たちを惨殺し、現場に火をつけるという手口も、あのときの恨みだろ」

「ちょっとまて。ブキ。おまえまさか、あの写真を使って、おれを嵌め……」

これでは罪を認めることになると気づいてか、貫太は一旦黙り込んだ。が、どうせ無駄だとひきらなおったのか、淡々とした口ぶりになる。

「どうもおかしい、思た。朝、親子らしい三人、殺して。てっきりそれで全部や思たら、別棟にもうひとり、おった。首がちょん切れそうになって、殺されとった。かなり臭うたから、ガソリン撒いて焼いたが。あれ、多胡やったがか。ひょっとして、おまえがやったんか」

「そうさ。おまえが写真に反応することは明らかなものの、はたして二十七日の朝に犯行に及ぶかどうかは賭けだった。見事に期待に応えてくれたよ。ありがとう」

「おまえ……おまえ、おれを利用したんか。自分の親父、殺すために」

「たしかに利用した。が、親父のことなんか、どうでもいい。理由は別にある」

「なんじゃ、いったい。なんなんじゃ、いったい」だいぶ落ち着いてきたらしく、貫太の声は低く籠もった。

「よう判らんけど。マイケルが……マイケルが犯人やない、いうんは、ほんまか」

「おい、カンチ。寝ぼけるな。それとも、まだ忘れてるのか。川嶋のやつがいったい、おれたちになにをしたか、憶い出せ」

「じゃあ、シバコウが犯人なんか」

「ちがうと言ってるだろ。それに、川嶋のやつなら死んだ」

「死んだ……」蓬髪の背後の眼が、きょとんと丸くなった。「って。どうしてや」

「それは後で説明する。とにかく、川嶋が殺したのは花房朱美だけだ」

「ほんまか、それは」

「マユちゃんとおれが旧校舎の教室で目撃した。たしかだ。ただ、花房朱美を殺したのは川嶋だが、マイケルを殺したのは、マユちゃんとおれだ」

「な、なんやって」

「川嶋に脅されてな。マユちゃんは泣きながら、マイケルを、おれといっしょに異味川へ運んだよ。シバコウのやつ、命令どおりにしないと、おまえを花房朱美と同じように殺すと脅迫したんだ」

貫太の眼が黄色く濁った。どんよりした眼光とともに、殺意が漲る。

「……シバコウ、死んだて、ほんまか」

「ほんとうだ。これもおれが、この眼で見た」

「まて。まてや、ブキ。そんなら訊くがな、おれの親父とおふくろ、殺したんは誰や。マイケルでもない、シバコウでもない。ほんならいったい――」

「決まってるだろ」

省路は素っ気なく断言した。

「マユちゃんだ」

8

「十三年前の八月十七日の夜だ」

省路はゆっくり噛んで含めるようにして、貫太に言い聞かせた。

「よく憶い出してみろ、あの夜のことを」

「あの夜のこと……て言われても。どのときのことや」

「プレハブの離れの外で、魚かなにかが跳ねまわってるみたいな変な水音がしていることに気づき、ゲンキとおまえが外に出て、調べていたときだ」

「おまえに会うた、よな。お町で映画、観て、帰ってきたとこ、やったっけ」まるで寝言みたいに、貫太の声はかぼそく、頼りない。「おまえに会うて、話しとったら、マユちゃんが現れて。小久保のおじさんとおばさん、たいへんなことになってる、て言うて」

「そう。実はあのとき、ガソリンを撒いていたのはマユちゃんだった」

「ば、ばか言えっ」

「火をつけようとしたら、ひと足さきに、ゲンキとおまえが離れから出てきてしまったんだ」

「嘘じゃ」

「ほんとうだ」

「う、嘘じゃ、そんな」

「なにもかも彼女が、やったことだったんだ。十三年前の事件は」

「まさか。ま、まさか、そんな……」

「マユちゃんなんだ。カンチ。マユちゃんが、村のみんなを殺したんだ」

「信じられん。嘘や、おれはそんなこと、信じられん」

「空知家の前で、おれたち三人でいたときのこと、憶い出してみろ。そこへマユちゃんが、やってきたよな。さっきおまえも言ったとおり」

「それがどうした」

「あのとき彼女、おれたちを見て、ものすごい悲鳴を上げてただろ。あれは、なんでだと思う？」

「それは、家族を殺されて――」

「ちがう。いいか、よく聞け。これが実はいちばん重要な点だ。あのとき彼女が錯乱したのは、おれが持っていた腕時計を見たからだったんだ」

「え。腕時計――」記憶を探っているのか、貫太は初めて、うるさげに前髪を手で払った。「そんなこと、あったか？」

「黄金色のやつだ。ゲンキが見て、えらく洒落た時計を持ってるな、と言ってただろ。親父に買ってもらったのか、と」

「……憶えていない」

「まあいい。それについては、まだいろいろあるから、後回しにしよう。ともかく、あのときのマユちゃんの様子を、じっくり憶い出してみろ。なにかおかしなことに気づかないか」

「判らん。なんや」

「ちゃんと雨合羽、着て、ゴム長靴を履いてた」

「おいおい。それのどこがおかしい」

「おれとゲンキが、小久保のおじさんとおばさんの死体、見つけたときのうろたえぶり、憶えていないか。ゴム長靴を履く余裕もなく、裸足で外へ飛び出していっただろ」

「それは……」

「あのとき、おれたちはたまたま雨合羽を脱がないで、小久保家の台所へ上がった。けど、もしも脱いでたとしたら、それを着なおす余裕はなかっただろう。絶対に、な。ずぶ濡れでおまえたちのところへ戻っていたはずだ。どうだ。あのときのマユちゃんとは、ずいぶん対照的だろ」

　貫太は髪を掻き毟った。剝き出しにした歯のあいだから、耳障りな呼気が洩れる。

「おかしいだろ。憲明さんと両親、家族三人の死体を見つけた直後にしては、ずいぶん彼女、落ち着いて身支度したものだとは思わないか」

「それは……それは、や」

「マユちゃんがおれたちに語ったところによると、彼女はまず、新居のほうで憲明さんの死体を発見した。慌て て、平屋のほうへ逃げた。この時点で、はたして彼女が雨合羽を着て、ゴム長靴を履いていたかどうかは判らない。しかしだ、平屋へ上がった時点で、さすがにゴム長靴は脱ぐだろう。もしかしたら雨合羽も脱いだかもしれない。そして両親の死体を発見し、驚いた、と。そこで改めてゴム長靴も雨合羽も全部、着なおしたのだとしたら、ずいぶんと余裕があったもんだぜ」

「それは、しかし、ブキ。あり得るやろが。人間、ショック状態のときほど、見た目は変に落ち着いてたりするもんや。頭んなか、真っ白になったまま、定番行為を無意識に順序ようくり返す、ゆうことは充分あり得る」

「だからあのとき、マユちゃんが、ちゃんと雨合羽を着て、ゴム長靴を履いていたのは、ちっともおかしくない、と。おまえは言うのか」

「そうじゃ。ああそうじゃ。そう言うとも」

「では、テレビのことは、どう説明する？」

「なんや、テレビ、て。なんの話や」

「憶えてるだろ、切断された電話機のコードを繋ぎなおすために、憲明さんの家へ行ったときのことを。テレビは電源が切られていて、画面は真っ暗になってた。そうだったよな」

「そう……やったかの。よう知らん。おれ、電話機のほうにばかり、気ぃとられてて」

「それと、ビデオデッキも開きっぱなしだった。テープの入っていない、からっぽの状態で」

「それがいったい、なんや、ゆう……」

徐々に記憶が甦ってきたのか、貫太は息を呑み、黙り込んだ。

「どうやら思い当たったようだな。おかしいだろ。マユちゃんはあのとき、なんと言ってた？　憲明さんの家で、ビデオに録画されていた恋愛ドラマを夢中で観ていた、と。そう言ってたじゃないか。その最中に、憲明さんが誰かに襲われ、転倒した音にびっくりして廊下に出たのだとしたら、ビデオとテレビの電源を切るまではまあいいとして、テープまで抜いていったりするものか？」

貫太は黙っている。ときおり首を横に、こまかく振りながら。

「ましてや憲明さんの死体を見つけた後で、わざわざ電源を切ったり、テープを抜いていったり、するはずもない。マユちゃんの言い分は、おかしいんだよ。明らかに」

「しかし、ブキ」

　貫太はようやく、大きな仕種で頷いた。頷いてすぐ、こまかく首を横に振る。相反する動作を、せわしなく交互に反復する。

「なるほど、彼女の言い分はおかしい。矛盾している部分もある。しかし、だからといって、マユちゃんが犯人だというのは短絡的や。そんなわけがあるか。ちょっと考えてみりゃ、判るやろが。なんで彼女がそんなこと、せないかん。村じゅうのひと、殺すなんて。そんな恐ろしいこと。そのなかにはマユちゃんの家族もおったがやぞ。あり得ん」

「ところが、あり得た。マユちゃんが殺したんだ。憲明さんも、小久保のおじさん、おばさんも」

「そこまで言うなら、きっちり証拠を挙げて、説明せえ。そもそも動機は、なんじゃ。いったいどうして――」

「これは決して興味本位で訊くわけじゃないから、気を悪くしないで欲しいんだが」

「なんや」

「当時、マユちゃんとおまえ、できてたか」

　さすがに貫太は眼を剝いた。「なにを言うかと思えば、な、なんじゃそら。なんの話や」

「だから、面白半分に訊いてるわけじゃない。だいじなことなんだ」

「いや……清い関係やった。なんもしてない。手ぇくらい、つないだことはあったけど」

「そうか。しかし、これはおれの勘だが、マユちゃんはあのとき、すでに経験済みだったはずだ」

「なんで」怒るというより、貫太は興味を抱いたようだ。

「なんでそう思う?」

「相手に心当たりがあるからさ」

「誰のことだ」

「鷲尾先輩」

「なんやって」

「鷲尾嘉孝っていう、同じ中学の先輩がいただろ。バスケットボール部のOBの」

「あいつと……」

「どうしてそう考えるかというと。これはな、あの事件の夜、おれはおまえたちには言わなかったが、映画を観て村に帰ってきたとき、南橋のうえで鷲尾とすれちがったんだ」

「え？　ということは、鷲尾は――」

「そう。あいつはあの日、北西区に来ていた。おれがゲンキとおまえに見せた、黄金色の腕時計のことを、もういちど、よく憶い出してくれ」

その光景がようやく甦ったのか、貫太の眼に生気が宿った。「腕時計……あれ、か」

「そう。あの腕時計は、鷲尾が落としていった。いいか。ここが重要だ」

「どういうふうに」

「さっきの話に戻ろう。空知家の前で集まってた、おれたち三人のところへやってきたマユちゃん。彼女、いきなり悲鳴を上げただろ？　人間の声とは思えないような、すさまじい声だった。その原因はなにか。殺された家族を発見した恐怖ゆえ、みたいなこと、おまえは言ったな。ちがう。マユちゃんは、おれが持ってる腕時計を見た。だから思わず、絶叫してしまったんだ。彼女にとっては、それほどショックなことだった」

「それがどうして……どうしてそれが、それほどショックなことなんだ？」

「彼が持っているはずの腕時計が、そこにあるということは、鷲尾はもうすでに北西区から立ち去っていて、いない――と。マユちゃんは、そのことを一瞬にして悟ったからさ」

「どうして、そんなことまで悟れるがや。ただ腕時計を見ただけで？」

「なぜなら、鷲尾は動けない状態でいるはずだと、マユちゃんが思い込んでいたからな」

「動けない状態？」

「鷲尾は眠っていた。いや、正確に言うと、眠らされていたんだ。睡眠薬で」

「睡眠薬……」

あっと声が出た拍子に貫太の面差しは、だいぶ昔のそれを取り戻していた。いよいよ記憶が鮮明になりつつあるらしい。

「おい、ひょっとして、あの空き家――」

「そうだ。空知のおばさんと、亜紀子さんが死んでたところ」

「なるほど」貫太本来の知性の輝きが、その眼に宿り始めた。「亜紀子さんの浮気相手は、鷲尾やったんか。それで」

「おそらくマユちゃんは、亜紀子さんが同窓会と偽り、あの空き家で鷲尾と逢い引きすることを、事前に知っていたんだろう。どうやって知ったかは判らんが、当初は、どうこうするつもりは、なかったと思う。やきもち焼いて、ふたりの密会を邪魔するわけにもいかないし」

「なんで」

「おいおい、カンチ。自分でそんなこと言ってちゃ困るな。当時、マユちゃんはおまえと付き合ってるってことに、なってたんだろうが」

「そう……か」

「憧れの鷲尾に出来心で抱かれたものの、彼が他の女性になびくのを、うかうか阻止するわけにもいかない。カンチを裏切ってるっていう意味では、自分もお互いさまだからな。しかし、そうはいっても、嫉妬心は抑えられなかったんだろう。こっそりマユちゃんは、あの空き家へ様子を見にいった。そこでふたりが普通に行為に及んでいれば、あるいは悲劇は起こらなかったかもしれない」

「って。ブキ。それは逆やろが。好きな男が自分以外の女とやってるとこ見て、心穏やかでおれるわけがあるか」

「たしかに、痴話喧嘩の修羅場くらいにはなってたかもしれんが、せいぜいその程度で終わっていたろうさ。殺人事件には発展しなかったはずだ」

「そんならいったい、なにが殺人事件にまで発展させた、言うがや？」

「魔法瓶の酒に混入して、亜紀子さんがあそこに持ち込んだ睡眠薬だ。あれこそが十三年前の事件の、すべての引き金になった」

「亜紀子さんが、睡眠薬を？」

「処方してもらっていたのは彼女だ。持ち込む機会があったのは、亜紀子さんしかいない」

「いや、それにしたって、なんのために？」

「無理心中するためさ、鷲尾と。いや、別に相手は鷲尾でなくてもよかったんだろう。亜紀子さんは不眠を訴え、睡眠薬を処方してもらい、それを溜めることで着々と自殺の準備をしていたんだ。おそらく村の農家生活に疲れて嫌気がさし、憲明さんとの結婚を後悔するあまり、な」

「ブキ、おまえ、まるで自分の眼で見てきたみたいに言うのう」

「他に考えられない。いいか、カンチ。そもそもあんな空き家での密会に亜紀子さんが応じた、という点からして変なんだ。やりたい盛りの男子高校生なら風呂がないことなんか気にしないだろうが、おとなの女がだよ、ちょっとお町へ足を延ばせば旅館もあるのに、なんでそんなめんどくさい真似をしなきゃいけない」

「そうか。それも、そやの」

「亜紀子さんは最初から自殺するつもりだった。そう考えてこそ、すべての辻褄が合うんだ。そしてそれが、マユちゃんに魔が差すきっかけにもなったわけだから」

「なに？　どんなふうに」

「空き家をこっそり覗いたマユちゃんが見たのは、半裸姿で眠り込んでいる鷲尾と亜紀子さんだった。さて、彼女はどう思ったか？　まさか、ふたりが仲良くおねんねしてる、とか勘違いすまい。なにか薬を使って心中を図ったと推測するのは、そうむずかしいことじゃなかっただろう」

「そうかもしれんが……それで、どうしたがや、マユちゃんは？」

「空き家へ入って、もっと詳しくふたりの様子を見たんだろう。このとき鷲尾は、服用した量があまり多くなかったせいか、やがて蘇生しそうに思えたんじゃないのかな」

「またおまえ、まるで見てきたみたいに」

「そう考えると、いろいろすっきりするからさ。マユちゃんに魔が差したのは、ここだ。亜紀子さんは意識を失っている。自ら死を選ぼうとしているのは明らかだ。ならば、ここで自分が彼女の首を絞め、確実に殺しておいたって、どうってことはないじゃないか、と」

「しかしなんで、そんな恐ろしいことを」

「人間の心理って複雑だ。マユちゃんはたしかに鷲尾に憧れていた。しかし、カンチ、おまえに対する罪悪感の原因にもなった彼を、恨めしく思う気持ちもどこかにあったんじゃないか。ここで亜紀子さんが首を絞められ、死んでいるのが発見されたら、当然、嫌疑は鷲尾にかかる、と」

「殺人の罪を、なすりつけようとしたのか」

「きっとその時点で、マユちゃんの考えとしては、警察が死体を調べれば、毒かなにか服用したことは明らかになるから、最終的に鷲尾の容疑は晴れるはずだ、と。薬を用意したのは亜紀子さんだと容易に判明するだろうから、と。そんな計算をしていたんじゃないだろうか」

「薬を用意したのが鷲尾のほうかもしれない、とはマユちゃん、考えんかったがか？」

「考えなかっただろうな。鷲尾は心中なんて思いつくようなキャラクターじゃないと確信するに足る根拠が、マユちゃんにはあったんだ。それは後で言及するとして、つまり、本気で罪をなすりつけるつもりではなく、ほんのいっとき、鷲尾が深刻な窮地に立たされれば、それでよかったんだ」

「憧れていながら、憎たらしい先輩を困らせてやろうとしたのか。しかし、そのためだけに、ひとを殺す、というのは……」

「魔が差したのさ。どうせ亜紀子さんは自ら死を選んでいるんだし、ほんのちょっとそれに手を貸すだけなんだから、と。そんな言い訳をしてたんじゃないか。従ってあまり罪悪感も覚えず、脱ぎ捨てられていたパンストで亜紀子さんの首を絞めた。本来なら、これでマユちゃんの目的は果たされ、すべては終了するはずだった。ところが──」

「予想外のことが起こったんだな」貫太の声は冷静だった。「おれのおふくろが、亜紀子さんを絞殺するところを目撃してしまった」

「そのとおり。なんとかしなければと焦るあまり、逃げようとする空知のおばさんを、とっさに空き家にあった鎌で殺してしまった。そして遺体を引きずり、隠したことで──」

「ちょっと待ってくれんか。ブキ」貫太は落ち着いた声音で掌を掲げ、呼吸をととのえた。「──さきに進む前に、ちょっと待ってくれ」

「ああ」

「亜紀子さんの首を絞め、その死体を鷲尾といっしょに放置すれば、それでマユちゃんがやりたいことはすべて終わっていた、と。なるほど。いずれ鷲尾は蘇生するだろうと彼女が見込みをつけたんじゃないかと、おまえが考えた理由は、そういうことか」

「そういうことだ」

「マユちゃんが当時、すでに経験済みで、その相手が鷲尾だったと仮定すれば、あながち、むりな推測でもないな」

「いまどき処女を捧げた、なんて、はやらんだろうが、当時はまだそういう風潮があったかもな。少なくともマユちゃんは、そういう意識があったんじゃないか。なにしろおまえを裏切ってまで、身体をあずけたんだから。なのに鷲尾は、よりによって兄嫁の色香にふらふら迷っているとくる。憎らしくなって当然だ。それに、マユちゃんが鷲尾に捧げたのは処女だけじゃなかっただろうし」

「というと」

「小久保家が、けっこう金持ちだったってこと、知ってるか」

「いや、初めて聞く。そうなのか？」

「新婚の憲明さんのために新居を、ぽんと建ててやったりしてたじゃないか」

「たしかに、そうだったが」

「これもおれの想像だけど、鷲尾はマユちゃんの好意につけ込んで、いろいろ貢がせてたんじゃないかと思う。あの黄金色の腕時計も、おそらく彼女が買ってやったものだ」

「どうしてそこまで判る？」

「マユちゃんが、あの腕時計を、おれのポケットから盗んだからさ」

「盗んだ、て。いつの話だ？」

「おまえが小久保家の様子を見にいって、戻ってきた。四人で離れで話していて、ゲンキとおれがまだ警察に通報していないと判明した、あのときだ。憶えてるか」

「おれは慌てて母屋へ走っていって、親父の遺体を見つけた……」

「そうだ。おまえに続き、ゲンキも母屋のほうへ行ってしまった。ほんの短いあいだだったが、離れでおれはマユちゃんとふたりきりになった」

　繭子が怖がって自分に抱きついてきた一件を、省路は説明した。が、さすがに、彼女の体操服を脱がせ、乳房をわしづかみにしたことは伏せておく。いまは別にひけめは感じていないが、説明が煩雑になるだけだ。

「そのときは気づかなかったが、あれは怖がるふりをしていただけだったんだ。そうして腕時計を、おれのズボンのポケットから、こっそり抜きとった。後で、腕時計がなくなっていると、おれは一応、気がついてはいたんだが、移動ちゅうにどこかで落としたんだろうと、かるく考えた」

「なら、ほんとに落としただけ、やったのかもしれんぞ」

「だったら、再び腕時計が、おれの手もとに戻ってきたりはしなかっただろうよ」

「なに？」

「憲明さんちの電話機のコードを繋ぎ、奈良岡さんへ連絡した後、マユちゃんとおれたちと三人で、小学校の旧校舎へ向かったな」

「シバコウが、おれをぼこぼこにしたときか」

「そう。おまえが気絶しているそばで、川嶋め、マユちゃんを強姦しようとした」

「なんやって」

「未遂に終わったがな。やつめ、勃たなかったもんだから。その口惜しがりようは半端じゃなかった。かわりに後で、おれが犯されたくらいだ」

眼を剝く貫太に、省路はうすく笑ってみせる。

「そんなことはどうでもいい。とにかく、川嶋がマユちゃんを襲おうとして、勃たないものだから腹立ちまぎれに地面の土塊《つちくれ》を毟りとって、おれのほうへ投げつけた。その泥のなかから、あの腕時計が飛び出てきたんだ」

「ということは……」

「そのときはてっきり、川嶋がどこかで拾ったのかとも思った。移動するおれたちをこっそり尾行していてその途中で、とかな。しかし、そうじゃない。あれはずっとマユちゃんが、どこかに隠し持ってたんだ。川嶋に服を脱がされそうになり、それがまろび出た。そういう経緯だったのさ」

「つまり、ブキが言いたいのはこういうことか。怖がるふりしておまえに抱きついてまでその腕時計にこだわったのは、マユちゃん自身が鷲尾に買ってやったものだったからじゃないか、と？」

「まさしく、そう思われる。その他にもマユちゃんは惚れた弱みにつけ込まれ、鷲尾にいろいろ利用されていたんじゃないか。ちなみに、そんなふうに女の子の純情を手玉にとるような男が、歳上の女との心中なんか考えつくわけがない、と。少なくともマユちゃんはそう確信してたんだろうな。きわめつきが兄嫁との密会だ。なまじ自分と身近な女だっただけに、ゆるしがたい気持ちが強かっただろう」

「だから空き家で、亜紀子さんの死体といっしょに鷲尾を置き去りにし、困った立場に追い込むことで意趣返ししようとした、と。なるほど。判った。そこまでは、まあ判った。しかし——」

「亜紀子さん殺しを目撃され、実力行使で空知のおばさんの口封じをしたことで、マユちゃんには完全に道がついてしまったんだ」

「そこからは納得できん。判らん。いくらなんでも短絡的すぎる。あり得ん」

「マユちゃんの立場になってみろ。予想外の殺人を犯してしまったんだぞ。しかも、その相手は他ならぬ、カンチ、おまえの母親だった。その血を見て、取り返しのつかない事態の重圧に絶望し、精神的におかしくなっても不思議はない」

「どうして？　おれのおふくろ殺しだって、鷲尾に罪をなすりつける工作をなにかして、口をつぐんでいれば、それで済む話やないか。なんでそこからいきなり、北西区の住人を皆殺し、なんて極端に突っ走るがや」

「いきなり皆殺し、ではなかっただろうな」

「というと」

「まず自分の家族に、殺意が向いたんじゃないだろうか。おれはそんな気がする」

「それこそあり得ん。どうして――」

「やはりそこに絡んでくるのは、鷲尾という男の存在と、そして腕時計というアイテムなんだ。仮にマユちゃんが鷲尾に貢いだ金品の総額が、中学生にあるまじき桁になっていたとしたら、どうだ？　そして、両親がそれに気づき、マユちゃんを厳しく叱責した、としたら」

「あほ言え。叱られたくらいで殺す、なんて言うてたら、おまえ、な。た、たかが、そんなことでくらいで、自分の親兄弟を」

「親兄弟だからこそ、自分の正義を分かち合ってくれないと知れば、もっとも憎い敵にもなるさ」

「意味が判らん」

「だから、マユちゃんの立場になってみろって。彼女の主観としては、鷲尾に貢ぐことイコール、自分の純愛の証明なんだ。そうだろ。その純愛を理解してくれないとしたら、両親に対する敵意が発生し、時間をかけて醸造される。空知のおばさんの血を見たことで、瞬間的に爆発したとしても、おかしくない。憲明さんにしたって、亜紀子さんみたいな女を嫁にするから自分がこんな窮地に陥ってしまった、みたいな逆恨み的な気持ちが燃え上がったかもしれない」

「家族やからこそ、ときに激しい感情が爆発するということは、たしかにあり得る。それは一般的な話として、よう判る。けど、ブキ、おれは納得したわけやないぞ。全然納得できん。そんな、とんでもない話があるか」

「とんでもない話には、ちがいない」

「仮に一歩譲って、家族に対して尋常ならざる殺意を抱いたとしよか。たとえそうだとしても、そこで終わりやろが。え。小久保のおじさんとおばさん、憲明さんを殺して終わっとるはずやろが。な。そうなるわな、絶対。なのに、なんで金谷さんやら、秦さんやら。ブキのお母さんとお祖母さんまで？　そこまでやらないかん必然性が、どこにある。言うてみい、ブキ。断っとくけどな、道がついてしもうたから、ついでにやっただけ、なんて理屈では、おれは納得せんぞ。断じて納得せん」

「では、こう説明しよう。両親と兄を殺したマユちゃんにとって、他の村人たちは、単なる邪魔者にしか思えなくなった、と」

「邪魔者？　どういう意味や」

「これはおれの単なる想像であることは認めたうえで言うが、マユちゃんはおそらくそれ以前から、村そのものに対する憎しみみたいなものを抱いていたんじゃないか」

「なんやそれ。えらい漠然としとるが。村そのものに対する憎しみ、て。例えば？」

「ありていに言えば、村の生活が嫌になってたんじゃないか。農作業はきついし、若者にとって楽しみは少ない。亜紀子さんと同じさ。村が醸し出す閉塞感に、ずっと前から嫌気がさしていた。そんなふうに思うのは、おれ自身、中学生の頃、同じ不満を抱いていたからだ。おふくろが親父と別居さえしなければ、お町に住めてたのにな、と」

「ちょっと待てや。ブキ。ほんならなにか。住人をこの際、全員殺せば、村は消滅する、と？　正確に言えば北西区だけやが、皆殺しにしてしまえば、嫌いな村も消滅させられる、とでもマユちゃんが考えた、言うんか。正気か、おまえ」

「村を消滅させられる、たしかにそうだ。しかし彼女の狙いは、もうひとつあった」

「なに」

「邪魔者たちを皆殺しにすることで、マユちゃんにとって実に都合のよい状況をつくり出すことができる。とっさに、そう思いついたんだ」

「なんじゃ、都合がええ状況、て」

「その発想を彼女は、映画から得た」

「あ？　な、なんや。なんやって？」

「憶えてないか。おれがあの日、お町まで観にいってた、SF映画」

「あ……ああ。それが？」

省路も貫太も、もはやそのタイトルを憶い出せなかったが、おおまかな内容は、ふたりともぼんやり頭に浮かんでいる。

「あれって、マユちゃんとおまえがひと足さきに、デートで観にいってたんだよな。当然、あの内容をマユちゃんも知っていた」

「あんなあほらしい映画の、いったいなにが、どうやって言うがや」

「彼女にとって、ヒントになったんだ」

「ヒント？」

「あの映画で、宇宙人に襲われた町の住人は皆殺しにされてしまう。生き残ったヒロインは、冴えない男の子とふたりきりになったよな。どちらかといえば嫌いなその男の子を、ヒロインは頼らざるを得なくなってしまう。そういうストーリーだっただろ。憶えてるか？」

「お……おい、ブキ」

恐怖に眼を見開き、貫太は畳の上を数歩、あとずさりした。

「あの映画を観たばかりだったマユちゃんは、そこからヒントを得たんだ。空知のおばさんを殺し、日頃の怒りを爆発させて両親と兄を殺してしまった彼女は、計画を変更する。すなわち、こうなったら、毒を喰らわば皿までだ、と。東橋と南橋、両方をガソリンで燃やして落とし、北西区を孤立させてやろう。そして、自分と鷲尾嘉孝以外の人間をすべて殺し、彼とふたりきりになれるよう仕向けよう、と。そう考えた。ごく自然なかたちで彼を頼らざるを得なくなるようにするために」

「ブ、ブキ……おまえ」貫太は、ぱくぱく、金魚みたいに口を開閉する。「おまえ、おかしい。あ、頭が、おかしい」

「こう考えたら、なんでおまえとゲンキだけは直接殺さずに、ガソリンを撒いて焼こう、なんて迂遠なやり方をしたかが、よく判る」

「どういうことや」

「さすがに、彼氏の顔を見ながら凶行には及べなかった、ということだろ」

「顔を見んでもすむように、か？　判らん。おれには判らん。ブキ、何度も言うぞ。おまえ、頭がおかしい。おれは納得せん。絶対、納得せん」

「理屈だけだったら正直、おれだって納得しがたかったろう。しかし感覚的におれは、これが事実だと知っているんだ。なにしろ、この耳で聞いたんだからな」

「聞いた？　って、なにを」

「おまえも聞いてる。あの腕時計を見たときのマユちゃんの絶叫。思い返すたびに、おれは身の毛がよだつ。せっかく村じゅうの人間を殺して準備したというのに、ちょっと眼を離してる隙に、肝心の獲物が網のなかから、するりと逃げていっちまったんだからな。あんなに苦労したのはいったいなんだったんだと絶望し、血を吐くような悲鳴を上げたくもなろうってものさ。ま、そのお蔭でおまえとおれは、彼女に殺されずにすんだわけだが」

省路は改めて、運転免許証を差し出した。

「ほら」

「なんやこれ」

「そもそも、これをおまえに預けるために、ここへ来たんだよ、おれは。なかを見てみろ」

繭子の顔写真を見た貫太は、表情そのものは変わらなかった。しかしたちまち、両眼から大量の涙が溢れ出す。

がくりと畳の上に膝を落とした。運転免許証を胸に掻き抱き、肩を震わせる。

「お、おれ……おれは……おれは」

「しっかりせえ、カンチ」

「おれは……ブキ、なあ、頭がおかしいのは、おれのほうや。おれは頭が、おかしい。おれは……おれは、もうだめや。もうおれは人間やない。鬼じゃ。鬼になってしもた」

貫太は頭をかかえ、そのまま畳に突っ伏した。号泣する。

「おまえの……ブキ……おまえがさっき、言うたとおりながや。四年くらい前やったか、おれ、あのCMを観たがや。店の、〈須賀のカメラや〉のテレビで。びっくりした。顔、映っとらんけど、あれはマユちゃんにまちがいない、と判って。なんか……なんか、おかしゅうなってしもうた」

「なにしろ、あのマユちゃんが男と腕を組んでるんだからな。向かったさきがホテルときては、おかしな想像をするなというほうがむりだ」

「その日の夜、もう零時近かったけど、仕事が終わってから、おれ、あのホテルへ行ってみたがや。店から意外に近かったから。それでどうこうするつもりはなかった。ただ、マユちゃんが男と行くホテルて、どんな感じかなあ、思て……そしたら」

省路は身を屈め、貫太の肩に手を置く。

「そしたら……そしたら、驚いた。ちょうどマユちゃんが、ホテルに向かっているところやったがや。偶然。あんな偶然、知らんわ。それを見たとき、おれ……おれ……自分でも頭がおかしゅうなったと、はっきり判った。おれ……おれは、いまにもマユちゃんに跳びかかって、殺してやりとうなったがや。よりによって、マユちゃんを、や。なんでかは判らん。なんでかは判らんが、そんな恐ろしい衝動が湧いてきたがや。ブキ。なんでか判らんけど、そうやったがや」

ようやく顔を上げたものの、貫太は中腰のまま、ただ落涙する。

「自分が怖《こ》おうなって、その場を立ち去ろ、思たんやけど、足が動かん。回れ右が、どうしてもできん。たまたまそのときフロントに誰もおらんかったもんやから、なんとのうロビーに入って。いや、それでどうこうするつもりはなかったがや。ひょっとしてマユちゃんが出てくるかもしれん、なんて期待してたわけでもない。でもな、でも、ロビーに座り込んで、昔のこと、あれこれ憶い出してるうちに、動けんなった。眠っとったわけやないけど、なんやしらん、気が遠うなっとった。いつの間にかホテルの従業員に見つかって。そしたら、そのとき、エレベータでマユちゃんが降りてきたがや。男といっしょやった。メガネ、かけた」

「メガネ……」

涌井融だな、と省路は思った。

「慌てて、ふたりに顔、見られんようにして、ホテルを出た。しかしそのままでは、なんとも気がおさまらん。ふたりのあと、つけた。ずうっと」

「ふたりはどっち方面へ行った。西双筋か」

「いや、東風谷やった」

それはきっと尾行に気がついていたな、と省路は思ったが、敢えて口にはしなかった。

皮肉な話だ。繭子はずっと〈須賀のカメラや〉とは眼と鼻の先の店で働いていたのに。ついにいちども近所で貫太と顔を合わせなかったのは、運命の悪戯か。

「そこまではつけていったが、最後はタクシーに乗られてもうた。どうにもならん。このねぐらへ戻ってきてから、みじめやった。おれはなにもかも失ってしもうたがやと。改めて思た。ほんまに、なにもかも。家族も、未来も。そしてマユちゃんも。すべてを。こんなことになったんは、いったい誰のせいじゃや。いったい誰が悪いがじゃや。そう思ても、なんも判らん。みじめで、なさけのうなった。もういっそ、自分も死の、思てたところへ……あの写真が現像に持ち込まれた」

秋山一家のものだな、と省路は頷く。

「あのマイケルが写ってた。いや、マイケルに見えたがや、おれには。こいつ、こんなところまで追いかけてきやがった、と。頭、おかしいやろ、おれ。けど本気でそう思うたがや。自分がおかしいことは判っとったけど、身体が言うこと聞かん。このままおとなしくしとったら、殺される、て。いてもたってもおれん。ぐずぐずしてたら写真の男が、おれんところへやってきそうな気がしたがじゃ。夢にも出てきた。何度も何度も。怖おて、怖おて。頭が変になりそうやった。ならいっそ、同じ頭がおかしいんなら、あいつがやってくる前に、こっちから殺しにいってやる、と……それで……それで……写真が持ち込まれるたびに、何度も」

「普段は正常なのに、あの写真を見ることでスイッチが入ってしまうんだな」

「おれは人間やない。鬼や。なんの罪もないひとたちを殺してしもうた。何人も、何人も。小さい子供や、赤ん坊まで」

「おまえが殺したのは十三人、か。マユちゃんといい勝負じゃないか」

「おれ……おれは生きてたら、いかん。生きとったら、いかん人間じゃ」

「そんなことがあるか」

「死ぬ……おれが死んで、どうなるもんでもない。が、せめて死なないかん」

「カンチ。しっかりしろ。死んだりしてる場合か。おまえにはまだ、やることがあるだろうが」

「やることって、そんなもの、なにも——」

「おまえの手のなかにあるものは、なんだ」

繭子の運転免許証を、いま初めて気がついたかのように、貫太はまじまじと見つめた。

「諦めるつもりか、マユちゃんを」

「そういえば……これ、どうしたがや？　おまえ、マユちゃんの居場所、知っとるがか」

「いや。彼女はいま、消息不明なんだ。どうやら日本に、いないらしい」

「日本におらん、て？」さすがに驚いたのか、貫太の眼から涙が引っ込む。「なんやそれ。けど……けど、ほんならこれ、どうしたがや？　いったいどこで手に入れた」

「首尾木村にあっただろ、地下壕跡が」

阿舎の出入口から核シェルターへ降りてみることになった経緯と、そこで発見した惨状について、簡単に説明する。現実離れした話に圧倒されてか、貫太は、ぽかんと口を開けた。

「な、なんやそれ。みんな死んでた、て……いったい、なにがあったがや」

「四年前、プライベート・ジェット機で日本から出国したふたりの外国人。そいつらがマイケル・ウッドワーズの関係者だろう。マイケルの無念を晴らすために、日本で活動していたと思われる。川嶋が殺されたのは、その復讐だろうな。ただし、直接手をくだしたのはマユちゃんだったんじゃないかと、おれは睨んでいるが。フリーライターの涌井と、マユちゃんの恋人が殺されたのは、おそらく口封じのためだ」

「マユちゃんは、どうなった」

「それが判らない。謎のアメリカ大使館の職員と国際結婚したというのがほんとうなら、いまも世界のどこかで生きてるだろうが」

「どこかって、どこ」

「それをおまえが見つけるんだ」

「そんな、あ、あほな。むりを言う」

「むりじゃない。おれがついてる」

「って。なあ。こんな言い方は失礼やけど、ブキになにができる」

「資金を提供してやれる」

「……え」

「おれの親父の遺産を使い尽くすのが早いか、マユちゃんを探し当てるのが早いか。一生の賭けだ。そうだろ？」

貫太は眼を剝いた。汗の玉の浮いた顔が、畏怖の念に染め上げられている。

「カンチ。おまえ、死ぬというなら、その賭けに乗ってから、死ね」

「ブキ……おまえ」

省路のむなぐらをつかもうとして、貫太は激しく咳き込んだ。

「お、おまえ、まさか……まさか、そのために、おれを操って、親父さんを？」

「だから、最初から言うてるやろが」

省路は、まるで中学生の頃のような、無邪気な笑い声を上げた。

「親父のことなんか、どうでもええ、とな」

第四部　二〇〇七年　八月十七日

1

尿意を覚え、私は目を覚ました。時計を見ると、午前零時を数分回っている。

出勤は午前四時だから、支度と食事の時間を除いても、あと三時間は眠れる。そう思ったのだが、用を足し、キッチンで水を飲んだら、すっかり目が冴えてしまった。

漠然とした不安が胸に拡がる。なんだろう？

もう日付は変わっているから、今日は十七日か。そう考えていて、ふと八月十七日という日付に、なにやら不吉なものを感じた。なぜなのか、すぐには憶い出せない。

二階から話し声が聞こえてくる。ときおり笑い声とともに、どん、と天井が鳴ったりする。真夜中だというのに、賑やかなものだ。孝良《たかよし》とエリカは、まだ起きているらしい。ビデオゲームでもやっているのだろう。夏休みなのだから、多少の夜更かしも仕方ないが。

子供たちの部屋と同様、夫婦の寝室も二階にあるのだが、このところ私は一階の和室で、ひとりで寝ることが多い。子供たちに負けず劣らず、妻の時枝《ときえ》も夜更かしになった。私の出勤が早朝なので、食事の準備をし、送り出しておいてから眠ることも多いようだ。

ふと思いつき、リビングに置いてあるパソコンを立ち上げた。暇つぶしにネットサーフィンでもやっていれば眠くなるかも。そう期待して。

ブックマークしているお気に入りアイドルのブログ更新記録などを漫然とチェックしていて、ふと変なことを思いついた。これまでの自分の女性遍歴を辿ってみるか、と。実際に関係したことのある女の名前を、ひとりずつ入力し、検索エンジンにかけてゆく。そういう遊びだ。

とはいえ、ほとんどの名前は、なにもヒットしない。それが当然で、私の交遊関係など平凡なものである。相手の女性がいきなり有名人になっていたりするケースがあるかもしれないと期待したのだが、たまにヒットしても同姓同名の別人ばかり。

『馬詰小百合《まづめさゆり》』と入力して、ヒットした。どれどれと見てみて、驚く。『このひとを捜しています』という見出しに続き『ご連絡は豊仁県警まで』とあるのだ。え？

まさかと思い、詳細を読んでみると、同姓同名の別人なんかではない。昔〈ステイシー〉で働いていた、あのサユリちゃん本人ではないか。いったいどうしたのだろう？

　馬詰小百合は一九九三年、勤めていたバーラウンジを辞めた後、家族になにも告げず突如、行方が判らなくなって以来、消息不明だという。九三年といえば、たしか私と同棲《どうせい》を解消した年だ。なんとも複雑な気分になる。二十代の頃のものだと思われる彼女の顔写真は笑っていて、屈託がなさそうで、とても十四年の長期にわたって行方不明になっている者とは思えない。

　後味の悪い思いで、私はウインドウを閉じた。別の女の名前を、思いつくまま二十人ほど続けて入力する。それにしても、思えば私も若い頃は、ずいぶん、やんちゃをしたものだ。

　高校のとき、中学校で同じクラブの後輩だった女の子を、村の空き家に連れ込んだりしたっけ。いまなら風呂もない、あんな汚いところでやる気にはとてもなれないが、若いときはなんでもありだ。あの娘はいま、どうしているだろう。

『小久保繭子』

　どうせ今度もなにもないだろうと思いつつ、そう入力してみた。すると五件、ヒットする。やはり同姓同名の別人のものばかりのようだと順番に見ていって、最後にきたとき。

「……ん？」

『小久保繭子へ』という見出しのサイトが現れた。その下にこんな文面が続いている。

『マユちゃんへ
核シェルターでの落としもの　あずかっている
連絡乞う
カンチとブキより』

　これだけだ。なんだろう？　核シェルターという単語の響きに好奇心を刺戟され、ついメールアドレスをクリックしそうになったとき、背後に気配を感じた。慌てて振り返る。

「な、なんだ、おまえか」

　妻の時枝が眉をひそめ、私の手もとを覗き込んでいた。ずっと起きていたらしく、無粋なグレイのトレーナーのうえにサロンエプロンを着けている。

「なにしてんの、こんな時間に？」

「いや、眠れなくなったんで」

　慌ててウインドウを閉じた。別に疚《やま》しい内容のサイトではなかったが、時枝はしっかり誤解したようだ。

「わざわざこんな時間に、変なもの、見なくてもいいでしょ。少しは孝良のこと、考えてちょうだい。最近、あなたのいないとき、このパソコン、さわったりしてんのよ」

孝良は、いま小学六年生だ。好奇心旺盛な歳頃ではある。

「まだそんな、自分で変なものを見たりは、できんだろ」

「なに言ってんの。いまどきの子は、あなたなんかより、よっぽど機械の扱いがうまいんだから」

たしかに。私が子供の頃とちがい、情報が氾濫《はんらん》する時代だし。性的な知識も、さしたる苦もなく入手できる。

「変なサイトにブックマークしてんの見つかって、恥かいても知らないわよ」

「判ったわかった。孝良とエリカは？　まだ起きてるのか」

「困ったものよ、まったく。夏休みだからって、ゲームばっかり。いい加減、寝なさいって言ってあるんだけど。もうほんとに。あなたからも少し、なんとか言っておいてちょうだい。いい顔して甘やかすから、わたしばっかり悪者になって」

「判ったわかった」

「ねえ、朝ご飯、どうする？」

「どうするって、いつもどおり。三時に」

「でも明日、じゃなくて、もう今日か。台風よ」

「あ。そういえば」

昨日の予報によれば、かなり荒れるということだったが、まだ戸外が静かなので、すっかり忘れていた。

「けっこう大きいみたいだし。お店、休んだほうがいいんじゃない」

「うーん。まあ、行ってみるよ」

「ほんとに、だいじょうぶなの。午後には本格的になるって言ってるけど。お町へ行ったきり、戻ってこられなくなったりしないかしら」

「心配ないさ。南橋だって、昔とちがって、しっかりし……」

ふと心に暗雲が拡がるのが判った。そうか。不安の正体はこれだったのか、と思い当たる。

首尾木村北西区の住人のほとんどが惨殺された、いわゆる首尾木村事件。あれから、もう丸二十五年。四半世紀も経過した。

私は一応関係者に数えられているものの、自分としてはあまり直接かかわったという意識がないせいで、普段は事件のことをきれいに忘れている。が、ふとした拍子に憶い出すきっかけとなるのが通称、南橋だ。あの橋は私にとって、首尾木村事件の象徴とも言える。昔の木造から、鉄筋コンクリート製のものに生まれ変わっている、いまも。

さきほど入力した『小久保繭子』の兄嫁に誘惑されたとき、私は高校二年生だった。あの兄嫁、名前をなんといったっけ。あき。そう。亜紀子だ。農家の嫁にはもったいないような美人で、いつも気になっていたが、まさか向こうからアプローチがあるとは思わなかった。

やはり若かったのだろう。台風が接近中という予報は聞いていたのに、まるで気にせず、いそいそと出かけていった。いつも繭子を連れ込んでいた空き家で、半裸姿の亜紀子を目の当たりにし、感動したものだ。彼女は魔法瓶を持参していて、酎ハイだという。景気づけに一杯やり、ますます興奮していた矢先、私は意識を失った。

我に返ると、隣りで亜紀子が首を絞められ、死んでいた。そのときはまだ頭が朦朧としていて、驚いたり哀しんだりするには至らず、ただ空き家から出ていかなければという強迫観念にかりたてられるまま、必死で足を動かした。空き家の土間にもうひとり、血まみれになった女の死体があったが、そんなものにもかまってはいられなかった。

当時、私はいわゆるお町の県立高校男子寮住まいで、夏休みのあいだ東南区の実家に帰省していた。その東南区へと通じる、いわゆる東橋までの距離がひどく遠く感じられたのは憶えているが、結果的に遥かに遠回りになってしまう南橋のほうへわざわざ向かった己れの心情はいまでもよく理解できず、呆れてしまう。それだけ歩くのが辛かったのだろう。バス停留所まで行けば、誰かが自転車を停めてあるかもしれないのでそれを失敬しようと期待したのだが、我ながら浅はかという他ない。そもそものバス停留所までの距離が長いのだ。

激しい雨と風のなか、とんでもない遠回りをして帰宅するまでの記憶は混濁しているが、それはともかく。あのとき、普通に東橋を渡って実家に帰ってさえいれば、私は警察に事情聴取を受けたりすることもなかったのだ。南橋を渡った際、朦朧としていて、すれちがった北西区在住の男子中学生に顔を見られたことに気づかなかった。そこから、空き家に残してきたコップの残留指紋と、私のそれが照合されてしまったのである。

　お蔭で一時的とはいえ、私は亜紀子殺害の嫌疑をかけられるはめになった。結局、彼女の夫の仕業ということで落着したようだが、私はいまでも繭子を疑っている。彼女は、私と亜紀子の密会を事前に知っていたのだから、それを邪魔するため、魔法瓶に睡眠薬を混入することを思いついても、少しも不思議ではない。そして嫉妬にかられ、亜紀子を絞殺したのだ。そうにちがいない。

　私が渡った後、南橋が崩落し、北西区が孤立したとは、あのときは夢にも思っていなかった。考えてみれば、あの空き家から距離のある東橋ではなく、目先の南橋を渡り、とりあえず北西区から出ておいたのは、結果的に大正解だったかもしれない。少しでも脱出が遅れ、ぐずぐず留まっていたら私も閉じ込められ、大量殺人鬼の犠牲になっていた可能性があるわけだから。

　そういえばあの事件、なんとかって英会話スクールの講師だった外国人の男が犯人ということで解決していたのに、十年以上も経ってから、当時の目撃者が、その男性は無実だと証言をひっくり返し、大騒ぎになったっけ。世紀の冤罪と、海外のメディアでもずいぶん取り上げられたようだ。死亡した容疑者の兄だか姉だかが日本のテレビのインタビューに答え、できれば母と、そして父が存命のうちに弟の潔白が証明されて欲しかったと、声優の吹き替えがやや大仰で鬱陶しい感じもしたが、涙ながらに語っていた。真犯人は南白亀中学校首尾木分校の元教師で、消息不明とか言ってたが、その後、どうなったのだろう。

　それにしても、なんだってまた急に、二十五年も前の事件が胸に迫ってきたりしたのだろう。ひょっとして、八月十七日という日付と、台風という天候の符合ゆえか？

「まあ、だいじょうぶだろ。あんまり荒れるようなら、すぐ帰ってくるし」

「だったら変なサイト、見て遊んだりしてないで。さっさと寝てちょうだい。睡眠不足で運転なんて、いやあよ。危ないんだから」

「判ったわかった」

　二階へ戻る時枝を見送り、和室の布団にもぐり込んだ。子供たちを叱りつける彼女の声が、天井越しに微かに聞こえてくる。しばらくすると、二階も静かになった。

　一旦目が覚めると、なかなか寝つけない。目覚まし時計の針の動きを刻々と見つめているうちに、虚しく時間が過ぎてゆく。

　ようやくとろとろし始めた頃、足音を忍ばせ、階段を降りてくる気配に気づいた。キッチンに入ったようだ。時枝にしては軽く、孝良にしては繊細なその動きに、つい私はそっと布団から抜け出る。

　畳に腹這いになり、襖の隙間から覗いてみると、小さな常夜灯の明かりのなかに、エリカの姿が浮かび上がっている。コップを傾け、水かなにか、ごくごく飲んでいる。

　喉が動くたびに、後頭部でひっつめた、さらっとした栗色の髪が揺れる。手足の長い伸びやかな肢体に、丈の短いタンクトップとショートパンツがよく似合っている。最近の子供はほんとうに股下が長くて感心するが、特にエリカはすばらしい。いますぐプロのモデルになれそうな、完璧なスタイルだ。

　はしなくも私はすっかり興奮してしまった。エリカは時枝の前夫の娘で、私とは血がつながっていない。時枝が私と再婚したとき、まだ三歳だったが、あれからはや十二年。いま中学三年生で、もう立派な女である。このままだと、いつ自分が、愛らしい義理の娘とまちがいを起こしてしまうかもしれないと、本気で案じてしまう今日この頃だ。が。

　ふと息子の孝良のことを考えた。私の「嘉孝」の読み方をひっくり返しただけの安易な名づけ方だと両親や姉にさんざんからかわれたものだが、父親としては、けっこう気に入っている。いい名前だとの自負もある。

　孝良も、もう十一歳だ。さきほどの時枝の懸念ではないが、そろそろ性的なことに関心を持ち始める頃だろう。少なくとも私自身は、小学六年生くらいのときにはもう、女の子の生理のことを「あれ」と称し、実際にはよく理解しないまま、同級生たちといっしょに知ったかぶりし、気になる娘をからかう口実にしていた覚えがある。

　息子が置かれている環境に思いを馳せた途端、さきほどのインモラルな興奮はどこへやら、私はすっかり冷めてしまった。孝良の場合、母親は同じなのだから、私とちがい、血はつながっている。しかしあんな美しい姉と始終いっしょにいたら、いつしか変な気を起こしやしないだろうか。自身を省みて、私は真剣に心配になった。

　エリカは二階に戻ったらしい、もう姿は消えていたが、私は畳に腹這いになって覗き見する恰好のまま、しばし思い悩んだ。孝良、頼むから、血迷わないでくれよ、と。気を揉んでいるうちに、寝入ってしまったらしい。

「——って。あなた、なにやってんの、これ。なんて寝相なの？」

時枝に尻を蹴飛ばされて、目が覚めた。時計を見ると、午前三時。

顔を洗って着替え、ダイニングへ行くと、孝良とエリカも、ちゃっかりテーブルについている。

「結局、あれから、ずーっと起きてたのよ」と時枝は渋い顔。「おなかすいた、なんて言うから。どうせなら朝ご飯、お父さんといっしょに食べてから寝なさい、ってことになって」

「でもあの後、静かになってたようだけど、ふたりとも、なにしてたんだ？」

エリカと孝良は満面の笑顔で「ゲーム」と、元気よく声をそろえた。

「タカくんの部屋で。布団かぶって、ふたりでやってたの。ずーっと」

もちろん消音のためだろうが、可愛い女の子に、布団かぶって、ふたりで、なんて言われると、中年男としてはあらぬ想像をしてしまう。

「ま、まあ、夏休みだから、な」

叱責するよう促しているのか、時枝に睨まれたので、そう笑って、ごまかす。

「多少はいいじゃないか。はめを外しても。な」

「おねえちゃん、すごいんだよ。攻略本なしでクリアだもん。まじ、すげー」

箸を振り回す孝良の眼は、きらきらしている。美しい姉が、さぞ自慢なんだろうなあ。我が息子ながら妬ましいというか、羨ましくなってしまう。

「ラスボスまでいっちゃったもん。ね。モンスターもアイテムもコンプリートしたし」

「すごいよねー、あのエフェクト」男の子みたいに豪快に、エリカはもりもりご飯をおかわり。「グラフィックも、かっこいいし。タカくんのチョイス、パーフェクトじゃん」

すらすら横文字が出てくるあたり、ふたりとも、いまどきの子供だ。ちょっぴり対抗意識が湧いて、要らぬ軽口を叩いてしまった。

「ま、なんだな。ゲームに夢中になるのも、父さんの血かな。うん。昔は、よくやったもんだ。ロードランナーとか」

ろーどらんなあ？　と息子と娘は胡乱《うろん》にそう呟いたきり、すぐさま興味を失って、再び自分たちの戦果を互いに讃え合うのだった。

食事をすませ、時枝のつくってくれた弁当を持って、ガレージから車を出した。私たちの家は、北西区の五叉路の北側にある。昔、大月というひとが住んでいた跡地を買いとり、新居を建てたのが、もう十年前。

すぐ隣りに、やはり二階建ての洋館がある。うちと同じ『鷲尾』の表札が掛かっている。私の両親の家だ。北西区に以前よりも広い畑を入手したのを機に、両親も東南区の実家を処分し、こちらへ移ってきた。現在、私の姉の留美と、その息子もいっしょに、この家に同居している。

車を前の道路に出したところで、ちょうど父が自宅から出てくるのが見えた。作業衣姿だ。まだ真っ暗なのに、天候が心配なのだろう、これから畑の点検に回るところらしい。ナスの支柱を補強するための材料や道具でも入っているのか、大きな布袋を携えている。

いっしょに甥の達哉《たつや》も出てきた。出戻りの姉、留美に連れられて北西区へ移住してきた彼も、もう来年、成人式を迎える。早いものだ。若いときの私に似ているとよく言われるが、もっと精悍《せいかん》な印象がある。父としては、不肖の息子――私のことだが――のかわりに、孫がいっしょに農業をやってくれるのは、さぞ心強い余生だろう。

一旦車を停め、窓越しに手を振ってみせた。父と達哉は手を振り返し、畑のほうへ向かってゆく。もう風が出ているのか、ふたりの頭髪がときおり、ふわっと舞い上がる。

とはいえ、天候はまだ穏やかだ。今日、台風が来るとは、にわかには信じられない。

そういえば二十五年前の八月十七日も、朝はこんな感じだったっけ。予報どおりに天候が崩れるとはとても思えず、私はあの空き家へ向かったのだ。

ちょうど車が五叉路を通過する。右手を見てみたが、あの日の早朝、亜紀子と密会するために、いそいそと忍び込んだあの空き家は、いまはもうない。広い駐車場になっている。道路を挟んで向かい側には、村に定住を希望する若い夫婦を対象に格安で提供されている三階建ての共同住宅、〈めぞん・ど・ぴあ〉が出来ている。

都会暮らしに見切りをつけ、田舎で農業を希望する、いわゆるIターン組が、このところ急速に増えている。首尾木村は、いち早く行政主導で、そのバックアップに乗り出し、成功をおさめた。廃校になった小学校の旧校舎跡に支援センターを設置し、希望者に土地の紹介、農作業のノウハウなど、すべて一括して世話する。その活動が功を奏し、いまでは首尾木村は、昔は想像もできなかったほどの飛躍を遂げつつある。

移住者の増加に伴い、子供の数も増えた。廃校になってひさしい首尾木小学校と市立南白亀中学校首尾木分校の再開の話まで出ているが、いまのところ孝良もエリカも、村がチャーターしてくれるスクールバスで南白亀町まで通学している。ほんの一時間足らずだから、なんの不自由もない。

南橋を渡るとき、ちらりと川面を一瞥した。まだ雨は降っていないが、山間部では天候が崩れかけているのか、水が少し濁っている。

南白亀町に入る頃から、ぱらぱらと雨粒がフロントグラスを叩き始めた。午前五時。いつもだと、そろそろ空が白み始める時間帯だが、今日はまだ真っ暗である。

皮肉なもんだ。いわゆるお町の街並みを見ていると、どうしてもそんな感慨が湧いてくる。

時枝と結婚した当初、私もこの町に住んでいた。新駅舎の近くに開発されたばかりの新興住宅地で、あの当時、南白亀町は急速に発展しつつあるところだった。国道沿いにスーパーなど、数多くの大型店舗が進出してきた。レンタルビデオ店、〈アクセス・ポイント〉もそのひとつだった。

が、いつ頃からだったろう。おそらく二十一世紀になった前後か。新しい建物がどんどん出来てゆくのに反比例して、南白亀町は人口が減り始めた。新駅舎と中心街を結ぶ本通りから、ひとけが消え、文字どおり眼に見えて減少していったのだ。

なのに建築ラッシュは止まらない。新しい建物が次々に出来る。きれいな店舗はずらりと並ぶが、利用客がいない。まるでゴーストタウンだ。

お町は確実にさびれつつある。私の勤める店も、一応存続してはいるが、出資者が交替し、〈アクセス・ポイント〉から〈ファイナル・ランド〉と名称が変更された。

南白亀町とは対照的に、首尾木村は農業希望者で人口が増え、空き家ばかりだった北西区にはいま、次々に新しい住宅が建っている。

もともとお町に住んでいた頃から、妻の時枝は田舎生活志向で、私の出身が首尾木村だと知ると、ぜひそこに住みたいと言い出したのである。時枝の実家もエコロジーかぶれが多いようで、村に移住するのなら援助は惜しまないと申し出てくれたお蔭で引っ込みがつかなくなってしまったのだが、いまにして思えば、妻には先見の明があったと言わなければならないだろう。

　レンタルビデオ店〈ファイナル・ランド〉に着いた。駐車場を見ると、かなりの数の車が停まっている。普段から盆や正月は帰省中のサラリーマンや学生などのお蔭で利用率が上がるが、この時間帯にこれほど賑わっているのは、めずらしい。

　ロッカールームで制服に着替えた。

「あ。店長、おはよっす」

　声をかけてきたのは江森《えもり》くんだ。まだ二十歳代で、当方にとっては息子みたいな感じ。

〈アクセス・ポイント〉時代からの従業員は、もう私しか残っていない。長く勤めたのが祟って、店長になってしまった。サユリちゃんのヒモみたいな生活をしていた十五年前の自分がこのことを知ったら、大笑いするだろう。

「おはようございまーす」

　夜勤明けの者と交替し、夏目さんも入ってきた。いわゆるバツイチで一児の母だが、三十代とは思えないほど若々しく、きびきびしている。早速、商品の整理にとりかかる。


　私が勤め始めた頃の業務はレンタルビデオのみだったが、いまはCD・DVD販売のコーナーも設けており、そちらの売場のほうが広い。

　店内にかかっているBGMに遮られ、戸外の音はあまりよく聞こえないが、確実に天候は崩れつつあるようだ。とっくに夜が明け、正午が近づいてきても、窓の外はいっこうに明るくならない。雨足が速くなってくるのに合わせ、風も強くなっているようだ。

　なのに、店内はお客さんで、いっぱいだ。普段よりも多いような気さえする。天候が悪化しないうちに返却をすませておこうという向きばかりかと思いきや、かなりの数のDVDをまとめて借りてゆくひともたくさんいる。

「けっこうお客さん、来るな。台風なのに」

「台風だから、じゃないっすか？　外出もできなくて暇だから、映画でも観ようか、と」

「そうか。なるほどな。いまは昔とちがって、少々のことじゃ停電しないし」

「停電しても、ポータブル・プレイヤーとかバッテリーで観られますしね」

　とはいえ正午を過ぎると、さすがに眼に見えて客足が落ちた。カウンターの下の小型テレビで台風状況を見ると、どうやら直撃は避けられそうだが、西寄りで通過するため、かなり風が強くなる見込みという。

「そういえば店長、お宅って山のほうでしょ？　やばくないっすか」

「まあ、だいじょうぶだろ」

午後は客が現れず、すっかり暇になる。

「――しかし、すごいですよね」雑談ついでに夏目さんが感心したようにそう言った。「この支店て、もうずいぶん以前から、二十四時間営業でやってるんですって？」

夏目さんは今年の春から勤め始めたばかりだ。もともとは豊仁の出身だそうだが、離婚で心機一転、南白亀町へ引っ越してきたのだという。

「うん。ぼくが勤め始めたときから、そう」

「店長って、いつから、こちらに？」

「かれこれ十二、三年、か」

「えっ。そんなに前から、ですか？」

県外出身の江森くんも、一昨年から始めたばかりで、いままで知らなかったらしい。眼をまんまるくして、夏目さんと顔を見合わせた。

「うん。当時、ぼくは夜勤で。夜六時から朝六時までのシフトだった。夜型人間だから別にいいと思ってたんだけど、しばらくしたら、これがしんどくてたまらなくなってねえ。昼間に変えてくれないかって何度も申請したんだけど、なかなか受け入れてもらえなくってさ。結局、一昨年、店長になるまで、ずーっと夜勤だった。やっと昼間になれて、ホッとしたよ。正直、四十を過ぎての夜勤は、想像以上に辛い」

「わたしね、結婚する前は、ずっと豊仁市のファミレスに勤めてたんですよ。そこは二十四時間だったけど、〈アクセス・ポイント〉の豊仁支店は、たしか午前二時くらいまでしかやってなかった」

「そうらしいね。数年前から豊仁支店も、やっと二十四時間にしたんじゃなかったっけ。名前を〈ファイナル・ランド〉に変更するのに合わせて」

「豊仁支店でさえ、そうなのに。南白亀町で十二、三年も前から、なんて。こんなこと言っちゃあれですけど、採算、合ってんのかな」

「当初は浸透してなかったせいだろう、やっぱりすごく暇だった。特に夜は。でも、国道沿いで大きな駐車場を用意したのがさいわいし、他の市町村からの固定客がついたお蔭で、ひと息つけた。若いひとたちに定住して欲しくて、むりして二十四時間サービスを始めたとか聞いてるけど、その点は正直、あまり成功しなかったんじゃないかな」

「この二年に限っても人口、減っちゃいましたもんね。みんな、豊仁みたいなもっと大きな町へ出てゆくか、それとも田舎に引っ込んで農業にいそしむかの二極化で。中途半端なお町は空洞化しちゃった。夏目さんみたいなひともいないわけじゃないんだろうけれど、それにしてもねえ」

「そうだよなあ」うっかり私は大きな、あくびを洩らしてしまった。「――失礼。昨夜、あんまり寝てなくて」

「暇ですよねー」江森くん、カウンターの下の小型テレビを覗き込んだ。「もう今日は、お客さん、来ないかもしれないっすね」

　台風状況の合間に、ニュースが流れた。

『――昨日、東京渋谷区のマンションの駐車場で、車のなかで女性ふたりが死んでいるのを住人が発見し、通報しました。車の排気口にゴムホースをつないで窓に引き込み、車内は目張りされていたということで、死因はガス中毒とみられています』

　男性アナウンサーが淡々と読み上げている。

『――警察が身元を確認したところ、亡くなっていたのは、奈良岡美郷さん、四十五歳、そして伊吹由宇さん、三十歳と判明しました。車内には遺書めいたメモが残されており、ふたりは心中したものと見て、警察が調べています』

「え。女同士で心中？」と首を傾げる江森くんに、「どちらがどうか知らないけど、ひとりで死ぬのが怖くて、付き合ってもらったんじゃない？」と夏目さんが解説。

『――伊吹さんの夫は現在、海外出張中だということで、警察ではその帰国を待って、詳しく事情を訊く方針です』

　そのまま客ゼロで終わるかと思いきや、夕方四時を過ぎたあたりから、また忙しくなった。結局、早めに帰るつもりが、午後五時を過ぎても接客に追われるはめになる。

　ようやく夜勤と交替し、着替えて帰路につけたのは、午後六時を過ぎてからだ。

「どうも、おつかれ」

　失礼しまーすと去ってゆく江森くんに声をかけ、ふわわわわと特大のあくびを連発していると、私服に着替えた夏目さんが、「あ。店長、これ」と、なにか手渡してくる。

「ん。なに？」

「これから山へ運転でしょ？　眠気覚ましに」

掌に置かれたのは、透明の包み紙にくるまれた、茶色のキャンディだ。

「うちの子がいま、はまってるの。コーヒー味だから、少しは効くかも」

「どうもありがとう。じゃあまた明日」

キャンディを胸のポケットに入れ、駐車場へ向かった。まるでバケツをひっくり返したみたいな大雨で、風もすごい。傘が、まったく役にたたない。ずぶ濡れになり、車に乗り込んだ。

エンジンをかける前に携帯電話を取り出し、自宅に掛ける。だが、誰も出ない。

時枝の携帯に掛けてみると、『はーい』とエリカの声で応答があった。『あ。おとうさん？』

「ちょっと遅くなったけど、いまから帰る。お母さんは？」

『ここにいる。いまね、みんなでお祖父ちゃんの家に来てるの。これから晩ご飯。あ。でも、あと一時間くらいで、こっちへ着くんだよね？　おとうさんを待ってるようにって言っとく』

「いや、かまわんかまわん。さきに食べててくれ。そっちは台風、どう？」

『特に変わったこと、ないよ。停電もしてないし、断水もしてない』

「そうか、よかった。まあ、直撃はしないようだしな。じゃ、後で」

『はあい。気をつけてね』

いつもはまだ明るい時間帯だが、空は真っ暗だ。こんな天候だというのに、国道は普段とあまり変わらぬ交通量である。

国道を外れ、首尾木村へ通じる道に入ると、だんだん車が減ってゆく。やがて私だけになった。

東南区と北西区の分岐点にやってくる頃、また眠気に襲われた。昔、路線バスの停留所があったところだ。

あくびが何度も出る。夏目さんにもらったキャンディの包み紙を片手で外し、口に放り込んだ。たしかにコーヒー味だが、やたらに甘い。

ゆっくりゆっくり、キャンディを舐めることに集中し、眠気を我慢する。

やがて南橋へ、やってきた。

川を見ると、かなり増水しているが、濁流の勢いはわりと穏やかだ。この分なら、さほどの被害もなく終わるだろう。そう思いながら、前に向きなおった、そのとき。

思わず私は急ブレーキをかけた。

雨と風のなか、誰かが北のほうから、南橋のうえを走ってきたのである。

まっすぐ、こちらに向かって。

2

それは私の眼に一瞬、全裸の女が走ってきているかのように見えた。

実際には服を着ていたのだが、丈の短いタンクトップとショートパンツだけ。それを雨と風のなか、傘もささず、レインコートも着ず、ずぶ濡れになっているものだから、生地が肌に貼りつき、身体のラインがくっきり浮き出る。まるでなにも着ていないかのように錯覚してしまう。しかも裸足で駈けてくるのだから、なおさらだ。

尋常ならざる光景に唖然となり、南橋のうえで停車したままでいると、その女はつんのめるようにして、車のボンネットに倒れ込んできた。がくん、と車体が揺れる。

倒れ込む寸前、ヘッドライトに浮かび上がった、その顔は。

「エ……エリカ？」

慌てて、運転席から飛び出した。

ぜえぜえ喘いでいるエリカを抱き起こした。嵐の風圧と、どんどん雨を吸収する服が肩にのしかかってきて、急に身体が重くなる。

「ど、どうしたんだ？」

腰が抜けてしまったかのように、エリカは私の腕をすり抜け、地面に崩れ落ちた。尻餅をつき、泥だらけになる。

「お……お……おとう……さん」

声が裏返り、罅割れている。濡れそぼり、ぐしゃぐしゃに歪む彼女の顔面を、ヘッドライトが照らした。眼が虚ろで、真紅に染まっている。雨を弾き返しそうな勢いで、後から後から涙が溢れる。こんなエリカを見るのは初めてだ。

「いったいどうしたと言うんだ」

「お、おおお、お母さんが……お、おおおお、お祖父ちゃんたちがあ……ああああああ」

頭をかかえ、顔面の皮膚が裂けそうなほど口をめいっぱい開けたが、出てきたのは絶叫ではない。かぼそい悲鳴が洩れただけだった。

わけが判らなかったが、こうしていても埒があかない。エリカをむりやり立たせ、車の助手席に押し込んだ。泥水でシートが台無しだが、そんなことを言っていられない。運転席だって水浸しだ。

自宅へ向かう途中ずっと、かちかち、かちかち、歯の鳴る音が車内に響きわたる。シートのうえでエリカは胎児《たいじ》のように身をまるめ、あらぬところを凝視する。身体が冷えきっているのだろう、彼女の素肌はまるで陶磁器のように不自然な色合いになっており、それが一種倒錯的なエロティシズムを醸し出す。自分の膝をかかえ込み、ぶるぶる、ぶるぶる。瘧《おこり》にかかったみたいなエリカの震えは、永遠に止まらないのではないかとさえ思われた。

右手に共同住宅〈めぞん・ど・ぴあ〉が見える。ほぼ全室に明かりが灯っている。こんな嵐のなかでも、どの世帯も、普段のように家族で夕餉《ゆうげ》を囲んでいるのだろう。村は至って平和……のように思えたのだが。

五叉路を抜け、車を停めた。

私の家は、真っ暗だ。

両親の家を見ると、明かりがついているのはいいとして、玄関の扉が開きっぱなしになっている。これは、エリカが飛び出してきて、そのままになっているのか？

助手席を振り返る。エリカは、恐怖に染まった瞳を見開き、ただかぶりを振るばかりだった。なにか言おうとしてか、ときおり口をぱくぱくさせるが、とても声が出ないようだ。

「ここで、待っていなさい」

運転席から降りた。雨と風が、さっきよりも、ほんの少し激しくなったような気がする。

両親の家の玄関に走り込んだ。その途端。

ぐむっ。思わず喉からほとばしりそうになった絶叫を、私は寸前で呑み込んだ。

玄関から伸びている廊下。そこに誰かが、仰向けに倒れている。その横顔は。

甥の達哉だ。首が真っ赤に染まっており、鎌の柄が生えている。

ぴくりとも動かない。これは。

これは……死んでいる？

私は沓脱ぎに佇んだまま、しばらく気絶していたような気がする。ぽたり、ぽたり、自分の身体からしたたり落ちる水滴を、ただ聞いていた。

これは……甥の首に刺さったままの鎌を見ているうちに、やっと二十五年前の事件が頭に浮かぶ。これはまさか、あのときの殺人鬼が再び？

そう思い当たり、我に返った。

「た、達哉っ」

甥に駈け寄ろうとしたが、靴がうまく脱げない。もどかしさのあまり、半分足にひっかけたまま、廊下に上がり込んだ。

「達哉っ」

身体を揺すったが、なんの反応もない。虚ろに天井を見上げる眼球。

皮肉なことに私はこのとき、こう思った。たしかに達哉は私に似ている、と。まるで若き日の自分自身が死んでいるのを目の当たりにしているようだ、とさえ。

「と、父さん……母さん？」

足にひっかかっていた靴を蹴り脱ぎ、応接間に入った。その途端、私は前のめりに転倒してしまう。なにかにつまずいたわけではない。が、実感としてはそれに近かった。

女が、うつ伏せに倒れている。グレイのトレーナーの上下に、サロンエプロンを着けた女が。

盆をかかえ込むような恰好で、周囲に食器や食べものの残骸が飛び散っている。

「と……時枝っ」

這うようにして彼女に縋り、仰向けにさせた。だが時枝は、ぴくりともしない。

喉が真っ赤に裂けていた。相当苦しんだのか、見たことがないほど、すさまじい形相。まちがいなく死んでいる。

「と……とき……ど、どうして」

どさっ、と背後でなにか音がした。

まさか、あの殺人鬼が？　私はバネ仕掛けみたいに、その場で跳び上がった。

跳び上がったものの、恐怖に硬直し、振り返ることができない。やられる……そう思った。背後から一撃で、殺されてしまう。

立ち竦んだまま、私はその瞬間を待った。が、なにも起こらない。ゆっくり、ゆっくり、強張っている身体をほぐして。

やっと振り返った。ダイニングのほうを。

テーブルに、母の嘉代が座っていた。ぐったり背もたれに全身をあずけている。真っ赤に染まった首が、いまにも外れて、床に落ちそうだ。

その横で、父が腰を突き出すような姿勢で、前のめりに倒れていた。さっきの音は、父の死体が椅子から転げ落ちたものだったらしい。

両親ともに、死んでいる。直接手に触れずとも、まちがいようがなかった。

なにかに操られるようにして、私はのろのろキッチンへ入っていった。

姉の留美が、床にひざまずき、流しに手をかけた姿勢で、こと切れていた。床を一面、凝固した血の沼にして。

ふと自分の荒い息遣いに気づいた。それは呼吸というより、獣の唸りに近い。自身の意思を無視し、喉が無尽蔵に空気の塊りを垂れ流す感じ。確実に狂気が忍び寄ってくる実感があった。

しばらく忘れていた戸外の嵐の音が徐々に耳に甦ってくるにつれ、私もいくぶん正気を取り戻した。取り戻した分、あわや失神しそうになったが、寸前で私に意識を失わなせなかったのは、大切な息子の存在だった。

「……孝良？」

そう呼ばわった。が、返答はない。

「孝良、いるのか？　どこだ。無事か？」

血臭に満ちた家じゅうを、私は探し回った。家族の遺体を避け、口を覆って嘔吐感をこらえる。

孝良は、いない。二階や、トイレ、風呂も、すべて無人だ。どこへ。

いったい、どこへ行ったんだ？

途方に暮れた拍子に、さらに正気に戻ったのだろう。私は携帯電話を取り出そうとした。警察。警察だ。通報しなければ。雨に濡れて、携帯が駄目になってなきゃいいが……ん？

ない。ない？　さきほど勤め先の駐車場から掛けたとき、たしかにあったはずの私の携帯電話が、どこにも見当たらないのだ。どうして。

どこかで落としたのだろうか？　だったら気づきそうなものだが、しかしやっぱり、ない。

諦めて、応接間へ戻った。固定電話の受話器をとりあげ、一一〇番を押す。が、つながらない。何度やりなおしてみても、だめだ。

よく耳を澄ますと、受話器からは、なんの音も聴こえてこない。そこでようやく、電話機のコードが切断されていることに気づいた。くそっ。

焦って、時枝の遺体を見た。彼女も携帯を持っているはずだが。まてよ。さっき南白亀町から電話したとき、エリカが出たっけ。ということは、時枝は携帯を身につけておらず、どこかに置きっぱなしにしているのか？

そう思い、探したが、どこにも見当たらない。私が己れの愚かさを痛感したのは、小一時間も家じゅう、さんざん駈けずり回った挙げ句のことだった。ばかか。

ばかか、私は。時枝の携帯にこだわる必要が、どこにある。自分の家へ行け。自分の家へ。いくらパニックに陥っているとはいえ、そんなことも思いつかないのか。自分の家の電話で通報しろ。はやく。はやく。

靴を履きなおす余裕もなく、私は玄関から外へ飛び出した。自分の家へ向かおうとして、思いなおした。もしも二十五年前の殺人鬼の仕業だとしたら、他の住人たちにも危険が迫っている。ここはもう昔のように過疎の村ではないのだ。

たすけを求めるついでに通報をしてもらおう。そのほうが早い。私は車に戻った。〈めぞん・ど・ぴあ〉へ向かうべくエンジンをかけようとした、そのとき。

「おとうさんっ」と声が上がった。「あれ」

助手席のエリカが指さすほうを見ると——私の家だ。

驚いた。

さっき真っ暗だったはずが、いま、明かりが灯っているではないか。しかも、二階に。

あの部屋は、孝良の部屋だ。するとあそこに。いや、それとも……私は車から飛び出した。「ここにいるんだぞ」とエリカに言い置いて。

我が家の玄関の扉に手をかけた。鍵は掛かっていない。

一階の電灯をつけた。

足がすべって転びそうになるので、ずぶ濡れで泥だらけの靴下を両方とも脱いだ。洗面所へ行き、マットで足の裏を入念に拭く。

素足のまま足音を忍ばせ、リビングの電話機に近寄った。しかし、コードが切断されている。

他の部屋も見て回ったが、階下には誰もいなかった。息をととのえ、階段を上がってみることにした。と、息子の部屋のドアが開いている。

孝良がそこにいるのが見えた。ベッドに仰向けになり、眼を閉じているが、胸もとが微かに動いている。どうやら眠り込んでいるだけのようだ。

「孝」

息子に駈け寄ろうとしたら、ぬっと、なにかが鼻先に突きつけられた。

　鎌の切っ先だ。

「……おまえは」

　ドアの陰から女が出てきた。丈の短いタンクトップにショートパンツ。エリカと同じ装いだが、歳恰好はまるでちがう。

　長身で、どこかで見たことのある顔だ。が、まったくその素性に思い当たらない。

　歳は私とあまり変わらないようだが、身体つきが筋肉質で、鍛え方のレベルがちがう。鎌を持つ姿勢もしなやかで、隙がない。

「おまえ、誰だ」

「憶い出せないの？　センパイ」

「センパイ……」

「とうとうこの日が来たわ」

　なにを言ってるんだ、こいつ？

「あなたから、すべてを奪うときが、ね」

「お？　おまえはっ」

　愕然とした途端、私の口からなにかが飛び出た。運転ちゅうに舐めていたコーヒー味キャンディの残りだと、すぐには気づかない。だいたい、これまで両親の家の惨状に驚愕した拍子に、もう何度も吐き出したり、呑み込んだりしていてもおかしくないというのに。まだ口のなかに留まっていた、なんて。奇蹟みたいなものだ。

「おまえ、時枝じゃないか？　いや――」

　そう。たしかに眼前の女は妻だった。いや、そのはずなのだが。なにかが、ちがう。変だ。

「時枝……だよな、おまえは？　でも」

　たしかにこれは、この十二年のあいだ、私の妻だった女だ。それはまちがいない。が、なにかが変わっている。すっかりと。

「誰なんだ、おまえは」

「今朝、パソコンで検索、かけてた女の名前、もうお忘れ？」

　そうか。そうだったのか。

「……繭子」

　なぜ、もっと早く気がつかなかったのだろう。女は時枝なんて名前ではない。繭子だ。あの小久保繭子だったのだ。

「おまえが時枝だったのか。まてよ。だったら、あっちの家で死んでた女は、なんだ？」

「どうでもいいことよ。今日だけわたしの身代わりになってもらった、とさえ判れば」

「お、おまえ、繭子、か。ほんとうに、繭子だったのか」

「この十二年間、ずっとね」

「信じられん」

改めてこの眼で見ても、信じられなかった。たしかにこの女は繭子だ。いくら素性を偽っていたとはいえ、どうしてこんなにも長いあいだ、認識できなかったのだろう。

「別に整形したわけじゃないわよ」

それは嘘ではない。たしかに整形もなにもしていない。よくよく見れば、あの繭子なのだ。

しかし、これまで騙されきっていたのは、私が迂闊だったからと一概には言えないのではないか。この女は整形や変装に頼らずとも、己れの意識の持ちようで面差しを変えてしまえる術を心得ているのではないか。つい、そんな荒唐無稽な空想をしてしまうほど私の知っている「時枝」と、いま眼前にいる女は、まるで印象がちがっている。たしかに彼女と結婚した時点で、すでに十三年ぶりの再会だったが、それを割り引いてもただごとではない。


「おまえ……おまえは、なんだ。なんのつもりだ。これはいったい、なにごとだ」

「さっき言ったとおり。とうとうこの日がきた。あなたから」

繭子は私に視線を据えたまま、あとずさった。鎌の切っ先を、ベッドのうえの孝良に向けて。

思わず彼女につかみかかろうとして、私は固まってしまった。鎌の威嚇に怯んだから、ではない。足の裏で、なにか平べったい、おはじきのようなものを踏んづけたような気がしたのだ。それだけならどうということもなかったが、そのなにかが無言で私を諫《いさ》めたような、そんな錯覚に陥って。

「あなたから、すべてを奪うときが、ね」

「なにを言ってるんだ、おまえは。いったい、どういうことなんだ」

「二十五年前、村でみんなが殺されてるとき、ひとりだけのこのこ逃げ出していったひとを、いまようやく捕まえた。そういうことよ」

「繭子、おまえ」

私は一瞬にして、すべてを悟った。理屈ではなかった。ただ感覚的に察知したのだ。

「おまえ……だったのか」

彼女は、うすく笑っている。

「おまえが犯人だったのか、二十五年前の。ど、どうして」

「自分の胸に訊きなさい。かつてわたしから、すべてを奪ったことを憶い出すのね。純潔も金も、そして家族も」

「じゅ、純潔って、あのな、金、って」

「よもや忘れたとは言わせないわよ。あの百万円。金を貸してくれたお礼だ、抱いてやろう――そう恩着せがましく言ったのは、どこの誰？」

私は黙り込んだ。たしかに、そんな口上で中学生の繭子を抱いた覚えがある。あまりにも鮮烈に記憶が甦ったものだから、こんな場合だというのに、羞恥で顔が火照ってしまった。若かった、としか言いようがない。

「そして、わたしの家族も」

「な、なにを言ってる」一瞬、恐怖を忘れ、呆れてしまった。「おれは、なんにもしちゃいない。あれは――あの事件を起こしたのがおまえなら、おまえの家族だって、おまえが殺したんだろうが」

「直接手をくだしたのは、ね」

とんでもない指摘をされても、いっこうに否定しない繭子は、ただ恐ろしかった。

「でも、そうさせたのは、あなた」

「むちゃくちゃ言うな。お、おれが、いったいどうやって」

「どうでもいいわ」

繭子は鎌を、孝良の喉に突きつけた。

「ま、ままま待て、待てっ。待てえっ。どうするつもりだ」

「あなたはわたしからすべてを奪った。だから今度は、わたしがすべてを奪い返す」

「おまえの……お、おまえの子供だろうがっ」

この女、本気だ。本能的にそう悟ったのがスイッチになったみたいに、気がついたら私は幼児のように泣き叫んでいた。

「た、孝良はおまえがっ。おまえが、おなかを痛めた子供だろうが。そ、そ、その大切な子をっ」

「あなた全然、判ってないのね」

「な、なにを。おれがなにを判ってないと」

「十三年前、再会してすぐに、あなたを殺さなかったのは、なぜだと思ってるの？」

「なぜ……なぜだ」

「あのとき、あなたには失うものが、なにもなかったからよ」

　この女は頭がおかしい。そう確信した。まともに説得しようとしても無駄だ、と。

「だからわたしはあなたに仕事を与え、妻を与え、子供を与えて、家族をつくらせた」

「仕事を……だって？」

「あなたがいなくなれば、あの店も南白亀町から撤退させる。むりして二十四時間営業させてきたつけで、内情はとっくに破綻してるし」

　なにを言ってるんだ、こいつは？　それとも繭子が〈ファイナル・ランド〉のオーナーだとでもいうのか。いや、そんなことはどうでもいい。

「なぜだ？　なぜ、いまなんだ。おれが失うものを得たとしても、なぜいま、このとき、なんだ」

「ようやくまともな質問が出てきた。そうね。なぜいま、か。そろそろわたしも、あなたにばかり、かかずらってるわけにいかなくなった、とだけ言っておきましょ」

　そう言い終わらないうちに繭子は、鎌を振り下ろした。止める暇なぞ、ない。


　孝良の喉から、シャワーのように鮮血が噴き上がった。自分自身の喉が切り裂かれたかのような激痛が一瞬、全身を貫き、私は絶叫した。

　眼の前の女につかみかかる。いや、つかみかかろうとしたら。いきなり。

　前へ、つんのめってしまった。

　足が床から上がらない。さっき私の口から飛び出たキャンディのかけらが溶け、足の裏にくっついているからだとは、すぐには判らない。

　もちろん、くっついているといっても大した粘着力ではない。思い切り力を込めたら、すぐに剝がれた。が。自分の動きを微妙に狂わされた私は屁っぴり腰で、泳ぐような姿勢になった。

　その無様な恰好こそが、さいわいした。

　私がよろけたことで、繭子の予測は絶妙のタイミングで外されたかたちになったらしい。孝良の喉から抜き、こちらへ振りかぶってきた刃先は、なんとも際どいところで、空を切ったではないか。

「……あ？」

　初めて繭子の表情に狼狽が浮かんだ。

　彼女が体勢をたてなおすよりも一瞬速く、泳ぐような姿勢のまま私は、繭子のふところに飛び込んでいた。まったく偶然にも——というか、溶けたキャンディのお蔭で——彼女が再度、振り回した鎌の下を間一髪、かいくぐるかたちで。

「ぐっ」

繭子と私は折り重なり、もんどりうって転倒。ラッキーなことに、起き上がったのは私が一瞬、速かった。

とっさに繭子の手首を踏みつけ、力が緩んだところで、鎌を奪いとる。

これまで四十二年、生きてきて、自分がそんなことをできるとは夢にも思わなかった。他人の腹部に鎌の刃先を叩き込む、なんて。しかし眼前で喉を切り裂かれ、息絶えている孝良の遺体が、私を狂わせた。躊躇は、ない。容赦も、ない。

息子の鮮血でぬめひかっている鎌の刃先を、倒れている繭子の腹部に埋め込んだ。

ぐえっと繭子は呻き、その身体が床のうえを海老のように跳ね回る。

とどめを刺さなければ。私は焦った。

確実に、そうだ。確実にこの女を殺しておかなければ、自分のほうがやられる。そう焦る。

繭子の股間を蹴飛ばした勢いで、必死で鎌を抜いた。飛び散った鮮血が顔面に振りかかる。とっさに手で拭おうとして、思いとどまった。そんな余裕はないのだ。

とどめを刺せ。鎌を振りかぶった。

そのとき。

どん。なにかが、ぶつかってきたかのような衝撃を首の後ろに覚えた。実際に経験があるわけではないが、それはあたかも、走行中の車に接触してしまったかのような……次の瞬間。

衝撃は、盆の窪あたりの、焼けるような激痛にとってかわった。

反射的に首の後ろを押さえる。と。皮膚に穴が穿たれた感触を、指の腹が伝えてきた。

ぐらり。身体が揺れる。傾いてゆく。たてなおそうとしても、力がまったく入らない。これは。

死ぬ……？

死ぬ、のか。

ぼんやり思いながら、私は転倒した。

意識が暗転する刹那、最後に私の網膜に像を結んだのは、エリカの姿だった。

まるで別人のように冷たい表情で私を見下ろしている

娘。そして。

エリカが掲げた手には、なにか尖ったもの——アイスピックのようなものが握られている。

3

エリカは無表情のまま、なにかを取り出した。義父の携帯電話だ。

「お母さん」

先刻、南橋のうえで、車から降りてきた彼に介抱されるふりをしながら、こっそり抜き取っておいたそれを無造作に嘉孝の死体のうえに放り投げ、血まみれで呻いている母親の傍らに、エリカはひざまずいた。

「だいじょうぶ？　じゃない、よね」

繭子は頷き、自嘲《じちょう》的な笑みを洩らした。

「やきが回ったもんよ」

「どうする」

「どうもしない。あなたともお別れよ、ここで。どうせそろそろ、潮時だったし」

嘉孝の死体を一瞥する。

「よくやったわ。完璧ね。これでわたしもひと安心かな。十年間、わざわざこいつを夜間勤務にして家から遠ざけ、ジャネットにも手伝ってもらって、こっそりあなたを育ててきた甲斐があった。もう一人前ね。世界のどこへ行っても、だいじょうぶ。ひとりでやれるわね？」

「多分」

「エリカ」

「なに」

「最後に、ひとつ。頼みがある」

「わたしにできることなら」

「まず、階下へ連れていって」

エリカは無言で、母親の首と膝の下に、それぞれ腕を差し入れた。大切な花嫁を褥《しとね》に運ぶかのように丁寧に。その華奢な身体つきからは想像もつかないほど、かるがると。

エリカが一段、一段、繭子をかかえて降りてゆくたびに、階段には血溜まりができてゆく。

リビングに入った。

「パソコン、立ち上げて」

繭子の身体を床に横たえるエリカは、相変わらず無表情のまま。息ひとつ、乱していない。

「どうするの」

「わたしの本名で検索して。あと、ブキとカンチとキーワードを入れれば、必ず出てくるはず」

エリカは言われたとおりにした。

「――なにこれ。連絡乞う、って。お母さんを探してるの？　このひとたち、何者？」

「よく聞いてちょうだい。ブキというのは伊吹省路で、カンチというのは空知貫太」藺子はどういう漢字かを説明する。「ふたりとも、わたしの同級生。中学校の」

「お母さんを探してるのは、なぜ？　まさか、ミッションのこと――」

「そうじゃないと思う。確証はないけれど。あるいは二十五年前の事件の真相に、思い当たったのかもしれない」

「核シェルターの落としもの、って？」

「地下壕跡、知ってるわね」

「うん」

「あそこに、あなたのお父さんたちが眠ってる。ふたりのお父さんが」

エリカの表情に初めて、わずかながら、細波が立った。

「どうやら伊吹と空知は、その墓をあばいてしまったようね」

「そうか。どうする」

「始末しなさい」濁っていた藺子の眼に一瞬、生気が宿った。「ふたりとも、ね」

「了解。どんなふうに」

「まかせる。昔のよしみで、苦しまないようにしてあげてもいいけれど、くれぐれも気を抜いちゃだめよ」

「心配無用」

「今夜のわたしのようになっちゃ、だめよ」藺子の眼から光が消えつつあった。「去年、ジャネットがいなくなって。そして、わたしもいなくなろうとしている。でも、だいじょうぶよね？　スイス銀行のあれ、やり方、判ってるわね？」

「藺子」エリカは母親を名前で呼んだ。「この期に及んで弱気になったら、これまでのこと、すべてが台無しになるのよ」

「はは……は」弱々しく笑う藺子は、もう眼を開けていられない。「その喋り方。ジャネットを憶い出すわ。うん。判った。もうわたしも、だいじょうぶだから。お行きなさい」

娘の気配が遠のきかける。

「あ。エリカ」

「なに」

「ここ、焼いていって。ガソリンをかけて。あっちの家も全部。わたしごと。というか、特にわたしを念入りに。なにしろあっちの家、死体がひとつ、多いんだから。できればわたしをあなたの身代わりにできるように。いいわね？」

「了解」

娘の気配が消えた。

遠のいてゆく意識のなかで、藺子は考えた。

なぜ伊吹省路と空知貫太の処刑を、自分はエリカに命じたのだろうか、と。

改めて考えてみると、不思議だ。そんな必然性があるとは思えない。二十五年前の事件の真相など、いまさら暴露されても、どうということはないし。大切なエリカの父親たちの墓をあばいたのは、不愉快ではあるが、殺すほどでもない。

あるいは……藺子はふと思い当たった。

二十五年前の、八月十七日。あの日。

あの日、いっしょだった三人のなかで、自分ひとりだけが死ぬのが口惜しいのかもしれない。なるほど。そうか。そうだったのか。

癪だったのね、わたしは。なんで自分だけ、と。納得した。ひどく納得した。

——貫太くん、伊吹くん。はやく来て。まってるからね、わたし。

また三人いっしょに……ね。

ふたりの中学生のときのままの面影を胸に抱きながら、藺子は息絶えた。

第五部　一九七六年　五月

＊

「――ちょっと、店番、お願いね」

伊吹香代子は腰を上げた。

さきほど昭夫と昭典の多胡兄弟が昼食をとってくるという口実で、店番を離れたばかりだ。声をかけられた大月勝江は、娘の香代子を睨むような流眄《りゅうべん》をくれたが、怪訝そうな表情はすぐ、ああ、と納得の呟きにとってかわる。さっさと行ってこいとでも言いたげに、そっけなく顎をしゃくると、勝江は持参した弁当をかき込む作業に戻った。

南白亀町の中心街にある大通り。ここで日曜日と木曜日の週二回、早朝から露店市が開かれる。勝江と香代子母娘も、自分の畑で収穫した地物野菜を持って、首尾木村から出てくる。香代子の従兄弟の多胡兄弟も一応手伝ってはいるが、店番をサボってばかりで、開店時にビニールシートとパイプで屋台を組み立て、閉店時にそれを解体することくらいにしか役に立っていない。

香代子は露店市の並んでいる通りを抜けた。すれちがう男という男が、欲望丸出しの眼つきで彼女を盗み見てゆく。普段はそうでもないのだが、夫と会う日は、やはり本人も無意識に力が入り、エロティックな後光がさすらしい。

ひとつ裏の広い道に入ると、〈銀河座〉という大仰な名前の映画館がある。夏休みには、なんとか漫画祭りとか、特撮怪獣ものとか必ずかかる。小学生の息子が、連れていってくれとせがむので、たいへんだ。そこから南へ向かい、繁華街の一角。二階建てすらめずらしいこの町で、ひと際めだつ四階建ての雑居ビルへ、やってきた。

最上階に〈伊吹内科クリニック〉の看板が出ている。その一階、〈あまちゃ〉という喫茶店に香代子は入った。ジャンパー姿でタバコをふかし、スポーツ新聞をひろげた中年男が、じろりと彼女を見た途端、眼を瞠った。口が半開きになり、タバコが落ちそうになるのもかまわず、彼女に見とれる。

夫、吾平はもう来ていた。隅っこのテーブルでアイスコーヒーを飲んでいる。真向かいに座る香代子に、顔見知りの女店主が、おしぼりとおひやを持ってきた。

「早かったのね」

「今日は、ちょっと暇だったからな」

オーダーせずとも女店主は、香代子の分の紅茶を持ってきてくれる。

「省路は元気か」

「うるさいくらいよ」

「もう小学三年生か。はやいもんだ」

「そうね」香代子は持参した大判の封筒をテーブルに置き、夫のほうへ、すうっと滑らした。「――最新作」

吾平は、そそくさとその封筒をカバンに仕舞い込んだ。

「この前の分とまとめて、月末までに振り込む。が、しかし」

「なあに」

「いや、いつもの勝江さんの口座でいいのか」

「うん。わたしは要らないもの、お金なんか。あなたのためにやってるんだから」ふふっと艶っぽく笑い、舌を出す。「なーんてね。ま、趣味みたいなものだから。気にしないで」

「きみは残酷な女だ」吾平は、いまにも泣き出しそうに顔を歪めた。「なんとか……なんとか、よりを戻すわけにはいかないのか」

「なに言ってんの、あなた？　わたしたち、まだ夫婦じゃない」

「おれがなにを言いたいのかくらい、判るだろ」

「そんなことより、どんな調子。ちゃんと、がんばってる？」

「ま、まあそれなりに、な」

「今度のそれ」と吾平のバッグを指さす。「期待してね。この前、あなたが豊仁で買ってきてくれたアレ、使ってるから」

ごほん、と吾平は咳払いした。

「じゃあね。ごちそうさま。もう店に戻らなきゃ。母に小言をいわれる」

「香代子」

「なに？」

「その……ほんとにいいのか、これで？」

「なにが？」

「晴江にできたら、すぐ手続をしても――」

「もちろん。そういう約束でしょ」

「省路も、おれがひきとって、いいんだな？」

「いいって言ってるでしょ。どうしたのよ」

「いや、気になってね。きみは、どうするつもりなのか、と。その後」

「さてね。男漁りでもするか——って。冗談よ。冗談。いちいちそんな学校の先生みたいな、怖い顔、しないでちょうだい」

「それと、判らないのは」

「まだあるの」

「なんで晴江に言っちゃ、だめなんだ？　省路は正真正銘、おれの子だと」

「そのほうが気楽でしょ、晴江さんにとって」

「どうして？」

「あのね、彼女だって考えるでしょ。あなたの子供ができたら、正式に結婚するんだから。そしたら少しでも、自分の子供の将来に有利なように、と考える。例えば財産分与のこととか。ね」

「そりゃそうだが……」

「省路があなたの種じゃないのなら、いざとなったとき自分の子供のほうが有利なんだ、と。そう思えば気楽じゃない。ね？」

「しかし、それが嘘だということは、いずれ、ばれるじゃないか」

「判らないかな。自分のほうが有利なんだと、いまだけでも思わせといてあげれば、ことがスムーズに運ぶってものじゃない」

「ことって……あ、そうか。そういうことか」

「ね？　ただでさえあなた」再びバッグを顎でしゃくる。「そういうものの助けを借りなきゃいけないんだし。晴江さんだって気を遣う。そうでしょ。だったら、少しでも彼女の負担を軽くしてあげなきゃ。互いに得策ってもんよ。判った？」

「判ったよ。すまん」

香代子の詭弁《きべん》に吾平は、本気で納得したようだ。ふふん。ちょろいもんね。

北叟笑《ほくそえ》みながら香代子は〈あまちゃ〉を出た。露店市へ戻ると、相変わらず勝江ひとりだ。

「まだ戻ってきてないの、あのひとたち？」

「パチンコやろ、どうせ。困ったやつらじゃ」

ときおりナスを買い求める客には愛想を振りまいていた勝江が、ふと呟いた。

「そろそろ潮どき、かの」

「なにが」

「あのふたり、家から追い出さにゃ」

「え。どうして？　まだ困るわよ」

「そのふりを、するだけじゃ。ふりだけ」

「どういうこと」

「考えてみい。あいつら仕事、ろくにせん。肝心の写真の売上も、いまいちじゃ。わしが文句を言わんほうが、おかしかろが」

「そりゃまあ、もっともだけど」

「それに省路もそろそろ歳頃じゃ。いろんなことに興味を抱く。いつまでもあの兄弟、いっしょに住まわせとったら、妙な気配、感じるやらしれん」

「それはそうだけど……」香代子は悩ましげに考え込んだ。「じゃあ、どうするの？」

「あいつらに、とりあえず家賃と食費の名目で、金を請求する。払えれば、よし。払えんかったら、叩き出す。その後」

「その後？」

「頃合いを見て、おまえが呼び戻しゃええ。商売っけ抜きで、好きで続けたいから、とでも言うてな。わしはしょうことなしに説得された、ゆう恰好にする。ただし、あいつらは別に住むところを、かまえてもらわにゃならんがの」

「なるほど。吾平さんのことはもちろん、いままでどおり、ないしょで、よね」

「あたりまえじゃ。そんな金づる、握ってるて知ったら、あいつら、黙っとるか」

　言うところの、あいつら――多胡昭夫と昭典兄弟が露店市へ戻ってきたのは、そろそろ店仕舞いにとりかからなければならない、午後二時頃だった。ビニールシートやパイプを畳んで、あとかたづけをして、軽トラックに積み込む。

　運転席に香代子、助手席に勝江。昭夫と昭典は荷台で身を縮こまらせ、首尾木村へ戻ってきた。

　通称、南橋をわたりきったところで、川べりで遊んでいる子供たちに気がついた。もう小学校の授業は終わったらしい。男の子ばかり五、六人で騒いでいるそのなかに自分の息子を見つけ、香代子は軽トラックを停めた。

「省路ぃ。はよう帰ってきなさいよおっ」

はーい、と元気な、それでいて上の空、丸わかりの声を背後に、再び軽トラックは走り出す。

　空知家の前を通りかかると、主人の重徳が畑から帰ってくるところだった。向こうも香代子たちに気づいたらしい、ぺこりと頭をさげる。

「あの男も、のう」ぼそりと勝江が呟いた。「若い嫁はん、もろた途端、おまえに手ぇ出してこんようになってしもたな」

「若い？　ちょっとちょっと。あたしのほうが澄江さんより、ひとつ下なのよ」

五叉路を通過し、大月家へ到着。

納屋に軽トラックを突っ込んだ。狭いのはいいとして、そろそろ本格的に修復しないと。なにしろ奥の壁の板が剝がれ、穴が開いているのだ。天候が悪いと、雨や風が吹き込んでくる。ここで寝泊まりしている昭夫と昭典が、そのうち自主的に修理するのを期待しているのだが、筋金入りの不精者たちはなかなか音を上げない。いまも見事なくらい、さっさと姿を消し、積荷を下ろす作業をサボっている。

「ほんま、穀潰しやのう。あいつら」

ぶつぶつ文句を垂れながら、勝江は、納屋から出ていった。

売上金の入った手提げカバンを運転席から出し、香代子も続こうとした、そのとき。

軽トラックの陰から、誰かが飛び出してきた。

「……んぐっ」

香代子を羽交い締めにし、口を塞いだ。ふたりは折り重なり、仰向けに倒れ込む。

香代子は肘で侵入者の手をはじき返し、跳ね起きた。壁のフックに掛けてあった草刈り用の鎌を、とっさにつかみ、切っ先を相手に突きつける。

髪をリーゼントにした、いかにもつっぱりふうの田舎の少年が、そこにいた。

「なんだ」香代子は笑った。「ノリくんか」

小久保家の長男、憲明だ。自分の喉もとに突きつけられている鎌に、おじけづいている。

「なに、びびってんのよ。女を襲うのなら、これくらいの反撃、覚悟しときなさい」

「や。えと」鎌の切っ先にのけぞりながら、憲明の声は、どこか間延びしていた。「あの」

「どうしたのよ」

「や、やらせてや、おばさん」

香代子は無言で、鎌を振り回した。単なる威嚇ではなく、本気で。

「ひっ……ひいいいっ」

とっさに避けたものの、喉のところを切っ先が掠めてゆく。大した傷ではなかったが、たらりと垂れた自分の血を見た憲明は、叫ぶなり、あたふた身をひるがえした。

腹這いになって、奥の壁の穴から飛び出してゆく。どうやら侵入したときも、この穴を使ったらしい。やれやれ。ほんとに、はやく修理しなくては。

「ふん」

「どうした」

騒ぎを聞きつけて、勝江が戻ってきた。

「ノリくん。小久保さんちの」

「またか、懲りもせんと。まあ、血は争えん、ゆうやつじゃ。あの洟垂れの父親も、ようおまえに夜這い、かけてきよったわの。もっとも、この村の男でいちどもおまえに手ぇ出してこんかったやつは、ひとりもおらんが」

「にしても、困ったもんだわ、こうしつこいと。えと。いま、中学二年生だっけ。ま、やりたくてやりたくてたまらないお歳頃だわよね」

「いっそ、やらしたったらええが。金、とって」

「ちょっと、いくらなんでも。娘を商売女みたいに言うの、やめてよね」

「商売女みたいなもんやが。自分の裸みせて、亭主から金、せびって。のう」

笑いながら勝江は納屋を出ていった。

その姿が消えたのを確認してから、「ふん」と香代子は冷笑を洩らした。

おめでたいものだ、母も。あたしが金のために、あんな写真をつくってると思ってるんだから。そんなわけ、あるもんか。

吾平さん、せいぜいがんばって。早く晴江さんを妊娠させてあげなさい。早く彼女に、子供を産ませなさい。そうしたら。

ええ、そうしたら、あなたとよりを戻してあげるわ。晴江さんに子供ができたら、ね。離婚なんか、してあげるもんですか。もちろん吾平さん、あなたは、あたしの言いなりよ。あんな写真をさんざん見せられた後で、こちらの誘惑に抵抗しきれると思って？

そうはいかないわ。あなたはあたしの奴隷。命じられるまま、晴江さんを未婚の母のまま、捨てることになるのよ。その日を、待っているがいい。あたし以外の女を心に想ったことを、そのときこそ、悔いるがいい。待ってなさい。

邪悪な笑みを洩らしながら、香代子は鎌を棚に戻そうとした。そのとき。

奥の壁の穴から、こちらをじっと見ている幼い双眸に気がついた。おかっぱ頭の女の子。

小久保憲明の妹の、繭子だ。香代子の息子の省路と同級生の。

「マユちゃ……」

そう声をかけると、繭子は、顔を恐怖にひきつらせ、逃げていった。

まずいな。香代子は思った。さっきのノリくんとのひと幕、マユちゃんに見られたのかしら？　彼女のお父さんや、村の他の男たちの噂話も聞かれたかも……ま、いいか。

別に、いいわよね。父親も兄貴も、しょせんオトコだって現実を、あの娘に、ちっとばかし早めに教えてあげたんだと思えば。

そんなことより——香代子は込み上げてくる笑みを抑えきれない。

楽しみだ。ほんとうに。晴江が妊娠するのが、楽しみだ。子供ができたら、吾平が離婚手続をしてくれると彼女は思っているのだろう。が、そうはいかない。おまけに省路も、多胡兄弟の種なんかではなく、正真正銘、吾平さんの子供だってことも、そのとき判るのよ。ははは。ざまあみろ、って。誓約書なんか、くそ喰らえだ。

といっても約束を破るのは、あたしじゃない。吾平さんのほうよ。あたしの誘惑に負けて、ね。その種は、写真というかたちでじっくり、じっくり夫に植えつけつつある。さぞや、おあずけを喰らった犬の気分でしょうよ。そこへ、どんなプレイでもお好みのままよ、今度は実際にやってあげるわ、と甘く囁かれて、彼が抵抗できるわけはない。

晴江さん、あなたは捨てられるのよ。夫の子供までつくった挙げ句にね。プライドもなにも、ずたずたにされるといい。あたしの受けた屈辱を、何倍にもして返してあげる。そのときを。

そのときを、楽しみにしていなさい。早く。早く妊娠しなさい。

これがあたしのやり方よ。失うものがなにもない相手に復讐したって、意味はない。むしろ、失いたくないものをたっぷり与えておいてから、奪う。正妻の座も、そして子供の将来も。奪い去ってやる。なにもかも。

香代子は低く笑い、納屋を出た。

自分が蒔いた種が芽吹き、そして育ってゆく実感にひたりながら。着実に収穫のときが迫ってきている、その悦楽にうち震えながら。

しかし、香代子はこのとき、まだ知る由もなかった。この六年後、自分は収穫する側ではなく、される側になるのだということを。

＊作者付記＊

本作品は純然たるフィクションであり、登場する人名、地名、団体名等はすべて架空のものです。特定のモデルは存在しません。

作中の方言は一応、土佐弁をベースにしていますが、実際には使用されない言い回しを敢えて混ぜたりしており、基本的に作者の創作言語であるとご理解ください。

本書は書き下ろしです。原稿枚数１９４４枚（４００字詰め）。

〈著者紹介〉
西澤保彦　1960年高知県生まれ。米エカード大学創作法専修卒。高知大学助手などを経て執筆活動に入る。「聯殺」が第１回鮎川哲也賞最終候補作となる。95年、『解体諸因』（講談社文庫）でデビュー。本格ミステリ、なかでもパズル的要素を盛り込んだ精緻な作風が多くのファンを魅了する。代表作に『七回死んだ男』『依存』『ストレート・チェイサー』『猟死の果て』『神のロジック　人間のマジック』等がある。

収穫祭
2007年７月10日　第１刷発行

著　者　西澤保彦
発行者　見城　徹

発行所　株式会社 幻冬舎
〒151-0051 東京都渋谷区千駄ヶ谷4-9-7

電話:03(5411)6211(編集)
03(5411)6222(営業)
振替:00120-8-767643
印刷・製本所:図書印刷株式会社

検印廃止

万一、落丁乱丁のある場合は送料小社負担でお取替致します。小社宛にお送り下さい。本書の一部あるいは全部を無断で複写複製することは、法律で認められた場合を除き、著作権の侵害となります。定価はカバーに表示してあります。

©YASUHIKO NISHIZAWA, GENTOSHA 2007
Printed in Japan
ISBN978-4-344-01348-3　C0093
幻冬舎ホームページアドレス　http://www.gentosha.co.jp/

この本に関するご意見・ご感想をメールでお寄せいただく場合は、
comment@gentosha.co.jpまで。